BASTEI
LÜBBE
TASCHENBUCH

Weitere Titel der Autorin:

Das helle Licht der Sehnsucht
Wenn tausend Sterne fallen
Wo das Glück zu Hause ist
Im zarten Glanz der Morgenröte
Der Wind trägt dein Lächeln
Wo die Hoffnung blüht
Mein Herz war nie fort
In der Ferne ein Lied
Bis dein Herz mich findet
Durch stürmische Zeiten
Denn dunkel ist dein Herz
Schatten der Erinnerung
Echo glücklicher Tage
Doch du wirst nie vergessen
Der Zauber eines frühen Morgens
Als wir Freundinnen waren

Titel in der Regel auch als E-Book erhältlich

Über die Autorin:

Lesley Pearse wurde in Rochester, Kent, geboren und lebt mit ihrer Familie in Bristol. Ihre Romane belegen in England und vielen weiteren Ländern regelmäßig die ersten Plätze der Bestsellerlisten, so auch *Am Horizont ein helles Licht*, der in England auf Platz 1 der HC-Bestsellerliste einstieg. Neben dem Schreiben engagiert sich Lesley Pearse für die Bedürfnisse von Frauen und Kindern und ist Präsidentin des Britischen Kinderschutzbundes.

Lesley Pearse

AM HORIZONT EIN HELLES LICHT

Roman

Aus dem Englischen von
Britta Evert

BASTEI LÜBBE TASCHENBUCH

BASTEI LÜBBE TASCHENBUCH
Band 17193

MIX
Papier aus verantwortungsvollen Quellen
FSC® C006701
FSC
www.fsc.org

Dieser Titel ist auch als E-Book erschienen.

Vollständige Taschenbuchausgabe

Deutsche Erstausgabe

Textredaktion: Dorothee Cabras, Grevenbroich
Titelillustration: © iStockphoto/peter zelei
Umschlaggestaltung: Jeannine Schmelzer
Satz: two-up, Düsseldorf
Gesetzt aus der Garamond
Druck und Verarbeitung: CPI books GmbH, Leck – Germany
Printed in Germany
ISBN 978-3-404-17193-4

Für meine wunderschöne Enkeltochter Sienna Marie,
geboren am 9. Dezember 2012, Schwester von Harley,
die meiner Tochter Jo, ihrem Partner Otis und
der ganzen restlichen Familie so viel Freude macht.

KAPITEL 1

Russell, Neuseeland, 1931

»Mariette ist so …« Miss Quigley verstummte und schürzte die schmalen Lippen, während sie nach dem passenden Adjektiv für ihre fehlgeleitete Schülerin suchte. »So aufsässig!«

Belle widerstand der Versuchung, über die Beschreibung ihrer elfjährigen Tochter zu lächeln. Das Gleiche hatte man oft von ihr behauptet, als sie noch ein Kind gewesen war.

Es war gegen halb fünf, und Miss Quigley hatte Belle nach Schulschluss aufgesucht.

Belle hatte die Lehrerin als Zeichen ihrer Hochachtung in den Salon gebeten, war aber entschlossen, ihr keinen Tee anzubieten, da sie die Frau nicht ermutigen wollte, länger als nötig zu bleiben. »Ich glaube, was Sie an ihr feststellen, ist lediglich ein Anzeichen für einen starken Charakter. Was genau hat sie denn angestellt?«

»Ich könnte keinen speziellen Vorfall anführen, doch sie stellt einfach alles, was ich sage, infrage. Erst unlängst, als ich in der Klasse erzählte, wie viele Soldaten aus Neuseeland im Krieg ihr Leben gelassen haben, verkündete sie, dass Frankreich ein Viertel seiner Männer verloren habe.«

»Aber das ist wahr«, sagte Belle. »Ich würde es nicht aufsässig nennen, darauf hinzuweisen – zumal ihr Vater Franzose ist und für sein Land gekämpft hat.«

Es war verlockend hinzuzufügen, dass Etienne für seinen Mut mit dem Croix de Guerre ausgezeichnet worden war, doch es würde ihm nicht gefallen, wenn sie damit prahlte.

Miss Quigley verschränkte die Arme vor der Brust. »Aber sie hat zu allem und jedem eine eigene Meinung! Außerdem stört es mich, dass sie den anderen Kindern fragwürdige französische Redewendungen beibringt.«

»Ich denke, Sie werden feststellen, dass an ihnen nichts Fragwürdiges ist; Mariette mag einfach den Klang der Sprache. Ich bezweifle, dass es um mehr als ›Gib mir bitte den Bleistift!‹ oder ›Wie warm es heute ist!‹ geht. Ihr Vater und ich wünschen beide, dass sie zweisprachig aufwächst, und wir freuen uns sehr über ihre Fortschritte.«

Miss Quigleys missbilligendes Schnauben deutete an, dass sie es für anstößig hielt, einem Kind Französisch beizubringen. »Sie ist übermäßig selbstbewusst.« Sie stieß das letzte Wort hervor, als wäre es eine Beleidigung. »Immer ist sie die Erste, die sich meldet und bei allem die Führung übernimmt.«

»Ich bedaure sehr, dass Sie das beunruhigend finden.« Belle fand, dass diese vertrocknete alte Jungfer von Lehrerin sich darauf konzentrieren sollte, die weniger begabten Kinder in ihrer Klasse zu fördern, und froh sein müsste, wenigstens eine Schülerin zu haben, die gern lernte. »Ich hätte gedacht, dass eine Lehrerin einen derartigen Enthusiasmus gern sieht – immerhin ist es ein Kompliment für ihren Unterricht.«

»Hochmut kommt vor dem Fall«, gab Miss Quigley verschnupft zurück. »In diesem kleinen Teich mag sie ein großer Fisch sein, aber wie wird sie damit umgehen, wenn sie es mit noch größeren Fischen zu tun hat?«

»Ein Kind mit Selbstvertrauen kommt schon zurecht.« Belle wurde allmählich ärgerlich. »Nun, wollen wir nicht über ihre Fortschritte in der Schule sprechen? Deshalb sind Sie doch gekommen, nehme ich an?«

»In Lesen und Schreiben ist sie sehr gut«, gab Miss Quigley widerwillig zu. »Auch im Rechnen ist sie fix. Aber sie lenkt die anderen Kinder ab, wenn sie mit ihren Aufgaben fertig ist, und hindert sie daran, die ihren zu beenden.«

»Indem sie mit ihnen redet?« Belle hatte das Gefühl, endlich weiterzukommen.

»Ja.«

»Dann sage ich ihr, dass sie das lassen muss. Doch vielleicht könnten Sie ihr mehr Aufgaben geben oder eine andere Beschäftigung für sie finden.«

Belle hatte schon vor einer ganzen Weile festgestellt, dass Miss Quigley voreingenommen gegen Mariette war, und ihrer Meinung nach hatte es nichts damit zu tun, dass das Mädchen schneller oder aufgeweckter als andere Kinder seines Alters war. Es lag nur daran, dass weder Mariette noch Belle sich je derartig bei ihr einschmeichelten, wie es viele andere Kinder und Mütter in Russell taten.

Miss Quigley, eine unscheinbare, schmächtige und reservierte Frau Ende vierzig, hatte ihren Posten als Lehrerin in Russell ungefähr zur selben Zeit angetreten, als Belle und Etienne geheiratet hatten. Es ging das Gerücht, sie wäre nach Russell gezogen, um Silas Waldron, einem Witwer aus Kerikeri, den sie in Auckland kennengelernt hatte, näher zu sein. Vielleicht hatte sie gehofft, aus ihrer Freundschaft würden Liebe und Ehe entstehen, aber das schien nicht der Fall zu sein.

Es war nicht leicht für eine alleinstehende Frau ohne Freunde oder Familie, sich nach dem Leben in der Großstadt in einer abgeschiedenen Gemeinde wie Russell einzufügen. Miss Quigley hatte kaum etwas mit den Müttern ihrer Schüler gemeinsam, Frauen, deren Leben sich um ihre Männer und Kinder drehte und die in den Augen der Lehrerin vermutlich reichlich rückständig waren.

Es machte die Sache nicht leichter, dass sie so steif und zugeknöpft war. Miss Quigley redete wenig und lächelte kaum – geschweige denn, dass sie lachte –, und falls sie gehofft hatte, unter den wohlhabenden Männern, die im Sommer zum Hochseefischen herkamen, einen Ehemann zu finden, hatte sie Pech gehabt. Belle konnte sich nicht vorstellen, dass einer von ihnen Gefallen an einer nicht sehr ansehnlichen Frau in mittleren Jahren finden würde, die immer so aussah, als hätte sie gerade in eine Zitrone gebissen.

»Wenn ich ganz offen sein darf, Mrs. Carrera, ich finde wirklich, Sie sollten Mariettes Übermut dämpfen, indem Sie sie anregen, einem etwas weiblicheren Hobby als dem Segeln zu frönen. Auf dem Weg hierher habe ich gesehen, wie sie ein Boot vom Anlegesteg abstieß und dabei ihr Kleid in einer höchst unschönen Art und Weise gerafft hatte.«

Belle war plötzlich ganz Ohr. Erschrocken sah sie die Lehrerin an. »Sie haben Mari beim Boot gesehen? War ihr Vater denn nicht bei ihr?«

»Nein, sie war ganz allein und brüllte jemandem am Ufer etwas zu wie ein Fischweib.«

»Warum haben Sie mir das nicht gleich erzählt?« Belle nahm hastig die Schürze ab und lief zur Tür. »Glauben Sie wirklich, wir würden einer Elfjährigen erlauben, allein segeln zu gehen?«

»Was ich sage – sie ist aufsässig«, begann Miss Quigley, doch ihr Schuss ging ins Leere, da Belle bereits zur Tür hinaus war.

Wie der Wind rannte Belle am Ufer entlang zum Steg. Ihr Herz pochte laut vor Furcht. Etienne hatte versprochen, Mariette heute nach der Schule im Dingi eine Segellektion zu erteilen, falls er früh genug mit seiner Arbeit fertig wurde. Aber wenn man Miss Quigley Glauben schenken durfte, fand Mariette, dass sie schon genug gelernt hatte, um das Boot allein zu beherrschen.

Es war ein schöner, sonniger Oktobertag und der Wind gerade stark genug, um für ideales Segelwetter zu sorgen, doch Mariette war weder stark noch erfahren genug, um eigenhändig ein Segelboot zu steuern. Das hatte ihr Vater ihr schon Dutzende Male gesagt. Eine plötzliche Bö konnte das Boot zum Kentern bringen oder die Rahe an ihren Kopf krachen lassen. Obwohl Mariette gut schwimmen konnte, war das Wasser jetzt, am Ende des neuseeländischen Winters, in der Bucht noch sehr kalt, und an einigen Stellen gab es gefährliche Strömungen.

Als Belle ein Stück weiter vorn Charley Lomax sah, rief sie ihm zu: »Mari ist allein mit dem Boot rausgefahren. Kannst du Etienne suchen gehen? Und sag bitte auch Mog Bescheid, falls du sie siehst!«

Charley Lomax war einer von Russells Charakterköpfen, ein Mann um die fünfzig, der hart arbeiten konnte, aber immer wieder auf Sauftouren ging, die Tage dauern konnten. Er hauste in einer elenden Baracke im ärmlicheren Teil der Stadt, aber Etienne mochte ihn und arbeitete oft mit ihm zusammen.

Der Mann schwenkte die Hand, um Belle zu bedeuten, dass er sie verstanden hatte, und flitzte so schnell los, dass kein Zweifel daran bestehen konnte, dass er heute nüchtern war.

Belle musste einen Moment stehen bleiben, weil sie Seitenstiche hatte. Sie schirmte mit einer Hand die Augen vor der Sonne ab und starrte auf die Bucht hinaus. Ihr Dingi hatte ein rotes Segel, und als Etienne es gekauft hatte, hatte Belle oft genau an dieser Stelle gestanden und beobachtet, wie es über die Wellen hüpfte. Sie hatte sich Sorgen gemacht, als er anfing, Mariette mitzunehmen, um ihr den Umgang mit einem Segelboot beizubringen, und erlaubte ihm immer noch nicht, Alexis oder Noel an Bord zu nehmen, weil die Jungen erst acht beziehungsweise sieben Jahre alt und keine besonders guten Schwimmer waren. Aber bei Mariette hatte sie nachgegeben, da das Mädchen alles liebte, was mit dem Meer und mit Booten zu tun hatte, und gern allein etwas mit dem Vater unternahm.

Auf einmal entdeckte Belle weit draußen in der Bucht das Dingi, das ziemlich gute Fahrt machte. Mariette, nur als winzige Gestalt erkennbar, lehnte sich auf ihrem Sitz weit nach hinten, um das Boot im Gleichgewicht zu halten. Belle befürchtete, dass ihre Tochter nicht genug Kraft in den Armen hatte, um das Dingi zu wenden, und sie steuerte direkt auf das offene Meer und hohen Wellengang zu.

»Belle!«

Belle drehte sich um, als sie ihren Namen hörte, und sah, wie Mog, die Alexis und Noel fest an den Händen gepackt hielt, auf sie zugelaufen kam. Mog holte die Jungen fast täglich von der Schule ab, weil ihr Unterricht eine halbe Stunde früher endete als Mariettes, und ging gewöhnlich noch mit ihnen spazieren, damit sie sich ein bisschen austoben konnten.

Zu jedem anderen Zeitpunkt hätte Belle gestaunt, dass eine Frau von neunundsechzig mit einem leichten Hinken noch so schnell laufen konnte. Aber heute konnte sie nur daran denken, in welcher Gefahr ihre Tochter schwebte.

»Mari ist allein da draußen!«, rief sie Mog zu und zeigte auf das weit entfernte Boot. »Weißt du, wo Etienne ist?«

Jetzt war Mog bei ihr. Sie hielt sich die Seite, so sehr hatte das Laufen sie angestrengt. »Charley geht ihn gerade holen. Etienne ist bei den Baxters«, keuchte sie. »Bestimmt fährt er direkt zum Steg und nimmt das andere Boot, um eure Tochter zu holen. Fahr lieber mit, um ihm zu helfen!«

»Wenn das Boot da draußen kentert, wird sie ertrinken«, stieß Belle mit bebender Stimme hervor, während sie zum Steg weiterliefen. »Wie oft habe ich ihr gesagt, wie gefährlich die See sein kann! Warum muss sie immer alles ausprobieren?«

»Nur die Ruhe, Belle!«, sagte Mog. »Es ist natürlich sehr ungezogen von ihr, dir nicht zu gehorchen. Aber solange das Boot nicht kentert, gibt es keinen Grund zur Panik. Etienne ist bestimmt im Handumdrehen hier.«

Mog hatte recht. Als sie den Steg erreichten, kündete eine Staubwolke Etiennes Ankunft in seinem alten Laster an.

Er war inzwischen einundfünfzig, aber die Zeit war milde mit ihm umgegangen, und er war immer noch so schlank und drahtig wie an ihrem Hochzeitstag. Die Fältchen um seine blauen Augen waren mehr geworden, und sein Haar war eher weiß als blond, doch er hatte nach wie vor die Macht, Frauenherzen schneller schlagen zu lassen – insbesondere Belles Herz.

Wie sie erwartete hatte, hielt er sich nicht damit auf, sich Erklärungen, Beschuldigungen oder Vorschläge anzuhören, sondern befahl Alexis, nach Hause zu laufen und eine warme Decke zu holen. Er bat Mog, bei Noel zu bleiben und zu warten, packte dann Belle an der Hand und rannte mit ihr den Steg hinunter zu der Stelle, wo ihr kleiner Fischkutter vertäut war. Er sprang hinein und ließ den Motor an; Belle löste hastig die Leinen und hüpfte an Bord. Etienne stieß das Boot mit einem Bootshaken ab, und innerhalb weniger Sekunden nahmen sie Kurs auf das Dingi.

Etienne starrte das kleine Gefährt in der Ferne an. »Sie kommt gut damit zurecht«, stellte er mit einem Anflug von Stolz fest, bemerkte dann aber Belles entsetztes Gesicht. »Wir konnten nicht erwarten, sanftmütige, gehorsame Kinder zu bekommen, Belle! Mari hat das Schlechteste und das Beste von uns beiden geerbt.«

Belle lag auf der Zunge, dass er das Dingi nie hätte kaufen sollen und dass sie ihm niemals verzeihen würde, wenn Mari irgendwie zu Schaden kam oder gar ertrank, doch sie schwieg, weil sie wusste, dass Etienne es sich selbst nie verzeihen würde, wenn seiner Tochter etwas zustieß. Außerdem war auch sie der Meinung gewesen, dass alle Kinder, die am Meer lebten, schwimmen und segeln lernen sollten, und somit genauso verantwortlich wie er.

Keiner von beiden sagte etwas; beide schienen den Fischkutter mit schierer Willenskraft zwingen zu wollen, schneller zu fahren. Als sie näher kamen, konnten sie deutlich erkennen, dass Mariette mit dem starken Wind, der die Segel blähte, zu kämpfen hatte.

»Sie hält mit aller Kraft die Leine und denkt nicht daran, das Ruder herumzureißen«, sagte Etienne beunruhigt. Wenn seine Tochter so weitermachte, würde sie bald im offenen Meer sein.

Während sie weitertuckerten, kam eine plötzliche Sturmbö auf, und vor ihren entsetzten Augen kippte das kleine Dingi um und Mariette wurde wie eine Stoffpuppe ins Wasser geschleudert. Sie sahen sie fallen und hörten das Platschen, doch schon im nächsten Moment war das Mädchen verschwunden.

»Wo ist sie? Ich kann sie nicht sehen!«, keuchte Belle.

Das Wasser in der Bucht war ganz friedlich gewesen, aber hier draußen war die See kabbelig, und der Schock, plötzlich in eiskaltem Wasser zu landen, erschwerte jedem das Schwimmen, ganz besonders einem kleinen Mädchen.

»Mari!«, brüllte Etienne aus voller Kehle. »Kannst du mich hören?«

Sie hatten noch ungefähr fünfzig Meter zurückzulegen, bevor sie das gekenterte Boot erreichten, und Belle war außer sich vor Angst, als sie in den Wogen Ausschau nach ihrer Tochter hielt. Sie warf Etienne einen Blick zu. Mit grimmiger Miene verlangsamte er das Tempo, um jederzeit ins Wasser springen zu können.

»Nimm das Steuer und zieh ganz langsam weite Kreise um das Dingi«, sagte er und zerrte sich die Stiefel von den Füßen. »Du musst sofort schreien und das hier schwenken, wenn du sie siehst«, fügte er hinzu und reichte ihr einen roten Stofffetzen.

Er machte einen Kopfsprung ins Wasser und tauchte gut zehn Meter vom Kutter entfernt wieder auf.

Belle tat wie geheißen und umkreiste langsam das gekenterte Boot, während sie gleichzeitig Mariettes Namen rief und mit den Augen die Wasseroberfläche absuchte. Etienne suchte unter Wasser nach seiner Tochter und kam nur gelegentlich kurz zum Luftholen nach oben, um gleich darauf weiterzutauchen.

Schieres Entsetzen drohte Belle zu überwältigen, als sie sich ausmalte, wie Etienne mit dem leblosen Körper ihres Kindes auftauchte. Sie versuchte, ihre Panik zu unterdrücken, indem sie sich sagte, dass Mariette nicht von der Rahe getroffen worden und somit nicht bewusstlos war und dass sie schwamm wie ein Fisch. Aber mit jeder Sekunde, die verstrich, wurde die Wahrscheinlichkeit, dass ihre Tochter ertrunken war, größer.

»Bitte, lieber Gott, lass sie leben!«, flehte Belle inbrünstig, als Etienne erneut untertauchte.

Und dann, als wäre ihr Gebet erhört worden, entdeckte sie Mariette. Ein verängstigtes kleines Gesicht lugte aus einer Welle, und Belle sah, dass das Mädchen einen Arm nach dem Kiel des gekenterten Dingis ausstreckte.

»Bleib, wo du bist, Mari!«, schrie Belle und schwenkte hektisch das kleine rote Tuch. »Papa ist gleich bei dir! Halt dich fest!«

Etienne tauchte auf der anderen Seite des Rumpfs auf.

»Auf dieser Seite! Sie ist auf dieser Seite des Bootes!«, rief Belle und wies mit dem Finger auf die besagte Stelle.

Etienne hob zum Zeichen, dass er verstanden hatte, eine Hand, und während er um das Dingi herumschwamm, lenkte Belle den Kutter näher heran.

Es dauerte nicht länger als ein paar Minuten, bis Etienne bei Mariette war. Er packte sie, schwamm mit ihr zum Fischkutter und hob sie in Belles Arme.

»Ich will nur noch schnell das Dingi aufrichten. Wir können es mit an Land ziehen. Wirf mir eine Leine zu!«, rief er ihr aus dem Wasser zu, bevor er das Tau auffing, sich umdrehte und zurückschwamm.

»Oh, Mari, du bist so ein ungezogenes Mädchen!«, rief Belle, während sie ihre Tochter hastig aus den durchnässten Sachen schälte und eine alte Jacke von Etienne um sie schlang, die auf dem Boden des Kutters gelegen hatte. »Ich hatte solche Angst um dich! Du hättest ertrinken können!«

»Papa hat mir gesagt, dass ich immer beim Boot bleiben soll, wenn ich mal kentere«, brachte Mariette hustend und würgend heraus. »Aber ich konnte nur Wellen sehen, und ich hatte solche Angst! Ich bin in die falsche Richtung geschwommen, doch ich hab mich umgedreht, und dann hab ich es gesehen.«

Belle brachte es nicht übers Herz, ihrer Tochter jetzt eine Standpauke zu halten; sie war viel zu erleichtert, dass Mariette nichts passiert war. Sie drückte sie fest an sich und beobachtete, wie Etienne das Dingi aufrichtete und die Schleppleine daran befestigte. Es gab nicht viel über Boote, was er nicht wusste – er hatte schon als kleiner Junge in Marseille segeln gelernt und war sehr gefragt bei den Bootseignern in Russell, sowohl als Besatzung als auch für Reparaturen. Aber von Kindern verstand er nicht viel, und Belle war böse auf ihn, weil er eine Elfjährige in dem Glauben bestärkt hatte, sie wüsste genug vom Segeln, um sich allein aufs offene Meer zu wagen.

Wenn Miss Quigley nicht zufällig gesehen hätte, wie Mariette das Dingi in die Bucht steuerte, wäre vielleicht eine Stunde oder mehr vergangen, bevor sich Belle auf die Suche nach ihrem Mädchen gemacht hätte. Außerhalb der Bucht hätte die Strömung das Boot sofort mitgerissen, und Mariettes Leiche wäre vielleicht nie gefunden worden.

Aber davon sagte sie nichts zu ihrer Tochter, die ohnehin einen tüchtigen Schreck bekommen hatte. Im Moment wollte sie ihr Kind nur fest in den Armen halten und aufwärmen.

Etienne hatte recht damit, dass ihre Tochter sowohl das Schlechteste wie das Beste von ihren Eltern geerbt hatte. Sie war furchtlos wie ihr Vater und zielstrebig wie ihre Mutter. Außerdem war sie schlau, dickköpfig und ungehorsam. Auch ihr Aussehen war eine Mischung beider Eltern. Ihr Haar war rotblond, aber lockig wie Belles. Sie hatte Etiennes hohe Wangenknochen, doch die tiefblauen Augen und den sinnlichen Mund ihrer Mutter. Mariette war nicht direkt hübsch, aber ihre Züge waren so fesselnd wie Etiennes.

»Bist du sehr böse auf mich?«, fragte Mariette kleinlaut, als ihr Vater wieder an Bord war und seine nassen Sachen abstreifte.

»Ja, das bin ich«, antwortete Etienne grimmig. »Ich habe dir Dutzende Male gesagt, dass du niemals allein mit dem Boot rausfahren darfst. Ich fasse es nicht, dass du mir nicht gehorcht hast. Du hast großes Glück gehabt, dass wir rechtzeitig erfahren haben, wo du bist. Egal, wie gut man schwimmen kann, das Meer ist eiskalt, und selbst ein erwachsener Mann wie ich kann im Handumdrehen im Wasser vor Kälte erstarren. Weißt du eigentlich, was du deiner Familie angetan hättest, wenn du ertrunken wärst?«

»Ihr wärt alle sehr traurig gewesen.« Mariette ließ den Kopf hängen und versuchte, sich noch tiefer in die alte Jacke zu verkriechen, in die Belle sie gewickelt hatte.

»Nicht nur traurig, sondern zutiefst verzweifelt«, sagte er und kauerte sich vor seine Tochter. »Du bist noch ein kleines Mädchen. Du hast vielleicht genug gelernt, um bei einer sanften Brise in ruhigen Gewässern zu segeln, aber du hast nicht genug Muskelkraft, um bei starkem Wind ein Boot zu lenken. Du musst lernen, deiner Mutter und mir zu gehorchen, Mariette. Wir verbieten dir solche Sachen nicht, weil wir gemein sind, sondern um dich zu beschützen.«

»T-t-tut mir leid«, stammelte sie, zum Teil vor Kälte, zum Teil, weil sie in der Klemme steckte. »Ich wollte, dass du stolz auf mich bist, weil ich so gut segeln kann.«

»Wir hätten viel mehr Grund, stolz auf dich zu sein, wenn du folgsamer wärst«, sagte Belle und stand auf, um den Motor anzulassen. »Wenn Miss Quigley dich nicht gesehen hätte, wären wir viel zu spät gekommen, um dir zu helfen. Ich hoffe, dass es dir eine Lehre ist und du nie wieder irgendetwas unternimmst – ob mit einem Boot, einem Wagen oder zu Fuß –, ohne vorher deinen Vater und mich um Erlaubnis zu bitten.«

»Bestimmt nicht«, schluchzte das Kind. »Seid mir bitte nicht mehr böse!«

Belle sah ihre Tochter an. Mariette hatte sich an Etienne gekuschelt, genau wie früher, als sie fünf, sechs Jahre alt gewesen war. Damals war ihr Haar noch blond gewesen, aber in den letzten Jahren war es immer rötlicher und lockiger geworden, und Belle musste es zu strammen Zöpfen flechten, um es zu bändigen. Mariette hatte von klein auf die Kunst beherrscht, andere aus großen Augen anzuschauen, so unschuldig, als könnte sie kein Wässerchen trüben. Es war ein Blick, den Belle und Etienne einerseits bezaubernd, andererseits beunruhigend fanden, weil sie ihre Mitmenschen damit spielend um den kleinen Finger wickeln konnte.

Jetzt empfand sie aufrichtige Reue, aber Belle war durchaus bewusst, dass Mariette ein Kind war, das nie brav und fügsam werden würde. Schon beim nächsten Mal, wenn sie sich etwas in den Kopf setzte, würde sie die heutige Lektion vergessen haben.

Als sie einen Namen für sie gesucht hatten und Etienne Mariette vorgeschlagen hatte, weil es der Name seiner Mutter war, hatte er lachend hinzugefügt, dass er »die Widerspenstige« bedeute. War etwa der Name schuld an ihrem Verhalten?

Nie war ein Kind sehnlicher erwartet worden. Als Belle während der Ehe mit Jimmy Reilly, ihrem ersten Mann, eine Fehlgeburt erlitten hatte, war ihr gesagt worden, dass sie wahrscheinlich nie mehr Kinder bekommen könnte. In Anbetracht der Tatsache, dass Jimmy im Krieg schwer verwundet worden war, und angesichts all der Probleme, die seine Behinderung mit sich brachte, hatte sich Belle damit abgefunden, nie Mutter werden zu können, und sich bemüht, jeden Gedanken an Kinder zu verbannen. Aber ganz gelungen war es ihr nie. Es war immer ein wunder Punkt in ihrem Inneren gewesen, ein ständiger Quell des Kummers.

Dann war gleich nach Kriegsende in England die Spanische Grippe ausgebrochen, und wie zigtausend andere steckte Jimmy sich an und starb, und auch sein Onkel Garth, Mogs Ehemann, fiel der Epidemie zum Opfer.

Belle und Mog gingen nach Neuseeland, um neu anzufangen. Obwohl Belle damals noch sehr jung war, rechnete sie nicht damit, sich noch einmal zu verlieben. Sie schnappte einmal auf, wie jemand Mog und sie als »die zwei englischen Witwen« bezeichnete, und ging davon aus, dass sie allgemein so genannt wurden. Damals glaubte sie, dass sie ihren Lebensunterhalt als Modistin verdienen, zusammen mit Mog alt werden und Kindern nicht näher kommen würde, als ein gelegentlicher Blick auf die Sprösslinge der Nachbarn erlaubte.

Doch dann tauchte Etienne auf, der Mann, den sie geliebt und von dem sie geglaubt hatte, er wäre in Frankreich gefallen. Bis zu jenem Tag, der für sie immer noch ein Wunder war, hatte sie sich damit abgefunden, dass es für sie nie wieder Liebe und Leidenschaft geben würde.

Sie hatte die braven Bürger von Russell schockiert, weil sie nicht einmal versucht hatte, ihr Verlangen nach dem galanten Franzosen zu verbergen, aber das hatte sie nicht gekümmert. Sie war überzeugt, dass Gott – oder das Schicksal – eingegriffen hatte, um sie für all das Unglück in ihrem Leben zu entschädigen. Sie war im vierten Monat schwanger, als sie heirateten, und keine Braut war je stolzer und glücklicher zum Altar geschritten.

So viel war seit damals passiert – es hatte Strapazen, Enttäuschungen, Zeiten großer Not gegeben. Und doch, mit Etienne an ihrer Seite und dem Glück, das mit jedem ihrer drei schönen, kerngesunden Kinder kam, verloren selbst die größten Probleme an Bedeutung.

Aber als Belle jetzt wieder zu ihrer Tochter sah, wurde ihr bewusst, dass Kinder noch größeren Schmerz bringen konnten als die schlimmsten Schicksalsschläge, die ihr selbst in der Vergangenheit widerfahren waren. Mariette war viel zu tollkühn und verwegen, als gut für sie war, und genauso eigensinnig wie ihr Vater und ihre Mutter. Wenn sie erst einmal fünfzehn, sechzehn war, würden ihr Wagemut und ihre Abenteuerlust sie wahrscheinlich gegen das ruhige, friedliche Leben hier in Russell aufbegehren lassen und dazu führen, dass sie in die weite Welt hinauszog. Belle kannte die Gefahren, die auf junge Mädchen lauerten, nur zu gut, und allein bei dem Gedanken, Mariette könnte in ähnliche Situationen geraten wie sie selbst, erstarrte ihr das Blut in den Adern.

Mog hatte die Jungen nach Hause gebracht und zwei Decken auf dem Steg liegen lassen. Etienne wickelte Mariette in eine davon ein, legte die andere um ihre Schultern und trug sie in seinen Armen heim.

Zu Hause in der Robertson Street warteten Mog und die Jungen auf der Veranda. Das Fernglas auf dem Tisch verriet, dass sie die

Rettungsaktion von der Küste aus verfolgt hatten und erst nach Hause gegangen waren, als sie wussten, dass Mariette in Sicherheit war.

Mog, die nicht zu dramatischen Auftritten neigte, streckte bloß die Arme nach dem zitternden Kind aus und verkündete: »Ich habe ein heißes Bad für dich vorbereitet, mein Schatz. Und dein Vater sollte nach dir auch gleich in die Wanne steigen.

»Kriegt sie jetzt den Po versohlt?«, fragte der siebenjährige Noel beinahe hoffnungsvoll.

Beide Jungen hatten Belles dunkles Haar, und ihre Augen waren kobaltblau und noch dunkler als ihre, aber den Gesichtsausdruck – wachsam und argwöhnisch – hatten sie vom Vater. So abenteuerlustig wie ihre Schwester war keiner der beiden. Etienne lachte immer, wenn die Rede darauf kam, und meinte: »Lasst ihnen ein bisschen Zeit!«

»Sei nicht albern, Noel«, sagte Alexis. »Es reicht doch, dass sie schrecklich Angst gehabt hat, weil sie fast ertrunken wäre.«

Belle lächelte über seinen herablassenden Ton, den er oft anschlug, um Noel klarzumachen, dass er der Ältere war. Mit seinen scharf geschnittenen Zügen und der manchmal frostigen Art erinnerte er Belle an Annie, ihre verstorbene Mutter. Aber zum Glück war Alexis ein vernünftiger Junge, und man konnte sich immer darauf verlassen, dass er tat, was ihm gesagt wurde.

Später am Abend, als die Kinder ihr Abendbrot gegessen hatten und im Bett lagen, holte Mog die Flasche Brandy, die sie in der Vorratskammer verwahrte, und schenkte drei Gläser ein.

Sie saßen in der Küche. Das Geschirr war abgewaschen und längst weggeräumt, und vor einer Weile war es dunkel geworden, aber der goldene Schein der Öllampe schuf eine behagliche Atmosphäre.

»Ich weiß, dass ihr zwei euch Sorgen um Mari macht«, sagte Mog und reichte Belle und Etienne jeweils ein Glas Brandy. Die beiden waren beim Abendessen verdächtig still gewesen, was alle drei Kinder registriert hatten und sich daraufhin ohne die üblichen Verzögerungstaktiken ins Bett verzogen hatten. »Aber vielleicht war es ganz gut, dass sie heute einen Mordsschreck bekommen hat. Ich glaube, so ein Risiko wird sie so bald nicht wieder eingehen.«

Mog hatte das kleine Schindelhaus gekauft, als Belle und sie nach Russell gekommen waren, doch Etienne hatte es seit seiner Heirat mit Belle beträchtlich erweitert. Auf elektrischen Strom wartete man in Russell immer noch, aber die Küche war jetzt wesentlich größer, und es gab ein separates Waschhaus mit einem Ofen, mit dem sie fürs Baden und für die große Wäsche Wasser aufheizen konnten. Außerdem hatte Etienne für Mog zwei Zimmer angebaut, die sie entweder vom Flur aus oder über die Veranda, die an der Vorderfront verlief, betreten konnte. Über Mogs Räumlichkeiten befanden sich zwei Schlafzimmer, eines für die beiden Jungen und eines für Mariette.

Sie hatten den Leuten erzählt, dass Mog Belles Tante war – eine weit einfachere Erklärung als die Wahrheit. Tatsächlich hatte Mog als Dienstmädchen für Annie Cooper, Belles Mutter, gearbeitet und Belle großgezogen. Jahre später hatte Mog Garth Franklin geheiratet und Bell Garths Neffen Jimmy Reilly. Abgesehen von einigen Jahren, in denen Belle in Amerika und Paris gelebt hatte, und ihrer Zeit als Rettungsfahrerin in Frankreich während des Krieges, waren Mog und sie nie getrennt gewesen. Für Belles und Etiennes Kinder war sie eine innig geliebte Großmutter, und als solche hatte ihre Meinung, was die Kinder oder auch jede andere Familienangelegenheit anging, immer Gewicht.

Etienne nickte. »Da hast du ganz recht, Mog. Einen bösen Schreck zu kriegen, ist eine der besten Methoden, Kindern etwas über Gefahren beizubringen. Zum Glück ist heute kein wirklicher Schaden entstanden – das heißt, nur bei uns Erwachsenen. Ich glaube, ich wäre lieber wieder in Ypern, als noch einmal diese grauenhaften Momente zu erleben, als ich im Wasser nach Mari gesucht habe. Ich weiß natürlich, dass es für dich am Ufer genauso schlimm war, und die arme Belle sieht immer noch angegriffen aus.«

»Wir sollten das Dingi verkaufen«, brach es aus Belle heraus. »Vielleicht hat Mari jetzt zu viel Angst, um es noch einmal zu versuchen, doch einer der Jungs könnte auf die gleiche Idee kommen.«

Etienne nahm Belles Hände in seine und lächelte sie mitfühlend an. »Wir leben an einem Ort, wo das Meer eine ständige Gefahr darstellt, und wir sind auf unsere Boote angewiesen. Genauso war es für mich als Junge in Marseille. Ich weiß, dass es sehr viel besser ist, ihnen beizubringen, die Gesetze der See zu respektieren und sachkundig mit einem Boot umzugehen, als zu versuchen, sie vom Wasser fernzuhalten.«

»So sehe ich es auch. Auf Kinder lauern überall Gefahren«, sagte Mog. »Auf Bäume klettern, Fremde, die ihnen etwas antun könnten, die falschen Beeren pflücken, ansteckende Krankheiten – die Liste ist endlos. Wir können sie nicht vor allem und jedem beschützen. Das weißt du besser als jeder andere, Belle.«

Belle seufzte. »Ja, das stimmt, aber ich habe immer geglaubt, wenn wir unsere Kinder hier an diesem wunderschönen Ort aufziehen, wären die Gefahren geringer. Wisst ihr, was Mari gesagt hat, als ich sie vorhin zugedeckt habe? ›Ich wäre gern eine Heldin wie Grace Darling oder Jeanne d'Arc. Ich will später nicht in einer Bäckerei arbeiten oder Kleider nähen.‹ Wie können wir hoffen, dass sie je einen netten, tüchtigen Mann heiratet und eine Schar Kinder bekommt, wenn sie von derartigen Dingen träumt?«

Etienne lachte. »Sie ist erst elf, Belle. Ich wette, in dem Alter hast du auch von Abenteuern geträumt.«

»Nein, nur davon, schicke Hüte zu entwerfen«, gab Belle zurück. »Ich habe mir nicht ausgemalt, Menschen mit einem Ruderboot zu retten oder ein Land in den Krieg zu führen.«

»Ich habe davon geträumt, Königin Victoria kennenzulernen«, gestand Mog. »Und du, Etienne?«

»Viel zu essen zu haben«, sagte er. »Aber damals war ich die meiste Zeit halb verhungert.«

»Eure Träume sind also in Erfüllung gegangen«, lachte Mog. »Meine nicht. Ich hatte sogar zu viel Angst vor den Menschenmassen, um zu Königin Victorias Trauerzug zu gehen. Ihr solltet euch keine Sorgen machen, weil Mari davon träumt, eine Heldin zu sein. Es schadet ihr nicht, wenn sie sich vornimmt, tapfer und gut zu sein. Und wartet ab, bis die Jungs größer sind, dann werden sie nämlich Sachen anstellen, bei denen euch die Haare zu Berge stehen! Ihr könnt eure Kinder nicht in Watte packen, ihr könnt ihnen nur die richtigen Werte beibringen, sie in die richtige Richtung lenken und beten! Eines Tages werdet ihr im Kreis zahlreicher Enkelkinder auf der Veranda sitzen und sehr zufrieden mit euch sein, weil alles gut gegangen ist.«

Wie immer war Mog die Stimme der Vernunft, und das liebten Etienne und Belle an ihr. Was auch geschah – sei es, dass Etienne bei dem Versuch, Wein anzupflanzen, scheiterte und einen Haufen Geld verlor, dass ein Brand in der Küche es nötig machte, das ganze Haus zu sanieren, oder dass die Kuh ausgerechnet an dem Tag, als sie alle gemeinsam einen Ausflug unternahmen, in den Garten hinauswanderte und fast alle Pflanzen und das Gemüse verputzte – Mog entdeckte immer einen Silberstreif am Horizont. Belle erinnerte sich, wie die Freundin nach dem Feuer gesagt hatte: »Nicht so schlimm, wir wollten ohnehin ausbauen.« Und nach dem misslungenen Versuch mit dem Weingarten hatte sie im Scherz gemeint: »Na ja, vielleicht hätten wir angefangen, zu viel Wein zu trinken, wenn etwas aus dem Vorhaben geworden wäre.«

Sie war ein schlichtes Gemüt und lebte nach der Philosophie, dass ihr nichts passieren konnte, solange sie ihre geliebte Familie um sich, genug zu essen und zu trinken und ein Dach über dem

Kopf hatte. Mit neunundsechzig hatte sie immer noch die Energie einer zehn Jahre jüngeren Frau. Sie mochte inzwischen eine Brille tragen, ihr Haar mochte schneeweiß und ihr Gesicht von Falten durchzogen sein, aber sie war nach wie vor eine starke Persönlichkeit, auf die man bauen konnte. Selbst in Zeiten wie diesen, in denen Banken Hypotheken kündigten und von einer weltweiten Depression die Rede war, blieb sie optimistisch und war überzeugt, dass ihnen nichts wirklich Schlimmes zustoßen konnte.

»Es sind die Jahre, bevor sich die Kinder häuslich niederlassen und selbst Eltern werden, die mir Sorgen machen«, gestand Belle. Doch sie sagte es mit einem Lächeln, weil sie sich mit Mog und Etienne an ihrer Seite praktisch unbesiegbar fühlte.

Während die drei ihren Brandy tranken, betrachtete Mog Belle beifällig. Mit sechsunddreißig war Belle immer noch eine sehr schöne Frau. Ihr lockiges Haar war genauso dunkel und füllig wie mit zwanzig, und die wenigen Lachfältchen um ihre Augen und die paar Pfund, die sie in den letzten Jahren zugenommen hatte, schienen sie noch schöner wirken zu lassen. Sie war eine Frau, nach der sich die Männer umdrehten, und aus diesem Grund beäugten einige der älteren Damen in Russell sie mit Argusaugen. Aber das war unnötig, denn Belles Herz gehörte allein Etienne. Auch sie konnte sich seiner sicher sein. Etienne interessierte sich nicht für andere Frauen, und nur ein Dummkopf würde es wagen, sich Etiennes Unmut zuzuziehen – ein Blick auf seine kalten blauen Augen und die dünne Narbe auf seiner Wange reichte aus, um zu erkennen, dass er ein Mann war, dem man besser nicht in die Quere kam.

Mog konnte sich nur zu gut daran erinnern, welche Vorbehalte sie gegen Etienne gehabt hatte, als er hier aufgetaucht war, um Belle zu finden. Im Krieg mochte er ein Held gewesen sein, doch die Art und Weise, wie er vorher gelebt hatte, durfte man nicht allzu genau betrachten. Aber da sie das Leuchten in den Augen ihrer Freundin gesehen hatte, wenn sie Etienne anschaute, und gespürt hatte, dass dieser Mann Belles Schicksal war, hatte sich Mog mit ihm abgefunden.

Jetzt liebte sie ihn wie einen Sohn. Und er hatte immer wieder bewiesen, was er wert war. Er war stark, zuverlässig, liebevoll und treu und hatte einen ausgeprägten Sinn für Humor, der ihn nicht einmal in den schwierigsten Zeiten im Stich ließ. Ob er fischen ging, um etwas zu essen auf den Tisch zu bringen, Bauarbeiten verrichtete, Land rodete oder eins der Babys in seinen Armen wiegte, bis es einschlief, er tat alles mit vollem Einsatz. Sein Plan, einen Weingarten anzulegen, mochte gescheitert sein, wie einige der boshafteren Bewohner von Russell sich voller Schadenfreude erinnerten, aber im Gegenzug hatte er immer gut für die Seinen gesorgt und war im Ort allgemein beliebt.

»Woran denkst du?«, wollte Etienne von Mog wissen und zog fragend eine helle Augenbraue hoch.

»Wie froh ich bin, dass mit euch beiden alles so gut gegangen ist«, antwortete sie. »Es war richtig von uns, nach Neuseeland auszuwandern, nicht wahr?«

»Ganz bestimmt«, sagte Belle lächelnd. »Wenn ich verzweifle, weil wir hier wohl nie in den Genuss von Elektrizität, modernen Sanitäreinrichtungen und anständigen Straßen kommen werden, denke ich daran, wie kalt und nass es jetzt daheim in England ist.«

»Doch die Zeiten werden für uns alle schwerer werden«, dämpfte Etienne sie. »Seit dem Börsenkrach sind zwei Jahre vergangen, in Amerika gibt es sieben Millionen Arbeitslose, und auch hier verschärft sich die Lage. Mit Farmern, die ihre Erzeugnisse nicht mehr absetzen können, und Fabriken, die eine nach der anderen schließen, werden auch wir die Auswirkungen bald zu spüren bekommen.«

»Aber es wird die Reichen doch nicht davon abhalten, zum Segeln und Fischen herzukommen, oder?«, fragte Belle. In den letzten zehn Jahren war die Zahl der Sommergäste ständig gewachsen, was hauptsächlich dem amerikanischen Schriftsteller und Sportler

Zane Grey zu verdanken war, der 1926 nach Russell gekommen war, um Marline zu fischen. Im darauffolgenden Jahr hatten der Herzog und die Herzogin von York einige Nächte mit ihrer Jacht *HMS Renown* im Hafen vor Anker gelegen, und seither zog es scharenweise andere reiche und berühmte Leute hierher. Mog und Belle profitierten von diesen Besuchern vor allem dadurch, dass sie Kleidungsstücke änderten und der neuesten Mode anpassten, aber Belle hatte außerdem bereits etliche Hüte verkauft, und Mog hatte Shorts, Röcke und Blusen für Frauen angefertigt, die feststellten, dass ihre Garderobe für Russell zu formell war.

Was Etienne anging, so hatte er schon unzählige Angler auf seinem Boot aufs Meer hinausgefahren, ganze Familien mitgenommen, die an einem einsamen Strand picknicken wollten, und eine Art Fährendienst für Feriengäste eingerichtet. Früher im Jahr war die Straße von Russell nach Whangarei fertiggestellt worden, und in diesem Sommer würden Besucher sie zum ersten Mal benutzen können, auch wenn sie gewunden wie ein Korkenzieher war.

»Die Reichen kommen vielleicht immer noch, aber all die kleinen Campingplätze hier in der Umgebung bekommen es schon zu spüren, dass immer mehr Menschen in der Stadt ihren Arbeitsplatz verlieren«, wandte Etienne ein. »Vielleicht müssen auch wir bald den Gürtel enger schnallen.«

»Wir kommen schon klar«, sagte Mog überzeugt. »Wir haben vielleicht kein Geld auf der Bank, aber wir haben keine Schulden und sind alle drei imstande, kräftig zuzupacken, wenn es sein muss. Was wir allerdings im Moment überlegen müssen, ist, wie es mit Mari weitergehen soll. Schon morgen wird sie nicht mehr daran denken, wie knapp sie mit dem Leben davongekommen ist, und allein deshalb sollte sie auf eine Weise bestraft werden, die sie daran erinnert, wie ernst der Vorfall war. Außerdem ist sie ein bisschen größenwahnsinnig. Miss Quigley hat ganz recht, wenn sie sagt, dass Mari aufsässig ist, und das ist bei einer Elfjährigen nicht gut.«

»Sie ist selbstbewusst, das ist alles«, brauste Belle auf. »Ich werde sie nicht so erziehen, wie Annie und du mich erzogen habt. Ich habe praktisch wie eine Gefangene gelebt.«

»Das ist nicht fair, Belle«, wandte Etienne ein. »Mog musste dich als Kind gut behüten, weil in London alle möglichen Gefahren lauerten. Das hat sie mit Mari bestimmt nicht vor.«

»Natürlich nicht«, sagte Mog. »Sie braucht nur ein bisschen Anleitung. Seit einer ganzen Weile darf sie tun und lassen, was ihr gefällt. Sie sollte mehr im Haus helfen, kochen und nähen lernen, statt auf Bäume zu klettern und mit den Jungs Ball zu spielen. Noch vier Jahre und sie ist ein junges Mädchen, und ich muss dir nicht erst sagen, Belle, welche Gefahren das mit sich bringt.«

Belle schürzte die Lippen.

»Verschone mich mit diesem selbstgefälligen Blick!«, meinte Mog ungeduldig. »Seien wir ehrlich, wir drei wissen ganz genau, in welche Schwierigkeiten junge Leute geraten können. Hier gibt es weniger Versuchungen als in London oder Marseille, doch für junge Menschen kann es hier ziemlich langweilig sein. Und dann gibt es Ärger!«

Etienne grinste. »Du hast ja recht, Mog, wie immer. Mir wäre es auch lieber, wenn Mari davon träumen würde, einen Hutsalon zu besitzen oder Ballerina zu werden. Aber da das unwahrscheinlich ist, müssen wir sie in eine Richtung lenken, die ungefährlicher ist, als eine zweite Jeanne d'Arc zu werden.«

»Wer hat ihr überhaupt von Jeanne d'Arc erzählt?« Belle sah Etienne vorwurfsvoll an.

Er hob in einer typisch französischen Geste die Schultern. »Den Jungs erzähle ich von König Artus, also erzähle ich Mari von einem Bauernmädchen, das ihre Landsleute in die Schlacht geführt hat. Ich dachte, du bist für die Gleichberechtigung der Frau?«

»Bin ich auch. Aber wenn man eine Tochter hat, hofft man einfach, dass sie einen guten, anständigen Mann heiratet und mit ihm glücklich ist bis an ihr Lebensende.«

»Das hoffe ich auch«, gab Etienne zu. »Doch ich möchte auch, dass Mari nach höheren Dingen strebt. Sie ist intelligent, und vielleicht ist es ihr bestimmt, Ärztin oder Anwältin zu werden oder das zu schaffen, worin ich versagt habe, nämlich erfolgreich Wein anzubauen. Wir müssen alles tun, um ihre Energien in die richtigen Kanäle zu leiten.«

KAPITEL 2

1938

Mog war im Arbeitszimmer damit beschäftigt, Perlen an einen Brautschleier zu nähen, als Mariette hereinkam. Anscheinend wollte sie ausgehen, denn sie trug das grün-weiß gestreifte Kleid, das Mog erst vor Kurzem für sie geschneidert hatte, und sah bildhübsch aus.

Mog hatte immer behauptet, dass aus Mariette eines Tages eine Schönheit werden würde, und sie hatte recht behalten. Mit ihren achtzehn Jahren wurde sie mit ihren ein Meter fünfundsechzig, der kurvenreichen Figur und den langen rotblonden Locken von ihren Freundinnen glühend beneidet und von den meisten Männern heiß begehrt.

»Ich finde, du solltest an einem Sonntagnachmittag nicht herumflanieren«, sagte Mog. »Ich durfte das jedenfalls nicht, als ich ein junges Mädchen war.«

Mariette lachte. »Ach, Moggy, das ist so albern und viktorianisch. Was ist schon dabei, an einem schönen Tag einen Spaziergang zu machen? Ich wette, Jesus hat sonntags auch nicht über einem Buch gebrütet.«

»Damals gab es noch keine Bücher«, entgegnete Mog. »Außerdem dachte ich, du hilfst mir. Mit dem Schleier bin ich fast fertig, aber auf das Kleid müssen noch Hunderte Perlen genäht werden.«

»Ich helfe dir, wenn ich zurückkomme. Ich brauche bloß ein bisschen Bewegung und frische Luft.«

»Aber deinen Eltern hast du gesagt, dass du nicht mit ihnen nach Paihia fahren willst, weil du mir helfen musst.« Mog musterte

Mariette argwöhnisch. »Hast du etwa vor, dich mit einem jungen Mann zu treffen?«

»Nein! Warum denkt ihr bloß dauernd, dass ich mich mit Jungs treffe, du und Mum?«

Mog registrierte Mariettes gerötete Wangen und die falsche Empörung in ihrer Stimme und wusste, dass sie mit ihrem Verdacht richtig lag. »Es gibt nicht viel über junge Mädchen, das deine Mutter und ich nicht wissen«, gab sie schroff zurück.

Sie liebte Mariette abgöttisch, aber sie war nicht blind für ihre Fehler. Das Mädchen war egozentrisch und gerissen und schien weder Belles Mitgefühl noch die Tatkraft ihres Vaters geerbt zu haben.

Sie konnten alle stolz darauf sein, wie aufgeweckt sie war, und ihr hübsches Gesicht würde einen Stein zum Erweichen bringen, doch Mog hatte große Angst, dass sie eines Tages in ernste Schwierigkeiten geraten würde.

Sie hatte Dr. Crowley geholfen, Mariette zur Welt zu bringen, und von dem Moment an, als Mog sie in den Armen gehalten und in das zorngerötete kleine Gesicht gesehen hatte, hatte sie für das Kind ein Übermaß an Liebe empfunden. Sie hatte Belle genauso lieb gehabt, als sie noch ein Baby und allein Mogs Obhut anvertraut gewesen war. Aber damals war Mog nur das Hausmädchen gewesen, und weil sie gewusst hatte, dass Belles Mutter Annie sie jederzeit vor die Tür setzen könnte, hatte sie sich angewöhnt, ihre Gefühle zu unterdrücken und ihre Meinung nur dann kundzutun, wenn Annie sie danach fragte.

Doch Belle und Etienne betrachteten Mog von Anfang an als Großmutter ihres Babys, und als solche brauchte sie nichts zurückzuhalten – weder ihre Hilfe noch ihre Ansichten oder ihre Liebe zu dem kleinen Mädchen. Aber ein Kind so sehr zu lieben war ein zweischneidiges Schwert. Mog mochte in der erfreulichen Gewissheit leben, dass sie für Mariette genauso wichtig war wie ihre Eltern, aber das brachte mit sich, dass sie sich ebenso große Sorgen wie die beiden machte, dass dem Mädchen etwas zustoßen könnte.

Belle war im zarten Alter von fünfzehn von Verbrechern entführt worden, und in den zwei Jahren ihrer Abwesenheit hatte es Momente gegeben, in denen Mog das Gefühl gehabt hatte, sie würde den Verstand verlieren, so sehr hatte es sie gequält, nichts über das Schicksal ihrer geliebten Kleinen zu wissen. Es schien zwar wenig wahrscheinlich, dass Mariette Ähnliches widerfahren könnte, doch auf ein junges Mädchen lauerten genug andere Gefahren. Mog empfand es als ihre Pflicht, gut auf Mariette aufzupassen. Falls sie versagte, weil sie nicht streng genug gewesen war, würde sie es sich nie verzeihen.

Früher hatte das nur bedeutet, darauf zu achten, dass Mariette nicht an gefährlichen Stellen spielte, sich gesund ernährte und lernte, Richtig und Falsch zu unterscheiden. Aber auf einmal – und es schien über Nacht passiert zu sein – war sie zu einer jungen Frau geworden, und Mog ahnte neue Gefahren. Sie konnte eine Achtzehnjährige nicht zu Hause einsperren oder ihre weiblichen Rundungen verbergen oder ihr Lächeln weniger betörend machen.

Genauso wenig konnte sie sie vor den Übergriffen warnen, zu denen manche Männer imstande waren – nicht ohne ihr zu erklären, woher sie davon wusste. Belle glaubte, dass Mariette in Russell gut aufgehoben war und dass aus Angst vor Etienne kein Mann wagen würde, sich bei ihrer Tochter Freiheiten herauszunehmen. Vielleicht hatte sie recht, aber Mog hatte da so ihre Zweifel: Mariette war ein kleines Luder, und es bestand durchaus die Möglichkeit, dass sie selbst die Initiative ergriff.

»Na ja, wenn du unbedingt ausgehen musst, dann sei wenigstens bis vier Uhr zurück!«, gab Mog widerstrebend nach. »Wir brauchen Tageslicht, um die Perlen anzunähen, doch wenn wir beide daran arbeiten, können wir es in einer Stunde schaffen.«

Mariette nickte und umarmte Mog. Und bevor sie sich noch mehr gute Ratschläge anhören und weitere neugierige Fragen beantworten musste, schnappte sie sich hastig eine Strickjacke und flitzte zur Tür hinaus.

Mariette hatte tatsächlich vor, sich mit einem Mann zu treffen. Als sie in Richtung Flag Staff Hill ging, wo sie verabredet waren, war ihr beklommen zumute. Sie hatte kein mulmiges Gefühl, weil sie Mog beschwindelt hatte – in den letzten paar Monaten hatte sie Mog und ihren Eltern so viele Lügen erzählt, dass es auf eine mehr oder weniger nicht ankam –, sondern weil sie heute mit Sam Schluss machen wollte und befürchtete, dass er unangenehm werden könnte.

Sie hatte ihn vor einem Jahr kennengelernt, als der Frachter, auf dem er arbeitete, wegen einiger kleinerer Reparaturarbeiten draußen in der Bucht geankert hatte. Die ganze Besatzung ging in Russell an Land und sorgte für reichlich Aufsehen, weil sich die Männer betranken und randalierten. Sam fiel auf, da er jung, groß, blond und sehr hübsch war. Der Rest der Crew setzte sich aus untersetzten, rauen Burschen mit schlechten Zähnen zusammen, die fast ausnahmslos mindestens dreißig Jahre alt waren.

Mariette kam zufällig mit Sam ins Gespräch. Er fragte sie, was in Paihia los sei und ob es sich lohne, mit der Fähre dorthin zu fahren. Als sie sagte, dass der Ort nicht so schön wie Russell sei, lachte er und meinte, er sei nur an hübschen Mädchen interessiert, nicht an Sehenswürdigkeiten.

Nachdem das Schiff wieder abgelegt hatte, hörte sie, wie sich ihre Eltern über das schlechte Benehmen der Crew unterhielten. Nicht nur, dass es im *Duke of Marlborough* zu einer Schlägerei gekommen war, bei der Stühle und Fenster zu Bruch gegangen waren, es waren auch einige Frauen und Mädchen belästigt worden, und die ganze Stadt war empört.

Ihr Vater schien ein wenig Verständnis für die Männer zu haben. »Wahrscheinlich haben sie gehört, dass Russell früher einmal auch das ›Dreckloch des Pazifiks‹ genannt wurde, und waren enttäuscht, weil es sich in eine so biedere Stadt verwandelt hat, in der es keine leichten Mädchen, nicht einmal ein Tanzcafé gibt«, meinte er.

Der hübsche Seemann, dessen Namen Mariette damals noch nicht kannte, ging ihr nicht aus dem Kopf. Immer wieder musste sie daran denken, wie er sie angeschaut hatte – als könnte er durch ihre Kleider hindurchsehen – und wie prickelnd sie das gefunden hatte.

Den Rest jenes Sommers ertappte sie sich dabei, sehr viel an Jungen zu denken. Sie hatte keinen Mangel an Verehrern – schließlich war sie angeblich das hübscheste Mädchen in Russell –, aber es waren nur die Jungen, mit denen sie aufgewachsen war, und keiner von ihnen weckte in ihr die Gefühle, die der hochgewachsene, blonde Fremde hervorgerufen hatte. Sie flirtete mit einigen von ihnen und ließ sich von ihnen küssen, gewissermaßen zur Übung, doch es war nicht so berauschend, wie es in Büchern beschrieben wurde.

Mariette verschlang jedes Buch, das sie in die Finger bekam, und wegen all der Dinge, die sie über fremde Länder und große Städte las, erschien ihr Russell sehr langweilig. Ihrer Meinung nach hatte der Ort außer seiner Schönheit nichts zu bieten. Gelegentlich gab es eine Tanzveranstaltung, eine Filmvorführung oder ein Picknick, ansonsten jedoch war kaum etwas los. Wenn sie jeden Tag mit ihrem Vater hätte segeln und angeln gehen können, wäre sie glücklich gewesen. Aber er konnte sie nicht allzu oft mitnehmen, und die Besitzer der Jachten, die eine Crew brauchten, würden sich nie davon überzeugen lassen, dass sich ein Mädchen für diese Aufgabe eignete.

Was ihre alten Schulfreundinnen anging, so hatte Mariette das Gefühl, sie weit hinter sich gelassen zu haben. Sie waren damit zufrieden, ihren Müttern im Haushalt zu helfen, herumzusitzen und zu tratschen. Nicht eine von ihnen träumte wie Mariette davon, die Welt zu bereisen oder irgendetwas Aufregendes und Gefährliches zu erleben.

Sie hatte gehört, dass der Seemann Australier war, und daher nicht erwartet, ihn jemals wiederzusehen. Aber zu ihrer freudigen Überraschung war er vor zwei Monaten nach Russell zurückgekommen. Er fuhr nicht mehr zur See, sondern arbeitete als Lkw-Fahrer für eine Holzfirma, für die er Baumstämme aus diversen Wäldern der Nordinsel transportierte, die dann von Russell aus verschifft wurden.

Mariette begegnete ihm zufällig im Postamt, und sein breites Grinsen sagte ihr, dass er sich nicht nur an sie erinnerte, sondern sich freute, sie zu sehen. Sie unterhielten sich kurz, und sie flirtete mit ihm, aber da sie wusste, dass ihre Eltern ihr nie erlauben würden, mit einem erwachsenen Mann von fünfundzwanzig, der nur auf der Durchreise war, auszugehen, traute sie sich nicht, sich mit ihm zu verabreden.

Drei Tage hielt sie durch. Wenn sie ihn zufällig traf, blieb sie stehen, um mit ihm zu plaudern und zu flirten, doch erst als sie hörte, dass er am nächsten Tag weiterfahren würde, war ihr klar: jetzt oder nie!

Vor dem *Duke of Marlborough* lungerten am Spätnachmittag immer Männer herum und warteten darauf, dass um sechs Uhr geöffnet wurde, also zog Mariette ihr schönstes Kleid an und schlenderte an dem Lokal vorbei. Die Augen des Australiers leuchteten auf, als er sie sah, und das Prickeln in ihrem Inneren, das sie gefühlt hatte, als sie ihm vor all diesen Monaten zum ersten Mal begegnet war, machte sich stärker denn je bemerkbar. Bei ihren kurzen Unterhaltungen war sie ein wenig enttäuscht gewesen, dass er ziemlich ungehobelt war, Schimpfwörter benutzte und derbe Bemerkungen über ihre Figur und Beine machte. Sein abgetragenes kariertes Hemd und seine grobe Baumwollhose waren ein bisschen schmuddelig, aber er hatte wunderschöne blaue Augen und lange, dunkle Wimpern, und sie konnte dem Hauch von Gefahr, der aus jeder Pore seiner sonnenverbrannten Haut drang, einfach nicht widerstehen.

An jenem Tag hatte sie ihren Eltern vorsichtshalber erzählt, eine Freundin besuchen zu wollen, und willigte sofort ein, als Sam ihr vorschlug, einen kleinen Spaziergang zu unternehmen. Sie war überzeugt, dass er jetzt schon von ihr bezaubert war, weil es ihm nichts auszumachen schien, dass er die erste Runde im Pub verpassen würde. Und das war doch wohl etwas, das sich nur wenige Männer entgehen lassen würden.

Sowie sie ein Stück von der Stadt entfernt und vor neugierigen Blicken sicher waren, küsste er sie, und dieser Kuss war alles, was Mariette sich je erhofft hatte, und noch mehr. In Sams Armen verlor sie jedes Zeitgefühl; ihr Herz schlug schneller, sie bekam weiche Knie, und dann war da noch dieses seltsame, aber wundervolle Ziehen in ihrem Unterleib, das sie jede Vorsicht vergessen ließ.

Aber er zog sich zurück. »Das kann ich nicht machen«, sagte er. »Du bist noch zu jung, und ich muss wieder fort. Es ist dir gegenüber nicht fair.«

Er verließ Russell am nächsten Morgen in aller Frühe, ohne zu erwähnen, ob er wiederkommen würde. Doch jene letzten Worte überzeugten Mariette, dass er im Grunde seines Herzens ein Gentleman und nur deshalb manchmal ein bisschen derb war, weil er den Umgang mit Frauen nicht gewöhnt war.

Vierzehn Tage vergingen, ehe er zurückkehrte, und in dieser Zeit hatte sie an nichts anderes als ihn und seine Küsse gedacht. Sie musste ihre Gedanken für sich behalten und mochte sie nicht einmal einer ihrer Freundinnen anvertrauen, aus Angst, sie könnte es weitererzählen.

Als Sam wiederkam, sagte er zu ihr, dass sie ihm die ganze Zeit nicht aus dem Kopf gegangen sei und dass er sich in sie verliebt habe. Welches Mädchen hätte das nicht geglaubt? Und wie konnte sie ihm nicht erlauben, mit ihr zu schlafen, wenn sie fest davon überzeugt war, auch in ihn verliebt zu sein.

Das erste Mal passierte es oben auf dem Flag Staff Hill hinter ein paar Büschen, und schon als er sie ohne jede Rücksicht auf ihre Bequemlichkeit auf den Boden stieß, wusste Mariette, dass sie einen Fehler beging. Sie hatte sich etwas Schönes, Romantisches gewünscht, aber was sie bekam, waren Dornen in ihrem Fleisch, wunde Schenkel und ein Gefühl tiefer Enttäuschung. Als er dann kurz darauf sagte, er müsse in den Pub zurück, um dort einen Freund zu treffen, fühlte sie sich betrogen und erniedrigt.

Doch dumm wie sie war, glaubte sie, dass es besser werden würde. Sie hatte mehrere Bücher gelesen, in denen sich die Heldin beim ersten Mal genauso gefühlt hatte wie sie selbst, und am Ende war alles gut geworden. Als Sam einmal Russell verließ, ohne ihr zu sagen, wann – oder ob – er zurückkommen würde, redete sie sich ein, dass er sich nur so verhielt, weil er befürchtete, er könnte sich zu sehr in sie verlieben.

Ohne einen Menschen, dem sie sich anvertrauen konnte, und in der ständigen Angst vor Entdeckung lebte Mariette in qualvoller Unruhe. Manchmal hoffte sie sogar, dass Sam nie wieder nach Russell kommen und sie ihn einfach vergessen würde. Aber als sie eine Woche später aus ihrem Fenster schaute und ihn an einem Baum am unteren Ende der Robertson Street lehnen sah, hatte sie das Gefühl, sofort zu ihm laufen zu müssen.

Sie war so naiv zu glauben, ihn ändern zu können, wenn sie ihn dazu brachte, einfach nur mit ihr zu reden, sie zu küssen und im Arm zu halten, und ihm weiter nichts gestattete.

»Es gefällt mir nicht besonders, wie du dich mir gegenüber verhältst«, sagte sie. »Ich möchte mit dir reden, dich besser kennenlernen. Könnten wir nicht einfach spazieren gehen und uns unterhalten, ohne …« Sie zögerte, weil sie nicht wirklich wusste, wie sie es bezeichnen sollte. »Du weißt schon … es zu machen?«

Er strich ihr, wie sie fand, sehr zärtlich über die Wange. »Hör mal, Süße, ich musste seit dem letzten Mal ständig an dich denken«, sagte er ernst. »Ich will dich so sehr. Tu mir das nicht an, ja?«

Im Nachhinein betrachtet, war es klar, dass er sich nicht das Geringste aus ihr machte und nur Sex wollte. Aber damals erkannte sie es nicht; alles was sie sah, war der bittende Ausdruck in seinen Augen, und deshalb fügte sie sich seinen Wünschen.

Beim vierten Mal ging er noch ruppiger mit ihr um, stieß sie auf den Boden und stürzte sich auf sie. Als er fertig war, demütigte er sie noch mehr, indem er ihr befahl, nach Hause zu gehen, weil er noch eine Verabredung habe.

Wenn Mog plötzlich einen Menschen oder eine Sache durchschaute, pflegte sie zu sagen: »Es fiel mir wie Schuppen von den Augen.« Mariette hatte oft darüber gelacht und erwidert, dass nur Fische Schuppen hätten. Aber vor zehn Tagen, als Sam zum letzten Mal in Russell gewesen war, hatte sie endlich begriffen, was diese Redewendung bedeutete.

Er war richtig widerlich gewesen, hatte sie in einem Gebüsch auf die Knie gedrückt und war von hinten in sie eingedrungen wie ein Hund, ohne sie auch nur ein einziges Mal zu küssen. Als er nachher seine Hosen zugeknöpft hatte, hatte er gesagt, sie solle am Sonntag in einer Woche hier auf ihn warten – und ja nicht zu spät kommen.

Es war, als hätte jemand einen Kübel kaltes Wasser über sie geschüttet, aber sie war endlich zur Besinnung gekommen.

Seit damals litt sie vor Scham Höllenqualen, weil sie sich so brutal hatte ausnutzen lassen. Sie hoffte inständig, Sam würde nie wieder nach Russell kommen und die Sache wäre endgültig vorbei.

Aber es sollte nicht sein. Als sie am Vortag über die Uferstraße geschlendert war, hatte Sam vor dem *Duke of Marlborough* darauf gewartet, dass die Kneipe aufmachte.

Er war sehr schmutzig und roch nach Schweiß, und die Tatsache, dass er ihr nicht ein Lächeln, sondern einen lüsternen Blick zuwarf, sagte alles darüber aus, was er für sie empfand.

»Vergiss unsere Verabredung für morgen nicht!«, sagte er und rieb sich vielsagend den Schritt.

Wie Mariette es sah, gab es zwei Möglichkeiten. Eine davon war, die Verabredung einfach nicht einzuhalten, doch dann bestand die Gefahr, dass er zu ihnen nach Hause kam und ihre Eltern Wind von der Sache bekamen. Die andere Möglichkeit war, ihn zu treffen und ihm zu zeigen, aus welchem Holz sie geschnitzt war. Letzteres entsprach ihr weit mehr, und sie wusste, dass sie sich danach besser fühlen würde.

Aber als sie ihn jetzt vor sich sah, wie er im Gras hockte und eine Zigarette rauchte, wurde ihr fast übel vor Angst. Er wandte den Kopf, als sie näher kam, dachte jedoch nicht einmal daran, zu lächeln oder aufzustehen, um sie zu begrüßen.

»Ich bleibe nicht«, begann sie, als sie in Hörweite war. »Ich wollte dir bloß mitteilen, dass ich dich nicht mehr sehen will.«

»Ach ja?«, gab er höhnisch zurück. »Das hättest du mir gestern sagen können, dann hätte ich mir die Mühe sparen können, hier raufzumarschieren. Aber wahrscheinlich ist das bloß so eine Weibermasche, damit ich was Schnulziges sage. Keine Chance, Kleine, dafür hast du dir den Falschen ausgesucht.«

Sie trat direkt vor ihn und sah ihn an. »Das habe ich allerdings«, erwiderte sie. »Du hast mich schändlich behandelt, und ich will dich nie wiedersehen.«

Jetzt sprang er auf. »Ich hab dir doch gegeben, was du wolltest, oder?«

»Glaubst du im Ernst, irgendein Mädchen will das?« Sie war fassungslos.

»Du warst doch ganz scharf drauf«, sagte er. »All das Klimpern mit den Wimpern und die heißen Blicke, mit denen du um dich geworfen hast. Weiber wie du sind keinen Penny wert. Sie heizen einem Mann ein, und dann wollen sie geheiratet werden.«

»Heiraten? Dich?«, entgegnete sie empört. »Was bildest du dir eigentlich ein? Ich würde dich nicht mal für eine Million Pfund heiraten. Es ist mir ein Rätsel, was ich jemals an dir finden konnte. Aber ich habe gesagt, was ich zu sagen hatte, und jetzt gehe ich nach Hause.«

»Nicht so schnell!« Er packte sie am Arm. »Keine billige Schlampe beleidigt mich und kommt damit durch.«

»Hast du mich mit deinem widerlichen Verhalten etwa nicht beleidigt?«, fuhr sie ihn an und versuchte, sich aus seinem Griff zu winden.

Er bohrte die Finger so fest in ihren Arm, dass es wehtat. »Du hältst dich wohl für was ganz Besonderes«, stieß er hervor und schob sein Gesicht direkt vor ihres. »Worauf bist du eigentlich so stolz, hm? Es heißt, dass dein alter Herr ein Kriegsheld war, aber er ist ein Scheißfranzose, und die Franzmänner haben schon Orden bekommen, wenn sie sich selbst den Arsch abwischen konnten. Und deine Ma … Tja, soweit ich weiß, hat sie sich auf den ersten Junggesellen gestürzt, der nach Russell kam, und war bei ihrer Hochzeit schon schwanger.«

Auf einmal wurde Mariette klar, wie dumm es gewesen war, hier heraufzukommen, wo niemand in der Nähe war, der ihr helfen könnte, falls Sam wirklich unangenehm werden sollte.

»Lass mich los!«, forderte sie ihn auf.

»Gleich«, sagte er. »Aber erst, wenn du mir einen geblasen hast.«

Mariette wusste erst, was er meinte, als er seine Hose aufknöpfte, sein Glied herausholte und ihren Kopf nach unten drückte.

»Auf die Knie!«, befahl er. »Und wehe, du machst es nicht gut!«

Mariette hatte nicht die Absicht, etwas so absolut Ekelhaftes zu tun; allein bei der Vorstellung drehte sich ihr der Magen um. Aber ihr war bewusst, dass Sam sehr viel stärker war als sie und sie ihm nur entwischen konnte, wenn sie ihn hereinlegte.

Sie holte tief Luft und zwang sich, ihn anzugrinsen. »Na ja, warum nicht … der alten Zeiten willen«, sagte sie und griff nach seinem Glied. Es war noch schlaff und fühlte sich verschwitzt und eklig an, doch sowie sie ihre Hand darum schloss und die Knie beugte, als wollte sie sich vor ihn kauern, ließ Sam ihren Arm los.

Unter ihrem Griff wurde das Glied steif und dick. Mariette

blickte auf und sah, dass Sam den Kopf zurückgelegt und die Augen geschlossen hatte. Jetzt war der richtige Moment.

Mit einer ruckartigen Bewegung riss sie das Knie hoch und stieß es ihm direkt in die Hoden, fuhr herum und rannte davon, so schnell sie konnte.

Als sie kurz zurückschaute, sah sie, wie er sich vor Schmerzen krümmte. Er sank auf die Knie, hielt sich den Unterleib und gab eine Art Grunzen von sich.

Es war der Schock, der sie zum Weinen brachte. Ihre Mutter und Mog hatten sie immer wieder ermahnt, Fremden nicht zu trauen und Männern keinesfalls zu erlauben, sich ihr gegenüber Freiheiten herauszunehmen. Aber diese Warnungen hatten früher kaum etwas bedeutet, weil alle Leute, die sie kannte, nett und anständig waren – bis sie Sam traf.

Doch sie konnte sich erinnern, wie beunruhigt ihre Mutter vor ein paar Jahren gewesen war, als die Zeiten aufgrund der Wirtschaftskrise hart waren und häufig ausgezehrte Männer in zerlumpten Kleidern vor ihrer Tür standen und um Essen baten.

»Mach niemandem die Tür auf, wenn ich nicht da bin!«, hatte ihre Mutter ihr eingeschärft. »Armut und Hunger können Menschen zur Verzweiflung treiben.«

Mariette hatte es seltsam gefunden, dass ihre Mutter und Mog trotz dieser Ermahnungen den Männern Essen und Trinken gaben und häufig sogar die Blasen an ihren Füßen auswuschen und behandelten.

»Sie können nichts für ihr erbärmliches Aussehen, sie sind hungrig und erschöpft«, erklärte Mog ihr. »Männer wie sie, die in der Hoffnung auf Arbeit durchs Land ziehen, findet man jetzt überall auf der Welt. Du hast nicht am eigenen Leib erlebt, was die Depression für die meisten Menschen bedeutet. Wir haben es zum Glück geschafft, mit dem Gemüse, das wir anbauen, der Kuh und den Hühnern über die Runden zu kommen, und dein Vater geht auf Fischfang. Sonst müssten wir vielleicht auch hungern.«

Danach hielt Mariette die Augen offen und bemerkte, was sich alles verändert hatte. Niemand konnte es sich leisten, sich ein neues Kleid oder einen neuen Hut anfertigen zu lassen, deshalb verdienten ihre Mutter und Mog kein Geld. Ihr fiel auf, dass die beiden wie die Spatzen aßen, damit mehr für Mariette und ihre Brüder blieb. Abends wurde nur eine Lampe angezündet, alte Kleider wurden aufgetrennt und zu einem neuen Kleidungsstück verarbeitet, und von ihr und ihren Brüdern wurde erwartet, dass sie jeden Tag an den Strand gingen und Treibholz für den Ofen sammelten.

Ihr Vater sprach voller Verachtung über die öffentlichen Hilfsorganisationen, die angeblich Männern halfen, ihre Familien zu ernähren. Aber um Anspruch auf den erbärmlich geringen Betrag Unterstützungsgeld zu haben, mussten sie in Arbeitslager, die oft kilometerweit von ihrem Zuhause entfernt waren. Nur mit Hacke und Schaufel ausgerüstet, bauten sie dort Straßen, lichteten Buschwerk, buddelten Gräben, kurz, sie führten schwere, stumpfsinnige und oft sinnlose Arbeiten aus. Sie lebten in Zelten, deren Böden aus gestampftem Lehm bestanden, und das Essen, das sie bekamen, war kaum gut genug, um an Hunde verfüttert zu werden.

Mariette erfuhr auch, dass viele Kinder in den Großstädten in Lumpen gingen und keine Schuhe hatten und Babys früh starben, weil es keine Milch für sie gab.

Zigtausende hatten ihre Arbeit verloren, Geschäfte und Fabriken schlossen, und die Farmer standen vor dem Ruin. Für viele Menschen waren die Suppenküchen das Einzige, was sie vor dem Hungertod bewahrte.

Wie sehr viele Leute in Neuseeland scharte sich Mariettes Familie allabendlich um das Rundfunkgerät, um *Uncle Scrim* zu hören, aber außer dieser Sendung von Reverend Scrimgeour hörten sie Berichte von Hungermärschen in England und Aufständen in Wellington und anderen Großstädten in Neuseeland.

Zum Glück hatte sich die Lage im vergangenen Jahr allmählich verbessert. Die Männer verließen die Arbeitslager und kehrten nach Hause zurück; Fabriken wurden wieder geöffnet, und die Banken waren den Farmern gegenüber entgegenkommender. Es gab sogar für alle Schulkinder kostenlose Milch. Dennoch war die einzige Arbeit, die Mariette finden konnte, ihrer Mutter und Mog beim Anfertigen von Kleidern und Hüten zu helfen. Sie hätte gern einen anderen Beruf gewählt, aber dafür fehlten in Russell einfach die Möglichkeiten.

Sie trocknete sich die Augen, als sie die kleine Ansammlung von Hütten am Fuß des Hügels erreichte, weil sie alle Maoris kannte, die dort lebten, und auf keinen Fall wollte, dass man sie in Tränen aufgelöst sah. Als sie am Haus der Komekes vorbeikam, winkte Anahera, die jüngere Schwester ihrer Freundin Matui, ihr zu. Sie war erst fünfzehn und hochschwanger. Mog hatte erst vor Kurzem geschimpft, dass diese Familie weiß Gott nicht noch ein hungriges Kind gebrauchen konnte.

Der Anblick von Anaheras stark gewölbtem Leib ließ Mariette erstarren. Was, wenn sie auch schwanger war?

Sie konnte nicht begreifen, warum sie vorher nie an diese Möglichkeit gedacht hatte – immerhin hatte man ihr die Angelegenheit mit den Babys genau erklärt, als sie zwölf gewesen war, und somit konnte sie – möglicherweise anders als Anahera – sich nicht einmal mit Unwissenheit entschuldigen.

Furcht ergriff sie, und zwar so heftig, dass ihr übel wurde. Es war schon schlimm genug, dass sie sich überhaupt mit Sam eingelassen hatte, auch ohne dass sie ein Kind von ihm bekam.

Ihre Eltern und Mog waren im Allgemeinen nachsichtige und tolerante Menschen. Mariette konnte nicht zählen, wie oft sie zu Leuten gehalten hatten, über die sich ihre engstirnigeren Nachbarn empört hatten. Sie saßen nie über andere zu Gericht und waren die Ersten, die Hilfe anboten, wenn sie benötigt wurde.

In dem Moment, als Mariette heimkam, wusste Mog, dass etwas nicht stimmte. In den Augen des Mädchens, die Belles so sehr ähnelten, lag ein Anflug von Furcht, und sie wirkte nervös, als erwartete sie, wegen irgendetwas Ärger zu bekommen. Als Mog fragte, was los sei, antwortete Mariette, dass sie befürchtet hätte, zu spät nach Hause zu kommen, um an dem Brautkleid mitzuarbeiten.

Mogs geschärfter sechster Sinn sagte ihr, dass etwas ganz anderes dahintersteckte, aber sie fragte nicht weiter nach. Sie hatte schon vor vielen Jahren bei Belle gelernt, dass zu viele Fragen zu nichts führten, und Mariette war ihrer Mutter sehr ähnlich.

Jetzt saßen sie einander am Arbeitstisch gegenüber, zwischen sich Janet Applebys seidenes Hochzeitskleid. Perlen an den Saum zu nähen war eine knifflige Sache, die gute Augen und viel Geduld erforderte, doch es war die Art Arbeit, die beiden gefiel, und normalerweise lachten und plauderten sie dabei munter.

Aber heute wirkte Mariette bedrückt. Sie hatte kaum ein Wort von sich gegeben, seit sie sich hingesetzt, den Fingerhut auf ihren Zeigefinger gestülpt und zu nähen angefangen hatte. Sonst erzählte sie immer, wo sie gewesen war und wen sie gesehen hatte, und brachte Mog mit ihren bissigen Bemerkungen über die sogenannten »Sonntagskleider« einiger ihrer Nachbarinnen zum Lachen. Die Frauen in Russell waren nicht sehr modebewusst – die meisten von ihnen trugen schlabberige, weite Kleider ohne jeden Pfiff.

Da Mariette als Kind ein solcher Wildfang gewesen war, war Mog ebenso überrascht wie erfreut gewesen, als sie angefangen hatte nähen zu lernen. Jetzt war sie fast so geschickt wie Mog und weit besser als ihre Mutter. Mog behauptete gern, dass ihre winzigen, präzisen Stiche wie das Werk einer Fee aussahen.

Sie spähte über den Rand ihrer Brille und beobachtete, wie Mariette einen neuen Faden in die Nadel einfädelte. Mit Belles Augen und Etiennes markanten Wangenknochen vereinte sie tatsächlich die besten Züge ihrer Eltern, aber das rötliche Haar verlieh ihr eine ganz eigene und einzigartige Note. Außerdem hatte sie einen beneidenswert schönen Teint, klar und makellos wie der einer Porzellanpuppe.

»Du bist ja so still«, bemerkte Mog beiläufig. »Hast du was auf dem Herzen?«

»Nein«, gab Mariette ein bisschen zu schroff zurück. »Manchmal ist es einfach angenehm, nicht reden zu müssen.«

Nach weiteren zwanzig Minuten Schweigen konnte Mog sich nicht mehr zurückhalten. »Wenn dir etwas auf der Seele liegt, kannst du es mir ruhig sagen. Vielleicht kann ich ja helfen.«

Mariette blickte von ihrer Näherei auf, und Mog sah, wie etwas – vielleicht der Wunsch, sich auszusprechen? – über ihr Gesicht huschte. »Mir liegt nichts auf der Seele«, sagte sie. »Na ja, abgesehen davon, dass ich wünschte, ich hätte einen richtigen Beruf.«

Mog war sich ziemlich sicher, dass das nicht alles war. »Was hältst du denn von der Idee deiner Mutter, Krankenschwester zu werden?«

»Mhm«, machte Mariette. »Ich glaube, das ist nicht unbedingt mein Ding. Du weißt schon, Bettpfannen, Erbrochenes und Blut und so. Aber es wäre toll, nach Auckland zu ziehen.«

»Willst du vor jemandem davonlaufen?«

Mog wusste, dass sie den Nagel auf den Kopf getroffen hatte, als sie sah, wie sich Mariettes Augen vor Schreck weiteten – auch wenn sie kurz auflachte, als wäre der Gedanke absurd.

»Natürlich nicht. Doch hier gibt es für mich nicht besonders viele Möglichkeiten, oder?«

»Man weiß nie, was hinter der nächsten Ecke auf einen wartet«, meinte Mog gelassen. »Bald ist Sommer, und die Leute, die zum Angeln und Segeln herkommen, stammen aus den unterschiedlichsten Bereichen des Lebens.«

»Glaubt eigentlich jeder, dass es das ist, was ich will? Einen Ehemann?«

»Es ist das, was sich die meisten Mädchen wünschen«, sagte Mog.

»Tja, ich will jedenfalls nicht mein Leben damit verbringen, zu kochen, zu putzen und Wäsche zu waschen«, fuhr Mariette sie an. »Und darum geht es doch in einer Ehe, oder? Janet Appleby mag dumm genug sein zu glauben, dass es bei einer Heirat nur um ein schönes Kleid und ein tolles Fest geht, aber ich bin es nicht.«

Mog schüttelte missbilligend den Kopf. »Du bist viel zu jung, um so zynisch zu sein«, sagte sie. »Und noch dazu bist du im Irrtum. In der Ehe geht es darum, dein Leben mit dem Mann, den du liebst, zu teilen, deine Kinder großzuziehen, für den anderen da zu sein. Ich habe erst geheiratet, als ich in mittleren Jahren war, und uns waren nur einige wenige Jahre miteinander vergönnt, bevor Garth an der Spanischen Grippe starb, doch es waren die besten Jahre meines Lebens. Schau dir doch deine Eltern an, Mari! Sie sind immer noch so verliebt wie am Tag ihrer Hochzeit. Ich denke, deine Mutter könnte dir sagen, dass die Ehe viel mehr bedeutet als Wäschewaschen, Kochen und Putzen.«

»Aber sie mussten heiraten, oder?«, fragte Mariette. »Mum war an ihrem Hochzeitstag schwanger.«

Mog war schockiert, so etwas von Mariette zu hören, und fragte sich, wer ihr das erzählt haben könnte. Doch sie würde es nicht abstreiten, auch wenn es die meisten Menschen als Schande ansahen.

»Die beiden haben geheiratet, weil sie ohne einander nicht leben konnten«, antwortete sie tadelnd. »Und das ist meiner Meinung nach der einzige Grund, um zu heiraten.«

»Aber ihr würdet alle furchtbar wütend sein, wenn ich schwanger und unverheiratet wäre.«

Es war eher Mariettes Tonfall als ihre Bemerkung selbst, die Mogs Misstrauen weckte. Einen Großteil ihrer jungen Jahre hatte sie damit verbracht, den Gesprächen anderer Frauen zuzuhören, und im Lauf der Zeit gelernt, versteckte Andeutungen und leise Untertöne herauszuhören. Sie verrieten, was die Sprecherin meinte, ohne es direkt auszusprechen. Belle hatte schon immer behauptet, dass niemand Mog etwas vormachen konnte.

»Bist du schwanger, Mari?«, fragte sie freundlich. »Geht es darum? Ist das der Grund, warum du heute ausgegangen bist? Um jemanden zu treffen? Bist du so still, weil du dir Sorgen machst?«

»Natürlich bin ich nicht schwanger«, sagte Mariette entrüstet. »Wie kommst du denn auf die Idee?«

»Durch dich«, antwortete Mog. »Vielleicht hast du ja auch nur Angst, du könntest schwanger sein. Was mir allerdings am meisten Sorgen macht, ist, dass du dich offensichtlich mit einem Mann getroffen hast, von dem du weißt, dass wir mit ihm nicht einverstanden wären. Ich finde, du solltest mir sagen, wer es ist, jetzt gleich.«

Mariette konnte zwar mehr als rebellisch sein, doch wenn sie mit einer direkten Frage konfrontiert wurde, gab sie immer eine ehrliche Antwort. Jetzt presste sie die Lippen zusammen und verriet Mog damit, dass sie sich bemühte, auf keinen Fall etwas zuzugeben.

»Du weißt, dass ich es auch so herausfinden werde«, gab Mog zu bedenken. »In Russell kann niemand auch nur einen Schritt machen, ohne dass es beobachtet wird. Sag's mir lieber gleich, bevor irgendein boshafter Mensch es deiner Mutter erzählt, nur um sie in Aufregung zu versetzen!«

»Ist doch ganz egal. Es ist aus«, platzte Mariette heraus. »Ich werde ihn nie wiedersehen.«

»Wenn er unpassend ist, dann ist es wohl besser so. Aber falls er nicht nur auf der Durchreise ist, dürfte es schwer sein, ihm aus dem Weg zu gehen«, meinte Mog. »Doch ich nehme mal an, es ist jemand, den du schon lange kennst. Ist es Carlo Belsito?«

Carlo Belsito war Fährmann. Obwohl er in Neuseeland geboren war, hatte er alle Merkmale seiner italienischen Herkunft: dunkle Locken, samtige Plüschaugen und einen Körperbau, der nur wenige Frauen in Russell kaltließ. Er war ein Schürzenjäger, und über seine Weibergeschichten kursierten viele unerfreuliche Geschichten.

»Carlo!«, rief Mariette erstaunt. »Wofür hältst du mich, Mog? Ich finde den Kerl widerlich.«

»Zum Glück.« Mog schmunzelte. »Ich wäre entsetzt, wenn du auch nur eine Minute deines Lebens an ihn verschwendet hättest. Hm, mal sehen, wer könnte es noch sein?«

»Lass es gut sein, Mog!«, bat Mariette. »Ich habe ihm gesagt, dass es aus ist. Ich will ihn einfach nur noch vergessen.«

Mog wusste, dass sie mehr erreichen würde, wenn sie jetzt nachgab und zu einem späteren Zeitpunkt auf das Thema zurückkam. »Meinetwegen. So, wir haben nur noch fünfzig Perlen übrig. Sehen wir zu, dass wir fertig werden, bevor das Licht zu schwach wird.«

Sie stellte fest, dass Mariette sehr erleichtert wirkte, und amüsierte sich insgeheim, dass das Mädchen sich einbildete, die Sache wäre ausgestanden.

KAPITEL 3

Am nächsten Morgen fuhr Etienne in aller Frühe mit seinem Laster nach Waitangi, um dort Bauholz aufzuladen, und nahm seine Tochter mit. Mog hatte den Verdacht, dass Mariette ihren Vater darum gebeten hatte, in der Hoffnung, dass das Gespräch vom Vortag während ihrer Abwesenheit in Vergessenheit geraten würde.

Nachdem die Jungen zur Schule gegangen waren, beschloss Belle, im Zimmer der beiden Frühjahrsputz zu halten. Mog ging wie an jedem Montag zu Reids Bäckerei. Belle hatte sich mit Vera Reid, der Tochter der Besitzer, angefreundet, als die beiden in Frankreich während des Krieges Krankenwagen gefahren hatten, und es war Vera, die Belle und Mog geraten hatte, nach Kriegsende nach Neuseeland auszuwandern.

Vera war 1924 nach Wellington gezogen und hatte inzwischen geheiratet und drei Kinder bekommen, aber Mog war nach wie vor eng befreundet mit Veras Mutter Peggy.

Don, Peggys Ehemann, stand gerade im Laden, als Mog hereinkam. Sofort breitete sich ein fröhliches Grinsen auf seinem Gesicht aus. Er war mittlerweile über siebzig und sah aus, als wäre er auf das halbe Maß des stattlichen, energiegeladenen Mannes, den Belle und sie an ihrem ersten Tag in Russell kennengelernt hatten, zusammengeschrumpft. Tony, sein jüngster Sohn, war jetzt der Bäcker; Don war nicht mehr kräftig genug, um die schweren Backbleche mit Brotlaiben zu heben oder den Teig zu kneten.

»Peggy ist hinten im Waschhaus. Geh ruhig hin, wenn du sie besuchen willst. Sie freut sich bestimmt, wenn jemand kommt, bei dem sie sich ausjammern kann«, sagte er.

Mog dankte ihm und trat durch den Torbogen, der sowohl zur

Backstube als auch zum Wohnhaus führte. Das Waschhaus befand sich direkt vor der Küche, und die Hitze vom Boiler, der Geruch nach Karbolseife und heißer Dampf schlugen Mog entgegen, noch bevor sie die Tür geöffnet hatte.

Ganz im Gegensatz zu ihrem Mann hatte Peggy an Leibesfülle zugenommen. Sie war schon immer mollig gewesen, und jetzt war sie sehr dick und hatte schneeweißes Haar. Sie stand am Kessel und rührte mit einer Kupferstange die Wäsche um. Der Schweiß lief ihr in Strömen über die erhitzten roten Wangen, aber ihr rundes Gesicht zerfloss zu einem zahnlosen Lächeln, als sie ihre Freundin sah.

»Du schaust dir wohl gern Sklavenarbeit an?«, meinte sie.

»Ich wette, du kannst es kaum noch erwarten, bis Russell ans Stromnetz angeschlossen wird, was?«, sagte Mog. »Ich weiß, dass ich es ganz bestimmt nicht vermissen werde, ein Feuer unter unserem Waschkessel zu entfachen oder Petroleumlampen zu putzen und zu füllen.«

Peggy wischte sich das Gesicht mit der Schürze ab. »Völlig richtig. Ich bin zu alt für all die Plackerei. Unsere Vera hat eine von diesen neumodischen Waschmaschinen und eine Mangel, die sich von selbst dreht. Was würde ich nicht dafür geben, auch so was zu haben! Aber jetzt hole ich uns was zu trinken, und wir setzen uns raus, ja?«

Kurz darauf kam Peggy mit zwei Gläsern Limonade zurück und machte es sich mit ihrer Freundin im Garten unter einem Feigenbaum bequem.

Sie plauderten eine Weile über dies und das, und Peggy erwähnte, dass sie vorhatte, demnächst ihre Tochter Vera zu besuchen. »Warum kommt ihr nicht mit, Belle und du?«, fragte sie. »Vera hat jede Menge Platz, und sie würde sich so freuen, euch beide zu sehen!«

»Ich könnte mitkommen, aber Belle wird die Jungs nicht allein lassen«, sagte Mog. »Du weißt ja, wie sie sind – sie machen nur Unfug, wenn man ihnen nicht ständig auf die Finger schaut.«

Peggy nickte. »Ich weiß noch gut, wie meine waren – kleine Rabauken, alle miteinander. Und Vera war um kein Haar besser als die Jungs. Aber als sie im Krieg waren, hätte ich alles dafür gegeben, mich wieder über sie und ihre Streiche ärgern zu können. Wahrscheinlich bin ich deshalb so fett geworden. Mir fehlt die Aufregung!« Sie lachte so herzhaft, dass ihr Doppelkinn auf und ab hüpfte.

»Ganz unter uns, hast du irgendwelches Gerede über Mariette gehört?«, fragte Mog. »Sie hat sich mit einem Jungen getroffen, will mir aber nicht sagen, mit wem. Das ist immer ein schlechtes Zeichen.«

Peggy dachte kurz nach. »Da war mal die Rede von diesem Australier. Du weißt schon, der Bursche, der zu der Crew von dem Frachter gehörte, der letztes Jahr hier vor Anker lag? Er transportiert jetzt mit dem Lkw Bauholz, doch er kommt immer wieder mal her. Avril Avery behauptet, dass sie gesehen hat, wie die beiden Händchen haltend spazieren gegangen sind. Andererseits würde sie glatt den Papst beschuldigen, Shirley Temple vergiftete Lollis geschenkt zu haben!«

Mog lachte über Peggys Bemerkung über Avril Avery, die so etwas wie die Augen und Ohren der kleinen Stadt war. Aber auch wenn sie eine Klatschbase war, eine Lügnerin war sie nicht. Also hatte sie Mari wohl wirklich mit diesem Mann gesehen. »Na ja, Mariette wird es uns schon erzählen, wenn sie dazu bereit ist, denke ich. Doch jetzt gehe ich das Brot holen und mache mich auf den Heimweg. Danke für die Limonade. Ich gebe dir Bescheid, ob ich mit zu Vera fahre.«

Mog war zu beunruhigt über das, was Peggy erzählt hatte, um direkt nach Hause zu gehen. Stattdessen schlug sie den Weg zum Strand ein, setzte sich eine Weile hin und starrte aufs Meer hinaus. Ihr war mehrmals aufgefallen, dass der fragliche Mann in der Nähe ihres Hauses herumgelungert hatte, aber nie wäre sie auf den Gedanken gekommen, er könnte es auf Mari abgesehen haben, weil er viel zu alt für das Mädchen war. Es hatte auch einiges Gerede über ihn gegeben – dass er ein Trinker sei, sich gern prügele und sich mit ein paar Maori-Mädchen eingelassen habe – und da er nicht im Hotel, sondern in einem Zelt schlief, wenn er in der Stadt war, mochte er Gott weiß was treiben.

Was, wenn Mari schwanger von ihm war und deshalb so verstört aussah?

Bei dieser Vorstellung liefen Tränen über Mogs Wangen.

»Was ist los, Mog?«, fragte Belle am Nachmittag. Sie hatte den ganzen Tag das Obergeschoss geputzt und sich gleich im Anschluss daran zu Mog in die Werkstatt gesetzt, um einen Hut aufzuputzen. Auf dem Arbeitstisch zwischen ihnen lag eine Bahn Baumwollstoff ausgebreitet, aber Mog hatte ihn noch nicht einmal angerührt. »Du starrst schon seit einer Ewigkeit ins Leere.«

Mog zuckte zusammen. »Wie bitte?«

Belle wiederholte, was sie gesagt hatte. »Falls du ein Problem hast, kannst du es mir ruhig erzählen«, fügte sie hinzu.

Mog blickte in Belles besorgtes Gesicht. Nicht zum ersten Mal fragte sie sich, wie es ihr gelungen war, mit dreiundvierzig immer noch so jugendlich auszusehen und ihre gute Figur zu behalten. Mittlerweile waren in ihren dunklen Locken ein paar graue Haare und in ihren Augenwinkeln ein paar Fältchen aufgetaucht, aber Belle war nach wie vor eine Frau, nach der sich die Männer umdrehten.

»Ich habe über Noahs letzten Brief nachgedacht, in dem er meinte, es wäre gut für Mari, England einen Besuch abzustatten.«

»Und? Als du ihn gelesen hast, hast du gesagt, dass er verrückt sein muss, so etwas vorzuschlagen, obwohl ein Krieg droht.«

»Ich weiß, aber alle – auch Noah! – behaupten, dass es bestimmt nicht zum Krieg kommen wird, und ich habe mir überlegt, ob es nicht doch eine gute Idee wäre. Immerhin ist er Maris Taufpate, und er hat ein schönes Zuhause und viele gute Beziehungen. Sein

Einfluss könnte sehr nützlich sein. Mari braucht Arbeit, und die gibt es hier nicht. Und du weißt ja: Müßiggang ist aller Laster Anfang.«

Belle fixierte Mog aus schmalen Augen. »Wie kommst du darauf? Weißt du irgendwas?«

»Nein, ich finde bloß, dass sie sich ziemlich ziellos treiben lässt. Sie hat mir erzählt, sie würde gern nach Auckland gehen, aber nicht, um Krankenschwester zu werden. Und wir kennen in Auckland niemanden, der ein Auge auf sie haben könnte. Ich habe mir einfach gedacht, London und Noah könnten ihr guttun.«

»Ich bin deiner Meinung, dass sie mehr Beschäftigung braucht als ein bisschen Nähen und Hausarbeit«, sagte Belle. »Aber sie gleich ans andere Ende der Welt schicken …?«

»Ja, es ist ein bisschen extrem, ich weiß. Doch Noah und Lisette würden gut auf sie aufpassen, und ihre Tochter könnte eine Gefährtin für sie sein. Denk nur an all die Möglichkeiten, die sich ihr dort bieten!«

»Und an all die Möglichkeiten, in Schwierigkeiten zu geraten«, wandte Belle ein. »Und jetzt sag mir bitte, wie du darauf kommst! Ich weiß, dass du nie vorschlagen würdest, Mari wegzuschicken, wenn du nicht das Gefühl hättest, dass ihr hier etwas Schlimmes zustoßen könnte. Also, was ist los?«

Mog schürzte die Lippen. Sie vergaß immer wieder, dass Belle andere Menschen genauso leicht durchschaute wie sie selbst. Jetzt steckte sie in der Klemme; sie hatte mit dem Thema angefangen und musste weitersprechen, auch wenn es bedeutete, Mari zu verpetzen.

»Raus mit der Sprache!«, befahl Belle. »Wenn Mari in Schwierigkeiten steckt, habe ich ein Recht, es zu erfahren.«

»Ach, Belle«, sagte Mog bittend. »Es ist so eine Situation, in der ich in Teufels Küche komme, wenn ich dir meine Befürchtungen anvertraue, und genauso, wenn ich es nicht tue. Etienne und du werdet aus der Haut fahren, wenn ich recht habe, und alles womöglich noch schlimmer machen. Und wenn ich falsch liege, spricht Mari nie wieder ein Wort mit mir. Außerdem bin ich mir nicht mal sicher, ob überhaupt Grund zur Sorge besteht.«

Belle schwieg eine Weile. Sie griff nach einem Nadelkissen und fing an, die Nadeln fein säuberlich in Reih und Glied hineinzustecken.

»Schön«, sagte sie schließlich. »Wir wissen beide, dass du eine gute Intuition hast, es besteht also die Chance, dass du mit deiner Befürchtung richtig liegst. Warum erzählst du es mir nicht einfach? Wir denken in aller Ruhe darüber nach und entscheiden, wie wir weiter vorgehen. Mari braucht gar nicht zu erfahren, dass du mir etwas gesagt hast.«

Mog holte tief Luft und platzte dann heraus: »Ich habe Angst, Mari könnte sich heimlich mit diesem blonden Seemann getroffen haben!«

Belle wurde blass. »Der Himmel steh uns bei!«, rief sie. »Das habe ich nicht kommen sehen! Ich weiß natürlich, dass der Mann wieder in Russell ist – er ist ja kaum zu übersehen –, aber Mari hat ihn nie erwähnt.«

»Die beste Art und Weise, uns von der Spur abzubringen«, schnaubte Mog. »Doch denk bitte dran, dass ich nicht den geringsten Beweis dafür habe, dass sie sich tatsächlich mit ihm eingelassen hat. Und mit wem auch immer etwas gewesen sein mag, Mari hat behauptet, es wäre aus und vorbei. Aber so wie sie sich gestern verhalten hat, würde ich meinen, dass ihr irgendwas auf der Seele liegt.«

»Ob sie vielleicht einfach Angst hatte, dass er herkommt? Wir wissen alle, dass Etienne einen Burschen wie ihn in Stücke reißen würde, wenn er den Verdacht hätte, dass er sich bei seiner Tochter Freiheiten herausgenommen hat. Glaubst du wirklich, dass sie …?« Sie brach ab, außerstande, den Satz zu beenden.

»Ja, ich glaube, dass sie *es* gemacht haben«, antwortete Mog unverblümt. »Ein Mann in seinem Alter und von seinem Schlag dürfte kaum Zeit mit einem Mädchen verschwenden, das sich lange ziert. Außerdem ist sie schon eine ganze Weile mit ihren Gedanken woanders.«

»Etienne bringt ihn um!«, rief Belle.

»Verstehst du jetzt, warum ich finde, es wäre eine gute Idee, sie nach London zu schicken?«, fragte Mog. »Wenn Avril schon Peggy erzählt hat, dass sie die beiden zusammen gesehen hat, dann bestimmt auch anderen. Und dieser Mistkerl hat wahrscheinlich damit angegeben, dass er sie rumgekriegt hat. Du weißt doch, wie die Leute hier sind. Wenn das rauskommt – und das wird es! –, ist Mari so etwas wie verdorbene Ware, und das könnte sie in noch schlechtere Gesellschaft treiben.«

Belle stützte die Arme auf den Tisch und hielt sich den Kopf. »Tja, ich weiß genau, wie es ist, wenn sich alle über einen das Maul zerreißen. Weißt du noch, was für gemeines Zeug über mich geredet wurde, als Etienne hierherkam? Selbst heute, eine halbe Ewigkeit später, glauben manche Frauen immer noch, dass ihren Ehemännern in meiner Nähe Gefahr droht. Manche Dinge wird man einfach nie los.« Sie sah Mog verstört an. »Was hat sie sich bloß dabei gedacht?«

»Gerade du solltest wissen, dass Mädchen in solchen Momenten nicht denken«, entgegnete Mog scharf.

Belle errötete wegen der versteckten Anspielung auf ihre Affäre mit Etienne, damals in Frankreich, als sie noch mit Jimmy Reilly verheiratet gewesen war. »Ich dachte, es sei richtig, ihr einige Fakten des Lebens begreiflich zu machen, unter anderem, dass Mädchen sich schützen müssen, indem sie warten, bis sie verheiratet sind«, erwiderte sie. »Aber vielleicht hätte ich es wie andere Mütter halten und ihr sagen sollen, dass Sex etwas ist, das man über sich ergehen lassen muss.«

»Ich kann mir nicht vorstellen, dass das einen Unterschied gemacht hätte«, erwiderte Mog. »Mari ist genauso hitzköpfig wie Etienne und du. Sie hätte sich nie einen guten Rat zu Herzen genommen oder sich irgendwelchen Regeln unterworfen. Meiner Meinung nach konnte es nur so weit kommen, weil sie zu wenig Beschäftigung hat. Langeweile ist ein guter Nährboden für Dummheiten.«

»Und was machen wir jetzt?«, fragte Belle.

»Fürs Erste beten, dass sie nicht schwanger ist. Aber ich habe keine Ahnung, wie wir das Ganze vor Etienne verheimlichen sollen. Wenn wir es ihm verschweigen, denkt Mari nämlich, dass wir ihr Verhalten gutheißen. Sie hat sich wie ein kleines Flittchen benommen und muss die Konsequenzen tragen.«

Belle zuckte bei Mogs harten Worten zusammen. »Ach, Mog«, seufzte sie. »Als Etienne und ich geheiratet haben und wir hier alle so glücklich waren, dachte ich wirklich, es würden für keinen von uns mehr schlechte Zeiten kommen. Und nun das!«

Mog streckte einen Arm aus und nahm tröstend Belles Hand. »Vielleicht ist es ja nicht so schlimm, wie ich befürchte, doch eins steht fest: Wir müssen etwas unternehmen. Wenn wir versuchen, Mari zu Hause einzusperren, wird sie nur rebellieren. Vielleicht könnte sie in Auckland Arbeit als Verkäuferin oder Bürohilfe finden, aber sie ist zu jung, um ohne Aufsicht zu leben.«

»Das stimmt«, gab Belle ihr recht. »Doch England scheint eine ziemlich drastische Lösung zu sein, und es ist so weit entfernt. Noah und Lisette sind in vieler Hinsicht ideal, sie sind selbst Eltern und lebensklug genug, um sich der Gefahren bewusst zu sein, die auf ein junges Mädchen lauern. Ihre Gesellschaft wäre für Mari bestimmt anregend und auch ein guter Einfluss. Aber wie können wir sie einfach gehen lassen?«

»Du bist unter weit schlimmeren Umständen in Amerika zurechtgekommen, als du noch viel jünger als Mari warst. Doch bevor wir das ernsthaft ins Auge fassen, müssen wir die Wahrheit aus ihr herausbekommen, und zwar in Etiennes Gegenwart.«

»Vielleicht liegen wir ja völlig falsch?«, meinte Belle hoffnungsvoll.

»Vielleicht können Schweine fliegen«, gab Mog zurück. »Wir beide haben zu viel Erfahrung mit Mädchen, die auf Abwege geraten, um auf eine harmlose Erklärung hoffen zu können. Bringen wir es gleich heute Abend, wenn die Jungs im Bett sind, hinter uns!«

Belle und Mog ließen sich ihre Sorge um Mariette nicht anmerken, als der Rest der Familie zu Hause eintraf. Sie aßen gemeinsam zu Abend, und um kurz nach sieben brachte Belle ihre Söhne zu Bett. Als sie wieder nach unten kam, saß Etienne noch am Küchentisch und las die Zeitung, während Mog und Mariette den Abwasch erledigten.

Mari hängte das Geschirrtuch auf und wandte sich zum Gehen.

»Du bleibst hier«, sagte Belle scharf. »Und mach die Tür zu!«

»Warum?«, fragte Mariette. »Ich wollte mir bloß ein Buch holen.«

»Wir haben etwas zu besprechen«, antwortete Belle. »Los, setz dich zu deinem Papa!«

»Was ist denn los?« Etienne legte die Zeitung zur Seite und sah Belle überrascht an.

»Mari hat dir etwas zu sagen«, erklärte Belle. »Vielmehr uns allen. Komm schon, Mari, wir wollen den Namen des Jungen wissen, mit dem du dich getroffen hast!«

Etienne kokettierte gern damit, dass er jetzt mit achtundfünfzig ein alter Mann sei, aber er hatte immer noch volles Haar und eine schlanke, sportliche Statur. Seine Augen hatten nichts von ihrem Funkeln verloren, und er war bärenstark.

»Du warst heute ungewöhnlich hilfsbereit. Hat das vielleicht etwas mit der Frage zu tun, die deine Mutter dir gestellt hat?«, wollte er nun wissen und fixierte seine Tochter scharf.

Mariette wurde rot. »Es war nur irgendein Junge, nichts Besonderes. Und jetzt ist es vorbei«, setzte sie schnell hinzu.

»Der Name!«, fuhr Belle sie an. »Ich weiß ihn schon, aber ich will ihn von dir hören.«

Mariette erbebte sichtlich. »Sam«, sagte sie gepresst. »Ich konnte es euch nicht erzählen, ich wusste, dass ihr es schlecht finden würdet.«

Etienne wirkte verdutzt, jedoch eher wegen Belles Zorn als wegen des Namens, der ihm im Moment nichts sagte.

»Sollen wir es etwa gut finden, wenn du dich mit einem Jungen herumtreibst, egal, wer es ist?«, fragte Belle mit harter, kalter Stimme. »Aber dieser Mann! Er ist mindestens fünfundzwanzig, ungehobelt, eingebildet und noch dazu ein Raufbold! Du hast uns in den letzten Wochen offensichtlich ständig belogen, um dich mit ihm treffen zu können. Warum, Mari?«

»Weil ich wusste, wie du reagieren würdest«, gab Mariette zurück.

»Ist das etwa dieser blonde australische Seemann?«, entfuhr es Etienne entgeistert.

Belle nickte.

»In diesem Fall gebe ich deiner Mutter vollkommen recht. Er ist ein Mistkerl, jede Nacht betrunken, und ich habe gehört, dass kein Mädchen vor ihm sicher ist.«

»Es tut mir leid, Dad«, sagte Mari flehend. »Du hast ja recht, aber ich habe es zuerst nicht gemerkt.«

»Allein die Tatsache, dass du dich heimlich mit ihm getroffen hast, zeigt mir, dass du genau gewusst hast, was für ein schlechter Umgang er ist. Wie weit ist diese Geschichte gegangen?«

Mariette verschränkte die Arme vor der Brust, starrte gelangweilt an die Küchenwand und schwieg.

»Antworte mir, Mari!«, befahl Etienne. »Wart ihr ein Liebespaar?«

Ihr Schweigen war ihm Antwort genug. Sein Gesicht rötete sich vor Zorn. »Du bist gerade mal achtzehn! Du hast noch dein ganzes Leben vor dir und wirfst für einen Mistkerl wie ihn alles weg! Bist du schwanger?« Er sah Belle und Mog fragend an.

Belle zuckte mit den Schultern. »Ich weiß es nicht. Ich war mir bis eben nicht sicher, wie weit die Affäre gediehen ist.«

»Mariette! Raus mit der Sprache!«, donnerte Etienne. »Bist du schwanger?«

Noch immer wich sie seinem Blick aus. »Ich nehme an, ich könnte es sein«, antwortete sie und hörte, wie er scharf den Atem einzog. »Und du kannst ruhig von deinem hohen Ross runtersteigen. Ich weiß ganz genau, dass Mum mit mir schwanger war, als ihr geheiratet habt.«

Belle konnte es nicht fassen. Hatte ihre Tochter denn weder Scham noch Respekt vor ihrem Vater? Es juckte ihr in den Fingern, ihr eine Ohrfeige zu geben. Aber sie schaffte es, sich zu beherrschen. »Bete zu Gott, dass du nicht schwanger bist! Denn wenn du es bist, wirst du schnell merken, wie es im wirklichen Leben zugeht«, warf sie Mariette an den Kopf. »Und jetzt geh auf dein Zimmer! Ich kann deinen Anblick nicht ertragen.«

Mariette flitzte aus der Küche, so schnell sie konnte. Die rasende Wut ihrer Mutter und der Umstand, dass alle sofort an eine Schwangerschaft dachten, schien diese mehr als unerfreuliche Möglichkeit in bedrohliche Nähe zu rücken.

Was würde aus ihr werden, wenn sie wirklich ein Kind erwartete? Sam zu heiraten kam nicht infrage. Selbst wenn er einwilligte – was mehr als unwahrscheinlich war –, erwartete sie an seiner Seite ein elendes Leben, noch dazu mit einem Baby, das sie nicht wollte.

Die Leute waren gemein zu ledigen Müttern, und nach der Reaktion ihrer Eltern und Mogs zu urteilen, machte ihre Familie da keinen Unterschied.

Sie warf sich aufs Bett und weinte. Von unten konnte sie gedämpftes Stimmengemurmel hören und gelegentlich ihren Vater, wenn er lauter wurde. Das war das Schlimmste daran. Dass ihre Mutter und Mog böse auf sie waren, damit konnte sie leben, aber den Gedanken, ihren Vater enttäuscht zu haben, ertrug sie nicht.

In der Küche ging Etienne zornig auf und ab. Belle wusste, dass er Sam am liebsten verprügeln würde, und das musste sie verhindern.

»Er ist jung und ziemlich stark«, sagte sie und stellte sich vor die Tür, um ihrem Mann den Weg zu versperren. »Wenn du jetzt losziehst, um ihn zu verprügeln, wird er sich wehren, und dann ziehst du womöglich den Kürzeren. Außerdem bekommt dann die ganze Stadt Wind davon – und wenn die Katze erst mal aus dem Sack ist, können wir sie nicht mehr einfangen.«

Auch Mog schaltete sich ein. »Mari hat es freiwillig gemacht, vergiss das nicht! Sie wollte ein bisschen Aufregung, und die hat sie bekommen. Jetzt muss sie die Bedeutung des Wortes ›Konsequenzen‹ lernen. Und du auch! Wenn du Sam zusammenschlägst, heißt das für Mari, dass er allein schuld ist.«

»Meint ihr im Ernst, dass ich gar nichts tun kann?«, fragte Etienne, der anscheinend erschüttert war, dass die beiden Frauen nicht auch das Blut des Burschen fließen sehen wollten.

»Natürlich nicht«, antwortete Belle beschwichtigend. »Aber Mog hat recht. Mari ist genauso schuld. Ich könnte sie noch eher verstehen, wenn sie ihn lieben würde. Manchmal ist sie so kaltherzig, dass ich kaum glauben kann, dass sie mein Kind ist. Schlaf bitte eine Nacht darüber, Etienne, bevor du etwas überstürzt! Damit würdest du nur dem Klatsch neue Nahrung liefern.«

Etienne traf es tief, dass sowohl seine Frau als auch Mog fanden, dass er zu alt wäre, um dem Verführer seiner Tochter eine Lektion zu erteilen. Aber wahrscheinlich war es tatsächlich klüger, bis zum nächsten Morgen zu warten, bevor er aktiv wurde.

Doch er verbrachte eine unruhige Nacht und wälzte sich rastlos hin und her. Immer wieder gingen ihm unschöne Bilder von Mari und diesem schmierigen Seemann durch den Kopf.

Beim ersten Tageslicht stand er auf, zog sich an und schlüpfte leise hinaus, um Belle nicht zu wecken. Die Wut, die er am vergangenen Abend verspürt hatte, war ein wenig abgeflaut. Alles, was er wollte, war, dem Mann von Angesicht zu Angesicht gegenüberzustehen und vielleicht zu verstehen, was Mari in ihm gesehen hatte.

Er hatte gehört, dass der ehemalige Seemann sein Lager auf einem Stück Ödland nicht weit vom Fuß des Flag Staff Hill aufgeschlagen hatte, und als er sich auf den Weg dorthin machte, dachte er an die einzige Gelegenheit, bei der er mit ihm geredet hatte. Der Mann war eines Abends betrunken aus dem *Duke of Marlborough* getaumelt, als Etienne zufällig vorbeigekommen war, und hatte ihn angerempelt.

»Pass gefälligst auf, wo du hingehst«, hatte Etienne gesagt.

Der Fremde hatte sich aufgerichtet und ihn abschätzig gemustert. »Bei dem Akzent musst du wohl dieser Franzmann und Kriegsheld sein«, hatte er höhnisch bemerkt.

»Und mit deinem Akzent musst du der australische Säufer sein«, hatte Etienne erwidert und war weitergegangen, ohne die alberne Bemerkung, ob er Schnecken zum Essen sammeln wollte, zu beachten.

Die kurze Begegnung war alles, was Etienne brauchte, um zu wissen, dass der Mann ein mieser Prolet war, und das machte die Möglichkeit, dass Mari von ihm schwanger war, noch beunruhigender.

Zum Teil hinter Buschwerk verborgen, entdeckte er das Zelt und erinnerte sich, dass sich etliche Bewohner der Stadt darüber beschwert hatten, dass der Australier hier kampierte.

Das Zelt war klein und schäbig und hing in der Mitte durch, weil die Leinen nicht straff gespannt waren. Etienne betrachtete es kurz und trat dann in die Seile, sodass das Zelt in sich zusammenfiel. Von drinnen ertönte lautes Fluchen. Anscheinend war der Mann aufgewacht, als die Zeltplanen ihn unter sich begraben hatten.

Etienne wartete – es hätte ihn nicht gewundert, wenn der Bursche trotz der feuchten Planen, die auf ihn gefallen waren, einfach liegen geblieben wäre –, aber nach ein, zwei Minuten kam er, nur mit einer schmuddeligen Unterhose bekleidet, herausgekrochen und rieb sich die Augen.

Während der kurzen Wartezeit war Etienne der viele Müll rund um das Zelt aufgefallen – hauptsächlich leere Bierflaschen und Konservendosen. Er fragte sich, ob der Mann je badete und wie Mari, die in einem reinlichen Zuhause aufgewachsen war, einen solchen Mangel an Hygiene hatte ertragen können.

»Hast du gerade mein Zelt zusammengetreten?«, fragte der Australier und starrte ihn aus zusammengekniffenen Augen an. Er hatte dichte Bartstoppeln auf dem Kinn, und sein blondes Haar sah fettig aus, aber trotzdem war sein gebräunter muskulöser Oberkörper beeindruckend, und er war unleugbar attraktiv.

»Schuldig im Sinne der Anklage«, sagte Etienne. »Sei bloß froh, dass ich nicht eine Axt genommen und dir den Kopf abgeschlagen habe! Steh auf! Ich weiß, dass du Dreck bist, doch ich sehe einem Mann gern in die Augen, wenn ich mit ihm rede.«

»Worum geht's?«, wollte Sam wissen und stand auf.

»Spiel nicht den Ahnungslosen!«, erwiderte Etienne verächtlich. »Du weißt ganz genau, dass ich Mariettes Vater bin. Und wenn du auch nur einen Funken Anstand hättest, hättest du mich um Erlaubnis gefragt, bevor du dich mit ihr triffst.«

»Das macht doch kein Mensch mehr«, brummte Sam. »Geh nach Hause, alter Mann, und such dir zum Streiten einen in deinem Alter! Mari hat sich mir an den Hals geworfen. Du hörst es vielleicht nicht gern, doch genauso war's. Und jetzt hau ab!«

»Ich hatte gehofft, irgendetwas an dir zu entdecken, das für dich spricht«, erwiderte Etienne. »Aber du lebst wie ein Schwein und stinkst noch schlimmer. Ich glaube, Mari muss vorübergehend von Sinnen gewesen sein, um sich mit solchem Abschaum wie dir einzulassen. Du wirst Russell heute Morgen mit der ersten Fähre verlassen und nie wieder zurückkommen. Falls doch, könntest du es bitter bereuen.«

Sam lachte geringschätzig. »Und du glaubst, dass du mich dazu bringen kannst, Alter? Wie willst du das anstellen?«

»So zum Beispiel«, sagte Etienne und gab dem Burschen einen so brutalen Kinnhaken, dass er zurücktaumelte und beinahe hingefallen wäre.

Einen Moment lang war Sam benommen. Er rieb sich das Kinn und musterte Etienne, als wollte er ihn einschätzen. »Ich will nicht mit dir kämpfen, weil du nie wieder auf die Beine kommen würdest«, sagte er. »Also verschwinde lieber, bevor ich dir richtig wehtue!«

»So zum Beispiel?« Etienne versetzte ihm mit der rechten Faust einen Hieb in den Bauch, dem sofort ein Schlag mit der linken folgte, und zwar direkt auf den Unterkiefer. »Komm schon, zeig, was du drauf hast! Ich bin ein alter Mann, schon vergessen?«

Sam, aus dessen Mund Blut strömte, wankte ein paar Schritte zurück. Er hob die Fäuste, um zurückzuschlagen, aber Etienne wich ihm geschickt aus und landete zwei weitere Treffer im Gesicht des jungen Mannes, bevor der auch nur blinzeln konnte.

Blut schoss aus seiner Nase, und Etienne lachte. »Wolltest du mir nicht wehtun? Leider bist du ziemlich langsam. So macht man das«, sagte er, während er einen Aufwärtshaken an das Kinn seines Gegners krachen ließ, und zwar mit solcher Wucht, dass Sams Kopf nach hinten sackte. Gleich darauf folgte ein gewaltiger Hieb in die Magengrube, der Sam endgültig zu Boden warf.

Etienne trat zu ihm, stemmte seinen Stiefel auf die Brust des jüngeren Manns und drückte ihn auf den Boden. »Zu deiner Information: Ich habe in den dunklen Gassen von Marseille gelernt, wie man kämpft. Ich kann auch ganz gut mit einem Messer umgehen. Willst du mal sehen?«

Er zog ein fünfzehn Zentimeter langes Messer mit schmaler Klinge aus dem Gürtel, beugte sich über Sam und hielt es an seine

Nase. »Eine meiner Lieblingsstrafen für Leute, die mir nicht gefielen, war, ihnen die Nase aufzuschlitzen. Danach ist ein Mann kein sehr schöner Anblick mehr. Die Mädchen schauen ihn nicht mehr an, und wenn er ficken will, ist er auf alternde Huren angewiesen«, knurrte Etienne.

Sam quiekte vor Panik, und Etienne lächelte, als er sah, dass sich der Mann vor Angst in die Hose machte. »Normalerweise scheißen sie sich voll, wenn ich anfange. Jetzt bist du kein großer Held mehr, was? Ich kann es kaum erwarten, Mari zu erzählen, dass du nicht einen einzigen Treffer bei mir gelandet hast. Na, verlässt du Russell heute? Oder muss ich noch ein bisschen nachhelfen?«

»Nein, ich fahre«, wimmerte Sam. »Nimm bloß das Messer weg!«

»Fürchtest du, du könntest dein gutes Aussehen verlieren? Vielleicht sollte ich dafür sorgen, dass du nicht noch mehr jungen Mädchen wehtun kannst«, sagte Etienne. »Um ein richtiger Kerl zu sein, muss man Frauen mit Respekt behandeln. Denk jedes Mal, wenn du in Versuchung kommst, dich wie ein Schwein zu benehmen, an mich und mein Messer – und an deine Nase.« Er versetzte Sam in Angst und Schrecken, indem er die Klinge an seinen Nasenflügeln vorbeigleiten ließ. Dabei weidete er sich an dem Entsetzen in den Augen des Mannes, an der Art, wie sich jeder Muskel seines Körpers anspannte, während er auf den furchtbaren Schmerz wartete, der seiner Überzeugung nach folgen würde.

Etienne richtete sich auf und steckte das Messer wieder ein, drückte den Stiefel aber noch fester in Sams Brust.

»Ich gehe jetzt, doch ich werde am Bootssteg warten, um zu sehen, wie du an Bord der Neun-Uhr-Fähre gehst. Wenn du das nicht machst, komme ich wieder. Aber um ganz sicherzugehen, dass du mir gehorchst, bekommst du noch ein kleines Andenken.«

Etienne ballte die Hand zur Faust und drosch sie auf Sams Mund. Dann nahm er seinen Fuß von der Brust des anderen und trat ein paar Schritte zurück. »Setz dich auf, sonst erstickst du an deinem eigenen Blut!«

Sam tat wie geheißen und spuckte, zusammen mit zwei Vorderzähnen, sehr viel Blut aus. Sein Gesicht war eine einzige blutige Masse.

Etienne grinste. »Zähne auszuschlagen funktioniert fast genauso gut wie Nasen aufzuschlitzen, um Mädchen abzuschrecken«, sagte er. »Denk dran – die Neun-Uhr-Fähre. Sonst gibt's noch mehr. Dieser alte Mann geht jetzt frühstücken.«

Etienne entfernte sich, drehte sich aber nach ungefähr fünfzig Metern um und sah, wie Sam versuchte, auf die Beine zu kommen, eine Hand auf den Bauch, die andere auf den Mund gepresst. Die Schmerzen, die er dem Burschen zugefügt hatte, würden Mari nichts nützen, falls sie tatsächlich schwanger war, doch ihm selbst war jetzt wesentlich wohler zumute.

Als Belle aufwachte und feststellte, dass sie allein war, erriet sie sofort, dass Etienne losgezogen war, um die Sache mit Sam auszutragen. Sie sprang aus dem Bett und lief nach unten. Damit sie gleich den Kessel aufsetzen konnte, wenn Etienne zurückkam, schürte sie die glühende Asche und legte Holz nach. Aber dann befürchtete sie auf einmal, dass er irgendwo auf dem Boden lag, zu schwer verletzt, um es nach Hause zu schaffen, und beschloss, sich anzuziehen und nach ihm zu suchen.

In diesem Moment ging die Tür auf, und Etienne kam herein. Ein Blick in sein Gesicht sagte ihr, dass seine Mission erfolgreich verlaufen war; bis auf das bisschen Blut an seinen Fingerknöcheln schien er unversehrt zu sein.

»Was ist passiert?«, fragte sie.

»Nichts, worüber du dir Sorgen machen müsstest«, antwortete er mit einem Augenzwinkern.

»Lass mich das schnell abwaschen!«, bat sie und zeigte auf seine Hand.

»Nicht nötig – es ist sein Blut, nicht meins«, antwortete er gelassen und ging zur Spüle, um sich die Hände zu waschen.

Sie stellte keine Fragen mehr, sondern machte sich daran, Essensreste für die Hühner zusammenzusammeln und den Tisch zu decken, bevor sie nach oben ging, um die Jungen zu wecken. Als sie zurückkam, saß Etienne am Tisch und starrte ins Leere.

»Glaubst du wirklich, dass Mari kaltherzig ist?«, fragte er unvermittelt, als sie die Teekanne vor ihn stellte.

»Manchmal«, gab sie zu. »Sie scheint nicht viel Mitgefühl zu haben. Und so ungern ich es sage, es gibt Augenblicke, in denen sie mich an Annie erinnert.«

Belle sprach kaum jemals über ihre Mutter, die vor fünf Jahren gestorben war. Seit Belle in Neuseeland lebte, war der einzige Kontakt zwischen den beiden die jährliche Weihnachtskarte gewesen, und vom Tod ihrer Mutter hatte sie über Annies Anwalt erfahren. Sie hatte alles, was sie besaß – gut tausend Pfund –, ihrer Tochter hinterlassen, aber so dankbar Belle auch gewesen war, das Geld in einer finanziell schwierigen Situation zu bekommen, sie hätte es frohen Herzens für einen einzigen richtigen Brief eingetauscht, in dem ihre Mutter ihr schrieb, wie sehr sie sie liebte und wie aufrichtig sie die Vernachlässigung und Lieblosigkeit vergangener Jahre bedauerte.

Etienne schlang die Arme um Belles Taille und drückte sein Gesicht an ihre Brüste. »Wie könnten wir ein Kind haben, das unfähig ist, Mitgefühl zu empfinden?«, fragte er leise.

»Sie ist nicht unfähig dazu, sie hat nur nicht genug Schlimmes erlebt, um zu lernen, Gefühle für andere zu haben«, erwiderte Belle. »Hat dieser Sam irgendwas in der Art zu dir gesagt?«

Er schüttelte den Kopf. »Nein, nur dass sie sich ihm an den Hals geworfen hat. Aber wenn ich daran denke, wie Mari gestern Abend war … keinerlei Gefühle, nicht für Sam oder für uns und was das für uns bedeutet. Das ist erschreckend.«

Belle legte ihre Hände an seine Wangen und beugte sich vor, um ihn zu küssen. »Sie war in der Defensive – ich glaube, dieser Mann hat ihr Angst gemacht. Und sie schämt sich. Ich vermute, sie hat sich furchtbar angestrengt, sich keine Gefühlsregung anmerken zu lassen. Doch das heißt nicht, dass sie keine Gefühle hat.«

»Dieser Lump hat mich einen alten Mann genannt, und im Moment fühle ich mich auch so«, gab er zu. »Was machen wir, wenn sie ein Baby bekommt?«

»Für mich bist du kein alter Mann«, sagte sie. »Warten wir, bis Mog die Jungs zur Schule bringt, dann reden wir im Schlafzimmer weiter.«

»Ich muss noch das Dach auf dem Haus der Apsleys fertig decken …«

»Das kann warten«, meinte sie. »Geh schon rauf, ich bringe dir gleich deinen Tee!«

Zehn Minuten später kam Belle zu ihrem Mann hinauf ins Schlafzimmer. Etienne lag auf dem Bett und wirkte sehr niedergeschlagen. Sie stellte seinen Tee auf den Nachttisch, legte sich zu ihm und nahm ihn in die Arme. »Hat er dich erwischt?«

»Nein.« Etienne seufzte. »Er hatte keine Chance. Aber ich habe sein hübsches Gesicht ziemlich verschandelt und ihm befohlen, die Neun-Uhr-Fähre zu nehmen und auf Nimmerwiedersehen zu verschwinden.«

»Klingt, als wärst du genauso bedrohlich gewesen wie früher einmal«, sagte sie mit einem Lächeln.

»Jetzt schäme ich mich, weil ich es so sehr genossen habe«, gestand er. »Ich habe sogar das Messer, mit dem ich Fische ausnehme, gezückt und ihm gedroht, ihm die Nase aufzuschlitzen. Nicht zu fassen, was? Aber du hättest ihn sehen sollen, Belle! Völlig verdreckt und verkommen, und alles, woran ich denken konnte, war, dass er es mit unserer Kleinen gemacht hat.«

Belle zog ihn fest an ihre Brust und schwieg. Sie wusste, wie ihm zumute war.

»Ich habe ihn so weit gebracht, dass er sich vor Angst in die Hose gepinkelt hat. Doch wie komme ich dazu, mich so selbstherrlich aufzuspielen, Belle? Ich habe schlimmere Dinge gemacht, als er sich je vorstellen könnte. Und ich habe nie auch nur einen Gedanken daran verschwendet, ob ich ein Mädchen geschwängert habe.«

»Ich bezweifle stark, dass du jemals ein junges Mädchen schlecht behandelt hast«, beruhigte sie ihn. »Und ich kann verstehen, dass du dich ein bisschen wie ein Heuchler fühlst, weil es mir genauso geht – schließlich war ich auch nicht gerade ein Engel. Aber gerade weil wir beide einiges falsch gemacht haben, wünschen wir uns für Mari etwas Besseres. Ich hatte wirklich gehofft, dass sie sich in einen netten, liebevollen Mann verlieben und ganz in Weiß zum Altar schreiten würde. Ich hätte nie gedacht, dass sie so verdorben sein könnte.«

Etienne schmunzelte. »›Verdorben‹ – das ist ein großes Wort. Du warst es auch, wenn ich mich recht entsinne.«

»Bei dir«, gab sie zu. »Und manchmal bin ich es immer noch!«

»Nicht oft genug«, sagte er, während er seine Hand unter ihren Morgenmantel schob und ihre Brüste streichelte.

»Wir sind hier, um zu reden«, ermahnte sie ihn, schob aber seine Hand nicht weg. »Mog und ich glauben, dass es nur dazu gekommen ist, weil Mari sich langweilt. Sie wollte Aufregung, und die hat sie bei ihm gefunden. Auch wenn sie nicht schwanger ist – so etwas kann jederzeit wieder passieren, weil sie hier nicht wirklich ausgelastet ist.«

»Ich bete zu Gott, dass sie kein Baby bekommt, weil sonst nichts von dem, was wir uns für sie erhofft haben, in Erfüllung gehen wird«, seufzte Etienne. »Ich weiß, dass es Leute gibt, die das Kind ihrer Tochter als ihr eigenes ausgeben, doch das ist hier in Russell nicht gut möglich.«

»Außer wir fahren alle nach England und kommen mit einem Baby zurück«, kicherte Belle.

Auch Etienne lachte. »Das wäre ziemlich drastisch! Die Südinsel würde es auch tun.«

Belle verzog nachdenklich das Gesicht. »Ich habe bloß Spaß gemacht, aber das ist eigentlich keine schlechte Idee. Niemand außer uns würde wissen, dass es nicht unseres ist. Und Frauen können auch mit dreiundvierzig noch Kinder bekommen.«

»Was schlägt denn Mog vor?«, wollte Etienne wissen. »Ihr fällt doch immer eine Lösung ein.«

»Na ja, deshalb habe ich England erwähnt. Bevor wir daran dachten, dass Mari schwanger sein könnte, schlug Mog vor, sie zu Noah zu schicken. Schließlich ist er ihr Taufpate, und dort gäbe es für sie mehr Möglichkeiten als hier.«

»Und mehr Möglichkeiten, auf Abwege zu geraten«, wandte er ein.

»Genau das habe ich auch gesagt. Aber wenn wir deine Idee aufgreifen und das Baby als unseres ausgeben, könnten wir doch alle hinfahren, oder? Wir haben noch das Geld von Annie! Und wir könnten sogar den Leuten hier schreiben: ›Ratet mal, was passiert ist? Wir haben noch ein Baby bekommen!‹ Wenn wir zurückkommen, könnte Mari mit ihrem Leben machen, was sie will, und ihr Kind wäre hier bei uns gut aufgehoben.«

Als Etienne keine Antwort gab, glaubte Belle, dass er es für keine gute Idee hielt.

»Aber ich bete darum, dass sie nicht schwanger ist«, fügte sie hinzu. »Wir sind zu alt, um noch einmal Eltern zu spielen.«

Er stieß einen tiefen Seufzer aus. »Weißt du noch, wie überglücklich wir waren, als wir merkten, dass du Mari erwartest? Alle Babys sollten ihr Leben damit beginnen, heiß ersehnt zu sein.«

»Finde ich auch«, gab Belle zu. »Doch andererseits … Annie wollte mich nicht und hat meine Erziehung Mog überlassen, und ich bin trotzdem ganz gut geraten, oder etwa nicht?«

»Was auch passiert, Baby hin oder her, wir müssen Mari dazu bringen, die Verantwortung zu übernehmen für das, was sie tut«, sagte Etienne fest. »Wir wissen beide, dass wir ihr Kind lieben würden, selbst wenn der Vater ein Mistkerl ist und wir im Grunde zu alt für ein Kleinkind sind. Aber das werden wir ihr nicht sagen, und auch England wird mit keinem Wort erwähnt, verstanden? Sie soll ruhig eine Weile im eigenen Saft schmoren. Mari braucht einen richtigen Schuss vor den Bug, um zur Vernunft zu kommen.«

KAPITEL 4

Die Tage vergingen langsam und zäh, ohne dass Mariette ihre monatliche Blutung bekam. Belle wurde immer unruhiger, Mogs übliches Lächeln war einem ständigen Stirnrunzeln gewichen, Etienne schaute grimmig drein, und sogar Alexis und Noel fragten immer wieder, was denn los sei.

Irgendwann an dem Tag, an dem Etienne Sam aus der Stadt gejagt hatte, war Belle auf Mariette losgegangen und hatte ihr voller Wut und Erbitterung vorgeworfen, ihre Familie schwer enttäuscht und ihre ganze Zukunft aufs Spiel gesetzt zu haben. Als Mariette zurückgab, dass Belle um nichts besser sei – war sie am Tag ihrer Hochzeit etwa nicht schwanger gewesen? –, hatte Belle sie geohrfeigt.

Wie es schien, war Mariette nicht imstande, den Ernst der Lage zu erkennen. Sie behauptete, sie habe keine Ahnung, wann ihre letzte Regel gewesen sei. Mari entschuldigte sich nicht, versuchte nicht einmal, ihr Verhalten zu erklären, und machte die ganze Zeit ein mürrisches Gesicht. Sie bot nicht an, sich mehr als früher an der Hausarbeit zu beteiligen – was jedes andere Mädchen in ihrer heiklen Lage bestimmt getan hätte –, und wenn sie aufgefordert wurde zu helfen, gab sie sich so hochmütig, als wäre derlei unter ihrer Würde.

»Ich halte das nicht mehr aus«, vertraute Belle Etienne eines Abends an, als sie im Bett lagen. »Ich bin mit meinem Latein am Ende. Ich bringe sie nicht einmal dazu, mir zu sagen, wie ihr bei dem Gedanken zumute ist, vielleicht ein Kind zu bekommen.«

Etienne nahm Belle tröstend in die Arme. »Ich würde gern vorschlagen, mit ihr segeln zu gehen – vielleicht kann ich sie eher zum Reden bringen, wenn sie nicht zu Hause ist –, doch das sieht zu sehr nach einer Belohnung aus, so, als würde ich ihr Benehmen gutheißen.«

»Ich will doch nur mein kleines Mädchen wiederhaben«, schluchzte Belle. »Ich kenne Mariette gar nicht wieder. Sie ist wie eine Fremde.«

»Ich nehme an, dass sie genauso viel Angst hat wie wir«, sagte Etienne. »Wahrscheinlich hat sie das Gefühl, das Gewicht der ganzen Welt würde auf ihren Schultern ruhen. Gerade wir sollten wissen, wie es ist, sich einfach mitreißen zu lassen.«

»Du bist immer so verdammt verständnisvoll!«, fuhr Belle ihn an.

»Wenn ich es bin, dann nur, weil ich alle Fehler gemacht habe, die man überhaupt machen kann. Stell dir doch mal vor, wie es sein muss, wenn du das Gefühl hast, dass deine ganze Familie gegen dich ist!«

»Sie hat es verdient.«

»Hat sie das? Da bin ich mir nicht sicher. Wahrscheinlich denkt sie, dass wir sie in eine Besserungsanstalt stecken werden.«

»So etwas kann sie doch unmöglich von uns glauben!« Belle war entsetzt.

Etienne küsste sie liebevoll auf die Nasenspitze. »Vergiss nicht, dass sie nichts von den eher beschämenden Aspekten unserer Vergangenheit und den Schwierigkeiten, in die wir uns gebracht haben, ahnt. Ich hoffe bei Gott, sie wird es nie erfahren. Aber all das hat uns geprägt und aus uns bessere, mitfühlendere Menschen gemacht, glaube ich. Das ist Maris erste schwere Lektion, und ich hoffe, sie lernt etwas daraus.«

Zwei volle Wochen waren seit Sams Verschwinden vergangen, als Mariette in die Werkstatt gestürzt kam, wo Mog und Belle gerade nähten.

»Ich bin nicht schwanger, ich habe meine Tage bekommen!«, rief sie begeistert.

»Heiliger Himmel, was für eine Erleichterung!«, stieß Mog hervor.

Belle konnte ein, zwei Sekunden nicht reagieren. Sie war überzeugt gewesen, dass Mariette schwanger war, und es dauerte einen Moment, bis sie realisierte, dass ihre Gebete erhört worden waren. Sie stand auf und umarmte ihre Tochter.

»Ich bin so froh, dass dir das erspart geblieben ist«, sagte sie. »Aber versprich mir, dass du etwas daraus gelernt hast, ja? Diesmal hast du Glück gehabt, doch ich wünsche uns allen nicht, noch einmal zwei so furchtbare Wochen wie die beiden letzten zu erleben. Nie wieder.«

»Ich auch nicht«, gestand Mariette, die vor Freude und Erleichterung strahlte. »Ich verspreche dir, ich werde warten, bis ich verheiratet bin. Und das wird noch Jahre dauern.«

Sowie Mariette das Zimmer verlassen hatte, wechselten Mog und Belle einen Blick und brachen vor Erleichterung in Lachen aus.

»Ich weiß gar nicht, warum wir lachen«, sagte Belle. »Daran ist doch wirklich nichts komisch.«

»Ihr Versprechen zu warten, bis sie verheiratet ist, ist lustig«, meinte Mog. »Ich fürchte, du musst ihr irgendwie den einen oder anderen Trick beibringen, Belle. Denn so sicher wie der Sommer auf den Frühling folgt, wird sie sich nicht mit Küssen begnügen, wenn sie einen anderen jungen Mann trifft, der ihr gefällt.«

Es schien tatsächlich so, als hätte Mariette eine neue Seite aufgeschlagen. In der Woche nach der Feststellung, dass sie nicht schwanger war, wurde sie ein anderer Mensch. Sie war folgsam und hilfsbereit, spielte mit ihren Brüdern und machte keinerlei Anstalten, allein auszugehen. Belle war sich zwar nicht ganz sicher, ob ihr verändertes Verhalten von Dauer sein würde, aber es hielt sie auf jeden Fall davon ab, Mogs Idee, Mariette nach England zu schicken, auch nur in Betracht zu ziehen.

Eines späten Sonntagabends, als die Kinder und Mog schon zu Bett gegangen waren, setzten sich Belle und Etienne draußen auf die Veranda, weil es im Haus so stickig war. Zu Belles Überraschung brachte Etienne das Thema England wieder zur Sprache.

»Ich finde, wir sollten Mariette hinschicken«, sagte er unvermittelt. »Man redet in ganz Russell über sie.«

»Wer redet über sie?«, fragte Belle erschrocken. Etienne war normalerweise der Letzte, der sich für Klatsch interessierte.

»Ich weiß nicht, wie es angefangen hat, aber Angus hat zu mir gesagt: ›Ich an deiner Stelle würde sie zu Verwandten schicken, bis Gras über die Sache gewachsen ist.‹ Du weißt ja, Belle, er ist keiner, der Klatsch verbreitet, und er hat eine Schwäche für Mari.«

Angus war ein älterer Schotte, der häufig mit Etienne fischen ging. Seine Frau war vor ein paar Jahren gestorben, und seine beiden Söhne waren nach Christchurch gezogen. Belle wusste, dass ihm seine Freundschaft mit Etienne viel bedeutete und er nur aus diesem Grund das Gefühl hatte, ihn auf das Gerede aufmerksam machen zu müssen.

»Zu mir hat niemand etwas gesagt«, meinte sie.

»Nein, natürlich nicht. Die Leute ziehen schrecklich gern über das Unglück anderer Menschen her, haben aber selten den Mut, die Betroffenen direkt darauf anzusprechen.«

»Was meinst du, wie viel ist herausgekommen?«, fragte Belle nervös, weil sie befürchtete, dass es bei dem Klatsch nicht nur darum ging, dass Mari und Sam Händchen gehalten hatten.

»Ich glaube, dieser Mistkerl hat auf der Fähre mit jemandem geredet. Wie auch immer, es hat sich herumgesprochen, dass ich ihn zusammengeschlagen habe, und es ist nicht schwer zu erraten, warum. Wenn Mari hierbleibt, wird sie von etlichen Leuten geschnitten und von jenen jungen Männern belästigt werden, die in ihr eine leichte Beute sehen.«

»Könnten wir sie nicht einfach auf Besuch zu Vera und ihrer Familie schicken?«, schlug Belle vor.

»Könnten wir. Aber viel zu viele Leute aus Russell haben Verwandte in Auckland, und das Gerede würde Mari einfach folgen. Bei Noah und Lisette kann sie völlig unbelastet einen neuen Anfang machen. Noah wird ihr helfen, Arbeit zu finden, und da Rose nur ein paar Jahre älter als Mari ist, wird sie wie eine Schwester für sie sein. Wir können einen Teil von Annies Geld für die Überfahrt verwenden. Ich glaube, es kann ihr nur guttun. Hättest du dir mit achtzehn gewünscht, in einem ruhigen, friedlichen Ort wie Russell festzusitzen?«

Belle dachte an ihren achtzehnten Geburtstag zurück. Damals war sie bereits offiziell eine Prostituierte gewesen, und der sogenannte Gentleman, dem sie an diesem Tag »gefällig sein« musste, war fettleibig gewesen und hatte aus dem Mund gerochen. In jener Nacht hätte sie alles gegeben, um an einem so schönen und heiteren Ort wie Russell zu sein. Aber wahrscheinlich musste man die Schlechtigkeit der Welt erst am eigenen Leib erfahren, bevor man das wahre Paradies zu schätzen wusste.

Belle sprach nie von jener Zeit, nicht einmal mit Etienne und Mog, die beide alles darüber wussten. Das war ein anderes Leben, sie waren alle andere Menschen gewesen, und sie hatte mit diesem Kapitel ein für alle Mal abgeschlossen.

»Du hast recht, mit achtzehn will man mehr als die See und staubige Straßen, auf denen Kühe vor sich hin trotten. Man will Geschäfte mit elektrischer Beleuchtung sehen, tanzen gehen und Kleider tragen, die hier unpraktisch wären. Aber was, wenn Krieg ausbricht? Wie soll Mari dann nach Hause kommen?«

»Wir haben in den Nachrichten gehört, wie Chamberlain von dem Treffen mit Hitler zurückgekommen ist und dass er ein Abkommen unterzeichnet und gesagt hat: ›In unserer Zeit wird Frieden herrschen.‹ In England oder Frankreich will niemand Krieg, und Noah hat in seinem letzten Brief geschrieben, dass es seiner Meinung nach nicht dazu kommen wird. Und er muss es wissen, Belle. Immerhin war er im letzten Krieg Kriegsberichterstatter. Außerdem kenne ich niemanden, dem ich eher zutrauen würde, auf unsere Tochter aufzupassen.«

»Da gebe ich dir recht, er ist ein liebevoller und fürsorglicher Mann. Aber ist es nicht zu viel verlangt, von ihm zu erwarten, dass er die Verantwortung für Mari übernimmt? Wir wissen beide, wie eigensinnig sie sein kann.«

Es überraschte Belle, dass Etienne auch nur mit dem Gedanken spielte, Mariette wegzuschicken, denn das Band zwischen ihm und seiner Tochter war stark. Dass er sich zu diesem Schritt entschlossen hatte, bewies, welch große Sorgen er sich um ihre Zukunft machte.

»Kinder sind anders, wenn sie nicht bei ihren Eltern sind«, sagte er, während er einen Arm um Belle legte und sie an sich zog. »Uns zuliebe reißt sie sich jetzt zusammen, aber wie lange wird das dauern? Schon in ein paar Monaten wird sie uns wieder zu schaffen machen und sich darüber ärgern, dass es hier keine besseren Zukunftsaussichten für sie gibt. Doch wenn wir sie nach England schicken, lernt sie vielleicht den Wert dessen, was sie hier hat, zu schätzen und kommt bereitwillig zu uns zurück.«

»Wie konnte es so weit kommen?« Belles Stimme brach. »Als sie geboren wurde, dachten wir, dass sie alles haben würde, was wir nie gekannt haben: Liebe, Geborgenheit, ein gutes Zuhause an einem Ort, wo nie etwas Schlimmes passieren kann. Und jetzt reden wir darüber, sie von hier wegzuschicken.«

»Alle Eltern neigen dazu zu glauben, dass ihre Kinder ihr Eigentum sind«, sagte Etienne, »aber so ist es nicht. Wir haben sie nur eine Zeit lang für uns. Und wenn sie erwachsen werden, müssen sie ihren eigenen Weg gehen. In England hat Mari die Möglichkeit, eine interessante und befriedigende Beschäftigung zu finden. Durch Noah und Lisette wird sie anständige junge Männer kennenlernen und sich mit anderen Mädchen anfreunden, und allein der Aufenthalt in England wird eine Art Ausbildung sein.«

Belle wusste, dass er recht hatte, aber sie hatte Angst um ihre Tochter, die so weit weggehen sollte.

»Was ist, wenn sie dort ist und es ihr einfach nicht gefällt? Oder wenn es ihr so sehr gefällt, dass sie nie wieder zurückkommen will?«

»Ersteres lässt sich leicht beheben«, sagte Etienne ruhig. »Und was deinen zweiten Einwand betrifft, so wissen wir beide, dass Mädchen gewöhnlich dort landen, wo ihr Ehemann sie hinbringt. Wir hatten nie die Garantie, dass sie für immer in unserer Nähe bleiben würde. Lieber verliere ich sie an ein gutes und erfülltes Leben in England, als mit anzusehen, wie sie hier den erstbesten Mann, der ihr einen Antrag macht, heiratet und vor der Zeit alt und bitter wird, weil sie nie die Liebe erlebt hat, die uns beide verbindet.«

Belle kuschelte sich an seine Schulter. »Du argumentierst immer sehr geschickt«, seufzte sie. »Ich werde mich bemühen, es so wie du zu sehen. Also, was machen wir?«

»Ich rufe gleich morgen Noah an«, sagte Etienne. »Aber ehe wir nicht wissen, ob er nach wie vor bereit ist, sie aufzunehmen, kein Wort zu Mari!«

Belle schmiegte ihr Gesicht in die Halsbeuge ihres Mannes. Es gab nichts mehr zu sagen. Sie wusste, dass es Etienne ebenso nahe-ging wie ihr, sein kleines Mädchen zu verlieren.

KAPITEL 5

Mariette war sich durchaus bewusst, dass ihre Mitmenschen sie für kaltschnäuzig hielten, weil sie keine Gefühle zeigte, und es ärgerte sie, dass die anderen annahmen, dass sie nichts fühlte, nur weil sie nicht jammerte und klagte oder sentimentales Zeug redete.

Die Sache mit Sam war das Schlimmste, was ihr je widerfahren war. Nicht nur, dass sie sich dumm und beschmutzt fühlte und tiefe Scham empfand, sie hatte auch ihre Eltern und Mog schockiert und enttäuscht. Mariette sehnte sich so sehr danach, die richtigen Worte zu finden, um ihnen zu sagen, wie furchtbar sie sich fühlte und wie leid es ihr tat, aber sie schaffte es nicht. Sich ruhig zu verhalten und ihnen aus dem Weg zu gehen, war für sie die einzige Möglichkeit gewesen, mit der Situation fertig zu werden.

Als sie dann festgestellt hatte, dass sie doch nicht schwanger war, hatte sie geglaubt, damit sei es ausgestanden, und sie alle könnten vergessen, was passiert war. Aber dadurch, dass sie mehr bei der Hausarbeit half und versuchte, ihnen allen zu zeigen, wie sehr sie an ihnen hing und wie leid es ihr tat, war die Sache nicht bereinigt. Die Erinnerung daran hing immer noch in der Luft wie ein übler Geruch, der nicht weichen wollte.

Außerhalb des Hauses war es sogar noch schlimmer. Sie spürte, dass die Leute in Russell über sie redeten; ältere Leute schnitten sie, jüngere musterten sie hämisch. Ihre Freundinnen ließen sie eine nach der anderen fallen, keine kam noch zu Besuch, und auch Einladungen, gemeinsam etwas zu unternehmen, blieben aus.

Vielleicht hätten andere Mädchen in ihrer Lage geweint und lautstark aufbegehrt, aber das war nicht ihr Stil. Mariette hielt einfach den Kopf hoch erhoben und tat so, als ließe es sie kalt.

Als ihr Vater ihr erzählte, dass ihr Patenonkel sie nach England eingeladen hatte, war ihre erste Reaktion schieres Entzücken. Der Gedanke, die Demütigungen und all den Unmut hinter sich zu lassen, war allein schon Grund genug, die Heimat zu verlassen. Und wer würde nicht gern nach London fahren und all die tollen Sehenswürdigkeiten besichtigen, die in Büchern und Zeitschriften in den schönsten Farben gemalt wurden? Die Vorstellung, über sechs Wochen an Bord eines Schiffes zu sein, begeisterte sie ebenso wie die Aussicht, eine richtig gute Arbeit zu finden und neue Leute kennenzulernen, die mit Sicherheit einen weiteren Horizont hatten als die Menschen hier in Russell.

Aber die Freude verging ihr schnell, als ihr klar wurde, dass ihr Besuch in England eine Verbannung war, weil sie ihrer Familie Schande gemacht hatte.

Niemand sprach es aus. Ihre Eltern und Mog redeten nur davon, dass es dort mehr Möglichkeiten für sie gebe; es sei eine Gelegenheit, mehr von der Welt zu sehen. Aber obwohl sie es wirklich so meinten, wusste Mariette, dass sie befürchteten, ihre Eskapaden könnten sich nachteilig auf ihre Brüder auswirken.

Sie kannte Onkel Noah und Tante Lisette nicht. Beide waren für sie nicht mehr als Namen auf einer Weihnachtskarte, Leute, die ihren Brüdern und ihr zum Geburtstag Geschenke schickten. Zugegeben, es waren immer ganz tolle Geschenke – zu ihrem achtzehnten Geburtstag zum Beispiel war es ein wunderschönes silbernes Armband gewesen. Mariette wusste, dass sie in einem prächtigen Haus lebten und Onkel Noah ein erfolgreicher Journalist und Schriftsteller und guter Freund ihrer Eltern war. Wie auch immer, für Mariette waren sie Fremde, zu denen sie kurzerhand abgeschoben wurde.

Sie hatte ihre Lektion gelernt. Sam war ein widerwärtiges, wertloses Subjekt, und sie bereute, ihn jemals auch nur angeschaut zu haben. Sie hatte bestimmt nicht vor, einen Fehler wie diesen noch einmal zu machen. Aber wie schlecht sie sich auch benommen hatte, sie konnte nicht verstehen, wie ihre Nachbarn sich anmaßen konnten, sie zu verurteilen. Sie hatte keinem von ihnen etwas getan, und sie war bereit, jede Wette einzugehen, dass jeder einzelne von ihnen in seinem Leben auch schon einmal etwas falsch gemacht hatte.

Wenn sie früher davon geträumt hatte, aus Russell wegzugehen, hatte Mariette sich immer vorgestellt, dass ihre Freunde und Verwandten Tränen vergießen würden, wenn sie ihr von der Mole aus nachwinkten. Und sie hatte geglaubt, dass es, falls sie je zurückkam, eine freudige und triumphale Heimkehr sein würde. Aber jetzt hatte sie das Gefühl, dass jeder aufatmen und hoffen würde, sie nie wiederzusehen.

Miss Quigley hatte sie immer als Trotzkopf bezeichnet, und genau das würde sie jetzt sein, beschloss Mariette. Sie würde vorgeben, es kaum erwarten zu können, wegzugehen und Russell zu verlassen, eine Stadt, die ihr zu klein geworden war. Wenn sie ihre Rolle gut genug spielte, würde sie es vielleicht irgendwann selbst glauben und sich nicht mehr fürchten.

Doch wenn sie nachts allein in ihrem Zimmer war, musste sie weinen. Noel und Alexis würden ihr fehlen. So sehr ihr die beiden manchmal auch auf die Nerven gingen, sie hatte sie sehr lieb. Was Mum, Dad und Mog anging, konnte sie sich beim besten Willen nicht vorstellen, sie nicht mehr jeden Tag zu sehen. An wen sollte sie sich wenden, wenn sie verängstigt oder einsam war? Ständig war von ihrem Selbstvertrauen die Rede, aber was, wenn es sie in England im Stich ließe?

»Ich finde, du bist sehr tapfer«, sagte ihr Vater eines Morgens, als hätte er ihre Gedanken gelesen. »Bestimmt macht es dir ein bisschen Angst, ohne uns ans andere Ende der Welt zu fahren, doch es wird dir gefallen, Mari. Du wirst nicht nur London kennenlernen, ich bin sicher, dass Noah dich auch mit nach Frankreich nimmt. Er hat in der Nähe von Marseille ein Haus, das einmal mir gehört hat. Freust du dich nicht darauf, all die Orte zu sehen, von denen deine Mutter und ich dir erzählt haben?«

Mariette hatte sich immer gewünscht, dass ihr Vater stolz auf sie wäre, und wenn sich das nur erreichen ließ, indem sie tapfer war, würde sie es eben sein. Also warf sie sich nicht in seine Arme und gestand ihm, dass sie den Gedanken, nicht mehr mit ihm segeln und fischen zu gehen, nicht ertragen konnte – was der Wahrheit entsprach. Stattdessen zwang sie sich zu einem Lächeln und erwiderte, wie sehr sie sich darauf freute, den Buckingham Palace, den Tower, die Seine und den Eiffelturm zu sehen, und wie dankbar sie dafür war, diese Möglichkeit zu bekommen.

Mog grub einen dicken braunen Wollmantel mit Rotfuchskragen aus, den sie aus England mitgebracht hatte, und machte sich daran, ihn aufzutrennen und daraus einen neuen Mantel für Mariette zu schneidern. Ihre Mutter trieb braunen Filz für einen passenden Hut auf und zeigte Mari die wunderschönen Federn, mit denen sie ihn verzieren wollte.

Sie buchten für sie eine Passage auf einem Schiff, das am achtzehnten Dezember von Auckland ablegte, also mitten im neuseeländischen Hochsommer, aber wenn sie in England eintraf, würde tiefster Winter sein.

Mariette hatte sich immer ein bisschen über die englischen Einwanderer gewundert, die gestöhnt hatten, dass in Neuseeland die Jahreszeiten genau umgekehrt seien und wie sehr sie ein großes Feuer im Kamin und den Schnee und das Eis vermissten, Dinge, die daheim zu Weihnachten gehörten. Ihre Eltern waren nicht so, im Gegenteil. Sie hatten stets über die Leute gelacht, die sich verzweifelt bemühten, englische Traditionen aufrechtzuerhalten, und zum Weihnachtsmahl Schmorbraten und Plumpudding auftischten, auch wenn draußen Temperaturen weit über dreißig Grad herrschten.

Ihre Familie feierte immer mit einem speziellen Weihnachtspicknick am Strand, wo sie im Wasser planschten und Kricket spielten. Und obwohl Mog ihnen oft von dem kleinen Bergarbeiterdorf in Wales erzählte, in dem sie aufgewachsen war, klangen ihre Geschichten ganz und gar nicht nach den idyllischen Bildern auf den Weihnachtskarten, die sie aus England bekamen und auf denen immer blütenweißer Schnee, Pferdeschlitten und mit leckeren Speisen beladene Tische zu sehen waren. In Mogs eher deprimierenden Erzählungen gab es mageren Hasenbraten als Weihnachtsmahl, eine von Kohlenstaub überzogene Stadt und Männer und Frauen, die aufgrund von Armut und Schwerstarbeit schon mit Mitte dreißig alt und verbraucht waren.

Mog behauptete, es wäre sinnvoller, Jesu Geburt an einem warmen Ort zu feiern, weil das auch auf Bethlehem zutraf. Sie liebte es, wilde Blumen und grüne Zweige zu sammeln und das Haus damit zu schmücken, und hängte Dutzende bunter chinesischer Papierlampions auf die Veranda. Wenn es dunkel wurde, zündete Dad die Kerzen in den Lampions an und verwandelte die Veranda in einen magischen Ort, wo sie alle gern saßen und die Nachbarn empfingen, die zu Besuch kamen. Mum sagte jedes Mal, dass diese Art, das Weihnachtsfest zu begehen, englische Weihnachten um Längen schlug.

Es machte Mariette nichts aus, das Fest in Russell zu verpassen – die Weihnachtsfeier auf dem Schiff würde bestimmt auch Spaß machen –, aber sie fürchtete, dass es in England im Winter sehr viel kälter sein würde als hier auf der Nordinsel. Mog und ihre Mutter hatten früher oft von dem dichten Nebel erzählt, der wie eine dicke Erbsensuppe über der Stadt lag, und von Eisblumen, die sich innen an den Fensterscheiben bildeten, und auch wenn sie jetzt immer wieder betonten, wie schön und warm Onkel Noahs Haus sein würde, blieb Mariette skeptisch.

Um sich von all den nagenden Sorgen abzulenken, stürzte sich Mariette mit Feuereifer in die Aufgabe, beim Nähen ihrer Garderobe für England mitzuhelfen.

Es war aufregend, die Art Sachen anzufertigen, die sie in Russell mangels Gelegenheit nie getragen hätte. Noah hatte Mog vor einer Weile englische Modehefte geschickt, und jetzt war sie ganz in ihrem Element, als sie entschied, welche Kleider und Kostüme sie kopieren würde. In der Truhe, in der Mog Stoffe hortete, fand sich ein bezaubernder cremefarbener Spitzenstoff, aus dem ein Abendkleid werden sollte, und noch etwas zartlila Crêpe zum Drapieren. Aber von dem karierten Wollstoff, den Mog zu einem Kostüm verarbeiten wollte und der sich ihrer Meinung nach eher für Miss Quigley, die Lehrerin, eignete, war Mariette nicht übermäßig begeistert.

»Mit Mode kenne ich mich aus«, sagte Mog tadelnd, als ihr Mariettes abfälliger Blick auffiel. »Mrs. Simpson hat, kurz bevor der König abdankte, genau so ein Kostüm getragen, wie ich eins für dich nähen werde, und eine elegantere Frau als sie gibt es nicht, auch wenn wir sie alle nie mochten. Du wirst feststellen, dass die Engländerinnen viel mehr auf ihr Aussehen achten als die Frauen hier und sich an gewisse Regeln halten. Es kommt nicht infrage, ohne Hut auszugehen oder mit nackten Beinen, nicht einmal im Sommer. Wenn wir dich nach Auckland bringen, müssen wir noch Strümpfe und Handschuhe für dich kaufen. Und wenn du erst einmal in England bist, wird Lisette dir helfen, alles richtig zu machen. Sie ist sehr schick, ganz wie man es von einer Französin erwartet.«

Am zwölften Dezember, zwei Tage bevor Mariette Russell verlassen sollte, wachte Belle am Morgen voller Bedenken wegen der geplanten Reise ihrer Tochter auf.

Es war entschieden worden, dass Mog und Etienne Mariette nach Auckland begleiten würden, während Belle zu Hause bei den Jungen blieb. In Auckland konnte Mog die Sachen einkaufen, die Mariette noch fehlten. Etienne war weit besser geeignet als Belle, dafür zu sorgen, dass seine Tochter mitsamt dem Gepäck zur richtigen Zeit auf dem richtigen Schiff landete. Außerdem würde es für sie weniger schmerzlich sein, sich hier von ihr zu verabschieden, statt ihr in Auckland vom Pier nachzuwinken.

»Ich fühle mich genauso wie damals in Frankreich, als sie mich in diese Kutsche steckten und zu dem Schiff nach New York brachten«, vertraute sie Etienne an. »Wenn ich mich schon so fühle, wie muss dann erst Mari zumute sein?«

Etienne war schon aufgestanden, um sich anzuziehen, aber als er die Angst und die Verzweiflung in Belles Stimme hörte, setzte er sich zu ihr aufs Bett und nahm sie in die Arme. »Das ist etwas ganz anderes. Erstens hattest du damals die Hölle hinter dir. Du hattest keine Ahnung, wo man dich hinbringen wollte. Und du warst viel jünger als Mari. Mog und ich bringen sie an Bord, und sie fährt zu Menschen, die sie genauso lieben werden, wie wir es tun. Außerdem weiß sie von uns recht viel über England. Sie ist so weit, uns zu verlassen, Belle. Sie ist aus Russell herausgewachsen, und sie wünscht sich einen Neuanfang. Du musst sie ziehen lassen. Wir können sie gelegentlich von der Bäckerei aus anrufen. Sie wird nicht verkauft wie du damals; es steht ihr frei, sich selbst ein spannendes, erfülltes Leben zu gestalten.«

»Aber wenn es nun doch zum Krieg kommt? Dann könnte sie dort festsitzen«, sagte Belle ängstlich.

Über Etiennes Gesicht huschte ein Schatten, der ihr verriet, dass er wegen Mariettes Reise ebenso besorgt und traurig war wie sie selbst. Aber er war aus härterem Holz geschnitzt als Belle und würde es nie zugeben.

»Noah würde keine Witze darüber machen, dass die Regierung im Hyde Park Schützengräben ausheben und Sandsäcke aufstapeln lässt, wenn er wirklich der Meinung wäre, dass so etwas nötig sein wird«, entgegnete Etienne fest. »Er sagt, dass Hitler nicht den Wunsch hat, gegen England zu kämpfen. Und selbst falls er sich irrt oder die Lage sich ändert, wird Noah Mari sofort auf das erste Schiff nach Neuseeland verfrachten.«

»Bist du sicher?«

»Wie kannst du nur daran zweifeln, Belle?«, gab Etienne zurück. »Hast du vergessen, was Noah alles für uns getan hat? Ohne ihn wären wir zwei nie wieder zusammengekommen. Sagt dir das nicht, dass unsere Tochter bei ihm in den besten Händen ist?«

»Ja, natürlich«, seufzte sie. »Aber ich mache mir eben Sorgen, ich kann nicht anders.«

»Lass dir vor Mari nichts anmerken!«, ermahnte er sie. »Sie ist schon ganz aufgeregt, und wir müssen sie vergnügt und guter Dinge auf die Reise schicken, sonst wird sie nur nervös. Sehen wir zu, dass wir das Beste aus ihren letzten zwei Tagen mit uns machen! Wir packen alles für ein Picknick ein und unternehmen eine Fahrt mit dem Boot, damit sie eine schöne Erinnerung mitnimmt.«

Einige Stunden später stand Etienne in seinem Boot am Ruder und warf seiner Tochter einen verstohlenen Blick zu. Wie immer, wenn sie bei ihm an Bord war, war sie an seiner Seite und wartete gespannt darauf, dass er ihr das Steuer überließ. Alexis und Noel, die die Leidenschaft ihrer Schwester für die See noch nicht teilten, saßen achtern bei Belle und Mog. Auch jetzt waren sie ruhig und unbekümmert und freuten sich viel mehr darauf, den Strand zu erreichen und zu picknicken, als über die Bootsfahrt.

Tage wie diese würde er am meisten vermissen, wenn Mari weg war, stellte Etienne fest. Sie war die Einzige in der Familie, die genauso begeistert angeln, schwimmen und segeln ging wie er. Hier draußen in der Bucht hatten sie zusammen ihre schönsten Stunden verbracht, wenn sie im Dingi über das Wasser geflitzt waren, den Wind in den Haaren und bis auf die Haut durchnässt von der Gischt.

Es traf ihn bis ins Herz, sie gehen zu lassen. Sie ähnelte so sehr dem jungen Mann, der er einst gewesen war – entschlossen, stürmisch und oft rücksichtslos, alles Eigenschaften, die ihm gute Dienste geleistet hatten, aber nicht unbedingt weiblich waren. Er hoffte inständig, dass Noah und Lisette sie ermutigen würden, von ihrem scharfen Verstand Gebrauch zu machen, und ihr helfen würden, ihren natürlichen Überschwang und ihren Eigensinn zu zügeln.

Belle war in Maris Alter mit ihrem lockigen schwarzen Haar, dem weichen vollen Mund und den Augen von der Farbe des Sommerhimmels bildschön gewesen, so schön, dass sich die Leute nach ihr umgedreht hatten.

Verglichen damit war Mari mit ihrem Haar, dessen Farbe an frisch geprägte Penny-Münzen erinnerte, den markanten Wangenknochen und dem spitzen kleinen Kinn bloß hübsch. Ihre Augen hatten dieselbe Farbe und Form wie Belles, aber sie hatte die Angewohnheit, Leute mit einem eisigen Blick zu durchbohren – genau wie Etienne. Und doch hatte er das Gefühl, dass sie in ein, zwei Jahren atemberaubend sein würde, und er hoffte, dass sie bis dahin ausgeglichener war und mehr Selbstwertgefühl hatte. Der Gedanke, noch ein Mann könnte sie ausnutzen, ließ Etienne das Blut in den Adern gefrieren.

»Ein traumhafter Tag«, sagte Belle später am Nachmittag zu Etienne, als er ihr an Bord half. Mog kam als Nächste; sie hatte die Röcke geschürzt, damit sie nicht nass wurden.

Sie hatten am Strand ein Feuer gemacht und Würstchen und Speck gegrillt. Die Jungen und Mariette waren im Wasser herumgetollt, während Mog ein Nickerchen gemacht hatte. Belle und Etienne hatten eine imposante Sandburg gebaut, die die Kinder später mit Muscheln verziert hatten.

Jungen von vierzehn, beziehungsweise fünfzehn Jahren waren von Natur aus nicht übermäßig sensibel. Beide hatten taktlos gefragt, ob sie Mariettes Zimmer haben konnten, wenn sie in England war. Alexis hatte noch vor ein paar Tagen gemeint, dass er seine Schwester, die meistens auf ihm herumhackte, und den Krach, den sie dauernd schlug, nicht vermissen würde, und Noel interessierte sich mehr für Rugby und Kricket als für die Frage, ob Mariette ihm fehlen würde.

Aber heute waren beide den ganzen Tag über nicht so laut und streitlustig gewesen wie sonst; also waren sie vielleicht doch nicht so erpicht darauf, ihre Schwester loszuwerden, wie ihre bissigen Bemerkungen der letzten Tage angedeutet hatten.

»Das werde ich vermissen – und euch natürlich«, sagte Mariette und zeigte mit einer weit ausholenden Handbewegung auf die türkisblaue See und das satte Grün der Bäume, die bis zum Ufer hinunterwuchsen. Die kleine Bucht mit dem feinen Sandstrand war sehr abgeschieden, und Mariette stellte sich gern vor, dass sie die Einzigen waren, die diesen Ort kannten und aufsuchten.

»England ist auch von Meer umgeben«, meinte Mog. »Doch ich muss sagen, so blau ist es nicht oft, eher grau und eiskalt. Deshalb habe ich auch nie schwimmen gelernt.«

»Aber in England gibt es schöne Sachen, die wir hier nicht haben«, warf Belle ein. »Burgen, Schlösser und kleine Dörfer, die viel hübscher als die Orte in Neuseeland sind. In London wirst du Geschäfte sehen, die so prächtig sind, dass man glaubt, nur hochgestellte Persönlichkeiten dürften sie betreten. Und dort fahren Züge unter der Erde. Als Mog und ich aus London weggingen, gab es viel mehr Pferde und Kutschen als Autos und Lastwagen, und nur wenige Leute hatten elektrischen Strom, aber das hat sich inzwischen alles geändert. Du wirst gar nicht wissen, wie dir ist, wenn du einfach das Licht anknipsen oder einen Hahn aufdrehen kannst und warmes Wasser herauskommt. Als wir in der Wohnung waren, die Noah damals bei Kriegsende hatte, war es in jedem Zimmer warm, weil im Keller ein großer Heizkessel stand, der alle Radiatoren im ganzen Gebäude beheizte. Ich nehme an, dass es in dem Haus, in dem er jetzt wohnt, genauso ist. Und kein Außenklo mehr!«

Etienne ließ den Motor an, und als das Boot in tieferes Wasser hinausfuhr, wollte Mariette wissen, ob in England alle Leute solche Häuser wie Onkel Noah hätten.

»Leider nicht«, sagte Belle. »Es leben immer noch sehr viele Menschen in Vierteln, die man Slums nennt, mit einem gemeinsamen Wasserhahn und einem Klo im Hof, doch an einem solchen

Ort wirst du nicht wohnen. Onkel Noahs Haus befindet sich in einer sehr schönen Gegend der Stadt.«

»Ich möchte alles von London kennenlernen, nicht nur die Ecken, wo die Reichen wohnen«, sagte Mariette. »Ich will das Viertel sehen, wo du als Kind gelebt hast.«

»Ich nehme an, Noah wird dir den *Ram's Head* zeigen, das Wirtshaus, das früher meinem Garth gehört hat«, sagte Mog. »Das Haus, in dem wir gewohnt haben, als deine Mutter noch ein kleines Mädchen war, ist abgebrannt, aber in der Nähe ist ein großer Markt für Obst, Gemüse und Blumen. Covent Garden heißt er. Ich glaube nicht, dass sich dort seit unserer Zeit viel verändert hat. Der Duft der Blumen nimmt einem fast den Atem, und es war der Lieblingsplatz deiner Mum.«

Allein bei dem Gedanken, dass Mariette nach Seven Dials gehen könnte, wurde Belle unruhig. Sie wollte nicht, dass ihre Tochter zufällig etwas über die dunkleren Seiten ihres Lebens erfuhr. Noah wusste natürlich Bescheid, und sie war sicher, dass er nie freiwillig etwas verraten würde. Doch was, wenn Mariette nicht lockerließ und ihm unabsichtlich etwas entschlüpfte?

Mog fing ihren Blick auf. Wie immer hatte sie ein feines Gespür für Spannungen und großes Geschick darin, sie zu entschärfen. »Der Teil Londons wird dir kaum zusagen. Dort ist alles ziemlich schäbig und schmuddelig«, sagte sie zu Mariette. »Aber den Trafalgar Square musst du sehen und den St. James's Park. Beides ist ganz in der Nähe. Und dann natürlich die Themse – der Fluss ist eine wahre Augenweide, so breit und voller Schiffe und Boote. Und der Tower, wo früher Lords und Ladys wegen Hochverrats eingesperrt wurden, ist auch nicht weit.«

Belle atmete erleichtert auf, als Mariette aufstand und sich zu Etienne ans Steuerrad stellte. Sie konnte bloß hoffen, dass Noah es genauso gut verstand, von heiklen Themen abzulenken.

Später am Abend, als Belle und Etienne schon im Bett waren, fragte sie ihn, ob er nicht befürchtete, dass Mariette Noah mit Fragen über die Vergangenheit ihrer Eltern zusetzen könnte.

»Warum sollte sie?« Etienne wirkte überrascht. »Mit achtzehn hält man jeden über vierzig für uralt und todlangweilig. Und selbst wenn sie ihn fragt, wird er ihr nicht mehr sagen, als dass er mich in Paris kennengelernt hat, zur selben Zeit, als du dort warst, um zu lernen, Hüte anzufertigen. Noah ist schlau; es wird ihm nicht schwerfallen, eher vage zu bleiben.«

»Das will ich hoffen«, erwiderte Belle.

Etienne schenkte ihr ein mitfühlendes Lächeln. »Eines Tages, wenn Mari älter und erfahrener ist, können wir ihr vielleicht die ganze Geschichte erzählen – falls sie sie hören will.«

Belle, die fand, dass er es am besten wissen musste, kuschelte sich in seine Arme. »Was für ein schöner Tag! Es hat gutgetan zu sehen, wie Mari mit Alexis und Noel herumgetobt hat. Sie wirkte völlig unbeschwert.«

»Warum auch nicht?«, meinte er. »Sie zieht in die weite Welt hinaus. Jetzt müssen wir darauf vertrauen, dass sie selbst auf sich aufpasst.«

»Ich wünschte nur, ich wäre mir sicher, dass sie zu uns zurückkommt«, sagte Belle leise. »Denk doch an all die Leute, die wir hier kennen, deren Söhne und Töchter nach Australien, Amerika oder Europa gegangen und nie wieder heimgekehrt sind!«

»Wenn sie ihr Glück in England findet und dort bleiben will, soll es so sein«, erwiderte er. »Mir ist lieber, sie ist nicht bei uns und glücklich als bei uns und unglücklich. Findest du das nicht auch?«

»Doch, schon«, seufzte sie. »Aber daran will ich jetzt nicht denken, es macht mich zu traurig.«

KAPITEL 6

»Alle Besucher, die keine Passagiere der *SS Rimutaka* sind, möchten bitte umgehend von Bord gehen!«

Mariette war froh, als diese Aufforderung über den Lautsprecher kam. Es tat weh zu sehen, wie sehr es Mog und ihren Vater erschütterte, von ihr Abschied zu nehmen. Ihr war selbst ganz elend, und am liebsten wäre sie in Tränen ausgebrochen, aber sie wusste, dass sie es den beiden damit noch schwerer gemacht hätte.

Als sie am Morgen in der Fremdenpension das von Mog angefertigte gelbe Kleid mit dem passenden Bolerojäckchen angezogen und den flotten kleinen Hut aus gelb und weiß gestreiftem Satin und Tüll in einem kecken Winkel aufgesetzt hatte, war sie sich wie ein Hollywood-Star vorgekommen. Sie hatte Schuhe mit modischen Louis-quinze-Absätzen bekommen und einen ganzen Koffer voller schicker Kleider. Aber eine neue Garderobe konnte ihr nicht die Familie ersetzen, ihr nie die Sicherheit und Geborgenheit geben, die sie in ihrer Mitte empfand.

»Und benimm dich anständig, ja?«, ermahnte Mog sie zum ungefähr zwanzigsten Mal an diesem Tag, während sie sich die Augen mit einem spitzengesäumten Taschentuch, das schon ganz nass war, betupfte. »Sonst komme ich dir nach, und dann setzt es was!«

Sie nahm Mariette in die Arme und drückte sie fest an sich. Wie immer duftete sie nach Lavendelwasser – ein Geruch, den Mariette für alle Zeiten mit ihrem Zuhause verbinden würde. Heute war ihr zum ersten Mal aufgefallen, dass Mog allmählich alt wurde; es war ein heißer Tag, und Mog war kurzatmig und kam beim Gehen nur langsam voran. Als Mariette die Umarmung erwiderte, dachte sie bei sich, wie schrecklich es wäre, wenn Mog vor ihrer Heimkehr sterben würde. Ihre Augen füllten sich mit Tränen.

»Arbeite nicht zu viel, Mog!«, brachte sie heraus. »Höchste Zeit, dass du mal ein bisschen kürzertrittst.«

Mog fasste Mariette bei den Schultern und sah sie an. Tränen liefen ihr über die Wangen. »Lass dich noch einmal anschauen, mein Liebes!«, sagte sie mit bebender Stimme. »Du wirst immer in meinem Herzen und in meinen Gebeten sein. Und du schreibst uns recht oft, versprichst du mir das?«

Mariette brachte nur ein Nicken zustande. Als sie sich zu ihrem Vater umwandte, sah sie zu ihrer Betroffenheit, dass auch er Tränen in den Augen hatte. Er war so viel größer als sie, dass sie ihr Gesicht an seiner Brust vergrub, als er sie mit seiner Umarmung fast zermalmte.

»Ich finde nicht die richtigen Worte, um dir zu sagen, was du mir bedeutest, Mari«, flüsterte er. »Es ist wie der Wind draußen in der Bucht, wenn wir im Dingi unterwegs sind oder wie die ersten Erdbeeren im Jahr oder ein riesiger Marlin an der Angel. Du musst jetzt alle Vorteile deiner Reise nach England nutzen und genießen. Denk nach, bevor du etwas tust, und höre auf dein Gewissen! Und komm gesund und munter zu uns zurück, wenn du so weit bist!«

Sie spürte seine Küsse auf ihrer Wange und seinen letzten Händedruck, ohne sein Gesicht zu sehen, denn sie war blind vor Tränen.

Mog sah sehr klein und verletzlich aus, wie sie so an Papas Arm über die Gangway schritt. Selbst ihr Vater, der Mariette immer unzerstörbar erschienen war, wirkte weniger stark und rüstig als sonst. Sie sehnte sich mit jeder Faser ihres Seins danach, ihnen nachzulaufen und zu sagen, dass sie nicht von ihnen fortwollte, weil sie sie einfach viel zu lieb hatte, doch es war zu spät. Die Maschinen des Schiffs liefen, die Seeleute zogen bereits die Gangway ein, und gleich würden sie ablegen.

Also klammerte Mariette sich krampfhaft an die Reling und

winkte, eine von sechshundert anderen Passagieren auf einem Schiff, das nur zu zwei Dritteln belegt war. Viele Leute weinten, weil sie geliebte Menschen zurückließen, andere waren vor der Überfahrt nach England aufgeregt, und dann waren da noch einige Familien, die ärmlich und bedrückt wirkten und niemanden hatten, dem sie zum Abschied zuwinken konnten. Mariette nahm an, dass es sich um Leute handelte, die in Neuseeland gescheitert waren und beschlossen hatten, die Sache zu beenden und nach Hause zu fahren. Seltsamerweise waren es diese Familien, mit denen sie sich am ehesten identifizieren konnte. Wahrscheinlich, dachte sie, gab es schon jetzt in Russell Leute, die über sie und ihre Eltern herzogen.

Von ihrer Mutter und ihren Brüdern Abschied zu nehmen, war schlimm gewesen. Von den anderen Bewohnern der Stadt waren nur Peggy und Don von der Bäckerei zum Landesteg gekommen, um Mari Lebewohl zu sagen. Normalerweise fand sich bei derartigen Gelegenheiten die ganze Stadt ein. Dass sich praktisch niemand hatte blicken lassen, machte Mariette eindringlich bewusst, wie sehr sie sich selbst und ihre Familie in Verruf gebracht hatte. Sie konnte die Angst und die Sorge sehen, die sich tief in das Gesicht ihrer Mutter eingegraben hatten, und obwohl Belle sich große Mühe gab, ihrer Tochter zuliebe munter und vergnügt zu wirken, wusste Mariette, dass sie sich gerade zu Hause die Augen ausweinte. Nicht einmal ihr Mann oder Mog waren da, um sie zu trösten. Sogar die Jungen hatten beim Abschied traurig ausgesehen. Sie hatten Mari umarmt und geküsst, ohne extra dazu aufgefordert werden zu müssen, und hatten sie daran erinnert, ihnen von überall Ansichtskarten zu schicken.

Bis jetzt, da sich das Schiff langsam von der Mole entfernte, hatte Mariette nie das Gefühl gehabt, dass sie Neuseeland tatsächlich verlassen würde. Sie hatte vielmehr halb und halb damit gerechnet, dass irgendetwas passieren und ihre Reise verhindern würde, aber jetzt war es so weit, und der Abstand von ihr zu ihrer

Heimat wurde mit jeder Sekunde größer. Sie winkte wie verrückt, obwohl sie weder Mogs Gesicht noch das ihres Vaters mehr erkennen konnte, nur ihre Hüte: Mogs mit einem weißen Band verzierten marineblauen Sonntagshut und den Panamahut, den ihr Vater in der einen Hand schwenkte, in der anderen sein Taschentuch. In wenigen Tagen war Weihnachten, und wieder flossen Tränen, als Mariette daran dachte, wie ihre Brüder ihre Weihnachtsgeschenke auspacken würden, ohne dass sie dabei war und all die Aufregung mit ihnen teilte.

»Ich komme wieder«, schwor sie sich halblaut. »Nicht mit eingekniffenem Schwanz, sondern erfolgreich und stolz. Ihr werdet schon sehen!«

Das Schiff legte jetzt an Geschwindigkeit zu, und die Leute auf der Mole waren kaum noch zu sehen. Es war Zeit, in ihre Kabine zu gehen, die sie sich mit einem anderen Mädchen teilte, und ihre Sachen zu verstauen.

Als sie den Niedergang, der zu ihrer Kabine führte, hinunterlief, rang Mariette mühsam um Fassung. Sie würde doch nicht heulen wie ein Kleinkind, weil endlich ihr Traum, etwas von der Welt zu sehen, in Erfüllung ging! Sie würde den Äquator überqueren, von einer Hemisphäre in die andere überwechseln und all die Orte sehen, von denen ihre Eltern und Mog so viel erzählt hatten.

In ihren Träumen hatte sie sich natürlich immer vorgestellt, dass jemand bei ihr sein und sie nicht ganz allein unterwegs sein würde. Schön und gut, dass sie neue Kleider hatte und Taschengeld und Leute, die sie in Southampton abholen würden, aber beängstigend war es trotzdem.

Mariette fand ihre Kabine problemlos, da ihr Vater sie, gleich nachdem sie an Bord gegangen waren, dorthin gebracht hatte. Als sie gesehen hatte, wie winzig sie war – das Etagenbett mit den zwei Schlafkojen nahm fast den ganzen Raum ein –, hatte sie verstanden, warum sie die Kleidung für die Reise in einen kleinen Koffer hatte packen müssen, während der große Überseekoffer im Frachtraum untergebracht worden war.

Aber als sie jetzt die Kabinentür aufstieß, stellte sie fest, dass ihre Mitbewohnerin das anscheinend nicht wusste – der ganze Fußboden war mit Kleidungsstücken übersät. Während sie behutsam um die Sachen herumging, warf sie einen Blick auf das dunkelhaarige Mädchen, das in der unteren Koje lag, das Gesicht im Kissen vergraben hatte und weinte.

»Hallo«, sagte sie zaghaft. »Ich teile die Kabine mit dir.«

»Hier drinnen ist kein Platz zum Teilen, es ist kaum größer als ein Sarg«, sagte das Mädchen mit erstickter Stimme. »Und ich wünschte, ich wäre tot.«

Jemand anders so überwältigt vor Kummer zu sehen, übte eine belebende Wirkung auf Mariette aus. Möglicherweise hätte sie sich sonst selbst auf ihr Bett geworfen und vor Heimweh und Sehnsucht nach ihrer Familie geweint, doch sie fand, dass das Mädchen jämmerlich aussah und auch so klang, und sie hatte keine Lust, ihrem Beispiel zu folgen.

»Lächerlich, so was zu sagen, wenn wir noch keine Meile vom Festland entfernt sind«, erwiderte Mariette. »Ich bin auch traurig, weil ich meine Familie zurücklassen muss, aber es hat keinen Sinn, in Selbstmitleid zu zerfließen.«

Bei diesen Worten wandte das Mädchen den Kopf und starrte Mariette aus roten, verschwollenen Augen an. Sie schien ungefähr Mitte zwanzig zu sein.

»Wie zum Teufel kannst du so etwas sagen?«, fuhr sie Mariette an.

»Weil dein Zeug in der ganzen Kabine verteilt ist und es sinnvoller wäre, du würdest deine Sachen einräumen, statt auf dem Bett zu liegen und dich selbst zu bedauern. Ich wohne auch in dieser Kabine.«

»Hier ist nicht einmal genug Platz für eine Person, geschweige denn für zwei. Es ist ganz und gar nicht das, was ich gewöhnt bin.«

»Wie denn auch? Es sei denn, du hättest dein ganzes Leben auf einem Schiff verbracht.« Mariette wurde allmählich ärgerlich. »Du wirst einen Teil von dem Kram hier einpacken und dem Steward geben müssen, damit er die Sachen im Frachtraum unterbringt. Das habe ich auch gemacht.«

»Ich brauche aber alles«, rief das Mädchen erschrocken. »Ich kann auf nichts verzichten!«

Mariette schwieg einen Moment. Ihr gefiel weder der überlegene Ton der anderen noch ihr Aussehen. Sie war pummelig, und ihr Gesicht war mit roten Flecken übersät. Aber sie wollte die Reise nicht gleich mit einem Streit anfangen.

»Wie heißt du?«, fragte sie.

»Stella Murgatroyd«, antwortete das Mädchen.

»Na schön, ich bin Mariette Carrera und werde meistens Mari genannt. Hör zu, Stella, wir werden etliche Wochen zusammen in dieser Kabine wohnen. Und wie du ganz richtig bemerkt hast, haben wir hier nicht viel Platz. Das bedeutet, dass wir sehr ordentlich sein müssen. Es gibt unter jeder Koje eine Schublade, dazu einen sehr schmalen Schrank, um Sachen darin aufzuhängen, und zwei Regale. Fang lieber gleich damit an, dein Zeug zu verstauen, sonst trete ich wahrscheinlich beim Auspacken ständig drauf!«

»Für wen hältst du dich eigentlich, verdammt?« Stella sprang auf. Sie war mehrere Zentimeter größer als Mariette und stand so dicht vor ihr, dass ihr üppiger Busen sie beinahe streifte. »Ich lasse mir von einem Kind nicht sagen, was ich zu tun habe.«

»Entschuldige, aber du bist es, die sich wie ein Kind benimmt«, gab Mariette entrüstet zurück. »Noch dazu wie ein sehr verzogenes. Stell deinen Koffer aufs Bett, leg ein paar deiner Sachen zusammen und pack sie wieder ein!« Sie bückte sich, hob einige Kleidungsstücke auf und ließ sie auf die Koje fallen. »Das ist kein guter Start. Bring das in Ordnung, dann können wir vielleicht eine Tasse Tee trinken gehen und Freundschaft schließen!«

Das Gesicht des Mädchens fiel in sich zusammen, und Stella

fing wieder an zu weinen. »Du verstehst das nicht«, brachte sie unter Tränen hervor. »Ich wollte überhaupt nicht nach England. Aber ich hatte keine andere Wahl.«

Mariette bekam in der engen Kabine allmählich Platzangst und war stark versucht, diese dicke Heulsuse mitsamt ihren Problemen sich selbst zu überlassen. Aber ihre Mutter hatte ihr immer wieder eingeschärft, jenen zu helfen, die kleiner und hilfloser als sie selbst waren. Diese Stella war zwar nicht kleiner als sie, doch hilflos wirkte sie auf jeden Fall.

»Na schön, lassen wir es einstweilen so!«, sagte sie. »Wasch dir dein Gesicht, dann holen wir uns Tee, und du erzählst mir alles. Was meinst du?«

Stella wusste nicht einmal, wie man das Waschbecken in der Wandverkleidung aufklappte; sie starrte die Vorrichtung nur dumpf an, bis Mariette ihr zeigte, wie es funktionierte. Da sie keinerlei Anstalten machte, einen Waschlappen herauszusuchen, befeuchtete Mariette den Zipfel eines Handtuchs und tupfte das Gesicht des Mädchens ab, wie sie es bei ihren Brüdern getan hätte.

»Schon besser«, meinte sie. »Vielleicht sind schmucke Seeleute an Bord. Du willst doch nicht, dass sie dich mit fleckigem Gesicht sehen, oder?«

Eine Stunde und zwei Tassen Tee später kannte Mariette den Grund für Stellas Kummer. Sie war vierundzwanzig, ihre Eltern waren beide 1919, als Stella fünf Jahre alt gewesen war, an der Spanischen Grippe gestorben, und sie und ihre älteren Geschwister, ein Bruder und eine Schwester, waren zu ihren Großeltern nach Wellington geschickt worden. Als ihr Großvater starb, hinterließ er seinen drei Enkelkindern etwas Geld. Stellas Bruder und ihre Schwester gingen nach England; die damals fünfzehnjährige Stella blieb bei ihrer Großmutter.

»Mit einundzwanzig, wenn ich mein Erbe bekommen hätte,

wollte ich zu ihnen nach England ziehen«, erzählte Stella. »Aber kurz vorher wurde Grandma krank, und ich konnte sie nicht einfach im Stich lassen. Fast drei Jahre lang habe ich alles für sie getan, und es war ganz schrecklich, ich kann dir gar nicht sagen, wie schlimm es war. Doch dann ist sie vor ein paar Monaten gestorben, und ich dachte, ich könnte in ihrem Wohnhaus bleiben und wieder ein schönes Leben haben. Aber es stellte sich heraus, dass sie das Haus und ihr Geld meinem Onkel vermacht hatte, und er wollte mich raushaben. Er hat niemals auch nur einen Finger für Grandma gerührt, hat sie praktisch nie besucht, und es war ihm völlig egal, was aus mir wird.«

Mariette nahm die Geschichte mit einer gewissen Skepsis auf. Nach allem, was Stella erzählt hatte, war das Haus ihrer Großmutter sehr groß gewesen, und sie hatte Personal gehabt, es schien also unwahrscheinlich, dass Stella ganz allein die Pflege ihrer kranken Großmutter übernommen hatte. In der kurzen Zeit, die sie Stella kannte, hatte Mariette genug gehört, um zu vermuten, dass das Mädchen ein sehr privilegiertes Leben geführt hatte. Vielleicht hatte ihre Großmutter das Gefühl gehabt, dass Stella, die bereits Geld von ihrem Großvater geerbt hatte, genau wie ihre Geschwister ihr Leben selbst in die Hand nehmen sollte.

»Dann ziehst du also in England zu deinen Geschwistern?«, fragte sie.

»Das hatte ich eigentlich vor«, sagte Stella. »Aber jetzt hat mir mein Bruder geschrieben, dass ich zwar ein paar Wochen bei ihm wohnen kann, mir jedoch Arbeit und eine eigene Wohnung suchen muss. Ich weiß gar nicht, wie ich das machen soll. Ich habe ja noch nie gearbeitet.«

Mariette hatte Mühe, sich ein Grinsen zu verkneifen. »Du hast doch deine Großmutter betreut und könntest dich um eine Stelle als Haushälterin bemühen«, schlug sie vor.

»Oh nein, ich könnte niemals als Dienstbote arbeiten«, sagte Stella entsetzt. »Dazu bin ich nicht erzogen worden.«

Während Mariette über das Schiff und einige der anderen Passagiere, die sie gesehen hatte, plauderte, musterte sie Stella unauffällig. Sie war keine Schönheit und so anmutig wie ein Ackergaul. Ihr blaues Kleid war zwar unverkennbar von guter Qualität, aber ohne jeden Schick und eher für eine Frau in Mogs Alter geeignet als für ein Mädchen von vierundzwanzig. Stellas dunkles Haar war zu einem unordentlichen Knoten geschlungen, doch es schimmerte warm, und sie hatte schöne braungrüne Augen. Die roten Flecken auf ihrer Haut verblassten allmählich, und Mariette konnte sehen, dass sie einen schönen, reinen Teint hatte.

An Stellas Kleid war eine Brosche befestigt, Mariettes Einschätzung nach aus echten Saphiren und Diamanten, nicht Strass, und der mit Diamanten und einem Opal besetzte Ring sah aus, als hätte sie ihn von ihrer Großmutter geerbt. Vielleicht waren ihre anderen Kleider ja etwas hübscher.

Mog hatte oft bemerkt, wie gern sie das Beste aus dem Typ einer Frau machte, wenn sie etwas für sie schneiderte, und Mariette kam der Gedanke, dass sie während der langen Überfahrt ihre Zeit schlechter verbringen könnte als mit dem Versuch, dieses hässliche Entlein wenn schon nicht in einen Schwan, dann wenigstens in eine halbwegs attraktive Frau zu verwandeln.

»Na schön, Stella«, sagte sie, »jetzt hocken wir sechs Wochen aufeinander. Ich finde, wir sollten die Zeit nutzen, um uns weiterzubilden und etwas Neues zu lernen oder um Leute kennenzulernen, die ganz anders sind als wir. Aber zuerst müssen wir die Kabine aufräumen, und weil ich etwas von Kleidung verstehe, darf ich entscheiden, welche Sachen du behältst, ja?«

Wenn Mariette erwartet hätte, die Kabine mit einem fröhlichen und unternehmungslustigen Mädchen zu teilen, wäre sie von Stella enttäuscht gewesen. Zum Glück hatte sie mit einer mürrischen alten Jungfer gerechnet, die ständig jammerte, insofern erschien ihr Stella als nicht ganz so schlimm.

Sie war träge, langsam und sehr weltfremd, aber Mariette kam bald dahinter, dass sie lenkbarer als jeder andere Mensch war, den sie kannte.

Es begann mit ihrer Kleidung. Mariette ging alles durch, suchte Sachen aus, die sich für große Hitze eigneten, und packte den Rest ein. Innerhalb von zwei Tagen hatte sie Stella überredet, ihr Haar offen zu tragen und es von einem der Passagiere, der Friseur war, auf Schulterlänge abschneiden zu lassen. Es war ein Triumph: Stella sah auf einmal so jung aus, wie sie war, nicht so, als würde sie sich den mittleren Jahren nähern.

»Grandma hat gesagt, eine Frau trägt ihr Haar nur offen, wenn sie mit ihrem Mann im Schlafzimmer ist«, meinte Stella und beäugte sich zweifelnd im Spiegel.

»Damit ist es schon seit dem Untergang der *Titanic* vorbei«, teilte Mariette ihr mit. »Und deine Kleider sind alle viel zu lang; wir müssen sie unbedingt kürzen. Sie dürfen auf keinen Fall länger als wadenlang sein.«

Obwohl es Spaß machte, Stella herauszuputzen, half die Beschäftigung Mariette nicht wirklich über ihr Heimweh hinweg. Es überfiel sie in Schüben, wenn sie sah, wie eine Mitreisende ihr Kind umarmte oder wenn es eine Mahlzeit gab, die sie an zu Hause erinnerte. Einer der Offiziere schaute von hinten wie ihr Vater aus, und jedes Mal, wenn sie ihn über das Deck schlendern sah, versetzte es ihr einen Stich. Und abends, wenn sie in ihrer Koje lag, vermisste sie es, von ihrer Mutter oder Mog zugedeckt zu werden.

Als sie am Weihnachtstag zum Dinner gingen, stellte Mariette voller Genugtuung fest, dass einer der Kellner Stella beifällig anlächelte und sich ein wenig länger als nötig an ihrem Tisch aufhielt, als er das Essen servierte. Er war nicht besonders attraktiv mit seinem schütteren Haar und bestimmt schon Mitte dreißig, doch er lieferte den Beweis, dass der gekürzte Saum von Stellas rotem Samtkleid und ihre neue Frisur Wirkung zeigten.

Beim Aufwachen an diesem Morgen hatte Mariette sich vorgestellt, wie aufgeregt Alexis und Noel sein würden, wenn sie ihre Geschenke auspackten, und bei diesem Gedanken war sie sehr traurig gewesen – so sehr, dass sie ein bisschen geweint hatte. Aber obwohl Stella ein schwacher Ersatz für ihre Familie war, fühlte Mariette sich nicht mehr ganz so einsam und verlassen, als sie sah, wie die Augen ihrer neuen Freundin strahlten, weil sie endlich einmal die Aufmerksamkeit eines männlichen Wesens erregte.

Die ersten zehn Tage der Reise verliefen angenehm und behaglich. Es gefiel Mariette, dass ihr niemand Anordnungen erteilte oder mit ihr schimpfte, weil sie zu wenig im Haushalt mithalf. Sie hatte Stella als Gesellschaft, und auch wenn das Mädchen anstrengend und versnobt war und sie wenig gemeinsam hatten, konnte Mariette sie überreden, genau das zu tun, was sie wollte. Sie lagen in der Sonne, spielten an Deck Ringewerfen oder Karten im Salon und unterhielten sich mit anderen Passagieren. Und wenn Mariette genug von ihren Mitreisenden hatte, verbrachte sie ihre Zeit entweder mit einem Buch oder betrachtete die ungeheure Weite des Ozeans.

Aber selbst für jemanden, der die See so sehr liebte wie sie, nutzte sich die Wirkung allmählich ab, nachdem sie Tag für Tag die gleiche Aussicht von Himmel und Meer bewundert hatte. Gelegentlich waren Schwärme von Tümmlern oder Delfinen zu sehen, die sie in helle Aufregung versetzten, und hin und wieder in der Ferne ein Schiff, doch auch diese Ereignisse wurden von Tag zu Tag weniger bemerkenswert. Sie langweilte sich, weil die Zeit so langsam verging, und sehnte sich nach Bewegung – Schwimmen, Segeln oder einfach Spazierengehen. Sie konnte natürlich pausenlos Runden auf dem Oberdeck drehen, aber das würde sie noch verrückt machen, dachte sie.

Außerdem ärgerte sie sich immer mehr über die anderen Passagiere, von denen sehr viele ständig über Neuseeland schimpften. Nur wenige der Engländer an Bord unternahmen die Reise, um

Verwandte zu besuchen; die meisten kehrten zurück, weil sie in Neuseeland kein Glück gehabt hatten. Einige hatten während der Depression ihre Arbeitsstelle und ihr Geld verloren, andere empfanden die Arbeit eines Landwirts als Plackerei, und wieder andere waren emigriert, weil sie gedacht hatten, sie würden die Weite des Landes genießen, nur um festzustellen, dass ihnen das Getriebe der englischen Großstädte fehlte. Für Mariette war es eine Enttäuschung, dass so viele ihrer Mitreisenden langweilig und zaghaft waren, denn sie hatte erwartet, alle würden abenteuerlustig und verwegen sein.

Die Überquerung des Äquators wurde mit der Zeremonie gefeiert, von der Mog und ihre Mutter ihr erzählt hatten. Ein als Neptun verkleideter Seemann wurde mit Wasser übergossen und dann von anderen Mitgliedern der Crew mit einem gigantischen Rasierpinsel und Messer rasiert. Diejenigen an Bord, die den Äquator noch nie überquert hatten, also auch Mariette und Stella, wurden in einen Bottich mit Wasser getaucht und erhielten so die Bestätigung, den Übergang von der südlichen zur nördlichen Halbkugel passiert zu haben.

Kurz danach wurden Stella und etliche andere Passagiere seekrank. Mariette hatte noch nie an Seekrankheit gelitten und hatte nicht viel Geduld mit den Leidtragenden. Immer wieder sagte sie ihrer Freundin, dass es ihr auf einem der Oberdecks in der frischen Luft besser gehen würde, aber das Mädchen wollte nichts davon wissen, sondern blieb in der Koje und fühlte sich immer elender. Der Geruch ihres Erbrochenen schien gar nicht mehr aus der Kabine zu weichen – manchmal konnte Mariette es kaum noch ertragen. Doch weil Mog ihr beigebracht hatte, nett und hilfsbereit zu Kranken zu sein, kümmerte sie sich widerwillig um Stella, indem sie ihr Gesicht und Hände wusch, ihr Haar bürstete und die Schüssel, in die sie sich übergab, ausleerte.

Stella erholte sich, als sie den Panamakanal erreichten. Das neuartige Erlebnis, durch Schleusen zu fahren und ganz in der Nähe

Land zu sehen, bewirkte, dass Mariette sich den ganzen Tag an Deck aufhielt. Sie konnte es kaum warten, bis das Schiff Venezuela erreichte, wo sie zwei Tage im Hafen von Curaçao anlegen würden und die Passagiere an Land gehen konnten.

KAPITEL 7

Einen Tag vor der Ankunft in Curaçao wurde Mariette krank. Bis ungefähr eine Stunde vor dem Lunch ging es ihr glänzend, aber dann fühlte sie sich auf einmal, als würde sie am ganzen Körper brennen. Ihre Zunge schien angeschwollen zu sein, und auf ihrer Haut breitete sich ein Ausschlag aus. Es ging ihr so schlecht, dass sie froh war, als Stella Dr. Haslem holte, der sie auf die Krankenstation brachte.

»Es könnten die Masern sein«, sagte er. »Sie müssen isoliert werden und dürfen keine Besucher empfangen.« Doch Mariette hörte die Worte des Arztes nur wie durch eine Wand aus Watte.

Sie war froh, im kühlen Krankenzimmer liegen und schlafen zu können. Am nächsten Morgen nahm sie kaum wahr, dass die Maschinen des Schiffes gestoppt hatten, und es kümmerte sie auch nicht, als aufgeregte Stimmen und das Klappern von Füßen auf dem Deck verrieten, dass die anderen Passagiere an Land gingen.

Sie musste den ganzen Tag geschlafen haben, denn als sie aufwachte, war es draußen schon wieder dunkel, und gedämpfte Musikfetzen wehten vom Hafen herüber. Mariette war vage bewusst, dass die ganze Zeit über ein Mann, der mit englischem Akzent sprach, in ihrem Zimmer ein und aus ging, ihr Wasser brachte und Medizin gab und etwas Kühles auf ihre Stirn legte. Aber sonst drang kaum etwas in ihr Bewusstsein.

Als sie wieder die Augen öffnete, fiel ein Strahl Sonnenlicht durch das Bullauge. Sie brauchte ein, zwei Momente, um sich zu erinnern, warum sie sich in dem winzigen weißen Zimmer aufhielt. Vorsichtig setzte sie sich auf und goss sich aus dem Krug neben ihrem Bett ein Glas Wasser ein. Ihre Zunge fühlte sich nicht mehr geschwollen an, das Gefühl, in Flammen zu stehen, war verschwunden, und als sie einen Blick auf ihre Arme warf, stellte sie fest, dass auch kein Ausschlag mehr zu sehen war.

Sie hatte keine Ahnung, wie lange sie schon in diesem Krankenzimmer lag, aber da das Schiff nicht fuhr, konnten es nicht mehr als zwei Tage sein. Mariette stand auf, um den Nachttopf zu benutzen, und spähte durchs Bullauge. Leider ging es zur See hinaus, und alles, was sie entdecken konnte, waren kleine Kanus, die von dunkelhäutigen Männern gepaddelt wurden.

Mariette hatte sich so sehr darauf gefreut, an Land zu gehen, und jetzt ärgerte sie sich schrecklich, weil sie diese Gelegenheit verpasst hatte. Sie blickte an dem Baumwollnachthemd hinunter, das sie trug, und erkannte, dass man ihr ihre Kleidung weggenommen hatte. Verärgert versuchte sie, die Tür zu öffnen, um danach zu suchen, stellte jedoch fest, dass sie abgeschlossen war.

Obwohl sie wusste, dass diese Maßnahme lediglich andere Reisende daran hindern sollte, das Krankenzimmer zu betreten und sich dem Risiko einer Ansteckung auszusetzen, fühlte sie sich wie in einem Gefängnis.

Seufzend legte Mariette sich wieder ins Bett, um darauf zu warten, dass irgendjemand kam. Ihr Magen fing vor Hunger zu knurren an. Nachdem sie sich ungefähr eine halbe Stunde lang geduldet hatte und danach lechzte, wenigstens eine Tasse Tee zu bekommen, stieg sie aus dem Bett und trommelte laut gegen die Tür.

»Schon gut, ich geh den Schlüssel holen«, erklang eine Männerstimme.

»Ich bin fast verhungert!«, rief sie. »Es geht mir wieder gut. Ich will hier raus!«

»Immer mit der Ruhe«, gab er zurück. »Legen Sie sich wieder ins Bett! Ich sehe nach, ob ich den Doktor finde.«

Da er einen englischen Akzent hatte und alle Mitglieder der Crew, die sie bisher kennengelernt hatte, entweder Neuseeländer oder Italiener oder Europäer anderer Nationalitäten waren, musste er der Mann sein, der sich um sie gekümmert hatte.

Nach einer schier endlosen Wartezeit drehte sich der Schlüssel im Schloss, und Dr. Haslem, ein drahtiger, kleiner Mann mit großer Nase und Hornbrille, kam ins Zimmer. »Was ist denn hier los?«, fragte er sichtlich verärgert, weil er gerufen worden war.

»Es geht mir besser«, sagte sie und setzte sich auf. »Und ich habe Hunger. Ich möchte in meine Kabine zurückkehren.«

Der Arzt schloss die Tür hinter sich, schaute Mariette ins Gesicht und begutachtete ihre Arme. »Der Ausschlag ist weg«, stellte er fest und steckte ihr ein Thermometer in den Mund. Während er auf das Ergebnis wartete, untersuchte er noch ihre Beine und ihren Rücken, nahm ihr dann das Fieberthermometer aus dem Mund und verkündete, dass ihre Temperatur normal sei.

»Also, die Masern sind es offensichtlich nicht«, sagte er. »Es muss eine allergische Reaktion auf ein Lebensmittel gewesen sein. Doch ich kann Sie nicht entlassen, ehe Sie etwas gegessen haben. Ich möchte sehen, ob es Ihnen bekommt.«

»Aber wenn ich keine ansteckende Krankheit habe, kann ich doch in meine Kabine gehen oder wenigstens an Deck?«, fragte sie. »Und könnte ich bitte meine Sachen zurückbekommen?«

Eher unwillig erklärte er sich bereit, dem Steward aufzutragen, ihr ihre Kleidung und auch etwas zu essen zu bringen. »Aber Sie müssen sich in den nächsten Tagen an leichte Kost halten und dürfen nicht an Land gehen«, fügte er hinzu. »Und wenn Sie sich wieder unwohl fühlen, kommen Sie sofort hierher zurück.«

Der Arzt war schon eine Weile fort, als die Tür erneut geöffnet wurde und der Steward ein Tablett mit Essen brachte. Nachdem Dr. Haslem sie allein gelassen hatte, hatte Mariette an nichts anderes als an Essen denken können, aber der Anblick des englischen Stewards ließ sie ihren Hunger vergessen.

Seine Ähnlichkeit mit Errol Flynn, dem Hollywood-Star, war unglaublich. Er hatte dunkles Haar und ein ausnehmend hübsches

Gesicht mit strahlend weißen Zähnen und funkelnden dunklen Augen. Als er sie anlächelte, fiel ihr ein tiefes Grübchen an seinem Kinn auf.

»Nicht gerade ein Festmahl«, sagte er, als er ihr das Tablett reichte. »Aber ich hatte Anweisung, etwas Leichtes zu bringen. Schön, dass Sie schon viel wohler aussehen! Sie waren wirklich in einer elenden Verfassung. Ich habe mir große Sorgen um Sie gemacht.«

Es war nicht nur sein Aussehen, das sie ansprach. Seine Stimme erinnerte sie an zu Hause, weil sein Akzent dem ihrer Mutter und Mogs ähnelte, und seine Tonlage war so tief wie die ihres Vaters. Mariette blickte auf das farblose Omelette und das Schälchen Milchreis. Wenn jemand anders ihr das gebracht hätte, hätte sie eine spöttische Bemerkung kaum unterdrücken können, doch da es von diesem netten Steward kam, erschien es ihr wie der Nektar der Götter.

»Sehr schön, danke«, sagte sie und errötete, weil sie wusste, dass er sie in der denkbar schlechtesten Verfassung gesehen hatte. Hoffentlich hatte sie im Fieber kein dummes Zeug geredet! »Gehen Sie heute nicht an Land?«

»Nein, ich muss hierbleiben, für den Fall, dass noch jemand krank wird.«

»Wie schade! Ich hätte mir Curaçao so gern angeschaut, und Sie bestimmt auch.«

»Ich kenne es schon. Ist nichts Besonderes. Ich würde mich nur betrinken, und es kann ziemlich mühsam sein, nach einer Kneipentour mit Kranken umzugehen.«

»Sind hier noch andere Leute, um die Sie sich kümmern müssen?«

»Nein, nur Sie. Alle anderen wurden wie durch ein Wunder gesund, als wir im Hafen anlegten. Aber Sie haben uns echt Sorgen gemacht, so schlimm, wie Sie dran waren. Geht es Ihnen wirklich wieder gut?«

»Bestens«, versicherte sie. »Holen Sie mir meine Sachen, damit ich wieder in meine Kabine zurückkann?«

»Wird gemacht. Und Sie essen das inzwischen auf. Bin gleich wieder da!«

Als Mariette das Krankenzimmer verließ, fiel ihr auf, wie ruhig und friedlich es auf dem Schiff war. Kein Stampfen von Maschinen, kein Lärmen von Passagieren. Auch der Großteil der Crew schien an Land gegangen zu sein. Mariette duschte, frisierte sich und schlüpfte in ein blau-weiß gestreiftes Sonnenkleid, das ihre schmale Taille betonte. Außerdem war es kurz genug, um ihre Beine zur Schau zu stellen, die angeblich mit das Hübscheste an ihr waren. Dann ging sie zur Krankenstation zurück.

Während sie gegessen hatte, hatte ihr der hübsche Steward Gesellschaft geleistet. Er erzählte ihr, dass er Morgan Griffiths hieß, fünfundzwanzig Jahre alt war und seit sechs Jahren in der Handelsmarine diente. Dass er auf die Krankenstation abkommandiert worden war, sei Pech gewesen, fügte er hinzu, aber er lachte dabei, als machte ihm die Arbeit in Wirklichkeit Spaß.

Er hatte auch die Bemerkung ins Gespräch einfließen lassen, dass sich ein Tag ganz schön in die Länge zog, wenn es nichts zu tun gab, bis die Passagiere am Spätnachmittag allmählich wieder eintrudelten. Mariette war überzeugt, dass er ihr damit zu verstehen geben wollte, sie solle später noch einmal vorbeischauen.

Anscheinend hatte sie sich nicht geirrt, denn sein Gesicht leuchtete auf, als sie jetzt zur Tür hereinkam. »Nicht schon wieder krank, hoffe ich?«, fragte er.

»Nein, ich dachte, Sie würden sich über ein bisschen Gesellschaft freuen.«

»Ich wollte gerade raufgehen, um mich in die Sonne zu setzen und eine zu rauchen«, sagte er und zeigte auf die schmale Treppe, die aufs Oberdeck führte. »Falls mich jemand braucht, kann ich es von da oben hören.«

Mit Morgan zu reden war leichter als mit irgendjemand sonst, den sie kannte. Angeregt unterhielten sie sich über alles und nichts. Er erzählte ihr, dass er aus der Handelsmarine austreten wolle, weil er es leid sei, rund um die Uhr einsatzbereit sein zu müssen. »Warten Sie ab, bis wir den Hafen verlassen und auf dem Atlantik in schwere See geraten!«, sagte er mit einem tiefen Seufzer. »Dann erwischt fast jeden die Seekrankheit. Die Überfahrt nach England ist normalerweise nicht ganz so schlimm wie die Tour nach Neuseeland, weil die meisten Passagiere die Strecke schon einmal zurückgelegt haben, aber diesmal sind ganz schön viele Neulinge dabei. Die glauben immer gleich, dass sie sterben, und es kann die reine Hölle sein.«

Über sich selbst erzählte er kaum etwas und erwähnte nur, dass er einen Teil seiner Kindheit in London verbracht hatte. »Ich hätte Mechaniker werden sollen, davon verstehe ich etwas, doch aus irgendeinem Grund hatte ich mir in den Kopf gesetzt, die Seefahrt wäre genau das Richtige für mich. Im Maschinenraum wäre ich glücklicher, aber man hat mich zum Steward gemacht. Wenn ich dieser Arbeit noch sehr viel länger nachgehe, drehe ich durch. Ich will richtige Männerarbeit.«

»Die bekommen Sie, falls es zum Krieg kommt«, sagte sie. »Sie könnten zur Royal Navy gehen.«

»Bloß nicht!«, lachte er. »Schlimm genug, wochenlang auf See zu sein, um andere zu bedienen. Doch unter Beschuss zu stehen und wenig Aussichten zu haben, mit dem Leben davonzukommen, wäre noch schlimmer. Gegen die Armee hätte ich nichts, falls ich Lastwagen oder Panzer fahren könnte.«

Mariette konnte ihn sich nicht bei einer Arbeit vorstellen, bei der er sich schmutzig machen würde. Seine saubere weiße Jacke und das Haar, das so gepflegt wirkte, als käme er gerade vom Friseur, passten so gut zu ihm. Sie fand ihn einfach perfekt. Morgan sah nicht nur blendend aus, er hatte auch Charme, und sie fand es bezaubernd, dass er ihr mit echtem Interesse Fragen zu ihrer Familie und ihrem Leben in Neuseeland stellte. Er selbst kannte von Neuseeland nur Auckland, sagte jedoch, er habe gehört, dass die Bay of Islands sehr schön sei, und hoffe, eines Tages einmal dort hinzukommen. Außerdem erkundigte er sich nach ihren Plänen in England und erzählte ihr von Orten, die sie seiner Meinung nach unbedingt kennenlernen sollte.

»Ihr Vater und Ihr Onkel in England würden mir wahrscheinlich den Kopf abreißen, weil ich das vorschlage, aber abgesehen von all den Sehenswürdigkeiten wie dem Buckingham Palace und dem Tower sollten Sie auch das Londoner East End besichtigen«, sagte er mit seinem breiten, liebenswerten Lächeln. »Das verschafft Ihnen einen besseren Einblick, wie England und die Engländer in Wirklichkeit sind. Die Gegend mag heruntergekommen und trist sein, sie ist aber auch lebendig und unverfälscht. Wir haben eine Weile da gelebt, als ich ein Kind war, und dort habe ich mehr gelernt als je in der Schule. In St. John's Wood werden Sie nicht viel Neues lernen. Dort geht es nur um Geld und die gesellschaftliche Stellung.«

Einiges an Morgan erinnerte Mariette an ihren Vater. Auch Etienne hielt stets zu denen, die vom Leben benachteiligt waren. Er buckelte nicht vor Leuten, nur weil sie Geld oder Einfluss hatten, und wie Morgan nahm er reges Interesse an seinen Mitmenschen.

Und sie spürte, dass Morgan Griffiths wie ihr Vater ein Mann war, dem man lieber nicht in die Quere kommen sollte. Ihr Leben lang hatte Mariette die Leute in Russell darüber tuscheln hören, dass Etienne gefährlich sein könnte. »Du bist in alten Zeiten wohl Pirat gewesen«, hatte Peggy zum Beispiel gern im Spaß gesagt. Mariette hatten derartige Bemerkungen eher verblüfft, weil sie ihren Vater geradezu vorbildlich fand. Er war stark, freundlich und verständnisvoll und beschützte seine Familie. Aber als ihr zu Ohren gekommen war, wie brutal er Sam zusammengeschlagen und ihn gezwungen hatte, Russell zu verlassen, war ihr klar geworden, dass das eine Seite an ihm war, die die anderen immer in ihm vermutet hatten.

Mariette war mit Jungen aufgewachsen, die gern damit prahlten, was für tolle Kerle sie wären, doch wenn ihr Mumm auf die Probe gestellt wurde, versagten sie meistens. Morgan hatte mit keinem Wort angedeutet, ein zäher Bursche zu sein – im Gegenteil. Wenn er über seine Anteilnahme für Kranke sprach, könnte man ihn für ziemlich weich halten, aber Mariette spürte, dass er einen harten Kern hatte. Und aus dem Wenigen, was er von seiner Kindheit erzählt hatte, ließ sich erraten, dass er es genau wie ihr Vater nicht unbedingt leicht gehabt hatte.

Natürlich sollte sie so kurz, nachdem sie sich bei Sam die Finger verbrannt hatte, nicht einmal an einen anderen Mann denken, das wusste Mariette. Doch hier draußen im Sonnenschein mit Morgan auf dem Deck zu sitzen und einfach nur zu reden, schien das Natürlichste und Harmloseste der Welt zu sein. Schließlich machte er nicht den geringsten Versuch, sie zu verführen.

Ihre Unterhaltung wurde jäh unterbrochen, als von unten eine Stimme donnerte: »*Griffiths!*«

Morgan sprang auf und warf seine Zigarette über Bord. »Das ist Lieutenant Hoyle. Ich muss gehen«, wisperte er. »Nehmen Sie nicht die Treppe zum Krankenzimmer! Gehen Sie übers Deck, sonst bekomme ich Ärger. Bis bald!«

Er legte den Zeigefinger an seine Lippen und strich kurz über Mariettes Wange, bevor er die Treppe hinuntereilte.

KAPITEL 8

Als Stella spät am Nachmittag desselben Tages mit dem Beiboot des Schiffs zurückkam, hatte sie einen Sonnenbrand. Während sie sich zum Abendessen umzog, redete sie unaufhörlich und sehr aufgekratzt über den Landgang. Sie hatte den Tag in Gesellschaft dreier Ehepaare verbracht, die Mariette für die langweiligsten Personen an Bord hielt. Wenn man Stella Glauben schenken durfte, waren sie pausenlos schockiert gewesen – über den Dreck im Hafen, die vielen betrunkenen Seeleute und die jungen eingeborenen Mädchen, die sich anscheinend an die Fremden verkauften.

»So etwas habe ich noch nie erlebt!«, sagte Stella immer wieder. »Ständig haben irgendwelche Männer uns bestürmt, ihnen etwas abzukaufen, und haben mir Frechheiten nachgerufen. Wenn ich allein gewesen wäre, hätte ich mich wirklich gefürchtet.«

Mariette empfand leisen Neid, weil ihr das alles entgangen war. Das Schiff lag so weit draußen vor Anker, dass sie vom Hafen praktisch nichts hatte erkennen können und nur den unbestimmten Eindruck gewonnen hatte, dass Curaçao ein farbenprächtiger und aufregender Ort war. Doch auf der anderen Seite hätte sie Morgan nicht kennengelernt, wenn sie die anderen begleitet hätte.

Stella redete eine volle Stunde lang ohne Punkt und Komma, und erst als ihr die Puste ausging, fiel ihr ein, sich nach dem Befinden ihrer Freundin zu erkundigen.

»Du meine Güte!«, jammerte sie, »was musst du nur von mir denken! Da rede und rede ich, obwohl es dir so schlecht geht.«

»Ich fühle mich schon viel besser«, sagte Mariette knapp. Stella war manchmal eine furchtbare Trantüte, fand sie. »Der Doktor meint, dass es wahrscheinlich eine Lebensmittelallergie war.«

»Das hat Mrs. Jago gestern schon gesagt.« Stella nickte. »Ihre Schwester wird krank, wenn sie etwas isst, wo Mandeln drin sind.«

Mariette verkniff sich einen beißenden Kommentar. Stella ließ sich ständig von Leuten wie Mrs. Jago beeinflussen, die sich einbildete, alles zu wissen. Aber sie wollte Stella nicht beleidigen und verkniff sich jeden Kommentar dazu.

»Ich nehme an, es war dieses würzige Gericht, das ich zum Lunch hatte«, sagte Mariette. »Weiß der Himmel, was da drin war! Es hat ein bisschen komisch geschmeckt, und eine Stunde später war mir übel.«

»Ich habe dir etwas mitgebracht.« Stella zog einen Schal aus ihrer Handtasche. »Ich habe damit gerechnet, dass du noch im Krankenzimmer liegst, und mir gedacht, das würde dich ein bisschen aufheitern.«

Der Schal war in sämtlichen Blauschattierungen gehalten und sehr schön. Stella konnte zwar manchmal eine Nervensäge sein, aber sie war großzügig.

Mariette umarmte das Mädchen. »Danke! Der Schal wird mich immer an diese Reise erinnern, an meine gute Freundin Stella und daran, wie gern ich Curaçao gesehen hätte«, sagte sie.

»Ich habe zuerst nicht geglaubt, dass wir zwei uns vertragen würden«, gestand Stella, deren Gesicht glühte, und zwar nicht nur vom Sonnenbrand, sondern auch vor Freude über das Kompliment. »Ich dachte, du wärst ziemlich hart, aber in Wirklichkeit bist du das gar nicht. Du bist genauso weichherzig wie ich.«

Später am Abend ging Mariette nach dem Essen aufs Deck hinaus. In der Hoffnung, Morgan zu sehen, schlenderte sie zu der Stelle, wo sie am Nachmittag mit ihm gesessen hatte. Das Schiff sollte am nächsten Morgen in aller Frühe auslaufen. Einer der Stewards im Salon hatte ihr erzählt, dass noch etliche Mitglieder der Crew an Land waren, doch sie glaubte nicht, dass Morgan unter ihnen war.

Es war ein schöner, sehr warmer Abend, und der beinahe volle Mond warf einen silbrigen Lichtstreifen auf die dunkle See. Mariette konnte jemanden auf dem Klavier im Salon *Putting On The Ritz* spielen hören, aber vom Hafen wehten die Klänge einer weniger sanften Musik zu ihr herüber, wilde Rhythmen, die in ihr den Wunsch weckten, zu tanzen.

Sie wusste, dass sie schon in wenigen Tagen in viel kältere und stürmischere Gefilde fahren würden, doch hier, wo die warme Luft ihre nackten Arme wie eine zarte Liebkosung streifte, konnte sie sich kaum vorstellen, bald wollene Unterwäsche, dicke Strümpfe und den Mantel, den Mog für sie genäht hatte, auspacken zu müssen.

»Suchst du mich?«

Mariette fuhr herum, als sie Morgans Stimme hörte. Beglückt registrierte sie, dass er sie geduzt hatte. »Ich sollte sagen: ›Nein, keineswegs, ich bin rein zufällig hier‹«, lachte sie. »Aber das würdest du mir wohl nicht glauben.«

»Um ehrlich zu sein, hoffte ich, dich zu treffen. Deshalb bin ich die Treppe heute Abend schon ein Dutzend Mal rauf- und runtergelaufen«, meinte er mit einem breiten Lächeln. »In ein paar Tagen wird es zu kalt sein, um draußen an Deck herumzuschlendern. Dann werde ich dich kaum noch zu Gesicht bekommen.«

Sie unterhielten sich eine Weile. Morgan berichtete, dass die Krankenstation im Moment leer war. Dennoch stellten er und die beiden Krankenschwestern, die dort arbeiteten, sich schon auf die zu erwartende unruhige Zeit ein, die vor ihnen lag. Mariette erzählte ihm von Stellas Sonnenbrand und davon, wie schockiert die Freundin über den schmutzigen, lauten Hafen gewesen war.

»Dann würde ihr Kairo noch weniger gefallen«, bemerkte er lachend. »Ich war vor ein paar Jahren dort, und dagegen ist Curaçao das reinste Paradies. Kein Ort für Leute, die pingelig sind, aber ich fand es toll.«

»Was für eine Art Musik wird da drüben im Hafen gespielt?«,

fragte Mariette. »Sie gefällt mir, sie ist wild und aufregend und fährt einem richtig in die Beine.«

»Jazz. Hast du so was noch nie gehört?«

»Nein. In Russell spielen bei Tanzveranstaltungen ein Klavierspieler und ein Geiger auf, und manchmal bringt jemand eine Gitarre oder ein Akkordeon mit. Die Leute haben natürlich Grammofone, aber die meisten Schallplatten sind klassische Musik oder Opern. Solche Musik wie die hier kenne ich überhaupt nicht.«

»Jazz ist im Grunde die Musik der Schwarzen«, erklärte er. »Ich liebe Jazz, und ich habe gehört, dass es in Harlem in New York tolle Klubs gibt, wo die besten Musiker spielen. In London kann man so was auch manchmal hören, doch Swing ist viel beliebter – da gibt es große Bands mit vielen Bläsern und auch mit Sängern. Swing hat seine Wurzeln im Jazz und eignet sich noch besser zum Tanzen. Aber Swing kennst du sicher, oder?«

Mariette nickte. »Ja, ich glaube schon. Das hier klingt jedoch ganz anders.«

»Die Musiker improvisieren, das heißt, sie entwickeln ihre Stücke beim Spielen. Der Jazz hier ist anders als der, den man in den Staaten oder in England hört, weil südamerikanische und westindische Einflüsse mitspielen.«

»Musik scheint dir sehr viel zu bedeuten. Spielst du ein Instrument?«

»Klavier«, sagte er. »Aber nicht besonders gut. Als wir im Londoner East End lebten, hatte die Dame, die unter uns wohnte, ein Klavier und brachte mir ein bisschen was bei. Eines Tages, wenn ich mich irgendwo häuslich niederlasse, kaufe ich mir auch ein Klavier und fange wieder mit dem Klavierspielen an.«

»Wo würdest du dich denn gern niederlassen?«

Er lachte. »Was soll ich darauf antworten, Mariette? Alles ist möglich. Ich lerne ständig neue Hafenstädte kennen – manche gefallen mir, andere kann ich gar nicht schnell genug hinter mir lassen. Deine Heimat klingt fantastisch, aber wahrscheinlich könnte ich dort nicht mein Brot verdienen. Wie auch immer, wenn Krieg kommt, muss ich ohnehin einrücken. Und wer weiß, wo ich dann lande? Vielleicht überlebe ich das Ganze nicht einmal.«

»Sag doch nicht so was!«, erwiderte sie vorwurfsvoll. »Glaubst du wirklich, dass es Krieg geben wird?«

»Ich denke, daran besteht kein Zweifel. Die Offiziere sind alle überzeugt davon. Einige von ihnen haben im letzten Krieg gedient und erkennen die Zeichen der Zeit.«

»Aber mein Onkel Noah war im letzten Krieg Kriegsberichterstatter, und er sagt, dass die Gefahr vorbeigehen wird.«

Morgan sah sie ernst an. »Dann steckt er den Kopf in den Sand, fürchte ich. Denn Leute, die es wissen sollten, meinen, es geht nicht mehr um die Frage, ob ein Krieg ausbricht, sondern wann er ausbricht.«

»Meine Güte!«, rief Mariette. »Daheim hat niemand ernsthaft geglaubt, dass es so weit kommen wird!«

»Schau nicht so traurig!«, meinte er und hob mit einem Finger ihr Kinn ein wenig an, um ihr direkt in die Augen sehen zu können. »Mach es so wie ich, sieh es als Abenteuer! Kriege können ganz neue Möglichkeiten schaffen, und, wie gesagt, alles kann passieren.«

Sie spürte das vertraute erregende Prickeln, als sie in seine dunklen Augen sah.

»Du bist hübsch genug, um jedem Mann den Kopf zu verdrehen, Mariette«, sagte er mit einem Lächeln. »Was meinst du, würde ein Kuss mein Schicksal für immer besiegeln?«

Sie befeuchtete nervös die Lippen, weil sie nicht wusste, ob er es ernst meinte oder nur scherzte. »Ich weiß es nicht«, wisperte sie.

»Dann finden wir es doch heraus!«, sagte er. Er ließ ihr Kinn los, legte seine Hände an ihre Wangen und senkte die Lippen auf ihre.

Seine Worte »Alles ist möglich« gingen ihr durch den Kopf, als seine Zunge in ihren Mund eintauchte, und sie fühlte, wie ihr ein Schauer über den Rücken lief. Mariette legte ihre Arme um

Morgan und überließ sich ganz dem sinnlichen Vergnügen, von ihm geküsst zu werden.

Der Kuss nahm kein Ende. Ihr Atem ging schwer, als Morgans Hände an ihrem Rücken hinunterglitten und sie noch enger an sich zogen. Sie konnte durch seine Kleidung hindurch seine Erektion fühlen, und obwohl eine leise innere Stimme sie ermahnte, dass sie wissen sollte, wohin das führen konnte, war Mariette nicht imstande, sich von ihm zu lösen.

»Ich würde gern mit dir ins Krankenzimmer gehen, aber dort könnte uns jemand erwischen«, murmelte er zwischen leidenschaftlichen Küssen in ihr Ohr.

»Ich traue mich nicht, so weit zu gehen. Ich könnte schwanger werden«, flüsterte sie zurück.

Er zog sich ein wenig zurück und sah sie gekränkt an. »Das würde ich nie zulassen. Ich habe Pariser«, sagte er mit einem Hauch Entrüstung.

Mariette nahm an, dass ein Pariser dasselbe wie ein Kondom war, etwas, das ihre Mutter erwähnt hatte, bevor Mariette nach Auckland gefahren war. »Es ist zu früh«, erwiderte sie und versuchte, entschlossen zu klingen. »Ich meine, ich kenne dich kaum.«

Morgan setzte sich hin und zog sie auf seinen Schoß. »Dann müssen wir eben versuchen, uns auf der Fahrt nach England besser kennenzulernen«, sagte er und küsste ihren Nacken. »Ich mag dich wirklich, Mariette. Ich könnte in Versuchung geraten, in England von Bord zu gehen, um in deiner Nähe zu bleiben.«

»Das kannst du nicht machen«, widersprach sie. »Außerdem fürchte ich, dass mein Onkel und mein Tante mich kaum aus den Augen lassen werden. Ich gehe jede Wette ein, dass meine Eltern die beiden gebeten haben, gut auf mich aufzupassen.«

»Es gibt immer Mittel und Wege.« Morgan lächelte sie an. »Du bist am Anfang ganz brav, um ihr Vertrauen zu gewinnen, und dann …« Er brach ab und überließ es ihrer Fantasie, was dann passieren könnte. »Aber ich kann tatsächlich nicht am Ende dieser

Fahrt von Bord gehen. Wie auch immer, du musst herausfinden, ob du mich gern genug hast, um es mit mir zu wagen.«

Mariette war jetzt schon überzeugt, dass sie alles wagen würde, um mit ihm zusammen zu sein, doch sie war froh, dass er ihr nicht die Pistole an die Brust setzte, nur um sie herumzukriegen.

Sie hatten gerade angefangen, einander wieder zu küssen, als jemand von unten aus der Krankenstation nach Morgan rief.

»Ich muss gehen«, sagte er und machte ein enttäuschtes Gesicht. »Schau mal, ob du morgen Mittag herkommen kannst, ja?«

Mariette schwebte wie auf Wolken, als sie in ihre Kabine zurückkehrte.

Stella lag bereits in ihrer Koje, das Gesicht dick mit weißer Salbe eingecremt. »Die habe ich von Mrs. Jago bekommen«, sagte sie. »Sie soll sehr gut sein, und Mrs. Jago glaubt, dass der Sonnenbrand schon morgen früh abgeklungen sein wird. Wo warst du denn? Ich habe überall nach dir gesucht.«

»Nur an Deck, um aufs Meer zu schauen.« Mariette hätte ihrer Freundin gern alles über Morgan anvertraut, aber sie befürchtete, dass Stella es weitererzählen und die Geschichte bald auf dem ganzen Schiff kursieren würde. »Ich denke, wir suchen morgen wärmere Sachen zum Anziehen heraus«, sagte sie, um ihre Freundin abzulenken. »Wir sollten nicht damit warten, bis es richtig kalt und windig wird, weil du dann vielleicht wieder seekrank bist.«

Innerhalb von zwei Tagen wurde die See kabbelig, und der Himmel bewölkte sich. Zuerst brauchte man nur eine Strickjacke, wenn man an Deck wollte, doch bald zogen alle Passagiere Mäntel an, und die Zeit der Deckspiele war vorbei.

Mariette hätte sich gern darüber gefreut, dass England immer näher rückte, aber alles, woran sie denken konnte, war, dass sie Morgan nicht mehr sehen würde, wenn die Reise zu Ende war. Ihnen waren nur zwei Stunden geblieben, die sie zusammen im Sonnenschein auf der Treppe zur Krankenstation verbracht hatten, und er hatte sie gewarnt, dass es wahrscheinlich das letzte längere Beisammensein gewesen war.

Wie er vorhergesagt hatte, herrschte ab dem Moment, als sich das Wetter verschlechterte, Hochbetrieb im Krankenzimmer. Behandelt wurde nicht nur Seekrankheit. Auch Patienten, die auf den nassen Decks und Niedergängen gestürzt waren, mussten versorgt werden. Es gab sogar Passagiere, die aus ihren Kojen gefallen waren. Morgan und Mariette hätten sich jetzt zwar an Deck treffen können, ohne befürchten zu müssen, von jemandem gesehen zu werden, doch für einen längeren Aufenthalt war es zu nass und zu kalt.

Aber trotzdem waren die Augenblicke, die sie miteinander verbrachten, sehr schön. Morgan war alles, was Sam nie gewesen war. Er schob zwar gern seine Hände unter Mariettes Mantel, wenn er sie umarmte und küsste, doch er war nie grob und nahm stets Rücksicht auf sie und ihren Ruf, statt zu versuchen, sie in irgendeinen dunklen Winkel zu zerren. Er redete und lachte gern mit ihr und sagte oft, er wünsche, sie könnten gemütlich zusammen im Salon sitzen und etwas trinken. Aber im Gegensatz zu den Offizieren, denen es erlaubt war, sich unter die Passagiere zu mischen, war es der übrigen Crew verboten.

Jedes Mal wenn sie einander trafen, flammte Leidenschaft zwischen ihnen auf, und Mariette fiel es immer schwerer, nicht ständig an Morgan zu denken. Wenn sie nachts in ihrer Koje lag, stellte sie sich vor, wie es wäre, wenn er in England doch von Bord ginge. Aber sie wusste, dass es reine Wunschträume waren. Schließlich hatte er erwähnt, dass er mindestens noch eine Fahrt nach Neuseeland unternehmen musste, und das hieß, dass sie ihn frühestens in gut drei Monaten wiedersehen könnte.

Außerdem sagte er nicht die Dinge, die sie von ihm hören wollte: dass er schreiben würde, dass er bestimmt schreckliche Sehnsucht nach ihr haben würde. Mit der Erinnerung an Sam im Hinterkopf fürchtete sie, dass sie für Morgan nicht mehr als eine Ablenkung während einer langen Reise war und er schon auf der nächsten Überfahrt eine andere finden würde.

Wie Mariette erwartet hatte, wurde Stella wieder seekrank, als sich das Wetter verschlechterte. Aber diesmal war es wesentlich schlimmer. Ihr Gesicht war grün wie Erbsensuppe, und sie erbrach sich ständig. Da die Stewards alle Hände voll zu tun hatten, blieb es Mariette überlassen, sich um sie zu kümmern. Der Speisesaal war bei den Mahlzeiten praktisch leer, so viele Passagiere waren krank.

»Du musst Salzwasser in den Adern haben«, scherzte Morgan, weil sie nicht im Geringsten litt, egal, wie rau die See war. »Mittlerweile sind sogar schon ein paar Mitglieder der Crew krank.«

»Es liegt wohl daran, dass ich in Booten unterwegs bin, seit ich laufen kann«, sagte sie. »Aber ich habe es satt, Stella zu pflegen. Ich bin fast jede Nacht auf den Beinen, um ihr Bett frisch zu beziehen und sie mit einem feuchten Schwamm abzuwaschen. Und der Gestank in unserer Kabine ist unerträglich.«

»Im Krankenzimmer stinkt es auch«, erwiderte Morgan. »Wer nicht schon beim Hereinkommen krank ist, wird es dort bald.«

Am nächsten Tag war Stella kaum bei Bewusstsein, und Mariette bekam solche Angst um sie, dass sie den Steward bat, Dr. Haslem zu holen. Als der Arzt in die Kabine kam, war er entsetzt, wie dehydriert Stella war, und verkündete, dass sie sofort ins Krankenzimmer verlegt werden müsse, um Infusionen zu bekommen.

»Und Sie sollten sich ein bisschen Schlaf gönnen, während Ihre Freundin versorgt ist, mein Kind, sonst werden Sie auch noch krank«, sagte er zu Mariette, bevor Stella auf einer Trage weggebracht wurde.

Gleich nachdem Mariette Stellas beschmutzte Bettwäsche gewechselt und ein bisschen aufgeräumt hatte, kletterte sie dankbar in ihre eigene Koje.

Kurz darauf, wie ihr schien, erwachte sie, weil jemand in ihre

Kabine kam. Aber draußen war es inzwischen dunkel; sie musste also einige Stunden geschlafen haben.

»Wer ist da?«, fragte sie.

»Ich bin's, Morgan.«

Mariette erschrak und knipste das Licht an. »Geht es Stella schlechter?«

»Nein, im Gegenteil, viel besser, seit sie Flüssigkeit bekommen hat. Aber ich habe jetzt dienstfrei und hatte gehofft, du würdest dich freuen, mich zu sehen.«

»Sicher freue ich mich, doch ich möchte nicht, dass du Ärger bekommst«, entgegnete sie. Es schockierte sie ein bisschen, dass er ein derartiges Wagnis einging – die beiden Stewards, die auf diesem Deck die Passagiere betreuten, waren ältere Männer, und keiner von ihnen machte den Eindruck, er würde ein Auge zudrücken, wenn ein anderes Mitglied der Crew gegen die Vorschriften verstieß.

»Du bist das Risiko wert«, sagte er und beugte sich über ihre Koje, um sie zu küssen. »Wie dem auch sei, wenn ich gleich morgen früh bei Tagesanbruch verschwinde, merkt keiner was. Na, darf ich bleiben?«

Sie zögerte nur einen winzigen Augenblick. Aber wie konnte sie ihn nach all den Nächten, in denen sie sich so nach ihm gesehnt hatte, jetzt einfach wegschicken?

»Wir müssen nichts weiter machen, wenn du nicht willst«, sagte er und zog seine weiße Jacke, Hemd und Hose aus. »Ich möchte dich bloß im Arm halten.«

Aber in dem Moment, als er sich zu ihr legte, sie an sich zog und sie seine nackte Brust an ihrer spürte, wusste sie, dass sie ihren Schwur, bis nach der Hochzeit nie wieder Sex zu haben, brechen würde.

Morgan küsste sie zärtlich, und als er ihr das Nachthemd auszog und anfing, an ihren Brustwarzen zu saugen, empfand sie viel zu viel Verlangen nach ihm, um ihn aufzuhalten.

Morgan streichelte, liebkoste und küsste sie, und Mariette entdeckte zum ersten Mal, wie körperliche Liebe sein sollte. Es hatte nichts mit dem animalischen Akt zu tun, den sie mit Sam erlebt hatte. Sie verlor sich gänzlich in der Zärtlichkeit seiner Berührungen; sie liebte es, wie seine Finger die geheimsten Stellen ihres Körpers erkundeten und sie auf eine Weise streichelten, die Schauer der Lust durch ihren Körper jagten.

Die Koje war so schmal, dass kaum Platz zum Bewegen blieb, aber Morgan schaffte es trotzdem, sie in Positionen zu bringen, die es ihm erleichterten, sie zu lecken und an ihr zu saugen. Sie konnte es kaum fassen, dass ein Mann ihr Geschlecht mit seiner Zunge berührte oder dass es so erregend sein konnte. Mariette erlebte einen erschütternden Höhepunkt und schien einen Schrei ausgestoßen zu haben, denn Morgan legte seine Hand auf ihren Mund.

»Du schmeckst köstlich«, raunte er ihr zu. »Und ich werde das immer wieder machen, weil ich es liebe, dich stöhnen zu hören.«

»Ich muss jetzt gehen«, flüsterte Morgan sehr viel später. »Sieh mal, es wird schon hell!«

Mariette spähte zum Bullauge hinüber. Er hatte recht. Der vormals pechschwarze kreisförmige Ausschnitt hatte sich jetzt blassgrau gefärbt. Sie hatten überhaupt nicht geschlafen; zwischen langen Liebesakten hatten sie sich aneinandergekuschelt und im Flüsterton unterhalten. Es war wunderschön gewesen, und Mariette spürte, dass es Morgan genauso schwerfiel, sie zu verlassen, wie ihr, ihn gehen zu lassen.

»Ich bezweifle, dass wir eine derartige Chance noch einmal bekommen«, sagte er, als er sich aus ihren Armen löste und aus der Koje stieg, um sich anzuziehen. »Und wir müssen gut aufpassen, dass niemand etwas mitkriegt. Es geht mir nicht so sehr um mich und meinen Job, aber wenn einer der Offiziere Wind davon bekommt, könnte er deinen Onkel informieren.«

Leise Furcht regte sich in ihr. »Das würden die doch nicht tun, oder?«

Morgan schnitt ein Gesicht. »Soll bei jungen Mädchen, die allein reisen, schon vorgekommen sein. Diese Leute glauben, dass sie moralisch dazu verpflichtet sind.«

»Werde ich dich in England wiedersehen?«, fragte sie ängstlich, während sie sich aus der Koje lehnte und ihm durchs Haar fuhr. Sie hatte das Gefühl, dass er ihr sagen wollte, nach der letzten Nacht wäre es aus und vorbei mit ihnen.

»Ich will ganz ehrlich sein, Mari«, sagte er und nahm ihre Hand, um ihre Fingerspitzen zu küssen. »Im Augenblick kann ich dir wegen meiner Arbeit nichts versprechen. Doch versprichst du mir, auf mich zu warten? Komm bitte nicht auf den Gedanken, dass ich mich aus dem Staub gemacht habe, wenn du eine ganze Weile nichts von mir hörst! Ich schreibe dir, sobald ich kann. Und wenn ich das nächste Mal wieder nach England komme, sehen wir uns.«

Er zog sich an und küsste sie noch einmal, und dann ging er so lautlos, dass sie nicht einmal das Türschloss klicken hörte.

KAPITEL 9

Mariette war zu erschöpft, um auch nur zu versuchen, sich einen Reim auf das zu machen, was Morgan zu ihr gesagt hatte, zu müde, um aufzustehen und die zerknüllten Betttücher glatt zu streichen. Sie schlief sofort ein und wachte erst auf, als Alfred, der Steward, an die Kabinentür klopfte.

»Alles in Ordnung, Miss Carrera?«, rief er.

Sie stand auf, zog ihr langes Nachthemd und ihren Morgenmantel an und öffnete die Tür.

»Ich hatte schon Angst, Sie wären krank, als Sie nicht zum Frühstück kamen«, sagte Alfred. Er war ein Mann in mittleren Jahren, korpulent und ziemlich betulich, aber Stella und ihr gegenüber war er immer sehr freundlich und hilfsbereit gewesen.

»Mir fehlt nichts. Ich war bloß müde. Um die Kabine brauchen Sie sich heute nicht zu kümmern.«

»Dazu hätte ich auch gar nicht die Zeit«, gab er leicht verstimmt zurück, als wäre er ärgerlich, weil sein Tagesablauf gestört worden war. »Es ist schon nach eins. Wenn Sie etwas zu Mittag essen wollen, sollten Sie lieber gleich gehen.«

Mariette dankte ihm und behauptete, keinen Hunger zu haben. Sie war hungrig, aber sie wusste, dass sie erst eine Dusche nehmen musste, ehe sie sich anzog, und sie hatte nicht die Kraft, sich zu beeilen. »Wissen Sie zufällig, wie es Miss Murgatroyd heute geht?«, fragte sie.

Er schüttelte den Kopf. »Da fast alle Passagiere krank sind, habe ich viel zu viel zu tun, um zur Krankenstation zu gehen.«

Mariette schloss die Tür und lehnte sich aufatmend dagegen. Sie war wund von ihrer langen Liebesnacht mit Morgan und immer noch sehr müde. Aber als sie die Augen zumachte und sich die vergangenen Stunden in Erinnerung rief, durchlief sie ein köstlicher Schauer der Erregung.

Nachdem sie geduscht und sich angezogen hatte, ging Mariette sofort zur Krankenstation, um sich nach ihrer Freundin zu erkundigen. Eine der Schwestern teilte ihr mit, dass es Stella schon viel besser gehe und Mariette sie gern besuchen könne. Falls Morgan da war, konnte Mariette ihn nirgends entdecken.

Stellas Gesicht leuchtete auf, als sie die Freundin sah. Obwohl sie immer noch mitgenommen aussah, war ihre Gesichtsfarbe wieder normal, und es ging ihr gut genug, um sich aufzusetzen und zu reden.

»Ich dachte, ich würde sterben!«, verkündete sie dramatisch. »Ehrlich gesagt, mir war so elend, dass ich den Tod mit offenen Armen empfangen hätte.«

»Heißt das, dass du in unsere Kabine zurückkommst?«, fragte Mariette, die insgeheim das Gegenteil hoffte.

»Ich muss die Erlaubnis von Dr. Haslem abwarten«, antwortete Stella. Sie seufzte, als wünschte sie, er würde ihr diese Erlaubnis verweigern. »Hast du den Steward gesehen, der hier unten arbeitet? Er ist unglaublich attraktiv und noch dazu schrecklich nett. Allein um in seiner Nähe zu sein, lohnt es sich, krank zu sein.«

»Der dunkelhaarige, der ein bisschen wie Errol Flynn aussieht?«, fragte Mariette, die ganz sicher war, dass es sich um Morgan handeln musste.

Stellas Blick verklärte sich. »Ja, den meine ich. Ich dachte, ich wäre im Delirium, denn ich konnte einfach nicht glauben, dass ein so gut aussehender Mann meine Stirn kühlt. Aber heute Morgen war er wieder da, ich hatte also nicht fantasiert. Ein Traumtyp!«

Mariette traute sich nicht unbedingt zu, sich auf ein derartiges Gespräch einzulassen. »Wenn es dir gut genug geht, um Augen für einen Steward zu haben, musst du auf dem Weg der Besserung sein«, sagte sie. »Soll ich nachher kommen und dich abholen?«

Wo Morgan wohl ist, überlegte sie. Er hatte die ganze Nacht nicht geschlafen und musste todmüde sein, doch sie konnte sich wohl kaum nach ihm erkundigen. Stella abzuholen wäre der perfekte Vorwand, noch einmal zur Krankenstation zu kommen.

»Nein, nicht nötig«, sagte Stella. »Ich bleibe gern noch ein bisschen hier. Jetzt, da es mir besser geht, gefällt es mir ganz gut.«

Mariette verließ das Krankenzimmer und ging nach oben in den Salon. Da das Meer heute friedlicher war, waren mehr Leute anwesend als in den letzten Tagen. Sie bestellte eine Tasse Tee und wurde bald von mehreren Mitreisenden ins Gespräch gezogen. Alle erkundigten sich zunächst nach Stellas Befinden, aber schon bald stellte sich heraus, dass diese Frage nur ein Vorwand war, um Mariette erzählen zu können, wie schlecht es ihnen selbst gegangen war oder was für furchtbare Zeiten sie in Neuseeland durchgemacht hatten.

Mariette war versucht, sie daran zu erinnern, dass sie Neuseeländerin war, und möglicherweise anzudeuten, dass ihr Mangel an Erfolg vor allem darauf zurückzuführen war, dass sie dumm genug gewesen waren zu glauben, Neuseeland wäre genauso wie England. Daheim hatte sie oft gehört, wie sich Leute über die Einwanderer lustig machten, die nicht versuchten, sich den Gegebenheiten anzupassen, sondern ständig Vergleiche zwischen Neuseeland und England anstellten – Vergleiche, bei denen Neuseeland selbstverständlich schlechter abschnitt. Aber sie verkniff sich jede spöttische Bemerkung, lächelte mitfühlend und hoffte insgeheim, diese Leute würden den Winter in England weit schlimmer finden, als sie ihn in Erinnerung hatten.

Doch nach einer Stunde hatte sie genug davon, höflich zu sein, und ging in der Hoffnung, Morgan zu treffen, aufs Deck hinaus.

Es war sehr kalt, der Himmel war bleiern und düster. Nachdem sie einige Minuten lang beobachtet hatte, wie die Wellen vom Bug des Schiffes zurückrollten, war sie bis auf die Knochen durchgefroren und musste in der warmen Kabine Zuflucht suchen.

Sie lag in Stellas Koje und versuchte zu lesen, doch ihre Gedanken kehrten immer wieder zu Morgan zurück. War das das Ende ihrer Beziehung? Vielleicht stimmte ja, was die Leute sagten, und ein Mann verlor jedes Interesse an einem Mädchen, wenn er sein Ziel erst einmal erreicht hatte. Aber warum sollte er sie bitten, auf ihn zu warten, wenn es ihm nicht ernst war?

Als sie in seinen Armen gelegen hatte, hatte sie sich in dem Glauben gewiegt, dass er sich eine feste Bindung wünschte und nur noch eine Fahrt nach Neuseeland und zurück hinter sich bringen wollte, bevor sie für immer zusammen sein konnten. Doch selbst wenn Morgan es ernst gemeint hatte, war ihr klar, welche Probleme vor ihnen lagen. Es war mehr als wahrscheinlich, dass ihr Vater Onkel Noah von Sam erzählt und ihm eingeschärft hatte, sie in England an der kurzen Leine zu halten. Aber selbst wenn er über die unleidliche Geschichte geschwiegen hatte, war kaum anzunehmen, dass ihr Onkel einen Mann, den sie auf der Reise kennengelernt hatte, mit offenen Armen in seinem Haus aufnehmen würde. Wenn Morgan Offizier wäre, würde es vielleicht anders aussehen – Mog hatte ihr erzählt, dass die Engländer voller Standesdünkel waren.

Ein Klopfen an der Tür riss sie aus ihren Überlegungen, und sie sprang aus der Koje, um zu öffnen. Zu ihrer Überraschung war es Morgan. Er kam schnell herein und schloss die Tür hinter sich.

»Das ist aber tagsüber sehr riskant«, stieß sie hervor.

»Du bist es wert«, sagte er und nahm sie in seine Arme, um sie zu küssen. »Ich glaube nicht, dass wir noch einmal die Gelegenheit haben, uns allein zu sehen, bevor wir in England sind, und ich wollte dich nicht gehen lassen, ohne dir zu sagen, was ich für dich empfinde.«

»Was du für mich empfindest?«, wiederholte sie.

»Ja, ist das nicht sonnenklar? Ich bin verrückt nach dir. Sonst hätte ich nicht riskiert, am helllichten Tag in deine Kabine zu kommen.«

Bei seinen Worten lösten sich ihre Ängste in Luft auf, und sie küsste ihn leidenschaftlich.

Morgan unterbrach den Kuss als Erster. »Ich muss wissen, dass du mir vertraust«, sagte er. »Ich kann dir nicht den Tag, nicht einmal den Monat nennen, wann ich wieder in England sein werde. Ich bin kein großer Briefeschreiber, und die Post braucht sowieso ewig. Aber versprichst du mir, dass du nicht den Mut verlieren und mich vergessen wirst? Sowie ich zurückkomme, gebe ich dir Bescheid. Bestimmt werden dir alle erzählen, dass ein Seemann in jedem Hafen eine Braut hat, doch in meinem Herzen wirst du die Einzige sein.«

»Und du der Einzige in meinem«, sagte sie hingerissen. »Ich gebe dir jetzt gleich die Adresse meines Onkels, nur für den Fall, dass sich später keine Gelegenheit mehr dafür ergibt.«

Sie schrieb die Anschrift auf, und er verstaute den Zettel in seiner Brusttasche, bevor er sie erneut in die Arme nahm und sich mit ihr in Stellas Koje warf.

Er streifte ihr den Pullover über den Kopf, knöpfte ihre Bluse auf und küsste sie, während seine Hand unter ihren Unterrock glitt und ihre Brüste streichelte.

Mariette bog sich zurück, und er küsste ihre Brustwarzen. Sie presste seinen Kopf an ihre Brust und ließ sich in eine andere Welt entführen, wo nichts zählte außer den erregenden Gefühlen, die seine Lippen hervorriefen.

Sie waren so entrückt, dass keiner von ihnen hörte, wie die Kabinentür geöffnet wurde. Erst als sie ein Keuchen hörten, wussten sie, dass sie nicht länger allein waren.

»Wie kannst du nur!«, donnerte Stellas empörte Stimme.

Morgan fuhr so abrupt hoch, dass er sich den Kopf an der oberen Koje stieß und den Blick auf Mariette freigab, die nackt bis zur Taille unter ihm lag.

Die beiden waren so entgeistert, dass sie Stella nur anstarren konnten.

»Wie kannst du nur?«, wiederholte das Mädchen laut genug, um draußen auf dem Gang gehört zu werden. »Auf meinem Bett! Das ist ja widerlich! Das hätte ich nie von dir gedacht, Mariette.«

»Beruhigen Sie sich, Stella!«, bat Morgan. Er stand auf und legte seine Hände auf ihre Schultern. Mariette zog hastig ihren Unterrock über ihre Brüste und schlüpfte in ihren Pullover. »Wir mögen uns sehr, und wir wollten einfach ein bisschen allein sein.«

»Eine Schande ist das!«, rief Stella, während sie vor Morgan zurückwich und ihren Finger in Mariettes Richtung schwenkte. »Wie kannst du dich nur mit einem Steward einlassen?«

»Ach, wenn er der Kapitän wäre, wäre es also in Ordnung?«, gab Mariette zurück. »Komm, stell dich nicht so an, Stella! Es ist kein Verbrechen, einen Mann zu küssen, auch wenn er Steward ist. Erst heute Morgen hast du gesagt, wie nett und hübsch du ihn findest. Bist du etwa eifersüchtig, weil er mich mag?«

»Eifersüchtig auf jemanden, der sich so ungehörig benimmt? Wohl kaum!«

»Na, na, Stella«, sagte Morgan begütigend. »Es tut mir leid, dass Sie uns in dieser Situation erwischt haben. Die Sache ist uns sehr peinlich und Ihnen vermutlich auch. Wir freuen uns beide, dass es Ihnen wieder gut genug geht, um die Krankenstation zu verlassen. Aber vergessen Sie nicht, dass es Mari war, die sich den Großteil der Reise um Sie gekümmert hat! Sie hat es nicht verdient, dass Sie jetzt auf sie losgehen, nur weil wir uns ineinander verliebt haben.«

Als Mariette das hörte, kümmerte es sie nicht mehr, was Stella von ihr hielt, nicht einmal, wenn es das ganze Schiff erfuhr.

»Ich wollte es dir erzählen«, sagte Mariette. »Aber du weißt, dass Morgan Ärger bekommt, wenn einer der Offiziere davon erfährt. Und du warst doch so krank, und ich wollte nicht, dass du dich unnötig aufregst.«

Stella starrte die beiden erzürnt an. »Glaubt bloß nicht, dass ihr euch mit schönen Worten aus der Affäre ziehen könnt! Ich werde das melden.«

»Bitte nicht, Stella!«, bat Mariette und fasste Stella an der Hand, um zu verhindern, dass sie hinauslief. »Morgan würde seine Arbeit verlieren, und er muss doch seine verwitwete Mutter unterstützen. Lass es an mir aus, wenn es sein muss, aber nicht an ihm!«

Stella schüttelte sie ab und schubste Morgan in Richtung Kabinentür. »Verschwinden Sie und kommen Sie bloß nicht wieder!« Sie riss die Tür auf. »Und ich habe Sie für einen Gentleman gehalten!«

Als sie die Kabinentür hinter ihm zuschlug, versuchte Mariette erneut, Stella gut zuzureden. »Ich liebe ihn. Er hat sich in Curaçao um mich gekümmert, als ich krank war, und an dem Nachmittag, als du an Land warst, haben wir uns besser kennengelernt. Er ist vorhin nur hierhergekommen, weil es an Deck zu kalt ist. Wir wollten doch nur reden und zusammen sein. Ist das so schlimm?«

»Geredet habt ihr aber nicht«, gab Stella zurück, das Gesicht gerötet vor Zorn. »Wenn ich nicht gekommen wäre, hätte er es mit dir getrieben. Ich bin schockiert, dass du so etwas tun konntest.«

Mariette entschuldigte sich überschwänglich, kroch vor dem älteren Mädchen fast zu Kreuze, doch nichts von dem, was sie sagte, änderte etwas. Stella bewahrte eine steinerne Miene und verkündete immer wieder, wie angewidert sie sei.

Mari hätte ihr sehr gern eine passende Erwiderung gegeben, aber sie beschloss zu schweigen. Es entsprach nicht ihrer Natur, vor anderen zu kriechen, doch sie wusste, dass ihr diesmal nichts anderes übrig blieb. Nicht nur, damit Morgan seine Stellung behielt. Der andere Grund war, dass sie minderjährig war und es höchstwahrscheinlich war, dass der Kapitän es für seine Pflicht halten würde, ihren Onkel über den Vorfall zu informieren, und das durfte sie nicht zulassen.

»Ich würde dich um nichts in der Welt verletzen«, beharrte sie. »Wir sind so gute Freundinnen geworden, du darfst dich jetzt nicht gegen mich stellen. Ich weiß, dass es schlimm ausgesehen hat, aber wir haben uns einfach ein bisschen von unseren Gefühlen mitreißen lassen.«

»Ich möchte wirklich nichts mehr mit dir zu tun haben«, sagte Stella und warf Mariette einen eisigen Blick zu. »Diesmal werde ich dich nicht melden, doch halte dich bitte den Rest der Fahrt von mir fern.«

Zuerst war Mariette einfach nur glücklich, weil Morgan gesagt hatte, dass er in sie verliebt war. Deshalb kümmerte es sie nicht, dass Stella nichts mehr von ihr wissen wollte. Aber nach nur einem Tag stellte sie fest, dass es ihr doch etwas ausmachte, von ihrer Freundin vollständig ignoriert zu werden. Stella sprach nur mit ihr, wenn es unumgänglich war, und achtete darauf, bei den Mahlzeiten an einem anderen Tisch als Mariette zu sitzen.

Es wurde schrecklich kalt, und Mariette hoffte auf schwere See, damit sie Stella wieder pflegen und ihre Vergebung erlangen könnte. Aber das Meer blieb verhältnismäßig friedlich, Stella ging es gut, und ihr Verhalten war so unterkühlt wie das Wetter.

Die extreme Kälte machte es Mariette unmöglich, an Deck spazieren zu gehen, um eventuell Morgan zu treffen. Sie spielte sogar mit dem Gedanken, sich krank zu stellen, um in die Krankenstation zu kommen, hatte aber Angst, sich damit noch mehr Ärger einzuhandeln.

Zwei Tage vor der planmäßigen Ankunft in Southampton mummelte Mariette sich am Abend warm ein und beschloss, der Kälte zu trotzen. Zu ihrem Entzücken fand sie Morgan an der Treppe vor, die zur Krankenstation führte.

Sein Gesicht leuchtete bei ihrem Anblick auf. »Ich bin dauernd hier oben gewesen und habe auf dich gewartet«, sagte er. »Ich dachte schon, dass Stella dich gegen mich aufgehetzt hat.«

»Das könnte sie nie, aber sie benimmt sich furchtbar«, sagte Mariette. »Ich fühle mich sehr einsam. Sie spricht kein Wort mit mir und wirft mir ständig gemeine Blicke zu. Ich bin überzeugt, dass sie eifersüchtig ist.«

»Na ja, Grund genug hätte sie dazu. Du bist hübsch und charmant, und du hast mich. Apropos, was hat dich auf die Idee gebracht zu sagen, dass ich meine verwitwete Mutter unterstützen muss?«

Mariette kicherte. »Reine Verzweiflung. Ich konnte mir nicht vorstellen, dass sie so grausam ist, eine arme Witwe darben zu lassen.«

Morgan lächelte. »Es gefällt mir, wie schnell dein Verstand in einem Notfall arbeitet.«

»Na ja, es war auch Selbsterhaltungstrieb. Ich wollte nicht, dass sie uns verpetzt.«

»Wenn ich wieder nach England komme, machen wir es lieber so, wie es sich gehört. Du erzählst deinem Onkel, dass ich dich betreut habe, als du krank warst, und dich gern besuchen würde. Würde er Nein sagen?«

Mariette zuckte mit den Schultern. »Ich wüsste nicht, warum, es klingt total einleuchtend. Ich muss nur darauf achten, dass ich nicht zu aufgeregt bin, wenn du mich besuchen kommst.«

»Wärst du das denn?«, fragte er.

Sie sah in sein schönes Gesicht mit den dunklen Augen und den strahlend weißen Zähnen und fühlte sich schwach vor Verlangen.

»Das musst du doch wissen«, antwortete sie. »Niemand, der nicht rettungslos verliebt ist, würde hier auf dem eiskalten Deck herumstehen.«

Das war das letzte Mal, dass Mariette Morgan sah. Sie ging auch am nächsten Abend an Deck, doch er war nicht da. Und als am nächsten Morgen das Schiff im Hafen von Southampton einlief, war die gesamte Crew dermaßen ausgelastet, dass es sinnlos gewesen wäre, ihn suchen zu gehen.

Als Mariette in ihrem warmen braunen Mantel an Deck stand

und krampfhaft ihren Hut festhielt, war ihr erster Eindruck von England, dass es ziemlich trostlos aussah. Alles war grau – der Himmel, das Meer, die Häuser –, und es war furchtbar kalt. Mog hatte ihr erzählt, dass ab März grüne Triebe an den Bäumen sprießen und in den Parks Narzissen blühen und die Sonne scheinen würde. Doch der Februar war eindeutig kein guter Monat für einen ersten Blick auf England.

Mariettes Koffer stand mit allen anderen Gepäckstücken auf einem Unterdeck und wartete darauf, an Land gebracht zu werden. Als sie die Kabine verließ, geriet Stella gerade in Panik, weil sie nicht alle Sachen in ihren Koffer bekam. Mariette hätte ihr beim Packen helfen können, aber da Stella sie so lange ignoriert hatte, fühlte sie sich in keiner Weise dazu verpflichtet.

Sie hatte ein Foto jüngeren Datums von Onkel Noah und Tante Lisette. Er war korpulent und hatte schütteres Haar, und Tante Lisette sah aus wie Mrs. Simpson, die Dame, für die der König auf den Thron verzichtet hatte. Ihre Mutter sagte, dass Lisette als junge Frau mit ihren dunklen Haaren und Augen sehr schön gewesen war. Jetzt war sie in den Fünfzigern, und ihr gewelltes Haar wurde grau, doch sie war immer noch eine attraktive Frau. Sie hatte angekündigt, einen braunen Pelzmantel und Hut zu tragen und eine rote Blume an ihren Mantel zu stecken, damit Mariette sie leichter erkennen konnte.

Allmählich wurden die Menschen auf dem Kai sichtbar, aber es würde noch eine Weile dauern, ehe Details zu erkennen waren. Morgans Gesicht stand Mariette vor Augen und verhinderte, dass sie irgendetwas anderes wirklich wahrnahm. Sie erinnerte sich an das Grübchen an seinem Kinn, wenn er lächelte, an die Art, wie sich sein einer Mundwinkel hob, wenn er eine Frage stellte, an den perfekten Bogen seiner dunklen Augenbrauen. Auch an ihren ersten Kuss konnte sie sich deutlich erinnern, nicht aber an den letzten. Warum nicht?

In der Hoffnung, dass er irgendwo in der Nähe war und sie

beobachtete, schaute Mariette sich um, konnte ihn jedoch nirgendwo entdecken. Liebte er sie? Sie wünschte, sie könnte sich dessen absolut sicher sein.

Nur noch hundert Meter Wasser lagen jetzt zwischen Schiff und Festland; die Crew stand bereit, und auch auf der Mole tauchten immer mehr Seeleute auf. Mariette überflog die Menschen, die aufgereiht hinter einer Barriere standen und warteten. Einstweilen konnten sie den Menschen an Bord nur zuwinken; alle Passagiere mussten zuerst durch die Passkontrolle, bevor sie von Freunden und Verwandten in Empfang genommen werden durften.

Mariette konnte niemanden entdecken, der wie Onkel Noah und Tante Lisette aussah, und einen Moment lang war sie überzeugt, dass die beiden sie vergessen hatten, und geriet in Panik.

Schließlich stoppten die Maschinen, das Schiff wurde vertäut, die Gangway aufgestellt.

Wieder sah Mariette sich um, doch noch immer war weit und breit nichts von Morgan zu sehen, obwohl einige der Stewards auf dem Oberdeck standen und den Passagieren zum Abschied winkten.

Alles, was Mariette spürte, als sie sich zu den Leuten stellte, die sich vor der Passkontrolle drängelten, war die schneidende Kälte. Ihre Füße und Beine waren wie Eis, und die Baumwollstrümpfe, die Mog in Auckland für sie gekauft hatte, boten nicht den geringsten Schutz gegen den starken, böigen Wind.

So viele Menschen, die schubsten und drängelten, so viel Lärm und Durcheinander! Mariette ließ sich von Passagieren mitziehen, deren Gesichter ihr in den letzten Wochen vertraut geworden waren. Sie hatte keine Ahnung, wohin man ihr Gepäck bringen würde oder was sie machen sollte, wenn ihr Onkel Noah nicht auf sie wartete. Und dann, gerade als ihr Tränen der Angst und Verzweiflung in die Augen stiegen, hörte sie, wie jemand ihren Namen rief.

»Hier, Mari! Wir sind hier!«

Wieder ertönte die Stimme, und durch die Menge sah sie einen Mann in dunklem Überzieher, der einen Filzhut schwenkte. Mariette quetschte sich durch das Getümmel, bis sie bei ihm war. Er warf seine Arme um sie und drückte sie fest an sich.

»Armes Ding, dir muss schrecklich kalt sein, und durcheinander bist du sicher auch!«, sagte er. »Willkommen in England! Es mag bitterkalt sein, aber wir freuen uns unheimlich, dich zu sehen.«

Dass Lisette auch da war, merkte Mariette erst, als sie eine weiche Stimme mit französischem Akzent sagen hörte: »Nicht weinen, meine Kleine! Wir sind so froh, dich bei uns zu haben, und können es gar nicht erwarten, dich nach Hause zu bringen.«

KAPITEL 10

Es war schon nach zehn Uhr abends, als Mariette in dem hübschesten Schlafzimmer, das sie je gesehen hatte, im Bett lag und noch einmal über alles, was sie an diesem Tag erlebt hatte, in Ruhe nachdenken konnte.

Obwohl sie wusste, dass Onkel Noah seit der Zeit, als er sich mit ihrem Vater angefreundet hatte, ein berühmter Journalist und Schriftsteller geworden war, hatte sie nie gedacht, er könnte wie ein Millionär leben oder ein so warmherziger und liebenswerter Mensch sein. Von dem Moment an, als er sie in seine Arme schloss, fühlte sie sich in seiner Nähe gut aufgehoben.

Sein Wagen war ein schwarzer Daimler, der von einem livrierten Chauffeur namens Andrews gefahren wurde, und da sie bisher nur alte, schäbige Autos und Laster kannte, konnte sie die Pracht der Ledersitze, die enorme Beinfreiheit und die luxuriöse Ausstattung kaum fassen. Onkel Noah saß vorn bei Andrews, drehte sich aber während der Fahrt fast ständig nach hinten um, um sich mit ihr und Lisette zu unterhalten. Wenn er ihr keine Fragen nach ihren Eltern und Brüdern stellte, erzählte er ihr von all den Orten in England, die er ihr zeigen wollte.

Sein Aussehen entsprach nicht unbedingt seinem Wesen. Seine Korpulenz, das schüttere Haar, der maßgeschneiderte Anzug und der teure Mantel waren genau das, was Mariette von einem reichen Mann in mittleren Jahren erwartet hatte, aber sein Wesen war eindeutig jugendlich und begeisterungsfähig. Schon nach wenigen Minuten in seiner Gesellschaft wirkte er auf sie viel jünger, als er in Wirklichkeit war.

Lisette verkörperte den klassischen Typ einer Ballerina, was ebenso auf ihren straffen Nackenknoten zurückzuführen war wie auf die Tatsache, dass sie schlank, anmutig, elegant gekleidet und sehr ruhig und gelassen war. Sie trug einen Pelzmantel – Nerz, dachte Mariette beeindruckt – in glänzendem Braunbeige und mit einem flauschigen Kragen, der ihre hohen Wangenknochen und ihren schönen Teint betonte. Dennoch vermittelte sie den Eindruck, nicht viel Aufhebens um ihre äußere Erscheinung zu machen, und obwohl sie sehr interessiert und aufmerksam war, überließ sie hauptsächlich ihrem Mann das Reden. Ihre Stimme war weich und sanft, und ihr französischer Akzent erinnerte Mariette stark an ihren Vater.

Die Fahrt erschien ihr sehr lang. Die Straße führte durch Wiesen und Wälder und kleine Dörfer, die so alt und malerisch waren, dass sie Illustrationen in einem Kinderbuch hätten sein können. So kahl und nackt die Landschaft in ihrem Winterkleid auch wirkte, lag doch sehr viel Schönheit in den anmutigen, blattlosen Bäumen, den kleinen, buckeligen Steinbrücken und den Hügeln, deren Gras um so viel grüner war als alles, was Mariette in Neuseeland je gesehen hatte.

Sie kehrten zum Mittagessen in einem Gasthaus in Godalming, einem bildhübschen Dorf, ein – eine alte Postkutschenstation, wie Noah erklärte. Drinnen im Lokal spannten sich schwere Holzbalken an der niedrigen Decke, und im Kamin prasselte ein gewaltiges Feuer. Zu Mariettes Überraschung waren auch weibliche Gäste anwesend.

»Frauen dürfen in Neuseeland nicht in Pubs gehen?«, rief Lisette. »Sehr eigenartig, wirklich! Engländerinnen gehen im Allgemeinen nicht allein in ein Gasthaus, aber heutzutage ist es gang und gäbe, dass Frauen sich mit ihren Freundinnen dort zum Mittagessen oder abends auf einen Drink treffen. Pubs sind das Zentrum des englischen Dorflebens.«

Als sie London erreichten, fielen Mariette vor Staunen fast die Augen aus dem Kopf. Noah hatte Andrews gebeten, über die

Westminster Bridge zu fahren, damit sie das Parlament und Big Ben sehen konnte, und danach fuhren sie rund um den Trafalgar Square und dann die Mall hinauf in Richtung Buckingham Palace. Obwohl sie all diese Orte von Bildern kannte, war in Wirklichkeit alles viel größer und prachtvoller, als sie erwartet hatte.

»In London gibt es noch viel mehr zu sehen, als wir dir heute gezeigt haben«, sagte Noah und lächelte, weil sie so überwältigt war. »Aber wir warten lieber, bis du dich an die Kälte gewöhnt hast, bevor wir mit dir alles andere besichtigen.«

Schließlich erreichten sie Noahs Haus, und Mariette blieb der Mund offen stehen, als sie sah, wie groß es war. Noah erzählte, dass es aus dem Jahr 1795 stammte, womit es sehr viel älter als jedes Haus war, das sie aus Neuseeland kannte. Alt mochte es sein, doch es war anmutig, mit eleganten Proportionen und einem Portikus vor dem Eingang und seitlich davon jeweils drei schmalen, hohen Spitzbogenfenstern.

Mog und Belle hatten Wörter wie »gemütlich« und »anheimelnd« benutzt, wenn sie das Heim beschrieben hatten, in dem Onkel Noah und Tante Lisette zu der Zeit gelebt hatten, als sie selbst nach Neuseeland ausgewandert waren. Aber dieses Haus hatten die beiden später gekauft, und »gemütlich« und »anheimelnd« konnte man es wirklich nicht nennen. Beschreibungen wie »großartig«, »prunkvoll«, sogar »aufsehenerregend« würden es eher treffen.

Mariette gab sich große Mühe, sich ihr Staunen nicht anmerken zu lassen, als Mrs. Andrews, die Ehefrau des Chauffeurs und Noahs und Lisettes Haushälterin, die Haustür öffnete und sie in eine weitläufige Halle mit spiegelblank poliertem Boden eintreten ließ, die von einer großzügig geschwungenen Freitreppe, wie Mariette sie nur aus Filmen kannte, dominiert wurde.

»Seit Jean-Philippe vor zwei Jahren geheiratet hat, irren wir hier herum«, sagte Noah, während Mrs. Andrews Mariette Hut und Mantel abnahm. Mr. Andrews war schon dabei, ihren Koffer nach oben in ihr Zimmer zu tragen. »Bis er auszog, war uns nie klar, wie viel Platz er für sich beansprucht hat. Jetzt sind nur noch wir zwei und Rose hier. Sie hält sich zurzeit zu Besuch bei Freunden auf, kommt aber morgen wieder.«

Der Salon rechts von der Halle war ein großzügiger, in gedämpften Pastelltönen gehaltener Raum mit kunstvoll gearbeiteten, bortenbesetzten Gardinen und bodenlangen Seitenschals. Vor einem prasselnden Kaminfeuer standen schwere Sofas, die förmlich dazu aufforderten, sich in ihre weichen Polster sinken zu lassen, und vor dem Fenster befand sich ein polierter Tisch mit silbergerahmten Fotografien.

Zu Mariettes Entzücken befanden sich darunter auch Bilder von ihr selbst. Eines zeigte sie als Baby in Noahs Armen, als er nach Neuseeland gekommen war, um für sie Pate zu stehen, ein anderes, auf dem sie fünfzehn war, beim Segeln. Außerdem gab es ein schönes Hochzeitsbild von ihren Eltern und ein Foto von Mog und Belle, das vermutlich nach Kriegsende aufgenommen worden war, als sie nach Neuseeland aufbrachen.

»Das ist Jean-Philippe«, sagte Lisette und zeigte auf einen jungen Mann mit sehr dunklem Haar und ernster Miene. »Inzwischen ist er einunddreißig, aber damals war er Mitte zwanzig.« Sie tippte an sein Hochzeitsbild. »Und das ist er mit seiner Braut Alice.«

Mariette wusste, dass Jean-Philippe Noahs Stiefsohn war, und fragte sich, ob er bald zu Besuch kommen würde, um sie kennenzulernen.

»Rose?«, fragte sie und griff nach dem Bild eines Mädchens Anfang zwanzig. Sie erinnerte Mariette daran, wie Mog Noahs Aussehen als junger Mann beschrieben hatte: rundes Gesicht, dichte Locken und ein strahlendes Lächeln.

»Ja, das ist meine Rose – und sie trägt den richtigen Namen, denn sie ist weit mehr Engländerin als Französin«, sagte Lisette. »Sie ist jetzt vierundzwanzig, aber immer noch jung genug, um dir eine gute Gefährtin zu sein.«

»Wie schön, Mum, Dad und Mog auch hier zu sehen!«, entfuhr es Mariette. »Das hatte ich nicht erwartet.«

Lisette legte ihre Hände auf Mariettes Schultern und sah ihr ins Gesicht. »Deine Mutter und dein Vater bedeuten Noah und mir sehr viel. Die Bindung zwischen uns ist stärker als bloße Blutsbande. Daher stehen natürlich Bilder von euch hier im Haus. Ich warte nur noch auf Fotos von Alexis und Noel, dann seid ihr komplett.«

»Mutter hat mir eins für dich mitgegeben, es ist in meinem Koffer«, sagte Mariette.

»Deine Eltern werden dir natürlich fehlen.« Lisette drückte Mariette an sich. »Aber du musst dir Noah und mich als Ersatzeltern vorstellen. Du kannst uns unbesorgt alles anvertrauen. Wir sind keine – wie sagt man auf Englisch? – Menschenfresser.«

Mariette war im Allgemeinen nicht sehr für Umarmungen, doch sie genoss es, von Lisette im Arm gehalten zu werden. Sie mochte sie, und es überraschte sie nicht, dass die Französin und Belle so gute Freundinnen gewesen waren. Sie waren sich ähnlich, nicht vom Aussehen her, sondern auf eine andere, undefinierbare Art und Weise, die Mariette spürte, aber nicht benennen konnte.

Als Mariette die Nachttischlampe in ihrem neuen Zimmer ausknipste, musste sie daran denken, dass Mog zu ihr gesagt hatte, wie begeistert sie sein würde, wenn sie erst einmal die Vorzüge eines Lebens mit Elektrizität entdeckt hätte. Sie hatte sich schon auf dem Schiff daran gewöhnt, aber hier in diesem hübschen Zimmer in Rosa- und Cremetönen, das laut Lisette von Belles Hutsalon inspiriert worden war, hoffte sie, nie wieder im Leben eine Öllampe anzünden zu müssen.

Es war rührend, dass Lisette an Belle gedacht hatte, als sie die Einrichtung geplant hatte, auch wenn das Zimmer Mariette sehr französisch vorkam. Die Vergoldung an dem verschnörkelten Frisiertisch und dem dazu passenden Hocker erinnerten sie an Abbildungen von Möbeln in Versailles. Über dem Bett hingen zwei Bilder an der Wand, auf denen aufsehenerregende, duftige Hüte zu sehen waren. Lisette hatte ihr erzählt, dass sie die Bilder auf einem Flohmarkt in Paris entdeckt hatte und Noah und sie sofort gewusst hatten, dass sie wie geschaffen für dieses Zimmer waren.

Mariettes Zuhause in Russell war sehr schlicht eingerichtet und ausgestattet, was dieses Haus noch großartiger und luxuriöser erscheinen ließ. Aber es waren weniger die dicken Teppiche, polierten Möbel und dergleichen, die Mariette beeindruckten, als vielmehr die Umsicht, mit der sie behandelt wurde, und der Komfort, der Noahs und Lisettes Heim prägte. Während sie beim Abendessen saßen, hatte Mrs. Andrews den Koffer für Mariette ausgepackt und alles mitgenommen, was in die Wäsche gehörte. Vor dem Fenster stand eine cremefarbene Chaiselongue, und es gab im ganzen Haus Heizkörper, sodass es in jedem Zimmer warm war. Ihr Bett war ein breites Doppelbett, und die Bettwäsche fühlte sich weich und glatt wie Seide an.

Mariette hatte in dem Badezimmer, das an ihr Zimmer anschloss und ihr allein zur Verfügung stand, ein Bad genommen. Flauschige Handtücher hingen zum Wärmen über einem beheizten Ständer, und auf ein Außenklo zu gehen war jetzt Vergangenheit. Alles übertraf ihre Träume bei Weitem.

Aber zwei Dinge fehlten. Eines war das Rauschen der See. Seit sie ein kleines Mädchen gewesen war, hatte sie abends im Bett gelegen und dem Klang der Brandung gelauscht, und auch auf der Überfahrt von Neuseeland hatte sie dieses Geräusch begleitet. Hier war nichts als Straßenverkehr zu hören, jetzt, am späten Abend, nur noch ein schwaches Summen. Es war auf seine Art auch beruhigend, aber nicht so wie das Meer.

Dann vermisste sie natürlich Morgan. Es war ihr gelungen, den größten Teil des Tages nicht an ihn zu denken, doch als sie nun allein im Bett lag, sehnte sie sich nach ihm. Ob er wohl auch gerade an sie dachte? Oder hatte er sie schon vergessen und unternahm einen Bummel durch Southampton, um zu tanzen, zu trinken und eine andere zu finden?

Die ersten zwei Wochen in London waren ein solcher Wirbelwind neuer Erfahrungen, dass Mariette gar nicht dazu kam, Morgan allzu sehr zu vermissen. Erst spät in der Nacht stahl er sich in ihre Gedanken, und obwohl er ihr schrecklich fehlte, war es nicht so schlimm wie erwartet.

Sie war wie verzaubert von London. Es waren nicht nur die berühmten Sehenswürdigkeiten wie der Tower, die St.-Paul's-Kathedrale und der Londoner Zoo, sondern Kleinigkeiten wie eine Busfahrt, Fish and Chips zu essen oder an einem verschneiten Tag auf dem Primrose Hill Schlitten zu fahren. Mariette hatte noch nie Schnee gesehen – auf der Südinsel gab es welchen, in Russell hingegen nie – und konnte es kaum fassen, dass ein erwachsener Mann wie Noah begeistert mit ihr einen Hügel hinunterrodelte.

Wenn sie nach Hause schrieb, flossen ihr die Worte förmlich aus der Feder. In ihrer Aufregung wollte sie ihre Familie an allem, was sie erlebte, teilhaben lassen. Mariette fühlte sich verpflichtet, ihnen zu schreiben, wie sehr sie sie alle vermisste, tatsächlich jedoch war sie viel zu glücklich in ihrem neuen Leben, um ihnen mehr als einen gelegentlichen sentimentalen Gedanken zu widmen.

Sie fand es schön, in einer Straße zu wohnen, in der viel Betrieb herrschte. Wenn sie morgens aus dem Fenster schaute, eilten Gentlemen mit steifen Hüten und zusammengerollten Regenschirmen auf dem Weg zur City vorbei, außerdem schick angezogene Sekretärinnen, Mütter, die kleine Kinder zur Schule brachten, und ältere Mädchen und Jungen, die auf dem Schulweg vergnügt umhertollten.

Später am Tag kamen die Händler: ein Bäcker, der mit seinem Pferdefuhrwerk frisches Brot ausfuhr, ein Kohlenhändler, sogar ein Messerschleifer. Kindermädchen gingen im Sonnenschein mit ihren Schutzbefohlenen spazieren, während Hausmädchen die

Stufen vor den Hauseingängen scheuerten und Messingbeschläge polierten.

Mariette dachte an die Straßen in Russell. Hier trotteten unbeaufsichtigte Kühe herum, und wenn es regnete, verwandelten sich die Wege in Matsch. Hier in London konnte sie sich nicht vorstellen, jemals wieder zu einer so primitiven Lebensart zurückzukehren.

Die Angst, Noah und Lisette könnten irgendwann genug von ihr bekommen und sie wieder nach Hause schicken, ließ sie nicht los und bewirkte, dass sie sich stets von ihrer besten Seite zeigte. Sie sprach mit Lisette Französisch, weil sie wusste, dass es ihrer Tante gefiel, und bot an, im Haus zu helfen. Da Mrs. Andrews die gesamte Hausarbeit erledigte, antwortete Lisette unweigerlich, dass es für sie nichts zu tun gebe. Aber Mariette machte ihr Bett immer selbst, hielt in ihrem Zimmer Ordnung und achtete darauf, Lisette in jeder erdenklichen Weise gefällig zu sein.

Sie ging gern einkaufen. Die kleinen Läden in der Nähe waren für sie so etwas wie Aladins Schatzhöhle, die großen Geschäfte auf der Oxford und der Regent Street so faszinierend, dass sie den ganzen Tag dort hätte verbringen können, ohne sich zu langweilen.

Rose war an Mariettes zweitem Tag in London zurückgekommen. Obwohl Mariette auf den ersten Blick den Eindruck gewonnen hatte, sie wäre wie eine dieser aristokratischen, ernsthaften jungen Frauen, die sie aus englischen Filmen kannte, gefiel sie ihr.

»Ich nehme an, Mama und Papa übertreiben es ein bisschen mit den Sehenswürdigkeiten«, sagte Rose mit einem ansteckenden Grinsen. »Dann zeige ich dir wohl die Plätze, wo man etwas unternehmen kann. Bist du schon mal Rollschuh gelaufen? Ich liebe es. In der Finchley Road gibt es eine Bahn, gar nicht weit von hier. Sollen wir morgen Abend mal hingehen?«

Mariette kannte Rollschuhlaufen nur aus dem Kino, doch es schien Spaß zu machen, und sie stimmte begeistert zu.

Es war mindestens genauso toll, wie Rose gesagt hatte. Zuerst hielt Mariette sich an der Seitenwand der Bahn fest und hatte viel zu viel Angst, um loszulassen, aber dann kamen Rose und eine ihrer Freundinnen, nahmen sie an der Hand und drehten mit ihr ihre Runden.

Danach hatte sie den Dreh schnell heraus, und am Ende des Abends konnte sie sogar rückwärtsfahren und wurde für ihre schnelle Auffassungsgabe gelobt.

Rose und ihre Freundinnen waren ganz anders als die jungen Frauen ihres Alters zu Hause in Russell. Obwohl anscheinend alle eine sehr gute Erziehung und Schulbildung genossen hatten, gingen die meisten von ihnen keiner geregelten Arbeit nach. Sie verbrachten ihre Zeit damit, Freunde und Bekannte zu besuchen, um gemeinsam essen zu gehen und bei diversen Wohltätigkeitsorganisationen mitzuhelfen. Rose erklärte Mariette, dass es für Mädchen aus dem gehobenen Bürgertum nicht üblich war, arbeiten zu gehen, und dass sie selbst eine Ausnahme darstellte, weil sie ausgebildete Buchhalterin war. Aber nicht einmal Rose schien jeden Tag zur Arbeit zu gehen; offenbar führte sie nur für Bekannte ihres Vaters die Bücher und schob diese Arbeit zwischen ihren gesellschaftlichen Verpflichtungen und der Wohltätigkeitsarbeit ein.

Doch obwohl sie nicht berufstätig waren, schien keine von Rose' Freundinnen daran zu denken, zu heiraten und eine Familie zu gründen. Sie gingen auf Reisen, nahmen regen Anteil am Weltgeschehen, besuchten Konzerte, gingen in Nachtklubs und trieben Sport. Neben ihnen fühlte Mariette sich wie ein richtiges Landei, das von nichts eine Ahnung hatte.

»Meine Eltern erwarten, dass ich mir hier Arbeit suche«, vertraute sie Rose an. »Aber ich kann doch nichts! Welche Arbeit könnte ich schon bekommen?«

»Was machst du denn gern?«, wollte Rose wissen.

»Segeln und fischen«, scherzte Mariette. »Doch ich fürchte, diese Talente sind in London nicht besonders gefragt. Ich nähe auch gern.«

Rose lächelte. »Im Sommer kannst du zum Vergnügen im Hyde Park auf der Serpentine segeln, aber Nähen ist ein echter Beruf. Ich wette, meine Mutter könnte ihre Beziehungen für dich spielen lassen. Sie kennt die meisten Couturiers in London.«

Rose musste mit ihren Eltern darüber gesprochen haben, denn schon am nächsten Abend, als Rose mit einer Freundin in einem Konzert war, brachte Noah das Thema beim Abendessen zur Sprache.

»Ich weiß, dass Belle und Etienne finden, dass du dir eine Arbeit suchen solltest, während du hier bist, doch Lisette und ich wollten einfach, dass du dich erst eine Weile in London amüsierst, bevor du an so etwas denkst. Wie auch immer, Rose hat erwähnt, dass du gern schneidern würdest.«

»Es ist eine der wenigen Sachen, die ich gut kann«, erwiderte Mariette. »Aber ich hatte mit Mog und Mum ja auch gute Lehrerinnen.«

Noah runzelte die Stirn. »Nähen mag dir Freude bereiten, Mari, doch ich fürchte, die Arbeit in einem Konfektionshaus könnte sich als große Enttäuschung herausstellen. Die Bezahlung ist erbärmlich, die Arbeitszeit sehr lang, und wahrscheinlich würdest du nur jeweils an einem Teil eines Kleidungsstücks arbeiten und nie etwas vollständig herstellen. Was hältst du davon, an einem Sekretärinnenkurs teilzunehmen? Wenn du erst mal Schreibmaschine schreiben kannst, bekommst du überall in der Welt einen Job, auch in Neuseeland. Ich wünschte, ich hätte richtig tippen gelernt, als ich jung war. So muss ich mich seit all den Jahren mit zwei oder drei Fingern abplagen.«

Mariette hatte schon öfter gehört, wie er in seinem Arbeitszimmer auf seine Schreibmaschine einhackte. Sie wusste natürlich, dass er ein ungeheuer erfolgreiches Buch über den Krieg von 1914 bis 1918 geschrieben hatte. Es stand bei ihnen zu Hause im Bücherregal, und ihre Eltern hatten es immer stolz herumgezeigt und erzählt, dass der Autor ein guter Freund von ihnen war. Jetzt schämte Mariette sich ein bisschen, dass sie nie versucht hatte, es zu lesen, zumal ihr Vater großen Anteil an dem Werk hatte. Er hatte Noah alles über das Leben der Soldaten an der Front erzählt und die Fehler der Generäle aufgedeckt. Nach jenem Bestseller hatte Noah sich der Belletristik zugewandt und eine Reihe äußerst populärer, reißerischer Detektivgeschichten verfasst. Zwei davon hatte Mariette während der Überfahrt gelesen und war begeistert gewesen.

»Vielleicht sollte ich das wirklich machen, Onkel Noah«, stimmte sie zu. Obwohl sie gern nähte, war sie sich nicht sicher, ob sie in eine ganz und gar weibliche Welt eintauchen wollte. »Und ich glaube, Mum und Dad würde es auch gefallen.«

Noah strahlte. »Ich werde gleich morgen Vormittag ein bisschen herumtelefonieren. Ich denke, auch Lisette ist der Meinung, dass Nähen ein schönes Hobby ist, aber kaum ein Metier, um Karriere zu machen.«

Als sich Noah später am Abend in sein Arbeitszimmer zurückzog, setzten Lisette und Mariette sich vor den Kamin und unterhielten sich auf Französisch. Sie achteten mittlerweile darauf, jeden Tag Französisch zu sprechen, sei es auch nur ein paar Minuten lang, aber an einem Abend wie diesem, wenn sie allein waren, hielten sie es eine Stunde und länger durch.

Solange Mariette denken konnte, hatte ihr Vater mit ihr in seiner Muttersprache geredet, und sie hatte es immer sehr genossen. Doch mit einer Frau zu sprechen, erweiterte ihren Wortschatz, und außerdem bemühte sich Lisette, ihr statt der Marseiller Aussprache, die sie von ihrem Vater kannte, eher einen Pariser Akzent beizubringen.

Sie hatten eine Weile auf Französisch über Mode geplaudert, als Lisette plötzlich wieder ins Englische verfiel.

»Du hast hoffentlich nicht eingewilligt, eine Ausbildung zur Sekretärin anzufangen, nur um Noah eine Freude zu machen«, sagte sie. »Er hat manchmal komische Vorstellungen von Frauenberufen. Und er ist ein bisschen ein Snob geworden, seit er so erfolgreich ist.«

»Meinst du, Nähen ist für ihn so etwas wie die Fabrikarbeit?«

Mog hatte oft Witze über die Klassengesellschaft in England gemacht, aber ihre Kommentare waren an Mariette verschwendet gewesen, weil in Neuseeland praktisch keine Klassen existierten. Doch auch Morgan hatte sich bitter zu den Unterschieden zwischen Offizieren und gewöhnlichen Seeleuten geäußert, und ihr selbst waren in England schon nach wenigen Tagen gewisse Dinge aufgefallen, insbesondere Akzente.

Alle Freundinnen von Rose hatten eine sehr gepflegte Aussprache und klangen wie die Leute im Radio. Eine von ihnen hatte einmal eine bissige Bemerkung über ein »Ladenmädchen« fallen lassen, was auf Mariette so wirkte, als gehörten Leute, die einfachere Arbeiten verrichteten oder mit einem anderen Akzent sprachen, einer anderen Spezies an.

Genau diese Einstellung war es, die Mariette bewusst machte, dass Rose' Freundinnen von Morgan nichts halten würden. Sie hatte seinen Akzent mittlerweile als Cockney identifiziert wie den des fröhlichen Milchmanns, der sie »Schätzchen« und Lisette »Missus« nannte. Mr. und Mrs. Andrews sprachen ähnlich, wenn auch nicht ganz so offensichtlich.

Lisette schnalzte leise mit der Zunge, während sie darüber grübelte, ob ihr Mann Schneidern und Nähen als ebenso gering empfand wie Fabrikarbeit. »Es fällt mir schwer zu erklären, wie die Menschen in England über diese Dinge denken, mein Liebes. Noah hat jetzt viele Freunde in hohen Positionen, und das hat seine Sichtweise ein wenig verändert.«

»Und denen würde er wohl nicht gern erzählen, dass seine Patentochter als Näherin arbeitet?«, hakte Mariette nach.

Lisette errötete leicht. »Du bist deiner Mutter sehr ähnlich, Mari. Belle hat die Dinge auch immer beim Namen genannt und nie gesagt, was andere hören wollten.«

Für Mariette gehörten zum Entwerfen und Nähen schöner Kleider genauso viel Können und Talent wie zu der Arbeit eines Chirurgen, und sie konnte nicht begreifen, warum manche Leute der Unterschicht, andere der Oberschicht angehören sollten. »Aber eine Sekretärin ist etwas Besseres?«, fragte sie.

»Es ist ein Beruf, den auch Mädchen aus gutem Hause ausüben«, antwortete Lisette und machte eine hilflose Handbewegung, als wäre ihr die Sache ebenfalls nicht ganz klar.

»Wenn sie nicht klug genug sind, um Buchhalterin oder Ärztin zu werden?«

»Jetzt klingst du wie Etienne«, bemerkte Lisette mit einem trockenen Lächeln. »Er ist immer für die Arbeiterklasse eingetreten. Belle und Mog hatten auch mit Klassenunterschieden zu kämpfen. Ich kann mich erinnern, dass sie sich nach ihrem Umzug nach Blackheath große Mühe gaben, ein wenig vornehmer zu erscheinen, um sich einzufügen. Sie benutzten dazu ein Buch namens *Korrektes Englisch*, und als ich sie besuchen kam, probierten wir alle möglichen Redewendungen aus. Ich weiß noch, wie wir gelacht haben, wenn wir, wie Mog es nannte, ›richtig nobel‹ redeten.«

Auch Mariette musste lachen. Sie erinnerte sich, wie ihre Mutter und Mog ihr kurz vor ihrer Abreise aus Neuseeland vorgemacht hatten, wie manche Leute in England sprachen. Ihr Londoner Akzent hatte sich bei den beiden nach zwanzig Jahren in Neuseeland abgeschliffen – meistens klangen sie so, als wären sie dort geboren –, aber wenn sie sich miteinander unterhielten und über England redeten, neigten sie dazu, in ihre alte Sprechweise zu verfallen.

»Ich habe den Vorteil, Französin zu sein, denn aus irgendeinem Grund geht jeder, der meinen Akzent hört, davon aus, dass ich eine ›feine Dame‹ bin«, sagte Lisette mit einem leichten Lächeln. »Doch ich habe Jahre gebraucht, um zu begreifen, was man darunter versteht. Noch heute möchte ich mit anpacken und helfen, wenn ich sehe, wie Mrs. Andrews, die zehn Jahre älter als ich ist, einen schweren Kohlenkübel hochhebt. Aber sie wäre entsetzt, wenn ich das täte. Sie ist der Meinung, dass derartige Dinge in ihr Ressort fallen.«

»Ich bin mir nicht sicher, ob ich weiß, wo mein Platz ist«, meinte Mariette. »Mein Vater geht fischen und verrichtet Bauarbeiten, und meine Mutter fertigt Hüte. Damit gehörte ich zur Arbeiterklasse, oder?«

»Das ganze Klassensystem ist lächerlich.« Lisette klopfte Mariette aufs Knie, als wollte sie unterstreichen, dass auch sie Probleme damit hatte. »Noah und ich stammen beide aus bescheidenen Verhältnissen, doch weil Noah sich als Journalist und Schriftsteller einen Namen gemacht hat, sind wir automatisch aufgestiegen. Genau aus diesem Grund haben deine Eltern das Gefühl, dass wir die richtigen Leute sind, um deine Zukunft in die Hand zu nehmen.«

»Aber Dad hat für die Klassengesellschaft nichts übrig«, entgegnete Mariette leicht empört. »Er will bestimmt nicht, dass ich mir irgendwelche Allüren zulege.«

»Darum geht es nicht, sondern darum, ein bisschen Schliff zu bekommen und zu wissen, wie man sich in Gesellschaft benimmt, damit du problemlos mit allen möglichen Leuten verkehren kannst, Mari. Noah und ich mussten das auch lernen, genau wie Belle, als sie ihren Hutsalon eröffnete. Ebendiese guten Umgangsformen wünschen sich deine Eltern für dich. Sie würden nie wollen, dass du ein Snob wirst, doch sie möchten, dass sich Türen für dich öffnen.

Vielleicht fährst du in einem halben Jahr zurück und heiratest einen Zimmermann oder Fischer und wirst genauso glücklich, wie es deine Eltern sind. Aber es ist immer von Vorteil, Alternativen zu haben und die Möglichkeiten zu kennen, die das Leben bietet. Und dabei wollen Noah und ich dir helfen. Verstehst du, was ich meine?«

»Ja.« Mariette nickte. Lisette hatte sich sehr klar ausgedrückt. »Doch ich glaube nicht, dass es Noah gefallen würde, wenn ich den Wunsch hätte, mit einem Busschaffner, einem Lokführer oder einem Steward auszugehen, oder?«

»Hast du auf dem Schiff einen netten Steward kennengelernt?«

Lisettes Frage brachte Mariette aus dem Gleichgewicht. Das Wort »Steward« war ihr, ohne dass sie es wollte, herausgerutscht, und es war klar, dass Lisette sofort wusste, was das zu bedeuten hatte.

Es hatte keinen Sinn, zu schwindeln und sich aus der Sache herauszulavieren. »Ja«, gab sie zu. »Er heißt Morgan Griffiths, und er hat sich um mich gekümmert, als ich auf der Krankenstation lag. Ich habe ihn wirklich gern.«

»Verstehe«, sagte Lisette nachdenklich. »Gibt es einen Grund, warum du ihn nicht schon früher erwähnt hast?«

»Na ja, wie ihr wahrscheinlich wisst, habe ich zu Hause wegen eines Mannes ziemliche Dummheiten gemacht«, begann Mariette vorsichtig. »Ich nehme an, Mum und Dad haben euch eingeschärft, mich mit Argusaugen zu belauern.«

»So seltsam es dir erscheinen mag, deine Eltern haben nichts dergleichen gesagt. Natürlich haben wir vermutet, dass irgendetwas vorgefallen ist.« Lisette lächelte. »Aber du bist nicht die einzige, die Dummheiten macht. So etwas erwarten wir alle von jungen Leuten. Rose hatte ihre Phasen und Jean-Philippe auch, als er in deinem Alter war. Noah und ich haben beide Entscheidungen getroffen, auf die wir nicht stolz sind. Die größte Gefahr für junge Mädchen besteht darin, dass sie auf ein hübsches Gesicht hereinfallen und dabei den Charakter des Betreffenden falsch einschätzen. Glaubst du, dass dieser Morgan ein guter Mensch ist?«

»Ja. Doch es ist schwer zu sagen, wenn man nur so wenig Zeit miteinander verbracht hat.«

»Und auf dem Schiff hast du ihn immer nur kurz gesehen?«

Mariette nickte.

Lisette nahm Maris Hand in ihre und drückte sie. »Wenn du einen Mann heimlich triffst, siehst du nur, was du sehen willst.

Oft bist du einfach so fasziniert von der Spannung und dem Abenteuer und davon, wie du dich fühlst, wenn du bei ihm bist, dass du nichts hinterfragst oder auch nur genauer hinschaust. Ich habe Folgendes festgestellt: Am besten findet man heraus, wie ein Mann wirklich ist, wenn man ihn in der Gesellschaft von Leuten beobachtet, die man gut kennt. Dann kommen die guten wie die schlechten Seiten zum Vorschein.«

»Aber andere haben auch gefunden, dass er sehr charmant ist.« Mariette hatte das Gefühl, dass Lisette Morgan einfach von vornherein ablehnte. »Du wärst derselben Meinung, wenn du ihn kennenlernen würdest.«

»Das hoffe ich, *ma chérie*«, lächelte Lisette. »Und wenn er wieder in England ist, laden wir ihn ein, ja?«

Die erste Märzwoche war kalt, regnerisch und stürmisch, aber rechtzeitig zu Mariettes Geburtstag am achten März wurde das Wetter milder. Auf einmal wuchsen in Parks und Gärten dichte Büschel Narzissen, an den Bäumen zeigten sich grüne Triebe und Knospen, und Mariette konnte verstehen, warum Mog erzählt hatte, wie schön England im Frühling war.

Lisette und Noah schenkten ihr zum Geburtstag ein wunderschönes silbernes Medaillon mit einer eingravierten Inschrift, Rose überreichte ihr eine flauschige Stola, und von daheim kam ein Paket mit einem von Mog angefertigten Kleid aus türkisblauem Crêpe de Chine, einem mit einem türkisblauen Band verzierten weißen Hut von ihrer Mutter und dem Geschenk ihres Vaters, einer kleinen Nachbildung seines Fischerbootes, das er selbst geschnitzt und bemalt hatte. Der Name des Bootes war *Kleine Rebellin*, was ihr Tränen in die Augen trieb.

Lisette deckte eine richtige Geburtstagstafel, einschließlich einer Geburtstagstorte mit neunzehn Kerzen. Nachdem Mariette sie ausgeblasen hatte, verkündete Rose, dass später Peter Hayes kommen und sie abholen würde, um mit ihnen in Soho tanzen zu gehen.

»Schmeiß dich in Schale, Mari!«, sagte sie. »Ich weiß, wie sehr du darauf brennst, dein tolles Kleid aus cremefarbener Spitze anzuziehen. Jetzt ist *die* Gelegenheit!«

Peter Hayes führte Rose ziemlich oft aus. Sie hatte Mariette anvertraut, dass er der Mann war, den sie heiraten wollte, sie aber noch die Unnahbare spielte und auch mit anderen männlichen Bekannten ausging.

Mariette hatte Peter gern, und Lisette und Noah mochten ihn ebenfalls. Er war achtundzwanzig, groß und hatte freundliche braune Augen. Peter war nicht wirklich hübsch, sah aber, wie Rose meinte, »passabel« aus, und war von Beruf Anwalt. Rose machte viel Aufhebens um die Tatsache, dass er aus einer sehr guten Familie stammte, und redete häufig über den großen Besitz der Hayes' in Berkshire. Doch auch wenn Rose so tat, als wäre ihr vor allem wegen seiner Herkunft und Stellung an ihm gelegen, wusste Mariette, dass das bei Weitem nicht der einzige Vorzug des jungen Mannes war. Peter war nicht nur intelligent, lebhaft, großzügig und nett, sondern außerdem sexy.

Rose war noch Jungfrau und wollte es bis zum Tag ihrer Hochzeit auch bleiben. Aber Mariette merkte an der Art, wie ihre Freundin in Peters Gegenwart aufblühte, wie sehr sie sich danach sehnte, mit ihm zu schlafen.

»Du wirst dich bestimmt gut mit Peter und Rose amüsieren«, versicherte Lisette ihr. »Ich weiß, dass wir dich Peter unbesorgt anvertrauen können. Und nun geh und mach dich fertig!«

Als die beiden Mädchen nach oben liefen, flüsterte Rose Mariette zu: »Peter bringt einen Freund mit. Ich glaube, er wird dir gefallen. Sein Name ist Gerald Allsop, und er ist jünger als Peter, aber sie sind auf dieselbe Schule gegangen.«

»Ist er auch Anwalt?«, fragte Mariette.

»Nein, noch nicht, er ist dabei, seine Referendarprüfung abzulegen. Ich habe Mutter und Vater nicht erzählt, dass er mitkommt, weil sie sonst darauf bestanden hätten, ihn zuerst kennenzulernen und auszufragen. Das ist für jeden eine echte Heimsuchung. Sie sind manchmal so altmodisch! Also treffen wir ihn im Klub. Aber wenn er dir gefällt und du ihn wiedersehen willst, sage ich ihnen morgen einfach, dass Peter dich mit ihm bekannt gemacht hat, was mehr oder weniger der Wahrheit entspricht.«

»Möchtest du wirklich, dass ich Peter und dich begleite?«, fragte Mariette. Sie hatte die leise Sorge, dass Gerald sich als steif und langweilig entpuppen könnte und Rose sie nur gebeten hatte, mit ihnen zu kommen, um Gerald nicht am Hals zu haben, wenn sie lieber mit Peter allein sein wollte.

»Ja, natürlich«, sagte Rose und legte einen Arm um Mariettes Taille. »Du bist jetzt neunzehn, alt genug, um auf den Putz zu hauen, und außerdem möchte ich sehen, ob du dich an all die Tänze erinnerst, die ich dir beigebracht habe.«

»Bildhübsch siehst du aus!«, rief Noah, als Mariette eine Stunde später mit Rose in den Salon kam.

Mariette errötete. Sie liebte dieses Kleid. Es hatte ein seidenes Unterkleid mit Spaghettiträgern und tiefem Dekolleté, doch der Überwurf aus Spitze hatte halblange Ärmel und einen höheren Ausschnitt, wodurch eine raffinierte Wirkung erzielt wurde: Man zeigte genug Fleisch, um sexy auszusehen, aber nicht so viel, dass es gewöhnlich wirkte. Der Rock war in schrägen Bahnen geschnitten, sodass er sich eng an ihre Hüften schmiegte, in Kniehöhe aufsprang und in Zipfeln auslief, die bis zu den Waden reichten.

»Perfekt!« Lisette klatschte begeistert in die Hände. »Ich habe Belle immer darum beneidet, dass Mog ihre Kleider näht. Sie ist eine fantastische Schneiderin.« Sie nahm Mariette die neue Stola aus der Hand und drapierte sie um ihre Schultern. »Todschick!«

»Findest du nicht, dass ich mein Haar hochstecken sollte?«, fragte Mariette. Sie hatte es zu einer Rolle drehen wollen – eine Frisur, die bei Rose' Freundinnen sehr beliebt war –, doch weil ihr Haar dafür zu lockig war, hatte sie es an den Seiten mit zwei kleinen Spangen zurückgesteckt.

»Es wäre kriminell, so schönes Haar zu verstecken«, sagte Noah energisch. »Meiner Meinung nach sollten alle Frauen wallende Locken haben, bis sie mindestens dreißig sind.«

Lisette lachte. »Wenn es nach ihm ginge, würde ich auch mein graues Haar noch offen tragen. Aber was dich angeht, hat er recht, Mari. Deine Haare sind zu schön, um aufgesteckt zu werden.«

»Und du siehst auch bezaubernd aus«, sagte Noah zu Rose. »In diesem Kleid gefällst du mir immer besonders gut.«

Seine Tochter trug ein blassrosa Crêpe-de-Chine-Kleid mit tief angesetzter Taille und gestickten Einsätzen in einem dunkleren Rosaton. Mariette fand es ein bisschen altmodisch, aber Rose stand es gut, da sie eher flachbrüstig war. Ihre Satinschuhe waren passend zum Kleid eingefärbt worden, und sie trug eine rosa Blume im Haar.

Es läutete an der Tür.

»Das wird Peter sein«, rief Rose. »Komm, Mari, Zeit zum Tanzen!«

»Macht euch einen schönen Abend!«, sagte Lisette. »Aber denkt daran, nicht zu spät nach Hause zu kommen!«

Mariette hatte von Rose viel über Soho gehört; sie bekam jedes Mal leuchtende Augen, wenn sie darüber sprach. Sie sagte, dort gingen alle interessanten Leute hin, wenn sie sich amüsieren wollten, und *Bag of Nails*, der Klub, in dem sie Mariettes Geburtstag feiern wollten, sei mitten im Getriebe.

Der Nachtklub war dunkel, verraucht und brechend voll. Eine fünfköpfige Band spielte Jazz, diese heißen Rhythmen, die Mariette in Curaçao gehört hatte. Als sie sich zu dem Tisch durchkämpften, der für sie reserviert war, konnte Mariette an all den strahlenden, verzückten Gesichtern ringsum sehen, dass sie mit ihrer Schwäche für diese Art Musik nicht allein dastand.

Auf der Tanzfläche drängten sich begeisterte Tänzer, und die Szene war ganz anders, als Mariette sich vorgestellt hatte. Bisher hatten alle Engländer, die sie kennengelernt hatte, eher gesetzt gewirkt, und sie hatte erwartet, dass man Walzer oder Quickstep tanzen, nicht einander übers Parkett wirbeln würde, wie es die Leute hier machten. Aber die Musik weckte auch in ihr den Wunsch, jede Scheu abzulegen und genauso zu tanzen.

Gerald wartete an ihrem Tisch auf sie. Als er aufstand, um sich Mariette von Peter vorstellen zu lassen, wusste sie sofort, dass er ihr Herz niemals schneller schlagen lassen würde, wie »geeignet« er als Freund auch sein mochte.

Er war groß und schlank und trug seinen Smoking mit dem Selbstverständnis eines Mannes, der dazu geboren ist. Mit seinem gut geschnittenen hellbraunen Haar, den braunen Plüschaugen und dem strahlenden Lächeln war er auf seine Art nicht unattraktiv, aber die Hand, die ihre drückte, war zu schlaff, und seine Zähne waren gelblich verfärbt und standen schief.

Gerald hingegen machte ein Gesicht, als hätte er soeben ein tolles und gänzlich unerwartetes Geschenk bekommen. Wahrscheinlich hat er geglaubt, alle Mädchen aus Neuseeland wären fade Landpomeranzen, dachte Mariette bei sich.

Auf ihrem Tisch kühlte bereits eine Flasche Champagner in einem Sektkübel. Gerald füllte ihre Gläser und stieß mit Mariette auf ihren Geburtstag an. »Ich habe gehört, dass Neuseeland ein wunderschönes Land sein soll«, sagte er und lächelte sie an. »Aber ich wusste nicht, dass die Mädchen dort auch so schön sind.«

Mariette hatte bisher nicht oft Gelegenheit gehabt, Alkohol zu trinken. Seit sie vierzehn war, schenkte ihr Vater ihr bei besonderen Anlässen ein Glas Wein ein, das er jedoch stets mit Wasser verdünnte. Manchmal hatte sie bei ihren Freundinnen heimlich ein bisschen Brandy oder Whiskey genascht, aber obwohl sie es irgendwie aufregend fand, Alkohol zu trinken, hatte sie sich nie mit dem Geschmack anfreunden können. Doch jetzt stellte sie fest, dass ihr Champagner schmeckte, und auch die belebende Wirkung, die das Getränk ausübte, gefiel ihr.

»Mutter verzeiht es mir nie, wenn ich dich betrunken nach Hause bringe«, ermahnte Rose sie. »Halte dich also bitte ein wenig zurück!«

Mariette musste zugeben, dass Gerald ein perfekter Gentleman war. Und er war lustig und unterhaltsam und mehr als bereit, mit ihr zu tanzen.

Die Musik war zu laut, um eine Unterhaltung zu ermöglichen, und Mariette wollte sowieso nicht reden – nicht wenn sie tanzen und sich von den Rhythmen mitreißen lassen konnte. Als das Tempo langsamer wurde, spürte sie, dass ihr vom Alkohol leicht schwindlig war, und genoss es, bei den langsamen Tänzen von Gerald gehalten zu werden.

»Darf ich dich wieder einmal ausführen?«, fragte er. »Wir könnten ins Theater gehen oder in ein Restaurant.«

»Das wäre schön«, sagte sie und schmiegte sich an seine Schulter. »Ich würde mich sehr freuen.«

Und dann verkündete Rose auf einmal, dass es Zeit zum Gehen werde. Wenn das ein Vorgeschmack auf das Londoner Nachtleben gewesen ist, möchte sie nie wieder nach Hause zurückkehren, dachte Mariette, als sie den Klub verließen.

KAPITEL 11

Als der Monat März in den April überging, fiel Mariette auf, dass in den Zeitungen noch viel über den spanischen Bürgerkrieg stand, aber kaum etwas über einen drohenden Krieg mit Deutschland. Wenn davon überhaupt die Rede war, dann in so unbekümmertem Ton, als gäbe es keinerlei Grund zur Sorge. Allerdings waren im Januar Gasmasken an Schulkinder ausgegeben worden, und jeden Tag wurden vor öffentlichen Gebäuden mehr Sandsäcke gestapelt. Die Menschen wurden angewiesen, Klebebänder im Zickzack auf ihren Fensterscheiben anzubringen, um im Falle eines Luftangriffs Verletzungen durch fliegende Glassplitter zu vermeiden, und in vielen Parks wurden Gräben als Luftschutzunterstände ausgehoben.

Aber noch immer kein Brief von Morgan.

Mariette schwankte zwischen der Meinung, dass es eben lange dauerte, bis ein Brief, der auf See geschrieben worden war, nach England gelangte, und der Überzeugung, dass Morgan sie im selben Moment, als sie von Bord gegangen war, auch schon vergessen hatte. Doch Briefe von zu Hause erreichten sie innerhalb von acht Wochen, und warum sollte Morgan ihr sagen, dass er sie liebte, und sie bitten, auf ihn zu warten, wenn es ihm nicht ernst mit ihr war?

Ende März hatte sie in Marshalls Handelsschule für junge Damen im Swiss Cottage ihren Sekretärinnenkurs begonnen, was sie immerhin davon ablenkte, ständig an Morgan zu denken. An ihrem ersten Schultag drehten sich praktisch alle Gespräche darum, dass Hitler Mitte des Monats in der Tschechoslowakei einmarschiert war. Und fast jeden Abend, wenn Mariette nach Hause kam, hing Noah entweder am Telefon oder war gerade im Begriff, das Haus zu verlassen, um Leute zu treffen und mit ihnen die aktuelle Lage zu diskutieren.

Ende April verkündete Noah, dass er nach Deutschland fahren wollte, um die Stimmung in der Bevölkerung selbst einzuschätzen. »Ich habe Scheuklappen getragen, als ich geglaubt habe, ein Krieg könnte vermieden werden«, fügte er hinzu. »Jetzt bin ich überzeugt, dass er unumgänglich ist.«

Eine Woche später reiste er ab, aber als Belle und Etienne während seiner Abwesenheit anriefen, erzählte Mariette ihnen nicht, wo Noah war oder für wie wahrscheinlich er einen Krieg hielt. Da ihre Eltern wegen der hohen Kosten immer nur drei Minuten lang telefonieren konnten, nutzte Mariette diese Zeit, um zu berichten, was sie gesehen und unternommen hatte, und sich nach ihren Brüdern und Mog zu erkundigen, statt ihrem Vater Gelegenheit zu geben, unangenehme Fragen zu stellen. Wenn er erfuhr, dass Noah seine Meinung geändert hatte, würde er darauf bestehen, dass sie auf dem nächsten Schiff nach Neuseeland eine Überfahrt buchte, das wusste Mariette, und das wollte sie ganz und gar nicht.

Sie vermisste ihre Familie mehr, als sie erwartet hatte, doch ihr neues Leben in England liebte sie noch mehr als ihr Zuhause in Neuseeland. Hier in London, wo sie nicht auf Schritt und Tritt beobachtet wurde, fühlte sie sich frei und ungebunden. Rose war für sie ältere Schwester und Freundin zugleich geworden. An manchen Abenden legte sie auf dem Grammofon in ihrem Zimmer die neuesten Schallplatten auf und brachte Mariette das Tanzen bei, an anderen Tagen gingen sie ins Kino oder Rollschuh laufen. Rose war ein bisschen herrisch und gelegentlich schrecklich versnobt, aber das amüsierte Mariette eher, als dass es sie ärgerte.

An vielen Abenden ging Rose auch ohne Mariette aus, um sich allein mit Freunden zu treffen, doch das machte Mariette nichts aus. Sie konnte Radio hören, sich mit Lisette auf Französisch unterhalten oder lesen.

Auch in der Handelsschule fühlte sie sich wohl. Keines der anderen Mädchen kannte jemanden, der aus Neuseeland stammte, und alle wollten mit ihr befreundet sein. Stenografie kam ihr schrecklich schwierig vor, aber Tippen machte ihr wirklich Spaß, und bald war sie eine der Schnellsten in der Klasse. In der Mittagspause unterhielt sie sich gern mit den anderen Mädchen; keine von ihnen war so engstirnig und naiv wie die jungen Frauen zu Hause. Mariette hörte ihnen zu, wenn sie von den Orten erzählten, an denen sie schon gewesen waren, von ihren Familien und den jungen Männern, mit denen sie ausgingen, und hatte das Gefühl, in England in einer Woche mehr zu lernen als in Russell in einem ganzen Jahr.

Aber es war London, an das sie ihr Herz verloren hatte, und sie wollte nicht von hier fort. Die Stadt war schön und aufregend, vielleicht ein bisschen gefährlich, und Mariette hatte das Gefühl, hierher zu gehören.

Morgan war ein weiterer Grund, warum sie nicht heimkehren wollte. Allein der Gedanke daran, mit ihm zu schlafen, ließ sie zittern und beben, und sie musste einfach darauf vertrauen, dass er ihr schreiben und irgendwann zu ihr zurückkommen würde. Wenn sie jetzt nach Hause fahren musste, würde sie sich den Rest ihres Lebens fragen, ob er »der Richtige« gewesen war.

Ein Diplom in Maschineschreiben und Stenografie zu bekommen, würde ihr helfen, in England zu bleiben. Ihre Eltern würden stolz auf sie sein. Und wenn sie eine Arbeit fand, die ihr gefiel, würden sie bestimmt nicht darauf bestehen, dass ihre Tochter zurück nach Neuseeland kam.

Der Abend, an dem Noah von seiner zehntägigen Reise nach Deutschland zurückkehrte, sollte Mariette für immer in Erinnerung bleiben, weil ihr zum ersten Mal wirklich klar wurde, warum ein Krieg unvermeidlich war.

Noahs Miene war sehr ernst, und es war offensichtlich, dass er sich ernste Sorgen machte. Die Art und Weise, wie er jede Einzelne von ihnen umarmte, verriet, wie viel Angst er hatte.

»Es hat mir gar nicht gefallen, was da drüben vor sich geht«, sagte er beim Abendessen. »Die Menschen scheinen wie gebannt von Hitler zu sein. Es stimmt zwar, dass er Deutschland aus der Wirtschaftskrise geholt und den Leuten wieder Arbeit gegeben hat, doch er ist an die Macht gekommen, indem er alle, die seine Überzeugungen und Methoden ablehnen, ausgeschaltet oder eingesperrt hat.«

»Du glaubst also wirklich, dass es Krieg geben wird?«, fragte Lisette bestürzt.

»Ich habe keinen Zweifel mehr.« Noah schüttelte bekümmert den Kopf. »Chamberlain mag auf Beschwichtigungspolitik setzen, doch Hitlers nationalsozialistische Partei ist übermächtig und wird jeden Widerstand hinwegfegen. Jetzt haben sie Österreich und Teile der Tschechoslowakei. Der Rest und Polen und Gott weiß was noch werden bald folgen. Außerdem werden in Deutschland Juden verfolgt. Ich habe mit einer Gruppe gesprochen, die auf dem Weg nach Hamburg war, in der Hoffnung, eine Überfahrt nach Amerika zu bekommen. Sie sind in Deutschland geboren und haben 1914 für ihr Land gekämpft und müssen trotzdem um ihr Leben fürchten, wenn sie bleiben.«

»Aber warum sollte Hitler so etwas tun?«, fragte Mariette.

Noah seufzte. »Hitler und seine Nazi-Partei scheinen in den Juden die Wurzel allen Übels zu sehen. Sie geben ihnen die Schuld an der furchtbaren Inflation, die 1929 anfing, und an so ziemlich allem anderen auch. In Berlin habe ich gesehen, wie alte jüdische Männer gezwungen wurden, sich auf den Boden zu knien und die Straße zu scheuern. Ich konnte kaum glauben, was ich sah.«

»Das ist ja furchtbar, Daddy!«, stieß Rose hervor. »Konntest du denn nichts dagegen tun?«

Noah sah sie an und seufzte. »Wie denn, wenn alle Leute um mich herum lachten und diese armen alten Männer verhöhnten?

Ich wäre gelyncht worden. Ich war auf einer Versammlung, auf der Hitler zu einer riesigen Menschenmenge gesprochen hat. Ich konnte nicht viel von dem, was er sagte, verstehen, doch ich habe den furchtbaren Fanatismus in den Augen seiner Anhänger gesehen. Sie sehen in ihm fast einen Gott, einen Führer, der ihnen alles, was ihnen 1918 genommen wurde, zurückgeben wird.«

»Sprechen wir heute Abend nicht mehr darüber!«, bat Lisette ihn. »Es macht mir Angst.«

Einige Tage nach Noahs Rückkehr aus Deutschland erhielt Mariette den heiß ersehnten ersten Brief von Morgan, der in Neuseeland aufgegeben worden war. Sie war so aufgeregt, dass sie dachte, ihr würde das Herz zerspringen. Aber der Brief erwies sich als große Enttäuschung, und sie konnte kaum glauben, dass er von Morgan stammte. Es war ein fürchterliches Geschreibsel – kindliche Blockschrift, verheerende Rechtschreibung, keine Interpunktion – und enthielt nicht eine einzige Anspielung auf die Dinge, über die sie geredet oder die sie miteinander erlebt hatten.

Was er schrieb, war, dass er sie liebte und es nicht erwarten konnte, sie wiederzusehen. Außerdem berichtete er, dass am Schiff Reparaturarbeiten durchgeführt werden mussten, aber er erwähnte nicht, wie lange das dauern würde oder wann er erwartete, nach England zurückzukehren. Da er den Brief nicht datiert hatte und der Poststempel verschmiert und unleserlich war, bestand durchaus die Möglichkeit, dass er inzwischen bereits in England eingetroffen war.

Mariette dachte noch einige Tage über diesen Brief nach. Eins stand fest: Morgan hatte wenig oder gar keine Schulbildung genossen. Was seine Kindheit anging, war er vage und unbestimmt geblieben und hatte ihr, abgesehen von der Bemerkung, dass er eine Zeit lang im East End gelebt habe, kaum etwas erzählt. Aber er war intelligent und wortgewandt, warum also konnte er nicht besser schreiben?

Vielleicht war es nicht das A und O, ob jemand gute Briefe schreiben konnte, doch Mariette war nach dem Grundsatz erzogen worden, das geschriebene Wort zu achten, und das Wissen, dass Morgan über diese elementaren Kenntnisse nicht verfügte, bereitete ihr großes Unbehagen.

Anfang Mai war Mariette im Tippen die Schnellste in ihrer Klasse, und obwohl sie noch fleißig üben musste, um die achtzig Worte pro Minute zu schaffen, die für das Diplom erforderlich waren, und in Steno immer noch ziemlich langsam war, meinte ihre Lehrerin, dass sie ihr Ziel fast schon erreicht habe.

Wenige Tage später, als Mariette wegen der lobenden Worte ihrer Lehrerin immer noch wie auf Wolken schwebte und von einer rosigen Zukunft träumte, traf erneut ein Brief von Morgan ein. Sie hatte überhaupt nicht damit gerechnet, so bald wieder von ihm zu hören, und fühlte sich fast überrumpelt.

Er war in London, wohnte in Whitechapel, und er wollte wissen, ob sie sich am Samstagnachmittag auf dem Trafalgar Square mit ihm treffen wolle.

Obwohl ihr Herz einen Satz machte, wenn sie sich vorstellte, Morgan wiederzusehen, war sie sich nicht sicher, ob dieses Rendezvous eine gute Idee war. Es wäre ein Leichtes, Samstagnachmittag auszugehen – sie könnte behaupten, mit einer Freundin von der Handelsschule einkaufen und anschließend ins Kino gehen zu wollen –, aber sie mochte Noah und Lisette nicht beschwindeln.

Sie hatte festgestellt, dass das Leben wesentlich leichter war, wenn man sich anpasste, und es machte ihr Spaß, zur Schule zu gehen und Freundschaften mit Mädchen zu schließen, die genauso gut erzogen waren wie Rose. Ihr Abend in Soho hatte ihr gezeigt, dass sie sich, auch ohne Heimlichkeiten zu haben oder an Sex zu denken, glänzend amüsieren konnte.

Ein Treffen mit Morgan würde beides nach sich ziehen.

Erst am Vortag hatte Rose über eine ihrer Freundinnen gesprochen, die sich in einen Mann verliebt hatte, der, wie Rose es nannte, »aus keinem guten Stall« kam.

»Ich kann schon die romantische Seite daran erkennen«, meinte sie nachdenklich. »Aber es wird ihr gar nicht gefallen, in einem miesen Viertel in zwei Zimmern zu hausen. Ich liebe meinen Komfort zu sehr, als dass ich in beengten Verhältnissen glücklich sein könnte, selbst wenn ich den Mann vergöttern würde.«

Rose mochte ein Snob sein, doch in diesem Punkt hatte sie recht. Auch Mariette hatte sich an den Luxus im Haus ihres Patenonkels gewöhnt, und sie wusste, dass sie immer so leben wollte. Morgan würde ihr all das nie bieten können, das wusste sie.

War es genug, einen Mann zu haben, der ihr Herz schneller schlagen ließ? Wäre es nicht besser, Morgan unter irgendeinem Vorwand abzusagen und zu versuchen, ihn zu vergessen?

Und doch fand sich Mariette am Samstagnachmittag in ihrem hübschesten geblümten Kleid und einem weißen Hut auf dem Trafalgar Square ein. Es war ein schöner Tag, und die leise innere Stimme, die sie drängte, vernünftig zu sein und an ihre Zukunft zu denken, war von dem Verlangen, wieder in Morgans Armen zu liegen, übertönt worden.

Sie beobachtete gerade eine Frau, die Tauben fütterte, als Morgan von hinten zu ihr trat und eine Hand auf ihre Schulter legte. Mariette zuckte zusammen.

»Hallo, meine Schöne!«, sagte er. »Tut mir leid, ich wollte dich nicht erschrecken.«

Ein Blick auf ihn reichte, dass sie weiche Knie bekam. Sie hatte schon geglaubt, es sich nur eingebildet zu haben, wie gut er aussah. Aber als er jetzt im strahlenden Sonnenschein vor ihr stand, schaute er sogar noch besser aus als in ihrer Erinnerung. Er trug ein weißes Hemd mit offenem Kragen, eine graue Flanellhose und ein Tweedjackett, und seine dunklen Augen blitzten noch genauso. Das Grübchen an seinem Kinn war hinreißend, und sein gebräuntes Gesicht stach unter all den blassen Londonern hervor.

»Schön, dich wiederzusehen!«, sagte Mariette, die auf einmal befangen war. »Wann musst du auf dein Schiff zurück?«

»Gar nicht. Ich trete in die Armee ein. Am Montag war ich bei der Musterung.«

Er ließ ihr keine Zeit, weitere Fragen zu stellen, weil er sie in seine Arme nahm und küsste. Sie stellte fest, dass sich an ihren Gefühlen für ihn nichts geändert hatte. Ihr Herz hämmerte, Schauer liefen ihr über den Rücken, und sie begehrte ihn.

»Gehen wir in den St. James's Park?«, schlug er vor, als er sie wieder losließ. »Samstags spielt dort eine Band.«

Die warme Sonne hatte Hunderte von Menschen ins Freie gelockt – verliebte Pärchen, die Hand in Hand dahinschlenderten, Familien, die im Gras saßen und picknickten, Eltern mit ihren Kindern, die die Enten auf dem Teich fütterten, und ältere Leute, die einen Spaziergang machten.

Vor dem Musikpavillon standen Liegestühle aufgereiht, die meisten davon schon mit Leuten besetzt, die auf die Kapelle warteten.

Morgan breitete sein Jackett im Gras aus, damit sie sich daraufsetzen konnten, und erklärte Mariette, warum er es für besser gehalten hatte, sich lieber freiwillig zu melden, statt auf die Einberufung zu warten.

»So kann ich mir aussuchen, zu welcher Einheit ich komme. Ich möchte zu einer Transportdivision oder zu den Rettungsfahrern. Wenn ich bis Kriegsausbruch auf dem Schiff geblieben wäre, hätte man mich einfach in den Maschinenraum oder so verfrachtet. Passagiere werden bald mit Sicherheit nicht mehr befördert. Und falls du nach Neuseeland zurückwillst, Mari, solltest du es tun, solange es noch geht.«

»Ich will nicht heimkehren«, gestand sie. »Hoffentlich beordert mich mein Vater nicht nach Hause zurück!« Dann erzählte sie ihm von dem Kurs, den sie besuchte, und von dem Leben bei ihrem Onkel und ihrer Tante. »Ich vermisse meine Familie, aber in Russell gibt es keine Arbeit für mich, und ich würde mich hier gern nützlich machen. Meine Mutter ist im letzten Krieg in Frankreich Krankenwagen gefahren. Das könnte ich nicht, doch es gibt bestimmt etwas anderes für mich.«

»Da du Französisch sprichst, könntest du dich um eine Stelle bei der Regierung bewerben, vielleicht brauchen sie zweisprachige Sekretärinnen«, meinte er, bevor er ihr von der Überfahrt und den Passagieren erzählte und warum die meisten von ihnen trotz des drohenden Krieges zurückkommen wollten. »Die Menschen wissen gar nicht, wie patriotisch sie sind, bis ihrem Land Gefahr droht. Ein Mann, der schon einiges über sechzig war, sagte mir, dass er das Gefühl hatte, er könnte nicht in Neuseeland bleiben, während jüngere Familienmitglieder hier in Europa den Kopf hinhalten. Ich fand es ein bisschen verrückt, ja sogar tollkühn von ihm, aber schließlich will ich auch meinen Beitrag leisten.«

Die klare Ausdrucksweise und der Ernst seiner kleinen Rede erinnerten Mariette an ihre Bedenken wegen seines Briefes, und sie wechselte das Thema, um ihn zu fragen, wo er zur Schule gegangen war.

»Geht es um diesen miserablen Brief?«, wollte er beschämt wissen. »Ich hätte ihn gern von jemand anders schreiben lassen. Aber dann fand ich es doch nicht richtig, und irgendwann hätte ich ja sowieso mit der Wahrheit herausrücken müssen. Jetzt hältst du mich bestimmt für einen Dummkopf, oder?«

»Nein, weil ich weiß, dass du keiner bist. Doch ich war ein bisschen schockiert«, gab sie zu. »Ich wusste, dass es Gründe geben muss, zum Beispiel, dass du nicht regelmäßig zur Schule gegangen bist. Erzähl's mir einfach, und dann vergessen wir es!«

Er senkte den Blick und zögerte. »Meine Leute waren Zigeuner«, platzte er schließlich heraus. »Wir waren ständig auf Achse. Ich habe dir erzählt, dass ich eine Weile im East End gelebt habe. Dort bin ich auch zur Schule gegangen. Ich konnte gerade eben lesen, als wir auch schon weiterzogen. Ich war nie länger als ein halbes Jahr am selben Ort. So leben Zigeuner nun mal, und meine Familie hielt eine Schulbildung für meine Brüder und mich für überflüssig.«

Mariette hatte noch nie einen Zigeuner gesehen. Alles, was sie über ihre Lebensweise wusste, stammte aus Büchern, in denen das alles immer sehr romantisch dargestellt wurde. »Hast du in einem Wohnwagen gelebt?«

»Ja. Na ja, wenigstens wenn Dad Arbeit auf dem Jahrmarkt oder beim Zirkus hatte. Mum hat dort immer an irgendwelchen Buden gearbeitet. Aber im Winter haben wir uns irgendwo ein paar möblierte Zimmer gesucht. Das einzige Mal, das wir länger als ein paar Monate an einem Ort waren, war im East End, weil Dad auf den Docks Arbeit gefunden hatte. Doch irgendwann gefiel ihnen diese Art Leben nicht mehr, und es ging wieder weiter.«

»Leben deine Eltern noch?«

»Nein, sie sind vor einigen Jahren bei einem Unfall ums Leben gekommen. Dad fuhr auf der Küstenstraße in Nordengland in einem Konvoi von Zirkuswagen. Es gab ein furchtbares Unwetter; der erste Laster stieß mit einem entgegenkommenden Fahrzeug zusammen, und alle krachten ineinander. Dads Wagen und der hinter ihm stürzten über die Klippe und zerschellten unten auf den Felsen. In jener Nacht starben insgesamt sieben Menschen, und noch mehr erlitten Verletzungen.«

»Wie schrecklich!«, hauchte Mariette.

»Ja, das war es. Ich habe erst nach ihrer Beerdigung davon erfahren, weil ich auf See war. Zum letzten Mal hatte ich meine Leute ungefähr ein Jahr zuvor gesehen, und damals hatte ich Streit mit meinen Eltern. Ich versuchte, ihnen beizubringen, dass sie ein ständiges Zuhause brauchten, aber mein Vater bekam wie üblich einen Wutanfall. Er war jähzornig und ein Tyrann, der sich nie für die Gefühle anderer interessiert hat. Er schlug mir ins Gesicht und befahl mir zu verschwinden. Ich sagte ihm, dass er mich nie wiedersehen würde.«

An der Art, wie er diese Sätze hervorstieß, erriet Mariette, dass er immer noch darunter litt. »Das tut mir leid«, sagte sie.

Er warf ihr ein bedrücktes Lächeln zu. »Muss es nicht – na ja, wenigstens nicht für meinen Vater, er hatte das und Schlimmeres verdient. Aber um meine Mutter tut es mir leid, sie hatte ein elendes Leben mit ihm. Wenn sie in dieser Nacht nicht bei ihm gewesen wäre, sondern Witwe geworden wäre, hätte ich ihr eine kleine Wohnung suchen und für sie sorgen können. Sie hatte etwas Besseres verdient.«

»Was ist mit deinen Brüdern?«

»Die beiden älteren sind genauso wie Dad.« Er seufzte. »Ich habe keinen Kontakt mehr zu ihnen. Mein jüngerer Bruder Caleb ist eher so wie ich, und ich würde ihn gern wiedersehen. Aber leider habe ich keine Ahnung, wo er sich herumtreibt, und das ist das.«

»Bist du zur Handelsmarine gegangen, um ein anderes Leben zu haben?«

Er streckte eine Hand aus und zerzauste ihr Haar. »Ja, so war es gedacht, doch ich habe festgestellt, dass es das gleiche Leben ist, nur auf dem Wasser statt auf dem Land. Ganz bin ich den Zigeuner in mir wohl nicht losgeworden, und eine Ausbildung habe ich auch nicht bekommen.«

»Aber du musst doch einiges gelernt haben?«

Er zuckte mit den Schultern. »Über Menschen vielleicht und über Geografie. Aber ich kann immer noch nicht richtig buchstabieren oder einen guten Brief schreiben.«

»So etwas lernt man am besten, wenn man viel liest«, sagte sie. »Liest du gern?«

»Ein Kinderbuch kann ich gerade noch lesen, mehr aber auch schon nicht.«

Sie blieben bis gegen fünf im Park, und als es kühler wurde, gingen sie im Lyons Corner House auf der Strand Tee trinken.

Das Lokal war brechend voll und sehr laut, aber es gelang ihnen, einen Tisch in einer Ecke zu bekommen, wo sie wenigstens miteinander reden konnten. Zuerst erzählte Morgan von der Reise und den Orten, die er gesehen hatte, aber dann wechselte er auf einmal das Thema.

»Kommst du mit zu mir?«, fragte er.

In seinen Augen lag ein seltsamer, fast herausfordernder Ausdruck, der ihr nicht gefiel.

»Ich bin nicht sicher, ob das eine gute Idee ist …«

»Warum nicht?«

Sie zögerte. Wie konnte sie zugeben, dass sie nicht erpicht darauf war, mit ihm in irgendeinem schmuddeligen Zimmer im East End zu landen?

»Ich dachte, du liebst mich«, sagte er. »Jetzt, da du weißt, dass ich ein ungebildeter Zigeuner bin, hast du wohl deine Meinung geändert, was?«

»Unsinn!« Sie sprach ganz leise, weil er die Stimme erhoben hatte und die Leute vom Nebentisch zu ihnen schauten. »Das stimmt überhaupt nicht.«

»Schön, dann beweise es und komm mit!« Er stand auf, legte Geld für die Rechnung auf den Tisch und streckte eine Hand nach ihrer aus.

Als sie die Treppe hinunter und auf die Straße hinauseilten, wurde Mariette ziemlich nervös. »Sei bitte nicht so aggressiv, es macht mir Angst!«, bat sie.

Er packte sie an den Armen und schob sein Gesicht dicht vor ihres. »Dann verrate ich dir mal, was *mir* Angst macht: Wenn ich ein Mädchen finde, das sagt, dass es mich liebt, und ich mir ausmale, wie schön wir es miteinander haben können, und kaum erfährt sie die Wahrheit über mich – woher ich komme und warum ich nicht gut lesen und schreiben kann –, macht sie einen Rückzieher.«

»Das hat damit überhaupt nichts zu tun«, widersprach sie. »Ich bin mir einfach nicht sicher, ob ich mit zu dir gehen soll.«

»Warum nicht?«

»Es geht mir einfach zu schnell. Nach unserer Zeit auf der Überfahrt findest du das wahrscheinlich nicht, aber so schön es war, es war auch ziemlich riskant, und ich will dieses Risiko nicht noch einmal eingehen.«

Er schüttelte ungläubig den Kopf. »Hätte nicht gedacht, dass du die gleichen Vorurteile hast, die andere Leute mit sich herumschleppen. Auf meinen Fahrten habe ich diese Vorurteile alle kennengelernt – gegen Juden, Farbige, Chinesen, Inder, sogar auf Iren wird herabgeschaut –, aber Zigeuner stehen auf der Liste der unerwünschten Personen fast immer an erster Stelle. Und jetzt bist du genauso!«

»Ich habe keine Vorurteile gegen Zigeuner, und es stört mich kein bisschen, dass du einer bist«, gab sie empört zurück. »Das ist absolut lächerlich. Was ich nicht mag, ist das Gefühl, in die Enge getrieben zu werden. Ich will als unverheiratetes Mädchen nicht schwanger werden, schon gar nicht, wenn ein Krieg vor der Tür steht.«

»Ich passe schon auf«, sagte er.

Mariette schüttelte verzweifelt den Kopf. »Wenn du so weitermachst, entwickle ich vielleicht doch noch Vorurteile gegen dich. Aber wenn du es unbedingt wissen willst, es geht nicht nur darum, dass ich Angst habe, ein Baby zu bekommen. Ich will einfach nicht in ein schäbiges, billiges Zimmer irgendwo in Whitechapel gehen und mich nachher mies fühlen.«

Er ließ ihre Arme los, trat einen Schritt zurück und starrte sie verwirrt an. »Und wo willst du dann hin?«

Morgan hoffte ganz offensichtlich, dass sie sagen würde: »In ein Hotel«, doch den Gefallen tat sie ihm nicht.

»Meine Mutter hat früher irgendwo hier in der Nähe gelebt, in einem Viertel namens Seven Dials. Können wir dort hingehen? Ich würde es gern sehen. Sie hat in einem Pub namens *Ram's Head* gewohnt.«

Morgan wirkte nicht sonderlich begeistert. Er zuckte mit den Schultern. »Wenn du willst. Die Gegend ist fast genauso schäbig wie Whitechapel, doch es ist nicht weit von hier.«

Als sie die Strand hinunterschlenderten, eine breite, von schönen Geschäften gesäumte Prachtstraße, schien es, als wäre Morgan wieder der Alte. Er zeigte auf das *Savoy* und erzählte ihr, dass es das erste Hotel in London mit elektrischem Licht gewesen war und dass er dort einige Wochen in der Küche gearbeitet hatte, bevor er in die Handelsmarine eingetreten war.

Mariette war immer noch ein bisschen verunsichert, doch weil sie die anfängliche gute Stimmung wiederherstellen wollte, fragte sie ihn nach seinem Militärdienst und erkundigte sich, wie lange es dauern würde, bis er eine Uniform trug.

»Wenn man die ärztliche Untersuchung erst einmal bestanden hat, geht es sofort zur Grundausbildung«, gab er grinsend zurück. »Die wollen einem wohl keine Zeit lassen, es sich noch einmal anders zu überlegen. Ich schätze, dass ich schon Dienstag oder Mittwoch auf dem Kasernenhof geschliffen werde.«

Sowie sie von der Strand in Richtung Covent Garden abbogen, wurden die Straßen deutlich enger und schmuddeliger, und es waren weniger Leute unterwegs.

»Samstagabend und Sonntag sind die einzigen Tage, an denen es hier ruhig zugeht«, sagte Morgan. »Unter der Woche ist praktisch rund um die Uhr Betrieb, weil die Obst- und Gemüsehändler und Blumenverkäufer ihre Stände schon vor Tagesanbruch öffnen. Gegen neun Uhr morgens, wenn die Büroangestellten eintrudeln, haben die Marktleute fast schon einen ganzen Arbeitstag hinter sich.«

Mariette war ziemlich bestürzt, als sie sah, wie eine Gruppe armselig wirkender Frauen den Abfall, den die Händler zurückgelassen hatten, durchwühlten und Obst und Gemüse einsammelten, das noch nicht völlig ungenießbar war.

»Unsere Ma hat uns samstagabends immer losgeschickt, um genau das Gleiche zu machen«, sagte Morgan. »Drüben in Whitechapel waren die Abfälle nicht so gut wie hier. Aus dem Gemüse und einem dürftigen Stück Lamm kochte sie dann immer einen Eintopf, der ungefähr drei Tage vorhielt.«

Mariette schauderte bei der Vorstellung und wandte ihre Aufmerksamkeit rasch den vielen gut gekleideten Leuten zu, die inmitten der Abfälle aus ihren Autos stiegen. »Was führt diese Leute her?«, fragte sie.

»Die Theater«, antwortete Morgan. »Jetzt sieht die Gegend ziemlich verwahrlost aus, weil noch nicht gekehrt worden ist, aber hier findest du neben einigen der besten Theater auch etliche hervorragende Restaurants. Es ist der einzige Ort, wo man am frühen Morgen einen Drink bekommt, weil die Schenken für die Marktleute geöffnet haben. Hier kannst du oft feine Pinkel sehen, die sich noch schnell einen genehmigen, bevor sie heimwärts wanken.«

Als sie den Markt hinter sich ließen, wurde die Umgebung mit den schmutzigen, engen Gassen, die an Schilderungen aus den Büchern von Charles Dickens erinnerten, zusehends trist. Mog hatte oft von ihrer Zeit in diesem Stadtteil Londons erzählt, aber Mariette hatte sich alles ein bisschen farbenfroher und malerischer vorgestellt. Rußgeschwärzte Gebäude, verdreckte Fenster und den Gestank von Moder und Abfall hatte sie nicht erwartet.

»Da hast du deinen *Ram's Head*«, verkündete Morgan und zeigte auf einen Pub auf der anderen Seite der Straße, die in diesem Viertel offensichtlich zu den freundlicheren Teilen gehörte. »Sollen wir reingehen und etwas trinken?«

Mariette antwortete nicht sofort, weil ihr plötzlich einfiel, wie Mog dazu gekommen war, in dieser Schenke zu leben. Das Haus, in dem sie die Haushälterin von Belles Mutter Annie gewesen war, war bis auf die Grundmauern abgebrannt. Die beiden Frauen waren von Garth Franklin und seinem Neffen Jimmy Reilly gerettet und in ihrem Pub aufgenommen worden. Einige Jahre später, als Belle aus Paris zurückkehrte, heiratete sie Jimmy, und Mog wurde Garths Frau, bevor sie alle ans andere Ende von London zogen.

Der *Ram's Head* war das, was Mariette inzwischen als traditionellen alten englischen Pub kannte. Er hatte Bogenfenster mit Butzenscheiben und eine niedrige Eingangstür, sodass sich größere Leute bücken mussten, um hineinzukommen, aber er hätte dringend einen neuen Anstrich und einiges an Reparaturen vertragen.

Mog hatte erzählt, die oberen Räume seien bei ihrem Einzug eine einzige »Müllkippe« gewesen. Nach den zerrissenen Gardinen in den Fenstern der oberen Etage zu urteilen, schien es heute nicht viel besser auszusehen.

»Na, gehen wir rein oder nicht?«, fragte Morgan.

Eigentlich hatte Mariette keine große Lust dazu, aber wenn sie das aussprach, hielt Morgan sie womöglich für versnobt. »Na klar«, sagte sie betont munter. »Ich kann es kaum erwarten, nach Hause zu schreiben, dass ich hier war.«

Es war noch zu früh am Abend, als dass im Pub viel Betrieb gewesen wäre – es waren nur ungefähr zwanzig Gäste dort, hauptsächlich Männer in Arbeitskleidung –, und zu Mariettes Erleichterung war das Lokal erstaunlich sauber. Der Steinboden war geschrubbt, die Tische poliert, der Spiegel hinter der Theke blitzblank. Sie nahm an, dass der behäbige, schnauzbärtige Mann in der gestreiften Weste, der hinter der Theke stand, der Wirt war und die ältere der beiden Kellnerinnen seine Frau. Die jüngere hatte ihr Haar wasserstoffblond gefärbt, trug ein tief ausgeschnittenes, rotes Kleid und knallroten Lippenstift. Sie war sehr kokett, klapperte ständig mit den Wimpern und warf ihr Haar zurück, während sie Bier zapfte.

Morgan bestellte ein Bier für sich und Limonade mit Portwein für Mariette und setzte sich mit ihr an einen Tisch in der Nähe des Kamins.

Sie hatte Morgan auf der Überfahrt ein wenig von ihrer Mutter und Mog erzählt. Jetzt erwähnte sie, dass die beiden Frauen mit Onkel und Neffen verheiratet gewesen waren und beide Männer direkt nach Kriegsende an der Spanischen Grippe gestorben waren.

»Mog sagt, dass die Leute ein bisschen Angst vor Garth hatten, als er hier der Wirt war«, fügte sie hinzu. »Ein komisches Gefühl, dass dies das Gasthaus ist, in dem sie geputzt und sich in ihren Mann verliebt hat.«

»Damals haben sich hier jede Menge Gauner herumgetrieben«, erwiderte Morgan. »Und es gab in der Gegend Dutzende Bordelle. Dieser Garth musste wohl energisch sein, um die Freier an der Kandare zu halten. Hast du nicht gesagt, dass er den Pub verkauft hat und nach Blackheath gezogen ist?«

Mariette nickte.

»Früher waren wir jedes Jahr im August in Blackheath auf dem Jahrmarkt«, sagte er mit einem Lächeln. »Meiner Mutter hat es dort sehr gut gefallen. Sie ist mit uns in den Greenwich Park gegangen, damit wir Rehe sehen konnten, und wir haben zugeschaut, wie die Kinder der Reichen auf dem Teich ihre Spielzeugboote fahren ließen. Ich kann mich nur noch erinnern, dass es dort sonnig und warm war.«

»Mum und Mog mussten lernen, sich wie ›feine Damen‹ zu benehmen, als sie nach Blackheath zogen, weil die Kundinnen in Mums Hutsalon alle ziemlich hochnäsig waren. Sie reden nicht sehr oft über damals, weil Jimmy im Krieg einen Arm und ein Bein verloren hat und sie ziemlich schlimme Zeiten durchgemacht haben.«

»Ganz schön mutig von ihnen, nach dem Tod ihrer Ehemänner nach Neuseeland auszuwandern«, stellte Morgan anerkennend fest. »Und wo hat deine Mutter deinen Vater kennengelernt?«

»In Paris, noch vor dem Krieg. Damals war Noah auch dort, und sie wurden alle gute Freunde, aber Mum kehrte nach London zurück und heiratete Jimmy. Jahre später erfuhr Etienne von Noah, was passiert war und wo sie hingezogen war, und kam nach Neuseeland, um sie zu suchen. Und seit damals sind sie glücklich verheiratet.«

Morgan lächelte. »Klingt sehr romantisch. Meine arme Mutter

hatte keine Wahl; ihre Ehe wurde von ihrer Familie arrangiert. Bis ich vierzehn war, hatte ich im Grunde keine Ahnung, was sie alles mitgemacht hatte.«

Sie blieben ein, zwei Stunden im *Ram's Head* und redeten, doch Morgan schien nicht mehr der Mann zu sein, der er auf dem Schiff gewesen war. Immer, wenn sie etwas erwähnte, was sie mit Rose unternommen hatte, oder von einem Ort erzählte, den sie mit der Familie besichtigt hatte, berichtete er etwas über die Armut und das Elend seiner Kindheit.

Es war, als wäre er neidisch, aber das erschien ihr absurd. Würde ein Mann, der sie liebte, sich nicht freuen, dass sie in London so gut aufgehoben war?

Als sich der Pub allmählich füllte, gingen sie und schlenderten in Richtung West End. Morgan zeigte Mariette das *Windmill Theatre* mit seinen kessen Revuegirls, die Denmark Street mit all ihren Musikgeschäften und viele, viele Theater, in denen berühmte Schauspieler auftraten. Jetzt war er wieder ganz der Alte und ein bezaubernder Begleiter.

Oft blieb er in dunklen, engen Gassen stehen, um sie zu küssen und in einer Weise an sich zu drücken, die sie erregend, aber auch ein bisschen beängstigend fand, weil sie befürchtete, er könnte versuchen, sie irgendwohin abzuschleppen.

Doch als sie gegen zehn Uhr sagte, sie müsse jetzt nach Hause fahren, schien er nichts dagegen einzuwenden zu haben.

»Am besten gehen wir zur U-Bahn-Station Green Park«, meinte er. »Von dort kannst du die U-Bahn nach St. John's Wood nehmen, und ich fahre nach Bethnal Green. Oder soll ich dich nach Hause bringen?«

Sie war gerührt, dass er dazu bereit war, sagte aber, dass sie gut allein heimfinden würde. Das Letzte, was sie wollte, war, dass Noah und Lisette sie mit Morgan sahen, bevor sie Gelegenheit gehabt hatte, ihnen zu sagen, was sie heute wirklich gemacht hatte.

»Ein paar Küsse noch«, bat Morgan, als sie den Green Park erreichten, und zog sie in den Park, statt zur U-Bahn-Station zu gehen.

Er nahm ihre Hand und führte sie zu dem Gebüsch vor dem Seiteneingang des *Ritz*. Der Speisesaal des Hotels wurde von gewaltigen Lüstern erleuchtet, und man konnte an den Wänden große Spiegel und auf den Tischen Kristallgläser und Silber sehen. Der ganze Raum schien zu strahlen und zu funkeln.

»Schau dir all die feinen Pinkel an!«, sagte Morgan und deutete auf die eleganten Gäste. »Eines Tages steigen wir auch dort ab, Mari. Ich wette, die Schlafzimmer sind nicht von dieser Welt.«

Sie standen Arm in Arm vor dem Hotel und betrachteten eine Weile die Leute im Speisesaal. Die Frauen trugen elegante Abendkleider und kostbaren Schmuck, die Männer Smoking und Fliege.

»Ein Smoking würde dir sehr gut stehen«, sagte sie. »Aber ich fürchte, im *Ritz* zu essen und zu übernachten, kostet mehr Geld, als wir je im Leben haben werden.«

Morgan drehte sich zu ihr um und zog sie an sich. Während er sie küsste, rückte er näher an einen großen Baum vor den Fenstern des Speisesaals heran. Seine Küsse waren erregend, aber Mariette wurde plötzlich beklommen zumute. Hier konnte sie niemand, der durch den Park ging, sehen, doch sollte jemand zufällig aus einem der Fenster des Speisesaals schauen, standen sie voll in seinem Blickfeld.

Niemand blickte hinaus – alle waren zu sehr damit beschäftigt, ihr Essen zu genießen und Konversation zu betreiben –, aber Mariette hatte das Gefühl, dass Morgan mit seinem Verhalten etwas demonstrieren wollte: Er konnte es sich zwar nicht leisten, im *Ritz* zu wohnen oder essen zu gehen, doch er konnte direkt vor dem Hotelfenster mit seinem Mädchen knutschen.

Sie versuchte, sich von seinen Lippen zu lösen, um ihm zu sagen, dass sie nicht hier stehen bleiben wollte, aber er drückte sie noch fester an sich. Seine Hand wanderte unter ihr Kleid und ihren Schlüpfer, und auf einmal war ihr klar, dass er es hier und jetzt mit ihr machen wollte.

Irgendwie schaffte sie es, ihre Hände gegen seine Schultern zu stemmen und ihn wegzuschubsen. »Ich muss jetzt gehen, Morgan«, stieß sie hervor und hoffte, er würde etwas sagen, das bewies, wie ungerechtfertigt ihr Verdacht war.

»Noch nicht. Zuerst will ich dich ficken.«

Bestürzt, weil er dieses hässliche Wort benutzte, versuchte sie, ihn noch ein Stück von sich zu stoßen. »Ich will das nicht. Es gehört sich nicht.«

»So hast du auf dem Schiff nicht gedacht, und es ist immer noch derselbe Schwanz«, sagte er und knöpfte seinen Hosenschlitz auf.

Erinnerungen an die Erniedrigungen, die Sam ihr zugefügt hatten, wurden wach. »Ich habe Nein gesagt!«, schrie sie ihn an und stieß ihn mit aller Kraft von sich. »Hör auf!«

»Ist nicht dein Ernst. Du stehst doch drauf.« Grob drängte er sie an den Baum.

Mariette sah rot. So durfte er nicht mit ihr umspringen! Sie wandte den Kopf, als wollte sie ihn küssen, und als seine Lippen ganz nahe bei ihren waren, öffnete sie den Mund und biss ihm fest in die Oberlippe. Gleichzeitig rammte sie ihm ihr Knie in den Unterleib.

Er taumelte zurück. Sie hatte ihm die Lippe blutig gebissen.

»Wie kannst du nur?«, fauchte sie ihn an. »Nennst du das etwa Liebe?«

Dann rannte sie los. »Es tut mir leid«, rief er ihr nach, aber sie blieb nicht stehen. Der U-Bahn-Abgang war direkt beim Tor. So schnell sie konnte, lief sie die Treppe hinunter und löste hastig einen Fahrschein. Sie passierte gerade die Sperre, als sie ihn wieder rufen hörte.

»Warte, Mariette!«

Sie wandte den Kopf und sah, wie er die Treppe hinunterrannte. »Ich hab's nicht so gemeint! Lass es dir doch erklären!«

Mariette warf trotzig den Kopf in den Nacken und eilte zur Rolltreppe.

Aber als er ihr nicht folgte, um sich reumütig zu entschuldigen und ihr anzubieten, sie nach Hause zu bringen, stiegen ihr Tränen in die Augen. Wie hatte sie nur so dumm sein können, sich einzubilden, dass er sie liebte? Alles, was er wollte, war ein bisschen Sex vor seinem Militärdienst, und das war mehr als demütigend.

Lisette und Noah waren in der Küche, als Mariette die Haustür aufsperrte.

»Ich koche gerade Kakao«, rief Lisette ihr zu.

Alles, was Mariette wollte, war, sich oben in ihrem Zimmer zu verkriechen, um ihren Tränen freien Lauf zu lassen. Aber sie wusste, dass Lisette und Noah es merkwürdig finden würden, wenn sie sich nicht zu ihnen setzte.

Wie sie erwartet hatte, fragte Lisette, was sie gemacht und ob sie sich gut amüsiert hatte.

»Ich habe euch beschwindelt«, gestand Mariette. »Ich bin gar nicht mit einer Freundin ausgegangen. Ich habe Morgan getroffen.« Sie sah Noah an und erklärte ihm, dass Morgan der Schiffssteward war, der sich in der Krankenstation um sie gekümmert hatte.

»Warum hast du gelogen?«, fragte Noah, der weniger erzürnt als verwirrt wirkte.

»Ich dachte, es würde euch nicht recht sein.« Mariette ließ den Kopf hängen. »Er ist von Bord gegangen und hat sich freiwillig gemeldet.«

»Hat er dir heute genauso gut gefallen wie auf der Überfahrt?«, fragte Lisette und musterte Mariette scharf, als hätte sie so ihre Vermutungen.

»Nein, eigentlich nicht.« Mariette schüttelte den Kopf. »Er sieht gut aus und hat viel Charme, aber für mich ist er nichts.«

»Ein hübsches Mädchen in deinem Alter sollte scharenweise

Verehrer haben und keinen von ihnen allzu ernst nehmen«, sagte Noah mit einem breiten Lächeln. »Apropos Verehrer, vorhin hat Gerald angerufen. Er würde gern nächste Woche mit dir ins Theater gehen und will sich morgen noch mal melden.«

»Fein«, antwortete sie matt. »Das wird bestimmt nett.«

So wie ihr im Moment zumute war, konnte sie sich nicht vorstellen, jemals wieder einem Mann zu vertrauen. Aber sie wollte nichts sagen, sonst kam Lisette womöglich auf die Idee, sich ein bisschen genauer nach ihrem Treffen mit Morgan zu erkundigen.

Später am selben Abend, als Mariette gerade vor ihrem Frisiertisch saß und ihrem Haar die hundert Bürstenstriche verpasste, die laut Mog und Belle unerlässlich waren, damit das Haar glänzte und schimmerte, hockte Morgan in sich zusammengesunken vor seiner Pension in Whitechapel.

Er hatte Mariette nicht nachlaufen können, weil er sich am Fahrkartenschalter hatte anstellen müssen, und bis er durch die Sperre hindurch gewesen war, hatte sie schon in der U-Bahn in Richtung zu Hause gesessen. Er hatte alles falsch gemacht; er hätte wissen müssen, dass das Leben bei wohlhabenden Verwandten in London Mariette verändern würde. Welcher Teufel hatte ihn geritten, wie ein verdammter Wilder auf sie loszugehen?

Die Wahrheit war, dass er an der Art, wie sie über ihr Leben in London sprach, erkannt hatte, dass sie sich nie mit jemandem wie ihm ernsthaft einlassen würde. Er hatte gesehen, wie sie diese Leute angeschaut hatte, die im *Ritz* speisten, mit glänzenden Augen, als hätte sie einen Blick ins Himmelreich getan. Es tat weh, weil sie auf dem Schiff *ihn* so angeschaut hatte. Das war natürlich kaum eine Entschuldigung für sein Verhalten ihr gegenüber, aber ihm war einfach nichts Besseres eingefallen. Wenn er ihr Verlangen weckte, hatte er sich gedacht, würde wieder dieser verzückte Ausdruck in ihre Augen kommen.

Er stützte die Ellbogen auf die Knie und vergrub sein Gesicht in den Händen. Auf der Straße war es jetzt gegen Mitternacht immer noch genauso laut wie am Tag. Betrunkene torkelten herum und brüllten jeden an, der an ihnen vorbeiging, und ein Stück weiter unten saß eine ganze Familie auf dem Bürgersteig und trank. Irgendwo in der Nähe spielte jemand Klavier, ein paar Jugendliche rauften sich spielerisch unter der Laterne an der Straßenecke, und hin und wieder steckte jemand den Kopf aus dem Fenster und schrie etwas heraus.

Morgan hatte diesen Teil Londons immer gemocht – er verstand die Menschen, die hier lebten –, aber wie hatte er sich je einbilden können, dass es Mariette auch hier gefallen würde?

Alles, was sie sehen würde, wären Schmutz, Unwissenheit, Enge und Armut. Sie würde weder den Mut der Bewohner erkennen noch über ihren Sinn für Humor lachen und schon gar nicht mit ihnen Freundschaft schließen wollen.

Es war schlimm genug, zu wissen, dass Mariette ihr Herz an einen Lebensstil gehängt hatte, den er ihr nie bieten könnte. Aber viel schlimmer noch war der Gedanke, dass ihre letzte Erinnerung an ihn die sein würde, wie er versucht hatte, sich ihr aufzuzwingen.

Er schämte sich so sehr.

KAPITEL 12

Als Mariette Anfang Juli mit ihrem Diplom in der Hand zum letzten Mal von der Handelsschule nach Hause ging, fühlte sie sich ausgesprochen niedergeschlagen. Sie hatte ihre Abschlussprüfung mit Auszeichnung bestanden, doch die Freude über diese Leistung wurde durch das Wissen getrübt, dass sie jetzt nach Neuseeland zurückkehren musste.

Der Kriegsausbruch stand unmittelbar bevor. Noah machte schon seit Wochen ein bedrücktes Gesicht. Mariette hatte Lisette und ihn öfter bei gewisperten Gesprächen ertappt, die sofort abgebrochen waren, wenn sie ins Zimmer gekommen war. Bestimmt sprachen die beiden darüber, eine Überfahrt für sie zu buchen! Es wäre sinnlos, sie darum zu bitten, bei ihnen bleiben zu dürfen, da auch ihre Eltern auf ihrer Rückkehr bestanden; sie waren ihr ohnehin auf halbem Weg entgegengekommen, als sie ihr erlaubt hatten, den Kurs zu beenden und ihr Diplom zu machen. Aber nun, da sie es hatte, musste sie England wirklich verlassen.

Mariette wollte nicht fort von hier. Sie liebte alles an England, und obwohl die beschleunigten Vorbereitungen auf den Krieg erschreckend waren – Sperrballons tauchten am Himmel auf, in den Parks wurden weitere Gräben ausgehoben, vor Gebäuden noch mehr Sandsäcke gestapelt, Fensterscheiben wurden verklebt und weitere Luftschutzräume gebaut –, wollte Mariette bleiben.

Die Tatsache, dass es sonnig und warm war und Rose und ihre Freundinnen über nichts anderes als Sommerbälle, Picknicks und Freiluftkonzerte redeten, machte es ihr nicht eben leichter. Eine »Besser jetzt als nie«-Stimmung lag in der Luft. Männer von zwanzig und einundzwanzig Jahren waren bereits einberufen worden, und in London wimmelte es von Uniformierten.

Mariette versuchte, an die positiven Aspekte ihrer Heimkehr zu denken. Aber abgesehen davon, dass sie ihre Familie wiedersehen würde und schwimmen und segeln würde gehen können, fiel ihr nichts ein. Am anderen Ende der Welt festzusitzen und Däumchen zu drehen, während jeder taugliche Mann in den Krieg zog, war keine erfreuliche Aussicht.

Nach dem Treffen mit Morgan hatte sie sich so elend gefühlt, dass sie vielleicht ganz gern nach Hause gefahren wäre, doch das lag inzwischen hinter ihr. Er hatte ihr geschrieben und sich entschuldigt, aber der Brief war so kurz und unbeholfen verfasst gewesen, dass er nicht wirklich hatte vermitteln können, was hinter Morgans Verhalten gesteckt hatte. So hatte sein Brief Mariette nur in der Überzeugung bestärkt, dass sie einfach nicht zusammenpassten.

Das hinderte sie allerdings nicht daran, an ihn zu denken und sich zu fragen, warum er sich auf einmal so furchtbar benommen hatte. Sie hätte gern mit ihm persönlich gesprochen, um es herauszufinden.

Aber einstweilen gab es Gerald, mit dem sie jederzeit ausgehen konnte. Sie mochte vielleicht nur freundschaftliche Gefühle für ihn haben, doch er war witzig, nett und viel zu sehr Gentleman, um mehr von ihr zu erwarten als einen Gutenachtkuss.

Mariette ging seitlich am Haus vorbei, um durch die Küche hineinzugehen, blieb aber schon im nächsten Moment erstaunt stehen. Auf dem Rasen stand ein langer Tisch, festlich mit Blumen und Dutzenden Kerzen gedeckt. Auf einmal dämmerte ihr, dass es sich um eine Überraschung für sie handelte, eine Abschiedsparty. Das war es also, worüber Noah und Lisette in letzter Zeit so viel gewispert hatten!

Sie wollte zwar nicht nach Hause, aber es war sehr lieb von Noah und Lisette, sie in ganz großem Stil zu verabschieden.

Lisette kam aus der Küche, blieb abrupt stehen und lachte dann über Mariettes verdutzten Gesichtsausdruck. »Ja, es ist für dich, wir wollten dein bestandenes Examen feiern. Ich habe wochenlang um gutes Wetter gebetet, damit das Fest im Garten stattfinden kann, und meine Gebete sind erhört worden.«

»Wunderschön sieht es aus!« Mariette bekam feuchte Augen, so gerührt war sie, dass Lisette so tat, als wäre das Examen der Anlass für die Feier, nicht ihre Abreise. »Nicht zu fassen, dass ihr das alles heimlich auf die Beine gestellt habt!«

»Es war uns eine Freude.« Lisette trat zu Mariette und wischte ihr mit einem Schürzenzipfel die Tränen weg. »Zeig mir dein Diplom! Wir müssen es irgendwo aufhängen, wo es jeder sehen kann.«

Mariette nahm es aus dem Umschlag und reichte es Lisette.

»Mit Auszeichnung bestanden!«, rief Lisette. »Noah wird furchtbar stolz auf dich sein. Aber jetzt lauf und zieh dich um! Du musst dich für unsere Gäste schön machen. Rose wartet oben schon auf dich.«

Um halb sieben war Mariette fertig. Sie trug ihr cremefarbenes Spitzenkleid, und Rose hatte ihr das Haar aufgesteckt und zarte Rosenknospen in ihren Locken befestigt.

»Papa möchte, dass wir nach unten kommen, bevor unsere Gäste eintreffen, damit wir noch ein paar Minuten für uns haben«, sagte sie, während sie an Mariettes Haaren herumzupfte. »Ich hoffe, er hat nicht vor, dir zu eröffnen, dass es gleichzeitig deine Abschiedsparty ist und er dich demnächst auf ein Schiff verfrachten will. Ich möchte wirklich nicht, dass du fährst, Mari. Ich weiß, es ist egoistisch von mir, weil du doch deine Familie wiedersehen willst, aber es war ganz toll, dich hier zu haben.«

»Ich will auch nicht weg«, gestand Mariette, die gerührt war, dass Rose so empfand. »Doch es ist der Wunsch meiner Eltern. Machen wir uns also zusammen einen schönen Abend! Vielleicht haben wir nie wieder Gelegenheit dazu.«

Unten im Salon reichte Noah jeder von ihnen ein Glas Champagner, und alle stießen auf Mariette an. Dann bat Lisette Rose, ihr kurz in der Küche zu helfen, und Mariette sank der Mut, denn sie hatte das Gefühl, dass die beiden gingen, weil Noah ihr etwas zu sagen hatte.

»Lisette findet, du solltest es erst morgen erfahren«, verkündete Noah mit ernster Miene. »Aber da alle deine Freunde bestimmt denken, dass diese Feier heute auch deine Abschiedsparty ist, teile ich es dir besser gleich mit.«

Er machte eine Pause, als wüsste er nicht, wie er anfangen sollte. »Ich war ein bisschen kurzsichtig«, fuhr er fort. »Ich dachte, es wäre kein Problem, dich nach Hause zu schaffen, doch anscheinend führen mittlerweile fast alle Schiffe nach Neuseeland Fracht, und die wenigen, die Passagiere an Bord nehmen, sind komplett ausgebucht. Es tut mir aufrichtig leid, mein Liebes, aber falls sich nicht noch in letzter Minute irgendetwas ergibt, wirst du hierbleiben müssen, fürchte ich.«

Mariette verschlug es einen Moment lang die Sprache.

»Ich habe versucht, meine Beziehungen spielen zu lassen«, sagte Noah, der offensichtlich dachte, sie wäre vor Schreck verstummt. »Doch leider ohne Erfolg. Ich habe das Gefühl, dass ich dich und deine Eltern im Stich gelassen habe. Es tut mir wirklich schrecklich leid.«

Helle Freude stieg in ihr auf. Am liebsten wäre sie ihm jubelnd um den Hals gefallen und mit ihm durchs Zimmer getanzt. Aber sie widerstand der Versuchung. Es schien eher angebracht, bekümmert und enttäuscht zu wirken.

Sie legte ihm eine Hand auf den Arm. »Schon gut, Onkel Noah«, tröstete sie ihn. »Niemand konnte ahnen, was passieren würde. Du hast dein Bestes getan. Und da ich eine englische Mutter und einen französischen Vater habe, ist es vielleicht ganz richtig, wenn ich bleibe und auch meinen Teil beitrage.«

Seine sorgenvoll gefurchte Stirn glättete sich. »Das ist ebenso tapfer wie nobel, Mari. Ich muss sagen, keiner von uns wollte auf dich verzichten, weil wir dich alle sehr lieb gewonnen haben. Aber ich muss mich auf die Suche nach einem Haus außerhalb der Stadt machen, wo ihr Mädchen bei Luftangriffen besser aufgehoben seid.«

»Reden wir heute Abend nicht mehr darüber!«, meinte Mariette. »Tante Lisette hat sich so viel Mühe gegeben, und wir müssen ihr zeigen, wie sehr wir das zu schätzen wissen.«

Es war eine wundervolle Party. Bei den meisten der ungefähr zwei Dutzend Gäste handelte es sich um Leute, die Mariette über Rose kennengelernt und mit denen sie sich angefreundet hatte. Sie waren sehr freundlich zu ihr gewesen, als sie nach England gekommen war, und jetzt freuten sich alle, weil sie nicht nach Hause zurückfuhr und sie zusammen noch mehr unternehmen konnten. Das Essen war köstlich, der Wein floss in Strömen, und als es dunkel wurde, verwandelten unzählige Kerzen und bunte Lampions den Garten in ein Zauberland.

Mariette fand es ein bisschen seltsam, dass Jean-Philippe und seine Frau Alice nicht da waren. Zu einer Familienfeier hätte man sie doch bestimmt eingeladen, oder? Sie witterte hier ein kleines Geheimnis. Mariette hatte die beiden bisher nur zweimal flüchtig gesehen, doch selbst in diesen wenigen Augenblicken hatte sie eine angespannte Atmosphäre registriert. Lisette traf sich gelegentlich allein mit ihrem Sohn – meistens zum Lunch –, erzählte aber nie etwas über diese Treffen. Mariette hatte sich bei Rose danach erkundigt, die die Frage jedoch mit einem Schulterzucken abgetan hatte. »Jean-Philippe ist ein komischer Kauz«, war alles, was sie dazu bemerkte.

Doch Mariette verschwendete nicht allzu viele Gedanken an Jean-Philippe. Es waren so viele Leute da, mit denen sie sich unterhalten wollte, und bald war sie eifrig damit beschäftigt, Verabredungen für die nächste Zukunft zu treffen.

Etwas später am Abend holte Rose ihr Grammofon und legte Schallplatten auf. Aber Mariette hielt sich beim Tanzen und Feiern ein bisschen zurück, weil sie bei Noah und Lisette den Eindruck erwecken wollte, dass die Neuigkeit, nicht nach Hause fahren zu können, sie ziemlich erschüttert hatte.

Mog hatte ihr oft vorgeworfen, berechnend zu sein, doch eigentlich hatte sie nie recht gewusst, was Mog damit meinte. Jetzt wusste sie es. Daheim hatte es sie nicht gekümmert, ob ihre Familie sich über sie ärgerte. Aber sobald sie erkannt hatte, dass England der Ort war, wo sie bleiben wollte, hatte sie sich die größte Mühe gegeben, sich bei ihren Gastgebern beliebt zu machen – so sehr, dass sie Mariette nicht so bald wieder nach Hause schicken würden.

Ihr war klar, dass es tatsächlich ein bisschen berechnend von ihr war, hilfsbereit und verständnisvoll, stets gut gelaunt und liebenswürdig zu sein, um ans Ziel ihrer Wünsche zu gelangen. Andererseits fiel es ihr nicht schwer, weil Noah, Lisette und Rose liebevolle und warmherzige Menschen waren, die sich bemühten, ihr den Aufenthalt so angenehm wie möglich zu gestalten.

Vielleicht ließ sie Rose sogar eine kleine Extraportion an Bewunderung zukommen, um ihr eine Freude zu machen, und nie lehnte sie irgendwelche Pläne ab, die Rose für sie beide machte. Außerdem achtete sie darauf, auch mit Lisette etwas Zeit zu verbringen, was Rose nur selten tat, und Noah immer wieder Fragen nach seiner Arbeit oder englischer Geschichte und all den anderen Dingen zu stellen, die ihn interessierten.

Was als Plan begonnen hatte, sich bei ihnen einzuschmeicheln, wurde zu einer Selbstverständlichkeit, weil Mariette die drei wirklich sehr gern hatte. Noah war ein faszinierender Mann, fand sie, und Lisette hatte verborgene Tiefen, die sie gern erkundet hätte. Hätte sie Rose zu Hause in Neuseeland kennengelernt, hätte sie ihr bestimmt gehörig die Meinung gesagt, weil das Mädchen rechthaberisch, versnobt und manchmal kleinlich war. Aber Rose hatte andere Qualitäten, die ihre Schwächen mehr als ausglichen, zum

Beispiel ihre Geduld, mit der sie Mariette Tanzen beibrachte, ihr Sinn für Humor und ihre unerschütterliche Loyalität. Sie zog nie über andere her, sie setzte Mariette nicht vor Freunden herab und war immer hilfsbereit.

Mariette schämte sich eher, weil sie Gerald gegenüber berechnend war. Sie gab sich stets entzückt, ihn zu sehen, und tat so, als fände sie seine Küsse erregend, um sein Interesse zu fesseln. Dabei lag ihr in Wirklichkeit nur daran, von ihm zum Essen eingeladen und wie eine Dame behandelt zu werden.

Auch jetzt beobachtete sie ihn. Er schien die Party zu genießen und unterhielt sich angeregt mit Rose, Peter und ein paar anderen Leuten, schaute aber immer wieder mit seinen Hundeaugen sehnsüchtig zu ihr. Er war ein taktvoller Mensch, spürte wahrscheinlich, dass sie ein bisschen für sich sein wollte, und wartete, bis sie zu ihm kam. Ihr gefiel diese Eigenschaft an ihm – ehrlich gesagt, gefiel ihr einiges an ihm, aber sie sah in ihm nur einen guten Freund, mehr nicht.

Sie verstand sich inzwischen so gut darauf, den perfekten Gast zu spielen, dass sie sich dabei ertappte, auch zur perfekten Tochter zu werden. Wenn sie mit ihren Eltern telefonierte, vergaß sie nie zu erwähnen, wie sehr sie die beiden und ihre Brüder und Mog vermisste. Mariette zeigte Interesse an allen Neuigkeiten von zu Hause, denn ihre Familie sollte glauben, sie wäre erwachsen und verantwortungsbewusst geworden. Sie erzählte ihnen nur von Unternehmungen, die mit Bildung oder Kultur zu tun hatten, zum Beispiel von Stücken, die sie im Theater gesehen hatte, und Ballettvorführungen im Sadler's Wells oder von ihren Freundinnen auf der Handelsschule. Partys und ausgelassenere Zerstreuungen ließ sie unerwähnt.

Vor einigen Wochen, als sie in Noahs Arbeitszimmer gewesen war, hatte sie einen noch nicht beendeten Brief an ihre Eltern entdeckt und heimlich gelesen. Er schrieb voller Wärme und Zuneigung darüber, wie reif Mariette geworden war, wie charmant sie mit ihren Freunden umging und wie lieb sie zu Lisette war. Noah hatte an der Stelle aufgehört, wo er schrieb, wie sehr sie ihnen nach ihrer Heimkehr nach Neuseeland fehlen würde. Mariette hatte sich gefragt, ob er mit dem Gedanken gespielt hatte, ihre Eltern zu bitten, sie länger bei ihnen zu lassen.

Wenn sie die wehmütigen Erinnerungen an Morgan hätte abschütteln können, wäre sie an diesem Abend das glücklichste Mädchen von der Welt gewesen. Sie begriff selbst nicht, wie er sich nach seinem schockierenden Benehmen immer wieder in ihre Gedanken schleichen konnte.

Aber vielleicht war es besser, dass er ihr rechtzeitig sein wahres Gesicht gezeigt hatte. Ihr Aufenthalt in St. John's Wood hatte ihr die Augen für die schönen Dinge des Lebens geöffnet, und etwas Ähnliches hätte er ihr nie bieten können. Vielleicht war das wirklich berechnend, doch sie konnte sich nichts Schlimmeres vorstellen, als in zwei schäbig möblierten Zimmern zu leben und tagein, tagaus dasselbe Kleid zu tragen, selbst wenn Morgan sie auf Händen trug.

Das ist es, was ich will, dachte sie, als sie beobachtete, wie Noah und Lisette Wange an Wange tanzten. Jeder konnte sehen, dass ihre Ehe im Himmel geschlossen worden war. Selbst wenn sie manchmal einen kleinen Streit hatten, fing irgendwann einer von ihnen an zu lachen, und alles war vergeben und vergessen, und sie umarmten einander. Mariette konnte sich nicht vorstellen, dass jemals irgendetwas oder irgendjemand zwischen sie treten könnte. Bei ihren Eltern war es genauso, auch wenn ihre Mutter nicht so sanftmütig war wie Lisette.

Sie fragte sich, ob man es gleich bei der ersten Begegnung wusste, wenn man den Richtigen traf. Und wenn nicht, wie lange musste man wohl warten, um sich sicher zu sein?

In den Wochen nach ihrer Abschlussfeier fiel Mariette auf, dass sich die Menschen immer stärker auf das Wesentliche konzentrierten. Alle redeten ständig davon, das Beste aus allem zu machen, weil niemand wusste, was hinter der nächsten Ecke wartete, und der Tod sie jederzeit treffen könnte. Noch dazu war im Juli und August Traumwetter. Noah behauptete, noch nie so viele Leute in Hampstead Heath picknicken oder in den Teichen schwimmen gesehen zu haben.

Trotz des drohenden Krieges blieben die Leute auffallend gelassen, aber vielleicht nur deshalb, weil sie nicht ausreichend informiert waren und immer noch hofften, er könnte im letzten Moment abgewendet werden.

Mariette war dank Noah im Bilde. Er war außer sich gewesen, als im März Hitlers Truppen in der Tschechoslowakei einmarschiert waren, und als Deutschland und Italien im Mai den Stahlpakt schlossen, meinte er, niemand könne mehr behaupten, dass die beiden Länder keine aggressiven Absichten verfolgten.

Als Deutschland und die Sowjetunion am dreiundzwanzigsten August einen Nichtangriffspakt schlossen, erklärte er, es sei ganz offensichtlich, dass Deutschland sein Augenmerk auf Polen gerichtet hatte. Und wenn die Deutschen erst einmal dort wären, hätte England keine andere Wahl, als zu kämpfen, weil es ein gegenseitiges Schutzabkommen mit Polen hatte.

Noahs Pflichtgefühl war es, das ihn bewog, Lisette, Rose und Mariette Anfang August in einem Cottage in der Nähe von Arundel unterzubringen, um dort Urlaub zu machen, während er selbst in London blieb, weil er »seinen Finger gern am Pulsschlag der Zeit hatte«, wie er es ausdrückte.

»Unnötig, dass ich dabei bin und ständig auf dem Thema Krieg herumreite«, sagte er zu Lisette, als er sie zum Wagen begleitete. »Genießt die Zeit! Vielleicht ist es auf Jahre hinaus die letzte Gelegenheit, unbeschwerte Ferien zu verbringen.«

Als Andrews den Wagen vorfuhr, drehte sich Mariette noch einmal zu ihrem Patenonkel um, der vor der Haustür stand. Sie fand, dass er auf einmal älter und sehr besorgt aussah.

»Es sind die Dinge, die er im letzten Krieg gesehen hat, die ihn quälen«, sagte Lisette, die offenbar den gleichen Eindruck hatte. »Er war so überzeugt, dass all die Millionen tapferer junger Männer auf beiden Seiten ihr Leben gegeben haben, um dauerhaften Frieden zu gewährleisten. Jetzt muss er feststellen, dass er sich geirrt hat, und das ist für einen Idealisten wie ihn schwer zu verkraften. Er hat mir heute Morgen gesagt, dass er sich irgendeine Beschäftigung im Kriegsdienst suchen wird, und ich hoffe, das wird ihn ein bisschen aufrichten.«

Lisettes Worte versetzten Mariette einen Stich, weil sie dabei an ihren Vater denken musste. Eigentlich hatte sie sich bisher nie vergegenwärtigt, was er im letzten Krieg mitgemacht hatte. Sie hatte immer gewusst, dass er ein Held gewesen und mit dem Croix de Guerre, Frankreichs höchstem militärischen Orden, ausgezeichnet worden war. Empfand er jetzt so wie Noah und dachte daran, dass all die Opfer, die so viele seiner Landsleute gebracht hatten, umsonst gewesen waren? Er wurde allmählich alt, und es musste schwer für ihn sein, mit anzusehen, wie sich junge Männer voller Enthusiasmus freiwillig meldeten, und zu wissen, dass sehr viele von ihnen nicht zurückkehren würden.

Ob er sich auch um seine Tochter sorgte? Ob er Angst hatte, sie könnte verwundet oder gar getötet werden? Kurz nachdem Noah ihr erklärt hatte, warum sie nicht nach Neuseeland reisen konnte, hatte Mariette mit Etienne telefoniert, und er hatte sehr gefasst geklungen, kein bisschen aufgeregt. Aber er hatte etwas gesagt, dass in ihren Ohren ein wenig seltsam geklungen hatte.

»Der Krieg kann die besten und die schlimmsten Eigenschaften in uns allen hervorbringen, Mari. Wahrer Mut ist, an dem festzuhalten, was richtig ist. Egal, was es dich kostet, und auch wenn schon längst jede Hoffnung verloren scheint. Ich hoffe, dass du dich nie in so einer Situation wiederfindest. Aber wenn es doch dazu kommt, denk an das, was ich dir gesagt habe.«

Alle düsteren Gedanken an das, was der Krieg ihnen und ihren Familien bringen mochte, waren vergessen, als Lisette und die Mädchen in Arundel eintrafen. Ihr malerisches, reetgedecktes Cottage war winzig und verfügte nur über einen Wohnraum und zwei Schlafzimmer. Es gab kein Bad, und die Toilette befand sich draußen im Garten, aber das Häuschen selbst war wunderhübsch und hatte eine so schöne Aussicht über Wiesen und Felder zum Fluss, dass ihnen diese Unannehmlichkeiten nichts ausmachten. Rose fand, dass es wie ein Puppenhaus aussah, und schlug vor, abwechselnd zu kochen und zu putzen, damit auch Lisette sich erholen konnte.

Sie grinste Mariette an. »Das heißt natürlich, dass wir nur alle drei Tage eine anständige Mahlzeit bekommen, nämlich wenn Mama an der Reihe ist. Ich kann Salat zubereiten, aber das ist so ziemlich alles.«

Es war schön zu sehen, wie Lisette sich entspannte. Zu Hause war sie immer mit ehrenamtlichen Tätigkeiten beschäftigt oder machte sich im Garten oder im Haus zu schaffen. Mariette hatte sich oft gewundert, dass sie Mrs. Andrews nicht mehr Aufgaben übertrug – schließlich war sie die Haushälterin.

»Komisch, wie viel mehr man die kleinen Dinge des Lebens genießt, wenn man woanders ist, nicht wahr?«, stellte Rose am zweiten Morgen fest, als sie an einem kleinen Tisch direkt neben der Küchentür frühstückten. »Ich meine, zu Hause essen wir jeden Tag Toast. Aber dieser Toast mit der köstlichen Marmelade und an der frischen Luft genossen, schmeckt so viel besser! Zu Hause finde ich es schrecklich lästig, Eier oder so etwas einkaufen zu gehen, doch die Vorstellung, nachher die Landstraße hinaufzuschlendern, um Lebensmittel zu besorgen, begeistert mich.«

»Es würde dir schnell genug langweilig werden, wenn du ständig hier wärst«, lachte Lisette. »Und apropos Einkäufe, wir sollten anfangen, Zucker, Mehl, Tee und andere Langzeitgüter zu kaufen. Die Sachen werden bestimmt bald alle rationiert.«

»Ist es nicht schrecklich unfein, Lebensmittel zu hamstern?«, fragte Rose.

»Mag sein. Aber ich kann mich noch erinnern, wie furchtbar es im letzten Krieg war, ohne all das auskommen zu müssen. Als Belle in Frankreich war, bin ich manchmal nach Blackheath gefahren. Mog hat es irgendwie immer geschafft, an etwas Fleisch und Käse heranzukommen. Ich glaube, Garth muss die Sachen auf dem Schwarzmarkt beschafft haben. Ich war richtig neidisch. Mog stopfte stets ein paar Päckchen in meine Tasche, bevor ich heimging. Einmal haben wir gemeinsam Obst eingekocht, und das sollten wir auch machen, wenn wir wieder in London sind – wir können hier jede Menge Pflaumen kaufen und mitnehmen.«

»Mog kocht immer noch Obst ein und bereitet Marmeladen und Chutneys zu«, sagte Mariette, die auf einmal Mog vor einem riesigen Topf auf dem Herd und ganze Reihen blitzblanker Marmeladengläser auf dem Küchentisch vor sich sah. »Wir sollten im Garten Gemüse ziehen, Tante Lisette, und vielleicht Hühner halten. Damit haben wir uns in Neuseeland vor ein paar Jahren, als die Zeiten so schlecht waren, über Wasser gehalten – und mit Dads Fischfang. Ich weiß alles über Hühner und könnte mich um sie kümmern.«

Lisette lachte über Mariettes Eifer. »Ich hätte nie erwartet, von dir den Vorschlag zu hören, Gemüse anzubauen oder Hühner zu halten. Doch du hast völlig recht. Als ich ein kleines Mädchen war, haben wir in Frankreich Hühner und Schweine gehabt und unser eigenes Gemüse angebaut. Damals habe ich mir immer einen schönen Garten mit vielen Blumen gewünscht, und als Noah unser Haus gekauft hat, war ich schrecklich aufgeregt, weil ich endlich meinen eigenen Garten hatte. Und jetzt soll ich alles umgraben und Obst und Gemüse anbauen?«

Es war das erste Mal, dass Lisette ihre Kindheit erwähnte, und Mariette hätte gern mehr gehört.

»Ein paar Blumenbeete könntest du behalten«, meinte sie. »Sag, war deine Familie arm?«

»Sehr arm.« Lisette verzog das Gesicht. »Ich war eines von fünf Kindern und kann mich noch gut erinnern, wie oft ich hungrig war und Löcher in meinen Schuhsohlen hatte. Damals habe ich ständig von Essen geträumt – von Schmorbraten, Schweinefleisch und großen Obstkuchen. Ich wollte hübsche Kleider und feine Unterwäsche, einen warmen Mantel und Schuhe, die richtig passten. Als ich vierzehn war, bin ich nach Paris durchgebrannt, weil ich dachte, dort würden all diese Dinge auf mich warten. Ich kam schnell dahinter, dass es nur eine Möglichkeit gab, all das zu bekommen, und zwar durch harte Arbeit.«

»Oder durch die Heirat mit einem reichen Mann«, sagte Mariette.

»Reiche Männer heiraten keine armen Mädchen vom Land, die in zerlumpten Kleidern herumlaufen«, erwiderte Lisette schroff.

Mariette, die spürte, dass sie mit ihrer Bemerkung einen wunden Punkt getroffen hatte, errötete.

»Du sprichst nie über deine Geschwister. Leben sie eigentlich noch?«, fragte Rose ihre Mutter.

»Meine Schwester starb 1911 an einer Lungenentzündung. Meine Brüder sind vielleicht im Krieg umgekommen. Und wenn sie überlebt haben, müssen sie jetzt Ende sechzig, Anfang siebzig sein. Wir gehen schon seit sehr langer Zeit getrennte Wege. Sie waren engherzige Menschen, und ich will nichts von ihnen wissen.«

Mariette war überzeugt, dass hinter der kleinen Geschichte, die Lisette erzählt hatte, sehr viel mehr steckte, und war entschlossen, bei nächster Gelegenheit mehr darüber herauszufinden.

Einstweilen genossen sie traumhafte Ferien. Das Wetter war herrlich, und sie unternahmen lange Spaziergänge, um die Umgebung zu erkunden, fuhren mit dem Zug nach Littlehampton oder saßen im Garten und lasen. Sie kauften Einmachgläser, kochten

Pflaumen und Stachelbeeren ein und bereiteten große Mengen Himbeermarmelade zu, die sie nach London mitnehmen wollten. Abends spielten sie Karten oder unterhielten sich einfach.

Ab Ende August schien es, als wartete ganz England mit angehaltenem Atem auf die Kriegserklärung. Da es im Cottage kein Radio gab, luden ihre Nachbarn, ein älteres Pärchen, sie am Sonntag, dem dritten September, ein, um elf Uhr zu ihnen zu kommen, um sich die Ansprache von Premierminister Neville Chamberlain anzuhören.

Der Tag war heiß und drückend. Sie versammelten sich alle um das Radio, und sowie sie den ernsten Ton von Chamberlains Stimme hörten, wussten sie, dass er keine guten Nachrichten überbrachte.

»Heute Morgen hat der britische Botschafter in Berlin der deutschen Regierung ein Ultimatum des Inhalts vorgelegt, dass, falls wir nicht bis elf Uhr die Erklärung erhalten, dass Deutschland bereit ist, seine Truppen aus Polen abzuziehen, zwischen unseren beiden Ländern Krieg herrscht.

Ich muss Ihnen mitteilen, dass keine derartige Nachricht eingetroffen ist und unser Land Deutschland den Krieg erklärt.«

Mariette hatte das Gefühl, alles in Zeitlupe zu erleben, als Chamberlain seine Rede fortsetzte. Sie sah, wie eine Träne über Lisettes Wange lief, bemerkte die erschrockenen Blicke des Ehepaares, das, wie sie wusste, im letzten Krieg beide Söhne verloren hatte. Rose wirkte wie zu Stein erstarrt.

Mariette fiel auf, dass sich eine Biene in der Spitzengardine vor dem Fenster verfangen hatte. Sie wäre gern aufgestanden, um das Tierchen zu befreien, aber es erschien ihr falsch, in einem solchen Moment etwas so Triviales zu tun.

»Möge Gott uns alle schützen!«, schloss Chamberlain. »Möge er das Recht verteidigen. Es sind schlimme Dinge, gegen die wir kämpfen werden – brutale Gewalt, schlechte Überzeugungen, Ungerechtigkeit, Unterdrückung und Verfolgung –, und ich bin überzeugt, dass das Gute siegen wird.«

Der alte Mann sprach als Erster. »Na ja, Krieg oder nicht, ich muss meine Bohnen gießen«, sagte er.

Damit brach er das Schweigen. Lisette stand auf und dankte den beiden Nachbarn, dass sie bei ihnen Radio hatten hören dürfen. Dann gingen sie in ihr Cottage zurück.

Obwohl es keine von ihnen aussprach, wussten sie, dass ihre Ferien vorbei waren. Lisette stellte Wasser auf, und Mariette und Rose setzten sich an den Tisch und warteten darauf zu hören, wie es weitergehen sollte.

»Ich muss wohl zur Telefonzelle gehen und Noah anrufen«, sagte Lisette. »Ich nehme an, er hat Andrews schon angewiesen, uns abzuholen. Fangt ihr schon mal an zu packen, während ich mit ihm spreche.«

»Wie lange wird es dauern, bis die ersten Bomben fallen?«, fragte Rose beunruhigt.

Lisette trat zu ihrer Tochter und strich ihr tröstend über die Wange. »Ich weiß es nicht, mein Liebes, aber ich denke, dass Deutschland zuerst Frankreich angreifen wird. Doch wie du weißt, hat man schon am Freitag angefangen, alle Kinder aus London zu evakuieren. Und wir werden seit Wochen aufgefordert, immer unsere Gasmasken mitzunehmen. Es könnte also sein, dass die Regierung mit sofortigen Bombardements rechnet.«

»Ist es denn klug, nach London zurückzukehren?«, wollte Rose ängstlich wissen. »Warum kann Papa nicht herkommen und hier bei uns bleiben?«

»Ich will nicht hierbleiben. Ich möchte mich irgendwie nützlich machen, und das geht nur in London«, sagte Mariette eifrig. Für die Ferien gefiel ihr Arundel sehr gut, aber sie würde sich zu Tode langweilen, wenn ihr Aufenthalt auf Monate ausgedehnt wurde. »Du möchtest doch sicher auch in irgendeiner Weise helfen, Rose. Und werden deine Klienten dich nicht brauchen?«

»Ich nehme an, die meisten von ihnen werden London verlassen«, antwortete Rose.

»Noah wird entscheiden, wo wir für die Dauer des Krieges bleiben«, sagte Lisette fest. »Mir wäre es jedenfalls lieber, in meinem eigenen Haus zu sein. Immerhin hat es einen sehr stabilen Keller. Außerdem ist mein Platz an der Seite meines Mannes.«

Einen Tag nach ihrer Rückkehr aus Arundel kamen Peter und Gerald zu Besuch, um ihnen mitzuteilen, dass sie sich bei der Royal Air Force gemeldet hatten. Da beide auf der Schule im Kadettenkorps der RAF gewesen waren und ein wenig Flugerfahrung mitbrachten, würden sie gleich am nächsten Morgen ins Trainingslager für Piloten fahren, um dort zu lernen, Spitfires und Hurricanes zu fliegen.

Mariette beglückwünschte beide, aber Rose brach in Tränen aus. Schluchzend warf sie sich in Peters Arme. »Ich habe solche Angst, dass du abgeschossen wirst!«

»Na, na, altes Mädchen!«, sagte er ein bisschen verlegen. »Ich muss doch meinen Beitrag für König und Vaterland und so leisten. Und wir bekommen manchmal Urlaub, weißt du. Wir werden in Kent sein. Das ist nahe genug, um auf einen Sprung herzukommen und dich zu sehen.«

Gerald erschien Mariette auf einmal sehr viel anziehender. Als sie später am Abend alle auf einen Drink nach Hampstead Heath fuhren, küsste sie ihn auf dem Parkplatz des Pubs leidenschaftlich und versprach, ihm zu schreiben.

»Es macht einen großen Unterschied für mich, zu wissen, dass du mein Mädchen bist und auf mich wartest«, sagte er, während er ihr Gesicht mit Küssen überschüttete. »Du bedeutest mir alles.«

»Ich mag dich auch sehr«, sagte sie und stellte fest, dass es die reine Wahrheit war. »Pass gut auf dich auf, Gerry!«

Wie sich herausstellte, gab es für die Zivilbevölkerung keinen Grund für übereilte Entscheidungen oder Panik, weil einstweilen nichts passierte, keine Bomben, keine drohende Invasion, nichts. Die Zeitungen berichteten, dass Polen von den Deutschen eingenommen worden war, aber in England sprach man schon von einem »Sitzkrieg«. Die Leute beschwerten sich über die Rationierungsmarken, die ausgegeben wurden, und die Vorschriften zur Verdunkelung, als könnten sie nicht glauben, dass der Krieg England jemals etwas anhaben würde. Tatsächlich waren zu Weihnachten viele der evakuierten Kinder wieder daheim in London bei ihren Eltern.

Nach ihrer Rückkehr aus Arundel brachten Lisettes Bitte, in ihrem eigenen Haus bleiben zu dürfen, und die strengen Benzinrationierungen Noah dazu, seine Meinung zu ändern und London nicht zu verlassen. Er beschloss, den Wagen für die Dauer des Krieges in die Garage zu stellen, und wies Andrews an, den Keller zu säubern und zu streichen, damit er als Luftschutzraum genutzt werden konnte.

Mariette stürzte sich mit Feuereifer auf die Aufgabe, den Keller wohnlich zu gestalten. Als Noah nicht nur Betten, sondern auch Paraffinöfen und Öllampen kaufte, kümmerte sich Mariette um die Lampen. Sie empfand es als gewisse Ironie des Schicksals, dass es daheim in Russell vor nicht allzu langer Zeit noch ihre Pflicht gewesen war, die Lampen zu befüllen und die Dochte zu stutzen. Und nun machte sie das Gleiche hier in London! Lisette schickte sie auf den Dachboden, wo sie alte Bilder, ein Bücherregal und diverse andere kleine Möbelstücke entdeckte. Sie stellte die Sachen im Keller auf, füllte die Regale mit Büchern und sammelte noch ein paar Spiele und Puzzles zusammen.

»Ich verstehe nicht, wie du dich so gern hier aufhalten kannst«, bemerkte Rose, als sie nach unten kam, um Mariettes Werk zu besichtigen. Sie rümpfte die Nase. »Es riecht muffig, und es ist so kalt! Ich finde es falsch von Mama, dass sie hierbleiben will; auf dem Land wären wir viel besser dran. Fast alle meine Freunde sind schon fort.«

Etliche ihrer Nachbarn in St. John's Wood hatten die Fenster ihrer Häuser mit Brettern vernagelt und London verlassen. Auch Mr. und Mrs. Andrews entschieden sich dafür, zu Verwandten zu ziehen, die in Dorset eine Farm hatten. »Sie werden uns mehr brauchen als Sie«, sagte Mrs. Andrews zu Lisette. »Wenn erst mal alle jungen Landarbeiter eingezogen sind, stecken sie ganz schön in der Bredouille.«

Am Morgen, nachdem Mr. und Mrs. Andrews abgefahren waren, traf zu Mariettes Bestürzung ein Brief von Morgan ein, genauso schlecht geschrieben wie die vorigen:

Ich weiß ich hab mich schlecht benommen. Aber ich liebe dich wirklich. Sag dass du mir verzeihst und schreib mir weil ich muss jetzt mit meinem Regiment nach Frankreich. Und schick mir bitte ein Foto.

Eigentlich hätte sie wütend werden müssen, aber stattdessen schüttelte sie über seine Unverfrorenheit nur verwundert den Kopf. Er hatte ihr bloß geschrieben, weil er sich vor dem, was vor ihm lag, fürchtete und daran festhalten wollte, dass er daheim ein Mädchen hatte. Sie wollte dieses Mädchen nicht mehr sein, doch sie ängstigte sich trotzdem ein bisschen um ihn.

Am nächsten Morgen stand sie früh auf, weil sie sich in der Baker Street um einen Job bewerben wollte. Auf dem Weg dorthin dachte sie darüber nach, wie unterschiedlich Morgan und Gerald doch waren. Wenn Gerald sie so erregt hätte wie Morgan, würde sie ihn sofort heiraten. Er hatte alle Eigenschaften, die einen guten Ehemann ausmachten – Familie, Bildung, Aussichten –, und er war nett und witzig, genau der Typ Mann, den sich jede Frau wünschte.

Obwohl sie nicht die Absicht hatte, auf Morgans Brief zu

antworten – nicht nach der Art und Weise, wie er sie behandelt hatte –, wurde sie ein bisschen wehmütig bei dem Gedanken daran, wie gut Morgan aussah und was für ein toller Liebhaber er gewesen war.

Andererseits, mit einem Krieg, der vor der Tür stand, und all den neuen Erfahrungen, die vor ihr lagen, war es vielleicht ein ganz guter Zeitpunkt, um frei und ungebunden zu sein!

KAPITEL 13

London, Mai 1940

Mr. Greville kam aus seinem Büro und räusperte sich laut genug, um die allgemeine Aufmerksamkeit auf sich zu lenken. Mariette, die gerade einen Brief an einen Lieferanten tippte, sah ihren Chef erwartungsvoll an, während die anderen Mädchen im Büro bei ihrer jeweiligen Tätigkeit innehielten.

»Mr. Chamberlain ist von seinem Amt als Premierminister zurückgetreten«, verkündete er in seiner üblichen blasierten Art.

»Wer wird seinen Platz einnehmen, Sir?«, fragte Doris. Sie führte die Bücher und war deshalb der Meinung, ein kleines bisschen über den anderen Büroangestellten zu stehen.

»Winston Churchill, nehme ich an. Er ist der einzige Mann, der die notwendigen Voraussetzungen erfüllt, auch wenn er ein ziemlich durchtriebener Halunke ist«, erwiderte Mr. Greville. »Aber das werden wir in Kürze erfahren. Eins ist jedenfalls sicher, wir werden noch mehr Uniformen brauchen. So hat alles seine guten Seiten, wie es heißt.«

Er zog sich wieder in sein Büro zurück, und Mariette dachte bei sich, dass seine unverhohlene Freude, noch mehr Profit aus dem Krieg zu schlagen, ziemlich geschmacklos war.

Als sie sich damals im September – vor genau acht Monaten – um den Posten einer Sekretärin beworben hatte, war in ihren Augen das einzig Positive an dem Job, dass sie nur zehn Minuten zu Fuß gehen musste, um ihren Arbeitsplatz zu erreichen. Eine Firma, die Uniformen herstellte, klang todlangweilig, das Büro in der Baker Street war düster, und sie fand Mr. Greville schleimig. Aber da ihr durchaus bewusst war, dass sie jung und unerfahren war und wahrscheinlich kein besseres Angebot bekommen würde, hatte sie sich verpflichtet gefühlt, die Stellung anzunehmen.

Rose, die sie einmal hier besucht hatte, behauptete, Greville, der um die vierzig war, öliges, dunkles Haar und einen schlaffen Schnurrbart hatte, wäre »ein kleiner Schieber aus dem East End und kaum besser als ein Hausierer«. Für Mariette hingegen bestand kein Zweifel, dass er ein gerissener Geschäftsmann war, wie immer seine Herkunft auch sein mochte. Noch vor achtzehn Monaten hatte er in seiner Fabrik in Shoreditch Damenmäntel angefertigt, aber gleich nach Ausbruch des Krieges hatte er blitzschnell Regierungsaufträge an Land gezogen und die gesamte Produktion auf Uniformen umgestellt.

Trotz Mariettes Vorbehalte erwies sich die Arbeit als sehr viel angenehmer, als sie erwartet hatte. Sie mochte Polly, Doris' Assistentin, und Susan, die die Ablage betreute, und mit ihrem Verdacht, Mr. Greville würde innerhalb einer Woche versuchen, bei ihr zu landen, weil er genau der Typ Mann zu sein schien, lag sie falsch. Er hatte sich noch nie zu etwas Ungehörigem hinreißen lassen.

Und langweilig war ihr auch nicht. Mariette hatte geglaubt, ihre Arbeit würde lediglich darin bestehen, Diktate aufzunehmen und Briefe an Textilfabriken im Norden Englands zu tippen. Aber schon bald stellte sich heraus, dass der Job weit mehr beinhaltete. Neben der Aufgabe, bei Bestellungen von Schließen und Knöpfen Dampf zu machen oder Stoffmuster zu besorgen, musste sie oft nach Shoreditch zur Fabrik fahren, um zu überprüfen, wie die Produktion lief. Mariette machte sich bei Grevilles Besprechungen mit leitenden Militärangehörigen Notizen, und gelegentlich bat er sie sogar, sie zu einem Essen mit Leuten zu begleiten, die ihm geschäftlich von Nutzen sein könnten.

»Ein hübsches Gesicht und ein Hauch Klasse kommen bei fast allen Männern gut an«, meinte Greville, als er Mariette zum ersten Mal fragte, ob sie ihn zum Dinner ins *Savoy* begleiten würde. Er war tief beeindruckt, als sich einer seiner Gäste als Franzose entpuppte und Mariette für ihn dolmetschen konnte.

Mariette wusste, dass sie ihren »Hauch Klasse« Noah und Lisette verdankte. Alles, was sich in den sechzehn Monaten, seit sie Neuseeland verlassen hatte, an ihrer Person zum Besseren verändert hatte, war dem Einfluss der beiden zuzuschreiben. Nicht nur, dass sie Mariette zur Handelsschule geschickt hatten oder mit ihr ins Theater gingen oder dass Lisette sie anregte, schick und damenhaft zu sein – nein, sie hatten ihr auch die Augen für ihr eigenes Potenzial geöffnet.

Daheim in Russell hatte sie einzig und allein beim Segeln, Fischen und Nähen Talent gezeigt. Und weil das ihre einzigen Interessen waren, hatte Mariette nie viel Gesprächsstoff gehabt. Aber Noahs Enthusiasmus für Geschichte und das politische Tagesgeschehen hatten auf sie abgefärbt, und Lisette hatte sie allein durch ihr gutes Beispiel gelehrt, sich für andere Menschen zu interessieren. Jetzt konnte Mariette sich auf jeder Dinnerparty behaupten; sie hatte gelernt, die richtigen Fragen zu stellen, damit andere Gäste mit ihrem Wissen glänzen konnten und sie selbst intelligent und aufmerksam wirkte. Früher einmal hatte sie geglaubt, selbstbewusstes Auftreten wäre die beste Möglichkeit, um Aufmerksamkeit zu erringen, doch jetzt stellte sie fest, dass sie auch ohne große Mühe ihrerseits im Mittelpunkt stehen konnte.

In Russell hatte sie sich morgens schon vor dem Frühstück gelangweilt, weil jeder Tag so vorhersehbar ablief. Der gleiche Alltagstrott, dieselben Gesichter, die gleichen Gespräche über das Wetter, dazu ein bisschen Klatsch und Tratsch.

Aber jetzt konnte sie mit wildfremden Leuten im Bus ein richtiges Gespräch führen. Die Menschen wollten darüber sprechen, wie entsetzt sie über die Gräuel in Polen waren, und den Mut der Polen loben, die bei der Verteidigung Warschaus so hart gekämpft hatten. Oft erzählten ihr diese Fremden, dass das Unternehmen, für das sie arbeiteten, an einen »sicheren« Ort auf dem Land umzog, oder junge Frauen vertrauten ihr an, dass sie vorhatten, in die Land Army oder das Frauenkorps der Royal Air Force einzutreten. Aber ob die Leute nun über den Krieg im Allgemeinen oder nur über die kleine Rolle, die sie dabei spielten, redeten, an der Aufregung und Spannung, die in der Luft lagen, bestand kein Zweifel.

Abgesehen von der Tatsache, dass jeder wehrfähige Mann Uniform trug, war in London immer noch nicht viel vom Krieg zu merken, und doch rückte er von Tag zu Tag näher. Im April waren die Deutschen in Dänemark und Norwegen einmarschiert, und Noah hatte erst am Vorabend gesagt, dass es sich nur noch um Tage handeln könnte, bevor sie durch Holland, Belgien und Luxemburg fegten. Er machte sich ernstlich Sorgen um Frankreich, da die französischen Truppen an der Maginot-Linie mit ihren Verteidigungsanlagen und Panzerabwehrkanonen an der deutschen Grenze zwischen der Schweiz und Luxemburg standen, und er konnte nicht begreifen, warum sie zu borniert waren, um zu erkennen, dass der Angriff über Belgien erfolgen würde.

Aber hier in England gestaltete sich das Alltagsleben fast noch genauso wie vor dem Ausbruch des Krieges. Lebensmittelrationierungen, Verdunkelung und das ständige Mitführen der Gasmasken waren lästig, doch bisher war das Schlimmste, was Mariette passiert war, im Dunkeln über irgendetwas zu stolpern.

Rose und sie waren sehr besorgt um Peter und Gerald, die jetzt vollständig ausgebildete Piloten waren und jeden Tag einen Einsatz fliegen konnten. Aber wenn sie Urlaub hatten und zu Besuch kamen, waren sie immer in Hochstimmung und jederzeit bereit, abends mit den Mädchen die Stadt unsicher zu machen. Nach den Geschichten zu urteilen, die sie von den anderen Piloten erzählten, hatten sie auch auf ihrem Stützpunkt jede Menge Spaß.

Mariette hatte Gerald inzwischen wirklich ins Herz geschlossen, und obwohl sie nicht ein einziges Mal auch nur einen Funken Leidenschaft empfand, liebte sie ihn als besten aller Freunde. Sie war gern in seiner Gesellschaft, er war witzig, nett und amüsant, und es tat ihr aufrichtig leid, dass seine Küsse sie so kaltließen. Sie wünschte sich von ganzem Herzen, er könnte in ihr dieselben Gefühle wecken wie Morgan.

Morgan war jetzt irgendwo in Nordfrankreich. Sie hatte nachgegeben und ihm doch geschrieben, vor allem um ihm mitzuteilen, wie abstoßend er sich an jenem Abend benommen hatte, und zu erklären, dass damit jede Zuneigung, die sie für ihn empfunden hatte, gestorben war.

Er hatte geantwortet, dass er ihre Gefühle verstehen könne und sich sehr schäme. Er bat sie, ihm trotzdem hin und wieder zu schreiben, weil es sonst niemanden gab, von dem er einen Brief zu erwarten hatte.

Also erfüllte sie ihm die Bitte, weil er ihr leidtat. Aber dass er nicht imstande war, einen guten Brief zu schreiben, war genauso frustrierend wie die Tatsache, dass sie Gerald nicht begehren konnte. Morgan konnte ihr nicht vermitteln, was er empfand – weder für sie noch für das, was er gerade tat, oder auch nur, wie es ihm in der Armee ging.

Er behauptete immer noch, sie zu lieben. Doch ihr war nicht klar, ob er es wirklich ehrlich meinte oder ob er sich nur an eine Illusion klammerte, die ihm Trost schenkte.

Was ihre eigenen Gefühle für ihn betraf, so waren sie ein einziges Durcheinander. Sie dachte immer noch an die Liebesnächte mit ihm und an sein Aussehen, aber sie hatte das Gefühl, ihn nicht wirklich zu kennen.

Gerald hingegen kannte sie. Abgesehen davon, dass er häufig zu Besuch kam und abends mit ihr ausging, schrieb er auch ganz wundervolle Briefe. Er zeigte ehrliches Interesse an allem, was sie betraf, fügte gelegentlich ein Gedicht ein, das ihm gefiel, schrieb über Bücher, die er gelesen hatte, und wusste immer die eine oder andere amüsante Anekdote über die anderen Piloten zu erzählen. Obwohl kein Zweifel bestand, dass er es kaum erwarten konnte, auf seine erste Mission zu gehen, vertraute er ihr an, dass er manchmal Angst hatte. Es waren seine Briefe, die ihr zeigten, was für ein guter Mensch er war – tapfer, aufrichtig und sehr offen.

Rose hatte einmal gemeint, dass eine Frau größere Chancen auf eine gute, beständige Ehe mit einem Mann hatte, der »geeignet« und ihr bester Freund war. Ihrer Überzeugung nach wurde über Liebe viel dummes Zeug geredet. Vielleicht hatte sie recht, aber Mariette glaubte, dass Rose einfach noch nicht von einem Mann »erweckt« worden war. Wenn es so wäre, würde sie vielleicht anders denken.

Kurz nach dem Lunch und einige Stunden, nachdem Mr. Greville die Neuigkeit von Chamberlains Rücktritt verkündet hatte, bat er Mariette in sein Büro.

»Ich möchte, dass Sie nach Shoreditch fahren und diese Direktiven weiterleiten«, sagte er und steckte einige Papiere in einen großen Umschlag. »Ich habe gerade einen großen Auftrag für mehr Uniformen erhalten, was bedeutet, dass die Mädchen in der Fabrik länger und härter arbeiten müssen, um mit der Bestellung nachzukommen. Ich würde selbst hinfahren und mit ihnen reden, aber ich muss den Zug nach Yorkshire erwischen und die Stofflieferungen beschleunigen. Deshalb müssen Sie mich vertreten.«

Mariette wusste nicht recht, was er damit meinte, und ihr fragender Gesichtsausdruck schien es ihm zu verraten.

»Um Himmels willen, Miss Carrera, ist das denn so schwer zu verstehen? Sie sollen den Frauen eine schwungvolle Rede halten, damit ihnen klar ist, wie wichtig ihre Arbeit ist. Schaffen Sie das?«

Mariette schluckte. Die Fabrikarbeiterinnen waren ein zäher Haufen, und sie würden sich vermutlich gar nicht gern sagen lassen, dass sie noch schwerer und länger arbeiten mussten, schon gar nicht von einer Büroangestellten, die jünger als die meisten von ihnen war und keine Ahnung vom Nähen von Uniformen hatte. Aber sie war gerührt, dass Greville ihr diese Aufgabe zutraute, und sie freute sich auf einen Nachmittag im East End.

Rose konnte nicht verstehen, warum Mariette gern dort hinging – allein bei dem Gedanken an das Gedränge, an die Armut und die Krankheiten erschauerte sie –, doch Mariette begriff jetzt, warum Morgan gesagt hatte, sie müsste auch diesen Teil Londons kennenlernen. In St. John's Wood zu leben und nur mit den Reichen und Privilegierten zu verkehren, hätte ihr ein sehr eingeschränktes Bild von London vermittelt.

Dennoch hatte sie zunächst mit blankem Entsetzen reagiert. Sie hatte schon vorher gewusst, dass manchmal ganze Familien in einem Zimmer hausten, dass es für sie eine einzige Toilette draußen auf dem Hof und nur einen einzigen Wasserhahn für zwanzig und mehr Personen gab und dass die meisten Menschen dort praktisch hungerten.

Aber was sie bei jenem ersten Besuch sah, war Hoffnungslosigkeit. Die Häuser waren schmutzig und grau, und in den feuchten Hinterhöfen, in die sich kaum jemals ein Sonnenstrahl verirrte, hing Wäsche, die noch grauer war als alles andere. Mariette sah blasse, hohläugige Kinder in Lumpen teilnahmslos auf Türstufen sitzen. Eine verhärmte Mutter mühte sich mit einem uralten Kinderwagen ab, in dem sich nicht nur ein Baby, sondern auch ein Kleinkind, ein Sack Kohle und eine Tasche mit Wäsche befanden.

An diesem Tag war Mariette von den Gerüchen übel geworden, und sie musste den Blick von einem grauenhaft verkrüppelten Mann abwenden, der von einem Mädchen, das höchstens sieben oder acht Jahre alt war, in einer Seifenkiste auf Rädern gezogen wurde. Am liebsten wäre sie auf der Stelle zurück nach St. John's Wood gelaufen, wo sie sich sicher und geborgen fühlte, und sie konnte beim besten Willen nicht verstehen, wie Morgan auf die Idee kommen konnte, dass sie so einen Ort besuchen sollte.

Aber Monate später, nach etlichen weiteren Besuchen und nachdem sie viele der Fabrikarbeiterinnen kennengelernt hatte, die in genau den Häusern wohnten, die sie so abstoßend gefunden hatte, sah sie alles mit anderen Augen.

Die Menschen hier mochten kaum etwas besitzen, und viele von ihnen lebten unter fürchterlichen Bedingungen, doch sie ließen sich nicht unterkriegen. Allen Widrigkeiten zum Trotz gelang es den meisten, sich selbst, ihre Kinder und ihre Wohnungen sauber zu halten. Mariette hörte, wie über Ratten und Bettwanzen gesprochen wurde und auch über die beengten Verhältnisse, die es mit sich brachten, dass man die Körperfunktionen seiner Nachbarn so gut wie seine eigenen kannte. Aber das waren Dinge, über die man lachte. Und Lachen war im East End anscheinend genauso wichtig wie Essen und Trinken.

Mariette verglich die Menschen, die sie kennengelernt hatte, im Stillen mit mutigen kleinen Terriern, die jederzeit bereit waren, es mit einem doppelt so großen Hund aufzunehmen. Sie bewunderte die Mädchen in der Fabrik, die bei der Arbeit sangen, über alles und jedes witzelten und großzügig mit anderen teilten. Sie sah, wie sich Nachbarn um Alte und Kranke und die Kinder anderer Leute kümmerten. Hier gab es eine Kameradschaft, die Mariette noch nie zuvor erlebt hatte. Manchmal wünschte sie sich fast, eine von ihnen zu sein, weil sie ihr viel aufrichtiger und warmherziger vorkamen als einige der Leute, die sie durch Rose kennengelernt hatte und als Freunde betrachtete.

»Das packen Sie schon, Miss Carrera«, sagte Mr. Greville. »Sie können gut mit Menschen umgehen, und mir ist zu Ohren gekommen, dass viele der Frauen in der Fabrik Sie mögen und bewundern. Enttäuschen Sie mich bitte nicht!«

»Ich werde mein Bestes versuchen, Mr. Greville«, erwiderte sie und ging ins Vorzimmer zurück, um Jacke und Handtasche zu holen.

Mariette wünschte, sie hätte den Nerv gehabt, Mr. Greville frank und frei zu sagen, dass die Frauen vielleicht entgegenkommender wären, wenn er freundlicher zu ihnen wäre und gelegentlich daran denken würde, dass viele von ihnen kleine Kinder und betagte Eltern hatten, um die sie sich neben ihrer Arbeit kümmern mussten.

Aber Mr. Greville war ein strenger, hartherziger Arbeitgeber. Erst vor einer Woche hatte er eine Frau gefeuert, weil sie Stoffreste eingesteckt hatte, um daraus eine Flickendecke zu fertigen. Die Reste wären ohnehin weggeworfen worden, weil sie zu nichts zu gebrauchen waren, doch Mr. Greville hatte das Gefühl gehabt, ein Exempel statuieren zu müssen.

Mariette fuhr mit der U-Bahn bis zur Station Bethnal Green und ging von dort zu Fuß zu Grevilles Fabrik. Heute nahm sie weder die schäbigen kleinen Häuser noch den muffigen Geruch, der aus offenen Türen herauswehte, zur Kenntnis, so angestrengt dachte sie darüber nach, was sie sagen könnte, um die Leute zum Leisten von Überstunden zu überreden.

Grevilles Fabrik bildete das Ende einer kurzen, von Reihenhäusern gesäumten Straße. Es ragte hinter einem hohen Eisentor auf, das das hässliche Steingebäude wie ein Gefängnis oder Armenhaus aus der Zeit von Charles Dickens aussehen ließ. Tatsächlich war es Anfang des neunzehnten Jahrhunderts als Schlachthaus errichtet worden. Vor dem Haus, wo früher einmal die Tiere zusammengetrieben worden waren, um zur Schlachtbank geführt zu werden, befand sich jetzt der Ladebereich. Mit den rußgeschwärzten Ziegeln und den verrosteten Haken und Flaschenzügen, die zurückgeblieben waren, wirkte es immer noch düster und bedrückend.

Mariette ging durch den Seiteneingang und stieg die Treppe zur Arbeitshalle im ersten Stock hinauf. Der Lärm von dreißig und mehr Nähmaschinen, die alle gleichzeitig ratterten, war ohrenbetäubend. Dampfschwaden stiegen von den Bügelmaschinen auf, und der Geruch von Maschinenöl, feuchter Wolle, Schweiß und billigen Duftwässerchen war überwältigend.

Als sie das erste Mal hier gewesen war, hatte Mariette gedacht, dass ein Mensch in einer solchen Umgebung bald verrückt werden musste, zumal die Frauen einander über das Rattern der Maschinen hinweg ständig etwas zuriefen. Aber den Arbeiterinnen schien das pausenlose Getöse nichts auszumachen.

Sie traf Solly Freilich, den Manager, in seinem Büro an. Mariette mochte Solly. Er war ungefähr Mitte fünfzig, klein und dünn, doch seine dunklen Augen zwinkerten fröhlich, und sie wusste von den Angestellten, dass er fair war. Sie übergab ihm die Papiere von Mr. Greville und erklärte, was ihr aufgetragen worden war.

»Viel Glück«, sagte er und blitzte sie aus seinen dunklen Augen gut gelaunt an. »Die werden Sie wahrscheinlich kaum zu Wort kommen lassen, aber kümmern Sie sich einfach nicht darum!«

Solly ging mit ihr aus dem Büro, blies in eine Trillerpfeife, um die allgemeine Aufmerksamkeit auf sich zu lenken, und bat die Arbeiterinnen, ihre Maschinen abzuschalten.

Mariette bekam weiche Knie, als es in der großen Halle still wurde und alle erwartungsvoll aufblickten. Ungefähr dreißig Arbeiterinnen im Alter von achtzehn bis fünfzig waren anwesend. Die männlichen Schneider waren alle einberufen und ihre Stellen von älteren Frauen, die schon seit Jahren für Greville arbeiteten, übernommen worden. Außer Solly waren nur noch vier andere Männer hier beschäftigt. Zwei waren schon über fünfzig und zu alt für die Armee, der dritte war ein junger Bursche von fünfzehn, und der vierte Mann schien Anfang zwanzig zu sein. Mariette hatte ihn noch nie gesehen, aber er schaute sie bewundernd an.

»Miss Carrera ist hier, weil sie euch etwas zu sagen hat«, verkündete Solly. »Ich bitte um Aufmerksamkeit – und keine Unterbrechungen!«

Alle Frauen trugen die gleichen dunkelgrünen Kittel und hatten Schals um den Kopf gebunden. Mariette hatte schon mit etlichen von ihnen gesprochen und festgestellt, dass sie freundlich und interessiert waren, weil sie vom anderen Ende der Welt kam. Aber heute schienen sie davon auszugehen, dass sie schlechte Nachrichten brachte; sie verschränkten die Arme vor der Brust und starrten sie finster an.

Am liebsten wäre Mariette davongelaufen, doch das war unmöglich, wenn sie ihren Job nicht verlieren wollte.

»Heute ist bei uns eine sehr große Bestellung für noch mehr Uniformen eingegangen«, begann sie.

»Und jetzt sollen wir noch mehr arbeiten, damit geliefert werden kann, was?«, rief eine Frau von hinten. Ihre Bemerkung erzeugte eine Welle der Entrüstung und schüchterte Mariette noch mehr ein. Aber sie war fest entschlossen, ihr Bestes zu geben.

»Bist du vielleicht Gypsy Rose Lee, die Wahrsagerin?«, rief Mariette der Frau zu, einer gefärbten Blondine, die, wie sie wusste, gern Unruhe stiftete. »Musst du wohl, weil du anscheinend in deine Kristallkugel geschaut hast.«

Die anderen Frauen lachten, und Mariette wusste, dass sie einen Punkt für sich verbuchen konnte.

»Tja, Gypsy Rose Lees Prophezeiung ist korrekt«, fuhr sie fort. »Mr. Grevilles Nachricht lautet, dass er von euch allen erwartet, länger und härter zu arbeiten, um die Bestellung ausführen zu können.«

Wie sie erwartet hatte, entstand sofort Unruhe. Eine Frau schrie, dass Greville sich seine Überstunden sonst wohin stecken könne, wenn er nicht bereit war, extra dafür zu bezahlen. Mehrere Frauen sprangen auf, als wollten sie hinausgehen, während eine andere spottete: »Ein schöner Hasenfuß, der Greville! Schickt ein junges Mädchen her, um für ihn die Drecksarbeit zu machen!«

»Setzt euch bitte hin und hört mir zu!«, rief Mariette über die erregten Stimmen hinweg. »Von einer Extrabezahlung hat man mir nichts gesagt. Und ich weiß, dass es viel von euch verlangt ist, Überstunden zu schieben, wenn die meisten von euch zu Hause Kinder haben, die ihre Mutter brauchen. Aber es gibt einen sehr guten Grund, warum ihr euch noch mehr anstrengen solltet. Wer einen Mann, Verlobten oder Bruder an der Front hat, bitte die Hand heben!«

Fast alle Frauen meldeten sich.

»Und ich wette, ihr wart alle richtig stolz darauf, sie in Uniform zu sehen?«

Allgemeine Zustimmung.

»Nun, jede einzelne dieser Uniformen ist von Frauen wie euch genäht worden«, sagte sie und ließ den Blick über die Reihen der Arbeiterinnen wandern. »Hier in Shoreditch kann man sich nur schwer vorstellen, was unsere Männer durchmachen, und ich bin sicher, jede von euch hat Angst, dass ihr Liebster nicht zurückkommt. Aber die Männer, die sich bereits gemeldet haben und jetzt in Frankreich stehen, sind nur ein Bruchteil der Armee, die England braucht, um den Krieg zu gewinnen. Jeden Tag melden sich Tausende neuer Freiwilliger, und das bedeutet, dass wir Tausende neuer Uniformen brauchen! Ich bitte euch, länger und schneller zu arbeiten, damit jeder dieser Männer durch seine neue Uniform Selbstvertrauen bekommt. Ein Mann, der Selbstvertrauen hat, ist ein besserer Soldat, und je besser unsere Soldaten sind, desto eher gewinnen wir diesen Krieg.«

Sie hielt einen Moment inne, um ihre Worte wirken zu lassen.

»Aber das ist nicht alles, worum ich euch bitte«, fuhr sie mit erhobener Stimme fort. »Ich bitte euch, mit Liebe zu nähen und dem Mann, der diese Uniform tragen wird, alles Gute zu wünschen. Ihr werdet den Namen des Mannes, der sie trägt, nie erfahren, doch es könnte euer Ehemann, Verlobter oder einer eurer Brüder sein. Hier in der Fabrik wird sich keine je vor Panzern und Gewehren fürchten müssen. Aber die Männer, die diese Uniformen tragen, müssen es. Ist es also zu viel verlangt, ein paar zusätzliche Stunden pro Woche zu opfern, damit unsere tapferen Jungs gut aussehen? Ihr werdet vielleicht nicht mit Geld belohnt, doch wenn der Krieg vorbei ist und eure Männer zurückkommen, könnt auch ihr stolz darauf sein, euren Beitrag geleistet zu haben.«

Einen Moment lang herrschte Stille, dann klatschten alle laut Beifall. Ein paar Frauen wischten sich sogar Tränen aus den Augen. Keine von ihnen erhob sich, um mehr Geld zu verlangen.

Solly trat vor. »Und jetzt wieder an die Arbeit!«, sagte er. »Über die Einteilung der Schichten reden wir morgen.«

Als die Maschinen wieder ratterten, fasste Solly Mariette am Ellbogen und führte sie hinaus.

»Ich wusste wirklich nicht, was ich sagen soll«, gestand sie, sowie sie eine ruhigere Ecke erreicht hatten und Solly sie verstehen konnte. »Ich meine, gut in Uniform auszusehen wird unsere Jungs nicht vor Kugeln oder Minen schützen.«

Solly klopfte ihr auf die Schulter. »Nein, natürlich nicht. Aber Sie haben die Frauen dazu gebracht, an die Männer zu denken, die diese Uniformen tragen werden, und das war genug Motivation. Wissen Sie, Sie sind wie geschaffen für öffentliche Auftritte, Miss Carrera. Als Sie mir sagten, was Mr. Greville von Ihnen verlangt hat, habe ich mit einem Aufstand gerechnet. Stattdessen haben sich diese Frauen Ihre Worte zu Herzen genommen. Wir können bloß hoffen, dass sie nicht auf die Idee kommen, Liebesbriefe mit einzunähen.«

Mariette lachte. Sie war erleichtert, dass es überstanden war. »Ich glaube, die Menschen müssen ab und zu daran erinnert werden, wie wertvoll ihre Arbeit ist.«

»Mein Vater war Schneider und vor ihm mein Großvater«, erzählte Solly. »Ich wurde dazu erzogen, dass ich meinen Stolz dareinsetzen sollte, wie gut die Herren in den Anzügen aussehen würden, die ich für sie angefertigt hatte. In schweren Zeiten war mein Stolz alles, was ich hatte. Ich glaube, Sie haben den Arbeiterinnen die gleiche Einstellung vermittelt. Aber ich finde, Sie müssen auch versuchen, Mr. Greville zu beeinflussen, und ihn überreden, den Frauen irgendeine Art Gratifikation zukommen zu lassen. Stolz auf die eigene Arbeit bringt kein Essen auf den Tisch.«

Mariette nickte zustimmend. Sie verstand nicht, wie Mr. Greville so unverfroren sein konnte, von den Frauen zu erwarten, ohne eine Extrabezahlung länger zu arbeiten, während er selbst ein Vermögen machte.

»Ich werde es ihm vorschlagen, sowie er aus Yorkshire zurück ist«, versprach sie.

Sie hatte das Gebäude verlassen und ging gerade zum Tor, als der dunkelhaarige junge Mann, den sie in der Fabrikhalle gesehen hatte, sie einholte.

»Sie sind ein rhetorisches Talent«, sagte er mit einem breiten Grinsen. »Ich habe fest damit gerechnet, dass die Frauen ihnen Sachen an den Kopf schmeißen würden, aber sie haben Ihnen aus der Hand gefressen.«

Er hatte ein faszinierendes Gesicht mit sehr grünen Augen und markanten Wangenknochen. Er war nicht der typische Leinwandschönling, doch auf jeden Fall ein Mann, dem man überall einen zweiten Blick gönnen würde.

»Ehrlich gesagt, ich hatte auch Ärger erwartet«, gestand sie. »Schließlich hatte ich nichts in der Hand, um ihnen die bittere Pille zu versüßen.«

»Tja, Sie haben Ihre Sache gut gemacht. Sie wissen alle, was für ein Geizkragen Greville ist und wie viel Geld er selbst durch den Krieg verdienen wird.«

Mariette konnte ihm nicht offen recht geben, weil es Greville zu Ohren kommen könnte. »Der Krieg rückt immer näher und näher, und jeder will seinen Beitrag leisten und Opfer bringen«, sagte sie. »Was machen Sie eigentlich hier?«

»Ich bin quasi das Mädchen für alles«, antwortete er und grinste. »Mechaniker, wenn die Maschinen streiken, Fahrer, Packer – und gelegentlich mache ich auch sauber und koche Tee.«

»Und wie kommt es, dass Sie noch nicht eingezogen worden sind?«

»Unabkömmlichstellung«, sagte er. Als er ihr überraschtes Gesicht sah, lachte er. »Nicht als Mädchen für alles! Ich bin bei der Feuerwehr und helfe hier nur in meiner Freizeit aus. Ich bin John Abbot, Grevilles Neffe, der Sohn seiner Schwester.«

»Sehr erfreut, Mr. Abbot.«

»Nennen Sie mich Johnny!«, meinte er. »Gehen wir eine Tasse Tee trinken? Gleich um die Ecke ist ein Café.«

»Ich muss ins Büro zurück«, antwortete sie, aber als sie in seine grünen Augen sah, kam sie in Versuchung.

»Solly ruft bestimmt meinen Onkel an, um ihm zu erzählen, was für ein tolles Mädchen Sie sind. Er wird Sie also schon nicht feuern, wenn Sie ein bisschen später kommen.«

»Er wird es nicht einmal merken, weil er nach Yorkshire gefahren ist«, sagte sie. »Und eine Tasse Tee würde mir guttun.«

Das Café war reichlich schmuddelig. Der Linoleumboden hatte Risse, die Luft war rauchgeschwängert und die Wachstuchdecken auf den Tischen könnten eine gründliche Reinigung vertragen. Aber Johnny ergatterte den Tisch am Fenster und bat Mariette, sich hinzusetzen, während er den Tee holen ging.

»Eine ziemlich windige Bude«, raunte er ihr zu, als er mit zwei Bechern Tee zurückkam. »Aber ob Sie es glauben oder nicht, hier gibt's die besten Speckbrote, die ich je gegessen habe. Komisch, denn der Besitzer ist Jude, und die essen kein Schweinefleisch.«

Johnny schien bereits einiges über Mariette zu wissen – dass sie aus Neuseeland stammte und bei Onkel und Tante in St. John's Wood lebte. Er erzählte ihr, dass ihr Onkel schwer beeindruckt von ihren Fähigkeiten war und behauptete, sie sei die beste Sekretärin, die er je gehabt hatte. »Wohlgemerkt, er hat schon ein paar fürchterliche alte Schachteln beschäftigt«, lachte er. »Und er ist hin und weg, weil Sie Französisch können. Was hat Sie dazu gebracht, für ihn zu arbeiten, Miss Carrera? Mit Ihrem Aussehen und Grips hätten Sie doch etwas Besseres finden können.«

»Ich musste irgendwo Erfahrungen als Sekretärin sammeln, und das Büro ist nur einen kurzen Spaziergang von zu Hause entfernt«, antwortete sie. »Und jetzt gefällt es mir dort ganz gut. Aber sagen Sie bitte Mari zu mir – das ist die Kurzform von Mariette.«

»Mar-i-ette«, wiederholte er, indem er die einzelnen Silben betonte. »Ein sehr hübscher Name und sehr *oh, là, là*.«

Sie lächelte. »Er bedeutet ›kleine Rebellin‹. Doch seit ich in England gelandet bin, bin ich nicht mehr rebellisch gewesen.«

»Und zu Hause in Neuseeland?«

»Da schon«, gab sie zu. »Aber ich komme aus einer verschlafenen kleinen Stadt, in der praktisch nichts los ist. Viele Möglichkeiten gibt es dort nicht, und meine Eltern fanden, England wäre gut für mich.«

»Gehen Sie mit jemandem?«

Die unverblümte Frage überraschte sie ein bisschen. »Was für ein alberner Ausdruck!« Sie kicherte. »Und typisch Englisch – als gehörte zu einer Beziehung nur, miteinander spazieren zu gehen.«

»Tja, dann frage ich eben anders: Haben Sie einen Liebsten? Dazu gehört Küssen und Schmusen.«

»Nein, nichts Ernstes«, sagte sie. »Ich habe zwei Freunde, mit denen ich korrespondiere, einer ist bei der Armee, der andere bei der Luftwaffe. Und wie ist es bei Ihnen?«

»Es gibt Mädchen, mit denen ich gelegentlich ausgehe, aber ich habe keine feste Freundin. Wie ich es sehe, wird dieser Krieg einiges an Gelegenheiten bieten. Ich weiß nicht genau, welche, doch ich möchte ungebunden sein, wenn es so weit ist.«

Diese Bemerkung bereitete ihr ein wenig Unbehagen, obwohl sie nicht wusste, warum.

»Wenn die Luftangriffe anfangen, werden Sie bei der Feuerwehr genug Arbeit haben«, entgegnete sie streng. Der junge Mann schien das zu sein, was Rose gern als »Großmaul« bezeichnete.

»Stimmt«, seufzte er. »Ich wünschte fast, es würde anfangen, damit wir es endlich hinter uns bringen können. Die ewige Warterei, dass endlich etwas passiert, geht mir auf die Nerven.«

»Wie können Sie so etwas nur sagen!«, rief sie, musste aber unwillkürlich lächeln. Anscheinend wartete ganz London mit angehaltenem Atem ab.

Sie konnte nicht lange bleiben, doch als sie draußen vor dem Café standen, nahm er ihre Hand.

»Können wir uns wiedersehen?«, bat er und sah ihr in die Augen. »Wir könnten in einen Klub gehen und tanzen, was immer Sie wollen. Einfach ein bisschen Spaß haben, nichts Ernstes. Und sehr wenig spazieren gehen.«

»Ich werde darüber nachdenken«, sagte sie und wandte sich um, um davonzugehen.

Aber sie konnte nicht widerstehen, noch einen Blick über die Schulter zu werfen. Johnny lehnte an der Hausmauer, die Hände in den Hosentaschen, und sah ihr nach. Etwas an seiner Haltung und der Art, wie er sie anschaute, brachte sie auf den Gedanken, dass es Spaß machen könnte, mit ihm zusammen zu sein.

»Rufen Sie mich im Büro an!«, rief sie ihm zu.

Drei Tage später wurde bekannt gegeben, dass Winston Churchill zum Führer der Koalitionsregierung ernannt worden war, und das nicht eine Minute zu früh, denn schon donnerten die Deutschen durch Holland, Belgien und Luxemburg. Diese erschreckende Neuigkeit verdrängte Johnny aus Mariettes Gedanken.

Wenige Tage später kapitulierte die holländische Armee, und es hieß, dass sich die britischen und französischen Truppen an die französische Küste zurückzogen.

Mariette hatte nichts von Morgan gehört, doch als Rose und sie ins Kino gingen, um sich *Vom Winde verweht* anzuschauen, waren sie entsetzt, als sie in der Wochenschau sahen, was in den Niederlanden und Belgien passiert war. Dichte Kolonnen deutscher Panzer, denen gezielte Luftangriffe vorausgegangen waren und motorisierte Infanterie gefolgt war, hatten die veralteten Verteidigungsanlagen in Antwerpen, Brüssel und anderen Städten durchbrochen. Auf der Leinwand waren rauchende Ruinen zu sehen, die früher einmal Wohnhäuser, Schulen und Kirchen gewesen waren. Tausende Menschen, viele von ihnen mit Babys und Kleinkindern, waren auf der Flucht.

Ein paar Frauen im Kino wurden hysterisch und kreischten, dass die Deutschen bald in England sein würden. In Littlehampton hatte Mariette überall an der Küste gigantische Rollen Stacheldraht und Schilder mit der Warnung gesehen, dass die Strände vermint waren, aber die deutsche Armee schien unbesiegbar zu sein. Mariette konnte sich nicht vorstellen, dass sie durch Minen und Stacheldraht daran gehindert werden könnte, den Ärmelkanal zu überqueren.

Einen Tag nach ihrem Kinobesuch schien es am Himmel von Spitfires und Hurricanes nur so zu wimmeln. Verglichen mit den deutschen Flugzeugen, erschienen sie Mariette erschreckend klein.

Rose steigerte sich bei dem Gedanken, dass Peter abgeschossen werden könnte, in eine furchtbare Panik.

»In diesen kleinen Maschinen haben sie doch nicht die geringste Chance, wenn sie getroffen werden«, schluchzte sie. »Ich kann den Gedanken nicht ertragen, dass ich ihn verlieren könnte.«

Mariette konnte nicht gut behaupten, dass ihm schon nichts passieren würde – es war klar, dass viele Kampfflieger umkommen würden –, doch als Peter und Gerald ein paar Tage später zu Besuch kamen, wirkten die beiden völlig unbekümmert und konnten es nicht erwarten, endlich ihren ersten Einsatz zu fliegen.

»Hast du gar keine Angst?«, fragte Mariette Gerald später, als sie allein mit ihm im Garten saß.

»Nicht vor dem Fliegen, das liebe ich.« Er grinste. »Aber ich schätze, mir wird schon mulmig werden, wenn hinter mir eine Messerschmitt auftaucht. Hat keinen Sinn, sich etwas anmerken zu lassen – Ohren steif halten und so.«

Er bat sie um ein Foto, und sie gab ihm eines, das am Abend ihrer Überraschungsparty aufgenommen worden war. »Ich werde deinem Bild jedes Mal einen Kuss geben, bevor ich rausmuss, das bringt bestimmt Glück«, sagte er, als er es einsteckte. Dann küsste er sie mit all der Leidenschaft eines Mannes, der glaubt, es könnte das letzte Mal sein.

»Ich liebe dich, Mari«, sagte er leise, als er sich endlich von ihr löste. »In Gedanken bin ich ständig bei dir, und wenn ich abends auf meiner Pritsche liege, stelle ich mir vor, dass wir eines Tages verheiratet sind und nie wieder voneinander Abschied nehmen müssen.«

Sie brachte es nicht über sich, ihm zu sagen, dass sie ihn gern heiraten würde. Aber seine leidenschaftlichen Küsse hatten gewisse Gefühle in ihr geweckt, also drückte sie ihn an sich und küsste ihn zurück. Wenn er das so interpretierte, dass sie das Gleiche empfand wie er, nun, dafür konnte sie nichts. Und wer weiß, dachte sie, wenn er mich weiter so küsst, wird vielleicht doch noch Liebe daraus.

Ihre Sorge um Gerald war der Grund, warum sie Johnny absagte, als er anrief, um sie zu fragen, ob sie mit ihm ausgehen wollte. Sie hätte sich wirklich gern einen vergnügten Abend gegönnt, insbesondere mit einem Mann, der in absehbarer Zukunft nicht in Lebensgefahr zu schweben schien, aber es erschien ihr nicht richtig, mit einem anderen auszugehen, wenn Gerald sie als seine feste Freundin betrachtete.

Die Evakuierung Tausender britischer und französischer Soldaten von den Stränden bei Dünkirchen begann am siebenundzwanzigsten Mai. Noah fuhr am nächsten Tag nach Dover, um darüber zu berichten, und blieb bis zum vierten Juni dort, als die Evakuierung der Truppen abgeschlossen war. In dieser Zeit hingen Mariette, Rose und Lisette jeden Abend vor dem Radio, um die Berichte zu hören. Abgesehen von den Truppenschiffen, die zur Evakuierung ausgeschickt worden waren, hatten Hunderte Zivilisten entlang der gesamten Küste sich mit ihren kleinen Booten aufgemacht, um so viele Soldaten wie möglich zu retten. Es hieß, dass manche Leute die siebzig Kilometer lange Strecke zweimal fuhren, noch dazu bei schwerer See und unter Beschuss der deutschen Luftwaffe. Es war so ergreifend und heldenhaft, dass allen drei Frauen beim Zuhören Tränen über die Wangen liefen.

Später sahen sie im Kino in der Wochenschau, wie Tausende französischer und britischer Soldaten geduldig am Strand von

Dünkirchen ausharrten, obwohl sie unter schwerem Beschuss standen. Noch dramatischer waren die Bilder von Verwundeten, die in Dover und Folkestone auf Tragen von den Schiffen gebracht wurden.

Mariette wartete jeden Tag voller Ungeduld auf den Briefträger, aber von Morgan kam kein Brief, in dem er ihr mitteilte, dass er wieder in England war. Sie fragte sich, ob überhaupt jemand daran denken würde, sie zu benachrichtigen, falls das Schlimmste eintrat. Schließlich waren seine Brüder seine nächsten Angehörigen.

Am achtzehnten Juni lauschten sie einer bewegenden Rede von Winston Churchill, in der er erklärte, dass der Kampf um Frankreich vorbei sei und der um Großbritannien beginne. »Deshalb wollen wir unsere Pflicht erfüllen«, sagte er neben anderen Sätzen, die sie ebenso begeisterten wie ängstigten, um mit den Worten zu schließen: »Auf dass die Menschen irgendwann sagen können: ›Das war ihre größte Stunde‹!«

Am Tag darauf kam aus einem Krankenhaus in Folkestone ein Brief von Morgan, in dem stand:

Hab ein Schrapnell abgefangen. Bin aber ok. Komm nicht her.
Ich will nicht, dass du mich so siehst.
Dein Morgan

Mariette wusste nicht, ob er nur den Tapferen spielte oder ob er sie wirklich nicht sehen wollte.

Lisette meinte, sie sollte ihn beim Wort nehmen. »Er könnte große Schmerzen haben und kann im Moment vielleicht nicht laufen. Manche Männer lassen sich gern verhätscheln, andere hassen es, verletzlich zu wirken. Abgesehen davon werden alle Züge, die von dort kommen, voller Verwundeter sein. Du wirst gar keinen Platz bekommen.«

Winston Churchills Vorhersage, dass der Kampf um Britannien beginnen würde, bewahrheitete sich. Am vierzehnten Juni waren die Deutschen in Paris einmarschiert. Nun, da der Feind gleich auf der anderen Seite des Kanals war und die deutsche Luftwaffe den britischen Schiffsverkehr unter Beschuss nahm, schien eine Invasion auf einmal direkt bevorzustehen.

Die Zeitungen berichteten, dass ganze Verbände deutscher U-Boote dem Schiffsverkehr im Atlantik ungeheuren Schaden zufügten und Italien zusammen mit Deutschland britische Truppen in Ägypten angriff. Für Peter, Gerald und die anderen Piloten gab es jetzt, da sie immer wieder tapfer mit ihren kleinen Spitfires und Hurricanes Einsätze flogen, um England zu verteidigen, keinen Urlaub mehr. Im Süden Englands wurden Flugplätze von der Luftwaffe beschossen, und Noah, der in der Nähe von Brighton zu tun gehabt hatte, erzählte, dass er Augenzeuge erbitterter Luftkämpfe geworden sei.

Allen war klar, dass Deutschland trotz des unbeugsamen Mutes der britischen Kampfflieger gewaltig im Vorteil war, weil es über sehr viel mehr Flugzeuge verfügte.

Die Ankunft Tausender Commonwealth-Truppen in England machte der Bevölkerung Mut, auch wenn alle befürchteten, dass sie nur gekommen waren, weil die Invasion in England kurz bevorstand.

Als Mariette am zweiten Juli von der Arbeit nach Hause kam, traf sie Rose und Lisette in der Küche an. Beide waren in Tränen aufgelöst.

Mariettes Magen zog sich schmerzhaft zusammen. »Was ist los? Wo ist Noah? Ist er …«

»Nein, Noah geht es gut«, brachte Lisette heraus. »Es ist Gerald … Er wurde heute abgeschossen.«

Mariette sank benommen auf einen Stuhl. Sie musste nicht fragen, ob er tot war, sie sah es ihnen an. »Woher wisst ihr es?«, fragte sie.

»Peter hat uns angerufen. Sie sind heute Morgen mit drei anderen Piloten einen Einsatz geflogen«, sagte Lisette leise. »Gerald hat eine Heinkel abgeschossen, und sie waren gerade auf dem Rückweg, als eine andere Heinkel aus den Wolken auftauchte und auf sie feuerte. Peter hat gesagt, dass Geralds Flugzeug einen Treffer am Heck abbekam. Es geriet ins Trudeln und ging in Flammen auf. Er hatte keine Chance.«

Mariette vergrub ihr Gesicht in den Händen. Sie dachte an Geralds leidenschaftlichen letzten Kuss und daran, wie er gesagt hatte, dass er sie liebte. Wenn sie ihm nur geantwortet hätte, dass sie ihn auch liebte, und er in dem Glauben gegangen wäre, dass sie eines Tages heiraten würden! Sie bezweifelte, ob sie jemals wieder einen Mann mit so wundervollen Eigenschaften treffen würde, und der Gedanke, Gerald nie wiederzusehen, tat weh.

Auf einmal war der Krieg sehr real geworden. In Europa mochten Tausende Soldaten gefallen sein – zwei Frauen aus der Fabrik in Shoreditch hatten ihre Männer in Dünkirchen verloren, und ein anderer Pilot, ein Freund von Gerald und Peter, war bei seinem ersten Einsatz abgeschossen worden –, aber Mariette hatte keinen von ihnen gekannt. Sie hatte sie nicht lachen gehört, hatte nicht mit ihnen getanzt, und schon gar nicht war sie von ihnen geküsst worden. Geralds Tod rückte den Krieg in greifbare Nähe, und plötzlich hatten all die Sandsäcke, Luftschutzbunker und Gasmasken eine unmittelbare Bedeutung bekommen. Menschen würden sterben, hier in London, nicht nur Fremde, sondern Leute, die sie gut kannte, und das Leben würde nie wieder so sein, wie es gewesen war.

An diesem Abend blieb sie bis spät in die Nacht auf, um einen langen Brief nach Hause zu schreiben. Sie war nicht mehr die berechnende Mariette. Die Worte, die sie schrieb, kamen direkt aus ihrem Herzen. Alexis war jetzt siebzehn, Noel sechzehn, und bei der Vorstellung, dass ihre Brüder nicht mehr weit vom wehrfähigen Alter entfernt waren und bald einberufen werden konnten, gefror ihr das Blut in den Adern. Ihre Familie war ihr auf einmal sehr wichtig geworden, und sie hatte das Gefühl, dass sie ihnen das mitteilen musste. Sie schrieb:

Die Nachricht, dass Gerald gefallen ist, hat mir bewusst gemacht, was Krieg wirklich bedeutet. Es bedeutet, Angst um die Menschen zu haben, die wir lieben, und zu erkennen, dass nichts mehr jemals wieder so sein wird, wie es war.
Ich hoffe, ich schaffe es, so tapfer zu sein, wie ihr beide es im letzten Krieg wart. Und ich wünschte, ich hätte euch gefragt, wie ihr diese Zeit erlebt habt. Ich war schrecklich ichbezogen, stimmt's?

Sie schloss einen Moment die Augen und stellte sich vor, sie würden alle daheim am Küchentisch sitzen. Mariette konnte fast riechen, wie eine von Mogs köstlichen Fleischpasteten im Ofen schmorte, und das leise Zischen der Öllampen und das Geplauder ihrer Brüder hören. Zum ersten Mal, seit sie ihr Zuhause verlassen hatte, wünschte sie sich aufrichtig, sie wäre wieder dort und hätte keine anderen Sorgen als die Frage, was sie zur nächsten Tanzveranstaltung anziehen sollte.

KAPITEL 14

Seit Anfang August hatten feindliche Angreifer begonnen, sich Konvoys im Ärmelkanal und dem Hafen von Dover zum Ziel zu nehmen, um dann dazu überzugehen, Flughäfen und Schiffswerften zu bombardieren. Großbritannien schlug mit aller Kraft zurück; von jedem Luftwaffenstützpunkt und sämtlichen Flughäfen im Süden Englands schwärmten Spitfires und Hurricanes aus, um feindliche Flieger abzufangen und abzuschießen. Mariettes Kollegin Doris, die in Kent wohnte, berichtete, dass der Himmel beim ersten Tageslicht schwarz von RAF-Fliegern gewesen war, die in enger Formation ausflogen. Aber die Zahl der Opfer war hoch, und bei jeder Rückkehr fehlten Piloten.

Dann fand am neunzehnten August ein schwerer Angriff auf das Pembroke Dock im East End von London statt. Mariette erfuhr von Johnny aus erster Hand davon, weil er dort gewesen war, um das Feuer zu bekämpfen.

Zwei Tage, nachdem die Bomben gefallen waren, traf er sich nach der Arbeit mit ihr auf einen Drink. Seine Augen waren immer noch vom Rauch gerötet.

»Ich kann gar nicht beschreiben, wie schlimm es ist, nur dass es verdammt beängstigend ist«, gab er zu. »Ich muss heute Abend noch mal hin, weil es nach wie vor brennt. Wenn du glaubst, dass das Feuer gelöscht ist, geht es an einer anderen Stelle weiter. Die alten Hasen schätzen, dass es vierzehn Tage dauern wird, bis die letzten Brandherde erstickt sind.«

Mariette hatte sich seit Geralds Tod zweimal mit Johnny getroffen, zum ersten Mal am Tag nach Geralds Beisetzung in der Kirche von Finchley. Rose, Lisette und Noah waren mit ihr hingegangen, und auch Peter und seine Eltern waren anwesend gewesen. Geralds Vorgesetzter und zwei seiner engsten Freunde von der Royal Air Force hatten ein paar Stunden freibekommen, um an dem Gottesdienst teilzunehmen, und der Rest der Trauergäste setzte sich aus Verwandten, Nachbarn und Geralds Kindheitsfreunden zusammen. Es war herzzerreißend zu sehen, wie gebrochen seine Eltern, Großeltern, zwei Schwestern und ein jüngerer Bruder vor Kummer waren. Offensichtlich hatte Gerald seiner Familie erzählt, dass Mariette das Mädchen war, das er heiraten wollte, und als seine Eltern ihr eigenes Leid tapfer unterdrückten, um Mariette ihr tiefes Mitgefühl auszusprechen, fühlte sie sich wie eine Betrügerin. Aber ihre Tränen waren echt. Sie konnte nicht fassen, dass er so jung hatte gehen müssen, noch bevor er Gelegenheit gehabt hatte, einen der Träume zu verwirklichen, die er ihr anvertraut hatte. Es waren so einfache Dinge gewesen. Er hatte sich gewünscht, reiten zu lernen, weil er Pferde liebte, mit Mariette zu segeln und in der Schweiz Ski zu fahren. Sie wünschte inständig, es wäre genug Zeit gewesen, um all das mit ihm zu unternehmen, und dass sie ihn aufrichtig hätte lieben können.

Am Morgen danach hatte Johnny sie im Büro angerufen und sie an einem emotionalen Tiefpunkt erwischt. Ihr hatte davor gegraut, an diesem Abend nach Hause zu gehen, weil sie gewusst hatte, dass Rose nur über Gerald und ihre Angst um Peter reden würde. Deshalb hatte sie eingewilligt, sich nach der Arbeit mit Johnny zu treffen.

Später war sie froh darüber, denn er schaffte es, sie ein wenig zu trösten und aufzumuntern. Er nahm das Leben nicht allzu ernst und sah keinen Grund, warum sie es tun sollte. Zuerst führte er sie in ein kleines Restaurant in der Marylebone Road aus und erzählte ihr beim Essen komische Geschichten über die Feuerwehrmänner, mit denen er arbeitete. Danach gingen sie in einen Pub in der Nähe, wo Johnny ihr Drinks spendierte.

Mariette erzählte ihm von Gerald und auch von Morgan. »Der

eine ist tot, und der andere will nicht, dass ich ihn besuche«, sagte sie bedrückt. »Ich fühle mich mies, weil ich Gerald mehr bedeutet habe als er mir. Wozu macht mich das?«

»Zu einem ehrlichen Menschen«, antwortete er und grinste sie an. »Andere Mädchen würden behaupten, dass er die große Liebe ihres Lebens war, um Mitgefühl zu heischen. Du hast ihn gemocht und dich um ihn gesorgt, aber du kannst dich nicht auf Befehl in jemanden verlieben, nur weil er es gern so hätte. Und der andere Bursche, der dich nicht sehen will, weil er verwundet ist, glaubt entweder, den Helden spielen zu müssen, oder hat eine andere gefunden und will nicht, dass du ihr zufällig über den Weg läufst.«

»Ich glaube eigentlich nicht, dass er eine andere hat«, sagte sie verstimmt.

Johnny zog skeptisch eine dunkle Augenbraue hoch. »Na ja, den Helden zu spielen wäre genauso schlimm. Er hat doch wohl nicht sein Bein verloren, oder?«

Sie wusste nicht, ob sie sich über seine nassforsche Art ärgern oder darüber lachen sollte.

»Falls es so ist, hat er es mir nicht mitgeteilt«, antwortete sie. »Er hat nur geschrieben, dass er ein Schrapnell abbekommen hat.«

Johnny zuckte mit den Schultern. »Ich habe nicht viel für Leute übrig, die nicht mit der Sprache rausrücken können. Wenn du mich fragst, verschwendest du deine Zeit, wenn du dir seinetwegen Gedanken machst. Ein Mann sagt seiner Freundin nicht ohne Grund, dass sie ihn nicht besuchen soll. Das ergibt keinen Sinn.«

Obwohl Mariette Johnnys Mangel an Mitgefühl herzlos fand, verstand er es, die Dinge in die richtige Perspektive zu rücken. Sie liebte Morgan nicht – das hatte er ihr mit seinem Benehmen ausgetrieben –, aber wenn Morgan sich etwas aus ihr machte, wie er behauptete, sollte er ihr gegenüber absolut ehrlich sein, egal, worum es ging.

Doch sie merkte allmählich, dass nur wenige Leute wirklich ehrlich waren. Sie logen vielleicht nicht direkt, aber sie stellten die Dinge gern geschönt dar. Noah hätte Morgan nicht gebilligt, wenn er ihm begegnet wäre, doch wenn er gehört hätte, dass der junge Mann bei Dünkirchen verwundet worden war, hätte er eine Anteilnahme gezeigt, die er in Wirklichkeit nicht empfand. Sie hatte bei Geralds Beerdigung Leute sagen hören, dass Gerry lieber als Held gestorben wäre, statt ein langes und durchschnittliches Leben zu führen. Das war kompletter Unsinn. Gerald hatte sich ein ganz normales Leben gewünscht, nur war ihm der Krieg dazwischengekommen.

Auch von Johnny würden Noah und Lisette nicht viel halten. »Ein Cockney und ein Windhund«, wäre Rose' Meinung, und es stimmte, dass er ein bisschen ungeschliffen und nicht einmal so umwerfend hübsch wie Morgan war. Aber er war gescheit und witzig, und es erforderte ebenso viel Mut, verheerende Brände zu bekämpfen, wie ein Flugzeug zu fliegen. Vielleicht war er nicht unbedingt »der Richtige«, doch Mariette gefielen seine grüne Augen, die so übermütig funkelten, und die Art, wie klein sich ihre Hand anfühlte, wenn sie in seiner großen lag. Sie wusste einfach, dass sie ihn wiedersehen wollte.

Seine geröteten Augen und der Umstand, dass er offensichtlich zu Tode erschöpft war, machten ihn ihr noch sympathischer. Es war etwas ausgesprochen Ritterliches an einem Mann, der zwei Tage lang Brände gelöscht hatte und durchaus jedes Recht gehabt hätte, endlich einmal auszuschlafen. Aber er hatte die Energie aufgebracht, sich mit ihr zu treffen. Er bestand sogar darauf, sie nach dem Abendessen nach Hause zu bringen, und als er sie an der Straßenecke küsste, konnte sie gar nicht genug davon bekommen.

»Ich weiß nicht, wann ich dich wiedersehen kann«, sagte er, während er mit der Fingerspitze ihre Lippen nachzog, und sah ihr direkt in die Augen. »Diese Bomber werden nicht aufgeben, ich habe sogar das Gefühl, dass es noch viel schlimmer kommen wird. Aber ich rufe dich an, wenn ich Zeit habe, und nächstes Mal gehen wir tanzen.«

Einige Tage nach ihrem Treffen wurden Eltham und Woolwich

im Südosten Londons bombardiert, danach das dicht besiedelte Geschäftsviertel der City. Dann visierten die Bomber die riesigen Ölraffinerien und Tanklager in Thames Haven und Shell Haven an der Themse-Mündung an und ließen einen Tank mit einer Brandbombe in Flammen aufgehen.

Johnny rief sie am nächsten Tag an und schilderte, wie er gerade auf dem Dach eines Öltanks gestanden und einen Wasserschlauch auf die anderen bedrohten Tanks gerichtet hatte, um sie abzukühlen, als plötzlich eine Messerschmitt mit ratternden Maschinengewehren aufgetaucht war.

»Die meisten anderen sind in Deckung gegangen«, sagte er unbekümmert. »Aber ich war zu weit oben und konnte nirgendwo abtauchen. Außerdem hätten die Tanks Feuer fangen können, wenn ich den blöden Schlauch losgelassen hätte, und dann hätten meine Kumpel alle in der Falle gesessen. Deshalb bin ich geblieben, wo ich war. Zum Glück hat's mich nicht erwischt.«

An diesem Morgen hatte Noah noch beim Frühstück über den Angriff auf die Öllager gesprochen und gemeint, dass aufgrund der hohen Sicherheitsrate der Ölraffinerien nur wenige Feuerwehrmänner in England Erfahrung mit der Bekämpfung von brennendem Öl hätten. »Die Männer, die dieses Feuer bekämpft haben, sind wahre Helden, weil es ohne ihren Einsatz zu einer Katastrophe hätte kommen können«, hatte er hinzugefügt.

Vielleicht hätte sie zugeben sollen, dass sie einen dieser Helden kannte und sehr gern hatte, aber so kurz nach Geralds Tod erschien es ihr einfach nicht richtig.

Der Fliegeralarm ertönte am siebten September, einem Samstag, um fünf Uhr morgens. Mariette sprang aus dem Bett und lief auf den Flur, wo Noah aus dem Fenster schaute.

Er drehte sich zu ihr um. »Das muss falscher Alarm sein. Es ist ein wunderschöner Morgen, der Himmel ist völlig klar und wolkenlos.«

Mariette stellte sich neben ihn und schaute hinaus. Wie Noah gesagt hatte, war am Himmel nichts Beunruhigendes zu sehen. »Vielleicht fliegen die Bomber wieder in die Gegend südlich vom Fluss«, meinte sie. »Oder zu den Küstenstädten. Es ist wohl eine allgemeine Warnung.«

Sie gingen nach unten, um eine Tasse Tee zu trinken, und es sah so aus, als hätte Noah recht. Draußen war alles ruhig und friedlich, niemand lief auf den Straßen herum, und die Verheißung eines schönen Tags lag in der Luft.

»Schade, dass du heute Morgen arbeiten musst, wir hätten in Hampstead Heath picknicken können«, bemerkte Rose.

»Ich arbeite nur bis eins. Und Mr. Greville ist samstags immer schon um sieben da, also lässt er mich vielleicht um elf gehen, wenn ich früher anfange«, sagte Mariette.

»Komisch, dass keine Entwarnung gegeben wurde, wenn es bloß ein Fehlalarm war!«, meinte Noah nachdenklich.

»Ich glaube, das dürfen sie nicht, solange irgendwo noch etwas los ist«, erwiderte Rose.

Der Plan, picknicken zu gehen, klang sehr verlockend. Mariette überließ es Rose, die nötigen Vorbereitungen zu treffen, zog sich an und eilte zur Arbeit. Auf den Straßen war es sehr still; auf dem Weg zur Baker Street begegneten ihr nicht mehr als fünf Personen, und sie sahen alle völlig unbekümmert aus und gingen wie Mariette zur Arbeit.

Mr. Greville war schon im Büro. So zerknittert, wie seine Sachen aussahen, hatte er anscheinend die Nacht dort verbracht. Vielleicht ist er mit Freunden aus gewesen und hat es nicht nach Hause geschafft, überlegte Mariette. Sie wusste, dass er nahe dem Epping Forest lebte und eine Frau und zwei Söhne hatte, die beide in der Armee dienten. Aber Mrs. Greville kam nie ins Büro, und Mariette hatte das Gefühl, dass die beiden keine sehr glückliche Ehe führten.

Sie erklärte, warum sie so früh kam, und er gab knurrend sein

Einverständnis, sie schon um elf gehen zu lassen. Also setzte sie sich an ihren Schreibtisch und fing an, die Briefe zu tippen, die er ihr am Vortag diktiert hatte.

Sie saß noch keine Viertelstunde über ihrer Arbeit, als das Telefon klingelte. Mr. Greville hob ab, und Mariette sah, dass er erbleichte.

Er bedankte sich und legte den Hörer auf. »Sie haben wieder in Thames Haven zugeschlagen«, sagte er. »Ein Geschwader von Bombern, das von Hunderten Jagdfliegern unterstützt wird. Die Ford-Motorenwerke und die Beckton-Gaswerke sind getroffen worden, und jetzt sind sie dabei, Brandbomben auf die Docks abzuwerfen.«

»Oh, nein! Dann waren die Sirenen heute Morgen doch kein falscher Alarm!«

»Wenn die Fabrik einen Treffer abfängt, bin ich erledigt«, sagte er händeringend.

Mariette fand diese Überlegung reichlich egoistisch. Sie kannte die Gegend, und dort gab es nicht nur Mr. Grevilles Fabrik, sondern auch riesige Lagerhäuser für Nahrungsmittel und andere lebenswichtige Waren, große Frachter, die wie überdimensionale Enten auf dem Wasser trieben, Kornsilos, Getreidemühlen, Teerschwelereien, Betriebe für Chemikalien, Farben und Lacke und endlose Stapel Bauholz, die vermutlich explodieren und das Feuer auf die ganze Umgebung ausdehnen würden, wenn sie erst einmal in Brand gesetzt waren. Aber weit mehr ins Gewicht – und daran hätte Greville ruhig denken können – fielen die zahlreichen Wohnhäuser in diesem Viertel, deren Bewohner alle in Gefahr schwebten, verwundet zu werden oder zu sterben.

In diesem Moment hörte sie in der Ferne Bomben detonieren.

»Unser Johnny!«, rief Mr. Greville und tupfte sich mit einem Taschentuch die Stirn. »Es bricht meiner Schwester das Herz, wenn wir ihn verlieren!«

Vielleicht hat Mr. Greville ja doch einen guten Kern, dachte

Mariette. Sie hatte ihm gegenüber nie erwähnt, dass Johnny und sie mehr als flüchtige Bekannte waren. Aber jetzt, da Johnny in großer Gefahr schwebte, wuchs ihre Sorge um ihn, und sie wünschte, sie könnte Mr. Greville gestehen, dass sie seinen Neffen sehr gern hatte, sei es auch nur, um ihm Mut zu machen.

»Das Lagerhaus ist ein ganzes Stück von den Docks entfernt«, sagte sie, während sie aufstand und eine Hand auf seinen Arm legte. »Es könnte außerhalb der Gefahrenzone liegen. Was Johnny angeht, er ist in Feuerbekämpfung ausgebildet und kommt sicher klar. Um die Arbeiterinnen sollten wir uns Sorgen machen; sehr viele von ihnen wohnen unten bei den Docks.«

Mariette brühte für sie beide Tee auf. Während sie ihn tranken, wurde das Krachen der Bomben immer lauter und lauter, und auch das Surren der britischen Flugzeuge, die versuchten, die feindlichen Angreifer in die Flucht zu schlagen, war zu hören.

»Gehen Sie lieber nach Hause!«, sagte Greville. »Ich muss zur Fabrik und schauen, was ich tun kann.«

»Ich komme mit«, erklärte sie, ohne zu überlegen. »Die Fabrik ist das solideste Gebäude dort, die Menschen könnten dort Schutz suchen. Es gibt doch einen Keller, oder?«

Er schaute sie an, als sähe er sie zum ersten Mal. »Ja, den gibt es. Dort könnten wir einen Teil unserer Ware in Sicherheit bringen.«

Sie hatte überhaupt nicht an Stoffballen oder Nähmaschinen gedacht, nur an die Menschen, aber ihr würde unterwegs schon etwas einfallen, damit Mr. Greville den Bewohnern der Umgebung Zuflucht gab.

Der Taxifahrer ließ sie am Anfang der Whitechapel High Street aussteigen. Sie konnten kaum von ihm erwarten noch weiter zu fahren, da beißender schwarzer Rauch in dichten Schwaden über den Docks hing. Das Dröhnen der Flugzeugmotoren und das dumpfe Donnern der Bomben, dazu das Heulen der Krankenwagensirenen, hätten jeden in die Flucht geschlagen.

Greville zögerte, als sie in eine schmale Seitenstraße einbogen. »Vielleicht sollten wir nach Hause fahren, solange wir es noch können«, sagte er.

»Nein, wir gehen zur Fabrik«, beharrte Mariette und nahm ihn am Arm. »Dort sind noch keine Bomben gefallen. Uns passiert schon nichts.«

Anscheinend hatten sich alle Menschen in Bunker geflüchtet oder in ihren Häusern verkrochen, denn die Straßen waren wie ausgestorben. Jetzt bekam auch Mariette Angst. Der schwarze Qualm, die Dämpfe der Chemikalien, das Wummern der Bomben, das Rattern der Flak und das Heulen der Sirenen – es schien, als wären sie geradewegs in der Hölle gelandet.

Sie beschleunigten ihre Schritte, um möglichst schnell die Fabrik zu erreichen. Ich hätte zu Hause anrufen sollen, bevor ich das Büro verließ, fiel Mariette ein. Wenn Noah die Bomben hörte, würde er sofort herumtelefonieren, um in Erfahrung zu bringen, was wo vorging, und wenn er bei ihr im Büro anrief und niemand an den Apparat ging, würde er sich große Sorgen um sie machen.

Als sie das Fabriktor erreichten, beschloss Mariette, sofort zu Hause anzurufen, wenn sie die Büros erreichten. Aber in dem Moment, als Greville das Tor aufstieß, tauchte eine Handvoll Menschen auf der Straße auf.

»Dürfen wir rein, Mister?«, fragte eine Frau mit einem Baby auf dem Arm und zwei Kleinkindern an ihrem Rockzipfel.

Als Greville nicht antwortete, sprach Mariette für ihn. »Ja, kommt mit, im Keller sind wir alle besser aufgehoben!«

Eine Stunde später befanden sich über fünfzig Personen, hauptsächlich Frauen und Kinder, in den weitläufigen Kellerräumen. Sie alle kamen aus Häusern in den benachbarten Straßen, und einige der Frauen arbeiteten in der Fabrik. Der Keller war nie als Lagerraum für Stoffe oder Maschinen genutzt worden, weil er im Winter feucht war, aber jetzt, gegen Ende des Sommers, war er trocken. Greville hatte die wenigen anwesenden Männer, die entweder zu alt oder zu jung für den Militärdienst waren, dazu überredet, ein paar der Nähmaschinen und Stoffballen nach unten zu tragen. Mariette und ein paar andere Frauen hatten Stühle und einen großen Klapptisch, der zum Zuschneiden der Uniformen diente, geholt, um es für alle ein bisschen behaglicher zu machen.

Der Keller wurde nur von zwei Glühbirnen erleuchtet, aber weil sie ständig flackerten, hatte Mariette für den Fall, dass das Licht ganz und gar erlosch, eine Schachtel mit Kerzen aufgestöbert. Hier unten war das Bombardement leicht gedämpft zu hören, doch ein kleines Mädchen fragte seine Mutter, ob sie jetzt in Sicherheit wären. Mariette hoffte es inständig.

Als sie sich in die Arbeitshalle zwei Stockwerke weiter oben wagte, schien der Beschuss des Flussufers dramatisch näher zu rücken. Wegen der dichten schwarzen Rauchschwaden konnte sie aus den Fenstern nicht weiter als zwanzig Meter sehen, aber sie hörte das Geräusch einstürzenden Mauerwerks und zischender Wasserschläuche, und es klang bedrohlich nahe.

Noah war am Telefon, als sie zu Hause anrief. »Was hast du dir nur dabei gedacht, dorthin zu gehen?«, fuhr er sie sofort an.

»Ich muss doch versuchen zu helfen«, sagte sie. »Ich glaube, einstweilen sind wir in Sicherheit. Aber könntest du jemanden anrufen und Bescheid geben, dass sich hier im Keller Menschen aufhalten?«

Er versprach, den Zivilschutz zu informieren, und riet ihr, sich zu vergewissern, ob die Luftzufuhr im Keller ausreichend war, und Wasser mit nach unten zu nehmen. »Wenn dein Mr. Greville auch nur ein bisschen vorausschauend wäre, hätte er für eine Situation wie diese längst Vorkehrungen getroffen«, sagte er. »Du kannst nicht einfach einen Keller mit Leuten füllen, ohne zuvor Vorräte gelagert zu haben.«

»Was ist besser – wenn sie mit einem Sandwich in der Hand in ihren Häusern sterben oder Hunger haben und am Leben bleiben?«, gab sie scharf zurück und legte auf.

Im hinteren Teil des Ladebereichs gab es eine behelfsmäßige Kochecke. Der Raum war sehr schmutzig – die Fabrikarbeiterinnen hatten immer die Küche neben der Arbeitshalle benutzt, um sich Tee zu kochen –, aber so unzulänglich er auch war, hier war es sicherer als weiter oben im Gebäude. Mariette sammelte alles, was zum Teekochen nötig war, und sämtliche Tassen und Becher, die sie finden konnte, zusammen und brachte die Sachen nach unten. Neben der Küche befand sich auch eine Toilette, und sie hoffte gegen jede Hoffnung, dass die Bombardierung nicht so schlimm werden würde, dass sie auf Eimer im Keller zurückgreifen mussten.

Abgesehen von den Kindern, die zu klein waren, um zu verstehen, was über ihren Köpfen vorging, sahen alle verängstigt aus. Sie saßen in kleinen Gruppen zusammen und lauschten angespannt auf das leiseste Geräusch. Iris und Janet, zwei Arbeiterinnen, verteilten Tee und versuchten, sich fröhlich und unbeschwert zu geben, aber das Lächeln, das sie bei den anderen hervorriefen, wirkte gezwungen.

Mr. Greville beschäftigte sich damit, Akten und Dokumente zusammenzusammeln und in den Keller zu bringen. »Gott sei Dank ist die Großlieferung von Uniformen am Donnerstag abgeholt worden«, sagte er zu Mariette. »Falls die Bombardierungen nicht aufhören, könnten die Mädchen am Montag hier unten arbeiten, denke ich – das heißt, wenn es mir gelingt, hier irgendwie Strom einzuleiten.«

Mariette konnte nicht fassen, dass er nur an sein Geschäft dachte. »Nehmen Sie es mir nicht übel, Sir, aber wir sollten uns lieber überlegen, wie wir ein paar Decken, Milch für die Babys und etwas zu essen für alle anderen bekommen können, und nicht an die Herstellung von Uniformen denken.«

Einige der Kinder klagten jetzt schon über Hunger. Doch gerade als Mariette vorschlagen wollte, dass es vielleicht eine gute

Idee wäre, ein paar Freiwillige zu finden, die zusammen zu den nächsten Häusern gehen und Milch und Lebensmittel suchen sollten, gab es eine Explosion, so laut und gewaltig, dass Staub und Mörtel von der Decke rieselten. Viele Leute schrien unwillkürlich auf, andere warfen schützend ihre Arme über die Köpfe, und einige liefen zur Tür.

»Sind wir getroffen worden?«, fragte Mariette Mr. Greville. Aber sie hätte sich den Atem sparen können, denn er zitterte vor Furcht. »Reißen Sie sich zusammen!«, zischte sie ihn an und rüttelte ihn am Arm. »Ich schaue mal nach, was da oben passiert ist.«

Vorsichtig öffnete sie die Kellertür. Ihre Befürchtung, der Ausgang könnte verschüttet sein, bewahrheitete sich zum Glück nicht, und sie lief die Betonstufen zum Ladebereich hinauf. Hier war alles intakt, doch die Häuser auf der Seite rechts vom Tor hatten einen Volltreffer abbekommen. Die ganze Zeile, ungefähr zehn kleine Häuser, war in sich zusammengefallen wie ein Kartenhaus. Ziegelstaub und Mörtel wirbelten durch die Luft, und noch während Mariette wie gelähmt vor Schreck dastand, stürzte die letzte Mauer am Ende der Häuserzeile krachend ein.

Sie hörte ein Flugzeug und wandte sich zu den Docks um, um gerade noch zu sehen, wie ein deutscher Bomber keine achthundert Meter entfernt seine Ladung abwarf. Auf die ohrenbetäubende Detonation hin, die folgte, flitzte sie in die Fabrik zurück und rannte in den Keller hinunter.

Iris kam zu ihr. »Was hat es erwischt?«

Mariette zögerte. Eines der zerstörten Häuser war Iris' Zuhause. Sie hatte vier Kinder, die alle hier bei ihr im Keller waren, und ihr Mann diente in der Armee.

»Komm schon, spann ein armes Mädchen nicht so auf die Folter!«, meinte Iris und lächelte.

Mariette mochte die Frau. Sie lachte ständig und behauptete, es gebe keinen Grund, Trübsal zu blasen. Iris war einunddreißig und hatte ihr erstes Kind mit siebzehn bekommen; die anderen drei waren eins nach dem anderen in kurzen Abständen gekommen. Wegen ihrer blondierten Haare und der üppigen Figur, die Iris gern in enge, tief ausgeschnittene Kleider steckte, bezeichneten einige der gehässigeren Arbeiterinnen sie als Flittchen, doch das kümmerte sie nicht. Ihre bevorzugte Retourkutsche für diejenigen, die sich über sie das Maul zerrissen, lautete: »Männer wollen einen Engel in der Küche und eine Schlampe im Schlafzimmer. In der Küche bin ich keine Offenbarung, als Schlampe sehr wohl.«

»Tut mir leid, Iris«, sagte Mariette. »Aber dein Haus, ach was, die ganze Häuserzeile ist getroffen worden.«

Iris wurde blass und hielt sich entsetzt eine Hand vor den Mund. Doch zu Mariettes Verwunderung brachte sie gleich wieder ein Lachen zustande. »Mensch, da hab ich aber Schwein gehabt, dass ich mit der Miete im Rückstand war! Wenn ich gerade bezahlt hätte, würde ich mir vor Wut in den Hintern beißen.«

Die meisten anderen Mieter der Zeile hielten sich im Keller auf, aber keine der Frauen nahm die schlechte Nachricht so tapfer auf wie Iris. Eine von ihnen, eine unglaublich beleibte ältere Frau, stieß einen lang gezogenen schrillen Schrei aus, wiegte sich auf ihrem Stuhl hin und her und konnte sich überhaupt nicht beruhigen.

Dann kam die Entwarnung, und fast alle standen auf, um den Keller zu verlassen. Mariette begleitete sie auf den Hof. Als sie das Bild der Zerstörung und die schwarzen Rauchschlieren sahen, die das Sonnenlicht aussperrten, wirkten sie erschüttert, hilflos und unschlüssig zugleich. Sogar die jungen Frauen sahen alt und vergrämt aus.

»Wenn euer Haus getroffen wurde oder wieder Alarm gegeben wird, könnt ihr zurückkommen«, sagte Mariette zu ihnen. »Es wäre vielleicht eine gute Idee, etwas zu essen mitzunehmen.«

Sie beobachtete, wie sie vorsichtig über den Schutt kletterten. Diejenigen, deren Häuser getroffen worden waren, fingen an, in den Schutthaufen nach Dingen zu suchen, die noch zu gebrauchen waren. Nur die Kinder schienen von dem Chaos unbeeindruckt zu sein. Ein kleines Mädchen zog eine Stoffpuppe unter den Überresten seines Elternhauses hervor und rief der Mutter selig zu, dass sie nur gewaschen werden müsste.

»Was machen wir jetzt?«, fragte Iris, die neben ihr stand.

Mariette wusste, dass sie von einer Unterbringung für sich und ihre Kinder sprach. »Ich glaube, der Zivilschutz hilft Menschen in Ihrer Situation«, sagte sie. »Ich habe meinen Onkel gebeten, dort anzurufen und Bescheid zu geben, es müsste also bald jemand kommen. Heute bleiben Sie und die Kinder jedoch besser im Keller. Sollen wir mal nachschauen, ob wir Bekleidung und Bettzeug finden?«

Mariette hatte viel zu viel zu tun, um auch nur daran zu denken, nach Hause zu fahren. Einige der Frauen waren zu erschüttert von der Zerstörung ihrer Häuser, um klar denken zu können. Und Mariette ging zwar davon aus, dass es heute keine weiteren Bombenangriffe geben würde, aber eine Garantie gab es dafür nicht.

Sie hatte eine Liste von allen Personen samt Adressen angelegt, die sich im Keller aufhielten, und sich die Namen jener Nachbarn geben lassen, die nicht anwesend waren. Soweit sie es beurteilen konnte, waren die Bewohner der zerstörten Häuserzeile entweder im Keller der Fabrik oder aber nicht zu Hause gewesen, also war offensichtlich niemand unter all dem Schutt begraben. Dennoch musste jemand den Zivilschutz verständigen, und als Mariette sah, wie Mr. Greville die obere Etage absperrte, um nach Hause zu fahren, war sie schockiert.

»Und was wird aus all diesen obdachlosen Menschen?«, rief Mariette.

»Ich lasse die Kellertür offen, das reicht doch wohl, oder?« Es schien Mr. Greville zu überraschen, dass sie mehr von ihm erwartete.

»Finden Sie nicht, dass Sie bleiben sollten, bis jemand vom Zivilschutz kommt?«

»Wozu?«, fragte er ungeduldig. »Von den Leuten ist niemand verletzt worden, niemand ist krank. Sie können für sich selbst sprechen, nicht wahr? Und Sie sollten jetzt auch nach Hause fahren.«

»Das mache ich, sobald ich weiß, dass jemand von den Behörden Bescheid weiß«, sagte sie.

»Na schön, dann gehen Sie eben, wenn jemand da ist«, erwiderte er knapp, als wäre er verärgert. »Wenn ich unterwegs einen Polizisten sehe, schicke ich ihn hierher.«

Mariette fing an, den ausgebombten Frauen dabei zu helfen, Decken, Bettzeug und Kleidung aus den Ruinen ihrer Häuser zu bergen. Während sie damit beschäftigt waren, kamen einige Leute, die vorher das Fabrikgelände verlassen hatten, zurück. Die meisten von ihnen weinten oder sahen völlig benommen aus.

»Es ist wie der Weltuntergang«, schluchzte eine Frau. »Ganze Straßenzüge sind verschwunden, und jetzt sind da nur noch Ziegel und kaputte Möbel. Meine Standuhr liegt in tausend Stücken auf der Straße. Viele Menschen sind ums Leben gekommen; wir haben gesehen, wie die Rettungsmannschaften die Toten auf die Straße gelegt haben.«

Mariette legte der Frau tröstend die Arme um die Schultern. »Hat man Ihnen erklärt, wo Sie hingehen sollen?«

»Wir haben erzählt, dass wir während des Bombenangriffs in der Fabrik waren, und sie haben uns gesagt, wir sollen wieder hierher zurückkehren.«

Ein rothaariger Junge von ungefähr zwölf Jahren konnte Mariette mehr Informationen geben. »Ich habe mit einem von der Rettungsmannschaft geredet, und er hat mir gesagt, dass die Brände unten bei den Docks wirklich schlimm sind und so ziemlich jeder Feuerwehrwagen von London im Einsatz ist. Und nur ein paar Straßen weiter sind unter all den Trümmern Leute verschüttet. Sie versuchen, Busse aufzutreiben, um die Menschen von hier wegzubringen, aber es wird eine Weile dauern, weil die meisten Straßen voller Schutt sind. Der Mann von der Rettung hat gemeint, wir sollen die Nacht über hierbleiben. Er will jemanden mit Decken und Sandwiches herschicken.«

Gegen halb sechs erschien ein Mann mit einem Handkarren, in dem sich Decken, eine Schachtel mit Käsebroten und ein paar Flaschen Milch befanden. Die Bewohner der Häuser auf der linken Straßenseite, die verschont geblieben waren, brachten alles, was sie entbehren konnten. Eine der Frauen verteilte sogar Fläschchen und alte Windeln für die Babys.

Mariette wollte sich gerade auf den Heimweg machen, als die Sirenen erneut zu heulen anfingen. Bis zu diesem Moment hatte der Keller gut aufgeräumt und sogar ein bisschen heimelig gewirkt. Die Leute hatten sich Plätze für sich und ihre Familie gesucht und dort ihre Decken ausgebreitet, einige hatten Kerzen in Marmeladengläser gestellt und angezündet, und die Atmosphäre war ruhig und vor allem in Anbetracht all dessen, was ihnen erst vor Kurzem widerfahren war, relativ heiter.

Aber das änderte sich sofort, als andere Leute an die Tür hämmerten und hereinwollten. Es waren nicht nur die Bewohner der unbeschädigten Straßenseite, die vorher schon hier gewesen waren, sondern Neuankömmlinge aus benachbarten Straßen. Alles ging drunter und drüber, als sie über sorgsam ausgebreitete Decken liefen. Die Besitzer protestierten, Babys schrien, kleine Kinder rannten hin und her, und heftige Worte wurden gewechselt.

Mariette war gezwungen einzugreifen. Sie blies kräftig in die Trillerpfeife, die sie gefunden hatte.

»Die Bombenabwürfe können jeden Moment wieder anfangen, also hört bitte zu, bevor es so weit ist! Der Keller ist groß genug für alle, aber benehmt euch gefälligst und lauft nicht über Decken oder erschreckt kleine Kinder durch Streitereien! Wir sitzen alle im selben Boot. Es ist nicht besonders komfortabel, und es gibt nur eine Toilette oben im Ladebereich, also verlasse ich mich darauf, dass wir alle nett zueinander sind und das wenige, was wir haben, teilen. Geht das?«

»Klar, Süße, mit dir teile ich sofort meine Decke«, rief ein Mann mit wirrer Mähne um die dreißig.

Sie konnte nichts darauf erwidern, weil sie das Dröhnen von Flugzeugmotoren hörten, das immer lauter wurde, dann das Rattern der Flak, gefolgt vom Heulen der fallenden Bomben und dem markerschütternden Krachen, wenn sie explodierten.

Es schien viel schlimmer als die Bombardierung vom Vormittag zu sein. Die Leute hielten einander an den Händen und drückten ihre Kinder an sich. Im matten Licht zeigte sich auf allen Gesichtern blankes Entsetzen. Niemand wusste, wie tief eine Bombe einschlagen konnte, und es gab guten Grund zu der Befürchtung, hier unten lebendig begraben zu werden.

Mariette machte eine Runde durch den Keller, um sicherzugehen, dass sie alle Namen, Adressen und Geburtsdaten auf ihrer Liste hatte. Ihr schoss der Gedanke durch den Kopf, dass niemand die Personenliste je finden würde, falls sie hier unten begraben würden, doch es half ihr, sich von der Gefahr abzulenken, indem sie sich irgendwie beschäftigte, diese Menschen kennenlernte und ihnen ein bisschen Mut machte.

Die Bombenangriffe dauerten die ganze Nacht an. Gelegentlich gab es kurze Unterbrechungen, in denen die Leute nach oben stürzten, um auf die Toilette zu gehen und den Eimer zu leeren, den die Kleinkinder benutzten. Einige Kinder schliefen ein, aber für die Erwachsenen gab es keine Atempause.

Iris ernannte sich selbst zur Teeköchin. Alfie, der rothaarige Junge, der mit den Leuten von der Rettung gesprochen hatte, spielte mit den Kindern Schnipp Schnapp. Eine alte Frau lehnte sich an einen Stapel Stoffballen und fing an zu stricken. Mariette fragte sie, wie sie bei der schlechten Beleuchtung überhaupt etwas sehen konnte.

»Ich stricke schon mein Leben lang«, antwortete die Frau. »Ich muss nicht mehr hinschauen. Mein Mann hat immer gesagt, dass er mir meine Nadeln und ein Knäuel Wolle in den Sarg legen würde. Aber er ist vor zwei Jahren gestorben, und jetzt stricke ich für die Kinder meiner Nachbarn.«

Um sechs Uhr morgens wurde endlich Entwarnung gegeben, doch niemand hatte es eilig, den Keller zu verlassen.

Iris schlug vor, sich erst mit Tee zu stärken, bevor sie sich alle in die Außenwelt hinauswagten. »Wenn ihr heute Abend zurückkommt«, rief sie, »bringt jeder eine Tasse mit! Und falls jemand ein großes Tablett oder eine Kanne übrig hat, nehmt das auch mit!«

Mariette ging in den Hof hinaus. Sie sehnte sich nach frischer Luft, aber die gab es draußen bei all den wirbelnden Staubwolken und Rauchschwaden nicht. Ihr Kleid war schmutzig, sie befürchtete, im Haar ein paar Nissen von den Kindern zu haben, und war überzeugt, schlecht zu riechen. Doch abgesehen davon hatte sie einfach genug davon, nett, tapfer und hilfsbereit zu sein. Es entsprach nicht ihrer Natur, so etwas auf Dauer durchzuhalten.

Sie wollte nach Hause, in einem heißen Bad schwelgen und anschließend acht Stunden schlafen. Aber sie wusste nicht, wie sie es anstellen sollte, von hier zu verschwinden, ohne den Eindruck zu erwecken, sich zu drücken.

Noch während sie in dem aufgewirbelten Staub stand, kam zu ihrer Überraschung Johnny durchs Tor geschlurft.

Er sah zu Tode erschöpft aus und trug noch seine Uniform, die selbst aus der Entfernung nach feuchter Wolle und Rauch stank. »Meine Spione waren also richtig informiert«, sagte er und verzog sein rußgeschwärztes Gesicht zu einem breiten Grinsen. »Ich habe gehört, dass einige Leute sich in die Fabrik meines Onkels geflüchtet haben und ein Mädchen, das komisch spricht, das Kommando führt. Das kann nur Mari sein, dachte ich mir.«

Mariette lachte. »Ich spreche also komisch, ja? Bin ich froh, dich zu sehen! Hier draußen muss es schlimm gewesen sein.«

»Schlimmer«, sagte er. »Ich war sechsunddreißig Stunden im Einsatz, und zwar ohne Pause. Aber ich musste nachschauen, ob du noch in einem Stück bist.«

»Bin ich, wie du siehst. Komm, ich hole dir eine Tasse Tee und irgendwas, auf das du dich setzen kannst!«

»Wenn ich mich jetzt hinsetze, komme ich nie wieder hoch«, erwiderte er. »Ist mein Onkel hier?«

Sie musste zugeben, dass er vor dem Luftangriff nach Hause gefahren war.

Johnny stieß einen leisen Pfiff aus. »Was für ein Held«, murmelte er.

Iris brachte ihm einen Becher Tee. »Ich hab dich von der Küche aus gesehen, Johnny. Du hast wohl schon mitgekriegt, dass mein Haus futsch ist, was?«

»Ja, tut mir echt leid«, sagte er. »Aber nach allem, was ich allein auf dem Weg hierher gesehen habe, habt ihr noch Glück gehabt.«

»Wenn Miss Carrera nicht gewesen wäre, wären ich und meine Kleinen jetzt tot«, berichtete Iris. »Und wenn es nach deinem Onkel gegangen wäre, wäre die Fabrik zugesperrt geblieben. Keiner in unserer Straße wusste, wo wir hinsollen, als der Alarm losging. Dieser Blödmann von Luftschutzhelfer ist immer schnell bei der Hand, um jemanden zu melden, bei dem nur ein bisschen Licht im Fenster zu sehen ist, doch gestern, als wir ihn gebraucht hätten, ist er nicht mal in die Nähe unserer Straße gekommen.«

»Dann müsst ihr ihn melden«, sagte Johnny. »Und ihr könnt natürlich immer in den nächsten Bunker gehen. Aber vielleicht erlaubt mein Onkel ja, dass der Keller weiter benutzt wird. Wahrscheinlich bleibt ihm gar nichts anderes übrig. Da unten ist es viel sicherer als in einigen Luftschutzräumen, die von der Regierung eingerichtet worden sind. Ein Stück weiter die Straße hinunter hat einer davon einen Volltreffer abbekommen, und alle, die darin Schutz gesucht hatten, sind tot. Doch über so etwas Trauriges will ich nicht reden, ich bin bloß hier, um Mari zu sehen.«

Iris stemmte eine Hand in die Hüfte und schnitt ein komisches Gesicht. »Ach was, für dich ist sie also Mari? Ist da irgendwas los, das ich wissen sollte?«

Mariette kicherte. »Nein, wir sind bloß befreundet.«

»Tja, der arme Kerl sieht total erledigt aus, da werdet ihr wohl keinen Anstandswauwau brauchen«, meinte Iris, bevor sie sich auf dem Absatz umdrehte und zur Küche zurückging.

»Wie sie so munter sein kann, obwohl sie mit ihren vier Kindern auf der Straße steht, ist mir ein Rätsel«, sagte Mariette. »Ich wäre am Boden zerstört.«

»Hier in der Gegend gibt es viele von ihrem Schlag«, meinte Johnny. »Mit einem eisernen Rückgrat zur Welt gekommen. Da unten auf der Straße buddeln Frauen mit ihren bloßen Händen im Schutt, um ihre Angehörigen zu finden. Bekomme ich einen Kuss, oder erträgst du es nicht, jemanden, der so dreckig ist, anzufassen?«

»Natürlich ertrage ich es«, lachte sie und schlang die Arme um ihn. Er roch fürchterlich, seine Uniform war durchnässt, und seine Lippen waren von der Hitze des Feuers rissig und gesprungen. Aber sie konnte nur daran denken, wie froh sie war, ihn zu sehen, und was für ein tapferer Mann er war.

»Das hat mir neues Leben eingehaucht«, sagte er, als sie ihn wieder losließ. »Oh, ich habe dein Kleid versaut. Tut mir leid.«

Sie schaute an sich hinunter und stellte fest, dass sich zu dem Schmutz von vorhin schwarze Rußflecken gesellt hatten. »Das lässt sich rauswaschen. Du musst jetzt unbedingt ausschlafen, Johnny. Aber danke, dass du gekommen bist, ich habe mir Sorgen um dich gemacht.«

»So hatte ich mir das nicht vorgestellt«, gab er betreten zu und ließ den Kopf hängen. »Ich wollte dich ganz groß ausführen, mit allem Drum und Dran. Ich wollte eine richtig romantische Liebelei.«

Mariette stiegen Tränen in die Augen. Sie hatte bisher nicht viel darüber nachgedacht, was sie von ihm wollte, doch eine romantische Liebelei klang perfekt.

»Unsere Zeit kommt noch, Johnny«, sagte sie. »Ein verdreckter, aber tapferer Mann ist mir allemal lieber als ein aalglatter Typ, der nur an sich selbst denkt.«

KAPITEL 15

Anfang März 1941

Mariette, die gerade an ihre Familie schrieb, hielt inne. Sie wusste nicht recht, was sie schreiben sollte – die volle Wahrheit oder eine geschönte Version, damit ihre Leute sich nicht allzu große Sorgen machten.

Sie konnte ihnen nicht erzählen, dass sie mit Johnny tanzen ging, wann immer er abends freihatte – jedenfalls nicht, ohne zu erklären, wer er war, und zuzugeben, dass Noah und Lisette ihn noch nicht kannten. Wenn sie die Bombenangriffe auf die leichte Schulter nahm, würden ihre Eltern glauben, dass sie ihnen etwas verheimlichte, aber wenn sie schilderte, wie es wirklich war, würden sie große Angst um sie ausstehen.

Ihre Eltern wussten bereits, dass sie seit Beginn des Blitzkrieges nur noch zwei Tage in der Woche für Mr. Greville arbeitete und den Rest der Zeit damit verbrachte, im East End Kleidung an ausgebombte Familien zu verteilen und ihnen beim Ausfüllen von Formularen zu helfen, damit ihnen eine neue Unterkunft zugewiesen wurde. Wahrscheinlich war es für ihre Eltern ein ziemlicher Schock, weil die Mariette, die Neuseeland verlassen hatte, nur als freiwillige Helferin gearbeitet hätte, wenn dabei irgendetwas für sie herausgesprungen wäre. Aber sie äußerten keine Überraschung, nur Stolz, dass sie die Interessen anderer vor die eigenen stellte. Es war Mariette, die es überraschte, dass ihr die Anerkennung ihrer Eltern so viel bedeutete.

In früheren Briefen hatte sie immer von den Leuten erzählt, die sie in London kennengelernt hatte, aber über Menschen zu schreiben, die ausgebombt waren und deren Söhne oder Ehemänner vermisst wurden oder in Kriegsgefangenschaft geraten waren, war eher deprimierend.

Ganz sicher würde sie ihnen nicht schreiben, dass sie keine Angst mehr vor Luftangriffen hatte, weil das den Verdacht nahelegte, dass sie immer noch leichtsinnig war. Es war besser, über alltägliche Dinge zu berichten: darüber, wie knapp Nahrungsmittel wurden oder wie lästig die Verdunkelung war oder komische Geschichten über einige Freundinnen von Rose, die freiwillige Arbeit in der Landwirtschaft leisteten. Die meisten von ihnen fürchteten sich vor den Tieren auf einem Bauernhof, sogar vor Hühnern. Die Entdeckung, dass von ihnen erwartet wurde, Ställe und Schweinekoben auszumisten und Felder zu pflügen und in Häusern zu leben, wo man erst umständlich Wasser erhitzen musste, um ein Bad zu nehmen, bot reichlich Stoff zum Lachen – obwohl sie nicht sicher war, ob man es in Russell auch so witzig finden würde. Und vielleicht hatten Mog und ihre Mutter nie reiche, privilegierte Mädchen der Oberschicht kennengelernt und wussten nicht, wie zimperlich sie sein konnten.

Rose war kein »Landmädchen« geworden, sondern hatte mit ihren Kenntnissen in Buchführung eine Stelle beim Verteidigungsministerium bekommen. Ihre Abteilung war an irgendeinen Ort in Hertfordshire übergesiedelt, und dort wohnte sie jetzt auch. Sie gab sich sehr geheimnisvoll, was ihre neue Tätigkeit anging, und Mariette zog sie gern damit auf, dass sie wahrscheinlich Toilettenpapier und Seife für die Truppen requirieren musste. Rose lachte darüber, was in Mariette die Vermutung weckte, dass sie ihren scharfen Verstand für etwas Lohnenswerteres einsetzte. Die wenigen Male, die sie Rose in letzter Zeit gesehen hatte, hatte sie sehr glücklich gewirkt – obwohl sie Peter kaum sah –, und Mariette fragte sich, ob es im Leben ihrer Freundin einen anderen Mann gab.

Ohne Rose erschien das Haus sehr groß und leer. Noah schrieb entweder Artikel über die Auswirkungen des Krieges auf die Zivilbevölkerung oder leistete Dienst bei der Bürgerwehr. Lisette arbeitete wieder als Krankenschwester im örtlichen Krankenhaus. Aber auch Mariette war nicht oft zu Hause. Tagsüber half sie im East End aus, wo sie vielfach die Nacht in einem Luftschutzbunker verbringen musste, weil es wieder Fliegeralarm gab.

Sie konnte sich nicht erinnern, wie viele Tote sie mittlerweile nach den Luftangriffen schon gesehen oder wie viele Menschen, die Angehörige verloren hatten, sie getröstet hatte. Sie hatte Kinder, deren Eltern umgekommen waren, zu Verwandten gebracht; und sie hatte an Soldaten geschrieben, um ihnen mitzuteilen, dass ihre Frau und Kinder schwer verwundet im Krankenhaus lagen. Erst im vergangenen Monat, als es bitterkalt war, fand sie direkt vor dem Büro einen alten Mann tot auf der Straße vor. Passanten mussten ihn in der Tür gesehen haben, aber wahrscheinlich hatten sie gedacht, dass er ein Obdachloser wäre, der seinen Rausch ausschlief, und waren einfach weitergegangen. Die Männer von der Rettung sagten, dass er erfroren war.

Mr. Greville hatte jetzt draußen in Berkshire eine neue Fabrik, und von hier aus wurde auch ein Großteil der Büroarbeit erledigt. Er hatte viel Geschrei erhoben, als Mariette ihm mitgeteilt hatte, im East End helfen zu wollen, doch letzten Endes war alles gut gegangen, weil Doris das Büro in der Baker Street praktisch im Alleingang führen konnte. Greville kam nur montags, um Mariette all seine Geschäftsbriefe zu diktieren, die sie dann am Tag darauf tippte.

Kurz nach dem verheerenden ersten Luftangriff hatte er die neuen Räumlichkeiten gemietet und seine neuen Arbeiterinnen vor Ort rekrutiert. Zum maßlosen Erstaunen seiner Angestellten im East End hatte er ihnen allen eine Fünf-Pfund-Note extra in ihre letzte Lohntüte gesteckt. Offensichtlich hatte er ein schlechtes Gewissen, weil er Leute entließ, die jahrelang für ihn gearbeitet hatten. Tatsächlich hatten die Frauen nichts dagegen, stattdessen als Busschaffnerinnen oder in den Munitionsfabriken zu arbeiten, wo die Bezahlung weit besser war. Die zusätzlichen fünf Pfund waren allerdings eine große Hilfe für sie alle, und sie redeten noch lange darüber.

Der Keller der alten Fabrik war jetzt ein offizieller Luftschutzraum und mit Stockbetten und einem richtigen Waschraum ausgestattet. Die Arbeitshalle konnte tagsüber als Aufenthaltsraum genutzt werden, und hier befand sich auch Mariettes Arbeitsplatz. Die Leute spendeten Kleidung, Bettzeug und Haushaltsgeräte, und die, die alles verloren hatten, konnten hier finden, was sie brauchten. Außerdem stand der Raum allen Menschen aus der Umgebung offen, um eine Tasse Tee und ein Sandwich zu bekommen und mit Leuten zu reden, die in der Lage waren, ihnen bei etwaigen Schwierigkeiten zu helfen. Obdachlosigkeit war das größte Problem, und niemand schien zu wissen, wie es zu bewältigen war. Es gab einfach nicht genug Wohnraum, um all den Menschen Unterkunft zu bieten. Einige gingen einfach jeden Abend in die U-Bahn-Stationen und blieben über Nacht dort, andere übernachteten in Schulen und Kirchen, und wieder andere blieben in ihren schwer beschädigten Häusern und hofften, sie irgendwie reparieren zu können.

Der Keller der Fabrik war bei Luftangriffen Mariettes erste Wahl, weil er von vielen ehemaligen Mitarbeiterinnen aufgesucht wurde. In manchen Nächten war es fast, als wäre man auf einer Party, wo die Leute herumblödelten, Essen und Trinken miteinander teilten und Spiele erfanden, um sich die Zeit zu vertreiben. Sie lachten darüber, wie sehr sie sich bei den ersten Angriffen gefürchtet hatten, und die anderen Mädchen erzählten kleine Geschichten über die Flirts und Abenteuer, die sie inzwischen erlebt hatten.

Es war erstaunlich, wie wenig ernst alle die Gefahr nahmen. Nach siebenundfünfzig Nächten ununterbrochenen Bombenangriffen kannten sie den Unterschied zwischen Sprengbomben, Brandbomben und Bremsschirmbomben so gut, als wären sie schon immer Bestandteil ihres Lebens gewesen. Jungen zwischen elf und zwölf Jahren wurden damit beauftragt, kleine Brände mit einem Eimer und einer Kübelspritze zu löschen, um der Feuerwehr Einsätze zu ersparen, und sie erledigten ihre Aufgabe schnell und gründlich und waren stolz darauf, sich nützlich machen zu können. Leute, die eine Nacht in einem Luftschutzraum verbrachten und morgens nur nach Hause wollten, um sich zu waschen und umzuziehen, mussten manchmal feststellen, dass ihr Haus zerbombt worden war. Trotzdem fingen sie meist nicht an zu jammern und zu klagen, sondern gingen zur Arbeit, als wäre nichts passiert. Geschäfte sperrten weiter auf, auch wenn sie keine Fensterscheiben mehr hatten. Über einem dieser Läden hatte Mariette ein großes Schild mit der Aufschrift *Noch offener als sonst!* gesehen.

Immer wieder wurde sie an das erinnert, was Morgan über die Leute aus dem East End erzählt hatte. Sie waren hart im Nehmen, akzeptierten die Dinge, wie sie waren, fanden noch in der größten Not einen Grund zum Lachen und hielten zusammen wie Pech und Schwefel. Sie passten gegenseitig auf ihre Kinder auf, teilten alles, was sie hatten, und wenn einer aus ihrer Mitte ausgebombt wurde, halfen alle, so gut sie konnten.

Die Leute wagten einiges, indem sie während eines Luftangriffs nach Hause liefen, um ihr Strickzeug zu holen, nach einem Nachbarn zu schauen, der nicht im Bunker erschienen war, oder zu kontrollieren, ob sie das Gas abgestellt hatten. Sie alle schienen der gleichen fatalistischen Überzeugung zu sein, dass sie es ohnehin nicht verhindern konnten, wenn es ihr Schicksal sein sollte, von einer Bombe getroffen zu werden. Fast alle hier, die Mariette kannte, waren schon mindestens einmal nur knapp mit dem Leben davongekommen. Sie selbst hatte sich eines Abends, als sie eine Bombe fallen hörte, auf den Boden geworfen, die Arme über ihren Kopf gelegt und ein Stoßgebet zum Himmel geschickt. Aber die Bombe landete circa dreißig Meter entfernt, und nur ihr Mantel, der mit Ziegelstaub überzogen war, kam zu Schaden.

Auch Johnny war Fatalist. Er konnte haarsträubende Geschichten erzählen, zum Beispiel, dass er manchmal von einem Feuerring umgeben gewesen war und tatsächlich geglaubt hatte, sein letztes Stündlein hätte geschlagen, als plötzlich in letzter Sekunde eine Art Wunder geschehen war: Eine Mauer konnte einstürzen und den Weg freigeben, oder irgendjemand außerhalb des Feuerrings richtete den Wasserstrahl fest genug auf die Flammen, um für die Männer, die in der Falle saßen, eine Öffnung zu schaffen, durch die sie hinausschlüpfen konnten. Als Johnny einmal mit vier seiner Kollegen vom Feuer eingeschlossen war, öffneten sie einen Kanaldeckel und stiegen in die Abwasserkanäle hinunter, um ein paar Straßen weiter bestialisch stinkend wieder herauszukommen. Jedes Mal nach einer solchen Rettung in letzter Sekunde fragte er sich, wann es mit seinem Glück vorbei sein würde, vertraute er ihr an.

Mariette erzählte Noah und Lisette manchmal von ihm, aber nur in seiner Eigenschaft als Mr. Grevilles Neffe, der als Feuerwehrmann tätig war. In Wirklichkeit war er viel mehr für sie – er war ihr Liebster, und ihre Beziehung war, wie Johnny gesagt hatte, eine romantische Liebelei. Sie hatten keinen Sex, sondern begnügten sich mit Küssen und Händchenhalten, Kuscheln und gemeinsamem Lachen. Es war fast, als wäre sie wieder achtzehn, unschuldig und vertrauensvoll, voller Vorfreude, ihn zu sehen, und ohne jedes Schuldgefühl. In einer Welt, die manchmal grausam und beklemmend war, gab Johnny ihr Sicherheit. Aber trotzdem brachte sie es nicht über sich, Noah und Lisette von ihm zu erzählen, weil sie wusste, dass sie ihn ablehnen würden. Und warum sollte sie die beiden beunruhigen, wenn sie selbst keine Ahnung hatte, was aus dieser kleinen Romanze werden würde?

Als sie sich daheim in Neuseeland in Sam verliebt hatte, hatte sie geglaubt zu wissen, was Liebe war. Sie hatte bald feststellen müssen, wie sehr sie sich geirrt hatte, und schämte sich immer noch, wenn sie daran dachte, was Sam ihr angetan hatte. Dann kam Morgan, der ihr zeigte, wie wundervoll es sein konnte, mit einem Mann zu schlafen, und sie glauben ließ, dies wäre wahre Liebe. Aber dann hatte er sich ihr gegenüber hässlich, ja brutal benommen und nachher nicht einmal versucht, ihr die Gründe dafür zu erklären. Gerald, durch und durch Gentleman, hatte sie auf ein Podest gestellt, doch was sie für ihn empfunden hatte, war Freundschaft gewesen, mehr nicht.

Johnny unterschied sich völlig von den anderen Männern. Er konnte sich auf jede erdenkliche Weise mitteilen, sei es durch die zärtliche Art, wie er ihr Haar zurückstrich, den Ausdruck in seinen Augen, sein Lachen oder sogar sein Schweigen. Er hatte die Gabe, immer dann aufzutauchen, wenn sie ihn am meisten brauchte, und würde trotzdem nie ein Lückenbüßer sein, wie es Gerald gewesen war. Er machte keine großartigen Versprechungen, ja, er sprach nicht einmal über die Zukunft, doch das lag vielleicht daran, dass er jede Nacht bei den Bränden sein Leben aufs Spiel setzte. Sie hatten immer sehr viel Stoff zum Reden, aber sehr wenig Zeit füreinander.

Liebte sie ihn?

Es fühlte sich tatsächlich wie Liebe an, wenn ihr Herz einen Satz machte, weil sie ihn nach einer weiteren Nacht der Bombenangriffe morgens an der Fabrikmauer lehnen sah. Manchmal trug er noch seine nasse Uniform, und sein Gesicht war rußverschmiert. An anderen Tagen war er gewaschen und rasiert und trug Zivilkleidung. Müde war er fast immer, aber er hatte mehr als einmal gesagt: »Wenn ich dich nur nach einer Nacht mit ausreichend Schlaf sehe, bekomme ich dich überhaupt nicht mehr zu Gesicht.«

Ihre Romanze bestand aus gestohlenen Augenblicken. Eine Tasse Tee früh morgens in einem überheizten Café, während draußen auf den Straßen die Leute die Glasscherben und den Schutt der vergangenen Nacht wegkehrten. Eine Stunde am Nachmittag, wenn sie einen Spaziergang unternahmen und so taten, als störte sie der schneidend kalte Wind nicht, und immer in dem Wissen, dass Johnny bei Einbruch der Dunkelheit sofort zur Feuerwache zurückmusste.

Dennoch haftete ihrer Beziehung etwas Unwirkliches an, fast als wären sie Personen in einem Film. Mariette vertraute Joan, einer jungen Frau, mit der sie sich angefreundet hatte, diesen Gedanken an.

Joan lachte bloß. »Tja, den Film würde ich ein verdammtes Melodram nennen. Du verteilst alte Klamotten, und Johnny löscht Feuer. Du kommst aus dem Nobelviertel der Stadt, er aus der rauen Ecke. Ihr zwei seid nie lange genug beisammen, um herauszufinden, ob ihr zueinander passt. Noch dazu kehrst du ans andere Ende der Welt zurück, wenn dieser Scheißkrieg mal vorbei ist. Nee, da ist kein Happy End in Sicht, Schätzchen.«

Seit Neujahr waren die Bombardierungen zum Stillstand gekommen, weil dichter Nebel und Schnee die Sicht erschwerten. An einigen Nächten hatten Johnny und sie ihre besten Sachen angezogen und waren im West End tanzen gegangen. Ein paar Stunden lang waren die Schrecken des Krieges vergessen, und sie konnten ein ganz gewöhnliches Liebespaar wie in der Zeit vor dem Krieg sein.

Aber sobald der Himmel aufklarte und der Mond auf die Themse schien, waren die Bomber wieder da und folgten jenem silbrig schillernden Band bis ins Herz von London, um die Stadt noch mehr zu verwüsten.

An diesem Abend war London von Luftangriffen verschont geblieben. Obwohl es in St. John's Wood, anders als im Osten und Südosten der Stadt, nicht so massive Zerstörungen gegeben hatte, jammerten die Leute hier schon wegen der wenigen Bomben, die gefallen waren und vergleichsweise geringe Schäden angerichtet hatten. Der Keller von Noahs und Lisettes Haus war ein sehr behaglicher Luftschutzraum, aber Mariette hatte ihn erst vier Mal benutzt, und bei diesen Gelegenheiten war keine Bombe näher als dreihundert Meter vom Grundstück entfernt niedergegangen.

Mariette knipste das Licht aus und zog den Verdunkelungsvorhang beiseite, um aus dem Fenster zu schauen. Wie immer zogen die Strahlen der Suchscheinwerfer über den Himmel, um feindliche Flugzeuge zu erfassen. Sie lächelte, als sie daran dachte, dass Noah auf dem Primrose Hill einen dieser Scheinwerfer bediente. Er war jetzt in den meisten Nächten da draußen und schien es zu genießen. Wieder so eine Sache am Krieg, die seltsam war: Die Menschen waren offenbar glücklicher, wenn sie einen Beitrag leisten konnten. Und trotz all der Härten und Entbehrungen, die sie zu erdulden hatten, hieß es, dass es während des Blitzkriegs keine Selbstmorde gegeben hatte.

Aber in zwei Tagen, am achten März, würde Noah nicht die Scheinwerfer betätigen, und Lisette würde nicht Wunden versorgen. Rose würde kommen, und sie würden sich alle schick machen und ins *Café de Paris* gehen, um Mariettes einundzwanzigsten Geburtstag zu feiern. Es war Rose' Vorschlag gewesen, nicht nur, weil es das beliebteste Lokal im West End war. Es galt auch als das sicherste, da sich der Tanzsaal vier Stockwerke unter dem Leicester Square befand.

An der Schranktür hing Mariettes neues Abendkleid, ein hautenges Gebilde aus schimmerndem, silbergrauem Samt, das hinten in einem Schwalbenschwanz auslief. Noah hatte es Anfang der Zwanzigerjahre in Paris für Lisette gekauft. Aber sie fand, dass sie mit sechsundfünfzig viel zu alt und noch dazu zu mollig um die Hüften war, um es je wieder zu tragen. Sie hatte sich gefreut, dass es Mariette wie angegossen passte und kein bisschen geändert werden musste.

»Belle und Etienne wären so stolz, wenn sie dich darin sehen könnten!«, hatte Lisette an dem Tag, als Mariette es anprobierte, gesagt. »Ihr kleines Mädchen ist erwachsen geworden, und noch dazu wunderschön. Wir müssen Fotos machen lassen und sie ihnen schicken. Es ist bestimmt schlimm für sie, dass sie an deinem Geburtstag nicht bei dir sein können.«

Mariette trat vor das Kleid und streichelte den weichen, sinnlichen Stoff. Als Lisette ihr das Abendkleid gezeigt hatte, hatte sie zuerst gedacht, das Silbergrau würde sie farblos erscheinen lassen, doch sie hatte sich geirrt. Die Farbe schien Licht auf ihr Gesicht zu werfen und ihren Teint strahlen zu lassen. Sie konnte es kaum erwarten, das Kleid anzuziehen. Lisette hatte recht – ihre Eltern waren sicher traurig. Geburtstage wurden in ihrer Familie immer ganz groß gefeiert, mit bunten Wimpeln in Küche und Garten. Belle hatte immer eine kunstvolle Krone für das Geburtstagskind angefertigt, die während der ganzen Party getragen werden musste. Freunde und Nachbarn kamen zu Besuch, Mog backte eine köstliche Torte, und alle mussten ihre schönsten Kleidungsstücke anziehen und Gesellschaftsspiele spielen. Die Erwachsenen hörten oft bis in die frühen Morgenstunden nicht auf, zu trinken und zu tanzen, und Mariette erinnerte sich, wie sehr sie sich als Kind gewünscht hatte, erwachsen zu sein und auch so lange aufbleiben zu dürfen.

Sie konnte sich gut vorstellen, dass Belle und Mog am achten März die eine oder andere Träne verdrücken würden. Mog würde wahrscheinlich trotzdem eine Torte backen, und sie würden alle mit einem Glas Wein auf Mariette anstoßen. Aber die Stimmung würde eher gedämpft sein, da Alexis gleich nach seinem achtzehnten Geburtstag einberufen worden war. Jetzt war er gerade in einem Ausbildungslager und wartete darauf zu erfahren, ob sein Regiment nach Europa oder nach Nordafrika gehen würde. In weniger als einem Jahr würde Noel an der Reihe sein. Mariette konnte sich gar nicht vorstellen, dass aus ihren dünnen kleinen Brüdern junge Männer geworden waren, die eine Waffe abfeuern konnten. Wie würden ihre Eltern und Mog ohne Kinder im Haus wohl zurechtkommen?

Wie gern würde sie heimfahren und sie sehen! All die gehässigen Gedanken von früher, dass Russell ein primitives, verschlafenes Kuhkaff wäre, kamen ihr jetzt sehr dumm vor. Sie würde alles dafür geben, in der Bucht segeln zu gehen oder auf den Flag Staff Hill zu steigen und die traumhafte Aussicht zu genießen. Einfach nur in der abendlichen Stille auf der Veranda zu sitzen und eine milde Brise in ihrem Haar zu spüren, erschien ihr geradezu paradiesisch.

Mariette wandte sich wieder ihrem Brief zu und schrieb all ihre Gedanken an daheim auf. Sie gestand, wie sehr sie wünschte, sie könnte bei ihnen sein, und fügte hinzu:

Während ich hier sitze und schreibe, ist bei euch früher Morgen. Ich kann beinahe hören, wie Mog den Ofen auskehrt und nach oben ruft, um Noel zu wecken. Ich nehme an, Mama ist gerade draußen und füttert die Hühner und sammelt Eier ein, und Papa hat das Haus vielleicht schon verlassen, um jemanden zum Fischen hinauszufahren. Ich habe nicht zu schätzen gewusst, wie schön das alles ist, als ich noch bei euch war, aber jetzt weiß ich es.

Tränen traten ihr in die Augen, als sie sich daran erinnerte, wie schlecht sie sich ihren Eltern gegenüber benommen hatte. Sie dachte an all die Kniffe und Tricks, die sie angewendet hatte, und an das Gefühl, irgendwie zu kurz gekommen zu sein, weil Russell so klein und ruhig war. Jetzt, nachdem sie Kinder kannte, denen es wirklich schlecht ging, wusste sie, dass sie die schönste Kindheit gehabt hatte, die man sich vorstellen konnte. Sie hatte immer genug zu essen gehabt und sehr viel Liebe und Zuwendung bekommen. Niemand hatte sie je geschlagen, Vater war nie betrunken und aggressiv nach Hause gekommen, ihre Mutter hatte für eine heitere Stimmung gesorgt, und Mog war eine verständnisvolle Trösterin gewesen. Für Mariette war Mogs Schoß der beste Platz auf der Welt gewesen.

Jetzt wusste sie, dass sie sich eine Ehe wie die ihrer Eltern wünschte – eine Ehe, in der man alles teilte, Gutes wie Schlechtes, und in der alles von Liebe überstrahlt wurde – und wie dumm es von ihr gewesen war, sich einzubilden, genauso würde es mit

Morgan und ihr sein. Trotzdem ärgerte sie sich, dass sie ihn einfach nicht vergessen konnte. Die letzte Nachricht, die sie von ihm bekommen hatte, war kurz nach Beginn des Blitzkrieges eingetroffen. Damals schrieb er, dass er jeden Tag aus dem Krankenhaus entlassen werden könne und hoffe, sie würde gut auf sich aufpassen.

Seine Verwundung erwähnte er mit keinem Wort und ebenso wenig, ob er zu seinem Regiment zurückkehren oder in ein anderes Krankenhaus verlegt werden würde, und seither hatte sie nichts mehr von ihm gehört.

Johnny war der Meinung, dass Morgan eine andere hatte und nicht Manns genug war, es zuzugeben. Aber das ergab keinen Sinn, denn warum hätte er sich dann überhaupt die Mühe machen sollen, ihr aus dem Krankenhaus zu schreiben?

Mariette verstand Morgans Verhalten einfach nicht. Doch nach allem, was sie während des letzten halben Jahres gehört und gesehen hatte, konnte sie kaum noch etwas überraschen. Sie hatte erlebt, dass verheiratete Frauen, die Kinder hatten, eine heiße Affäre mit einem anderen Mann hatten, während der Ehemann, den sie angeblich liebten, in Übersee diente. Zwei Frauen, die Mariette persönlich kannte, waren von Männern, die sie beim Tanzen kennengelernt hatten und nie wiedersehen würden, schwanger geworden. Iris' Ehemann hatte sich unerlaubt von der Truppe entfernt und war in Portsmouth mit einem Mädchen von knapp sechzehn aufgegriffen worden. Er hatte Iris geschrieben, während er auf seinen Prozess vor dem Kriegsgericht wartete, und ihr mitgeteilt, dass er sie nicht liebte und auch nie geliebt hatte. Er habe sie nur geheiratet, weil sie ein Kind erwartet hatte, hatte er hinzugefügt. Ein älterer Mann, der in der Nähe der Fabrik wohnte, hatte seine Frau nach einem Luftangriff als vermisst gemeldet. Ein paar Tage später wurde ihre Leiche unter dem Schutt geborgen, doch ihre Verletzungen rührten offenkundig daher, dass sie mit einem Bleirohr mehrere Schläge auf den Kopf bekommen hatte, nicht von einstürzendem Mauerwerk. Als die Polizei das Verbrechen untersuchte, brach der Mann zusammen und legte ein Geständnis ab. Er sagte, er sei überzeugt gewesen, bei einem Bombenangriff ums Leben zu kommen, und habe den Gedanken nicht ertragen, seine Frau allein zurückzulassen.

Mariette hatte den Eindruck, dass der Krieg bis zu einem gewissen Grad den Charakter der Menschen veränderte. Die furchtsamen konnten tapfer werden, die gemeinen großzügig, und ehemals freundliche Männer konnten sich in kleine Tyrannen verwandeln, wenn sie erst einmal ihre Luftschutzuniformen anlegten. Mariette wusste, dass auch sie sich verändert hatte. Sie konnte es kaum fassen, wie selbstsüchtig sie früher gewesen war und jetzt lieber ihre Zeit damit verbrachte, alte Kleidungsstücke zu sortieren und zu verteilen, statt als Sekretärin gutes Geld zu verdienen und jeden Abend auszugehen, um mit Offizieren zu tanzen und zu flirten.

Peter wollte einen befreundeten Piloten zu ihrer Geburtstagsfeier mitbringen. Er hieß Edwin Atkins, war sechsundzwanzig Jahre alt und laut Rose sehr anziehend und amüsant.

Mariette wünschte, Rose und Peter würden es aufgeben, Amor zu spielen. Das war jetzt schon das dritte Mal seit Geralds Tod, dass sie versuchten, sie an den Mann zu bringen. Dieser Edwin Atkins würde wahrscheinlich so ähnlich wie die anderen beiden sein – wohlerzogen, herzlich und ein bisschen eingebildet. Kampfpiloten mochten Nationalhelden und der Traum fast aller Mädchen sein, doch Mariettes Träume sahen anders aus.

Noah lehnte sich im Salon ans Kamingitter und sah lächelnd zu, wie der Fotograf, den er bestellt hatte, noch ein paar Aufnahmen von Mariette allein machte.

Sie sah in dem silbergrauen Kleid sensationell aus. Ihr rotblondes Haar fiel in weichen Locken über ihre zarten Schultern, und das Collier, das Lisette ihr geliehen hatte, funkelte, als bestünde es aus Diamanten, auch wenn es nur aus Strass war. Aber das Armband an ihrem Handgelenk war echt und ein Geschenk zu ihrem einundzwanzigsten Geburtstag.

Zwei Jahre lebte sie jetzt bei ihnen, und Noah hatte sie sehr lieb gewonnen. Sie hatte Belles Unbefangenheit, ein bezauberndes Lächeln und aufrichtiges Interesse an ihren Mitmenschen. Anfangs hatte er den Eindruck gehabt, dass sie ein bisschen berechnend war, als nähme sie jeden genau unter die Lupe, um etwaige Schwachstellen zu finden. Aber das musste der Journalist in ihm sein, der dazu neigte, Schatten zu sehen, wo keine waren. Vielleicht lag es auch daran, dass Annie, ihre Großmutter, sehr berechnend gewesen war. Annie hatte sich keinem Menschen je verbunden oder verpflichtet gefühlt, schon gar nicht Mog, die ihr treu ergeben gewesen war. Auch Etienne, Mariettes Vater, hatte einige fragwürdige Eigenschaften. Er war der beste Freund und Verbündete, den man sich wünschen konnte, aber wehe, man kam ihm in die Quere.

Doch was immer Noah vor zwei Jahren gedacht hatte, er hatte sich geirrt. Mariette mochte die Hartnäckigkeit ihrer Mutter geerbt haben, wenn sie sich etwas in den Kopf setzte, den Mut ihres Vaters und einen Hauch von Annies Arroganz, aber sie hatte auch ein großes Herz. Er hoffte, dass Edwin ihr gefallen würde. Der Junge war aus gutem Holz geschnitzt – intelligent, charmant und aus bestem Hause.

Lisette ermahnte ihn immer wieder, nicht ständig zu versuchen, das Mädchen mit einem »feinen Pinkel« zu verheiraten. Sie war der Meinung, dass Mariette einen Mann wie Etienne brauchte, um glücklich zu werden. Aber Mariette war sein Patenkind, und er wollte nun einmal das Beste für sie.

»Und jetzt bitte zum Gruppenfoto!«, rief der Fotograf, der Mariette gerade in der Mitte platzierte und Rose und Lisette rechts und links von ihr.

»Zuerst ein Bild von den drei schönsten Mädchen in London«, entschied Noah.

Rose trug ein traumhaftes rosa Abendkleid, und Lisette war in ihrer Robe aus schwarzer Spitze so elegant, wie es nur eine Französin sein konnte.

»Bin ich nicht ein Glückspilz, dass ich diese drei Schönheiten ins *Café de Paris* ausführen darf?«, meinte Noah lachend.

KAPITEL 16

Der Bombenalarm ging in dem Moment los, als Noah gerade vor dem *Café de Paris* am Piccadilly Circus das Taxi bezahlte. Es war kalt, und Mariette und Rose schlangen beide ihre Pelzstolen enger um ihre Schultern, bevor sie zur Tür des Nachtklubs eilten. Während andere Tanzsäle und Klubs bei Kriegsbeginn schlossen, blieb das *Café de Paris* geöffnet, weil sich die Räumlichkeiten unter der Erde befanden und als sicherer als jeder Luftschutzraum galten. Das Lokal hatte eine lange und glanzvolle Geschichte und zog die Reichen und Schönen an, seit der Prinz von Wales es zu seinem Lieblingsklub erklärt hatte. Rose, Noah und Lisette waren alle schon vor dem Krieg hier gewesen, aber heute Abend waren sie genauso aufgeregt wie Mariette, weil sie sich schon auf die Band, Ken »Snakehips« Johnson und sein westindisches Orchester, freuten.

Eine lange Treppe führte in die erste von mehreren Galerien. Mariette war überwältigt von der prachtvollen Einrichtung, die mit den üppigen Blattgoldverzierungen und schönen Kristallkandelabern an den Ballsaal der *Titanic* erinnerte.

Peter und sein Freund Edwin warteten schon an ihrem Tisch auf sie und sahen in ihren Uniformen sehr schneidig aus. Mariette war angenehm überrascht, als sie feststellte, dass Edwin genauso gut aussah, wie Rose behauptet hatte. Er hatte ein männliches Gesicht mit kantigem Kinn, braunes Haar und strahlend blaue Augen. Sein Lächeln gefiel ihr; es war ein bisschen verlegen und deutete darauf hin, dass er sich nicht sicher war, ob er mit Rose' Verwandter verkuppelt werden wollte. Aber falls es ihm tatsächlich widerstrebte, ließ er es sich nicht anmerken. Er sprang auf, um Mariette die Hand zu schütteln, und führte sie zu dem Stuhl neben seinem.

Ihr Tisch befand sich in der untersten Galerie, mit Blick auf Bühne und Tanzfläche. Im Moment spielte ein Quartett, und der Bandleader sang *Stormy Weather*. Mariette war so fasziniert von all den eleganten Frauen und ihren Partnern in Abendkleidung oder Uniform, dass sie erst merkte, wie der Kellner ihnen allen Champagner einschenkte und Noah sein Glas hob, um auf sie anzustoßen, als Edwin sie leicht anstieß.

»Auf unsere bildhübsche Mariette und ihren einundzwanzigsten Geburtstag!«, sagte Noah. »Ich wünschte, Belle und Etienne könnten heute Abend hier bei uns sein, sie wären so stolz auf dich. Lasst uns auf einen schönen Geburtstag und Freunde, die nicht bei uns sind, trinken!«

»Auf einen schönen Geburtstag und Freunde, die nicht bei uns sind!«, stimmten alle ein.

»Ein bisschen traurig für dich, so weit von zu Hause deinen Geburtstag zu feiern«, sagte Edwin, nachdem sie getrunken hatten.

Sie fand es nett, dass er so einfühlsam war. »Ja, heute Morgen hatte ich ganz schön Heimweh. Meine Mutter hat unsere Geburtstage immer ganz groß gefeiert. Mein älterer Bruder ist gerade eingezogen worden, und damit bleibt nur noch der jüngere übrig, um von Mum verhätschelt zu werden.«

»Wissen die Menschen in Neuseeland eigentlich, wie schlimm der Blitzkrieg ist? Oder konzentrieren sich die Zeitungen eher auf den Afrikafeldzug und auf Japan?«

»Meine Eltern äußern sich nie dazu, doch ich bin mir ziemlich sicher, dass mein Vater sehr gut weiß, was vorgeht. Aber schließlich wissen sie auch besser als die meisten Bewohner Neuseelands, was ein Krieg bedeutet. Mein Vater war im letzten Krieg in der französischen Armee, und meine Mutter ist in Frankreich Rettungswagen gefahren.«

»Ich habe von Peter gehört, dass du genauso viel Mumm hast. Du hilfst im East End, stimmt's?«

»Eigentlich bin ich rein zufällig dort gelandet, weil ich bei einem der ersten Bombenangriffe gerade in der Gegend war. Als ich die Menschen dort kennenlernte und sah, mit welchen Problemen sie zu kämpfen haben, musste ich einfach helfen. Sie stehen wirklich unter Dauerbeschuss. Aber das muss ich dir wohl kaum erzählen!«

Er lächelte sie herzlich an, und seine Augen waren so blau und strahlend wie ein Sommerhimmel. »Wir konzentrieren uns im Allgemeinen darauf, den Feind abzuschießen und unversehrt zurückzukommen. Das Leid, dass die Bomben bei der Zivilbevölkerung hervorrufen, sehen wir nicht, jedenfalls nicht so hautnah wie du.«

Ihr gefiel seine Bescheidenheit genauso gut wie seine tiefe Stimme, und sie spürte, wie ihr ein leichter Schauer über den Rücken lief. Vielleicht würde sie Edwin nach diesem Abend doch gern wiedersehen …

Das Essen war eine Enttäuschung – die Steaks klein und zäh, das Gemüse zerkocht –, doch so oder ähnlich war es mittlerweile in fast jedem Restaurant, und niemand beschwerte sich. Aber der Champagner und der Wein waren vorzüglich, und es war schön, sich unter Menschen zu befinden, die sich alle gut amüsierten.

Edwin gefiel Mariette immer besser; er war humorvoll, gesprächig und kein bisschen aufdringlich. Er stellte ihr Fragen zu Neuseeland und meinte, dass er selbst daran gedacht habe, nach Kriegsende dorthin auszuwandern. »Falls der Krieg denn jemals endet«, sagte er bedrückt. »Ich liebe Fischen und Segeln und würde gern in einem Land leben, das Platz und Weite hat.«

»Davon gibt es genug«, lachte sie. »Und mehr Schafe als Menschen!«

»Was hältst du von ihm?«, fragte Rose sie etwas später, als Edwin und Peter gerade zur Toilette gegangen waren.

»Er ist sehr nett«, gab Mariette zu.

»Soll das heißen, dass du ihn wiedersehen willst?«

Mariette lachte. »Warten wir erst mal ab, was der heutige Abend noch bringt!«

Um neun Uhr waren sie mit dem Essen fertig, und der Kellner räumte bis auf die Getränke den Tisch ab. Gleich sollte »Snakehips« Johnson auftreten, und Mariette und Rose konnten es kaum erwarten, den attraktiven jungen Sänger aus Guyana zu sehen, der seinen Spitznamen wegen seiner geschmeidigen Bewegungen und wiegenden Hüften bekommen hatte.

Sie wurden nicht enttäuscht. Ken Johnson sah in Wirklichkeit noch besser aus als in den Filmen, die sie gesehen hatten, und sein westindisches Orchester spielte einen Swing, der fast alle Gäste auf die Tanzfläche trieb.

»Nach zehn Uhr wird man sich auf dieser winzigen Fläche nicht mehr rühren können«, sagte Edwin zu Mariette, als sie tanzten. »Um die Zeit kommen die meisten Leute. Doch das Gute daran ist, dass ich dich dann enger an mich drücken kann.«

Mariette lächelte. Sie hatte nichts dagegen, von ihm eng gehalten zu werden. Aber da ihr klar war, dass mehr Neuankömmlinge längere Schlangen im Waschraum bedeuteten, entschuldigte sie sich, um sich lieber gleich frisch zu machen.

In der Tür zum Waschraum drehte sie sich noch einmal um. »Snakehips« sang gerade den Hit »Oh, Johnny! Oh, Johnny! How you can love«. Bei den Worten musste Mariette an Johnny denken und bekam ein schlechtes Gewissen, weil sie sich so gut mit einem anderen Mann amüsierte, doch sie verdrängte den Gedanken und rief sich in Erinnerung, dass es sich hier um eine Familienfeier handelte, nicht um ein Date.

Lisette und Noah tanzten einen Quickstepp, aber Rose und Peter hielten einander eng umschlungen und traten praktisch auf der Stelle. Edwin stand neben der Tanzfläche und rauchte eine Zigarette. Anders als Mariette erwartet hatte, hatte er sich keine andere Tanzpartnerin gesucht, und das fand sie nett.

Sie trug gerade frischen Lippenstift auf, als sie das ohrenbetäubende Krachen einer Bombe hörte. Es klang, als wäre sie direkt in das Gebäude gedonnert und hätte alles zerschmettert. Mariette ließ vor Schreck den Lippenstift fallen. Dann fing das Geschrei an.

Als sie die Tür öffnete, war das Bild, das sich ihr bot, so grauenhaft, dass auch sie einen Schrei ausstieß. Die Bombe war von oberhalb der Bühne gekommen, und »Snakehips« und die anderen Bandmitglieder schienen tot zu sein. Sie lagen auf dem Boden, die weißen Hemden rot von Blut.

Die Lichter flackerten, aber Mariette sah voller Entsetzen, dass eine Frau, die neben der Tanzfläche saß, enthauptet worden war.

Dann erloschen die Lichter ganz.

In den ein, zwei Sekunden, als das Licht geflackert hatte, hatte sie nicht sehen können, ob sich jemand von ihrer Gesellschaft auf der Tanzfläche befand, weil sie voller Menschen war, die entweder gestürzt waren oder versuchten, von dort wegzukommen. Noch während sie starr vor Schreck in der Dunkelheit stand, schlug eine zweite Bombe ein.

Die Detonation und die Kerzen auf den Tischen weiter hinten spendeten genug Licht, um zu erkennen, dass praktisch niemand auf der Tanzfläche eine Überlebenschance hatte. Die Leute standen zu dicht gedrängt und bildeten eine einzige Masse zuckender Körper, als Gips, Ziegel und Glas von den Lampenschirmen auf sie herunterprasselten.

Mariette trat instinktiv einen Schritt zurück. Sie hatte im East End genug Bombenangriffe erlebt, um zu wissen, dass das ganze Gebäude einstürzen konnte. Sie stand jetzt unter der Galerie, wo sie gerade eben noch alle an einem Tisch gesessen und zu Abend gegessen hatten. Darüber befanden sich zwei weitere Galerien, dann erst kam die lange Treppe, die zur Straße hinaufführte. Sie wusste, dass es nur Minuten dauern konnte, bis Männer mit Taschenlampen erschienen, und dann würde man sehen können, wer tot oder schwer verwundet war. Aber falls Noah, Lisette, Rose, Peter und Edwin die Tanzfläche nicht verlassen hatten, als sie selbst im Waschraum gewesen war, und an ihren Tisch zurückgekehrt waren, mussten sie sich in diesem Knäuel von menschlichen Körpern befinden, auf das sie einen flüchtigen Blick erhascht hatte, bevor das Licht erloschen war.

Als sie aufblickte, konnte sie durch das Loch im Dach, das die Bombe geschlagen hatte, am Himmel Sterne blinken sehen. Dann entdeckte sie von weit oben schwankende Lichter und hörte, wie Anweisungen geschrien wurden, und auch die Sirenen der Rettungsfahrzeuge waren deutlich zu vernehmen. Und erst jetzt, als sie wusste, dass Hilfe nahte, fing Mariette an zu weinen.

Auf Straßenniveau tauchten mehr Lichter auf, und eine herrische Stimme rief: »Würde bitte jeder, der unverletzt ist, die Treppe zur Straße hinaufgehen! Hier oben warten Leute darauf, Ihre Personalien aufzunehmen. Versuchen Sie jetzt nicht, Freunde und Verwandte zu finden; Sie behindern damit nur das Rettungsteam.«

Mariette war wie gelähmt. Ihr Verstand sagte ihr, dass sie sich bewegen musste, aber ihr Blick ruhte wie gebannt auf dem Menschenknäuel auf der Tanzfläche. Das Licht war zu schwach, um jemanden identifizieren zu können, doch sie starrte sich förmlich die Augen aus dem Kopf, um einen Zipfel von Rose' rosafarbenem Abendkleid oder Peters blauer Uniform zu entdecken. Dass sie weder das eine noch das andere sehen konnte, machte ihr ein bisschen Hoffnung, aber sie wusste, dass Lisettes schwarzes Kleid und Noahs Abendanzug mit all den anderen schwarzen Kleidungsstücken verschmelzen würden.

Wie viele Menschen waren gestorben?

Eine Hand legte sich auf ihren Arm, und sie erschrak. Es war ein Rettungshelfer. »Kommen Sie, Miss, da oben sind Leute, die sich um Sie kümmern werden!«

»Ich war im Waschraum, als es passierte«, schluchzte sie. »Heute ist mein einundzwanzigster Geburtstag, und sie waren alle auf der Tanzfläche. Ich weiß nicht, ob sie dort sind unter all den …« Stumm deutete sie auf die Tanzfläche.

»Vielleicht nicht«, sagte er freundlich. »Kommen Sie mit nach oben, vielleicht sind Ihre Leute dort!«

Er nahm sie fest am Arm, führte sie zur Treppe und dann nach oben. Auf dem ersten Treppenabsatz blieb sie stehen und drehte sich noch einmal um. Jetzt war mehr Licht, und sie konnte sehen, wie Rettungskräfte, Polizisten und Sanitäter um die Tanzfläche herumgingen und nach Lebenszeichen Ausschau hielten. Zwei Frauen rissen Stoffstreifen zum Verbinden von den Säumen ihrer Kleider. Mariette sah, wie sie einem Mädchen in einem rot-weißen Kleid halfen, und erkannte im nächsten Moment, dass das Kleid weiß und das Rot das Blut der jungen Frau war.

Dann entdeckte sie Rose. Ihr rosa Kleid war unverkennbar. Sie hatte einen Arm über ihr Gesicht geworfen, und ihre Beine waren seltsam verdreht, als wäre sie in die Luft geschleudert worden und wieder auf den Boden gefallen. »Das ist jemand von meiner Gruppe«, brachte sie schluchzend heraus. »Die junge Frau in Rosa. Ihre Eltern und ihr Freund müssen auch dort sein. Können Sie bitte nachschauen?«

»Das mache ich, sowie ich Sie nach oben gebracht habe«, versprach er. »Kommen Sie, Miss, das ist kein Ort für Sie!«

Sehr viele Menschen wurden wie sie vorsichtig die Treppe hinaufgeführt. Alle standen unter Schock und bewegten sich verlangsamt, wie Mariette es bei fast allen Menschen nach einem Luftangriff erlebt hatte. Sie konnte Leute weinen hören, andere flehten die Rettungskräfte an, ihnen bei der Suche nach Angehörigen oder Freunden zu helfen. Und dann waren da noch die Verletzten mit Schnittwunden an Kopf und Gesicht, die mühsam Stufe für Stufe nach oben stolperten, während auf der anderen Seite der Treppe Rettungshelfer mit Tragen hinunterliefen.

Endlich befand sich Mariette auf Straßenhöhe und im Foyer des Klubs, wo eine Rettungskraft ihren Namen notierte und nach ihren Begleitern fragte: nach ihren Namen, ihrem Alter, ihrer Kleidung, nach allem, was helfen konnte, sie zu identifizieren.

Mariette schaffte es, der Frau die nötigen Informationen zu geben. »Ich habe Rose auf der Tanzfläche gesehen, also waren sie wahrscheinlich alle dort«, fügte sie hinzu und brach erneut in Tränen aus. »Und dann war da noch Edwin Atkins. Er trägt eine Uniform der Royal Air Force, ist sechsundzwanzig, braunhaarig und ungefähr eins fünfundsiebzig groß.«

»Das ist eine große Hilfe, Miss Carrera«, sagte die Rettungshelferin. »Sie zittern ja. Ich lasse Ihnen eine Decke und eine Tasse Tee bringen. Sie können hier auf Neuigkeiten über Ihre Freunde warten.«

Eine Armeedecke um die nackten Schultern gelegt, ging Mariette mit einigen anderen Leuten, die genauso unter Schock standen wie sie, die Straße hinunter und in einen Kellerraum, wo sich schon ungefähr vierzig weitere Personen befanden. Einige weinten, andere liefen rastlos auf und ab. Mariette konnte an der Abendkleidung erkennen, wer von ihnen im *Café de Paris* gewesen war. Auch andere Leute in ganz normaler Straßenkleidung waren da, die offensichtlich hier Schutz gesucht hatten, als der Alarm losgegangen war.

Eine hochgewachsene Frau in einer Uniform der Women's Voluntary Services stand hinter einem Teewagen, aber selbst das erschien Mariette unwirklich. Sie hatte das Gefühl, dass sie es sein sollte, die den Bedürftigen Tee ausschenkte, weil das die Rolle war, die ihr vertraut war. Nie hätte sie damit gerechnet, zu jenen zu gehören, die auf Trost und Hilfe angewiesen waren.

Sie nahm eine Teetasse, aber ihre Hände zitterten so sehr, dass einer der Helfer ihr die Tasse wegnahm, Mariette zu einem Stuhl führte, die Teetasse auf den Stuhl daneben stellte und ihr die Decke fester um die Schultern wickelte.

Die meisten anderen konnten gar nicht aufhören, laut über das, was passiert war, zu reden. Jemand meinte, es sei gut, dass die Bomben so früh gefallen waren; später, nach zehn Uhr, wenn es im Klub am vollsten war, wäre es noch viel schlimmer gewesen.

Mariette vermutete, dass sich die meisten der Überlebenden in den oberen Galerien befunden hatten. Einige hatten wie Mariette Freunde oder Verwandte, die auf die Tanzfläche gegangen waren und über deren Verbleib noch nichts bekannt war, aber die große Mehrheit hatte niemanden verloren, sondern wartete hier nur darauf, irgendwie nach Hause zu kommen.

Aufgeregt hechelten die Leute die Details durch und redeten über die Bandmitglieder, die getroffen worden waren, und die Frau, die enthauptet worden war. Mariette wurde bei den Bildern, die sich ihr aufdrängten, übel.

»Mein Mann und ich hatten gerade fünf Minuten getanzt, bevor die Bombe detonierte«, sagte eine Frau immer wieder. Sie trug eine Nerzstola, und an ihrem Hals funkelten Diamanten. »Mein Mann hat gesagt, dass ihm das Gedränge auf die Nerven geht. Wenn ich nur daran denke, wie böse ich auf ihn war!«

Mariette fiel ein, dass sie ihr Abendtäschchen und ihre Stola auf ihrem Stuhl liegen gelassen hatte. Sie hatte kein Geld und keine Schlüssel, um ins Haus zu kommen. Trotz der Decke fror sie, und ihre Füße in den dünnen Abendschuhen fühlten sich an, als wären sie zu Eisblöcken gefroren.

Und dann, als sie schon glaubte, man hätte sie vergessen, kam Edwin zur Tür herein. Sein linker Arm lag in einer Schlinge, sein Abendanzug war mit Staub und Gipsflecken übersät, und auf seiner Wange prangte eine hässliche Schnittwunde. Aber er war am Leben.

Mariette stürzte zu ihm. »Edwin, Gott sei Dank, dass du da bist! Was ist mit den anderen?«

Er legte den unverletzten Arm um sie und drückte sie an sich. »Sie sind alle tot, Mari«, antwortete er mit brüchiger Stimme. »Ich habe sie gerade identifiziert.«

Mariette hatte gehört, wie Menschen in ihrer Lage gesagt hatten, dass sie es nicht glauben könnten, dass es ein Irrtum sein müsse. Jetzt konnte sie sich mit ihnen identifizieren. Wie in aller

Welt konnten ihr die Menschen, die ihr so viel bedeuteten, auf so grausame Weise genommen werden?

Edwin nahm die Sache in die Hand. »Wenn Entwarnung gegeben wird, bringe ich dich nach Hause, Mari. Ich glaube, Rose hat einen Bruder. Wir müssen uns mit ihm in Verbindung setzen.«

»Er heißt Jean-Philippe, aber ich habe ihn nur ein, zwei Mal gesehen«, sagte sie. »Er ist bei der Navy. Und ich habe keine Hausschlüssel«, platzte sie heraus und fing wieder an zu weinen.

»Ich habe die Schlüssel. Die Polizei hat sie aus Mr. Baylis' Jackentasche genommen«, erklärte er. »Das ist das Schlimmste, was du je durchmachen wirst, doch ich werde dir beistehen. Hast du in London noch andere Verwandte? Freunde, die dir helfen könnten?«

Es war nach drei Uhr morgens, als sie nach St. John's Wood kamen. Mariette hatte immer noch die Decke, die man ihr gegeben hatte, um die nackten Schultern geschlungen, und sie hatte fast die ganze Heimfahrt über geweint. Aber ihr Schmerz wurde noch eindringlicher, als sie das Haus betrat und alles sah, was so sehr Teil von Noah und Lisette gewesen war. Lisettes Nähkorb neben ihrem Sessel, Noahs Buch neben seinem, die Familienfotos auf dem Beistelltisch vor dem Fenster. Sogar ein Hauch von Lisettes Parfum hing noch in der Luft.

Wenn sie nicht meinen Geburtstag gefeiert hätten, würden sie jetzt alle gesund und wohlbehalten in ihren Betten liegen, dachte Mariette. Aber jetzt würde Rose nie ihre Hochzeit feiern, und im Haus würden niemals Noahs und Lisettes Enkelkinder treppauf, treppab laufen. Erst vor ein paar Tagen hatte Noah gesagt, dass sie nach Ende des Krieges nach Neuseeland fahren wollten. Auch das würde nun nie geschehen.

»Ich denke, wir rufen deine Eltern sofort an«, schlug Edwin vor. »In Neuseeland ist jetzt Nachmittag.«

»Sie haben kein Telefon«, sagte sie. »Sie telefonieren immer von Tante Peggys Bäckerei aus.«

»Dann rufen wir eben dort an. Soll ich das erledigen?«

Er schenkte ihnen beiden ein Glas Brandy ein, während sie aus Noahs und Lisettes Adressbuch die Nummer heraussuchte. Dann schürte Edwin das Feuer, bis die Flammen wieder hell loderten, drückte Mariette aufs Sofa und rief die Vermittlung an.

»Es dürfte eine Weile dauern, fürchte ich«, bemerkte er. »Komm, trink deinen Brandy, das hilft gegen den Schock! Wie ist der Nachname deiner Tante?«

»Reid«, sagte sie mit gebrochener Stimme und stellte sich vor, wie die dicke, alte Tante Peggy zum Telefon watschelte und wie immer laut hineinbrüllte. »Sie ist keine richtige Tante, bloß eine Freundin von Mum.«

Er nickte und sprach in den Hörer. »Ist da Mrs. Reid? Mrs. Peggy Reid?«

Mariette konnte hören, wie eine Frau nachfragte, wer am Apparat sei. Sie stand auf und griff nach dem Hörer. »Tante Peggy, ich bin's, Mari. Etwas Furchtbares ist passiert. Könntest du bitte Mum, Papa oder Mog holen?«

»Mog sitzt hier bei mir, Liebes, sie ist gerade zu Besuch gekommen«, sagte Peggy. »Ich gebe sie dir.«

Mariette hörte, wie sie leise mit jemandem – wahrscheinlich Mog – sprach.

»Mari?« Mogs Stimme klang ängstlich. »Was ist denn los?«

Mari fing an zu weinen. »Sie sind tot, Mog«, schluchzte sie. »Noah, Lisette, Rose und ihr Freund Peter. Sie sind mit mir in einen Nachtklub gegangen, um meinen Geburtstag zu feiern. Die Bomben sind direkt durchs Dach gekommen. Ich war gerade im Waschraum. Sie sind alle tot!«

Sie hörte, wie Mog scharf den Atem einzog, doch wie immer, wenn die Lage ernst war, riss sie sich zusammen. »Wo bist du, Mari? Und wer ist bei dir?«, fragte sie mit bebender Stimme, aber beherrscht. »Ich muss sofort nach Hause und Belle Bescheid geben, also erzähle mir bitte so viel, wie du kannst.«

»Ich bin in Onkel Noahs Haus. Und Edwin, Peters Freund, ist hier bei mir. Er ist sehr lieb.« Allein die Tatsache, mit Mog zu sprechen, beruhigte Mariette ein wenig. »Ich bin unverletzt, ich habe nicht mal einen Kratzer. Edwin hat die Leichen identifiziert. Hier ist es mitten in der Nacht, und die Bombenangriffe haben aufgehört. Aber es ist so furchtbar! Ich kann einfach nicht glauben, dass sie tot sind.«

»Lass mich mal mit dem jungen Mann sprechen! Edwin heißt er, sagst du? Und du legst dich mit einer Wärmflasche ins Bett. Das ist wirklich grauenhaft, und du hast einen schlimmen Schock erlebt«, sagte Mog. »Du musst morgen mit Jean-Philippe reden. Er wird wissen, was zu tun ist. Wenn ich fliegen könnte, würde ich mich sofort auf den Weg machen und dich in die Arme nehmen, aber leider kann ich es nicht. Du musst sehr tapfer sein, mein Liebling. Und jetzt gib mir Edwin!«

»Was hat meine Tante zu dir gesagt?«, wollte Mariette wissen, als er wenig später den Hörer auflegte.

»Genau das Gleiche, was meine Großmutter unter diesen Umständen gesagt hätte. Dass ich die Situation nicht ausnutzen darf und darauf achten soll, dass du es schön warm hast. Und dann hat sie sich wohl daran erinnert, dass ich einen guten Freund verloren habe, und mir ihr Beileid ausgesprochen. ›Sie brauchen jetzt selbst Ihre Mutter und vielleicht ein Glas Brandy, junger Mann‹, hat sie noch hinzugefügt.« Er lächelte schwach. »Diese Mog scheint eine starke Persönlichkeit zu sein. Sie will jetzt gleich nach Hause gehen und mit deiner Mutter reden, aber dein Vater ist beruflich unterwegs und kommt erst spät abends zurück. Sie rufen morgen früh zurück, also nach hiesiger Zeit um sechs Uhr abends.«

»An deinen Verlust habe ich gar nicht gedacht«, gestand Mariette, als er sich zu ihr setzte. »Es tut mir so leid.«

»Das verstehe ich. Für mich ist es anders als für dich. Die meisten in unserer Staffel haben schon etliche Freunde verloren, wir sind quasi daran gewöhnt. Es ist nach wie vor schrecklich, aber wir haben gelernt, damit zu leben. Das Unglück von heute Abend ist eigenartig und anders, weil es völlig unerwartet kam. Wir Piloten denken natürlich, dass wir in unseren Flugzeugen sterben werden, nicht in einem Nachtklub.«

»Ich habe dich nicht mal nach deinen Verletzungen gefragt«, bemerkte sie. »Ist dein Arm gebrochen?«

»Ich glaube nicht, obwohl sie mir gesagt haben, dass ich ihn noch einmal im Krankenhaus untersuchen lassen soll. Ich bin gestürzt und mit meinem Arm schlecht aufgekommen. Doch ich denke, er ist nur verstaucht. Ein Mann von der Bürgerwehr hat gesagt, dass es vierunddreißig Tote und über achtzig Verletzte gegeben hat. Wenn du nicht in den Waschraum gegangen wärst, wären es zwei Tote mehr.«

Von dem Brandy und nach all dem Champagner und Wein, den sie im Klub getrunken hatte, war ihr schwindlig. Mariette stand taumelnd auf und hielt sich an der Sofalehne fest.

»Immer mit der Ruhe! Setz dich wieder hin! Ich fülle erst mal eine Wärmflasche, dann bringe ich dich nach oben.«

»Du schläfst vielleicht besser in Rose' Zimmer«, sagte sie, als sie sich wieder aufs Sofa fallen ließ.

Ein wenig später ließ sich Mariette von Edwin die Treppe hinaufhelfen. Sie zeigte auf Rose' Zimmertür und wankte zu ihrem eigenen Zimmer weiter.

»Ich glaube, ich muss dir helfen, dein Kleid aufzuknöpfen«, sagte er.

Einen Moment lang dachte sie, dass er tatsächlich die Situation ausnutzen wollte, aber als sie ihm ins Gesicht sah, konnte sie darin nur Sorge um sie entdecken.

»Es hat hinten winzige Haken und Ösen, an die du nicht herankommst«, fuhr er fort. »Es wäre ein Jammer, ein so schönes Kleid zu zerreißen.«

Er hatte recht, allein würde sie es nicht schaffen. Lisette hatte die Haken geschlossen, als Mariette das Kleid angezogen hatte. Also kehrte sie Edwin nun den Rücken zu und spürte ganz leicht die Berührung seiner Finger.

»So, das wär's«, sagte er und legte seine Hand auf ihre Schulter. »Wenn du dich fürchtest, brauchst du nur zu rufen. Ich werde dich hören.«

Sie hielt das Oberteil ihres Kleides fest, drehte sich zu ihm um und küsste ihn auf die Wange. »Danke für alles, Edwin. Ich weiß nicht, was ich ohne dich gemacht hätte.«

Er zog sie mit seinem unversehrten Arm an sich. »Dass der Abend ein solches Ende nehmen würde, hätte ich mir nie träumen lassen. Ich konnte mein Glück kaum fassen, als ich dich sah. Aber ich habe strenge Order von deiner Mog. Ich werde mich gut um dich kümmern.«

KAPITEL 17

Mariette schlief sofort ein, als sie im Bett lag, aber schon nach einer Stunde wachte sie wieder auf und verbrachte den Rest der Nacht damit, in ihr Kissen zu weinen. Nie zuvor in ihrem Leben hatte sie sich so sehr nach ihren Eltern und Mog gesehnt. Sie war verängstigt und fassungslos über das, was geschehen war, und hatte nicht die leiseste Ahnung, wie sie damit zurechtkommen sollte.

Gegen sieben hielt sie es nicht mehr aus, mit all den grauenhaften Bildern im Kopf im Bett zu bleiben. Als sie nach unten ging, um sich eine Tasse Tee aufzubrühen, saß Edwin bereits am Küchentisch, genauso übernächtigt und niedergeschlagen wie sie selbst.

»Ich weiß nicht, was ich tun soll«, gestand sie und setzte sich zu ihm. »Kommt die Polizei her? Was passiert bis zur Beerdigung mit den Leichen?«

»Das weiß ich auch nicht«, sagte er. »Um so etwas musste ich mich noch nie kümmern. Ich denke, das meiste erledigt der Bestatter. Aber darüber musst du dir nicht den Kopf zerbrechen, Mari, das ist Jean-Philippes Sache. Deine Tante meinte, du müsstest dich bei ihm melden. Soll ich das vielleicht übernehmen?«

»Er ist bei der Navy, also dürfte er kaum zu Hause sein. Aber Alice, seine Frau, wird wissen, wie man ihn erreichen kann. Ich wäre dir sehr dankbar, wenn du ihr die Nachricht überbringen könntest. Ich würde es bestimmt vermasseln.«

Sie holte die Nummer aus Noahs Arbeitszimmer. »Weißt du, Jean-Philippe ist nicht besonders umgänglich. Sogar Rose hat gesagt, dass man nur schwer an ihn herankommt.«

Edwin nickte. »So ähnlich hat sich auch Peter geäußert. Er hat mir erzählt, Rose und Jean-Philippe seien wie Tag und Nacht. Aber schließlich ist er nur ihr Halbbruder, vielleicht erklärt das, dass sie so verschieden sind.«

Mariette hatte sich oft gefragt, wer Jean-Philippes Vater war. Wenn er gestorben wäre, hätte Lisette es einmal erwähnt, dachte Mari, und Lisette kam ihr nicht vor wie jemand, der sich scheiden ließ. Das Ganze war ein weiteres Rätsel in der gemeinsamen Vergangenheit von Noah und Lisette und ihren Eltern, auch wenn es jetzt, da ihr Taufpate und seine Frau nicht mehr lebten, kaum noch von Bedeutung war.

Aber Jean-Philippe war sehr wohl am Leben, und sie fürchtete sich ein bisschen davor, mit ihm Kontakt aufzunehmen, weil sie den Verdacht hatte, dass das Verhältnis zwischen ihm und Noah eher frostig gewesen war. Lisette hatte zwischen den Fronten gestanden und vermittelt.

Im Nachhinein hatte schon ihre erste Begegnung darauf hingewiesen. Jean-Philippe war zu ihr höflich, aber kühl gewesen, und bei seinem Besuch schien es sich eher um eine lästige Pflicht als um den Wunsch zu handeln, seine Mutter zu sehen und die Tochter ihrer alten Freundin kennenzulernen. Das Foto von ihm, das im Wohnzimmer stand, schmeichelte ihm und ließ eine Ähnlichkeit mit Lisette vermuten, die tatsächlich kaum bestand. In Wirklichkeit sah er merkwürdig aus; sein pechschwarzes Haar hing ihm tief in die Stirn, und seine ebenfalls dunklen Augen waren sehr klein. Sein Gesicht war fast dreieckig, sein Kinn sehr spitz.

An jenem Tag war er nicht länger als zwanzig Minuten geblieben. Damals hatte sich Mariette nichts dabei gedacht, doch nach einem weiteren genauso kurzen Besuch hatte sie Lisette gefragt, warum Jean-Philippe nicht öfter kam und länger blieb. Lisette hatte verlegen gewirkt und gemurmelt, er sei eben sehr beschäftigt.

In den über zwei Jahren, die Mariette bei Noah und Lisette wohnte, hatte sie Alice, Jean-Philippes Frau, nur zweimal gesehen. Lisette erwähnte einmal, dass ihre Schwiegertochter ein Nervenleiden hatte und deshalb keine Gäste empfing. Mariette hatte sich insgeheim gedacht, dass sie selbst bestimmt auch Probleme mit ihren Nerven hätte, wenn sie mit einem so gefühlskalten Mann verheiratet wäre.

Sie fragte sich, wie eine so warmherzige und liebevolle Frau wie Lisette einen solchen Sohn haben konnte. War sein Vater ein Scheusal gewesen, und war das der Grund, warum Lisette ihn verlassen hatte?

Edwin wartete mit seinem Anruf bei Jean-Philippe bis neun Uhr morgens. Er meinte, es wäre nicht fair, jemanden an einem Sonntag mit einer so schlechten Nachricht zu wecken.

Mariette saß neben ihm auf dem Sofa, als er den Anruf tätigte. Als eine männliche Stimme antwortete, zögerte Edwin einen Moment, weil er nicht erwartet hatte, Jean-Philippe zu Hause anzutreffen.

Es gab keine Möglichkeit, einem Menschen mitzuteilen, dass seine ganze Familie ums Leben gekommen war, ohne ihm wehzutun, aber Mariette fand, dass Edwin seine Sache recht gut machte. Er gab die Fakten sachlich und so taktvoll wie möglich wieder. Mehrmals blieben ihm die Worte im Hals stecken, und er entschuldigte sich wiederholt, doch er berichtete präzise, was passiert war, und sprach Jean-Philippe sein tief empfundenes Mitgefühl aus.

Als er auflegte, wirkte er leicht erschüttert. »Er war so kurz angebunden«, sagte er und sah Mariette verwirrt an. »Fast, als hätte er mir übel genommen, dass ich es ihm mitteile. Er hat gesagt, er habe heute Morgen im Radio von der Tragödie im *Café de Paris* gehört, und wollte wissen, wie wir auf die Idee gekommen seien, in einen Nachtklub im West End zu gehen. Um deinen einundzwanzigsten Geburtstag zu feiern, habe ich geantwortet, und daraufhin hat er bloß abfällig geschnaubt. Er hat nicht einmal gefragt, warum du und ich überlebt haben oder ob wir verletzt sind!«

Mariette legte tröstend eine Hand auf seinen Arm. »Er ist ein kalter Fisch«, gab sie zu. »Aber wahrscheinlich war es auch der Schock. Wenn er es erst einmal realisiert hat, ruft er bestimmt zurück und ist ein bisschen menschlicher.«

»Das wird er wohl müssen, denn es ist seine Aufgabe, sich um die Beerdigung zu kümmern und den Nachlass seiner Eltern zu regeln. Ich wünschte, ich könnte hierbleiben und dir helfen, Mariette, doch ich muss nach Biggin Hill zurück und dort Peters Tod melden. Ich habe die Polizei gestern Abend gebeten, seine Eltern zu verständigen, aber ich muss auch mit ihnen sprechen.«

»Du hast mehr als genug für mich getan. Ich weiß wirklich nicht, wie ich ohne dich die letzte Nacht überstanden hätte.«

»Ich werde dich so oft wie möglich anrufen, Mari«, versprach er, während er seinen gesunden Arm um sie legte, sie an sich zog und ihr einen Kuss auf die Stirn gab. »Ich lasse dich gar nicht gern allein zurück. Hast du nicht eine Freundin, die herkommen und bei dir bleiben kann?«

»Irgendwie glaube ich nicht, dass Jean-Philippe begeistert wäre, eine von den Frauen, mit denen ich mich im East End angefreundet habe, hier vorzufinden«, antwortete sie bedrückt. »Aber ich kann alle Freundinnen anrufen, die ich über Rose kennengelernt habe. Damit dürfte ich heute ausgelastet sein, du musst dir also keine Sorgen um mich machen, Edwin. Doch wie willst du mit deinem verletzten Arm fliegen?«

Er brachte ein schwaches Lächeln zustande. »Gar nicht. Ich gehe zum Amtsarzt, und er wird mich krankschreiben oder für eine Bodentätigkeit einteilen. Meinen Freunden von Peter zu erzählen, wird allerdings hart werden. Er war bei allen sehr beliebt.«

Sie sah, dass seine Augen feucht wurden, und streichelte tröstend sein Gesicht. »Soll ich an Rose' Arbeitsplatz anrufen oder überlasse ich das ihrem Bruder?«

»Am besten wird es sein, wenn du darauf wartest, bis er sich bei dir meldet. Die Art und Weise, wie er sich mir gegenüber benommen hat, legt nahe, dass er der Typ ist, der es sofort krummnimmt, wenn er sich übergangen fühlt.«

»Viel Trost erhoffe ich mir nicht von ihm«, gab sie zu. »Vielleicht irre ich mich, aber ich glaube, er hat eine ganz schöne Macke.«

Edwin zog ein Notizbuch und einen Füller aus seiner Brusttasche. »Das ist die Nummer von meinem Stützpunkt«, sagte er und kritzelte sie auf den Block. »Du kannst jederzeit eine Nachricht für mich hinterlassen, wenn du in irgendeiner Form Hilfe brauchst oder einfach nur reden willst. Hab keine Scheu, dich bei mir zu melden, Mari! Wenn das nicht passiert wäre, würde ich dir jetzt schon die Bude einrennen. Ich mag dich wirklich.«

»Ich mag dich auch«, gestand sie. »Aber geh jetzt lieber, Edwin, sonst bekommst du noch Ärger!«

Er beugte sich vor und küsste sie auf die Lippen, ganz leicht nur, doch es reichte aus, um ihr zu sagen, dass er es ernst meinte.

Nachdem Edwin gegangen war, lief Mariette in Rose' Zimmer, um das Bett zu machen und ihr Adressbuch zu suchen. Aber die Kleidungsstücke, die überall herumlagen, der Puder, der auf dem Frisiertisch verstreut war, und das Buch *Früchte des Zorns*, das auf dem Nachttisch lag, steigerten das Gefühl des Verlustes ins Unermessliche.

Wie viele Abende hatten sie in diesem Zimmer gesessen, geredet und gelacht! Hier hatte Rose ihr beigebracht, Jitterbug zu tanzen und Alkohol zu trinken, und ihr von Filmstars erzählt, von denen Mariette noch nie etwas gehört hatte. Auch über die Liebe hatten sie sich unterhalten. Sie hatte Rose' Weltläufigkeit bewundert, ihre Naivität in punkto Sex bedauert und dennoch gehofft, sie selbst würde eines Tages so viel Haltung und Gelassenheit haben wie ihre Freundin.

Jetzt bedrückte es sie, dass sie Rose manchmal für versnobt, herrisch und kleinlich gehalten hatte. Das Gute in ihr hatte die schlechten Eigenschaften bei Weitem überwogen, und sie war Mariette so lieb geworden wie eine Schwester. Rose war großzügig mit ihrer Zeit gewesen, sie hatte ihre Freundinnen mit ihr geteilt und Mariette nie das Gefühl gegeben, eine Last oder eine arme Verwandte zu sein. Erst jetzt erkannte Mari, dass es Rose gewesen war, die ihr das Selbstvertrauen gegeben hatte, das zu sein, was sie sein wollte. Rose hätte nie den Wunsch gehabt, Kleidung an ausgebombte Leute zu verteilen oder ihre Probleme anzuhören, aber sie hatte Mariette deswegen nie verspottet, im Gegenteil, sie hatte sie dafür bewundert.

Mari war immer davon ausgegangen, Rose ihr Leben lang zur Freundin zu haben, Brautjungfer bei ihrer Hochzeit zu sein und die Taufpatin ihrer Kinder zu werden, alles mit ihr zu teilen und gut befreundet zu bleiben, bis sie der Tod im hohen Alter schied.

Sie warf sich auf Rose' Bett und weinte, nicht Tränen des Schocks wie in der vergangenen Nacht, sondern Tränen der Trauer über einen Verlust, den sie nie ganz verwinden würde. Noch nie im Leben hatte sie sich so allein gefühlt. Niemals wieder würde sie Rose *Putting On The Ritz* singen oder ihr perlendes Lachen hören oder sehen, wie sie leicht die Nase krauste, wenn Mariette ihr von irgendeinem grässlichen Anblick im East End erzählte. Nie wieder würde sie selbst darüber lächeln, wie Rose eine Augenbraue hochzog, wenn sie einem etwas nicht glaubte, oder wie sie immer kontrollierte, ob ihre Strumpfnähte gerade waren, bevor sie zur Tür hinausging. Das waren alles nur kleine, belanglose Dinge, aber sie machten aus, was Rose gewesen war – ein warmherziger, lebhafter Mensch mit sehr viel Lebensfreude.

Eine Stunde später, als es an der Haustür klingelte, weinte Mariette immer noch. Sie stand auf, lief ins Badezimmer, um ihre tränennassen Augen zu trocknen, und ging zur Tür.

Es war Jean-Philippe.

»Tut mir leid«, brachte sie heraus. »Ich kann es immer noch nicht glauben. Es muss ein furchtbarer Schock für dich sein.«

»Ja«, sagte er, trat ein und legte seinen Hut auf die Flurkommode. »Wenn Mutter mir gesagt hätte, dass sie vorhatte, in dieses Lokal zu gehen, hätte ich ihr dringend abgeraten. Man fährt nicht ins West End, wenn Bomben abgeworfen werden. Auch der Buckingham Palace hat gestern einen Treffer abbekommen.«

Er war in Zivil und trug unter einem marineblauen Mantel einen gut geschnittenen dunklen Anzug. Sie wartete darauf, dass er ihr sein Mitgefühl aussprechen oder sich nach näheren Details der Tragödie erkundigen würde. Aber er sagte nichts weiter, sondern ging einfach in den Salon und goss sich einen Scotch ein.

Mariette folgte ihm. »Edwin hat hinterlassen, an wen du dich wegen der Freigabe der Leichen wenden musst«, sagte sie befangen. »Ich habe auch die Nummer von Rose' Arbeitsplatz. Wenn du willst, rufe ich dort an.«

»Das übernehme ich und alles andere auch«, gab er kurz zurück und kippte den Scotch hinunter.

»Wie viel Urlaub hast du?«, fragte sie vorsichtig. »Obwohl er dir unter diesen Umständen bestimmt verlängert wird.«

»Ursprünglich bis Dienstag«, sagte er. »Aber man hat mir eine weitere Woche zugestanden.«

»Möchtest du vielleicht etwas essen?«, erkundigte sie sich. Sie wusste, dass er in Hampstead, also nicht sehr weit entfernt wohnte, doch sie hatte das Gefühl, ihm irgendetwas anbieten zu müssen.

»Nein. Ich habe schon gegessen, und ich habe nicht viel Zeit. Ich muss die Papiere durchgehen und heraussuchen, was ich brauche. Du kannst gehen.«

Sie war betroffen, dass sie entlassen wurde, als wäre sie ein Dienstbote.

»Kann ich dir irgendwie helfen?«

»Nein, aber ich erwarte, dass du dir in den nächsten ein, zwei Tagen eine andere Unterkunft suchst. Nach der Beerdigung möchte ich das Haus sichern und schließen, bis ich selbst hier einziehe.«

Einen Moment glaubte sie, sie hätte sich verhört. »Du willst, dass ich von hier weggehe?«

»Das sagte ich, ja. Hörst du schlecht?«

»Nein, natürlich nicht. Ich kann es einfach nicht fassen«, entgegnete sie. »Onkel Noah und Tante Lisette wären entsetzt.«

»Sie waren nicht dein Onkel und deine Tante«, erwiderte er knapp. »Du bist nur die Tochter einer Person, die meine Mutter in Frankreich gepflegt hat. Jetzt bist du erwachsen. Du hast dich lange genug von den beiden durchfüttern lassen.«

Mariette verschlug es die Sprache.

»Warum bist du so gemein zu mir?«, fragte sie empört. »Du weißt, dass ich nach Kriegsausbruch nicht mehr nach Neuseeland zurückkehren konnte. Und wenn deine Eltern mich nicht hier gewollt hätten, hätten sie es gesagt.«

»Mag sein, aber jetzt sind sie nicht mehr da. Also geh schon, ich habe zu tun!«

»Einen Moment.« Sie trat einen Schritt näher. »Ich verstehe nicht, warum du so feindselig bist. Ich habe deine Eltern und Rose geliebt, als wären sie meine eigene Familie. Was du mit diesem Haus und allem, was darin ist, vorhast, ist deine Sache und geht mich nichts an. Doch falls du glaubst, du könntest mich vor ihrer Beerdigung vor die Tür setzen und mich daran hindern, den Menschen, die kommen werden, beizustehen, dann hast du dich geschnitten. Wenn du das versuchst, informiere ich die Redakteure der Zeitungen, für die Onkel Noah geschrieben hat. Er war dafür bekannt, viel Anteil am Schicksal seiner Mitmenschen zu nehmen, und die Leute wären entsetzt zu erfahren, dass sein Stiefsohn keine einzige seiner Überzeugungen teilt.«

»Und wie er Anteil genommen hat, vor allem an Huren! Deine Mutter war auch eine von denen!«

Mariette taumelte zurück.

»Das wusstest du nicht?«, fragte er höhnisch. »Er hat sein Buch über Frauen, die in die Prostitution verkauft werden, geschrieben, weil er mitgeholfen hat, deine Mutter aus diesem Leben zu befreien.«

»Das glaube ich nicht«, sagte sie schwach, obwohl sie das ungute Gefühl hatte, dass ein Körnchen Wahrheit daran sein könnte.

»Belle ist in einem Bordell in Seven Dials aufgewachsen, wo sie Zeugin eines Mordes wurde, und man hat sie entführt und nach Frankreich verkauft, um sie mundtot zu machen«, schrie er sie an. Dann hielt er einen Moment inne und verzog das Gesicht zu einem selbstgefälligen Grinsen. »Später«, fuhr er fort, »wurde der Mörder gefasst und für sein Verbrechen gehängt, und deine liebe Mutter war die Hauptzeugin. Erzähl mir also nicht, dass du mit irgendwelchen Redakteuren reden wirst! Du willst doch nicht, dass diese Geschichte publik wird, oder?«

Mariette floh nach oben. Sie hatte Angst vor diesem Mann, der so grausam sein konnte.

Eine Stunde später rief Jean-Philippe sie zu sich nach unten. Er hatte einen Karton mit Papieren und Dokumenten vollgepackt, und sie sah, dass auch einige samtbezogene Schmuckschachteln darin lagen.

Sie hatte die letzte Stunde damit verbracht, in ihrem Zimmer hin und her zu laufen und Tränen des Zorns zu vergießen. Aber ihr war klar, dass sie sich nur selbst schaden würde, wenn sie Jean-Philippe sagte, was sie von ihm hielt.

»Ich gehe jetzt«, erklärte er. »Wegen der Beerdigung gebe ich dir noch Bescheid. Ich war wohl ein bisschen voreilig, denke ich. Du kannst bis nach der Beerdigung hier im Haus bleiben. Aber wenn ich zurückkomme und irgendetwas fehlt, hole ich die Polizei.«

Sie war stark versucht, ihm die Meinung zu sagen, doch sie schluckte die Worte hinunter und nickte bloß.

Sowie er draußen war, legte sie die Kette vor – sie traute ihm durchaus zu, sich ins Haus zu schleichen und zu überprüfen, was sie machte – und lehnte sich an die Tür, um zu überlegen, was sie unternehmen sollte.

Aber sie stellte fest, dass es ihr nicht möglich war, über ihre Zukunft nachzudenken, nachdem sie gerade etwas so Schockierendes über ihre Mutter erfahren hatte. Es war fünf Uhr, was bedeutete, dass ihre Eltern in einer Stunde anrufen würden. Sie konnte ihre Mutter unmöglich am Telefon fragen, was es mit Jean-Philippes Behauptung auf sich hatte. Aber sie musste wissen, ob etwas Wahres daran war.

Wie konnte sie es herausfinden?

Noahs Arbeitszimmer war einen Versuch wert.

Sie fing mit den Büchern an, die er geschrieben hatte, und fand eines mit dem Titel *Weiße Sklaven.* Mariette blätterte eine Weile darin, aber es schienen keine Namen von Opfern vorzukommen, nur Details über die Art und Weise, wie sie geködert worden waren, und jede Menge Statistiken über Mädchen, die als vermisst gemeldet und niemals gefunden worden waren. Ein Teil befasste sich mit Mädchen aus dem Ausland, die unter dem Vorwand, eine Stellung als Hausangestellte zu bekommen, nach England gebracht und dort an Bordelle verkauft worden waren.

Sie legte das Buch beiseite, um es später gründlicher zu lesen, und warf einen Blick in Noahs andere Bücher, aber sie waren entweder Belletristik oder handelten vom letzten Krieg. Dann nahm sie sich einen Ablageschrank vor, in dem sich Korrespondenz aus den letzten fünf Jahren zu diversen Themen fand, doch nichts über Prostitution.

Noah war sehr ordentlich gewesen; seine Bücher waren alle alphabetisch geordnet, Nachschlagewerke nach dem Themenbereich, Romane nach dem Verfasser. Nirgendwo lag etwas herum, die Ablagekästen auf einem Regal waren alle beschriftet, und ein Blick hinein verriet, dass sich in ihnen Rechnungen, Recherchen, Artikel aus Zeitschriften und Rezensionen seiner Bücher befanden.

Mariette wollte gerade aufgeben, als das Telefon klingelte. Sie rannte zum Apparat und nahm ab. »Mum?«, fragte sie atemlos.

»Mein Liebling! Ich kann dir gar nicht sagen, wie uns allen zumute ist! Wie kommst du damit klar?«

Allein der vertraute Klang von Belles Stimme trieb ihr Tränen in die Augen. »Es ist mir schon besser gegangen«, bekannte sie. »Jean-Philippe war gerade hier, er wird sich um alles Nötige kümmern.«

»Ja, das wird er ganz sicher. Er war immer so ein lieber kleiner Junge.«

Mariette knirschte mit den Zähnen. Sie konnte ihrer Mutter nicht sagen, was vorgefallen war, ohne ihre ganze Familie in helle Aufregung zu versetzen.

»Und jetzt erzähl mir bitte genau, was passiert ist!«, bat Belle. »Mog war so aufgeregt, dass sie es wahrscheinlich nicht richtig mitbekommen hat.«

Mariette berichtete noch einmal, was sich im *Café de Paris* ereignet hatte. »Macht euch keine Sorgen um mich!«, schloss sie. »Ich habe Freunde, die sich um mich kümmern werden. Ich schreibe euch gleich nach der Beerdigung. Jetzt muss ich erst mal in aller Ruhe nachdenken, wie es weitergehen soll.«

»Ich hatte Lisette und Noah sehr lieb«, sagte Belle mit tränenerstickter Stimme. »Sie haben mir in sehr, sehr schlimmen Zeiten beigestanden. Und Rose war so ein hübsches, liebes kleines Mädchen. Es ist ganz schrecklich, dass sie alle auf diese Weise ums Leben kommen mussten.«

»Hör mal, Mum, es fällt mir wirklich schwer, darüber zu reden. Ich schreibe bald, ja? Sag Dad und Mog, dass ich in Ordnung bin, nur furchtbar traurig! Und dieser Anruf kostet ein Vermögen, also machen wir lieber Schluss.«

»Ich hab dich lieb, mein Schatz.« Diesmal konnte Belle ihr Schluchzen nicht unterdrücken. »Ich wünschte so sehr, ich könnte jetzt bei dir sein!«

»Ich habe dich auch lieb. Ich schreibe ganz bald, ja?«

Mariette fühlte sich, als wäre sie durch die Mangel gedreht worden. Sie ließ sich aufs Sofa sinken und fing wieder an zu weinen.

Das neuerliche Klingeln des Telefons schreckte sie auf. Da sie annahm, dass es Jean-Philippe war, wappnete sie sich, aber es war Johnny.

»Gott sei Dank, dass du da bist!«, platzte er heraus, sowie er ihre Stimme hörte. »Ich bete nicht oft, doch als ich das mit dem *Café de Paris* hörte, habe ich gebetet – und wie! Ich hatte solche Angst, ich könnte dich verloren haben. Schließlich wusste ich ja, dass ihr deinen Geburtstag dort feiern wolltet. Aber meine Gebete sind erhört worden. Mensch, bin ich froh!«

Sie brachte es nicht fertig, ihm zu sagen, dass Noah, Lisette, Rose und Peter tot waren, weil er dann sofort zu ihr kommen würde, und wenn Jean-Philippe davon Wind bekam, lieferte sie ihm noch mehr Munition gegen sie.

»Ich bin morgen in Grevilles Büro«, erwiderte sie. »Können wir uns nicht nach der Arbeit treffen? Es war ein schlimmer Schock. Ich werde jetzt ein Bad nehmen und zu Bett gehen.«

»Du klingst total erledigt«, sagte er. »Ich kann mir morgen freinehmen. Um halb sechs hole ich dich ab.«

Gegen halb acht heulten die Sirenen. Mariette war versucht, das Risiko einzugehen und sich ins Bett zu legen, doch sie wusste, wie leichtsinnig das gewesen wäre. Also nahm sie Schlafanzug und Morgenmantel, füllte in der Küche ihre Wärmflasche mit heißem Wasser und stieg in den Keller hinunter.

Lisette hatte erst vor Kurzem einige Verschönerungen vorgenommen – eine Stehlampe, ein Teppich – und eine große, bunte Patchworkdecke an eine Wand genagelt. Sie hatte erzählt, dass sie mit der Decke im letzten Krieg begonnen hatte, als sie Rose erwartet hatte und Noah viel unterwegs gewesen war. Aber als sie in dieses Haus zogen, passte die Decke nicht zu der Einrichtung der Schlafzimmer.

Die Patchworkdecke war ein weiteres Erinnerungsstück an Lisettes Talente. Sie war eine heitere, gelassene Frau gewesen, die sich gern im Haus zu schaffen gemacht und die Bedürfnisse anderer immer vor ihre eigenen gestellt hatte. Sie erhob nie die Stimme, Mahlzeiten wurden ohne viel Aufhebens zubereitet, und Mariette hatte kaum jemals gesehen, wie sie putzte, die Wäsche wusch oder andere Hausarbeiten verrichtete. Und doch war das Haus immer blitzblank und aufgeräumt gewesen; nichts hatte sich verändert, seit Mr. und Mrs. Andrews zu ihren Verwandten nach Dorset gegangen waren. Lisette hatte sich um alles gekümmert. Sogar hier unten hatte sie sich bemüht, den Raum für ihre Familie freundlich und anheimelnd zu gestalten. In den Regalen lagen Puzzles, Brettspiele und Bücher, und in einer Vase standen künstliche Blumen.

Mariette legte die Wärmflasche in eins der Betten, schaltete den Elektroofen an und setzte sich in einen der Sessel. Sie konnte weit entfernt den dumpfen Aufschlag der Bomben hören und fragte sich, ob sie wieder aufs East End fielen oder ob heute Nacht ein anderer Teil Londons betroffen war.

Wo sollte sie wohnen, wenn sie von hier fortmusste? Welche Unterkunft konnte sie sich mit nur zwei bezahlten Arbeitstagen pro Woche leisten?

Die Antwort lag auf der Hand. Sie musste sich einen anderen Job suchen. Aber wo? In den Munitionsfabriken? Als Busschaffnerin?

Auf einmal fielen ihr drei stabile Pappkartons auf, die aufeinandergestapelt in einer Ecke standen. Noah hatte gemeint, sie könnten hier unten bleiben, weil sie nicht weiter störten. Lisette hatte ihn wegen des Inhalts aufgezogen und die Vermutung geäußert, dass sich in den Kisten die ersten Artikel befanden, die er in seinen Anfängen als Journalist geschrieben hatte. Noah hatte gelacht, und daraus hatte Mariette geschlossen, dass Lisette recht hatte.

Vielleicht kann ich dort etwas über Mum finden, dachte sie nun. Möglicherweise hatte Jean-Philippe in der Zeit, als er noch hier im Haus lebte, in die Kartons geschaut und war so zu seinem Wissen gekommen.

Die erste Kiste enthielt genau das, was Lisette vermutet hatte:

Zeitungsausschnitte. Noah hatte jeden einzelnen auf eine dünne Karte geklebt und das Datum sowie die Zeitung, in der der Artikel erschienen war, dazugeschrieben. Der älteste, den sie fand, stammte aus dem Jahr 1905, als Noah knapp zwanzig gewesen war, und handelte von einer Hochzeit in Camden Town. Er beschrieb das Brautkleid – cremefarbener Taft mit einem Überwurf aus Spitze – und die Brautjungfern, allesamt Schwestern der Braut, in Rosa.

Als Mariette weitersuchte, stellte sie fest, dass die meisten frühen Artikel entweder Hochzeiten oder Beerdigungen zum Thema hatten, gelegentlich auch eine Wohltätigkeitsgala.

Schon damals hatte er seine Unterlagen gut organisiert und die Ausschnitte chronologisch geordnet. Mariette blätterte sie durch und hielt nur einmal inne, weil ihr die Titelzeile ins Auge sprang: *Tarantel-Alarm*. Der Artikel war im Januar 1910 im *Herald* erschienen und berichtete über einen Lastenträger in Covent Garden, auf dessen Schulter eine Tarantel entdeckt wurde. Sowie er auf diesen Umstand aufmerksam gemacht wurde, war der Mann vor Schreck buchstäblich wie gelähmt, und ein Junge musste mit einem Glas und einem Blatt Papier anrücken, um die Spinne zu entfernen und in einer Schachtel zu verstauen. Später wurde die Tarantel in den Londoner Zoo gebracht. An den Rand hatte Noah geschrieben: *Meine erste richtige Story!* Von diesem Zeitpunkt an bekam Noah, nach der Anzahl der Ausschnitte zu urteilen, mehr Arbeit und wurde auch mit interessanteren Aufgaben betraut. Im August erschien im *Herald* ein großer Artikel über junge Mädchen aus dem Bezirk Seven Dials, die spurlos verschwunden waren. Das war der erste Beitrag, der seinen Namen trug.

Es war ein leidenschaftlicher Artikel – Noah hatte sich offenbar große Sorgen um diese jungen Mädchen gemacht – und schien mit großer Sorgfalt recherchiert worden zu sein. Alle Fälle waren der Polizei gemeldet worden, aber keines der Mädchen wurde gefunden. Noah betonte zwar, dass sie allesamt sehr hübsch waren, wies jedoch auch darauf hin, dass es anständige Mädchen aus liebevollen Familien waren, die keinen Grund hatten, von zu Hause auszureißen. Alle waren verschwunden, als sie aus dem Haus gegangen waren, um Besorgungen zu machen oder eine Freundin zu besuchen, und Noah vertrat die Meinung, dass sie möglicherweise nach Frankreich oder Belgien gebracht und zur Prostitution gezwungen worden waren. Am Ende des Artikels listete er die Mädchen namentlich auf. Eine von ihnen hieß Belle Cooper.

Mariette war wie vor den Kopf geschlagen.

Sie klappte den einen Karton zu und nahm sich den nächsten vor. Auch er war voller Zeitungsausschnitte, doch es war nichts von Interesse für sie dabei. Aber ihr fiel auf, dass Noahs Stern in der Welt des Journalismus damals im Steigen war, da viele seiner Artikel auf den Titelseiten der Zeitungen erschienen und alle seinen Namen trugen.

Im letzten Karton befand sich mehr oder weniger das gleiche. Ganz unten fand sie endlich, was sie gesucht hatte: einen Bericht über einen Mordprozess im Jahr 1913 am Old Bailey. Er stammte nicht von Noah und war nicht wie die anderen auf eine Karte geklebt worden. Der Artikel war kurz und sachlich.

Mr. Frank Waldegrave, auch unter dem Namen Kent bekannt, war des Mordes, begangen an Millie Simmons, Jakes Court, Seven Dials, im Januar 1910, für schuldig erklärt und zum Tod durch den Strang verurteilt worden. Die Hauptzeugin, Belle Cooper, sagte aus, dass sie den Mord als Fünfzehnjährige mit angesehen hatte und in weiterer Folge von Waldegrave und einem Komplizen entführt, nach Paris gebracht und dort an ein Bordell verkauft worden war.

Fassungslos vor Entsetzen saß Mariette da und starrte den Zeitungsausschnitt in ihrer Hand an. Sie fragte sich, wie ihre Mutter so freundlich, liebevoll und normal sein konnte, nachdem sie so Schreckliches durchgemacht hatte.

Sie musste die ganze Geschichte erfahren. Wie passten Noah, Lisette und ihr Vater ins Bild, und wie war Mog zurechtgekommen, nachdem Belle verschwunden war? Aber so furchtbar das Ganze war, es erklärte, warum ihre Eltern und Mog so viel Verständnis für die Fehltritte anderer hatten.

Und falls Jean-Philippe gehofft hatte, er würde sie, Mari, mit diesem Aspekt ihrer Familiengeschichte in den Grundfesten erschüttern, hatte er sich geirrt. Im Gegenteil, jetzt liebte und bewunderte sie ihre Mutter noch mehr.

KAPITEL 18

»Ich finde schon irgendwo eine Bleibe für dich«, sagte Johnny, nahm Mariettes Hände und drückte sie. »Und diesem Jean-Philippe würde ich gern eine Abreibung verpassen. Was für ein Schweinehund!«

Das Café war nicht weit von Grevilles Büro in der Baker Street entfernt, und sie hatte Johnny gerade von der furchtbaren Tragödie im *Café de Paris* und Jean-Philippes hässlichem Benehmen erzählt.

Mariette brachte ein schwaches Lächeln zustande. »Das wäre keine große Hilfe; er würde dich einsperren lassen. Und was sollte ich dann machen?«

»Ich wünschte, ich könnte mehr für dich tun«, sagte Johnny. »Ich fasse es nicht, dass du heute zur Arbeit gegangen bist! Du musst ein Rückgrat aus Stahl haben.«

»Was hätte ich denn den ganzen Tag machen sollen? Ich fühle mich in Lisettes und Noahs Haus nicht mehr zu Hause. Jean-Philippe hätte mir gar nicht befehlen müssen auszuziehen, ich will nicht allein dort wohnen, und außerdem könnte ich es mir gar nicht leisten. Aber Lisette würde sich im Grab umdrehen, wenn sie wüsste, wie sich ihr Sohn aufführt.«

»Was hat mein Onkel gesagt?«

»Er war natürlich sehr betroffen. Es erwartet ja auch niemand, von einer Angestellten zu erfahren, dass von den sechs Leuten, mit denen sie ihren Geburtstag feiern war, vier ums Leben gekommen sind. Dein Onkel findet, dass ich darauf bestehen sollte, den Inhalt von Noahs Testament zu erfahren. Doch das kann ich nicht.«

»Aber wenn du den Namen von Noahs Anwalt findest, könntest

du ihm erzählen, was passiert ist«, schlug Johnny vor. »Ich nehme an, dass alles an Jean-Philippe geht, nachdem seine Mutter und Schwester tot sind. Doch wer weiß, vielleicht hat Noah dir auch etwas hinterlassen – immerhin warst du sein Patenkind. Dieser Mistkerl erzählt dem Anwalt womöglich, du wärst verschwunden. Das würde ich ihm ohne Weiteres zutrauen.«

»Danach mag ich nicht fragen. Damit würde ich mich auf eine Stufe mit Jean-Philippe stellen.«

»Du musst gar nicht fragen, ob du etwas erbst, du kannst einfach sagen, dass du ihm deine Nachsendeadresse geben willst für den Fall, dass er Kontakt zu dir aufnehmen möchte. Aber wie gesagt, ich finde schon eine Bleibe für dich. Ich kenne massenhaft Leute, die Platz für einen Untermieter haben, und sie wohnen nicht in Slums.«

»Du bist sehr lieb. Gestern Abend war ich völlig am Boden zerstört. Doch als ich heute Morgen aufgewacht bin, ging es mir ein bisschen besser, weil ich wusste, dass ich dich sehen würde.«

Er erwiderte nichts, sondern starrte einen Moment lang auf ihre ineinander verschränkten Hände.

Als er sprach, klang seine Stimme zögernd, als müsste er nach den richtigen Worten suchen. »Als ich dachte, ich hätte dich verloren, wünschte ich mir, ich hätte dir gesagt, dass ich dich liebe. Ich habe mich nie getraut, es auszusprechen, weil ich Angst hatte, du würdest dich von mir zurückziehen. Und als du gestern ans Telefon gegangen bist, war ich so froh, dass du am Leben bist! Da dachte ich, ich muss es dir einfach sagen.«

»Ich habe vorhin beobachtet, wie du aus dem Büro gekommen bist«, fuhr er fort. »Du hast ausgesehen, als wärst du auf dem Weg zu deiner Hinrichtung, doch als du mich gesehen hast, hast du dir mit Ach und Krach ein Lächeln abgerungen. Weißt du, was ich da angenommen habe?«

»Nein, was denn?«

»Dass du Schluss machen willst.«

In Anbetracht all dessen, was sie ihm gerade erzählt hatte, schockierte es Mariette, dass er vor allem an sich selbst dachte, und ihr ging der Gedanke durch den Kopf, dass er ihre Tragödie für seine eigenen Zwecke nutzte.

»Wie in aller Welt bist du denn auf die Idee gekommen?«, fragte sie.

»Ganz einfach, Süße. Du bist etwas Besonderes – schön, intelligent, erfolgreich. Warum solltest du dich an einen Feuerwehrmann binden, wenn du einen reichen Mann kriegen könntest, der dir ein schönes Haus und all die anderen Sachen geben kann, die du gewöhnt bist? Und warum hast du mir nicht schon gestern am Telefon gesagt, dass die anderen alle umgekommen sind?«

»Weil ich wusste, dass du alles stehen und liegen lassen würdest, um zu mir zu kommen«, antwortete sie. »Ich hatte Angst, dass Jean-Philippe zurückkehrt, und wenn er dich im Haus angetroffen hätte, wäre die Situation ziemlich unerfreulich geworden.«

»Ich hätte ihm die Zähne eingeschlagen. Aber wahrscheinlich hast du genau das befürchtet.«

In seiner Bemerkung schwang die Unterstellung mit, dass sie sich für ihn schämte. Mariette störte es, dass Johnny so etwas ansprach, obwohl schon so viel anderes auf ihr lastete. Sie hatte beabsichtigt, ihm zu erzählen, was Jean-Philippe über ihre Mutter gesagt hatte, aber unter diesen Umständen war das vielleicht doch keine gute Idee.

Sie gingen in einen Pub und nahmen ein paar Drinks. Mariette war zu traurig, niedergeschlagen und sorgenvoll, um zu reden. Unwillkürlich verglich sie, wie sich Edwin am Vortag ihr gegenüber verhalten hatte und wie Johnny sich jetzt benahm. Edwin war wirklich eine Stütze gewesen, und das, obwohl er sie erst ein paar Stunden vor dem Unglück kennengelernt hatte, während Johnny, der sie seit Monaten kannte, anscheinend nicht erfassen konnte, wie furchtbar das alles für sie war.

»Ich will nach Hause«, sagte sie, als er ihr einen dritten Drink anbot. Es war erst acht Uhr, aber sie hatte für einen Tag genug. »Tut mir leid, Johnny, doch ich fühle mich einfach hundeelend.«

»Ist schon okay. Ich komme mit.«

»Nein, Johnny«, erwiderte sie. »Ich will allein sein.«

»Du hast immer gesagt, dass du gern mal die Gelegenheit hättest, irgendwo mit mir allein zu sein, wo es nett und gemütlich ist«, entgegnete er vorwurfsvoll.

»Es gibt für alles die richtige Zeit und den richtigen Ort«, sagte sie scharf. »Heute ist nicht die richtige Zeit, und das Haus meines Onkels ist so kurz nach seinem Tod nicht der richtige Ort. Du könntest wirklich ein bisschen Respekt zeigen, Johnny!«

»Ich wollte mich doch bloß um dich kümmern. Manchen Leuten kann man es eben nie recht machen«, gab er zurück.

Johnnys mürrischer Gesichtsausdruck ging Mariette auf dem Heimweg nicht aus dem Sinn. Sie hatte tatsächlich das Gefühl, dass er einen Moment, in dem sie sehr verletzlich war, ausnutzen wollte, und das tat weh. Aber vielleicht reagierte sie auch nur überreizt und dachte das Schlimmste von ihm, weil es niemanden sonst gab, an dem sie sich abreagieren konnte.

Doch als sie nach Hause kam, war sie froh, dass sie nicht nachgegeben und Johnny mitgenommen hatte, denn Jean-Philippe war da. Er hielt einen dicken Notizblock und einen Stift in der Hand und schien ein Inventar sämtlicher Wertgegenstände anzulegen.

»Der Trauergottesdienst findet am Freitag um zwei Uhr in der Kirche St. Mark statt, im Anschluss die Beerdigung«, teilte er ihr knapp mit. »Bereite Erfrischungen für ungefähr zwanzig Personen vor!«

Sie hätte gern vorgeschlagen, dass er ruhig das Wörtchen »bitte« verwenden könnte, aber die Zahl der Trauergäste machte sie stutzig.

»Nur zwanzig?«, fragte sie. Schon aus dem Stegreif fielen ihr mindestens fünfzehn Ehepaare ein, die enge Freunde von Noah und Lisette waren, und dabei zählte sie noch nicht einmal all die Journalisten und Schriftsteller aus Noahs Bekanntenkreis oder Rose' Freunde und Kollegen mit.

»Ich plane keine Feier für Hinz und Kunz«, sagte er von oben herab. »Ich habe in der Küche eine Liste der Personen hinterlegt, die ich nach der Beerdigung hierher bitte. Eine Platte mit belegten Broten dürfte völlig ausreichen. Ich glaube, man bekommt für Beerdigungen Extrarationen, doch ich sehe keinen Grund, bei einem derartigen Anlass eine Schlemmerei zu veranstalten.«

Mariette fand, dass ein solcher Geiz keine Erwiderung verdiente. »Aber hast du auch all den Leuten Bescheid gegeben, die ihnen nahestanden?«

»Ich habe eine Todesanzeige in die *Times* setzen lassen, das sollte genügen, denke ich.«

Er hatte Noahs und Lisettes Freunde also nicht persönlich benachrichtigt und beabsichtigte auch nicht, jemanden anzurufen oder schriftlich zu verständigen. Mariette war entsetzt über so viel Gefühlskälte.

»Glaubst du nicht, deine Familie hätte erwartet, dass du die Menschen, mit denen sie befreundet waren, persönlich informierst?«

Sein Gesicht verdüsterte sich. »Was fällt dir ein, meine Entscheidungen zu kritisieren?«, fuhr er sie an. »Ich habe Wichtigeres zu tun, als Rose' oberflächliche Freundinnen oder flüchtige Bekannte meines Stiefvaters anzurufen.«

Mariette hielt es für besser, ihr Missfallen zu demonstrieren, indem sie sich umdrehte und ging, statt noch mehr zu sagen. Schließlich war es seine Familie, nicht ihre. Und wenn er weder die guten Manieren noch das Mitgefühl hatte, um daran zu denken, was seine Eltern und Rose sich gewünscht hätten, dann war es nicht ihre Schuld.

Jean-Philippe verließ kurz nach zehn das Haus, ohne noch einmal das Wort an sie zu richten. Er nahm die Silberleuchter und eine große Silberschale aus dem Esszimmer mit, eine Reiseuhr aus dem Salon und vier kleine gerahmte Aquarelle aus Noahs und Lisettes Schlafzimmer. Anscheinend befürchtete er, Mariette könnte die Sachen stehlen.

Als sie am nächsten Morgen zur Arbeit kam, traf sie Mr. Greville dabei an, wie er gerade die *Times* studierte.

»Haben Sie den Nachruf auf Ihren Onkel gesehen?«, fragte er und zeigte auf eine Kolumne auf der dritten Seite, die von Walter Franklin, dem Chefredakteur, verfasst worden war. »Sie haben mir ja erzählt, dass Ihr Onkel Journalist und Schriftsteller war, aber mir war nicht klar, wie bekannt er war.«

Sie wusste schon seit geraumer Zeit, dass Mr. Greville nicht ganz so hartherzig war, wie er gern vorgab zu sein. Am Tag nach dem Unglück war er sehr nett zu ihr gewesen und hatte sie gefragt, ob sie Geld brauche. Das Gefühl, dass er sie mochte, half ein bisschen, und sie lächelte ihn dankbar an, bevor sie nach der Zeitung griff.

In ihren Augen brannten Tränen des Stolzes, als sie den Beitrag las.

Jean-Philippe mochte der Meinung sein, dass eine knappe Anzeige, in der das Ableben von Mutter, Stiefvater und Schwester sowie Ort und Zeit der Beisetzung bekannt gegeben wurden, ausreichte. Aber das hier war ein richtiger Nachruf, geschrieben von einem Mann, der Noah gut gekannt und bewundert hatte.

Die ganze Fleet Street betrauert den Tod des Schriftstellers und Journalisten Noah Baylis, der am 8. März zusammen mit seiner Frau und Tochter und einem Freund der Familie im Café de Paris *ums Leben kam, als er den Geburtstag seiner Patentochter feierte.*

Noah Baylis wurde häufig als »Stimme des Großen Krieges« bezeichnet, und die Berichte, die er in jener Zeit schrieb, zählen für immer zu den besten und aufschlussreichsten Darstellungen der furchtbaren Zerstörungskraft und der wahren Opfer eines Krieges.

Er war ehrlich und zeichnete nicht nur ein Bild des Heldentums, das er sah, sondern auch der entsetzlichen Vergeudung von Menschenleben. Seine aufwühlenden Schilderungen erlaubten uns zu sehen, was er gesehen hatte, sich in jene Hölle zu begeben, die viele unserer Männer noch lange danach nicht losgelassen hat.

Der Chefredakteur fuhr fort, indem er Noahs Bücher und seine zahlreichen Beispiele für schonungslosen Enthüllungsjournalismus nannte zu Themen wie den untragbaren Zuständen in Elendsquartieren, der Gleichgültigkeit gegenüber der Not, in der sich Kriegsversehrte wiederfanden, und der extremen Armut, unter der unzählige Menschen während der Wirtschaftskrise zu leiden hatten, und schloss mit den Worten:

Baylis hatte ein großes Herz, und er nutzte sein Talent als Schriftsteller, um andere auf die Ungerechtigkeiten in diesem Land hinzuweisen. Sein Tod ist ein schwerer Verlust für den Journalismus und alle, die diesen Mann verehrt haben.

Mariette glaubte nicht, dass sie Mr. Franklin je kennengelernt hatte, aber sie hoffte, dass er bei der Beerdigung sein würde, damit sie ihm die Hand schütteln und ihm danken konnte.

»Ich hoffe, Jean-Philippe liest das und schämt sich«, sagte sie und rieb sich die Augen. Sie hatte Greville erzählt, was sich ereignet hatte. »Alles, was ihn interessiert, ist, sich alles zu schnappen, was von Wert ist. Nicht auszudenken, was Tante Lisette davon gehalten hätte!«

»Je eher Sie von dort wegkommen, desto besser«, sagte Greville und legte eine Hand auf ihre Schulter. »Sie können jederzeit in der Fabrik arbeiten, und es wäre kein Problem, dort eine Wohnung zu finden. Aber soweit ich weiß, wollen Sie wohl lieber in der Nähe von unserem Johnny bleiben.«

Als er ihr überraschtes Gesicht sah, lächelte er. »Ich habe so etwas schon längst vermutet. Also, ich hätte ihn nicht für Sie ausgesucht. Aber das geht mich nichts an, stimmt's?«

Sie fragte sich, was er damit meinte, dass er Johnny nicht für sie ausgesucht hätte. Ziemlich seltsam, so etwas über seinen eigenen Neffen zu sagen. Wusste er etwas über Johnny, von dem sie keine Ahnung hatte?

Mariette schnitt den Nachruf aus, um ihn ihren Eltern zu schicken, obwohl es sie traurig machte, dass sie nicht mehr tun konnte, um sie über den Verlust ihrer guten Freunde hinwegzutrösten.

Am Freitagmorgen setzte sich Mariette in ihrem Bett auf und betrachtete ihren Koffer, der offen auf dem Boden stand. Alles war gepackt, nur noch ein paar letzte Dinge fehlten. Sie würde zur Beerdigung gehen, nachher zurückkommen, um zu den Leuten, die Jean-Philippe einer Einladung für würdig befunden hatte, all das zu sagen, was dem Anlass entsprach, und dann gehen.

Joan, eine Freundin, mit der sie in der alten Fabrik zusammengearbeitet hatte, hatte ihr einen Schlafplatz angeboten, bis sie etwas anderes fand. Joan wohnte in Bow in einem winzigen Haus mit Außenklo und Gaslicht und ohne Badezimmer. Joan fühlte sich einsam, weil ihre beiden Kinder nach Devon verschickt worden waren und ihr Mann in Nordafrika diente. Obwohl Mariette froh war, bei ihr einziehen zu dürfen und Jean-Philippe nach dem heutigen Tag nie wiedersehen zu müssen, tat es ihr weh, einen Ort zu verlassen, der mit so vielen schönen Erinnerungen verbunden war.

Noch vor sechs Tagen war sie beinahe vor Freude geplatzt. Ihr einundzwanzigster Geburtstag bedeutete, dass sie offiziell erwachsen war, und so hatte sie sich an dem Tag auch gefühlt – stark, tüchtig und für alles bereit, was vor ihr lag. Aber da hatte sie noch nicht gewusst, dass ihre Welt in Stücke fallen und sie drei Menschen verlieren würde, die ihr alles bedeuteten. Ihr Verlust würde für immer eine Lücke in ihrem Inneren hinterlassen. Wenn sie wieder daheim in Neuseeland war, würde vielleicht ihre Familie diese Lücke schließen, doch sie konnte nicht nach Hause fahren. Und hier gab es niemanden, der ihr den tiefen Schmerz, den sie empfand, nehmen konnte, nicht einmal Johnny.

Sie stieg aus dem Bett und ließ sich ein Bad ein. Ab morgen würde sie sich mit öffentlichen Bädern behelfen müssen, und sie wusste jetzt schon, wie sehr sie es verabscheuen würde. Sowie sie angezogen war, ging sie zur Bäckerei – Mr. Giggs, der Besitzer, hatte Lisette sehr gern gehabt und Mariette versprochen, drei Weißbrote für die Sandwiches zurückzulegen.

Es traf sich gut, dass Lisette so viele Vorräte angelegt hatte; im Küchenschrank fanden sich vier Dosen Lachs, zwei Dosen Frühstücksfleisch und mehr als genug Zutaten für einen großen Obstkuchen. Mariette hatte den Kuchen am Vortag gebacken und außerdem Würstchen im Schlafrock und Marmeladentörtchen zubereitet. Es würde ihr eine kleine Genugtuung sein, wenn Jean-Philippe mit ansehen musste, wie seine Gäste sämtliche Lebensmittel, die er wahrscheinlich einheimsen wollte, verzehrten. Außerdem hatte sie Tee, Zucker und noch ein paar andere Sachen ganz unten in ihren Koffer gepackt, um sie Joan zu geben.

Gegen halb eins war alles fertig. Der Esstisch war mit Lisettes bester weißer Spitzendecke, einer Vase mit Narzissen aus dem Garten und dem guten Service festlich gedeckt und sah sehr schön aus. Tassen und Untertassen standen auf dem Teewagen, alkoholische Getränke und Gläser auf einem Tisch im Salon.

Es war ein herrlicher Frühlingstag. Im Sonnenschein hatten sich die Krokusse geöffnet, und überall wucherten dichte Büschel Narzissen. Als Mariette in den Garten hinausschaute, musste sie daran denken, dass sie nun nie Hühner halten würden, wie sie damals in den Ferien in Arundel vorgeschlagen hatte, aber sie hatten im letzten Jahr ein bisschen Gemüse angebaut. Sie fragte sich, was aus dem schönen Garten werden würde, den Lisette so sehr geliebt und dem sie so viel Zeit und Mühe gewidmet hatte. Mariette konnte sich nicht vorstellen, dass Jean-Philippe ihn in Zukunft pflegen würde.

Die Kirche war so überfüllt, dass viele Leute stehen mussten. Mariette spähte verstohlen zu Jean-Philippe, der neben ihr stand und das erste Kirchenlied sang, und fragte sich, ob er wenigstens jetzt, da zu sehen war, wie überaus beliebt seine Familie gewesen war, Gewissensbisse bekam. Seine Frau Alice war nicht bei ihm, und als sich Mariette nach ihr erkundigte, behauptete er, sie wäre unpässlich. Das klang nach einer Ausrede, und Mariette fragte sich, ob die Ehe der beiden zerbrochen war. Das wäre eine Erklärung, warum er es so eilig hatte, in sein Elternhaus zu ziehen.

Der Trauergottesdienst war für Mariette eine große Enttäuschung. Sie war etliche Male mit Noah, Lisette und Rose hier gewesen, und obwohl sie nicht zu den eifrigsten Kirchgängern gezählt hatten, hatten sie den Pfarrer recht gut gekannt. Deshalb hatte Mariette erwartet, dass er persönliche Worte finden würde. Aber dem war nicht so, und sie fragte sich, ob Jean-Philippe es unterbunden hatte. Als sich die Gemeinde schließlich erhob, um den Männern zu folgen, die die drei Särge zur Beisetzung aus der Kirche trugen, deutete das allgemeine Getuschel an, dass etliche andere Trauergäste von dem extrem unpersönlichen Ton des Gottesdienstes ebenso überrascht waren wie sie.

Als Johnny Jean-Philippe als Schweinehund bezeichnet hatte, hatte es wie ein beliebiges Schimpfwort geklungen. Aber nachdem die Särge in die Erde gesenkt worden waren und der Pfarrer letzte Worte gesprochen hatte, fiel Mariette auf, wie zurückhaltend die Leute an Jean-Philippe herantraten. Sehr viele mieden ihn ganz, als vermuteten auch sie in ihm ein bissiges Tier.

Mariette hielt sich von Jean-Philippe fern, aber sie war gerührt, dass so viele Leute zu ihr kamen und ihr Beileid aussprachen. Einige von ihnen hatte sie daheim bei Noah und Lisette kennengelernt, andere waren Nachbarn und wieder andere Fremde, doch alle schienen zu wissen, wer sie war.

Die größte Überraschung war, dass Mr. und Mrs. Hayes, Peters Eltern, gekommen waren. Mariette hatte sich schon gefragt, wer das aristokratisch wirkende Ehepaar war, das direkt hinter Jean-Philippe und ihr saß, und als sie sich vorstellten, wunderte sie sich, warum sie ihre Identität nicht erraten hatte. Sie entsprachen genau Rose' Beschreibung. Mr. Hayes war ein Mann in den Sechzigern mit dichtem weißen Haar und durchdringenden blauen Augen. Seine Frau war schlank und hatte hohe Wangenknochen, und das Haar, das unter dem breitrandigen schwarzen Hut hervorlugte, war immer noch blond. Mariette dachte bei sich, dass sie unter erfreulicheren Umständen ein schönes Paar sein mussten; heute wirkten sie in ihrer schwarzen Kleidung und mit den von Kummer gezeichneten Gesichtern alt.

Mrs. Hayes' Augen waren feucht; die Puderschicht auf ihrem Gesicht war von hellen Tränenspuren durchzogen. »Wir hatten das Gefühl, wir müssten kommen«, sagte sie mit bebender Unterlippe. »Wir wissen von Edwin, wie schrecklich das alles für Sie ist, und wir hatten Rose sehr gern. Wir hatten immer gehofft, dass sie unsere Schwiegertochter werden würde.«

»Ich wünschte, ich hätte Sie in glücklicheren Zeiten kennenlernen können«, sagte Mariette und nahm beide Hände der Frau in ihre. »Es tut mir so schrecklich leid, dass Sie Peter verloren haben, und ich finde es umso ergreifender, dass Sie trotz Ihres eigenen Kummers gekommen sind.«

»Uns macht vor allem zu schaffen, wie unerwünscht wir uns in seiner Gegenwart fühlen«, bemerkte Mr. Hayes und deutete mit einer Kopfbewegung auf Jean-Philippe. »Es war schlimm genug, dass wir Ort und Zeit der Beisetzung aus der Zeitung erfahren mussten, statt telefonisch verständigt zu werden, doch wir haben es seiner Trauer zugeschrieben. Aber als wir ihm gerade eben sagten, wer wir sind, hat er uns kaum eines Blickes gewürdigt. Und nicht ein einziges Wort des Beileids für den Verlust unseres Sohnes!«

Mariette war schockiert. Bis jetzt hatte sie geglaubt, dass Jean-Philippes feindselige Haltung nur ihr galt. »Das tut mir leid. Ich kann nur annehmen, dass er erst einmal seinen eigenen Verlust verwinden muss. Ich hätte Sie selbst angerufen, ganz bestimmt, doch Jean-Philippe hat Rose' Adressbuch an sich genommen und gesagt, er würde alle benachrichtigen.«

»Er scheint mit keinem von Rose' Freunden und Bekannten gesprochen zu haben«, entgegnete Mrs. Hayes entrüstet. »Wir haben ein paar von ihnen vor der Kirche getroffen, und niemand war verständigt worden. Nur dieser Herr …« Sie zeigte auf einen kleinen, rundlichen Mann mit Spitzbart, der gerade mit Jean-Philippe redete. »Ich glaube, Rose hat für ihn gearbeitet.«

»Sir Ralph Hastings«, sagte Mariette. Sie war ihm nur einmal begegnet, als er Rose in seinem Auto nach Hause gefahren hatte.

»Rose hätte nie gefunden, dass ein Mann mit einem Titel wichtiger ist als ihre Freunde und ihre zukünftigen Schwiegereltern«, sagte Mrs. Hayes mit Nachdruck.

»Nein, ganz sicher nicht«, bestätigte Mariette. »Und Noah oder Lisette auch nicht. Leider muss ich sagen, dass Jean-Philippe sehr unfreundlich zu mir war. Ich muss das Haus nach der Trauerfeier verlassen.«

»Du meine Güte!«, rief Mrs. Hayes. »Soll das heißen, er setzt Sie einfach vor die Tür?«

Mariette nickte. »Könnten Sie das bitte Edwin ausrichten, falls Sie ihn sehen? Ich werde ihm kurz nach Biggin Hill schreiben, wenn ich umgezogen bin.«

»Wir sehen ihn Montag, wenn Peter beerdigt wird«, sagte Mr. Hayes. »Er war in der letzten Woche eine wahre Stütze. Geralds Eltern waren auch bei uns – sehr nette Leute. Sie haben sich nach Ihnen erkundigt, Mariette. Sie hatten sich große Hoffnungen gemacht, was Sie und Gerald angeht.«

Eine Erinnerung schoss Mariette durch den Kopf: Sie saßen in Peters Wagen, Rose und Peter vorn, Gerald und sie hinten, und sangen alle aus voller Kehle. Mit diesen Menschen hatte sie einige der schönsten Zeiten in London verbracht. Ihre Augen füllten sich mit Tränen.

»Er war ein ganz wundervoller Mensch, und ich vermisse ihn sehr«, sagte sie traurig.

Später im Haus beschäftigte sich Mariette damit, Tee einzugießen und Kuchen und Sandwiches herumzureichen. Abgesehen von Sir Ralph Hastings kannte sie niemanden der Trauergäste, die Jean-Philippe eingeladen hatte, und auch ihn nur flüchtig. Ihr fiel auf, dass die Anwesenden nur eins gemeinsam hatten: Reichtum und Stellung. Keiner von ihnen war ein enger Freund der Familie; es waren Anwälte, Bankiers und dergleichen. Wahrscheinlich hatte Jean-Philippe sie entdeckt, als er Noahs Papiere durchgesehen hatte, und gedacht, sie könnten ihm noch einmal nützlich sein. Für diese Einstellung verachtete Mariette ihn noch mehr, und am liebsten hätte sie ihren Koffer genommen und sich davongemacht und es Jean-Philippe überlassen, hinterher aufzuräumen.

Ein kleiner Mann mit Goldrandbrille trat zu ihr. »Sie sind sicher Mariette, nicht wahr?«

»Ja«, sagte sie und fragte sich, ob sie ihn kennen müsste. »Tut mir leid, aber sind wir uns schon einmal begegnet?«, fragte sie.

»Nein, meine Liebe, doch ich habe vor vielen Jahren Ihre Mutter gekannt. Ich bin Henry Fortesque, Anwalt im Ruhestand. Noah und ich waren in unserer Jugend gut befreundet, doch irgendwie haben wir uns ein bisschen aus den Augen verloren. Ich habe Belle kennengelernt, als sie sich vor ihrer Abreise nach Neuseeland in Noahs Wohnung aufhielt, und ich mochte sie sehr. Als sie Noah bat, für Sie Pate zu stehen, war er sehr gerührt. Ich erinnere mich daran, wie ich zum letzten Mal mit ihm telefonierte – das muss vor ungefähr einem Jahr gewesen sein. Da erzählte er mir, dass Sie hier bei ihm sind.«

Jemanden zu treffen, der ihre Mutter kannte und Noah gern gehabt hatte, war wie eine tröstliche Umarmung. »Dann wissen Sie sicher, dass Belle sich in Neuseeland sehr wohlfühlt und dass ich zwei Brüder habe, Alexis und Noel«, sagte sie lächelnd.

»Ich bin über ihr Happy End im Bilde«, schmunzelte er. »Ich habe Noah ein bisschen dabei geholfen, Ihren Vater in Frankreich aufzuspüren. Nach allem, was man so hört, ist er nicht nur ein Kriegsheld, sondern auch ein Mann mit sehr viel Charisma. Es gibt im Leben kaum etwas Schöneres, als zu sehen, wie zwei Menschen, die es wirklich verdient haben, miteinander glücklich werden. Sie haben die Schönheit Ihrer Mutter geerbt und, wie ich vermute, den Charme Ihres Vaters.«

Mariette lachte leise. »Bei Ihnen ist der Charme aber auch nicht zu kurz gekommen. Meine Güte, es ist wirklich schön, hier einen Menschen zu treffen, der meine Familie kennt. Noah, Lisette und Rose waren für mich zu meiner zweiten Familie geworden, und sie alle zu verlieren ist unfassbar.«

Er legte eine Hand an ihren Ellbogen und führte sie aus dem Salon hinaus und in die Küche. »Verzeihen Sie bitte, dass ich Sie einfach so herumschubse, meine Liebe!«, sagte er. »Aber mir ist eine gewisse Frostigkeit zwischen Ihnen und Lisettes Sohn aufgefallen. Da heute kaum echte Freunde von Noah und Lisette hier sind, habe ich mir dazu meine eigene Meinung gebildet. Ich nehme an, er hat mich nur eingeladen, weil er glaubt, ich könnte ihm irgendwie von Nutzen sein.«

»Sein Benehmen ist wirklich peinlich«, sagte sie leise, »aber zu mir ist er noch schlimmer. Dieses Haus war zwei Jahre lang mein Daheim, aber Noah und Lisette waren kaum tot, als Jean-Philippe mir schon befahl auszuziehen. Ich verlasse das Haus in der Minute, in der die Trauerfeier zu Ende ist.«

Der kleine Mann zog schockiert die Augenbrauen hoch. »Meine

Liebe, das ist ungeheuerlich«, erklärte er. »Ich weiß, dass Noah in Ihnen so etwas wie eine zweite Tochter gesehen hat, das hat er mir selbst gesagt. Er hatte gehofft, dass Lisette und er nach Kriegsende mit Ihnen zusammen nach Neuseeland fahren könnten, um Belle und Etienne zu sehen. Aber momentan können wir kaum unbefangen reden; Wände haben Ohren und so weiter. Würden Sie mich besuchen kommen, wenn ich Ihnen meine Karte gebe? Ich wohne nicht weit von hier, in Hampstead.«

Mariette sah in seine freundlichen braunen Augen. »Sehr gern, Mr. Fortesque. Es wäre wirklich schön, mit jemandem zu sprechen, der Noah und seine Familie gekannt und gern gehabt hat.«

»Nennen Sie mich bitte Henry!«, bat er. »Sagen Sie, wo wollen Sie denn jetzt hin?«

»Nach Bow, wo eine Freundin wohnt, die mich aufnimmt, bis ich etwas anderes finde. Es ist keine berauschende Unterkunft, aber auf jeden Fall freundlicher als hier.«

Er zog eine Karte aus einem silbernen Etui und reichte sie ihr. »Ob Sie wohl am Sonntag zum Lunch kommen könnten? Meine Frau leidet sehr darunter, dass keines unserer Kinder in der Nähe wohnt, sie würde sich freuen, Sie ein bisschen zu verwöhnen.«

»Das wäre sehr nett«, antwortete sie. »Vielen Dank, Henry, Sie haben mich wirklich aufgemuntert.«

»Kommen Sie gegen eins«, sagte er. »Wir essen gewöhnlich vor zwei Uhr.«

Die Gäste verputzten alles, was angeboten wurde, bis auf den letzten Krümel und brachen dann allmählich auf.

Mariette ging nach oben in ihr Schlafzimmer, packte ihre restlichen Habseligkeiten ein und ließ den Blick ein letztes Mal durch das Zimmer gleiten, dessen Einrichtung laut Lisette von Belles Hutsalon inspiriert worden war. Sie hoffte inständig, dass Jean-Philippe weder in diesem Haus noch irgendwo sonst auch nur einen Moment glücklich sein würde.

Als sie mit ihrem Koffer und ihrem Mantel die Treppe herunterging, kam Jean-Philippe aus dem Salon.

»Hier gibt es einiges aufzuräumen«, sagte er knapp.

»Ja, und zwar von dir«, gab sie scharf zurück. »Ich gehe jetzt, und ich hoffe, ich habe nie wieder das Pech, dir zu begegnen. Hoffentlich bist du in diesem Haus keinen einzigen Augenblick glücklich!«

»Du kleine Schlampe!«, sagte er und trat drohend näher.

»Wehe, du rührst mich an, dann wird dir Hören und Sehen vergehen«, warnte sie ihn. »Wenn deine Mutter nicht schon tot wäre, wäre sie heute vor Scham über dein Benehmen gestorben. Reiche, einflussreiche Leute, die sie kaum kannte, umschmeicheln und nicht ein Wort für all die Menschen übrig haben, die ihr wichtig waren! Ich kann nur sagen, dein Vater muss ein schlechter Mensch gewesen sein, denn von deiner Mutter hast du das nicht!«

Sie riss die Tür auf und ging, ohne auch nur einen Blick zurückzuwerfen.

Aber sie konnte nicht verhindern, dass die Tränen, die sie heute den ganzen Tag nur mit Mühe unterdrückt hatte, jetzt über ihre Wangen liefen. »Mir fällt schon noch etwas ein, um dir eins auszuwischen, Jean-Philippe«, murmelte sie. »Wart's nur ab!«

Joan hatte sich offensichtlich große Mühe gegeben, ihr schäbiges kleines Zuhause in der Soame Street für Mariette anheimelnd zu gestalten. Unten gab es nur ein Zimmer und eine winzige Waschküche, doch sie hatte geputzt, Staub gewischt und den Steinboden gescheuert.

»Ich weiß ja nicht, was du gewöhnt bist, Schätzchen«, sagte Joan und umarmte Mariette. »Aber ich bin echt froh, dich hier zu haben. Und ich hoffe, wir haben ab und zu was zu lachen, damit du nicht dauernd Trübsal bläst.«

Joan war achtundzwanzig, klein und drahtig. Und obwohl sie eher unscheinbar war, wog ihre Persönlichkeit den Mangel an gutem Aussehen auf. Ihr Lächeln konnte einen ganzen Raum erhellen, sie hatte Energie und Temperament, und mit ihren derben Witzen und respektlosen Kommentaren über alles Mögliche, von der Religion bis Winston Churchill, brachte sie jeden zum Lachen.

»Er ist ein fetter kleiner Bastard und ein feiner Pinkel, aber wenn er das nächste Mal in diese Ecke kommt, frag ich ihn, ob er 'ne Nummer schieben will«, hatte sie über Churchill gesagt, als Mariette ihr zum ersten Mal begegnet war. »So einer wie der hat bestimmt noch nie 'ne gute Nummer gehabt. Seine Alte sieht so aus, als wäre sie sich für so was zu fein.«

Ihre Lebensphilosophie war denkbar einfach: Nimm alles von der komischen Seite, auch wenn die Lage noch so ernst ist! Mariette hatte vor, sich diese Einstellung zu eigen zu machen.

»Na, wie war die Beerdigung?«, wollte Joan wissen.

»Ungefähr so erbaulich wie Weihnachten im Armenhaus«, erwiderte Mariette. »Ich würde Jean-Philippe liebend gern eins mit einem heißen Schürhaken überziehen. Aber ich habe milde Gaben von ihm dabei! Er hat natürlich keine Ahnung, dass er uns die Sachen geschenkt hat, doch deshalb werden sie uns umso besser schmecken.«

Sie öffnete ihren Koffer und förderte eine volle Flasche Gin zutage, die sie in eine Strickjacke gewickelt hatte. Die Trauergäste hatten sich auf die alkoholischen Getränke gestürzt, und wahrscheinlich dachte Jean-Philippe nun, dass sie die Flasche Gin auch geleert hatten. Dann holte sie noch Tee, Zucker, eine Dose Lachs, Fischpaste und ein großes Stück Obstkuchen heraus.

Joans braune Augen wurden kugelrund. »Mensch, Mari, da hast du uns ja alle Ehre gemacht! Glaube nicht, dass ich schon mal 'ne ganze Flasche Gin in der Hand hatte. Und dann noch Lachs und so! Irre.«

»Und den habe ich für dich stibitzt«, sagte Mariette und fischte einen Lippenstift aus ihrer Manteltasche. »Er hat Rose gehört. Ich glaube nicht, dass Jean-Philippe ihn braucht.«

»Nach dem, was du alles über den kleinen Schleimer erzählt hast, würd's mich nicht wundern, wenn er sich in Weiberklamotten schmeißt«, lachte Joan. Sie stellte sich vor den Spiegel über dem Kamin und malte sich die Lippen mit dem korallenroten Lippenstift an. »Hättest ruhig mehr mitgehen lassen können, Mari, dann würdest du dich jetzt besser fühlen.«

»Ehrlich gesagt, ich hatte Angst, er könnte in meinen Koffer schauen«, gestand sie. »Ich wollte ihm keine Handhabe gegen mich geben. Außerdem habe ich sowieso vor, mich fürchterlich an ihm zu rächen.«

Joan zündete das Feuer an und schob zwei Sessel vor den Kamin. In einer Hand ein Glas Gin mit Orangensaft, erzählte Mari der Freundin von ihrem Tag.

»Dann kann dir dieser Henry vielleicht helfen, einen Job zu finden?«, fragte Joan.

»Da mache ich mir keine großen Hoffnungen. Mir reicht es, dass er meine Mum gekannt hat und Onkel Noah gern hatte. Und jetzt erzähl mal, wie es Ian und Sandra geht! Du hast Mittwoch doch erzählt, dass du einen Brief von ihnen bekommen hast.«

Ian und Sandra waren Joans Kinder. Wie fast alle Londoner Kinder waren sie im September 1939 aufs Land verschickt worden. Als während des Sitzkriegs keine Bomben fielen, kehrten viele der Jungen und Mädchen nach London zurück. Aber Joan hatte der Versuchung widerstanden, ihre beiden zurückzuholen, weil sie sich in dem Küstenort Lyme Regis sehr gut eingelebt hatten und sie es für falsch hielt, sie wieder zu entwurzeln. Wie sich herausstellte, hatte sie die richtige Entscheidung getroffen. Als die ersten Luftangriffe begannen, wurden die Kinder, die heimgekehrt waren, wieder fortgeschickt, und viele Leute waren sehr unzufrieden mit den neuen Unterkünften ihrer Söhne und Töchter.

»Ians Lehrerin sagt, dass er gescheit genug ist, um die Aufnahmeprüfung für die Oberschule zu schaffen«, verkündete Joan stolz. »Und Sandra ist in ihrer Klasse die Beste im Buchstabieren.

Ich glaub, ich fahr nächstes Wochenende mal zu den beiden runter. Mrs. Harding lässt mich immer bei Sandra im Bett schlafen, sie ist keine, die Zicken macht. Die ist echt nett.«

»Das bist du auch«, fand Mariette. »So viele Mütter sind eifersüchtig auf die Frauen, die ihre Kinder aufnehmen, aber du bist Mrs. Harding dankbar und immer großzügig und versuchst nie, Ian und Sandra gegen sie aufzuhetzen. Ich denke, das ist auch ein Grund, warum die beiden sich dort so wohlfühlen.«

»Ist ganz schön schwer für mich«, meinte Joan nachdenklich. »Jedes Mal, wenn ich die zwei sehe, sind sie wieder ein Stück gewachsen. Und jetzt reden sie schon ganz vornehm und benutzen beim Essen Servietten!«

Mariette lachte. »Oh, das würde ich aber nicht erlauben«, scherzte sie. »Sonst erwarten sie noch, dass es hier zu Hause auch welche gibt.«

Joan runzelte die Stirn. »Ich hab Angst, dass sie sich dafür schämen, wie ich rede und so. Ich hab in den letzten Jahren so viel bei ihnen verpasst. Was meinst du, wie sind sie wohl, wenn sie in diese Bruchbude zurückkommen?«

»Sie lieben dich so, wie du bist«, sagte Mariette fest. »Unser Haus in Neuseeland hat ein Außenklo und keinen elektrischen Strom, und ich habe mich in St. John's Wood an Komfort gewöhnt, aber ich würde schon morgen zu meiner Familie zurückgehen, wenn ich könnte, und nie darüber jammern, weil es dort keinen Strom gibt. Niemand kann jemals deine eigene Mum ersetzen.«

Als Mariette in jener Nacht versuchte, in Ians unbequemem kurzen Bett einzuschlafen, wurde ihr bewusst, dass sie wirklich gelernt hatte, wie viel ihre Familie ihr bedeutete.

Jetzt würde es keine Telefongespräche mehr geben, und es würde einige Wochen dauern, bis ihre Eltern ihre neue Adresse bekamen und ihr schreiben konnten. Sie konnte es sich jedenfalls nicht leisten, in der Bäckerei in Russell anzurufen; abgesehen davon war ein

Telefonat nach Neuseeland aus einer öffentlichen Telefonzelle gar nicht möglich.

Aber sie musste versuchen, die Dinge genauso optimistisch zu sehen wie Joan.

An diesem Abend hatte es zum ersten Mal seit drei Tagen keinen Bombenalarm gegeben. Und am Sonntag würde sie Henry und seine Frau besuchen.

Joan hatte ihr versichert, dass sie bestimmt bald Arbeit finden würde, und vielleicht sollte sie auch daran glauben.

Eigentlich sollte ich auch froh sein, in Johnnys Nähe zu wohnen, dachte sie. Aber bei ihrem letzten Treffen war er ihr auf die Nerven gegangen, und sie war sich nicht sicher, ob sie noch dasselbe für ihn empfand wie früher.

KAPITEL 19

Mariette musste dreimal nach dem Weg fragen, bevor sie die Willow Road endlich fand. Sie hatte sie in der Nähe der U-Bahn-Station Hampstead vermutet, aber die Straße war doch gute zehn Minuten davon entfernt. Der Spaziergang machte ihr aber nichts aus, die Sonne schien, und die Luft in Hampstead war deutlich frischer als in Bow. Es gab nur wenige Bombenkrater, und es war schön, die Gärten mit ihren leuchtenden Narzissen und vielen grünen Bäumen zu betrachten.

In der vergangenen Nacht hatte es einen Bombenangriff gegeben, und Joan und sie waren in einen Schutzbunker geflohen. Ein alter Mann hatte sich unablässig gekratzt, und als um etwa zwei Uhr morgens Entwarnung gegeben wurde, juckte es auch Mariette am ganzen Körper. Sie war fest davon überzeugt, sich mit der Krankheit angesteckt zu haben, die auch den Alten plagte.

Als sie sich jedoch am Morgen im Tageslicht betrachtete, war auf ihrer Haut nichts Ungewöhnliches zu sehen, das Problem existierte also wahrscheinlich wirklich nur in ihrem Kopf, wie Joan behauptete. Mariette wusste, dass sie in diesen Dingen eher wie ihre Freundin denken musste: einfach darüber lachen, nicht mehr so penibel wegen Schmutz oder unangenehmer Gerüche sein und versuchen, die Fremden, die sie im Schutzbunker antraf, als potenzielle Freunde, nicht als suspekte Gestalten anzusehen.

Willow Road Nummer elf war ein hübsches Haus hinter einer hohen, präzise geschnittenen Ligusterhecke, die sich in einem Bogen um das hohe, schmiedeeiserne Tor schmiegte. Henry schien Mariette von einem der Fenster aus gesehen zu haben, denn er öffnete die Tür, bevor sie klingelte.

»Haben Sie also doch zu uns gefunden!«, sagte er mit einem freundlichen Lächeln. »Ich dachte mir noch, ich hätte Ihnen den Weg genau beschreiben sollen.«

Er führte sie zu einer großen Küche im hinteren Teil des Hauses, von wo aus man auf einen gepflegten Garten blickte, und stellte Mari seiner Frau Doreen vor.

»Ich bin ja so froh, dass Sie heute kommen konnten«, sagte Mrs. Fortesque, als sie Mariettes Hand schüttelte. »Sie haben so viel durchgemacht, und ich habe von Henry gehört, dass Noahs grässlicher Stiefsohn alles noch schlimmer für Sie gemacht hat.«

Mariette hatte sich Henrys Frau als elegante, vielleicht sogar unterkühlte Person vorgestellt, aber das war sie ganz und gar nicht. Doreen war eine mütterliche Frau um die fünfzig mit rundlicher Figur; das ergrauende Haar hatte sie zu einem unordentlichen Knoten hochgesteckt. Sie trug einen handgestrickten Pullover, und die Schürze darüber war schon so oft gewaschen worden, dass das Muster kaum noch zu erkennen war.

»Als ich das Haus verließ, war er unangenehmer als je zuvor. Aber ich denke, ich habe ihm ein bisschen Stoff zum Nachdenken zurückgelassen – und den ganzen Abwasch«, fügte Mariette grinsend hinzu, die Doreen auf Anhieb sympathisch fand. »Dennoch war ich wirklich unglücklich, weil ich von dort fortmusste. Ich habe mit Noah, Lisette und Rose eine wunderschöne Zeit verbracht und verstehe einfach nicht, warum Jean-Philippe so gehässig zu mir war.«

»Noah hatte Probleme mit ihm, seit der Junge etwa zwölf war. Jean-Philippe war unverschämt, hat absichtlich Noahs Sachen kaputt gemacht und immer wieder versucht, Noah und Lisette zu entzweien«, sagte Henry. »Noah hat mich damals um Rat gefragt, denn unser Douglas ist ja genauso alt wie Jean-Philippe. Ich war der Meinung, dass Noah am Anfang, als Lisette und er frisch verheiratet waren, zu viel des Guten getan hat. Er hatte die besten Absichten, doch letzten Endes hat er den Jungen völlig verzogen und ihn nie korrigiert, bis der Knabe geglaubt hat, er könnte tun und lassen, was er will.«

»Ich habe ihn nur einmal getroffen«, sagte Doreen, die sich wieder dem Gemüse zuwandte, das sie für das Essen vorbereitete. »Noah und Lisette brachten ihn und Rose zum Tee mit, und schon damals fiel er mir unangenehm auf. Ich hatte das Gefühl, dass er eifersüchtig auf seine kleine Schwester war und sich darüber ärgerte, dass seine Mutter sich so viel mit Noah beschäftigte. Die ganze Zeit, die er hier war, hat er sich nach Kräften bemüht, uns allen den Nachmittag zu vermiesen.«

»Ich dachte, das Internat würde ihm guttun«, meinte Henry. »Aber da hat er nur große Rosinen in den Kopf bekommen.«

Doreen wandte sich ihrem Mann zu. »Ich bin mir sicher, Mariette möchte Jean-Philippe heute mal vergessen. Warum setzt ihr euch nicht ins Wohnzimmer und trinkt vor dem Lunch ein Glas Sherry?«

Der Wohnraum hatte Fenstertüren, die in den Garten an der Hinterseite des Hauses führten. Es war ein hübscher Raum mit bequemen Lehnstühlen und einem Sofa, das mit grün-rosa geblümtem Stoff bezogen war. An einer Wand stand eine große Vitrine voller Porzellanfiguren.

Henry schenkte ihnen beiden ein Glas Sherry ein. »Auf die Zukunft!«, sagte er und stieß mit Mariette an. »Sie fühlen sich jetzt bestimmt sehr entmutigt und allein – noch dazu ist da dieser verdammte Krieg, der einfach nicht enden will. Aber er bringt auch Möglichkeiten, die es in Friedenszeiten nicht gibt, besonders für Frauen. Ich habe gerüchteweise gehört, dass Ernest Bevin plant, die Frauen zu mobilisieren, damit sie in Berufe einsteigen können, die bis jetzt die Domäne der Männer waren.«

»Wirklich?«, sagte Mariette. »Das wäre vielleicht was für mich, zumal ich jetzt Miete zahlen muss.«

Sie erzählte ihm kurz von ihrer Arbeit bei Greville, der ehrenamtlichen Tätigkeit im East End und ihrer neuen Bleibe in Bow.

»Eine ausgebildete Sekretärin sollte nicht in einer Munitionsfabrik arbeiten oder Telegrafenmasten hinaufklettern. Das hätte Noah gar nicht gefallen. Sagen Sie, Mariette, hat Ihr Vater Ihnen Französisch beigebracht?«

»*Bien sûr, mon père me ferait passer …*«

Henry unterbrach sie. »Schon gut, Sie können Französisch. Ich leider nicht«, lachte er.

»Ich wollte sagen, dass mein Vater manchmal darauf bestanden hat, dass ich den ganzen Tag Französisch mit ihm rede. Lisette und ich haben an manchen Abenden nichts anderes gesprochen. Sie hat auch meinen Akzent korrigiert. Dad kommt aus Marseille, und sie fand, ich sollte wie eine Pariserin sprechen. Aber warum fragen Sie?«

»Manchmal höre ich von Kollegen, die eine zweisprachige Sekretärin brauchen«, sagte er und lächelte sie an. »Ich werde darüber nachdenken und mal sehen, was sich machen lässt.«

Während des Essens stellten Henry und Doreen viele Fragen nach Neuseeland. Mariette erfuhr, dass ihr Sohn Douglas, ein Ingenieur, ernsthaft daran dachte, nach dem Krieg dorthin auszuwandern.

»Es ist ein guter Ort für einen Neuanfang«, meinte Mariette. »Es gibt dort so viel Platz, die Landschaft ist traumhaft und das Klima dem englischen sehr ähnlich, besonders auf der Südinsel. Ich denke, Douglas könnte dort ein gutes Leben haben. Warum begleiten Sie ihn nicht? Es würde Ihnen bestimmt gefallen.«

»Wir haben schon darüber nachgedacht«, gab Henry zu. »Aber eine so radikale Veränderung ist in unserem Alter nicht ganz leicht. Auf der anderen Seite bleibt für uns nicht viel zurück, wenn Douglas aus England fortgeht.«

»Sie würden in Neuseeland schnell neue Freunde finden«, sagte Mariette. »Sehr viele Leute kommen aus England, oder ihre Eltern stammen von dort. Ich denke auch, dass ein Anwalt dort genauso leicht Arbeit findet wie hier.« Sie erzählte ihnen noch von der Schönheit der Bay of Islands, vom Angeln und Fischen und gestand, wie sehr sie das alles vermisste.

»Sie können also mit Booten umgehen?«, fragte Henry.

Mariette grinste. »Mein Dad findet, ich kann das besser als die meisten Männer. Er hat mich schon mit dem Boot mitgenommen, als ich erst drei oder vier war, und seit meinem siebten Lebensjahr bin ich auch eine gute Schwimmerin. Es liegt mir wohl im Blut. Dad ist am glücklichsten in seinem Boot, und mir geht es genauso.«

»Ich wünschte, ich hätte Etienne kennengelernt«, meinte Henry. »Noah hat ihn geradezu verehrt. Einmal hat er gesagt: ›Er ist so, wie wir alle gern wären – furchtlos, stark und gnadenlos zu seinen Gegnern –, doch er hat auch eine sehr sensible Seite. Ich habe ihm immer vollkommen vertraut und es nie bereut.‹«

»Wie lieb von ihm!« Mariette fühlte, wie Tränen der Rührung unter ihren Augenlidern brannten. »Aber Dad hat auch ungeheuer viel von Noah gehalten. Seit ich in England angekommen bin, habe ich das Gefühl, die beiden haben zusammen etwas Dramatisches erlebt, doch ich hatte nie Gelegenheit, etwas aus Noah herauszubekommen.«

»Ich bin mir sicher, Ihr Vater wird es Ihnen eines Tages erzählen«, sagte Henry. »Wir Eltern müssen warten, bis unsere Kinder reif genug sind, um mit unserer Vergangenheit umzugehen. Wenn der Krieg vorbei ist und Sie nach Hause zurückkehren, ist die Zeit vielleicht gekommen.«

An dem Blick, den Henry ihr dabei zuwarf, erkannte Mariette, dass er ganz genau wusste, was Noah und Etienne damals zusammengeführt hatte. Ob er auch über die Vergangenheit ihrer Mutter Bescheid wusste? Aber er war genauso verschwiegen wie ihr Vater und Noah, und sie wusste, dass er die Geheimnisse eines anderen niemals preisgeben würde.

Mariette ging gegen fünf, wenn auch ungern, denn Henrys und Doreens Heim war heiter und behaglich, das Essen hatte köstlich geschmeckt, und sie hatte sich rundherum wohlgefühlt und ihre Sorgen für ein paar Stunden vergessen können. Aber als sie ging und Doreen sie zum Abschied umarmte, erinnerte sie sich, dass Lisette sie auch immer an sich gedrückt hatte, und fühlte, wie sich in ihrem Inneren wieder Trauer regte.

Sie wusste, dass niemand ihr das ersetzen konnte, was sie bei Noah und Lisette gehabt hatte. Jetzt musste sie erwachsen werden und selbst Verantwortung übernehmen. Henry hatte ihre Nummer bei Greville und auch Joans Adresse, und Mariette vermutete, dass er ihr zu einem anderen Arbeitsplatz verhelfen würde.

Die Woche nach Mariettes Besuch bei Henry und Doreen war schrecklich und brachte in der Nacht von Mittwoch einen der schlimmsten Luftangriffe mit sich. Mariette und Joan waren den ganzen Tag über in der alten Fabrik gewesen und gerade auf dem Heimweg, als die Sirenen heulten. Sie hatten noch nicht zu Abend gegessen, und der Bunker, in den sie sich flüchten mussten, war fürchterlich. Zum Sitzen gab es nur rohe Holzplanken auf feuchter Erde, und die Leute, die sich bereits hier aufhielten, schienen etwas dagegen zu haben, zwei Fremde in ihrer Mitte aufzunehmen.

Es war grauenhaft. Jedes Mal, wenn eine Bombe fiel, bebte der ganze Raum, und von der Decke regnete es Schutt und Erde. Mariette war überzeugt, in dieser Nacht zu sterben. Als bei Tagesanbruch Entwarnung gegeben wurde, konnten Joan und sie sich kaum noch auf den Beinen halten. Später erfuhren sie, dass in jener Nacht mehrere Hundert Kampfflugzeuge die Stadt bombardiert hatten und siebenhundertfünfzig Menschen ums Leben gekommen waren, viele davon in Luftschutzbunkern, die einen Volltreffer abbekommen hatten. Aber der nachhaltigste Eindruck dieser Nacht blieben die zwei Frauen, die unentwegt darüber gejammert hatten, dass Konfitüren und Marmeladen ab sofort auch zu den rationierten Lebensmitteln gehörten.

»Ich hätte ihnen zu gern gesagt, dass sie endlich die Klappe halten sollen«, sagte Joan, als sie mit steifen Gliedern heimwärts wankten und dabei nicht einmal wussten, ob ihr Haus noch stand. »Wenn ich ein Glas Marmelade dabei gehabt hätte, hätte ich's einer der Tanten in den Hintern gesteckt!«

Sie brühten sich gerade eine dringend benötigte Kanne Tee auf, als Johnny auftauchte. Joan erwähnte, dass sie am Wochenende zu ihren Kindern fahren wollte, und Johnnys Augen leuchteten bei der Aussicht auf, das Haus mit Mariette allein zu haben.

Vielleicht lag es an ihrer Müdigkeit, dass Mari auf ihn losging. »Komm bloß nicht auf die Idee, dass du deshalb mit mir schlafen kannst!«, fuhr sie ihn an.

»Ob du es glaubst oder nicht, ich habe mir bloß gedacht, wie nett es wäre, irgendwo mit dir zu sitzen, wo es warm und gemütlich ist«, gab er gereizt zurück. »Aber wahrscheinlich kommt sowieso wieder ein schwerer Luftangriff, und ich muss Feuer löschen.«

Ein paar Minuten später ging er. Mariette ließ sich in einen Sessel fallen und vergrub ihr Gesicht in den Händen.

»Warum habe ich das bloß gesagt?«, fragte sie Joan.

»Weil der Junge genau das im Sinn hatte.« Joan grinste. »Na ja, er hat's wieder hingebogen, und dass er Feuer löscht, soll dich wohl dran erinnern, was für ein toller Kerl er ist. Aber keine Angst, der kommt wieder.«

Aber Johnny kam nicht wieder. Joan fuhr am Freitagmittag nach Lyme Regis, und Mariette ging gegen sechs durch strömenden Regen allein nach Hause. Sie zündete ein Feuer im Kamin an, vergewisserte sich, dass die Fenster verdunkelt waren, und schaltete das Radio an. Es gab keinen Luftangriff, vermutlich weil die Sicht schlecht war. Doch am nächsten Tag wurde bekannt, dass die deutschen Bomber stattdessen Plymouth angegriffen und in der Stadt genau wie am Anfang der Woche in Bristol verheerende Schäden angerichtet hatten.

Als Mariette an jenem Abend ins Feuer starrte, dachte sie an eine Frau, mit der sie früher am Tag geredet hatte. Sie war Ende zwanzig, ihr Verlobter war in Nordafrika gefallen, und ihre Wohnung, die sich ein paar Straßen von der Fabrik entfernt befand, war vor Kurzem ausgebombt worden. Wie Mariette war sie bei einer Freundin untergeschlüpft.

»Ich weiß, dass jeder hier sagt: ›Wir packen das.‹ Aber ich glaube, ich kann bald nichts mehr verkraften«, hatte sie zu Mariette gesagt. »Mein Vater fiel im letzten Krieg, ohne mich jemals gesehen zu haben, meine Mutter starb vor vier Jahren. Als ich Sydney begegnete, dachte ich, wir könnten uns gemeinsam ein gutes, glückliches Leben aufbauen, doch jetzt ist er auch nicht mehr da. Ich schaue mich um und sehe all die Zerstörung und die Not und weiß, dass es noch schlimmer kommen wird. Wozu weitermachen, frage ich mich. Wozu? Ich habe meine Mutter und den Mann, den ich liebe, verloren, und ich besitze nur noch die Sachen, die ich am Leib trage, mehr nicht. Ich habe nicht mehr die Kraft, mir ein neues Leben aufzubauen.«

Mariette hatte die Frau in die Arme genommen und sie aufzumuntern versucht. »Man weiß nie, was hinter der nächsten Ecke wartet«, hatte sie Mog zitiert. Aber in Wirklichkeit ging es Mariette genauso wie dieser Frau. Joan konnte ihre ganze Energie darauf richten, den Krieg zu überleben, weil sie Mann und Kinder hatte. Aber Mariettes Familie war Tausende von Kilometern entfernt, und hier gab es niemanden, der ihr nahestand. Sogar Johnny, von dem sie noch vor wenigen Wochen gedacht hatte, er könnte »der Richtige« sein, wollte anscheinend nichts mehr von ihr wissen.

Henry hielt Wort. Am zweiten April erhielt Mariette von ihm einen Brief, in dem er ihr empfahl, sich an Mr. Perry von Pinknall und Forbes in der Chancery Lane zu wenden. Henry schrieb:

Er könnte eine Sekretärin brauchen, die fließend Französisch spricht und schreibt. Die meisten seiner Klienten sind Engländer, aber es sind auch einige Franzosen darunter, und er rechnet damit, dass es aufgrund der Lage in Frankreich im kommenden Jahr mehr werden. Ich glaube, das könnte die ideale Stelle für Sie sein.

Nach dem Vorstellungsgespräch war Mariette sich nicht ganz sicher, ob der Posten wirklich ihren Wünschen entsprach. Zum einen bedeutete es, dass sie Mr. Greville verlassen musste. Er war vielleicht ein bisschen schmierig, doch sie hatte sich an ihn gewöhnt und ihn sogar ein bisschen ins Herz geschlossen. Zweitens gefiel ihr der aufgeblasene Mr. Perry, der sie ziemlich von oben herab behandelte, kein bisschen. Er war dick und hatte ein glänzendes rotes Gesicht und schlechten Atem, und sie konnte sich beim besten Willen nicht vorstellen, Tag für Tag in seiner Nähe zu sein, geschweige denn ihre spontan gebildete Meinung über ihn zu ändern.

Aber sie nahm den Job, weil sie ihn brauchte und weil es leichter war, von Bow nach Holborn als zur Baker Street zu kommen.

Mr. Greville trug ihre Kündigung zu ihrer Überraschung mit Fassung. »Ich habe gewissermaßen damit gerechnet«, sagte er. »Mir war klar, dass zwei Arbeitstage pro Woche für Sie nicht mehr ausreichen. Erzählen Sie mir etwas über Ihren neuen Job! Ich hoffe, Sie wollen nicht in einer Munitionsfabrik arbeiten, nur weil die Bezahlung gut ist.«

Sie berichtete, dass sie eine Stelle in einem Anwaltsbüro bekommen hatte und dort auch Übersetzungen ins Französische machen würde.

»Freut mich für Sie. Ehrlich gesagt, ich spiele ohnehin mit dem Gedanken, dieses Büro aufzugeben. Ich kann das alles auch von der Fabrik aus erledigen. Ich wünsche Ihnen alles Gute, Miss Carrera. Sie waren eine ausgezeichnete Sekretärin, und Sie werden mir fehlen.«

Mariette bereute fast vom ersten Tag an, die neue Stellung angetreten zu haben. Die anderen Büroangestellten waren eine frostige und versnobte Schar. Ihnen lag unverkennbar nicht das Geringste daran, eine Neue in ihren Reihen aufzunehmen. Immer wieder hörte sie, wie über ihre Französischkenntnisse und die Tatsache, dass sie aus Neuseeland stammte, getuschelt wurde. Beides erschien den anderen offensichtlich abwegig genug, um Mariette abzulehnen.

In der zweiten Woche wurden ihre Fähigkeiten als Übersetzerin und Dolmetscherin zum ersten Mal auf die Probe gestellt. Mr. Perry rief sie in sein Büro, um für eine neue französische Klientin, die nur ein paar Brocken Englisch konnte, zu dolmetschen.

Mrs. Dupont war Jüdin. Ihr Ehemann, ein Arzt, hatte darauf bestanden, dass sie wenige Tage, bevor Paris von den Deutschen eingenommen worden war, mit ihren beiden Kindern aus der Stadt floh. Er war wegen der Gerüchte, dass Juden gefangen genommen und in Lager transportiert wurden, sehr besorgt gewesen und hatte geglaubt, dass seine Familie bei Verwandten in England besser aufgehoben wäre.

Seit ihrer Ankunft in England hatte Mrs. Dupont nichts mehr von ihrem Mann gehört. Einer ihrer Verwandten hatte ihr Mr. Perrys Namen genannt und in ihr die Hoffnung genährt, er könne helfen, Neuigkeiten über ihren Mann zu erfahren.

Für Mariette war es kein Problem, alles, was die Frau erzählte und was Mr. Perry antwortete, zu übersetzen. Als sie auf Mr. Perrys Geheiß sämtliche Angaben über Dr. Dupont notierte, fragte sie sich unwillkürlich, warum nicht einer von Mrs. Duponts Verwandten hier in London, die sicher gut Englisch sprachen, sie begleitet hatte. Wenn jemand mitgegangen wäre, hätte der Betreffende an Perrys eher knappen Antworten gemerkt, dass er nicht sonderlich viel Anteil an der Notlage der Frau nahm.

Hätte Mr. Perry Mariette gleichzeitig mit Mrs. Dupont aus seinem Büro entlassen, hätte sie die verstörte Frau ansprechen und ihr empfehlen können, sich ans Rote Kreuz zu wenden. Leider behielt er sie jedoch da, um ihr einen dringenden Brief an einen anderen Klienten zu diktieren, und die Gelegenheit war vertan.

»Glauben Sie, dass die Gestapo Dr. Dupont verhaftet hat?«, fragte Mariette ihren Chef nach dem Diktat.

»Das erscheint mir höchst unwahrscheinlich«, sagte er leichthin. »Wahrscheinlich hatte er seine eigenen Gründe, seine Frau nach England abzuschieben. Man weiß ja, wie diese Franzosen sind.«

Mariette lag auf der Zunge, dass auch ihr Vater Franzose war und dass er seine Frau nur wegschicken würde, wenn ihr Leben in Gefahr wäre, verkniff sich die Bemerkung aber. Sie war auf diesen Job angewiesen. Außerdem konnte sie einen der Juden, die sie häufig im Bunker traf, um Rat fragen und alles, was sie erfuhr, an Mrs. Dupont weiterleiten.

Der Frühling ging in den Sommer über. Ohne Joan und die anderen Freundinnen, die sie im East End gefunden hatte, hätte Mariette London bestimmt verlassen und sich einen Wohnort gesucht, der von Bombenangriffen weitgehend verschont blieb. Seit Neuestem wurden Fallschirmbomben abgeworfen, von denen einige so groß wie Briefkästen waren; sie trieben mit den Windströmungen nach unten, explodierten bei Bodenkontakt und richteten verheerende Schäden an. Schon zwei dieser fliegenden Minen konnten einen ganzen Straßenzug in Schutt und Asche legen.

Am zwanzigsten April kam es zum schlimmsten Luftangriff seit Dezember. Johnny, der sich wieder sporadisch bei Mariette blicken ließ, berichtete später, dass in jener Nacht durch Brandbomben in London an tausendfünfhundert verschiedenen Stellen Feuer ausgebrochen war. Wenig später hatte ein Schauer von mehr als tausend Sprengbomben und Luftminen die Hauptstadt überzogen. Acht Krankenhäuser wurden getroffen, ein Teil des Kaufhauses Selfridges fing Feuer, und eine Zweihundertdreißig-Kilo-Bombe krachte durch das nördliche Querschiff der St.-Paul's-Kathedrale.

Drei Tage später kamen die Bomber wieder und konzentrierten ihre Angriffe auf das East End, als wäre diese Gegend nicht schon genug gestraft.

Anfang Mai sahen Mariette und Joan in der Wochenschau im Kino, wie sich australische, neuseeländische, englische und polnische Truppen von den Thermopylen in Griechenland zurückzogen. Mariette wusste, dass ihr Bruder Alexis dort stationiert war. In dem Bericht hieß es, dass siebentausend Männer in Kriegsgefangenschaft geraten waren, und sie hatte furchtbare Angst, ihr Bruder könnte unter ihnen sein.

Am zehnten Mai nutzten die Deutschen die Tatsache, dass Vollmond war, für neuerliche Luftangriffe. Sie legten in England praktisch alle wichtigen Bahnhöfe lahm, zerstörten über fünftausend Wohnhäuser und ließen in London breite Schneisen ohne Gas, Strom und Wasser zurück. Als Joan und Mariette am Morgen des elften Mai müde aus dem Bunker taumelten, verhüllten braune Rauchschwaden die Sonne. So viele Straßen waren unpassierbar geworden, dass es immer schwerer wurde, zum Arbeitsplatz zu gelangen. Nachdem Mariette sich mühsam zu Mr. Perrys Kanzlei durchgeschlagen hatte, fand sie das Büro verschlossen vor. In der City wütete ein gewaltiges Feuer. Eine Gin-Destillerie brannte, und der Alkohol erschwerte die Löscharbeiten. In Südlondon stand die Palmolive-Seifenfabrik in Flammen, und bei den Löschversuchen verwandelte sich das Wasser in heißen Schaum.

Später am Tag hörten Joan und sie, dass Scotland Yard, der St. James's Palace, die Königlichen Gerichtshöfe und viele andere berühmte Gebäude beschädigt worden waren – selbst der Tower war von einhundert Brandbomben getroffen worden.

Johnny kam ein paar Tage später auf einen Sprung vorbei, um Mariette zu erzählen, dass die Feuerwehr verstaatlicht werden sollte, etwas, worauf er schon lange hoffte. Gegenwärtig hatte jede lokale Freiwillige Feuerwehr unterschiedliche Rangordnungen und Titel, Ausrüstung und Kommandos, was die Löscharbeiten erschwerte, wenn Männer von verschiedenen Brigaden Seite an Seite Brände bekämpften.

Mariette hätte sich gern begeistert gezeigt, aber Joan und sie sorgten sich mehr um die sage und schreibe eine Million Menschen, die ihr Zuhause verloren hatten und für die nur knapp hundertdreißig kleine und dürftig ausgestattete Notquartiere zur Verfügung standen. Sämtliche Fenster in Joans Haus waren geborsten, und wie so viele andere Menschen waren auch sie ohne Strom, Gas und Wasser. Sie vernagelten die Fenster mit Brettern, bezogen ihr Wasser von einem Steigrohr auf der Straße und schätzten sich glücklich, noch ein Bett zu haben, in dem sie schlafen konnten.

Als Mariette erfuhr, dass fünfzigtausend Soldaten in einer Rettungsaktion, die von der Presse als »zweites Dünkirchen« bezeichnet wurde, von den griechischen Stränden gerettet worden waren, betete sie inständig, dass Alexis unter ihnen gewesen war. Ihre Gebete wurden erhört. Im Juni erhielt Mariette einen Brief von zu Hause, in dem ihre Eltern ihr mitteilten, dass Alexis in Sicherheit war. Aber Austin Roberts, ein Junge, mit dem sie zusammen zur Schule gegangen war und der sie als Erster geküsst hatte, war ums Leben gekommen. Mariette hatte in letzter Zeit viel größere Verluste verkraften müssen, doch der Gedanke an Austin, der so fern der Heimat gestorben war, brachte sie völlig aus der Fassung.

Nach dieser Nachricht brachen sich all ihre Verzweiflung und ihr Kriegsüberdruss Bahn. »Ich kann nicht mehr«, sagte sie zu Joan. »Ich kann den Anblick der Menschen, die in den Ruinen ihrer Häuser herumstochern, nicht mehr ertragen, den Geruch von Feuer, den Ziegelstaub in der Luft und den Gedanken, dass jede Nacht unsere letzte sein könnte. Ich muss weg von London, bevor ich völlig durchdrehe.«

Wie sie sich hätte denken können, konterte Joan mit einem Witz. »Dann geh doch zu dem verdammten Landdienst! In der Uniform mit den komischen Pluderhosen siehst du bestimmt toll aus. Und dann all die lüsternen, ollen Bauern, die dir an die Wäsche wollen! Was meinst du, was dir das für einen Spaß machen wird, Kühe zu melken, Ställe auszumisten und Kohl anzubauen!«

»Das würde mir alles nichts ausmachen – na ja, bis auf die lüsternen Bauern«, gab Mariette zurück. »Ich hasse es, all die Bombentrichter zu sehen, nur schlechte Nachrichten zu hören und mit Ach und Krach eine halbwegs anständige Mahlzeit auf den Tisch zu bringen.«

»Komm schon, es würde dir todsicher fehlen, um deine Ration anzustehen, die es sowieso nicht mehr gibt, wenn du endlich an der Reihe bist. Und vergiss nicht, wie toll du es findest, jede Nacht im Bunker neben einem furzenden Säufer zu hocken!«

»Tja, da hast du wohl recht, das würde ich vermissen.« Mariette kicherte.

»Und damit du gleich noch bessere Laune kriegst, Klamotten sind ab jetzt auch rationiert. Also, sogar wenn wir Geld für was Neues hätten, könnten wir uns nichts kaufen«, fügte Joan hinzu.

Mariette musste lachen. »Weißt du, Joan, du bist die Einzige, die mir fehlen würde. Na ja, Johnny vielleicht auch. Aber ich glaube, er will nichts mehr von mir wissen, er kommt kaum noch her. Und wenn er hier ist, redet er nur über Brände und Feuer.«

»Warum lässt du ihn nicht einfach drüber?« Joan nahm wie üblich kein Blatt vor den Mund. »Das lenkt ihn von seinen Bränden ab, und dir würde es auch guttun. Und komm mir bloß nicht damit, dass du dich aufhebst, ich weiß, dass du es schon gemacht hast!«

»Ich will nicht mit ihm schlafen«, gab Mariette verlegen zu. »Die ganze Zeit habe ich die Ausrede gehabt, dass sich keine Gelegenheit ergeben hat, aber das ist nur ein Vorwand. Ich empfinde nicht auf diese Weise für ihn.« Sie erzählte Joan von Morgan und davon, wie sie es kaum hatte erwarten können, mit ihm zusammen zu sein. »Und so sollte es sein, oder?«

Joan grinste. »Na klar, Schätzchen, genau so.«

»Doch Morgan hat sich richtig mies verhalten. Kurz bevor er zur Armee ging, hat er praktisch versucht, mich dazu zu zwingen. Er kann nicht besonders gut lesen und schreiben, und als ich zum letzten Mal von ihm gehört habe, sollte er gerade aus einem Krankenhaus in Folkestone entlassen werden.«

Zu ihrer Überraschung lachte Joan. »Herr im Himmel, du suchst dir aber auch immer Typen aus! Was fängt denn ein piekfeines Mädchen wie du mit einem Zigeuner an, der nicht lesen und schreiben kann? Doch ich schätze, an dem Abend war er so mies drauf, weil er Angst hatte, dich zu verlieren.«

Mariette lachte. »Das hat er geschafft.«

»Tja, mag sein, aber Kerle denken nun mal mit dem Schwanz, Schätzchen. Irgendwas, was du gesagt oder getan hast, hat ihm zu schaffen gemacht. Er konnte sich ja denken, dass du schockiert bist, weil er nicht gut schreiben kann. Und vielleicht hat er auch Angst gehabt, im Krieg zu sterben, und wollte dir noch seine persönliche Marke aufdrücken, so wie ein Hund, der an den nächsten Laternenpfahl pinkelt.«

Obwohl Mariette über diese ziemlich derbe Auslegung erneut lachen musste, hielt sie es für möglich, dass etwas Wahres dran war.

»Nun, die Antwort darauf werde ich wohl nie bekommen. Alles, was er in meinem Kopf hinterlassen hat, ist das Bild seines hübschen Gesichts und die Erinnerung, wie toll Sex sein kann«, sagte sie. »Aber um auf Johnny zurückzukommen, was mache ich mit ihm?«

Joan zog ein nachdenkliches Gesicht. »Also, wenn du jetzt nichts von ihm willst, dann willst du auch später nichts von ihm. Sag dem armen Kerl lieber, dass nichts zwischen euch läuft! Ist nicht fair, ihn an der Nase herumzuführen.«

»Ich weiß nicht, wie ich ihm das erklären soll. Er war so ein guter Freund, als der Blitzkrieg am schlimmsten war, und ich will ihm nicht wehtun.«

»Du kennst doch den Spruch ›Wo gehobelt wird, fallen Späne‹?

Na ja, das passt hier auch. Du tust Johnny mehr weh, wenn du ihn weiter vertröstest. Außerdem, wie ich Johnny, den Feuerwehrmann, einschätze, ist er scharf darauf, das große Los zu ziehen. Wenn du mich fragst, läuft er dir nicht bloß hinterher, weil er verrückt nach dir ist. Du stellst halt was dar. Darauf steht er.«

»Aber bin niemand Besonderes«, meinte Mariette.

»Komm schon, verglichen mit den anderen Leuten hier, bist du 'ne feine Dame! Du bist Sekretärin, du sprichst Französisch, und du hast Klasse. Und wenn der Krieg vorbei ist, fährst du nach Hause. Johnny bildet sich wahrscheinlich ein, dass deine Leute viel Knete haben.«

Mariette tat Joans Zynismus mit einem Schulterzucken ab. Aber als sie allein war und über einige Bemerkungen Johnnys nachdachte und darüber, wie oft er über reiche Leute und die günstigen Gelegenheiten, die sich in einem Krieg ergaben, redete, kam sie zu dem Schluss, dass ihre Freundin recht haben könnte.

Nach dem verheerenden Luftangriff vom zehnten Mai gab es eine Atempause. Nach monatelangen, fast ununterbrochenen nächtlichen Angriffen konnte niemand recht glauben, dass das Bombardement nicht schon am nächsten oder übernächsten Tag wieder losgehen würde. Doch als die Straßen von Schutt und Glasscherben gereinigt und geborstene Fensterscheiben ersetzt wurden, fingen die Menschen an zu hoffen, dass der Blitzkrieg tatsächlich vorbei und Hitler zu sehr damit beschäftigt war, Russland anzugreifen, um sich weiterhin mit England zu befassen.

Das Wetter war gut, deshalb gingen Mariette und Joan, wenn sie nicht in der Auffangstation in der alten Fabrik aushalfen, abends oft in einen Pub, ins Kino oder in einen Tanzsaal. Wenn Johnny dienstfrei hatte, begleitete er sie meistens, und Mariette verabschiedete sich von dem Gedanken, London zu verlassen und Johnny zu sagen, dass er sich eine andere Freundin suchen sollte. Nicht, dass sich an ihren Gefühlen für ihn etwas geändert hätte; sie hatte nur das Gefühl, dass sie ihm Gelegenheit geben sollte zu zeigen, wie er wirklich war.

An einem Wochenende fuhr Mariette mit Joan nach Lyme Regis zu den Kindern. Sie war entzückt von der Schönheit der Landschaft und dem verschlafenen kleinen Badeort.

Ian und Sandra waren wirklich reizend. Durch den langen Aufenthalt bei Mr. und Mrs. Harding hatten sie Chancen bekommen, die Joan ihnen beim besten Willen nicht hätte bieten können. Ian sollte ab September auf die Oberschule gehen, und die neunjährige Sandra schien genauso aufgeweckt wie ihr Bruder zu sein.

Die Geschwister hatten Joans drahtige Statur und ihr fröhliches Wesen geerbt. Es war nicht zu übersehen, dass die Hardings die beiden liebten, als wären sie ihre eigenen Kinder. Dennoch hießen sie Joan und Mariette so herzlich willkommen wie Familienmitglieder. Joan bezeichnete sie als »piekfein«, aber Mariette erkannte in ihnen ganz normale Leute vom Land, die mit ähnlichen Wertvorstellungen wie sie selbst aufgewachsen waren. Der Cockney-Akzent der Kinder war durch den leicht verschliffenen Dialekt Dorsets gemildert worden, und von all dem guten Essen und der friedlichen Umgebung strotzten die beiden nur so vor Gesundheit.

»Sie fehlen mir schon sehr«, gestand Joan kurz nach der Ankunft, »doch mir ist lieber, sie sind hier und haben's gut.«

Die Kinder wanderten mit Mariette und Joan auf die Klippen hinauf, um dort das Picknick, das Mrs. Harding zubereitet hatte, zu verzehren. Für die beiden Frauen waren die hart gekochten Eier, die köstliche Hühnerpastete und das selbst gebackene Brot ein wahres Festmahl. Die Hardings hielten über zwanzig Hühner, und Ian erfreute sie mit der makabren Schilderung, wie Mr. Harding dem Hühnchen, mit dem die Pastete gefüllt war, den Hals umgedreht hatte.

Es war schön in der klaren, frischen Luft oben auf den Klippen. Die Sonne schien ihnen warm auf die Haut, das Meer unter ihnen war so blau wie der Himmel, und die langen Grashalme wiegten sich in der sanften Brise. Beide Kinder lagen auf dem Rücken, die Köpfe in Joans Schoß gelegt. Mariette beobachtete, wie ihre Freundin ihnen liebevoll übers Haar strich, und wünschte von ganzem Herzen, dass Rodney, Joans Mann, bald wieder heil und unversehrt nach Hause kam und die kleine Familie wieder vereint war.

»Können wir nicht herziehen, wenn der Krieg vorbei ist und Dad heimkommt?«, fragte Ian, als gingen ihm ähnliche Gedanken durch den Sinn. »Mr. Harding hat gesagt, dass sie hier einen guten Mechaniker brauchen könnten, und das ist Dad doch, oder?«

»Klar, Schätzchen, und mir würd's auch gefallen.« Joan machte ein verträumtes Gesicht. »Denk mal, wie's hier erst aussieht, wenn kein Stacheldraht mehr da ist und keine Minen! Dann könnte ich euch Eimer und Schaufeln kaufen, und wir könnten paddeln gehen. Vielleicht könnte euer Vater auch ein bisschen fischen. Und wir würden in einem netten, kleinen Cottage mit Hühnern im Garten wohnen.«

»Das klingt nach meiner Kindheit in Neuseeland«, warf Mariette ein, die auf einmal schrecklich Heimweh bekam. »Ich wünschte, ich könnte einen Zauberstab schwenken und diesen furchtbaren Krieg beenden. Und dann könnten wir alle das haben, was wir uns wünschen.«

Als Mariette und Joan am Sonntagabend im Zug nach London saßen, waren beide von der Sonne gebräunt und fühlten sich nach dem guten Essen bei den Hardings zum ersten Mal seit langer Zeit wieder einmal richtig gesättigt. Aber die beiden Freundinnen waren recht schweigsam.

Mariette wusste, dass Joan von einem kleinen Cottage träumte und vielleicht darüber nachdachte, wie sie ihren Traum verwirklichen konnte. Der Freundin war es schwergefallen, sich von ihren Kindern zu trennen, und Mari litt mit ihr. Sie fragte sich, wann sie begonnen hatte, sich um andere zu sorgen, statt ausschließlich an sich selbst zu denken.

Nach zehn Wochen Ruhe gab es am siebenundzwanzigsten Juli erneut Fliegeralarm. Mariette und Joan, die gerade zu Bett gehen wollten, sahen einander erstaunt an.

Joan schwenkte drohend eine Faust gen Himmel. »Bastarde!«, brüllte sie. »Habt ihr nichts Besseres zu tun, als uns schon wieder zu piesacken!«

»Vielleicht ist es falscher Alarm«, meinte Mariette, schüttete aber den Kakao, den sie als Gutenachttrunk gekocht hatte, in eine Thermosflasche und stellte sie in den Korb, den sie immer für Luftangriffe bereitstehen hatten.

Joan lief nach oben und schnappte sich zwei Decken. »Wenigstens ist es heute Abend warm«, sagte sie, als sie wieder nach unten kam. »Das Blöde daran ist, dass wir es im Bunker mit Flöhen und verschwitzten Achselhöhlen zu tun bekommen.«

Keine fünf Minuten später saßen die beiden nebeneinander auf einer harten Bank. Heute hielten sich im Luftschutzraum nur Leute aus dem Viertel auf, keine Fremden, zumeist Frauen, aber auch einige Männer, die zu alt waren, um eingezogen zu werden.

»Hört sich an, als wäre es kilometerweit entfernt«, bemerkte Edna, die ein paar Häuser weiter wohnte, als das erste dumpfe Wummern zu hören war. »Mensch, wär ich doch im Bett geblieben!«

Mit dieser Meinung stand Edna nicht allein da. Viele Leute hatten es schon nach den ersten Wochen des Blitzkriegs aufgegeben, in Luftschutzräumen Zuflucht zu suchen. Sie waren der Meinung, dass es sie sowieso erwischen würde, wenn ihre Zeit gekommen war, ob sie sich nun im Bunker aufhielten oder nicht. Sehr viele andere hingegen hatten solche Angst vor den Angriffen, dass sie praktisch in den U-Bahn-Stationen lebten. Die Station Bethnal Green war besonders beliebt, weil sie sehr tief lag und Tausenden Menschen Platz bot.

Mariette war zu Beginn des Blitzkriegs einige Male in U-Bahn-Stationen geflüchtet, doch sie hatte es schrecklich gefunden. Da es keine Sanitäreinrichtungen gab, benutzten die Leute die Tunnel als Toiletten, und es stank fürchterlich. Sie hatte erlebt, wie es zu Handgreiflichkeiten gekommen war, weil jemand versehentlich auf die Decke eines anderen getreten war. Betrunkene torkelten herum, es herrschte ständiger Lärm, Babys schrien, und angeblich gab es in den U-Bahn-Stationen jede Menge Taschendiebe. Mariette wusste, dass mittlerweile Stockbetten und richtige Toiletten zur Verfügung standen und es auch Kantinen gab, wo man etwas zu essen und zu trinken bekommen konnte, aber Joan und sie fühlten sich in diesem Luftschutzraum am Ende ihrer Straße oder in Grevilles alter Fabrik wohler.

Wie müde Joan auch sein mochte, wenn sie unter vielen Menschen war, blühte sie auf. Heute war es nicht anders. Schon bald war sie in Fahrt und erzählte den Nachbarn von ihrem Besuch in Lyme Regis. Mariette hingegen schob sich ein Kissen hinter den Kopf und legte eine Decke um ihre Schultern, bevor sie sich an die Wand lehnte und die Augen schloss.

Wie so oft musste sie auch jetzt an Johnny denken. Sie schlug sich immer noch mit der Frage herum, wie sie ihm möglichst schonend begreiflich machen sollte, dass er nicht der Richtige für sie war.

Es war ihr ein Rätsel, warum sie immer wieder Männern begegnete, an denen es einiges auszusetzen gab. Zuerst einmal Sam, der, abgesehen von seinem Aussehen, absolut nichts zu bieten gehabt hatte. Morgan wiederum war nicht nur attraktiv, sondern hatte auch sehr nett gewirkt; aber für seinen versuchten Übergriff gab es keine Entschuldigung. Gerald war freundlich, zuverlässig und höflich gewesen und hätte einen traumhaften Ehemann abgegeben, doch es hatte bei ihr einfach nicht gefunkt. Johnny mochte ein guter Kumpel sein und Sinn für Humor haben. Aber abgesehen davon, dass er in ihren Augen wenig Sexappeal hatte, wurde sie den Verdacht nicht los, dass er Hintergedanken hatte, was sie anging.

Mariette hatte Frauen kennengelernt, die mit brutalen, gewalttätigen Männern verheiratet waren und sie trotzdem liebten. Andere Frauen wiederum hatten geheiratet, um abgesichert zu sein, und langweilten sich mit ihren verlässlichen Ehemännern oft zu Tode. Wären nicht ihre Eltern und Noah und Lisette gewesen, hätte sie leicht zu dem Schluss kommen können, dass man entweder das eine oder das andere bekam – tollen Sex oder Sicherheit – und dass es nicht möglich war, bei einem Mann beides zu finden.

Dann war da natürlich noch Edwin. Bei ihm schien es kein Haar in der Suppe zu geben. Er sah gut aus, hatte ausgezeichnete Manieren, war intelligent, freundlich und ein interessanter Gesprächspartner. Allerdings hatte Mariette nur einen einzigen Abend mit ihm verbracht, und angesichts der dramatischen Ereignisse jener Nacht konnte sie sich kaum eine zuverlässige Meinung über ihn bilden.

Vielleicht hätte sie ihn anrufen sollen, doch sie hatte sich für ihren neuen Wohnort geschämt. Außerdem wollte sie nicht den Eindruck erwecken, ihm nachzulaufen. Aber vielleicht könnte sie ihm schreiben, ganz unverbindlich, ihn fragen, wie es ihm ging, und von ihrer neuen Arbeit erzählen. Das konnte eigentlich nicht aufdringlich wirken.

Sie schaute sich in dem Luftschutzraum um. Das Licht war zu schwach, um viel zu sehen, doch sie erkannte Claras leuchtend rotes Haar und Aggie, die ihre gelbe Schürze trug und emsig strickte. Das alte Ehepaar, das ihr gegenübersaß, Ernie und May Forrest, war so nahe zusammengerückt, dass es aussah, als würden sie miteinander verschmelzen. Sie hielten einander an den Händen, und jedes Mal, wenn eine Bombe fiel, zog Ernie Mays Kopf mit seiner freien Hand an seine Schulter. Mariette, die sich mit den beiden bei einer früheren Gelegenheit einmal unterhalten hatte, wusste, dass sie geheiratet hatten, als May achtzehn Jahre alt gewesen und Ernie aus dem Krieg zurückgekehrt war. Von ihren insgesamt zehn Kindern waren zwei an Diphtherie gestorben, die anderen acht hatten überlebt. Erst vor Kurzem hatten sie ein Telegramm erhalten, in dem stand, dass einer ihrer Söhne in Nordafrika in Gefangenschaft geraten war. Aber da saßen die beiden, und die Liebe, die sie füreinander empfanden, strahlte ihnen aus den Augen. Mariette wusste, dass sie sich genau so etwas wünschte – eine Liebe, die ein ganzes Leben hielt.

Das schrille Heulen der Flugzeugmotoren kam näher, und das dumpfe Dröhnen einschlagender Bomben wurde lauter. Wie immer äußerte sich niemand dazu. Sie alle hatten längst gelernt, nach außen hin ruhig und gelassen zu bleiben; das war eine Frage des Stolzes. Joan schraubte die Thermoskanne auf und goss Mariette und sich Kakao ein, aber ihre Blicke begegneten einander mit einem Ausdruck stummer Resignation. Vor ihnen lag eine lange Nacht.

Die Menschen hatten in den letzten Monaten reichlich Erfahrungen mit Luftangriffen gemacht – manche konnten allein am Geräusch erkennen, an welcher Stelle die Bomben einschlugen.

Ein Flugzeug jagte im Tiefflug über sie hinweg. Das Krachen von Bomben, die ihr Ziel trafen, schien sehr nahe zu sein. Staub und Schmutz rieselten von der Kellerdecke auf sie alle herab.

»War wohl mein Haus«, sagte Clara und lachte nervös.

Wenn eine Bombe in der Nähe einschlug, fiel die nächste gewöhnlich ein Stück entfernt. Aber bevor sie aufatmen konnten, ertönte direkt über ihnen ein ohrenbetäubendes Krachen. Alle Lichter erloschen; Fragmente von Mauerwerk und Holzbalken stürzten auf sie herab.

»Gott steh uns bei!«, schrie jemand.

Das war das Letzte, was Mariette hörte.

KAPITEL 20

Hustend und würgend kam Mariette zu sich. Ihr Mund war voller Schmutz und Staub, und sie spuckte aus, doch schon allein diese Tätigkeit rief einen bohrenden Schmerz in ihrem Kopf hervor. Es war zu dunkel, um etwas zu sehen, aber sie spürte, dass sie auf dem Boden lag und etwas Schweres auf ihre Beine gefallen war; sie taten weh, und sie konnte sie nicht bewegen.

Einen kurzen Moment glaubte sie, es wäre nur ein Albtraum – sie hatte so etwas schon geträumt –, doch die Schmerzen und der erstickende Staub waren durchaus real. Der Bunker war getroffen worden.

Ihre Hände waren frei, und als Mariette ihren Kopf abtastete, fühlte sie klebriges Blut unter ihren Fingern. Dann schob sie die Hände weiter nach unten, wo irgendetwas quer über ihren Beinen lag; es war ein Holzbalken. Da sie vorhin auf der Bank gesessen hatte, musste etwas ihren Kopf getroffen und sie hinuntergestoßen haben, bevor der Balken auf ihre Beine gefallen war.

»Joan!«, rief sie. »Hörst du mich?«

Von irgendwo kam ein ersticktes Stöhnen, aber es war zu weit entfernt, um von Joan zu stammen. Mariette streckte die rechte Hand aus und tastete in der Dunkelheit herum, bis ihre Finger auf die vertraute genoppte Struktur von Joans Strickjacke stießen. Auch die Freundin lag auf dem Boden. Als Mariette Joans Kopf, Schultern und Oberkörper ertastete, erkannte sie, dass derselbe Balken, der sie einklemmte, auf dem Bauch ihrer Freundin lag.

Sie steckten immer eine Taschenlampe in den Notfallkorb, der vorhin, als Joan den Kakao eingossen hatte, noch neben ihren Füßen gestanden hatte. Mariette schaffte es, sich halb aufzusetzen und die rechte Hand nach unten auszustrecken. Der Korb befand sich ebenfalls unter dem Balken.

»Hört mich jemand?«, rief sie. »Ich versuche gerade, an eine Taschenlampe heranzukommen. Bestimmt kommt bald jemand, um uns hier rauszuholen.«

»Bist du das, Mari?«

Sie erkannte Aggies Stimme, aber sie klang schwach und weit entfernt.

»Ja, ich bin's. Wie schwer bist du verletzt?«

»Weiß ich nicht. Mir tut alles weh, und ich kann mich nicht rühren.«

»Bald kommt Hilfe«, meinte Mariette, während sie sich bemühte, den Korb unter dem Balken hervorzuziehen. »Möchte mir vielleicht jemand sagen, wie es ihm geht?«

»Mir tut der Kopf weh und die Schultern auch«, ertönte eine dünne Stimme. »Ich bin Brenda.«

»Sonst noch jemand?«

Niemand antwortete, und Mariette wusste, was das bedeutete. Die anderen waren entweder tot oder bewusstlos. Hoffentlich Letzteres, dachte sie. In diesem Luftschutzraum hatten sich achtzehn Personen aufgehalten, einschließlich des Luftschutzhelfers Tom, der sie noch gezählt hatte, bevor er die Tür geschlossen hatte. Bei der Vorstellung, alle könnten unter dem Schutt begraben liegen, lief es Mariette eiskalt den Rücken hinunter.

Endlich schaffte sie es, ein Loch in das Weidengeflecht des Korbs zu bohren. Vorsichtig schob sie ihre Hand hinein, fand die kleine Taschenlampe und zog sie behutsam heraus. Von Rettungseinsätzen, die sie beobachtet hatte, wusste sie nur zu gut, dass durch eine einzige hastige Bewegung noch mehr Schutt herunterfallen konnte.

Sie knipste die Lampe an. Der Lichtstrahl war mehr als dürftig und reichte gerade aus, um durch die wirbelnden Staubwolken zu erkennen, dass sie selbst, Joan und die drei Leute, die auf der anderen Seite neben ihrer Freundin gesessen hatten, alle von demselben Dachbalken getroffen worden waren. Diejenigen, die der Tür am nächsten waren, schien es am schlimmsten erwischt zu haben.

Als sie Joan so gut sie konnte untersuchte, stellte sie fest, dass ihre Freundin noch lebte, aber bewusstlos war. Ihr Körper lag in einem grotesk verzerrten Winkel unter dem Balken, und der Boden neben ihr war von Blut bedeckt, doch Mariette konnte nicht sehen, wo es herkam.

Der Holzbalken endete bei Mariette, und ausgerechnet der Korb hatte verhindert, dass er mit voller Wucht auf ihre Beine geknallt war. Sie schmerzten und bluteten, aber sie konnte ihre Zehen bewegen, was sie als gutes Zeichen wertete. Links von ihr, hinter dem Balkenende, befand sich nur noch ein gewaltiger Schutthaufen. Genau dort hatten Mrs. Heady, ihr Mann und ihre Tochter gesessen. Vermutlich lagen sie jetzt alle unter dem Schutt begraben.

Zwischen Mariette und der anderen Seite des Raumes, wo sich Brenda, Aggie, Clara, Ernie und May und ein paar Leute, deren Namen sie nicht kannte, befanden, ragte ein riesiger Betonklotz auf, und von den anderen war niemand zu sehen.

Mariette hatte oft genug gehört, wie Einsatzkräfte vom Zivilschutz Leuten, die unter zerbombten Gebäuden begraben waren, zugerufen hatten, sich nicht zu bewegen und möglichst nicht panisch zu werden. Sich nicht zu rühren, war einfach, nicht in Panik zu geraten, wesentlich schwerer. Mariette richtete die Taschenlampe nach oben und entdeckte ein riesiges Loch in der Decke. Hier war der Betonklotz, der jetzt mitten im Raum lag, hereingekracht, aber der Lichtstrahl der Taschenlampe reichte nicht über das Loch in der Decke hinaus. Über der Öffnung mochten noch weitere lose Betonteile oder Balken liegen, die jeden Moment herunterstürzen konnten.

»Brenda! Aggie!«, rief sie. »Könnt ihr den Lichtstrahl sehen?« Sie wackelte mit der Lampe hin und her, damit sie das Licht besser erkennen konnten.

»Nur ein paar helle Pünktchen«, antwortete Brenda. »Nicht genug, um festzustellen, was hier drüben los ist.«

»Ich versuche mal, Hilfe zu holen«, rief Mariette zurück. »Verhaltet euch still und bleibt ruhig! Versucht, euch mit den Leuten neben euch zu unterhalten, vielleicht sind sie nur kurzzeitig ohne Bewusstsein.«

»Ich habe Angst, Mari«, sagte Aggie. Ihre Stimme war kaum mehr als ein Flüstern.

»Ich auch«, gab Mariette zu. »Aber wir haben schon erlebt, wie Leute aus schlimmeren Situationen befreit worden sind, also nur nicht verzweifeln, Leute!«

Was sie sagte, entsprach der Wahrheit. Doch in der Nähe schlugen immer noch Bomben ein, und es war nicht damit zu rechnen, dass die Leute vom Zivilschutz erscheinen würden, bevor Entwarnung gegeben worden war. Und selbst dann kamen sie möglicherweise nicht gleich hierher, es sei denn, sie wussten, dass dieser Bunker getroffen worden war. Sie musste hier rauskommen und melden, dass Menschen verschüttet waren.

Nachdem Mariette Brenda und Aggie noch einmal Mut zugesprochen hatte, untersuchte sie den Balken. Selbst wenn es ihr gelang, das Endstück anzuheben und ihre Beine zu befreien, würde dadurch noch mehr Gewicht auf Joan lasten. Sie musste den Holzbalken irgendwie abstützen.

Sie tastete den Boden ab und stieß auf einen Ziegelstein, dann auf einen weiteren. Wenn sie einen davon an der Stelle, wo sie eingeklemmt war, unter den Balken schob und aufrichtete, könnte sie vielleicht ihre Beine herausziehen und den zweiten Ziegelstein als zusätzliche Stütze danebenstellen.

Den Ziegelstein neben ihre Unterschenkel zu ziehen, war relativ leicht, aber es war nahezu unmöglich, im Sitzen den schweren Balken hoch genug zu heben, um den Stein umzudrehen. Blut sickerte aus ihrer Kopfwunde in ihre Augen, und die Schmerzen in ihren Beinen verstärkten sich.

Mariette biss die Zähne zusammen, sagte sich, dass sie es schaffen würde, und versuchte es erneut. Ihre Arme waren nicht lang genug, um den Balken von oben zu packen, also musste sie ihre Hände darunterschieben und ihn hochstemmen. Nach mehreren Anläufen gelang es ihr endlich, ihn leicht anzuheben. Sie hielt ihn mit der rechten Hand fest und versuchte mit der linken, den Ziegelstein umzudrehen. Nichts in ihrem Leben war je so schwer gewesen, und Mariette hatte das Gefühl, dass die Muskelstränge in ihrem Arm reißen würden, aber schließlich schaffte sie es.

Sie gönnte sich eine kurze Verschnaufpause und informierte dann Brenda und Aggie keuchend über das, was ihr gelungen war. »Jetzt muss ich nur noch meine Beine herausbekommen«, fügte sie hinzu.

Schon der Versuch tat höllisch weh, und sie hatte keinen Platz, um ein bisschen nach hinten auszuweichen. Aber sie durfte jetzt nicht aufgeben, egal, wie groß die Schmerzen waren.

Endlich bekam sie ihre Beine frei. Sie waren eine einzige blutige Masse; von den Knien abwärts bis zu den Knöcheln sahen sie aus wie eine Fleischkeule, und die Schmerzen waren so stark, dass ihr übel wurde. Aber irgendwann schaffte sie es aufzustehen. Auf dem Boden lagen noch mehr Ziegel, und Mariette hob den Balken von ihrer bewusstlosen Freundin und schob weitere Steine darunter, um das Gewicht von ihren Hüften zu nehmen. Joan stöhnte leise.

Mariette beugte sich über sie und strich ihr über das Gesicht. »Ich hole Hilfe, Joan, halte durch!«, beschwor sie sie.

»Ian … Sandra«, murmelte Joan schwach.

»Du wirst sie bald sehen«, sagte Mariette, die mit den Tränen kämpfte. Selbst im trüben Licht der Taschenlampe war nicht zu übersehen, wie schlecht es um ihre Freundin stand.

Es hörte sich so an, als entfernten sich die Bomber. Sie musste schnell Hilfe holen! Nachdem sie Brenda und Aggie hastig gebeten hatte, mit Joan zu reden, kroch Mariette im Licht ihrer Taschenlampe zur Tür, immer darauf bedacht, nicht noch mehr Schutt loszutreten.

Tom, der Luftschutzhelfer, lag neben der Eingangstür. Er war ohne Zweifel tot. Sein Schädel war von dem Balken zerschmettert worden. Das ältere Ehepaar neben ihm schien ebenfalls nicht mehr am Leben zu sein, aber Mariette konnte ihre Hände nicht sehen und deshalb nicht ihren Puls fühlen.

Ihr war klar, dass die Betontreppe nach oben blockiert sein könnte und sie vielleicht nicht in der Lage sein würde, die Tür zu öffnen, doch zu ihrer Überraschung ging sie weit genug auf, dass Mariette sich durch den Spalt hindurchzwängen konnte.

Sie richtete den Strahl der Taschenlampe auf die Treppe und sah, dass die Stufen von riesigen Trümmern übersät und das Metallgeländer völlig verzogen war. Aber sie spürte frische Luft auf ihrem Gesicht, und sie konnte in der Mitte des Schutthaufens eine Öffnung ausmachen. Jetzt blieb ihr nur noch zu hoffen, dass sie wie ein Schacht bis ganz nach oben führte.

Zuerst schrie Mariette aus voller Kehle um Hilfe. Sie wusste, dass ein Versuch, über den Schuttberg zu klettern, alles in Bewegung setzen und sie begraben könnte, doch jede Minute Verzögerung bedeutete, dass die Chancen für ihre Freunde geringer wurden. Sie musste irgendwie nach oben gelangen!

Mariette hatte schon immer gut klettern können. »Behände wie eine Bergziege«, hatte Mog früher lachend gesagt, aber nun waren Maris Beine schwer verletzt, und sie hatte eine Kopfwunde. Und die Öffnung war kaum breit genug, dass sie hineinpasste. Mariette nahm ihren Ledergürtel ab, befestigte die kleine Taschenlampe daran und band sich den Gürtel fest um den Kopf. An der Stelle, wo er die Wunde berührte, tat es höllisch weh, doch das musste sie aushalten. Wenn sie beide Hände frei und gleichzeitig Licht haben wollte, war das die einzige Möglichkeit.

Langsam und ganz vorsichtig setzte sie sich in Bewegung. Zuerst tastete sie das Geröll mit den Händen ab, um sich zu vergewissern, dass es stabil war. Sowie sie in dem schmalen, tunnelartigen Loch war, hatte sie keine Bewegungsfreiheit mehr und musste sich winden wie eine Schlange. Gleichzeitig krallte sie die Finger in die Seitenwände des Schachtes und suchte mit den Zehen einen halbwegs sicheren Halt, von dem sie sich wieder ein paar Zentimeter weiter nach oben vorarbeiten konnte.

Es war ein Albtraum. Jedes Mal, wenn sie an ein großes, scharfkantiges Stück Schutt stieß, bekam sie Angst, sie könnte stecken bleiben. Da all die Betonbrocken und Ziegel vermutlich vom Nachbarhaus auf den Bunker gefallen waren, würde der Boden unter ihren Füßen immer unsicherer werden, je weiter sie nach oben gelangte.

Von Zeit zu Zeit hörte sie ein unheimliches Rumpeln, wenn Steine verrutschten und unter ihren Füßen wegglitten. Kleine Ziegelstücke rieselten auf sie herab, zerschnitten ihre Arme, Hände und Schultern oder schürften ihre verwundeten Beine weiter auf. Aber sie weigerte sich, daran zu denken, dass sie fallen oder lebendig begraben werden könnte, und schob sich Stück für Stück weiter nach oben.

Dann sah sie über sich auf einmal einen rötlichen Schein. Bestimmt handelte es sich dabei um ein Feuer ganz in der Nähe, das sie durch eine Lücke in dem Geröll sehen konnte.

Sie hatte es fast geschafft.

Nach Meldungen über verstärkte Luftangriffe in Bow traf Patrick Feanny mit dem ersten Trupp des Zivilschutzes in der Fairfield Road ein. Noch immer brannten zahlreiche kleinere Feuer von Brandbomben. Aber da noch keine Entwarnung gegeben worden war, waren bisher noch keine Luftschutzhelfer, junge Burschen und andere hilfsbereite Menschen eingetroffen, um mit Kübelspritzen die Flammen zu bekämpfen.

Das, was einmal die Soame Street gewesen war, eine kleine, auf beiden Seiten mit schmalen Reihenhäusern gesäumte Straße, bot ein Bild völliger Zerstörung. Alle Häuser waren dem Erdboden gleichgemacht. Von dem Haus am Anfang der Zeile stand noch eine einzige Wand, an der immer noch ein Bilderrahmen hing.

Dreißig zerstörte Häuser – das bedeutete, dass mindestens weitere hundertsiebzig Personen obdachlos geworden waren. Patrick Feanny bedauerte sie von ganzem Herzen. Er hatte im letzten Krieg gedient und im Alter von neunzehn die Schlacht an der Somme überlebt. Auch jetzt hatte er sich freiwillig gemeldet, nicht weil er wieder kämpfen wollte, sondern weil er es für seine Pflicht hielt. Da er für den aktiven Dienst abgelehnt worden war, war er dem Zivilschutz beigetreten, eine lahme Alternative, wie er anfangs gedacht hatte, aber schon bald hatte er seinen Irrtum eingesehen.

Er hatte schon längst den Überblick verloren, wie viele Menschen er aus zerbombten Gebäuden geborgen hatte, viele von ihnen schwer verletzt, die meisten tot. Vielleicht hatten die Leute endlich erkannt, dass Hitler es ernst meinte, und waren nun, da die Luftschutzbunker erheblich verbessert worden waren, vernünftig genug, sie auch zu benutzen. Aber in einer Straße wie der Soame Street war immer irgendjemand zu eigensinnig oder zu sehr von der eigenen Unsterblichkeit überzeugt, um im Bunker Zuflucht zu suchen. Feanny fragte sich, wo sie die Toten heute Nacht finden würden.

Ein Hilfeschrei vom Ende der Straße bewog ihn, über die Schuttberge zu klettern und nachzuschauen, was los war. Normalerweise informierte nach der Entwarnung jemand die Hilfskräfte, wenn sie den einen oder anderen ihrer Bekannten nicht im Bunker gesehen hatten.

Als Patrick das Ende der Soame Street erreichte, sah er die junge Frau. Sie krümmte sich vor Schmerzen, und im Licht eines der vielen Feuer konnte er sehen, dass ihr Körper blutverschmiert war.

»Der Bunker«, rief sie und zeigte auf die Stelle, wo die Stufen nach unten führten. »Wir waren achtzehn Personen, und ich weiß, dass noch mindestens drei am Leben sind.«

In diesem Moment wurde Entwarnung gegeben, und das Mädchen sank ohnmächtig auf den Boden.

Feanny blies in seine Trillerpfeife, um den Rest seines Teams zu alarmieren, und befahl einem seiner Männer, Rettungswagen kommen zu lassen. Dann ging er zu der jungen Frau.

Ihre Beine waren schlimm zugerichtet, ihre Füße nackt. Um ihren Kopf, der stark aus einer Wunde blutete, hatte sie eine kleine Taschenlampe gebunden. Sie war über und über mit Ziegelstaub bedeckt, und ihr Kleid war zerrissen und schmutzig.

Sie kam zu sich, als er ihr den Gürtel mit der Taschenlampe abnahm, und Patrick bot ihr Wasser aus seiner Feldflasche an. Sie trank einen kleinen Schluck und versuchte aufzustehen. »Wir müssen sie rausholen«, sagte sie. »Ich habe es geschafft, nach oben zu klettern, aber Sie müssen zuerst den Schutt von der Treppe räumen.«

Er richtete seine Taschenlampe auf die Stufen und fragte sich, wie in aller Welt sie es geschafft hatte, da durchzukommen. »In Ordnung. Hilfe ist schon unterwegs. Nennen Sie mir bitte Ihren Namen?«

»Mariette Carrera«, antwortete sie. »Ich wohne bei Joan Waitly in der Soame Street, sie ist eine der Überlebenden. Sie müssen sie da rausholen, sie hat zwei Kinder.«

»Das mache ich, doch sagen Sie mir erst einmal, wie es da unten aussieht! Je mehr wir über die Bedingungen wissen, desto größer sind unsere Chancen, die Leute heil herauszuschaffen.«

Wieder versuchte sie aufzustehen, aber er konnte sehen, dass sie starke Schmerzen litt. Er nahm sie in seine Arme, trug sie zu einer niedrigen Mauer, die noch stand, und setzte sie darauf ab.

»Ein Holzbalken ist eingestürzt und befindet sich, wenn man hereinkommt, auf der rechten Seite. Tom, der Luftschutzhelfer, liegt bei der Tür. Er ist tot und das Ehepaar, das bei ihm ist, auch, glaube ich. Dann ist da noch meine Freundin Joan. Neben ihr habe ich gesessen. Ich habe es geschafft, den Balken anzuheben und mit ein paar Ziegelsteinen abzustützen, damit ich mich befreien konnte. In der Mitte liegt ein riesiger Betonklotz, und dahinter befinden sich die Leute, die sich auf der anderen Seite des Raumes aufhielten. Und am anderen Ende des Balkens sind auch noch welche, Aggie und Brenda, und beide haben mit mir gesprochen. Aber es klang so, als wären sie ziemlich übel zugerichtet. Die Tür zum Bunker geht nur einen Spaltbreit auf. Ich konnte mich hindurchquetschen und bin dann durch den Schutt auf der Treppe nach oben geklettert.«

»Danke, dass Sie die Lage so klar beschrieben haben«, sagte Feanny. »Sobald ein Rettungswagen hier ist, lasse ich Sie ins Krankenhaus bringen.«

Mariette schüttelte den Kopf. »Ich rühre mich nicht von der Stelle, ehe Sie Joan befreit haben.«

Patrick Feanny spürte instinktiv, dass es keinen Sinn hatte, mit ihr zu diskutieren. Er bedeutete einem der Männer, ihr eine Decke zu bringen, und ging dann, um mit den Rettungsarbeiten zu beginnen.

Mariette hatte keine Ahnung, wie spät es gewesen war, als sie aus dem Bunker gekommen war, aber es musste gegen drei Uhr morgens gewesen sein. Dennoch schienen Stunden zu vergehen, ehe die ersten Lichtstrahlen am Himmel auftauchten. Sie hatte zwei Tassen Tee getrunken und die Namen der Personen angegeben, von denen sie mit Sicherheit wusste, dass sie sich im Bunker befanden. Mehrere Sanitäter hatten versucht, sie zu überreden, sich ins Krankenhaus bringen zu lassen, doch sie hatte sich hartnäckig geweigert.

»Ich komme, wenn Joan draußen ist«, sagte sie wieder und wieder.

Als der Himmel aufklarte, sah sie, dass von der Soame Street nichts geblieben war als Berge von Schutt, auf denen einzelne Töpfe und Pfannen, Kleidungsstücke und zerfetzte Gardinen lagen. Ähnliches hatte Mariette schon oft gesehen und immer aufrichtiges Mitleid mit den Menschen gehabt, die alles verloren hatten. Aber diesmal kannte sie die Leute. Sie war in ihren bescheidenen Häusern gewesen, kannte ihre Kinder, Ehemänner, Eltern. Tränen liefen Mariette übers Gesicht. Womit hatten diese Menschen das verdient?

Stimmengewirr wehte durch die wirbelnden Staubwolken zu ihr herüber, und sie wusste, dass es ihre Nachbarn waren, die aus anderen Luftschutzbunkern und U-Bahn-Stationen zurückkehrten. Entsetzte Schreie gellten durch die Luft, als sie sahen, was passiert war, und das Entsetzen verwandelte sich in Verzweiflung, als ihnen klar wurde, dass all ihr Hab und Gut zerstört war.

Einige kamen zu ihr, um sich bei ihr auszuweinen, doch obwohl Mariette versuchte, sie zu trösten, konzentrierte sie sich einzig auf die Rettungsarbeiten beim Bunker.

Mariette war klar, dass der Schutt mit größter Vorsicht weggeräumt werden musste, aber die Männer schienen im Schneckentempo zu arbeiten.

»Mari!«

Sie wandte den Kopf und sah, wie Johnny auf sie zugelaufen kam. Anscheinend hatte er eben erst seine Schicht beendet, denn er trug noch seine Uniform, und sein Gesicht war verschmutzt. Mariette versuchte aufzustehen, doch ihre Beine knickten unter ihr ein, und sie musste sich wieder hinsetzen.

»Meine arme Kleine!«, rief er, als er nahe genug bei ihr war, um ihre Verletzungen zu sehen. »Ich habe bei der Feuerwache gehört, dass es die Soame Street erwischt hat. Ihr seid doch nicht im Haus geblieben, oder?«

Sie erklärte ihm, was passiert war. »Und ich gehe nirgendwohin, ehe ich nicht weiß, wie es um Joan steht«, schloss sie.

Johnny wusste, dass die Menschen ganz verschieden auf Bombenangriffe reagierten. Die traumatisierten rannten panisch herum, diejenigen, die unter Schock standen, saßen einfach da und starrten vor sich hin, und dann gab es noch die, die es relativ locker wegzustecken schienen, um irgendwann zusammenzubrechen. Man konnte kaum mehr für sie tun, als ihre Wunden zu versorgen und ihnen Tee, eine warme Decke und ein bisschen Zuwendung zu geben; früher oder später mussten sie selbst mit ihrem Verlust fertig werden.

Aber er kannte Mari, und er wusste, dass dieser Krieg ihr bereits mehr genommen hatte als den meisten anderen Menschen. Sie brauchte umgehend ärztliche Hilfe; wenn ihre Verletzungen an Kopf und Beinen nicht bald gesäubert und verbunden wurden, riskierte sie eine Blutvergiftung.

»Komm, ich bringe dich ins Krankenhaus, bevor sich deine Wunden entzünden«, sagte er. »Ich verspreche dir, dass ich wieder herkomme und helfe und dir gleich Bescheid gebe, wenn es etwas Neues gibt.«

»Nein, ich bleibe«, beharrte sie eigensinnig. »Ich fahre mit Joan im Krankenwagen mit, wenn man sie aus dem Bunker befreit hat. Sie soll wissen, dass ich bei ihr bin.«

Offenbar war es zwecklos, mit ihr zu streiten. Ihr starker Wille war schon immer ein Problem gewesen. Vielleicht hatte sein Onkel recht, wenn er meinte, dass Johnny mit einem Mädchen, das den gleichen Hintergrund hatte wie er, glücklicher werden würde, einem Mädchen, das sich einen Mann wünschte, der sich um sie kümmerte, und nicht ständig den eigenen Kopf durchsetzen wollte.

»Okay«, sagte er und schlang die Decke fester um sie. »Dann gehe ich jetzt und helfe dem Rettungsteam. Aber lässt du dir bitte wenigstens von einem der Sanitäter die Wunden reinigen und provisorisch verbinden? Es nützt niemandem, wenn sie sich infizieren.«

»Na gut«, gab sie nach. »Und du passt da drinnen auf dich auf, ja?«

Nachdem Johnny einen der Sanitäter zu Mariette geschickt hatte, schloss er sich dem Rettungsteam an.

Die Männer waren jetzt fast bis zum Eingang des Bunkers vorgedrungen, aber sie wurden ständig durch loses Mauerwerk behindert, das nach wie vor auf die Stufen fiel.

»Weiß der liebe Himmel, wie das Mädchen da rausgekommen ist«, sagte Feanny zu ihm. »Wir konnten die Öffnung sehen, durch die sie sich hinausgekämpft hat, doch sie war kaum breit genug für eine Katze. Unglaublich, was man alles schaffen kann, wenn man wild entschlossen ist!«

»Sie ist mein Mädchen«, erklärte Johnny. Dann lächelte er grimmig. »Na ja, ›mein Mädchen‹ trifft es nicht ganz, sie macht, was sie will. Ich weiß bloß, dass wir sie nicht ins Krankenhaus kriegen, bevor wir ihre Freundin geborgen haben. Das heißt also, je schneller wir es schaffen, desto besser.«

Endlich war die Tür offen, und Feanny führte seine Männer und Johnny hinein. Der erste Eindruck verhieß nichts Gutes. Der Luftschutzhelfer und das ältere Ehepaar waren tot. Patrick Feanny ließ den Strahl seiner Taschenlampe umherwandern, um die Frau namens Joan zu finden. Aber um sie befreien zu können, musste erst der Balken, unter dem sie eingeklemmt war, angehoben werden.

Als er die Taschenlampe nach oben richtete, stellte Feanny fest, dass weitere Balken unsicher auf Betonklötzen ruhten. Eine falsche Bewegung, und alles würde einstürzen. Das hier war kein eigens erbauter und behördlich geprüfter Bunker, sondern einfach ein großer Keller, der unter drei minderwertig gebauten Häusern verlief und vor dem Krieg von einem Altwarenhändler als Lagerraum benutzt worden war. Eines der Häuser darüber war bereits eingestürzt, und die anderen beiden konnten jederzeit folgen.

Feanny rief in den Raum hinein, dass das Rettungsteam eingetroffen sei und helfen werde.

Eine schwache Antwort kam von zwei Frauen, die sich als Brenda und Aggie zu erkennen gaben.

Patrick Feanny schob sich in geduckter Haltung vorsichtig an dem Balken entlang, bis er Joan erreichte und nach ihrem Puls tastete. Er war noch zu spüren, aber sehr schwach, und wenn die Frau gerettet werden sollte, mussten sie sich beeilen. Er sah die Ziegelsteine, die Mariette benutzt hatte, um den Balken abzustützen, und staunte, dass sie die Kraft dafür gefunden hatte.

Feanny drehte sich zu seinen Männern um und signalisierte ihnen, ihre Positionen einzunehmen. »Bei ›drei‹ hebt ihr den Balken hoch und tragt ihn rückwärts zur Tür«, sagte er. »Sowie er draußen ist, schaffst du, Johnny, die Freundin deines Mädchens raus und in den nächsten Krankenwagen. Hier unten ist nicht genug Platz für eine Trage. Los! Eins, zwei, drei, hoch damit!«

Ein Teil des Schutthaufens geriet in Bewegung, als der Balken gehoben wurde, aber die Männer trugen ihn unbeirrt hinaus. Sowie der Weg frei war, flitzte Johnny zu Joan, hob sie in seine Arme und trug sie hinaus.

Mariette stürzte auf ihn zu, als er am Ende der Treppe erschien. Ein Sanitäter war gerade dabei, ihr Gesicht zu reinigen, doch sie schubste ihn beiseite. »Lebt sie noch?«, fragte sie.

»Ja, aber gerade eben noch«, sagte Johnny und trug Joan zum Krankenwagen. »Und jetzt fahr mit, Mari, und keine Widerworte mehr!«

KAPITEL 21

»Tut mir leid, Miss Carrera, doch es kommt nicht infrage, dass Sie das Krankenhaus heute verlassen.«

Mariette sah in das strenge Gesicht der Oberschwester, die von der Krankenschwester herbeigerufen worden war, weil Mariette sich als ausgesprochen schwierige Patientin erwies.

Sie hatte wirklich keine Umstände machen wollen, aber in dem Moment, als sie das Krankenhaus in Whitechapel betreten hatte, war ihr von dem Geruch und dem Anblick der vielen Verletzten schlecht geworden. Und als man sie dann noch anwies, ihre Sachen auszuziehen und sich in ein Bett zu legen, geriet sie in Panik und bat die Krankenschwester, sie schnell zusammenzuflicken und zu entlassen.

Oberschwester Charles war über vierzig, groß und schlank und hatte das herrische Auftreten einer Frau, die es gewohnt war, dass ihre Befehle befolgt wurden. Sie zog die Decke zurück, die über Mariettes Beinen lag, und zuckte zusammen.

»Ich nehme Anstoß an dem Begriff ›zusammenflicken‹. So haben Sie sich doch ausgedrückt?«, sagte sie. »Ich würde nie zulassen, dass einer meiner Patienten entlassen wird, ohne zu wissen, dass er oder sie entsprechend behandelt worden ist. Die Wunden an Ihrem Kopf und an Ihren Beinen müssen gründlich gesäubert und genäht werden, und soweit ich es beurteilen kann, findet sich an Ihrem Körper kaum noch eine heile Stelle. Außerdem brauchen Sie Bettruhe, um sich von dem erlittenen Schock zu erholen.«

»Ich möchte nur schnell hier raus, weil ich meinen Freundinnen helfen muss«, erklärte Mariette.

»Nun, in Ihrem momentanen Zustand sind Sie für niemanden eine Hilfe. Nach allem, was der Rettungsfahrer bei Ihrer Einlieferung angegeben hat, ist es Ihnen zu verdanken, dass das Rettungsteam Ihre Freundinnen aus dem Bunker befreien konnten. An Ihren Verletzungen kann ich sehen, was Sie durchgemacht haben, um das zu schaffen, und das war sehr mutig von Ihnen. Aber hier habe ich das Kommando, und Sie werden meine Anweisungen befolgen!«

Seltsamerweise wurde Mariette bei diesen strengen Worten leichter ums Herz. Eigentlich wusste sie selbst nicht, warum sie darauf bestanden hatte, so bald wie möglich aus dem Krankenhaus entlassen zu werden. Sie hatte kein Zuhause mehr, und bald würde Johnny kommen und Neuigkeiten über die anderen Leute im Bunker mitbringen.

Sie brachte ein schwaches Lächeln zustande. »Sie klingen wie meine Tante daheim in Neuseeland. Sie findet auch, dass ich ihr öfter gehorchen sollte. Aber könnten Sie vielleicht in Erfahrung bringen, wie es Joan Waitly geht? Sie ist die Freundin, die zusammen mit mir eingeliefert wurde, und sie war in einer sehr schlechten Verfassung.«

Joan hatte im Krankenwagen nicht das Bewusstsein wiedererlangt, und Mariette hatte nicht fragen müssen, um zu wissen, dass ihr Zustand ernst war. Die Krankenschwester, die mit ihnen gefahren war, hatte der Befürchtung Ausdruck verliehen, dass Joan innere Verletzungen erlitten haben könnte.

Schwester Charles nickte. »Ich werde nachfragen lassen. Doch jetzt werde ich erst einmal höchstpersönlich all den Schmutz aus Ihren Wunden entfernen.«

Zwei Stunden später war Mariette gewaschen, genäht und verbunden worden und hatte ein Schmerzmittel bekommen. Sie lag auf einer Station mit Frauen, die alle während der nächtlichen Bombenangriffe verwundet worden waren. Mariette ging es so viel besser, dass sie es sogar schaffte, sich einzureden, dass keine Nachrichten von Joan gute Nachrichten sein mussten. Irgendwann schlief sie ein und wachte erst wieder am Abend zur Besuchszeit auf, als Johnny erschien.

Er hatte sich gewaschen, rasiert und umgezogen, aber sie sah an seinem eingefallenen Gesicht und den geröteten Augen, dass er nicht zur Ruhe gekommen war.

»Brenda und Aggie sind auch hier im Krankenhaus«, erzählte er ihr. »Brendas Rückgrat könnte verletzt sein, doch Aggie hat sich nur Schnittwunden und Blutergüsse zugezogen.«

»Und die anderen?«

»Leider tot«, sagte er müde. »Falls es dir ein Trost ist: Der Arzt, der in den Bunker kam, um sie zu untersuchen, meint, dass sie auf der Stelle tot waren. Angeblich soll es eine Untersuchung geben, warum dieser Keller überhaupt als Luftschutzraum genehmigt wurde. Aber das heißt, den Brunnen zuzudecken, nachdem das Kind ertrunken ist.«

»Und Joan? Weißt du, wie es ihr geht?«

Johnny nahm ihre Hände in seine. »Ich fürchte, du musst dich auf eine schlechte Nachricht gefasst machen«, sagte er bedrückt. »Durch die Wucht, mit der der Balken sie traf, wurden sehr viele Organe beschädigt, und es kam zu starken inneren Blutungen. Die Ärzte haben sie operiert, doch sie machen sich keine großen Hoffnungen.«

»Oh, nein!« Mariette fing an zu weinen. »Ihre armen Kinder und ihr armer Mann!«

»Ich weiß.« Johnny seufzte. »Es ist furchtbar, aber das ist es für alle, die Angehörige verlieren. Das weißt du besser als irgendjemand sonst.«

»Das hat doch alles keinen Sinn.« Mariette schluchzte vor Zorn. »Diese Familie hatte alles, wofür es sich zu leben lohnt, sie hatte es verdient, nach dem Krieg ein besseres Leben zu führen. Warum bin ich nicht auch umgekommen? Das ist jetzt schon das zweite

Mal, dass ich überlebt habe, und Menschen, die ich liebe, gestorben sind.«

»Meine Großmutter, die sehr religiös war, hätte gesagt, dass Gott noch etwas Besonderes mit dir vorhat«, erwiderte Johnny sanft. »Ich habe viele Kollegen im Feuer umkommen sehen und mich genauso gefragt wie du, warum ich Glück gehabt habe.«

»Ich habe kein bisschen das Gefühl, dass ich *Glück* gehabt habe.« Sie vergrub ihr Gesicht im Kissen und weinte herzzerreißend.

»Das habe ich auch nicht, wenn ich einen Menschen verliere, der mir etwas bedeutet.« Johnny strich ihr über das Haar. »Aber ich bin unheimlich froh, dass du verschont geblieben bist. Ich könnte es nicht ertragen, dich zu verlieren.«

Die Bewegung in seiner Stimme war mehr, als Mariette im Moment verkraften konnte. Sie durfte ihn nicht länger in dem Glauben lassen, dass sie seine Gefühle erwiderte.

»Sag das nicht, Johnny!«, bat sie. »Ich kann für dich nicht das sein, was du dir wünschst. Ich mag dich sehr als Freund, doch ich bin nicht verliebt in dich, verstehst du?«

Sie spähte zu ihm hinüber und stellte fest, dass er völlig geknickt aussah. Mariette wusste, dass es ein denkbar schlechter Zeitpunkt war, um ihm so etwas mitzuteilen, aber wenn sie jetzt nicht sprach, würde er versuchen, sich um sie zu kümmern, und ehe sie wusste, wie ihr geschah, würde sie wirklich in der Klemme stecken.

»Es tut mir leid, Johnny«, sagte sie. »Du bist der beste Freund, den ein Mädchen haben kann. Du bist freundlich, warmherzig, witzig und stark, alles, was sich eine Frau von einem Mann wünscht. Doch du erwartest viel mehr von mir, als ich dir je geben kann. Das weiß ich.«

Er schwieg einen Moment lang.

Sie bereitete sich darauf vor, dass er sich aufs Bitten verlegen oder ihre Worte ihrem momentanen schlechten Zustand zuschreiben würde.

Aber als er schließlich sprach, war sein Ton sehr schroff. »Na ja, dein Timing ist wirklich lausig. Doch es heißt ja, dass bei einem Trauma oder beim Trinken die Wahrheit ans Tageslicht kommt. Ich verschwinde jetzt. Hat keinen Sinn, die Sache unnötig in die Länge zu ziehen.«

Damit drehte er sich abrupt um und ging.

Jetzt musste Mariette noch mehr weinen.

Oberschwester Charles, die sich an diesem Morgen um sie gekümmert hatte, kam kurz nach zehn, als die Krankenschwestern ihre letzten Runden drehten, bevor das Licht ausgeschaltet wurde, in den Krankensaal.

Mariette hatte geweint, seit Johnny fortgegangen war, und sie sah Schwester Charles sofort an, dass sie schlechte Neuigkeiten brachte.

»Sie ist tot, nicht wahr?«, fragte Mari.

»Ja, so leid es mir tut«, antwortete die Oberschwester mitfühlend. »Man hat mir gesagt, dass Mrs. Waitly nach der Operation kurz bei Bewusstsein war und die Stationsschwester bat, Ihnen etwas auszurichten. Sie wollte, dass Sie ihren Kindern die Nachricht von ihrem Tod überbringen.«

Mariettes Augen füllten sich erneut mit Tränen. Fast konnte sie Joans Cockney-Akzent hören und ihren verzweifelten Wunsch spüren, dass Ian und Sandra niemals daran zweifeln sollten, dass die letzten Gedanken ihrer Mutter ihnen gegolten hatten.

»Es tut mir so leid«, wiederholte Schwester Charles und nahm Mariettes Hand in ihre. »Sind ihre Kinder evakuiert worden?«

Mariette nickte. »Ich war erst vor Kurzem mit Joan bei ihnen. Ian ist elf, Sandra neun. Joans Mann ist in Nordafrika.«

»Das Krankenhaus wird die Armee verständigen, und man wird die Nachricht an Mr. Waitly weiterleiten.«

»Die Kinder sind in Lyme Regis. Dort wollte Joan hinziehen, wenn der Krieg vorbei ist«, erzählte Mariette mit gebrochener Stimme. »Sie hat von einem kleinen Cottage an der See geträumt.

Ian und Sandra sind so nette, fröhliche Kinder, und ich habe mir sehr gewünscht, dass Joans Traum in Erfüllung geht.«

»Ich kann verstehen, warum sie wollte, dass Sie es den beiden sagen«, erwiderte Schwester Charles. »Sie haben ein gutes Herz, und niemand hätte mehr tun können, als Sie heute getan haben, um Ihrer Freundin zu helfen. Wenn es Ihnen ein bisschen besser geht, sollten Sie all die Dinge aufschreiben, die Sie an Joan geliebt haben, und diese Notizen Ian und Sandra geben, wenn die beiden etwas älter sind. Es hilft Kindern, die ihre Mutter in jungen Jahren verlieren, zu erfahren, was andere für sie empfunden haben. Ich muss jetzt gehen, mein Dienst fängt morgen früh um sechs an. Aber Sie werden in meinen Gedanken und meinen Gebeten sein, Mariette. Gott segne Sie!«

»Sie sind genauso weise und gütig wie meine Tante Mog.« Mariette schluckte die Tränen hinunter und versuchte zu lächeln. »Sie haben heute schon zweimal etwas gesagt, das genauso gut von ihr sein könnte.«

Die Oberschwester beugte sich mit raschelnder Schürze vor und gab Mariette einen Kuss auf die Stirn. »Ich wäre sehr stolz darauf, eine Nichte wie Sie zu haben. Und jetzt versuchen Sie zu schlafen, liebes Kind! Sie haben einen schlimmen Tag hinter sich.«

Die Lichter im Saal erloschen, nur die Lampe auf dem Schreibtisch, an dem eine Krankenschwester saß und schrieb, brannte noch. Die Schwester hatte Mariette den Rücken zugewandt, aber es war trotzdem tröstlich, sie dort thronen zu sehen. Mit dem gestärkten Häubchen, dem weißen Kittel und der weißen Schürze wirkte sie wie der Schutzengel all der schwer verletzten Frauen im Saal.

Die Überlegung, was Krankenpflege bedeutete, erinnerte Mariette daran, dass Mog und ihre Mutter diesen Beruf als Möglichkeit für sie in Betracht gezogen hatten. Mariette hatte damals zwar unbedingt nach Auckland gehen wollen, aber bei der Vorstellung von Bettpfannen, Blut und Erbrochenem hatte sie die Nase gerümpft.

Zu jener Zeit hatte sie an nichts anderes als ihre eigenen Bedürfnisse gedacht.

Würde sie jetzt eine gute Krankenschwester abgeben? Irgendwie bezweifelte sie es. Sie mochte mehr Anteilnahme empfinden als früher, doch bei Wunden war sie immer noch zimperlich. Vorhin hatte schon ein Blick auf ihre eigenen Beine gereicht, dass ihr übel wurde.

Mit achtzehn hätte sie sich nichts Schlimmeres vorstellen können, als Narben davonzutragen. Heute machte sie sich darüber nicht allzu viele Gedanken. Sie hatte sechs Stiche auf der Stirn, eine kahle Stelle am Kopf, wo man ihr das Haar geschoren hatte, um mit zehn Stichen eine Wunde zu nähen, und weitere achtzehn Stiche am rechten, sechzehn am linken Unterschenkel. Aber solange sie gehen konnte und keine Schmerzen hatte, kam es darauf nicht an.

Wenn sie wieder zu Hause war, würde sie ihre Narben mit denen ihres Vaters vergleichen. Als kleines Mädchen war sie von den seinen immer fasziniert gewesen, obwohl er ihr zu jeder einzelnen immer wieder eine andere alberne Geschichte erzählt hatte. Wie er zu der Narbe auf seiner Wange gekommen war, hatte er allerdings nie erwähnt. Aber wenn sie zurück in Neuseeland war, würde sie ihn schon dazu bringen, mit der Wahrheit herauszurücken.

Wenn sie nur heimkehren könnte! Hier hielt sie wirklich nichts mehr – nun ja, abgesehen von dem Wunsch, Ian und Sandra zu besuchen. Sie hatte natürlich ihren Job, und in der Auffangstelle in der alten Fabrik wurde jede helfende Hand gebraucht. Tatsächlich würde sie jetzt selbst dort hingehen und nachschauen müssen, ob jemand eine Bleibe und etwas zum Anziehen für sie hatte. Wenn sie früher anderen Frauen geholfen hatte, Kleider, Jacken und Schuhe zu bekommen, hatte sie nie daran gedacht, eines Tages all das selbst zu benötigen. Nicht auszudenken, dass das Diamantarmband, das Noah und Lisette ihr zum einundzwanzigsten Geburtstag geschenkt hatten, jetzt unter den Trümmern von Joans

Haus lag! Und nicht nur das, nein, auch all die anderen kleinen Dinge, die ihr einmal gehört und die einen Teil ihrer selbst ausgemacht hatten, waren verloren.

Alles weg: Fotos, Briefe von ihren Eltern und Mog, Kleinigkeiten, die Rose ihr geschenkt hatte. Kleidung ließ sich ersetzen – auch wenn sie nie so schön sein konnte wie ihre alten Sachen –, doch sie war jetzt tatsächlich völlig mittellos. Sogar ihr Sparbuch, ihre Lebensmittelkarte und ihr Pass waren unter den Trümmern begraben.

KAPITEL 22

Am nächsten Morgen bekam Mariette dank der Vermittlung der Stationsschwester Besuch von Miss Coates, der Krankenhausfürsorgerin. Sie war eine forsche, tüchtige Frau mit dem näselnden Akzent der Oberschicht. Ihr Benehmen legte nahe, dass sie es eher gewohnt war, mit Herzoginnen aus Mayfair zu verkehren als mit Normalsterblichen.

Aber hier irrte Mariette. Miss Coates verfügte nicht nur über viel Erfahrung, sondern war auch sehr mitfühlend.

Mariettes vorrangige Sorge war, Mr. und Mrs. Harding, das Ehepaar, das Joans Kinder aufgenommen hatte, zu verständigen. Sie erzählte Miss Coates von Joans letzter Bitte, dass Mariette Ian und Sandra die schlimme Nachricht überbringen sollte.

»Ich kenne weder die Telefonnummer noch die genaue Adresse der Hardings«, erklärte Mariette. »Natürlich würde ich das Haus wiederfinden, wenn ich in Lyme Regis wäre, aber ich kann in meinem Zustand nicht hinfahren, und die Hardings müssen erfahren, was passiert ist.«

»Ihre Adresse und Telefonnummer sind sicher in den Akten vermerkt«, sagte Miss Coates. »Und ich bin gern bereit, dem Ehepaar die Nachricht selbst zu übermitteln und zu erklären, was Joan sich gewünscht hat. Sicher werden sie ihren Wunsch respektieren und warten, bis Sie wieder auf den Beinen sind. So, und jetzt erzählen Sie mir bitte alles über Ihre persönlichen Umstände, damit ich weiß, wie ich Ihnen helfen kann!«

Miss Coates blieb ungefähr eine Stunde bei Mariette. Sie bot an, Mr. Perry anzurufen und ihm zu erklären, was mit Mariette passiert war, und riet ihr, einen neuen Ausweis und eine Lebensmittelkarte zu beantragen. Außerdem teilte sie ihr mit, dass sie Anspruch auf Geld aus einem Notfallfonds hatte, um sich eine Weile über Wasser zu halten. Sie erkundigte sich nach Freunden, die sie vorübergehend aufnehmen könnten, aber die einzigen, die Mariette einfielen, waren Henry und Doreen Fortesque. Miss Coates versprach, die beiden anzurufen und am Nachmittag wiederzukommen und Neuigkeiten von den Fortesques und den Hardings zu bringen.

Sie hielt Wort und war um vier Uhr wieder da.

»So, eins nach dem anderen. Ich habe die Nummer der Hardings eruiert und mit Mrs. Harding gesprochen. Wie Sie sich vorstellen können, war sie zutiefst erschüttert, aber sie erklärte sich sofort bereit, Joans Wunsch zu respektieren. Sie meinte, dass die Kinder Sie gern hätten und es gewiss ein Trost für sie wäre, dass Sie bei ihrer Mutter waren, als sie so schwer verletzt wurde. Mrs. Harding würde sich freuen, wenn Sie ein paar Tage bei ihr und ihrem Mann und den Kindern blieben. Sie hofft, dass Sie möglichst bald kommen können, da Ian und Sandra daran gewöhnt sind, jede Woche einen Brief von ihrer Mutter zu bekommen, und sich mit Sicherheit Sorgen machen werden, wenn keiner eintrifft.«

»Ich fahre hin, sobald ich aus dem Krankenhaus entlassen werde«, versicherte Mariette. »Aber was ist mit Ians und Sandras Vater? Wird er zu Joans Beerdigung nach Hause kommen können? Und wo soll sie bestattet werden?«

Mariette wusste, dass viele Leute, die bei einem Luftangriff Angehörige verloren hatten, sich über die Einrichtung von Massengräbern empörten, die sie als Armenbegräbnisse empfanden. Joan jedoch hatte stets die Ansicht vertreten, dass sie lieber mit Leuten, die sie kannte, beerdigt werden würde, und sogar Witze darüber gerissen. »Packt noch ein paar Flaschen Bier dazu, dann schmeißen wir 'ne Party«, hatte sie mehr als einmal gesagt.

Als Mariette das erzählte, lächelte Miss Coates. »Ich denke, der örtliche Leichenbestatter wird es vernünftig und angemessen finden, die Opfer aus der Soame Street in einem Grab zu bestatten«, sagte sie. »Sie haben miteinander gelebt und sind miteinander gestorben, und deshalb ist es auch passend, sie gemeinsam zur letzten Ruhe zu betten. Aber darum wird sich der Leichenbestatter kümmern, Miss Carrera, Sie brauchen sich darüber nicht den Kopf zu zerbrechen. Und ob Mr. Waitly rechtzeitig nach Hause kommt, muss ebenfalls nicht Ihre Sorge sein.«

»Nein, wahrscheinlich nicht«, gab Mariette ihr recht.

»Nun zurück zu dem, was sehr wohl Ihre Sorge sein muss – eine Unterkunft. Ich habe mit Mr. und Mrs. Fortesque telefoniert, und sie waren entsetzt über das, was passiert ist. Noch bevor ich sie fragen konnte, boten sie von sich aus an, Sie aufzunehmen. Somit bleibt nur noch Ihr Mangel an Kleidung.«

»Damit kann ich nirgendwo hingehen.« Mariette zeigte auf ihr weißes Baumwollnachthemd. »Ich habe nicht mal Schuhe.«

»Ich habe ein paar Sachen lagernd«, erklärte Miss Coates. »Hier werden häufig Kleidungsstücke gespendet. Welche Größe haben Sie?«

Mariette war sich ziemlich sicher, dass die Sachen von Toten stammten. Aber wie Mog zu sagen pflegte: »Bettler können nicht wählerisch sein.«

»Kleidergröße 36, Schuhgröße 37 … und danke schön«, antwortete sie.

»Ich werde versuchen, etwas Hübsches für Sie zu finden.« Miss Coates lächelte. »Wie geht es Ihren Verletzungen?«

»Nicht gut.« Mariette verzog das Gesicht. »Und es werden hässliche Narben bleiben. Doch ich kann von Glück sagen, dass ich mit dem Leben davongekommen bin, oder? Danke für alles, Miss Coates. Ich weiß Ihre Hilfe wirklich zu schätzen.«

Vier Tage nach Joans Tod saß Mariette im Zug nach Lyme Regis. Sie wusste, dass sie schlimm aussah, doch vielleicht war es besser, wenn Ian und Sandra sie so sahen und begriffen, dass Mariette nicht ungeschoren davongekommen war.

Das Kleid, das Miss Coates für sie ausgesucht hatte, war scheußlich – weiß mit braunen Tupfen – und sah aus wie eine Schuluniform. Außerdem war es ihr zu lang, aber Mariette hatte nicht versucht, es zu kürzen, weil es wenigstens teilweise ihre zerschundenen Beine verbarg. Sie waren mit Blutergüssen und blauen Flecken übersät und voller Schnitte und Schrammen und boten trotz des Verbandes einen furchtbaren Anblick.

Der Strohhut mit der hochgebogenen Krempe war ganz nett und bedeckte die geschorene Stelle auf ihrem Kopf, und die braunen Sandalen mit Keilabsatz waren passabel.

Am Montag, dem vierten August, musste sie wieder in London sein, um die Fäden ziehen zu lassen, und die Beerdigung von Joan und den anderen Bewohnern der Soame Street würde vermutlich am Tag darauf stattfinden.

Henry und Doreen waren sehr nett gewesen. Sie hatten einen Teil ihrer kostbaren Benzinration geopfert, um Mariette vom Krankenhaus abzuholen, und ihr das Gefühl gegeben, bei ihnen zu Hause wirklich willkommen zu sein. Bis jetzt hatte sie nur eine Nacht dort verbracht, aber in vieler Hinsicht war es, als wäre sie wieder bei Noah und Lisette. Hier war es genauso sauber und ordentlich, es gab hell erleuchtete Räume und ein richtiges Badezimmer. Nicht, dass sie hätte baden können, solange die Fäden nicht gezogen waren, doch sie freute sich schon jetzt auf ein ausgedehntes Wannenbad.

Die beiden versicherten ihr, so lange bleiben zu können, wie sie wollte, und sie meinten es auch so. Aber die alte Sehnsucht, von London wegzukommen, war wieder da, und zwar stärker als je zuvor. Es war nicht nur die Angst vor neuerlichen Luftangriffen oder die Befürchtung, zufällig Johnny zu begegnen, sondern mehr noch das Gefühl, dass sie versuchen musste, ihrem Leben eine ganz neue Richtung zu geben.

Sie schämte sich für die Art und Weise, wie sie Johnny die Wahrheit mitgeteilt hatte – obwohl sie fand, dass man so etwas niemandem wirklich schonend beibringen konnte –, doch wenn sie geschwiegen hätte, wäre sie immer tiefer in die Sache hineingerutscht. Sie hatte keine Bleibe, kein Geld und nichts zum Anziehen. Sicher war es anständiger, Johnny zu verlassen, als sich an ihn zu hängen, um versorgt zu sein, oder?

Mrs. Hardings Lippen bebten, als sie die Tür öffnete. Zitternd vor Aufregung umarmte sie Mariette. »Die Kinder spielen im Garten. Ich fühle mich ganz schrecklich, weil ich weiß, was passiert ist, und ihnen nichts gesagt habe. Sandra hat mich schon ein paar Mal gefragt, warum ich weine«, stieß sie überstürzt hervor.

Mariette erwiderte die Umarmung. »Ich kann immer noch nicht fassen, dass Joan tot ist. Wir waren so gute Freundinnen, und ich habe gedacht, das würde immer so bleiben. Es muss für Sie und Ihren Mann sehr schwer gewesen sein, nichts zu sagen, aber wir mussten doch tun, was Joan sich gewünscht hat, oder?«

»Bert hielt es auch für richtig. Deshalb haben wir durchgehalten und uns Mühe gegeben, unbeschwert zu wirken. Die Kinder sollten nicht merken, dass irgendetwas nicht stimmt.«

»Haben Sie schon etwas von ihrem Vater gehört?«

»Ein Offizier hat uns angerufen, um uns mitzuteilen, dass er dieses Wochenende mit einer Frachtmaschine eintrifft. Er wird erst zur Beerdigung gehen und danach zu uns kommen, der Arme. Unsere Männer ziehen mit der Sorge in den Krieg, dass sie sterben könnten, und denken wahrscheinlich gar nicht daran, dass es ihre Frauen treffen könnte.«

»Können Ian und Sandra bei Ihnen bleiben?«, fragte Mariette. »Ich habe keine Ahnung, wie in einem Fall wie diesem verfahren wird.«

»Natürlich können sie bei uns bleiben – wenn sie wollen, für immer.« Mrs. Harding wischte sich mit ihrer Schürze über die Augen. »Wir haben sie von Anfang an lieb gehabt. Ehrlich gesagt, hatten wir immer Angst, dass Joan sie wieder mitnimmt, die beiden haben ihr so gefehlt …« Sie hielt sich die Hand vor den Mund. »Lieber Himmel, das klingt schrecklich!«

»Nein, ganz und gar nicht«, beruhigte Mariette sie. »Joan wusste, wie sehr Sie an den Kindern hängen, und das hat sie glücklich gemacht. Bringen wir es bitte hinter uns? Ich kann jetzt einfach nicht herumstehen und Konversation machen.«

Auch wenn sie hundert Jahre alt werden würde, nie würde Mariette den Augenblick vergessen, als sie durch die Hintertür nach draußen in den Garten ging, wo die beiden Kinder mit zwei alten Schlägern und der Wäscheleine als Netz Tennis spielten.

Es war ein heißer, stiller Tag. Sandra trug ein rosa Sommerkleid mit gerüschtem Oberteil, Ian luftige Shorts. Beide waren von der Sonne braun gebrannt und strotzten vor Gesundheit und Energie, ganz anders als die blassen Kinder, die noch in London lebten.

Sandra, die Mariette zuerst sah, quiekte vor Freude und ließ sofort den Schläger fallen. »Wo ist Mummy?«, rief sie, als sie auf die beiden Frauen zulief.

Ian hingegen schien zu spüren, dass etwas nicht in Ordnung war. Auch er kam angelaufen, blieb aber auf halbem Weg stehen und sah Mariette misstrauisch an. »Ist sie nicht mitgekommen? Was ist mit deinen Beinen passiert?«

»Kommt her und setzt euch!«, bat Mariette sanft, bevor sie die zwei an den Händen nahm und zu einer Decke führte, die ausgebreitet unter einem Baum lag. Mrs. Harding blieb in der Hintertür stehen und presste sich eine Hand an den Mund.

»Etwas Schlimmes ist passiert, oder?«, sagte Ian, sowie sie saßen. »Du würdest nicht ohne Mum kommen, außer …«

»Ja, Ian«, antwortete sie ernst. »Leider ist das Allerschlimmste passiert. Es gab einen Luftangriff. Eure Mummy und ich sind zusammen in den Bunker gegangen, aber er wurde von einer Bombe getroffen.«

Die Kinder starrten sie aus großen Augen an, als glaubten sie ihr nicht.

»Eure Mutter ist ums Leben gekommen und viele andere Leute auch«, fuhr Mariette fort, aber ihre Stimme schwankte, und sie wusste, dass sie ihre Tränen nicht mehr lange zurückhalten konnte. »Ich habe direkt neben ihr gesessen, doch sie hat es am schlimmsten erwischt.«

»Ist die Bombe auf deine Beine gefallen?«, fragte Sandra mit einem Blick auf Mariettes verbundene Unterschenkel.

»Die Bombe nicht, aber ein Deckenbalken. Er hat mich nicht ganz so schwer getroffen wie eure Mum. Sie wurde ins Krankenhaus gebracht und operiert, doch die Ärzte konnten ihr nicht mehr helfen. Sie hat mich gebeten, hierherzukommen und euch zu sagen, was passiert ist und wie lieb sie euch hat.«

»Dann kommt sie uns nicht besuchen?«, fragte Sandra mit bebender Unterlippe.

»Das kann sie doch nicht, wenn sie tot ist, du Dummchen«, sagte Ian. Dann fing er an zu weinen.

Bis zu diesem Moment hatte Sandra eher verwirrt dreingeschaut, aber als sie ihren Bruder schluchzen sah, schien ihr ein Licht aufzugehen. Mariette legte die Arme um die beiden, zog sie an sich und weinte mit ihnen.

»Euer Daddy ist schon auf dem Heimweg«, sagte sie. »Ich wünschte, ich hätte euch etwas so Schreckliches nicht erzählen müssen, doch eure Mum wollte, dass ihr es von mir erfahrt, weil wir so gute Freundinnen waren. Und weil ich weiß, wie stolz sie auf euch war.«

Mrs. Harding brachte jedem ein Glas Wasser. »Es tut mir so leid!«, sagte sie. Ihre Stimme klang brüchig, und Tränen liefen ihr übers Gesicht. »Eure Mutter war ein ganz wunderbarer Mensch, und es ist schrecklich, dass sie so jung sterben musste.«

Sandra stand auf und schlang die Arme um Mrs. Hardings Mitte. »Können wir hier bei dir bleiben?«, fragte sie.

»Oder müssen wir nach London zurück?« Panik stand in Ians Augen.

»Nein, mein Junge«, antwortete Mrs. Harding schnell. »Ihr bleibt hier bei uns.«

»Für immer?«, wollte Sandra wissen und blickte hoffnungsvoll auf.

»Zumindest bis der Krieg vorbei ist«, sagte Mariette. Sie wusste, dass Joan in einem Waisenhaus aufgewachsen war und es von ihrer Seite niemanden gab, der Anspruch auf die Kinder erheben könnte. Und soweit sie wusste, hatte auch Rodney keine nahen Verwandten, und er selbst würde zur Armee zurückkehren müssen.

»Ein Glück«, murmelte Ian.

Mariette wusste, was er meinte – dass es einfach furchtbar gewesen wäre, ohne seine Mutter wieder nach London zu ziehen. Er hatte noch nicht gelernt, sich richtig auszudrücken.

Mariette erinnerte sich, von ihrer Mutter gehört zu haben, dass Kinder einiges verkraften konnten, und sie stellte in den drei Tagen, die sie in Lyme Regis verbrachte, fest, dass das auch auf Sandra und Ian zutraf. Zuerst weinten die beiden sehr viel und fragten sie immer wieder nach ihrem Haus und den Nachbarn. Aber danach war es fast so, als würden sie innerlich die Tür zu ihrem alten Leben schließen.

Am zweiten Tag waren sie nur noch bedrückt und stellten Mariette gelegentlich Fragen nach ihrer Mutter oder wollten wissen, wie es in dem Bunker gewesen war. Ian fragte, ob sie Schmerzen gehabt hatte, und wirkte erleichtert, als Mariette verneinte. Sie fand Sandra, als sie gerade ein Foto betrachtete, das ihre Eltern, Ian und sie selbst zusammen zeigte. Das Bild war in einem Studio aufgenommen worden, anscheinend kurz bevor Rodney nach Nordafrika gegangen war, denn er trug Uniform.

»Das Kleid ist mir jetzt zu klein«, sagte Sandra. »Mummy hat es für mich genäht, es war rosa mit Faltenbesatz.«

»Hast du es noch?«

»Ja, es liegt mit all den anderen Sachen, die mir nicht mehr passen, in der Kommode.«

»Nun, du musst das Kleid und das Foto gut aufbewahren. Wenn du älter bist, wirst du es bestimmt gern anschauen. Vielleicht hast du irgendwann selbst eine Tochter, dann kannst du ihr das Kleid zeigen. Vielleicht könnte sie es sogar tragen. Weißt du, Dinge, die jemand gefertigt hat, der dich lieb hat, sind etwas ganz Besonderes. Sie erinnern dich an schöne Zeiten und machen dich froh.«

»Aber ohne Mummy können wir nicht froh sein, oder?« Sandra sah Mariette fragend an.

Ihre goldbraunen Augen waren denen ihrer Mutter so ähnlich, dass Mariette einen Moment lang betroffen war.

»Doch, das könnt ihr«, sagte sie. »Deine Mummy war der fröhlichste Mensch, den ich je gekannt habe. Sie würde sich gar nicht freuen, wenn du und Ian immerzu traurig wärt.«

Am dritten Tag wollte Ian von Mariette wissen, ob sie ihre Tante sei.

»Keine richtige Tante, dazu müsste ich die Schwester deines Vaters oder deiner Mutter sein. Aber in meinem Herzen bin ich eure Tante. Ich werde immer mit euch in Verbindung bleiben und für euch da sein. Wirst du mir schreiben, Ian?«

Er runzelte die Stirn, als wäre er unschlüssig, ob er so etwas versprechen könnte. »Ja, mach ich«, sagte er schließlich. »Und kommst du uns manchmal besuchen?«

»Ja, natürlich! Wenn der Krieg vorbei ist, fahre ich nach Neuseeland zurück, aber bis dahin bist du schon ein so großer Junge, dass es dir nichts ausmachen wird.«

»Wird es doch. Mum hat geschrieben, dass du ihre ganz besondere Freundin bist, also bist du auch für mich was Besonderes.«

Mariette war gerührt und umarmte ihn liebevoll. »Und Sandra und du werdet für mich auch immer etwas ganz Besonderes sein.«

»War es sehr schlimm?«, fragte Doreen, als Mariette am Dienstag kurz nach sieben von der Beerdigung zurückkam. Es regnete schon den ganzen Tag, und Doreen nahm den schwarzen Mantel und den Hut, den eine Nachbarin Mariette geliehen hatte, und hängte die Sachen zum Trocknen an die Flurgarderobe.

»Ja, es war furchtbar traurig«, sagte Mariette tonlos. »Der Pfarrer hat sehr schön über die Verstorbenen gesprochen, aber all die Särge zu sehen, war einfach für jeden der Angehörigen zu viel. Rodney, Joans Mann, war völlig fertig. Als wir nachher in einen Pub gingen, hat er sich mit Brendas Ehemann betrunken. Brenda wird nie wieder gehen können, und als jemand tuschelte, dass es besser wäre, wenn sie auch gestorben wäre, wurde ihr Mann ziemlich rabiat.«

»Die Menschen meinen es ja gut, aber sie können manchmal schrecklich taktlos sein«, seufzte Doreen. »Ich habe auf Beerdigungen schon fürchterliche Sachen gehört. Als meine Mutter starb, fragte mich ihre Nachbarin rundheraus, ob sie ihre Kleidung haben könnte. Ich hätte sie ihr ohnehin gegeben, doch in einem solchen Moment eine solche Bitte zu äußern, war schon ein starkes Stück.«

Sie gingen in die Küche, und Doreen brühte Tee auf. »Hat Rodney gesagt, wann er die Kinder besuchen fährt?«

»Morgen. Das heißt, wenn er nüchtern genug ist, um den Zug zu erwischen.« Mariette schnitt ein Gesicht. »Armer Kerl. Ich habe versucht, mit ihm über Joan und die Kinder zu sprechen, aber ich glaube, er hat kaum etwas mitbekommen.«

»Diese Dinge brauchen Zeit«, sagte Doreen. »Er ist durcheinander und erschüttert. Ich hoffe nur, dass er bei Ian und Sandra keinen Schaden anrichtet.«

»Genau das macht mir auch Sorgen. Ich habe ihm gesagt, dass sie bei den Hardings sehr glücklich sind, aber er wurde unangenehm und meinte, ich hätte keine Ahnung von seinen Kindern.«

Rodneys Verhalten war das Unerfreulichste an der Beerdigung gewesen. Mariette hatte gehofft, er würde mit ihr über Joan und seine Kinder sprechen wollen. Sie hatte ihm versichern wollen, dass sie während seiner Abwesenheit mit ihnen in Verbindung bleiben würde. Rodney war ein massiger, engstirniger, aggressiver Typ, und ein Blick auf ihn hatte gereicht, um Mariette davon zu überzeugen, dass er ihr nicht gefallen würde. Trotzdem hatte sie sich bemüht und sich in Erinnerung gerufen, dass er trauerte und unter normalen Umständen wahrscheinlich sehr nett war. Aber es schien, als verübelte er ihr, dass sie überlebt hatte, während seine Frau hatte sterben müssen, und auch ihr Interesse an seinen Kindern schien er verdächtig zu finden.

»Die große Mehrheit der Männer weiß rein gar nichts über ihren Nachwuchs«, bemerkte Doreen und krauste missbilligend die Nase. »Sie gehen zur Arbeit, bevor die Kinder auf sind, und kommen nach Hause, wenn sie schon im Bett liegen. Viele verbringen den Abend im Pub. Vielleicht war Rodney anders, wer weiß? Aber sogar Henry hat sich nicht viel mit unseren Kindern abgegeben, als sie klein waren. Wie war das bei deinem Vater, Mariette?«

»Er war immer für uns da«, sagte sie lächelnd. »Er hat Windeln gewechselt, uns im Kinderwagen spazieren gefahren, alle Last mit Mum geteilt. Seit ich vier, fünf Jahre alt war, war ich oft den ganzen Tag mit ihm zusammen. Ich dachte, dass alle Väter so sind wie er, und es war ein ziemlicher Schock festzustellen, dass dem nicht so ist.«

»Dann hat Belle großes Glück gehabt«, meinte Doreen. »Pass gut auf, dass du auch so einen Ehemann findest!«

»Ich werd's versuchen«, sagte Mariette mit einem schwachen Lächeln. »Ich muss heute Abend meinen Eltern schreiben und ihnen mitteilen, dass meine Wohnung ausgebombt wurde und dass ich jetzt hier bin. Morgen geht es zurück zur Arbeit. Ich freue mich nicht darauf, die anderen Frauen sind schrecklich hochnäsig.«

Doreen klopfte ihr auf die Schulter. »Vielleicht sind sie jetzt, nachdem du dein Zuhause verloren hast und schwer verletzt bist, netter.«

»Irgendwie bezweifle ich das.« Mari lachte unfroh.

Mariette behielt recht. Die Frauen an ihrem Arbeitsplatz zeigten weder Interesse noch Mitgefühl. Sie musterten nur verächtlich ihr braun getupftes Kleid.

Mr. Perry erkundigte sich nicht einmal nach ihrer neuen Adresse, geschweige denn, dass er ihr sein Bedauern aussprach.

Mariette sah sich in den engen, stickigen Räumen mit all den Stapeln von Papieren und Dokumenten und den Regalen voller Gesetzesbücher um und fand, dass das Ganze so düster aussah, als wäre es einem Roman von Charles Dickens entsprungen.

Sie beschloss, nur noch einige Wochen zu bleiben, um ein bisschen Geld zu sparen, und dann dem Job und London den Rücken zu kehren.

KAPITEL 23

Sidmouth, Devon, 1942

Mariette beobachtete, wie der Regen an die Fensterscheiben der Teestube prasselte, und wünschte, sie wäre auf ihrem Fahrrad direkt nach Hause gefahren, statt sich hier hineinzuflüchten. Sie hatte gedacht, es wäre nur ein Aprilschauer und in ein paar Minuten vorbei, aber jetzt sah es ganz danach aus, als wollte es den Rest des Tages regnen.

Sie war Ende Januar, vor fast drei Monaten, nach Sidmouth gezogen, und zwar als direkte Folge einer Einladung der Hardings, Weihnachten bei ihnen und Joans Kindern zu verbringen.

Die lange Fahrt nach Lyme Regis war eine ziemliche Strapaze gewesen. Der Zug war überfüllt und kalt gewesen, und er hatte an jeder Station haltgemacht. Da sämtliche Fenster schwarz verhängt und die Ortsnamen an den Bahnhöfen entfernt worden waren, kam es einem Glücksspiel gleich, ob man an der richtigen Station ausstieg.

Aber im Zug herrschte weihnachtliche Stimmung, und alle Fahrgäste gaben sich große Mühe, munter und vergnügt zu sein. Zwei Piloten der Royal Air Force, die zu ihrem Stützpunkt an der Küste zurückkehrten, hatten ihr mit komischen Geschichten die Zeit vertrieben. Als sie beiläufig erwähnte, dass sie aus London wegziehen wollte, erzählten ihr die beiden, dass Sybil Merchant, die Wirtin des *Plume of Feathers* in Sidmouth, für ihren gut besuchten Pub eine Hilfe brauchte.

Sidmouth war in Devon, aber es lag nicht allzu weit von Lyme Regis entfernt an der Küste. Also beschloss Mariette während ihres

Besuchs bei den Hardings spontan, mit der Bahn nach Sidmouth zu fahren und sich den Pub einmal anzuschauen. Sie stellte fest, dass Sybil genauso freundlich und warmherzig war, wie die beiden Piloten behauptet hatten, und als ihr der Job angeboten wurde, nahm Mariette ihn an, ohne lange zu überlegen. Sie musste noch einmal nach London zurück, um bei Mr. Perry ihre Kündigung einzureichen und sich von Doreen und Harry zu verabschieden, aber Ende Januar war sie in Sidmouth. Sie hoffte inständig, im neuen Jahr würde sich alles zum Besseren wenden, nicht nur für sie, sondern für ganz England.

Die Nachrichten über den Krieg waren im November und Dezember besonders erschreckend gewesen. Da war die Versenkung der *Ark Royal*, die noch andauernde Belagerung von Leningrad, der Angriff der Japaner auf Pearl Harbor, die Versenkung der Schlachtschiffe *Repulse* und *Prince of Wales* durch die Japaner, die Invasion in Malaysia und der Fall von Hongkong. Hinzu kamen all die furchtbaren Berichte über Gräueltaten an Juden in Deutschland und Polen, über Männer, Frauen und Kinder, die auf offener Straße niedergeschossen oder in Gettos gebracht wurden, wo sie verhungerten. Es wurde sogar über eigens gebaute Konzentrationslager gemunkelt, wo Juden eingesperrt und möglicherweise umgebracht wurden. Obwohl niemand zu wissen schien, ob Letzteres tatsächlich stimmte, gab es auf jeden Fall genug Beweise für die barbarische Verfolgung von Juden, um es mehr als wahrscheinlich erscheinen zu lassen.

In den Bombenangriffen auf London war es zum Glück zu einer Atempause gekommen, vielleicht weil die Deutschen all ihre Kräfte auf die Eroberung Russlands konzentrierten. Alle freuten sich, in den Zeitungen zu lesen, dass die deutschen Generäle die Härten des strengen russischen Winters eindeutig unterschätzt hatten, als sie auf Moskau vorrückten. Es hieß, dass deutsche Soldaten unter ihren Panzern Feuer machen mussten, um die Motoren zu starten, ihre Maschinengewehre sich in der Kälte festfraßen und sie nicht einmal Kleidung hatten, die für die tiefen Temperaturen geeignet war.

Als Amerika Japan den Krieg erklärte, schöpfte jeder Hoffnung, dass der Weltkrieg doch noch gewonnen werden könnte. Winston Churchill hielt im Dezember eine leidenschaftliche Rede, in der er sagte, dass Großbritannien, die USA und die Sowjetunion »den Gangs und Cliquen schlechter Menschen« eine Lektion erteilen würden, an die man noch in tausend Jahren denken sollte. Alle hofften, dass er recht behalten würde.

Für Mariette aber waren all das Grauen und das Leid des vergangenen Jahres und auch die ungewisse Zukunft leichter zu ertragen, seit sie in Devon lebte.

Lyme Regis war idyllischer als Sidmouth – im Grunde war es kaum mehr als ein Dorf mit einigen wenigen kleinen Läden –, dafür war Sidmouth eine richtige Kleinstadt mit einer Schule, einer Bücherei, zahlreichen Geschäften, Pubs, Restaurants, Cafés und vielem mehr. Die Einwohner waren nicht bleich und abgezehrt; sie lächelten offen Fremde an, sie blieben stehen, um ein wenig zu plaudern, und sie waren nicht verängstigt.

Die eleganten Regency-Häuser an der Promenade waren ursprünglich als private Feriendomizile für reiche und mächtige Persönlichkeiten erbaut worden. 1819 hielt sich Edward, Herzog von York, mit seiner Frau und seiner kleinen Tochter Victoria, die später Königin werden sollte, hier auf. Das Haus, in dem sie abstiegen, hatte daraufhin seinen Namen in *Royal Glen Hotel* geändert und wurde jetzt von der Royal Air Force als Genesungsheim genutzt. Praktisch waren alle Prachtbauten an der Uferpromenade seit Kriegsausbruch von der RAF requiriert worden, aber das tat ihrem Charme und ihrer Schönheit keinen Abbruch.

Mariette liebte die gewundenen Gassen mit den kleinen Häusern, die hinter der Promenade verliefen, und genoss die Ruhe und den Frieden nach dem Lärm und der Hektik in London. Sie bewunderte die sorgfältig gepflegten Grünanlagen und die hübschen

Vorgärten, die zwar im Januar und Februar nicht mit Blumen aufwarten konnten, aber für April und Mai eine wahre Blütenpracht verhießen. Möwen, die am Himmel kreisten, Wellen, die plätschernd an den Strand schlugen, der würzige Geruch von Tang und Algen – alles trug dazu bei, dass Mariette wieder etwas zuversichtlicher in die Zukunft blickte.

Und dann waren da noch die langen Spaziergänge auf den spektakulären Klippen. Leider gab es keinen Hafen, doch an der Mündung des Flusses Sid lagen alle möglichen kleinen Boote vor Anker, und Mariette nahm sich vor, sich mit irgendeinem der Besitzer anzufreunden, um vielleicht einmal wieder Gelegenheit zum Segeln und Fischen zu haben.

In das *Plume of Feathers* mit seinen hübschen Erkerfenstern verliebte sie sich auf den ersten Blick. Genau so hatte sie sich zu Hause in Neuseeland immer einen typischen englischen Pub vorgestellt. An einem kalten Abend war der Schankraum mit dem großen Feuer, das in dem gewaltigen uralten Kamin prasselte, und den dicht geschlossenen schweren Vorhängen mehr als anheimelnd. Meist spielte abends jemand auf dem Klavier *The White Cliffs Of Dover* oder andere sentimentale Lieder, und alle sangen mit.

Sybil Merchant, die Wirtin, wirkte eher wie eine Bäuerin. Sie war klein und mollig und hatte rosige Apfelbäckchen und ein unglaublich sonniges Naturell. Ted, ihr Mann, war lang und dünn und eher griesgrämig. Sybil sagte gern im Scherz, dass sie Jack Sprat und seine Frau seien, die bekannten Figuren aus den Kinderreimen, und Mariette hatte wie die meisten Leute zunächst den Eindruck, dass die beiden denkbar schlecht zusammenpassten.

Aber wie alle anderen stellte auch Mari bald fest, dass sich das Pärchen wunderbar ergänzte. Er war das stille Wasser, seine Frau der plätschernde Bach; er war der bedächtige Planer, sie die warmherzige Persönlichkeit, bei der sich alle Gäste wohlfühlten.

Ted hatte sich im letzten Krieg eine Gasvergiftung zugezogen und hatte nun manchmal Probleme mit seinen Atemwegen. Vermutlich war das der Grund, warum er griesgrämig wirkte. Aber so sehr sich die Merchants charakterlich auch unterscheiden mochten, sie liebten einander von Herzen.

Mariettes Instinkt, die Stelle spontan anzunehmen, erwies sich bald als goldrichtig. Vom ersten Abend an, als sie durchgefroren, müde und hungrig eintraf und mit großer Wärme und Herzlichkeit aufgenommen wurde, wusste sie, dass sie die richtige Entscheidung getroffen hatte. Schon an jenem ersten Abend war ihr klar, dass sie hier glücklich werden könnte.

Ihre Arbeit bestand darin, überall auszuhelfen, wo sie gebraucht wurde, ob es nun darum ging, zu putzen, den Thekendienst zu versehen, Feuer zu machen oder Frühstück für Übernachtungsgäste zuzubereiten. Ihre Freizeit konnte sie flexibel wählen; wenn sie die Hardings besuchen, auf den Klippen spazieren gehen oder ins Kino wollte, brauchte sie es nur zu sagen. Wenn hingegen nach einem hektischen Samstagmittag die Theke gründlich gesäubert werden musste, bevor das Lokal am Abend wieder aufsperrte, übernahm Mariette diese Arbeit, damit Sybil sich eine Ruhepause gönnen konnte.

Mit dem März jährte sich auch Noahs, Lisettes und Rose' Todestag. Als Mariette die ersten Knospen in den Gärten entdeckte und die Lämmer auf den Feldern rund um die Stadt zur Welt kamen, sah sie darin ein Zeichen, dass das Grauen des Vorjahres tatsächlich hinter ihr lag. Eine neue und bessere Zeit würde anbrechen.

Sie stellte fest, dass sie hier eigentlich glücklicher war als bei Noah und Lisette. Natürlich hatte sie die beiden – und auch Rose – sehr lieb gehabt, doch sie hatte oft das Gefühl gehabt, eine Rolle spielen zu müssen, um von ihnen akzeptiert zu werden. Bei Doreen und Henry war es ähnlich gewesen – die ständige Verpflichtung, höflich, hilfsbereit und gut gelaunt zu sein und nie zu widersprechen, war auch belastend gewesen.

Bei Sybil und Ted und den ganz normalen Leuten, die den Pub besuchten, konnte sie ganz sie selbst sein, und das empfand sie als befreiend. Außer den Stammgästen gab es viele Männer von der Royal Air Force und Angehörige des Weiblichen Hilfskorps der Luftwaffe. Mit den Männern konnte sie ein bisschen flirten, mit den Mädchen plaudern. Anders als bei manchen Freundinnen von Rose, hatte Mariette bei ihnen nicht das Gefühl, ihnen unterlegen zu sein, und sie bekam auch nicht wie manchmal im East End den Vorwurf zu hören, sie wäre »ein feiner Pinkel«.

Ted besorgte für Mariette ein gebrauchtes Fahrrad, damit sie sich frei bewegen konnte. Wenn es an einem sonnigen Nachmittag im Pub nichts zu tun gab, radelte sie durch die Gegend und an der Küste entlang. Ian und Sandra ersetzten ihr die Brüder, Mr. und Mrs. Harding die Eltern, und sie besuchte sie jede Woche. Oft schämte sie sich, weil sie früher fast nie mit ihren Brüdern Brettspiele gespielt oder ihnen bei ihren Hausaufgaben geholfen hatte. Im Grunde hatte sie sich kaum für die beiden interessiert, stellte sie im Nachhinein fest. Aber wenn sie jetzt einen Brief von ihnen bekam, war sie begeistert, und als Alexis ihr einen Schnappschuss von Noel und ihm selbst in Kairo schickte, hätte sie das Foto am liebsten der ganzen Welt gezeigt.

Als sie ungefähr sechzehn war, war Mog oft richtig böse auf sie gewesen, weil sie nicht das geringste Interesse an ihrer Familie aufbrachte und kaum Zeit mit Eltern oder Brüdern verbrachte.

»Fast wünsche ich mir, dass dir eines Tages mal etwas ganz Schlimmes passiert, damit du endlich aufwachst und merkst, wie glücklich du dich schätzen kannst, von Menschen umgeben zu sein, die dich lieben und sich um dich sorgen, liebes Kind«, fuhr sie Mariette einmal an. »Wenn du alt bist, wird sich kaum noch jemand daran erinnern, wie schön, klug oder begabt du einmal warst. Die Leute werden nur daran denken, wie sie sich in deiner Gegenwart gefühlt haben, und im Moment gibst du jedem anderen das Gefühl, langweilig und minderwertig zu sein. Denk ruhig mal drüber nach, Fräulein Oberschlau! Willst du den Menschen so in Erinnerung bleiben?«

Mariette wusste natürlich, dass Mog ihr nicht ernsthaft gewünscht hatte, durch eine Tragödie all das, was sie hatte, schätzen zu lernen. Aber sie hatte recht, wenn sie meinte, dass Leid einen Menschen läutern konnte. Wenn Mog sie jetzt sehen könnte, wie sie Sandra half, Kleider für ihre Puppen zu nähen, oder Sybil unaufgefordert ihr Frühstück ans Bett brachte, wäre sie überglücklich.

So sehr Mariette sich nach ihrer Familie sehnte – sie wusste nicht, ob sie es übers Herz bringen könnte, Ian und Sandra eines Tages Lebewohl zu sagen. Vergessen würde sie die beiden jedenfalls nicht, weder sie noch Joan oder andere Menschen, die sie während ihrer Zeit in London lieb gewonnen hatte.

Eigentlich hatte sie später am Tag nach Lyme Regis radeln wollen, um die Kinder zu besuchen, doch leider hatte der starke Regen diesen Plan zunichtegemacht. Aber sie hatte eine Zeitung dabei, und wenn sie die ausgelesen hatte, würde sie dem Wetter trotzen und zum Pub zurückfahren.

Die kleine Glocke über der Tür bimmelte, doch Mariette war zu sehr in einen Artikel vertieft, um aufzublicken. In dem Bericht ging es über die alberne neue Verfügung der Regierung, dass es keine unnötigen Verzierungen wie Spitzen oder Stickereien an Damenunterwäsche mehr geben sollte.

»Mari!«

Ihr Kopf fuhr herum, als sie ihren Namen hörte. Vor ihr stand Edwin Atkins, der Luftwaffenpilot, der mit ihnen am Abend des Bombardements im *Café de Paris* gewesen war. Er war in Begleitung eines anderen Piloten, und beide steckten in tropfnassen Uniformen.

Sie sprang erstaunt auf. »Du lieber Himmel!«, rief sie. »Ich fasse es nicht! Edwin!«

In den Wochen nach dem Tod von Noah, Lisette, Rose und Peter hatte sie oft an ihn gedacht. Das Leben, wie sie es gekannt hatte, existierte nicht mehr, und Jean-Philippes Feindseligkeit hatte das Gefühl von Isolation noch verstärkt. Natürlich hatte sie Joan an ihrer Seite gehabt, aber die Freundin war in jeder Hinsicht ganz anders als die Familie gewesen, die Mariette verloren hatte. Wenn sie Edwin wie beabsichtigt geschrieben hätte, wo sie wohnte und wo sie arbeitete … Doch sie hatte es unterlassen, teilweise deshalb, weil sie befürchtet hatte, er könnte schmerzliche Erinnerungen an Rose, Noah und Lisette wecken, teilweise wegen ihrer Freundschaft mit Johnny.

Zu jener Zeit war Johnny eine Konstante in ihrem aus den Fugen geratenen Leben gewesen. Er war immer für sie da, ein ständiger Quell des Trostes, ein Licht in der Dunkelheit.

Und später, nachdem Joan umgekommen war und Johnny sich zurückgezogen hatte, hatte sie sich zu elend gefühlt, um die Nähe anderer Menschen zu suchen.

Aber dass Edwin jetzt hier in Devon in dieser kleinen Teestube vor ihr stand, erschien ihr wie ein nahezu unglaublicher Glücksfall.

»Ich wollte mit dieser jungen Dame im *Café de Paris* ihren einundzwanzigsten Geburtstag feiern, als es bombardiert wurde«, erklärte Edwin seinem Gefährten, einem relativ kleinen jungen Mann, den er als Tim Warberry vorstellte. »Wie schön, dich zu sehen, Mari! Und noch dazu ausgerechnet in Sidmouth! Was in aller Welt machst du hier?«

Mariette erklärte, dass sie in einem Pub arbeitete. Edwin schien etwas erstaunt zu sein, setzte sich aber mit seinem Freund zu ihr an den Tisch und bestellte für alle Tee und Kuchen.

»Ich habe versucht, dich nach der Beerdigung anzurufen«, berichtete Edwin, nachdem die Kellnerin seine Bestellung aufgenommen hatte. »Doch Rose' Bruder sagte, du hättest das Haus verlassen. Er war reichlich kurz angebunden. Hast du ihn irgendwie verärgert?«

»Nein, er hat mich verärgert, als er mir kurz und bündig mitteilte, dass ich sofort meine Sachen packen soll. Schließlich erlaubte er mir, noch bis zur Beerdigung zu bleiben, länger aber nicht«, erwiderte Mariette und erzählte noch, dass Jean-Philippe nur Leute verständigt hatte, die er für wichtig hielt, nicht die engsten Freunde der Familie. »Ich wollte dich anrufen, doch, ehrlich gesagt … dieser unausstehliche Kerl hat mich so fertiggemacht, dass ich mich bloß bei dir ausgeheult hätte, und das wollte ich dir nicht zumuten.«

Er legte seine Hand auf ihre. »Du hättest mich trotzdem anrufen sollen. Wenn Leute einen mies behandeln, braucht man Freunde. Ich hätte versucht zu helfen.«

Mariette überlief ein Prickeln. Sie hatte ganz vergessen, wie attraktiv Edwin mit seinen freundlichen blauen Augen und seiner schönen tiefen Stimme war. »Ich hatte das Gefühl, dass ich dich nicht gut genug kenne, um mich an dich zu wenden«, gestand sie. »Aber wie auch immer, jetzt geht es mir wieder gut.«

»Und wie bist du hier gelandet?«

Sie erzählte ihm kurz von Joan und ihrem letzten Wunsch, ihren Kindern die Nachricht von ihrem Tod zu überbringen.

»Mein Gott, Mari! Was für eine schreckliche Aufgabe!«, rief Edwin.

»Auf jeden Fall sehr schmerzlich.« Sie schwieg einen Moment und seufzte dann. »Wie dem auch sei, ich habe mich mit den Kindern und auch den Hardings, bei denen sie leben, sehr gut verstanden, und dann haben sie mich zu Weihnachten eingeladen. Zwei Piloten, die ich auf der Zugfahrt kennenlernte, haben mir von dem Job im Pub erzählt. Ich verließ blitzartig London – ja, und hier bin ich!«

»Was für eine Geschichte«, meinte Edwin teilnahmsvoll. »Aber es ist einfach toll, dass ich dich wiedergefunden habe. Ich habe so oft an dich gedacht und mich gefragt, wo du bist und was du machst. Ganz bestimmt hatte ich nicht damit gerechnet, dich in einer Teestube in Devon zu treffen!«

Er wandte sich an Tim und erzählte ihm von dem Abend, an dem er Mariette kennengelernt hatte. »Es war reines Glück, dass

Mari in den Waschraum ging und ich mich neben die Tanzfläche stellte, um auf sie zu warten – andernfalls hätte es uns auch erwischt.«

»Bist du jetzt hier unten stationiert?«, fragte sie.

»Nein, in Bristol. Wir fliegen Lancasters und zahlen es Hitler heim.«

»Ich habe gelesen, dass Bath, Exeter, Norwich und York als Vergeltung für all die Schäden, die ihr deutschen Städten zugefügt habt, bombardiert wurden«, sagte sie. »Seht zu, dass ihr denen doppelt so viel zurückgebt, wie sie uns gegeben haben! Aber was machst du hier in Sidmouth?«

»Wie du wahrscheinlich weißt, sind hier unten sehr viele Royal-Air-Force-Leute tätig. Wir müssen morgen an einer Besprechung mit einigen hohen Tieren teilnehmen und bleiben bis Montag. Du kannst hoffentlich ein bisschen Zeit für mich erübrigen?«

Mariette war oft um ein Rendezvous gebeten worden, seit sie in Sidmouth arbeitete, hatte aber immer abgelehnt. Zum Teil lag es an der Geschichte mit Johnny. Sie hatte seinetwegen ein schlechtes Gewissen und wollte nicht schon wieder in eine derartige Situation kommen. Außerdem war ihr bewusst, dass Männer Kellnerinnen als »leichte Beute« ansahen, und sie wollte sich keinen schlechten Ruf zulegen. Einstweilen ging sie lieber mit einer ihrer neuen Freundinnen, die sie im Pub kennengelernt hatte, tanzen oder ins Kino. Auf diese Weise konnte sie sich amüsieren, ohne dem Druck ausgesetzt zu sein, der einfach nicht ausblieb, wenn man sich mit einem jungen Mann anfreundete.

Doch für Edwin würde sie gern eine Ausnahme machen.

»Das wäre wirklich schön«, antwortete sie und lächelte. »Ich muss jetzt los, weil ich versprochen habe, heute Abend die Theke zu übernehmen. Aber komm doch vorbei, es wäre nett, dich zu sehen.«

Als sie mit dem Fahrrad zum Pub fuhr, bebte sie innerlich vor freudiger Erregung. Sie hatte Edwin von Anfang an gemocht, und sie zweifelte nicht daran, dass sie einander öfter gesehen hätten, wenn jener Abend im *Café de Paris* nicht einen so tragischen Verlauf genommen hätte. Doch was ihr vor allem in Erinnerung geblieben war, war sein Verhalten nach dem Bombenangriff. Ein Mann, der jemandem, den er kaum kannte, so viel Mitgefühl entgegenbrachte, musste ein wirklich guter Mensch sein.

Um halb acht am selben Abend betrat Edwin mit seinem Freund Tim und zwei anderen Piloten den Pub. Mariette bemühte sich, sich nicht anmerken zu lassen, wie sehr sie sich freute, dass er tatsächlich hierhergekommen war, statt in eines der vielen anderen Lokale der Stadt zu gehen. An der Theke herrschte bereits viel Betrieb, und die vier Männer setzten sich an einen leeren Tisch, aber Edwin kam zu ihr, um die erste Runde Drinks zu holen.

Er zeigte mit dem Daumen auf seine Freunde. »Ich musste meine ganze Überredungskunst aufbieten, um sie hierher zu lotsen«, sagte er grinsend. »Ein Glück, dass auch ein paar Mädchen hier sind, sonst hätte ich mich ziemlich unbeliebt gemacht.«

»Angeblich ist dies der beste Pub in der Stadt«, erwiderte sie und fing an, Bier zu zapfen. »Beschwören kann ich es allerdings nicht, weil ich noch nie in einem anderen war.«

»Und wohin führen dich all deine Verehrer aus?«, fragte er augenzwinkernd.

»Du meinst die, die mich auf Portwein mit Limo einladen und versprechen, mich bis zum Mond und zurück zu entführen?«, lachte sie. »Auf Männer ist heutzutage einfach kein Verlass mehr. Sie versprechen einem alles Mögliche. Nein, nein, ich komme nie aus dem Pub raus.«

»Und ist keiner dabei, der mit dir segeln geht?«

Sie war gerührt, dass er sich an ihre Begeisterung fürs Segeln erinnerte. »Nein, und ich bin mir nicht einmal sicher, ob es Zivilisten erlaubt ist, mit einem Boot auf die offene See hinauszufahren. Ich setze meine ganze Hoffnung auf Fischer, doch die glauben, dass es Pech bringt, eine Frau an Bord zu haben. Außerdem arbeiten die meisten sowieso auf Minensuchbooten.«

»Tut mir leid, dass ich dir auch kein Boot bieten kann. Aber wie wäre es morgen Nachmittag mit einem Spaziergang auf den Klippen?«

»Sehr gern, Edwin.«

Er bezahlte die vier Bier. »Ich wünschte, ich könnte den ganzen Abend hier stehen und mit dir reden, doch dann werden die Jungs sauer. Ist es okay, wenn ich dich morgen gegen zwei abhole?«

Im Pub war noch mehr los als sonst, sie hätte also ohnehin kaum mit Edwin reden können, auch wenn er an der Theke geblieben wäre. Aber er kam immer wieder auf einen Sprung zu ihr und grinste sie an, und sie wusste, dass ihm ihre Gesellschaft lieber war als die seiner Freunde.

Bevor sie zu Bett ging, quälte sich Mariette mit der Frage, was sie am nächsten Tag anziehen sollte. Ihre Mutter und Mog hatten ihr zu Weihnachten ein hübsches Kleid mit passender Jacke geschickt. Das Kleid war aus bedrucktem türkisfarbenen Stoff geschneidert, ärmellos und mit weit schwingendem Rock, die kurze Jacke einfarbig türkis mit Kragen und Manschetten aus demselben Stoff wie das Kleid. Aber das Ensemble eignete sich eher für eine Tanzveranstaltung oder eine Einladung zum Dinner als für eine Wanderung auf den Klippen.

Einen Teil ihrer Kleidung hatte Mariette mittlerweile ersetzt, doch alles war aus zweiter Hand, weil ihre Coupons nur für neue Unterwäsche gereicht hatten, und nichts davon war so hübsch oder modisch wie ihre alten Sachen. In dem Bahnenrock aus Tweed und der cremefarbenen Crêpe-de-Chine-Bluse, die Sybil so gut gefiel, fühlte sie sich wenig elegant. Das schwarze Kreppkleid war recht chic, aber Mariette trug es fast jeden Abend im Lokal. Und noch einmal das getupfte Kleid anzuziehen brachte sie nicht über sich.

Somit blieb nur das Baumwollkleid, das sie vor Kurzem auf

Sybils Nähmaschine genäht hatte. Es war aus bedrucktem Stoff – pastellfarbene Blumen auf weißem Untergrund –, ärmellos, mit eckigem Ausschnitt und weitem Rock. Sybil hatte ihr dazu einen breiten blauen Ledergürtel geschenkt, und obwohl es noch ein bisschen früh im Jahr für ein so sommerliches Kleid war, würde es vielleicht gehen, wenn sie darüber eine Strickjacke trug.

Mariette betrachtete ihre vernarbten Unterschenkel und wand sich innerlich. Als sie Edwin am Nachmittag in der Teestube getroffen hatte, hatte sie eine Hose getragen, und am Abend hatte die Theke den Blick auf ihre Beine verdeckt. Was würde er davon halten?

»Tja, Pech, wenn sie ihm nicht gefallen«, sagte sie zu ihrem Spiegelbild. Papa hat immer gesagt, dass man auf seine Kriegswunden stolz sein soll.«

Edwin erschien am nächsten Tag pünktlich zur verabredeten Zeit im Pub. Normalerweise war an Freitagen viel im Schankraum los, weil viele ältere Ehepaare mit dem Bus in die Stadt kamen und die Männer sich ein Gläschen genehmigten, während ihre Frauen Einkäufe tätigten. Aber heute war es sonnig und warm, und wahrscheinlich warteten die Männer lieber auf den Bänken der Uferpromenade.

Mariette hatte Sibyl schon alles über Edwin erzählt und sie gebeten, an diesem Tag etwas früher gehen zu dürfen.

Als die Wirtin Edwin sah, zwinkerte sie Mariette anerkennend zu. »Beeil dich nicht mit dem Zurückkommen, ich schaff das schon allein!«, meinte sie.

»Was für ein hübsches Kleid!«, bemerkte Edwin, als sie in Richtung Promenade schlenderten. »Neu?«

»Ja. Ich habe es selbst genäht. Als ich ausgebombt wurde, habe ich alles verloren, aber es ist mir gelungen, hier in Sidmouth diesen Stoff aufzutreiben. Ich glaube, ich habe dir erzählt, dass ich im East End gebrauchte Kleidung an Leute verteilt habe, die ausgebombt waren. Ich hätte nie gedacht, dass ich eines Tages in der gleichen Lage sein würde.«

»Ich wünschte, du hättest mich angerufen. Du musst dich nach dem Verlust deiner Verwandten schrecklich elend gefühlt haben«, sagte er. »Ich hätte dich zu meiner Familie gebracht, und bestimmt hätten sie nichts unversucht gelassen, um Kleidung und alles andere für dich aufzutreiben.«

»Da Jean-Philippe mir unterstellt hat, ich hätte bei seinen Leuten kräftig schmarotzt, war mir nicht unbedingt danach zumute, bei anderen die Hand aufzuhalten«, gestand sie. »Trotzdem danke.«

»Peters Eltern haben mir erzählt, wie unhöflich er bei der Beerdigung zu ihnen war. Sie waren fassungslos, weil sie natürlich erwartet hatten, dass Rose' Bruder genauso warmherzig und liebevoll sein würde wie sie.«

»Er war wirklich ekelhaft«, gab sie zu. »Ich hatte vor, mir eine richtige Gemeinheit auszudenken, um es ihm heimzuzahlen, doch nach Joans Tod hatte ich wirklich andere Sorgen. Jetzt versuche ich, nicht mehr an dieses Scheusal zu denken und mich nur an die schöne Zeit bei Noah, Lisette und Rose zu erinnern. Ich habe es nicht fertiggebracht, meinen Eltern zu schreiben, wie hundsgemein er war – sie kennen ihn, seit er ein kleiner Junge war, und hätten sich furchtbar aufgeregt. Aber ich hoffe, er geht eines Tages über Bord und stirbt einen langsamen und kalten Tod.«

Edwin schmunzelte. »Er ist auf keinem Schiff, er hat einen Schreibtischjob in der Admiralität. Ich habe das nachgeprüft. Doch vielleicht können wir darauf hoffen, dass ihn eine ganz kleine Bombe abends auf dem Heimweg erwischt.«

Mariette lachte halbherzig. Eine Zeit lang hatte sie vor Wut auf diesen Mann gekocht und finsterste Rachepläne geschmiedet. Jetzt jedoch stellte sie fest, dass es sie nicht mehr berührte. Sie war glücklich, und Jean-Philippe war es nicht – sonst wäre er nicht so abscheulich –, und es war an der Zeit, ihn zu vergessen.

Es war leicht, in Edwins Gegenwart unerfreuliche Dinge wegzuschieben, so angenehm war es in seiner Gesellschaft. Ihnen ging nicht eine Minute lang der Gesprächsstoff aus; sie erzählten einander alles, was sie im vergangenen Jahr erlebt hatten, plauderten über Freunde und Verwandte und die Auswirkungen, die der Krieg auf sie alle hatte. Als Edwin die Narben an ihren Beinen bemerkte, war er mitfühlend, nicht angewidert.

»Sie werden verblassen«, sagte er. »Ich wette, in ein, zwei Jahren wird man sie kaum noch erkennen. Und wer wird bei einem Mädchen, das so ein hübsches Gesicht hat wie du, schon auf die Beine starren?«

Edwin hatte noch mehr Leute, die ihm nahestanden, verloren als sie. »Es ist schrecklich, so etwas zuzugeben, aber ich reagiere kaum noch, wenn einer der Jungs es nicht mehr zum Stützpunkt zurückschafft. So geht es uns allen«, gestand er. »Wir gehen in einen Pub und trinken ein paar Gläser auf ihr Wohl, und dann läuft es weiter wie gehabt. Manchmal frage ich mich, ob wir alle Fälle für die Psychiatrie werden, wenn uns nach dem Krieg bewusst wird, wen wir alles verloren haben.«

»Ich kann mir ein Ende des Krieges gar nicht mehr vorstellen«, meinte Mariette. »Wir reden darüber, singen *The White Cliffs Of Dover* und *When The Lights Go On Again*, aber manchmal denke ich, dass der Krieg nie aufhört und ich niemals nach Neuseeland zurückkehren werde.«

»Würdest du hierbleiben, wenn du dich in einen Engländer verlieben würdest?«

Die Frage schien bedeutungsschwanger zu sein, doch es gelang Mariette, weder zu kichern noch zu erröten. »Vielleicht, wenn wir an einem hübschen Ort wie diesem hier leben könnten.« Sie zeigte mit einer weit ausholenden Handbewegung auf die Klippen, die vor ihnen aufragten. »Aber ich glaube, ich würde dem Betreffenden mit Engelszungen zureden, nach Neuseeland auszuwandern.«

»Ich glaube nicht, dass du damit viel Mühe hättest«, sagte er mit einem schiefen Lächeln. »Es wird Jahre dauern, unsere Städte wieder aufzubauen. Unglaublich viele Häuser müssen neu gebaut werden, um die zerstörten zu ersetzen, und die Rationierung bleibt uns wahrscheinlich noch jahrelang erhalten. Es gibt jetzt schon Tausende Witwen und Waisen, und praktisch jeder hat einen Angehörigen verloren.«

»Nach allem, was ich während meines Aufenthalts in England über deine Landsleute gelernt habe, können sie das und noch mehr bewältigen«, erwiderte Mariette. »Komm, gehen wir ein bisschen schneller, sonst schaffen wir es nie nach Beer!«

Um sieben Uhr abends stiegen sie in den Bus, um aus dem kleinen Küstenort Beer zurück nach Sidmouth zu fahren.

»Was für ein schöner Tag!«, seufzte Mariette, als sie sich auf die hintere Sitzbank fallen ließ.

»Und was für eine Überraschung, dass es so warm geworden ist«, sagte Edwin. »Du hast Sommersprossen auf der Nase bekommen! Anscheinend ist der Sommer endlich da.«

Mariette lächelte nur. Es war Edwin, der den Ausflug zu etwas Besonderem gemacht hatte, nicht der Sonnenschein, und sie wünschte sich, der Tag würde niemals enden. Edwin lachte gern, konnte praktisch über jedes Thema reden und versuchte nicht, sie zu beeindrucken oder sie an die Wand zu reden. Und er war ein sehr mitfühlender Mensch.

Er hatte ihr von der schwangeren Freundin eines seiner Freunde erzählt, der ums Leben gekommen war. »Sie ist in ziemlich schlechter Verfassung, weil sie das Gefühl hat, dass sie nicht nach Hause kann, doch allein kommt sie einfach nicht klar. Ich habe versucht, sie zu überreden, Bills Eltern zu schreiben und ihnen mitzuteilen, was los ist – immerhin ist dieses Baby ihr Enkelkind.«

»Ich finde es toll von dir, dass du versuchst zu helfen«, sagte Mariette, die sich nicht vorstellen konnte, dass irgendein anderer Mann, den sie kannte, ebenso handeln würde. »Ich finde auch, dass sie es seinen Eltern erzählen sollte, doch zuerst sollte sie mit ihren eigenen sprechen. Ich weiß, dass meine Eltern es mir sehr verübeln würden, wenn sie so etwas nicht als Erste erfahren würden. Außerdem muss sie sich ein bisschen Rückgrat zulegen. Wenn sie deinen Freund geliebt hat, sollte sie stolz sein, ein Kind von ihm zu erwarten, und hocherhobenen Hauptes herumgehen. Wenn man Trübsal bläst und sich schämt, haben die Leute nur umso mehr Stoff zum Klatschen.«

Edwin grinste sie an. »He, das ist ganz schön direkt! Oder sollte ich sagen, verwegen?«

Mariette errötete. »Ich glaube, manche Mädchen sind einfach zu zaghaft«, gab sie zu. »Aber ich musste schließlich auch ziemlich schnell lernen, allein zurechtzukommen.«

Der Weg von Sidmouth nach Beer war weiter gewesen, als sie gedacht hatte. Dort angelangt, hatten sie sich auf eine Bank mit Blick aufs Meer gesetzt und Fish and Chips gegessen, die ihr noch nie so gut geschmeckt hatten wie heute. Aber für den Rückweg wollten sie den Bus nehmen – es war einfach zu weit, um noch einmal zu Fuß zu gehen.

Während sie auf einem Mäuerchen hockten und auf den Bus warteten, wollte Edwin wissen, ob sie es je bereut hatte, nach England gekommen zu sein.

Mariette dachte kurz nach. »Hin und wieder – meistens, wenn ich mich ganz allein fühle und an all die Menschen denke, die ich verloren habe –, doch ich glaube, nach England zu kommen hat mir ungeheuer gutgetan. Ich bin nicht mehr so selbstsüchtig wie früher und bin toleranter und verständnisvoller geworden. Das glaube ich wenigstens. Nur jemand, der mich vorher gekannt hat, könnte es bestätigen.«

»Gibt es noch irgendetwas, das du gern machen würdest, bevor du heimkehrst?«

»Ja. Ich möchte etwas Wertvolles leisten.«

Er zog fragend die Augenbrauen hoch. »Zum Beispiel?«

Sie zuckte mit den Schultern. »Das weiß ich selbst nicht genau.

Etwas, woran ich einmal voller Stolz zurückdenken kann, wenn ich alt und grau bin.«

Edwin lachte sie nicht aus, äußerte sich jedoch auch sonst nicht weiter dazu. Deshalb überraschte es sie einigermaßen, als er das Thema erneut ansprach, als sie im Bus saßen.

»Du könntest in der Krankenpflege arbeiten«, begann er. »Darin wärst du bestimmt gut.«

Sie schüttelte den Kopf. »Nein, eher nicht. Es würgt mich, wenn sich jemand anders übergeben muss, und der Anblick von Blut verursacht mir wackelige Knie.«

»Das glaube ich nicht. Deine Mutter ist doch im letzten Krieg Krankenwagen gefahren.«

»Woher weißt du das?«

»Peter hat es einmal erwähnt. Eigentlich hat er über Noah und seine Zeit als Kriegsberichterstatter und so gesprochen und ist dabei auch auf deinen Vater gekommen. Peter hat gemeint, dass Noah ihn anscheinend sehr verehrt hat. Kriegsheld, Träger des Croix de Guerre … na ja, du weißt schon. Und dann hat er gesagt, dass deine Mutter im Krieg auch in Frankreich war. Du stammst aus einer tapferen Familie.«

Mariette kicherte. »Ich bin jedenfalls nicht tapfer genug, um Kriegswunden zu behandeln. Ein Pflaster auf ein aufgeschürftes Knie kleben, für mehr reicht es bei mir nicht. Komisch, dass du sagst, wie sehr Noah meinen Vater als Kriegshelden verehrt hat! Ich hatte nämlich das gleiche Gefühl. Ehrlich gesagt, glaube ich, hinter der Freundschaft der beiden verbirgt sich irgendein Geheimnis, und ich bin mir ziemlich sicher, dass meine Mutter und Lisette einiges damit zu tun haben. Wenn ich etwas richtig Gutes tue, worauf meine Eltern stolz sein können, erzählen sie mir vielleicht, was es damit auf sich hat.«

»Wenn du meine Tochter wärst, würde ich jetzt schon vor Stolz platzen, weil du dich bis jetzt so wacker geschlagen hast«, bemerkte Edwin.

»Ich habe bloß das bewältigt, was mir widerfahren ist. Für mich ist das nicht Tapferkeit, sondern Überlebenswille.«

»Das sehe ich anders.« Edwin legte seinen Arm auf ihre Schultern und zog sie an sich. »Richtig tapfer allerdings wäre es, dich jetzt von mir küssen zu lassen.«

Mariette lachte. Im Bus befanden sich nicht mehr als sechs Fahrgäste, und Edwin und sie saßen ganz hinten, wo sie ohnehin nicht gesehen werden konnten. »Ich fühle mich heute ungemein tapfer«, sagte sie und wandte ihm ihr Gesicht zu.

Sein Kuss war perfekt, nicht zu verhalten, aber auch nicht zu aufdringlich. Seine Zunge tauchte gerade tief genug zwischen ihre geöffneten Lippen ein, um alle ihre Nervenenden prickeln zu lassen, und die Art, wie er sie hielt – als wäre sie etwas sehr Kostbares –, war einfach wundervoll.

»Mhm«, machte sie, als sie sich voneinander lösten. »Ich habe kein bisschen Angst gehabt.«

»Hättest du aber, wenn du wüsstest, was mir durch den Kopf geht«, erwiderte er und legte seine Wange an ihre. »Kann ich dir etwas sagen?«

»Nur zu!«

»Also, an diesem Abend im *Café de Paris* war ich völlig hingerissen von dir. Wenn die Bombe nicht eingeschlagen wäre, hätte ich dich regelrecht belagert und jede Nacht unter deinem Fenster den Mond angeheult.«

»Dann hätte ich einen Eimer Wasser über dich gekippt«, lachte Mariette. »Doch wie lieb von dir, das zu sagen! Ich war auch ziemlich beeindruckt von dir. Wie schade, dass wir die Zeit nicht zurückdrehen und meinen Geburtstag an einem anderen Ort feiern können.«

»Die Tragödie dieser Nacht muss uns nicht daran hindern, noch einmal von vorn anzufangen, oder?«

»Nein«, stimmte sie zu. »Und ich bin mir sicher, dass Rose und Peter uns anfeuern, wenn sie jetzt auf uns herunterschauen.«

Er küsste sie wieder, und diesmal schien Mariettes ganzer Körper mit seinem zu verschmelzen.

Sie wünschte sich, dieser Kuss würde niemals enden.

Mari hatte weiche Knie, als sie mit erhitztem Gesicht und verschwollenen Lippen aus dem Bus stiegen, und fühlte sich, als schwebte sie in einer Luftblase und hätte keine Berührung mehr mit der Außenwelt. Edwin schien es ebenso zu gehen.

»Was nun?«, fragte er. »Ich muss Montagfrüh nach Bristol, du arbeitest tagsüber, und ich habe Besprechungen. Ich kann nicht einmal sagen, wann wir uns nach diesem Wochenende wiedersehen.«

»Wir gehen jetzt erst mal in den Pub. Ich bin sicher, Sybil hat Erbarmen mit uns und gesteht mir über das Wochenende ein bisschen freie Zeit zu. Was die Zukunft angeht, müssen wir einfach abwarten.«

Er legte die Arme um sie und drückte sie fest an sich. »Ein Glück, dass jedenfalls einer von uns mit beiden Beinen auf der Erde steht. Ich habe wohl einfach Angst, dass ich dich noch einmal verlieren könnte.«

»Das Schicksal hat uns wieder zusammengeführt. Glauben wir also daran, dass es Bestimmung ist!«, sagte sie.

»Schau dir sein Gesicht an!«, flüsterte Sybil später am Abend Mariette zu.

Die beiden hatten alle Hände voll zu tun, weil sehr viel Betrieb war. Edwin saß auf einem Barhocker am Ende der Theke und starrte ins Leere. Mariettes Herz machte einen Satz, weil er so hübsch war. Sie konnte seine dunklen Wimpern sehen, die wie kleine Fächer auf seinen Wangen lagen, und seine vollen Lippen, die sie erst vor Kurzem geküsst hatten.

»Angetrunken ist er nicht, er hat nur zwei Bier gehabt«, fuhr Sybil fort. »Er träumt von dir.«

»Sei nicht albern!«, lachte Mariette. »Wahrscheinlich denkt er gerade an Flugzeuge oder schnelle Autos.«

»Nein, es gibt nur einen Grund, wenn ein Mann so dasitzt, und das ist eine Frau. Mir ist schon vorhin aufgefallen, wie er dich anschaut, total sehnsüchtig und hoffnungsvoll. Glaub mir, ich habe Jahre Zeit gehabt, das Verhalten von Männern zu beobachten! Ich könnte über meine Schlussfolgerungen glatt ein Buch schreiben.«

»Na ja, es wäre schön, wenn er an mich denkt«, gab Mariette zu. »Ich mag ihn wirklich. Aber er ist in Bristol stationiert, und es wird nicht leicht sein, ihn wiederzusehen.«

»Im Krieg haben es alle Liebespärchen schwer«, meinte Sybil nachdenklich. »Ich habe Ted im letzten Krieg kennengelernt, als er gerade auf Heimaturlaub war. Wir haben uns sofort ineinander verliebt. Doch dann bekam er diese Gasvergiftung und schrieb mir aus einem Lazarett in Frankreich, dass ich ihn lieber vergessen soll, weil ich ohnehin nichts mehr von ihm haben würde. Als könnte man so was einfach vergessen!«

»Und ihr habt es geschafft«, sagte Mariette.

Sybil lächelte. »Ja, aber am Anfang war es manchmal ganz schön knifflig. Ted hat sich wegen seiner Atembeschwerden nur noch wie ein halber Mann gefühlt, und schwere Arbeit verrichten konnte er auch nicht. Doch die Liebe findet immer einen Weg.«

»Das hoffe ich«, sagte Mariette und sah zu Edwin hinüber. »Das hoffe ich wirklich.«

KAPITEL 24

1943

Sybil lugte in das Wohnzimmer hinter der Theke, wo Mariette gerade bügelte. »Da ist so ein Typ, der mit dir sprechen will. Ollenshaw heißt er. Und er sieht aus wie einer vom Secret Service!«

Mariette kicherte. Sybil versuchte immer zu erraten, womit sich die Leute ihren Lebensunterhalt verdienten, und verfiel gern auf die absurdesten Berufe. »Gibt es denn ein besonderes Aussehen für den Secret Service?«

»Und ob! Man darf keine Miene verziehen und muss so richtig gestelzt und vornehm daherreden«, meinte Sybil. »Soll ich ihn fragen, ob er das geheime Passwort kennt? Ihm sagen, dass er verduften soll, oder ihn zu dir schicken? Falls du dich für Letzteres entscheidest, werde ich auch ganz bestimmt nicht an der Tür lauschen, Ehrenwort.«

»Letzteres, auch wenn ich mir nicht vorstellen kann, was er von mir will«, erwiderte Mariette. »Schick ihn rein! Lohnt es sich, für ihn die Lippen anzumalen?«

Sybil verzog das Gesicht. »Absolut nicht!«

Als Sybil den Mann hereinführte und vorstellte, hatte Mariette Mühe, eine ernste Miene zu bewahren. Er war klein und sah in seinem Nadelstreifenanzug und mit dem steifen Hut, den er in der Hand hielt, äußerst korrekt aus, und er hielt sich so kerzengerade, als hätte er vergessen, vor dem Anziehen den Bügel aus seiner Jacke zu nehmen.

»Ich bin draußen, falls du mich brauchst«, verkündete Sybil vielsagend und schnitt hinter dem Rücken des Mannes eine Grimasse.

Mariette legte die Decke zusammen, die sie gebügelt hatte, und bot dem Fremden eine Tasse Tee an.

»Nein, danke«, sagte er und setzte sich an den Tisch. »Ich komme am besten gleich zur Sache, Miss Carrera. Ich habe gehört, dass Sie fließend Französisch sprechen. Ist das korrekt?«

»Ja, schon«, antwortete Mariette zurückhaltend. Ihr fiel auf, dass er auffallend kleine dunkle Augen hatte.

»Wären Sie bereit, diese Fähigkeit in den Dienst unseres Landes zu stellen?«

»Dolmetschen, meinen Sie? Ja, natürlich, wenn es sich mit meiner Arbeit hier vereinbaren lässt.«

»Es ginge um mehr als Dolmetschen«, sagte er und fixierte sie mit einem starren Blick.

Sie wusste, dass Sybil mit ihrer Bemerkung, der Mann sei vom Secret Service, nur gescherzt hatte, aber sah es ganz danach aus, als hätte sie ins Schwarze getroffen. So faszinierend das auch sein mochte, Mariette gefiel weder die Art, wie Mr. Ollenshaw sie anstarrte, noch dass er hier einfach aus heiterem Himmel auftauchte.

»Bevor wir weiterreden, wüsste ich gern, woher Sie wissen, dass ich Französisch spreche und inwiefern das von Belang ist?«

Ollenshaw zuckte mit den Schultern und versuchte zu lächeln, schaffte es aber nur, leicht die Lippen zu verziehen. »In meinem Ressort erfährt man so einiges, Miss Carrera. In Ihrem Fall war es eine beiläufige Bemerkung über Sie, die uns zu Ohren kam. Also haben wir Sie überprüft.«

»Sie meinen, Sie haben in meinem Privatleben herumgeschnüffelt, ohne dass ich davon eine Ahnung hatte?«, rief sie empört.

»In Kriegszeiten müssen wir uns Personen mit gewissen Fähigkeiten zunutze machen«, erwiderte er kurz. »Doch im Interesse der nationalen Sicherheit müssen wir natürlich den jeweiligen Hintergrund unter die Lupe nehmen. Ursprünglich galt unser Interesse der Tatsache, dass Sie zweisprachig sind, aber dann erfuhren wir, dass Sie außerdem Erfahrung im Segeln haben.«

»Segeln! Wieso sollte Sie das interessieren?«

»Oft ist die einzige Möglichkeit, einen unserer Leute aus Frankreich herauszuholen, ein kleines Boot.«

Bis zu diesem Punkt hatte Mariette dem Mann geglaubt. Doch würde ein Regierungsbeamter gleich bei der ersten Begegnung darüber reden, Leute aus Frankreich herauszuholen? Erlaubte sich einer der Gäste aus dem Pub einen Jux mit ihr? Vermeintlich darauf einzugehen schien Mariette die beste Strategie zu sein.

»Wenn Sie von einem kleinen Boot reden, was meinen Sie? Ein Dingi? Ein Ruderboot?«

Ollenshaw nickte.

Mariette brach in Gelächter aus. »Über den Ärmelkanal? Sie nehmen mich auf den Arm.«

»Natürlich erwarten wir von niemandem, ganz allein in einem winzigen Gefährt den Kanal zu überqueren, sondern nur eine kurze Strecke damit zurückzulegen.«

Mariette musterte den kleinen Mann verächtlich, der so aussah, als würde er nicht mal mit einem Paddelboot fertig werden. »Da will mich wohl jemand veralbern. Ist das ein Scherz?«

»Miss Carrera, sehe ich aus wie ein Mann, der anderen Streiche spielt?«

Nein, ganz und gar nicht. Und ihr fiel auch niemand ein, der jemanden wie Ollenshaw kennen und noch dazu überreden könnte, sie zu verulken. »Dann erzählen Sie mir lieber etwas, womit Sie beweisen können, dass Sie kein Betrüger sind!«

Er stieß einen tiefen Seufzer aus, als hätte er es mit einem Einfaltspinsel zu tun. »Lassen Sie mich erklären, warum ich mich an Sie wende, Miss Carrera! Meine Vorgesetzten haben den Eindruck, dass Sie genau die Art junge Frau sind, die wir für besondere Einsätze brauchen«, sagte er. »Unsere Aufmerksamkeit haben Sie zum ersten Mal vor einer ganzen Weile geweckt, als Sie in London für Mr. Greville arbeiteten. Sie waren bei einem Dinner anwesend, an dem ein ranghoher britischer Offizier teilnahm, und haben für einen anderen Gast, einen französischen Offizier im Ruhestand, gedolmetscht. Ist das richtig?«

Jetzt wusste Mariette, dass dieser Mann es ernst meinte, denn sie hatte niemandem von ihrer Begegnung mit dem französischen Offizier erzählt. »Ja, das stimmt. Ich habe Mr. Greville oft zu Treffen mit Leuten begleitet, die Aufträge für ihn hätten haben können.«

»Nun, Sie haben einen günstigen Eindruck hinterlassen, und das ist in den Akten vermerkt worden. Seit damals behalten wir Sie im Auge.«

»Mir gefällt gar nicht, wie das klingt«, beschwerte sie sich. »Irgendwie unheimlich.«

Er zuckte wieder mit den Schultern. »Vielleicht, aber es ist nun mal ein Zeichen unserer Zeit. Wie auch immer, alles was uns über Sie berichtet wurde, hörte sich gut an. Wir wissen, wie Sie sich während des Blitzkriegs verhalten haben und dass Sie anderen trotz großer persönlicher Verluste geholfen haben. Wir sind auch über Ihren familiären Hintergrund im Bilde. Ihr Vater ist im letzten Krieg mit dem Croix de Guerre ausgezeichnet worden, und Ihre Mutter hat ihrem Land in Frankreich als Rettungsfahrerin gedient. Die Tochter von zwei derartigen Menschen dürfte kaum ängstlich sein. Diese Annahme bestätigte sich, als wir erfuhren, wie Sie ohne Rücksicht auf Ihre eigene Sicherheit aus einem ausgebombten Bunker geklettert sind, um für die verschütteten Personen Hilfe zu holen. Alles in allem haben wir den Eindruck einer beherzten, einfallsreichen und mitfühlenden jungen Frau gewonnen.«

Mariette errötete vor Verlegenheit und ein bisschen auch aus Entrüstung, weil man sie anscheinend auf Schritt und Tritt beobachtet hatte. Trotzdem war es nett, in einem so guten Licht dargestellt zu werden. »Das war kein Heldentum, ich habe nur getan, was nötig war«, sagte sie. »Und es stimmt, ich war in Neuseeland seit meiner frühen Kindheit häufig auf dem Wasser unterwegs und kann mit vielen Bootstypen umgehen, doch ich habe auch gesehen, wie rau die See hier sein kann. Ich kann nicht behaupten, über entsprechende Erfahrungen zu verfügen, und könnte völlig nutzlos für Sie sein.«

Ollenshaw machte eine wegwerfende Handbewegung. »Ich bin heute nur hier, um festzustellen, ob Sie überhaupt interessiert wären. Ein formelles Gespräch würde natürlich noch folgen. Und falls Sie das bestehen, bekämen Sie eine Ausbildung.«

»Ausbildung! Ich will meinen Job in diesem Pub nicht aufgeben.«

Er schüttelte den Kopf. »Das verlangt auch niemand von Ihnen. Worum es hier geht, sind Sondereinsätze für jeweils ein, zwei Tage. Sie wären selbstverständlich nicht allein. Und Sie könnten hierher zurückkommen und weitermachen wie gehabt.«

Mariette war zu sehr in Gedanken versunken, um darauf einzugehen.

»An dieser Stelle muss ich Ihnen allerdings unmissverständlich klarmachen, dass Sie den Inhalt dieses Gesprächs mit keinem Wort erwähnen dürfen, weder Freunden noch Verwandten oder Ihren Arbeitgebern gegenüber.«

Mariette schluckte. Das klang alles sehr ernst und beängstigend, aber schließlich hatte sie Edwin gegenüber behauptet, dass sie gern einen wertvollen Beitrag für ihr Land leisten würde. Vielleicht war das ihre Chance. »Na gut. Ja, ich bin interessiert. Jedenfalls genug, um gern ein bisschen mehr zu erfahren.«

»Dann wird sich binnen Kürze jemand mit Ihnen in Verbindung setzen«, sagte Ollenshaw, nahm seinen Hut und rauschte hinaus. Mariette starrte ihm mit offenem Mund nach.

Sie konnte kaum glauben, dass dieses Gespräch tatsächlich stattgefunden hatte. Bestimmt würde der Secret Service oder wer immer für Rettungsaktionen verantwortlich war, sich nicht ausgerechnet an jemanden wie sie wenden, ein junges Mädchen, das nicht einmal aus England stammte. Sie ging ins Lokal, wo Sybil hinter der Theke stand und Gläser polierte.

»Na? Ich habe mir vor Neugier die Nagelhaut wund gebissen!«

»Ich fürchte, ich kann dir nichts dazu sagen«, erwiderte Mariette mit einer hilflosen Handbewegung.

»Siehst du, ich wusste doch, der kommt vom Secret Service. Ich erkenne den Chef eines Spionagerings, wenn ich ihn vor mir habe«, lachte Sybil.

»Du ahnst nicht, wie nah du der Wahrheit bist«, seufzte Mariette. »Aber frag mich bitte nichts mehr, ich darf dir nämlich wirklich nichts erzählen, so gern ich es auch täte.«

Sybil machte große Augen, legte jedoch einen Finger an ihren Mund. »Keine Sorge, Muttern wird schweigen wie ein Grab!«

In den Tagen, die auf Ollenshaws Besuch folgten, schwankte Mariette zwischen nackter Panik und der Überzeugung, dass sie sich das Ganze eingebildet haben musste. Wie gern hätte sie mit jemandem darüber gesprochen, eine andere Meinung gehört! Wie gefährlich würden diese Einsätze sein? Mit einem Boot konnte sie umgehen, davor fürchtete sie sich nicht, aber sie hatte Angst, man könnte auf sie schießen. Und würde nicht genau das passieren, wenn sie half, Leute aus Frankreich zu schmuggeln?

Der Juni war gekommen, und das Wetter war schön. Mariette war überzeugt, dass sich überall in England Menschen danach sehnten, an einem hübschen, friedlichen Ort wie Sidmouth zu leben, sei es auch nur, um sich von einem Krieg abzulenken, der anscheinend kein Ende nehmen wollte. Rationierung, hohe Steuern und der Mangel an fast allen Dingen des täglichen Lebens forderten ihren Tribut von der Bevölkerung, und während der Verzehr von Nahrungsmitteln zurückging, stieg der Konsum von Alkohol und Tabakwaren.

Es war schlimm genug, all die furchtbaren Dinge aus Europa, Nordafrika und dem Fernen Osten zu hören, aber noch entsetzter war Mariette gewesen, als sie im März erfahren hatte, dass fast einhundertachtzig Menschen in der U-Bahn-Station Bethnal Green zu Tode getrampelt worden waren. Eine Frau war auf der steilen

Treppe gestolpert und gestürzt. Die Leute hinter ihr fielen ebenfalls hin und errichteten einen Todeswall. Mariette sorgte sich um ihre Brüder, die in Italien kämpften, um Mog und ihre Eltern und natürlich um Edwin. Jetzt hatte sie noch einen Grund zur Sorge – war es nicht tollkühn, sich auf diese Sondereinsätze einzulassen?

Ob tollkühn oder nicht, es war spannend. Nicht nur weil es eine aufregende Vorstellung war, dass sie auf irgendwelche Leute anscheinend Eindruck gemacht hatte, oder weil sie sich immer gewünscht hatte, etwas Besonderes zu leisten.

Sie dachte dabei auch an ihre Beziehung zu Edwin, die ein wenig ins Stocken geraten war, wie Mariette schien. Außerdem kam ihr ein bisschen Ablenkung gerade recht.

Seit sie einander in der Teestube zufällig über den Weg gelaufen waren, hatten Edwin und sie einander kaum öfter als ein Dutzend Mal gesehen. Anderen Frauen, deren Männer in der Armee waren, ging es nicht besser. Mariette hatte sogar mehr Glück, weil Edwin in England stationiert war, was bedeutete, dass er regelmäßig Urlaub bekam – wenn auch nur für jeweils vierundzwanzig Stunden – und sie miteinander telefonieren konnten.

Wenn er es schaffte, an einem Samstagabend nach Sidmouth zu kommen, gingen sie meistens tanzen und saßen nachher auf der Promenade, um stundenlang zu reden und sich zu küssen. Zweimal hatte sie Edwin in Bristol getroffen, aber beide Besuche waren kein großer Erfolg gewesen, weil die Pension, in der sie abgestiegen war, denkbar schäbig war und es die ganze Zeit regnete und sie sich in Pubs und Teestuben flüchten mussten. Doch dann war sein Geschwader nach East Anglia verlegt worden, was weitere Treffen deutlich erschwerte.

Die Verlegung brachte neue Gefahren für Edwin mit sich. Schon in der Luftschlacht um England, als er in Biggin Hill in Kent stationiert gewesen war, hatte er Dutzende seiner Gefährten verloren, und in Bristol noch mehr. Jetzt jedoch war er an den schweren Luftangriffen gegen Deutschland beteiligt, und obwohl er es leichthin abtat, war es eine Tatsache, dass Nacht für Nacht Flugzeuge der Alliierten abgeschossen wurden.

Mariette bemühte sich krampfhaft, die Möglichkeit zu verdrängen, auch Edwin könnte zu den Opfern zählen, und erwähnte weder am Telefon noch in ihren Briefen, wie sehr sie sich um ihn ängstigte. Aber jeden Abend, wenn sie das Licht ausschaltete, wurde ihr schlecht vor Angst. Sie hatte Gerald verloren, etwas, womit sie nie gerechnet hatte, und sie glaubte nicht, dass sie auch noch den Verlust Edwins verkraften könnte.

Sie liebte ihn so sehr, und weil sie ihn öfter sehen wollte, schlug sie vor, sich gewissermaßen auf halbem Weg in London zu treffen. Doch er befürchtete, dass sie in einen Luftangriff geraten könnte, und meinte, er wisse sie lieber gut aufgehoben in Sidmouth.

Und dann fragte Sybil sie eines Tages aus heiterem Himmel ob sie Edwin heiraten würde, wenn er ihr einen Antrag machte.

»Ja«, sagte Mariette, ohne zu überlegen. »Ich würde sogar Sidmouth und alle Freunde, die ich hier gefunden habe, verlassen und nach East Anglia ziehen, um ihm näher zu sein.«

Sybil wollte wissen, warum Edwin sie noch nicht seinen Eltern vorgestellt hatte.

Vielleicht hatte Mari nie daran gedacht, weil ihre eigenen Eltern am anderen Ende der Welt lebten, aber als Sybil sie darauf aufmerksam machte, ertappte Mariette sich dabei, ihre Beziehung zu Edwin gründlich zu überdenken.

Zunächst einmal wurde ihr bewusst, dass sie zwar rosigen Tagträumen nachhing und sich ausmalte, nach dem Krieg zusammen nach Neuseeland zu gehen, Edwin aber eigentlich nie von einer gemeinsamen Zukunft sprach.

Dass er sie liebte, hatte er ihr unzählige Male versichert. Sie waren die besten aller Freunde, lachten über dieselben Dinge und schienen nie genug Zeit zu haben, über all das zu sprechen, was ihnen am Herzen lag. Aber er hatte noch nie von Heirat gesprochen, und sie hatten noch nicht miteinander geschlafen.

Mariette hielt sich zurück, weil sie Angst hatte, sie könnte schwanger werden und Edwin könnte fallen, doch der Hauptgrund dafür, dass noch nichts zwischen ihnen passiert war, war ihrer Meinung nach der Mangel an Gelegenheit.

Sybil würde ihnen nicht erlauben, nachts in einem Zimmer zu schlafen – sie ließ sie nicht einmal im Wohnzimmer für längere Zeit allein. Edwin hatte niemals versucht, sie in seinem Wagen oder auf einer Wiese zu verführen, oder auch nur vorgeschlagen, in ein Hotel zu gehen. Mariette hatte immer angenommen, der Grund dafür sei, dass er Achtung vor ihr hatte und der Überzeugung war, Sex vor der Ehe wäre nicht richtig. Sie hatte geglaubt, dass er genauso verrückt nach ihr war wie sie nach ihm und dass Ehe und Kinder sich zu gegebener Zeit von selbst einstellen würden. Aber jetzt war sie gezwungen, die Möglichkeit in Betracht zu ziehen, dass es in Wirklichkeit anders aussah.

Seit Sybil das Thema zur Sprache gebracht hatte, ging es Mariette nicht mehr aus dem Kopf. Deshalb war sie froh über Ollenshaws Vorschlag, der sie zumindest auf andere Gedanken brachte. Sie nahm sich vor, Edwin beim nächsten Wiedersehen vorzuschlagen, sie seinen Eltern vorzustellen, und genau zu beobachten, wie er darauf reagierte.

Eine Woche später wurde Mariette telefonisch gebeten, sich noch am selben Nachmittag bei einer Adresse an Sidmouths Promenade einzufinden. Es überraschte sie, dass das geheime Treffen nicht in London stattfand, aber sie freute sich, schon bald mehr über das zu wissen, was man von ihr erwartete.

Es war ein sehr heißer Tag, und als Mariette zwei Stunden nach Betreten des Gebäudes das genannte Hotel an der Seepromenade wieder verließ, warf sie einen sehnsüchtigen Blick aufs Meer hinaus und wünschte, sie könnte schwimmen gehen. Aber das war wegen der Stacheldrahtzäune und Minen am Strand leider nicht möglich. Ihr blieb nur, sich auf eine Bank zu setzen und aufs Meer zu schauen und dabei zu versuchen, die Ereignisse des Nachmittags zu verdauen.

Die erste Stunde war mit einer auf Französisch geführten Unterhaltung mit einer streng blickenden Dame mit eisgrauem Haar vergangen, die ihr als Miss Salmon vorgestellt worden war. Mariette ging davon aus, dass sie Französin war, aber die Dame gab während des Gesprächs nichts von sich preis. Sie bombardierte Mariette mit allen erdenklichen Fragen, von Erster Hilfe bis zum Anbau von Gemüse und Kinofilmen und zu allen möglichen anderen, manchmal recht ausgefallenen Themen, und erwartete, dass sie korrekt antwortete und ihrerseits Fragen stellte, als machten sie ganz normal Konversation.

Am Anfang ging es noch ein bisschen holperig, aber schon bald sprach Mariette sehr flüssig und stellte fest, dass ihr nur hier und da ein Wort nicht einfiel. Doch als spräche sie Englisch, schüttelte sie dann einfach den Kopf und gab zu, dass ihr dieser Ausdruck entfallen war.

Die zweite Stunde verbrachte sie mit einem gewissen Mr. Fothergill, einem stämmigen Mann in mittleren Jahren mit eindringlichen dunklen Augen, die sie förmlich zu durchbohren schienen. Er begann mit Fragen über ihre Kindheit und Jugend in Neuseeland, bevor er zu ihrem Leben in England und insbesondere ihren Kriegserfahrungen überging.

Als er fertig war, meinte er, sie sei optimal geeignet, und rief Miss Salmon zu ihnen. Die Dame strahlte über das ganze Gesicht – und überraschte Mariette mit diesem Anblick.

»Ihr Französisch ist erstklassig«, sagte sie. »Es gefällt mir, dass Sie mit leichtem Marseiller Akzent sprechen, das können wir in die Tarnung einbauen, die wir Ihnen mitgeben. Wenn wir Sie auf einen Einsatz schicken, spielen Sie eine Rolle, mit der Sie sich vollständig identifizieren müssen, damit Ihnen kein Schnitzer unterläuft. Egal, wie hilfsbereit oder freundlich jemand wirkt: Sie dürfen niemals schwach werden und zugeben, wer Sie wirklich sind oder was Sie in Frankreich machen, da diese Leute genauso gut Informanten sein könnten. Wir werden Ihnen den Namen Ihrer Kontaktperson geben, aber auch an sie dürfen Sie keine persönlichen Informationen weitergeben. Falls jemand erwischt wird, sollte er so wenig wie möglich über seine Kollegen wissen.«

Meinte Miss Salmon damit, dass die Deutschen sie foltern würden, um herauszubekommen, was sie im Schilde führte? Bei der Vorstellung lief es Mariette eiskalt über den Rücken. »Ihnen ist hoffentlich klar, dass ich Frankreich überhaupt nicht kenne«, sagte sie und sah in der stillen Hoffnung, die beiden würden einen Rückzieher machen, von einem zum anderen. »Ich war noch nie dort.«

»Sie müssen Frankreich nicht kennen«, erwiderte Fothergill. »Sie werden sich nur kurz dort aufhalten und schnell wieder fort sein.«

Als hätte sie nicht schon genug Angst, ließ Fothergill eine letzte Bombe platzen. »Sie werden Unterricht in Selbstverteidigung brauchen. Angesichts der Art Situation, in der Sie sich wiederfinden könnten, ist eine Pistole ungünstig. Ein Messer ist eher geeignet, es ist leichter zu verstecken und außerdem lautlos zu bedienen. Kommen Sie am Montagnachmittag um halb drei her, damit Sie eine Trainingsstunde nehmen können! Noch Fragen?«

Mariette hatte Herzklopfen, als sie jetzt auf der Bank am Meer saß und über alles nachdachte, was man ihr mitgeteilt hatte. Die See war an diesem Tag tiefblau und glatt wie ein Mühlteich. Um sie herum waren Leute, die die Meeresbrise genossen. Sie konnte Zuckerwatte und Fish and Chips riechen, und irgendwo in der Ferne erklang blecherne Musik. Alles schien ganz alltäglich, und doch hatte man ihr gerade erklärt, sie müsse lernen, mit einem Messer umzugehen. Wie hatte sie, die einfache Kellnerin, in nur zwei Stunden zu einem potenziellen Killer werden können?

Hier in Sidmouth konnte man leicht vergessen, dass auf der halben Welt ein grausamer Krieg wütete. Ohne den Stacheldrahtzaun am Strand und den hohen Anteil an uniformierten Männern und

Frauen hätte man meinen können, der Krieg hätte Sidmouth nicht einmal gestreift. Soweit Mariette wusste, war hier nicht eine einzige Bombe gefallen. Wie bizarr, dass in dem Hotel an der Strandpromenade Leute für Aufgaben ausgewählt wurden, die in Friedenszeiten undenkbar wären!

Als Mr. Fothergill sich erkundigt hatte, ob sie noch Fragen hätte, war Mariette nicht eine einzige eingefallen. Aber jetzt bedrängten Ängste sie von allen Seiten. Würde man sie erschießen, wenn sie von den Deutschen geschnappt wurde, oder ins Gefängnis stecken? Wer würde ihre Eltern benachrichtigen, wenn das Schlimmste eintrat und sie in Frankreich schwer verletzt oder getötet wurde? Wie oft sollten diese kurzen Ausflüge nach Frankreich stattfinden? Und wie sollte sie Sybil erklären, dass sie sich freinehmen musste, ohne ihr Gründe dafür zu nennen?

Mit niemandem darüber sprechen zu können, erschien Mariette schlimmer als die Aussicht, zu lernen, wie man mit einem Messer tötete, oder von der Gestapo gefasst zu werden. Wie konnte sie entscheiden, ob sie sich auf diese geheimen Missionen einlassen sollte, ohne mit einem Menschen, der ihr nahestand, darüber zu reden?

»Hau drauf, als hinge dein Leben davon ab, genauso wird's nämlich sein!«, brüllte der Lehrer für Selbstverteidigung, den Mariette nur als PJ kannte.

Sie hatte ihn wie vereinbart um halb drei im Hotel getroffen und war mit ihm zu einem Bauernhof ungefähr eine Meile von Sidmouth entfernt gefahren.

Die Luft war heiß und schwül, als würde sich ein Gewitter zusammenbrauen, und sie war ins Schwitzen gekommen, als sie hinter PJ herradelte. Er war einiges über fünfzig, klein, drahtig, kahlköpfig und an seinem Hals zog sich eine hässliche Narbe hinunter, aus dem letzten Krieg, vermutete Mariette. Die erste Stunde hatte sie in einer großen Scheune damit verbracht, zu rennen und über

Hindernisse zu springen und an einem Seil hinaufzuklettern. Ihre Agilität schien ihn zufriedenzustellen, aber er meinte, dass sie jeden Tag eine Stunde laufen sollte, um ihre Kondition zu verbessern.

Und dann, als sie schon glaubte, vor Hitze und Erschöpfung zusammenzubrechen, fing er mit den Lektionen in Selbstverteidigung an. Zuerst zeigte er ihr, wie man jemanden umstieß, der einen festhielt.

Anfangs schien es hoffnungslos – sie begriff einfach nicht, wie sich ein Mädchen von ihrer Statur und mit einem Gewicht von fünfzig Kilo gegen einen Mann verteidigen sollte, der größer, stärker und schwerer als sie selbst war –, doch nach etlichen Versuchen hatte sie endlich den Dreh heraus und schaffte es, ihn zu Boden zu werfen.

Er blieb einen Moment liegen und grinste sie an. »Gut gemacht! Aber eins musst du dir merken: Was ich dir gerade beigebracht habe, klappt nur bei jemandem, der dich berauben oder in irgendeiner Form belästigen will. Er kriegt einen Schreck, und wenn du Glück hast, läuft er weg. Doch in Frankreich hast du es mit Soldaten zu tun, die keine Sekunde zögern werden, dich zu töten. Den Gegner zu Boden zu werfen verschafft dir wertvolle Sekunden, um dein Messer zu ziehen und es zu benutzen. Und damit meine ich, deinen Widersacher zu töten.«

PJ lachte über ihr entsetztes Gesicht und sprang auf. »Du kannst ihn nicht am Leben lassen, damit er dich später identifiziert oder Alarm schlägt. Du oder er, töten oder getötet werden, daran musst du immer denken. Dein Messer wird dein bester Freund sein, das Einzige, was dir das Leben retten kann. Du musst lernen, ihm zu vertrauen, statt es zu fürchten.«

Er hatte eine lebensgroße Puppe aus Stroh und dicker Jute für sie aufgestellt, an der sie üben konnte. Ihr wurde mulmig, als er ihr zeigte, wie man sich hinter sein Opfer stellte, den linken Arm um seinen Hals legte, um es festzuhalten, und mit der rechten Hand die Kehle aufschlitzte. Außerdem musste sie mehrmals ihr Messer über den Hals der Strohpuppe ziehen, bis PJ überzeugt war, dass sie wusste, wie viel Kraft erforderlich war, um die Luftröhre zu durchtrennen.

»In Wirklichkeit ist es eine ziemliche Sauerei«, sagte er mit der Sicherheit eines Mannes, der schon einige Kehlen aufgeschlitzt hatte. »Aber äußerst effektiv, schnell und lautlos. Du wirst dich wahrscheinlich von Angesicht zu Angesicht mit deinem Gegner wiederfinden, also musst du dein Messer versteckt halten, damit er dich nicht als Bedrohung empfindet. Du bist ein hübsches Mädchen, und mit etwas Glück schaffst du es vielleicht, dich mit schönen Worten durchzumogeln und einer Festnahme zu entgehen. Doch wenn du merkst, dass es nicht klappt, musst du nahe genug bei deinem Gegner sein, um ihm dein Knie in die Eier zu rammen und ihn kurzfristig außer Gefecht zu setzen, und ihn dann direkt ins Herz stechen. Manchmal ist es leichter, ihm das Messer in die Seite zu jagen und es nach oben zu stoßen. Vergiss nicht, es nachher rauszuziehen. Dein Opfer wird schneller sterben, und du könntest dein Messer noch brauchen.«

Mariette fragte sich, wie PJ nachts ruhig schlafen konnte, nachdem er anderen Menschen solche Sachen beigebracht hatte. Er ließ sie so oft mit dem Messer auf die Strohpuppe einstechen, dass die Jutehüllen schließlich in Fetzen herunterhingen. Erst dann meinte er, fürs Erste sei es genug.

»In zwei Tagen geht's weiter«, teilte er ihr mit. »Du bist vielversprechend, aber du hast noch einen langen Weg vor dir. Vergiss nicht, laufen zu gehen! Ich empfehle dir den Klippenpfad. Je fitter und schneller du bist, desto sicherer bist du in Frankreich.«

Der Juli ging, der August kam. Es waren lange, heiße Tage, an denen Mariette in aller Frühe aufstand, um den Klippenpfad hinaufzulaufen. Am Anfang fiel es ihr ziemlich schwer, aber schon bald fand sie die morgendlichen Laufrunden nicht mehr anstrengend, sondern belebend. Ihr Training mit PJ fand weiterhin zweimal pro

Woche statt. Und falls Sybil sich wunderte, was Mariette frühmorgens und nachmittags trieb, behielt sie etwaige Fragen für sich.

Edwin fiel die Veränderung an ihr auf, als er Mitte August auf ein Wochenende zu Besuch kam.

»Du siehst anders aus«, bemerkte er sofort, als er sie sah, und musterte sie eingehend, als wollte er feststellen, worin diese Veränderung bestand.

Mariette wusste, dass sie durch ihr Training Muskeln aufgebaut hatte. Ihr Bizeps war hart, ihr Bauch flach und hart wie ein Brett. Sie hätte allerdings nicht gedacht, dass es Edwin auffallen würde.

»Ich bin bloß von der Sonne braun geworden«, behauptete sie. »Dann sieht man immer anders aus.«

»Nein, es ist mehr als das. Du hast abgenommen, aber du siehst richtig blühend aus. Spielst du Tennis?«

Mariette hätte beinahe gelacht. Sie wusste, dass Edwin jede andere Sportart außer Tennis für wenig damenhaft hielt.

»Nein, ich laufe«, sagte sie. »Es fehlt mir, schwimmen und segeln zu gehen, und weil ich ein bisschen schlapp geworden bin, dachte ich, ich laufe, um mich fit zu halten.«

»Aber du hast nicht vor, vor mir wegzulaufen, oder?«, scherzte er.

»Nicht einmal, wenn mir ein Rudel Wölfe auf den Fersen wäre«, sagte sie, schlang die Arme um ihn und küsste ihn.

Nachdem der Pub an diesem Abend geschlossen hatte, unternahmen sie einen Spaziergang auf der Strandpromenade. Das Rauschen der Wellen, die an den Kiesstrand schlugen, war nach dem Wirbel in der Kneipe sehr beruhigend.

»Mit diesem Geräusch bin ich aufgewachsen«, sagte Mariette. »In stürmischen Nächten lag ich im Bett und lauschte den Wellen, die laut auf den Strand krachten, aber am nächsten Morgen war es nur noch ein sanftes Plätschern.«

»Hast du Heimweh?«, fragte er.

»Ja, weil ich alles geben würde, um wieder bei meiner Familie zu sein und schwimmen und segeln zu können, doch dann würde ich dich ja nicht sehen.«

»Soll das heißen, ich bin dir wichtig?«

»Das weißt du doch«, sagte sie und knuffte ihn spielerisch in die Seite. »Apropos wichtig, wäre es nicht langsam an der Zeit, dass ich deine Eltern kennenlerne?«

»I-i-ich … ich hätte nicht gedacht, dass du das willst«, stammelte er.

»Doch, natürlich«, sagte sie. »Wie kommst du darauf, ich könnte etwas dagegen haben?«

Es war zu dunkel, um seinen Gesichtsausdruck zu erkennen, aber sie spürte an seinem Zögern, dass er nach der richtigen Antwort suchte.

»Sie sind ein bisschen spießig«, meinte er schließlich. »Vom alten Schlag, eingefleischte Konservative eben.«

»Ach! Willst du damit sagen, dass sie mit mir nicht einverstanden wären? Warum nicht? An mir ist nichts auszusetzen, ich kann mit Messer und Gabel essen und Bitte und Danke sagen.«

»Natürlich ist an dir nichts auszusetzen«, fiel er ihr fast ein bisschen zu schnell ins Wort. »Hör zu, vergiss es, mir ist egal, was meine Eltern denken! Ich liebe dich, ich will dich heiraten, und wenn du willst, ziehe ich nach dem Krieg gern mit dir nach Neuseeland.«

Obwohl es schön war, ihn von seiner Liebe und der Hoffnung auf eine gemeinsame Zukunft reden zu hören, wurmte es sie, dass seine Familie auf sie herabschauen könnte.

»He, was ist denn?«, rief er. »Ich habe gerade gesagt, dass ich dich heiraten möchte.«

»Und das finde ich wunderschön. Aber ich könnte nie einen Menschen heiraten, über den ich nicht alles weiß, also werde ich wohl erst deine Familie kennenlernen müssen, bevor ich Ja sage«, erwiderte sie. »Aber lassen wir das einstweilen! Wir sollten warten, bis der Krieg vorbei ist und wir wissen, wie es um uns steht.«

Was sie wirklich meinte, war, wenn sie dann beide noch lebten, doch der Gedanke war zu schrecklich, um ihn auszusprechen.

Sybil und Ted waren an diesem Abend früher als sonst zu Bett gegangen, und Mariette und Edwin hatten das Wohnzimmer für sich.

»Endlich allein«, sagte Edwin, setzte sich aufs Sofa und zog sie in seine Arme. »Oder macht dich das nervös?«

»Nein, warum sollte es?«, fragte Mariette.

»Ich dachte, vielleicht hast du Angst, dass ich dich zu etwas dränge, was du nicht willst.«

Einen Moment lang wusste sie nicht, was er meinte. Dann ging ihr ein Licht auf.

»Das ist das Albernste, was ich je gehört habe«, rief sie empört. »Natürlich habe ich keine Angst, Ich würde sehr gern mit dir schlafen – vorausgesetzt, du triffst gewisse Vorkehrungen, damit ich nicht schwanger werde.«

Edwin wirkte geschockt. »Du bist erstaunlich offen. Ist das in Neuseeland üblich? Ich glaube nicht, dass ein englisches Mädchen so etwas sagen würde.«

Nach der Andeutung, dass seine Eltern sie nicht billigen würden, ärgerte sie sich über die Unterstellung, dass Mädchen aus den Kolonien unfein wären. Außerdem gefiel es ihr nicht, über die Frage, ob sie miteinander schlafen sollten, zu diskutieren.

War es nicht eher so, dass man schmuste und sich küsste und den Dingen einfach ihren Lauf ließ?

»Ich sehe keinen Grund zu scheuer Zurückhaltung, und die Art der englischen Oberschicht, alles durch die Blume zu sagen, finde ich lachhaft«, entgegnete sie giftig. »Aber es ist spät, und ich bin müde. Ich denke, ich gehe zu Bett.«

Damit erhob sie sich und rauschte hinaus.

Sowie sie im Bett lag und Edwin auf Zehenspitzen auf dem Flur vom Bad in sein Zimmer huschen hörte, schämte sie sich ein bisschen, weil sie ihn so angefahren hatte. Er konnte nichts dafür, dass seine Eltern Snobs waren, und er konnte auch nicht wissen, dass sie auf ein Feuerwerk der Leidenschaft gehofft hatte, als Sybil und Ted das Feld geräumt hatten.

Sie spielte mit dem Gedanken, sich in sein Zimmer zu schleichen und sich zu entschuldigen. Aber warum sollte sie? Nicht sie war diejenige, die taktlos gewesen war.

Außerdem war ihr klar, wie sauer Sybil wäre, wenn sie hörte, wie Mariette in Edwins Zimmer ging, also beschloss sie zu bleiben, wo sie war.

KAPITEL 25

PJ rappelte sich vom Boden der Scheune hoch, wo Mariette ihn hingeschleudert hatte. »Ein angemessenes Ende unserer letzten Lektion«, bemerkte er mit einem breiten Grinsen.

»Das Training ist abgeschlossen?«, fragte sie.

»Absolut. Du bist jetzt so bereit, wie du es nur sein kannst«, antwortete er. »Du hast die Kenntnisse, die Ausdauer, das Tempo und die Wendigkeit, auf die ich abgezielt hatte. Ich bin sehr zuversichtlich, dass du dich im Notfall gut verteidigen kannst. Du warst eine ausgezeichnete Schülerin.«

Mariette strahlte. PJ war im Allgemeinen recht sparsam mit Komplimenten.

»Und wann wird mein Training auf die Probe gestellt?«, fragte sie.

»Keine Ahnung.« PJ schüttelte den Kopf. »Es könnte schon morgen sein, vielleicht aber auch erst in zwei Monaten. Sie kommen zu dir, wenn sie dich brauchen.«

Mariette sah ihn bestürzt an. »Ich muss doch Sybil und Ted rechtzeitig Bescheid geben. Ich kann nicht einfach gehen und sie mit all der Arbeit im Stich lassen.« So sehr sie sich nach ihrer ersten Mission sehnte, so sehr fürchtete sie sich auch davor. »Außerdem ist es ein ziemlich dicker Hund, von mir zu erwarten, dass ich jederzeit verfügbar bin und von einem Moment auf den anderen alles stehen und liegen lasse.«

PJ lächelte nachsichtig und legte eine Hand auf ihre Schulter. »Ich bin ganz deiner Meinung. Aber weißt du, Mari, es müssen so viele Schwierigkeiten und Hindernisse bewältigt werden. Wir brauchen eine mondlose Nacht, um den Kanal zu überqueren. Die

See darf nicht zu rau sein, und die Person, um die es geht, muss sich am richtigen Ort befinden. Rückschläge sind keine Seltenheit, und manchmal bleibt unseren Leuten in Frankreich nichts anderes übrig, als eine Rettungsaktion zu beschleunigen oder abzusagen. Aber wenn ich du wäre, würde ich jetzt nach Hause gehen und mit Sybil und Ted reden.«

»Heute Abend?«

»Je eher, desto besser. Ted ist ein alter Soldat, und wenn du ihm erklärst, dass es um eine geheime Operation geht, wird er verstehen, dass du ihm oder seiner Frau nichts Näheres sagen kannst. Aber du wirst dir mit ihnen zusammen etwas ausdenken müssen, um deine Abwesenheit zu erklären, wenn es so weit ist. Eine kranke Verwandte zu besuchen, ist normalerweise eine gute Ausrede, die man problemlos mehrmals gebrauchen kann.«

»Ich habe in England keine Verwandten, doch mir wird schon etwas einfallen«, erwiderte Mariette. Sie war ein bisschen traurig, dass sie PJ nicht wiedersehen würde. Am Anfang hatte er ziemlich barsch gewirkt, aber jetzt war ihr klar, warum er ihr so viel abverlangt hatte. »Tja, dann bleibt wohl nichts mehr zu tun, als Lebwohl zu sagen. Danke für alles.«

Er durchbohrte sie mit einem seiner einschüchternden, starren Blicke. Aber mittlerweile wusste sie, dass das nur einer seiner unzähligen Tricks war, um die Leute, die er ausbildete, aus der Fassung zu bringen. »Du bist zäh und einfallsreich, Mariette, und du wirst deine Sache gut machen. Möge Gott mit dir sein! Und wenn der Krieg vorbei ist, können wir uns vielleicht mal treffen und zusammen einen trinken gehen.«

Am Sonntagmorgen, drei Tage, nachdem sich Mariette von PJ verabschiedet hatte, sprach sie mit Ted und Sybil. Sie hatte so lange gewartet, weil der Pub sonntags den ganzen Tag geschlossen hatte und es die einzige Gelegenheit war, ohne Störungen oder Unterbrechungen mit den beiden zu reden.

»Es ist möglich, dass ich ab jetzt gelegentlich für ein paar Tage wegmuss«, platzte sie heraus. »Ich kann leider nicht mehr dazu sagen, weil es um verdeckte Aktionen der Regierung geht. Ich hoffe, ihr seid mir nicht böse. Ich weiß, es bringt Unannehmlichkeiten für euch mit sich, doch ich kann es nicht ändern.«

Im Zimmer herrschte Totenstille. Die beiden starrten Mariette an, als hätte sie in einer fremden Sprache geredet.

»Sagt doch etwas!«, bat sie. Sie wusste, dass Ted nie sehr redselig war, aber Sybil gab gern überall ihren Senf dazu. »Mir wäre es lieber, ihr wärt sauer oder enttäuscht, als bloß schweigend dazusitzen.«

»Wir sind einfach zu platt, um zu wissen, was wir sagen sollen«, gab Ted zu. »So etwas haben wir nicht kommen sehen.«

»Ich hab mir gleich gedacht, dass an dem Typen, der hier war, was faul ist, und dann auf einmal diese Lauferei von dir«, sprudelte es aus Sybil heraus. »Und ständig am Nachmittag verschwinden, ohne zu sagen, wo du hinwillst! Hatte das auch etwas damit zu tun?«

»Ja«, seufzte Mariette. »Aber fragt bitte nicht weiter, ich darf nämlich nicht darüber reden. Ich kann euch nur sagen, dass ich wahrscheinlich ganz plötzlich wegmuss und euch nicht verraten kann, wohin oder wozu. Doch falls es euch ein Trost ist, ich würde alles dafür geben, mich euch anvertrauen zu dürfen!«

Sybils Gesicht erhellte sich. »Du kannst es uns ruhig sagen, wir erzählen bestimmt nichts weiter«, drängte sie Mariette.

»Das reicht, Sybil.« Ted sah seine Frau erzürnt an. »Mari darf nichts verraten, sonst bekommt sie Ärger. Wir sollten ihr jetzt nur versichern, dass sie hier bei uns immer Arbeit und ein Zuhause hat. Pass gut auf dich auf, Mädchen!«

»Danke, Ted.« Mariette stiegen Tränen in die Augen. Der Wirt war gewöhnlich mehr als wortkarg, doch nun hatte er genau die richtigen Worte gefunden, und das rührte sie. »Man hat mir erklärt, dass es immer nur um ein, zwei Tage geht, und es wäre auch nicht regelmäßig. Ehrlich gesagt, ich habe ganz schön Angst. Fast wünschte ich, man hätte entschieden, dass ich für diese Unternehmen nicht geeignet bin, und das Ganze gestrichen.«

»Weiß Edwin Bescheid?«, fragte Ted.

»Nein, und so soll es auch bleiben. Falls er also anruft, wenn ich gerade weg bin, behauptet einfach, dass ich im Kino oder sonst wo bin. Ich will nicht, dass er sich Sorgen um mich macht.«

Ihre Beziehung war seit dem letzten Treffen ein bisschen abgekühlt, als er erklärt hatte, sie heiraten zu wollen, aber nicht allzu erpicht gewirkt hatte, sie seiner Familie vorzustellen.

»Alles in Ordnung mit euch beiden?«, wollte Sybil wissen.

»Ja, bestens«, sagte Mariette und stand auf. Wenn sie den ganzen Tag im Pub blieb, würde Sybil nicht lockerlassen, das wusste sie. »Ich fahre Ian und Sandra besuchen. Bis später!«

Jedes Mal wenn sie die Geschwister sah, musste Mariette daran denken, wie stolz Joan auf ihre Kinder wäre. Sie waren wohlerzogen, begeisterungsfähig, wortgewandt, an allen möglichen Dingen interessiert und sehr dankbar für jedes gute Wort. Vieles an ihrer Entwicklung war Mr. und Mrs. Harding zu verdanken, doch sie hatten Joans Sinn für Humor und ihre Großzügigkeit geerbt.

Sandra ging seit September wie Ian auf die Oberschule und war begeistert von all den neuen Fächern wie zum Beispiel Biologie und Hauswirtschaft.

»Einstweilen lernen wir nur, wie man Teig macht und solche Sachen«, erzählte sie mit leuchtenden Augen. »Aber bald werden wir richtige Mahlzeiten kochen. Und in Biologie wollen wir Frösche sezieren. Kannst du dir das vorstellen, Mari?«

Mariette konnte nur mit Mühe ein Lachen unterdrücken. Sie konnte sich kaum etwas Schlimmeres vorstellen, als einen Frosch zu sezieren, doch es war schön, dass es Sandra so viel Spaß machte, zur Schule zu gehen. Mariette hatte es immer verabscheut.

Ian lernte gerade, Gitarre zu spielen. Die Hardings hatten ihm vergangene Weihnachten eine geschenkt, und er hatte versucht, sich das Spielen mit einem Handbuch selbst beizubringen. Zu Ostern tat er Mrs. Harding so leid, weil er trotz aller Mühe nicht recht weiterkam, dass sie in Beer einen Lehrer für ihn auftrieb, und jetzt spielte der Junge schon recht anständig.

»Tante Mari«, fragte er, »was denkst du, könnte ich Gitarrist werden? Nach der Schule, meine ich. Bekommen Leute Geld dafür, ein Musikinstrument zu spielen?«

»Wenn sie es richtig gut können, schon«, antwortete sie. »Mach also fleißig weiter, und wer weiß, vielleicht wird ein Beruf daraus. Doch selbst wenn du es nicht so toll kannst, ist es nicht weiter schlimm. Man kann ein Instrument auch nur zu seiner eigenen Freude spielen.«

Später ging sie mit den beiden spazieren. Obwohl die Sonne schien, war es Anfang Oktober unverkennbar Herbst geworden. Ein kalter Wind wehte; morgens lag eine Ahnung von Frost in der Luft, und um fünf Uhr nachmittags wurde es bereits dunkel. Als Mariette auf das Meer hinausschaute, das heute spiegelglatt war, fiel ihr ein, was PJ über mondlose Nächte gesagt hatte. Das Ganze klang wie aus einem Film, eine romantische und verwegene Spritztour nach Frankreich, um jemanden zu retten, doch sie wusste, dass es in Wirklichkeit eine lange, kalte und gefährliche Fahrt sein würde. Die französische Küste wurde von den Deutschen sowohl auf dem Wasser als auch an Land scharf bewacht, und mit Minen war ebenfalls zu rechnen.

Aber wenn man es von der optimistischen Seite sah – und blieb ihr etwas anderes übrig? –, konnte man davon ausgehen, dass diejenigen, die derartige Unternehmen planten, wissen mussten, dass es machbar war. Schließlich hatte es keinen Sinn, Leute auf Rettungsaktionen nach Frankreich zu schicken, wenn dabei höchstwahrscheinlich alle Beteiligten ums Leben kommen würden.

Mariette war trotz der drohenden Gefahren sehr aufgeregt. Sich bei schwerer See mit einem Boot aufs Meer hinauszuwagen, war genau die Art Herausforderung, nach der sie sich sehnte. Was sie in Frankreich erwartete … nun, damit würde sie sich befassen, wenn es so weit war.

Am Montagmorgen wurde sie telefonisch gebeten, sich am selben Nachmittag um halb vier bei Miss Salmon in demselben Hotel, indem sie das Vorstellungsgespräch geführt hatte, zu melden.

»PJ hat mir mitgeteilt, dass Sie bereit sind«, begrüßte Miss Salmon sie.

Die Frau wirkte genauso säuerlich wie bei ihrer ersten Begegnung, und Mariette fragte sich, ob sie Essig trank, um diesen Zustand aufrechtzuerhalten. Ihr dunkelbraunes Wollkleid, dessen Strenge nicht einmal durch einen Spitzenkragen oder eine Brosche gemildert wurde, wies darauf hin, dass sie wenig auf Äußerlichkeiten gab und sich innerlich wahrscheinlich wegen der lebhaften Farben von Mariettes apfelgrüner Jacke und ihrem rotblonden Haar wand.

»Wir haben für Mittwoch eine Mission geplant. Sie müssen Punkt fünf Uhr nachmittags am Hafen von Lyme Regis sein. Ziehen Sie für die Fahrt warme, zweckmäßige dunkle Sachen an. Aber Sie müssen auch schicke Straßenkleidung und ein Cocktailkleid mitnehmen.«

Mariette sah die Frau misstrauisch an. Man erwartete doch wohl kaum von ihr, sich in Gesellschaft zu bewegen?

»Aber, aber!« Miss Salmon schnalzte missbilligend mit der Zunge. »Sie werden auf dieser Mission mehr als eine Rolle zu spielen haben. Und jetzt hören Sie sich die Geschichte an, die wir uns als Tarnung für Sie ausgedacht haben.«

Sybil kam angeflitzt, als Mariette am Mittwoch kurz nach ein Uhr mittags den Pub durch die Seitentür verließ, hielt Mariette fest und umarmte sie stürmisch.

»Sieh zu, dass du heil und unversehrt zurückkommst«, sagte sie mit brüchiger Stimme. »Für Ted und mich gehörst du inzwischen zur Familie, und wir werden wie auf Kohlen sitzen, bis du wieder da bist.«

Mariette löste sich sanft aus Sybils Armen. »Es ist wirklich lieb von dir, so etwas zu sagen, aber macht euch bitte keine Sorgen um mich! Ich komme schon zurecht. Und jetzt muss ich los, sonst verpasse ich noch den Zug.«

»Hast du etwa versucht, dich als Mann zu verkleiden?«, fragte Sybil im Scherz. Sie spielte auf Mariettes Wollhose und den schweren blauen Dufflecoat an, den jemand im letzten Winter im Pub vergessen hatte. »Falls ja, hast du versagt. Auch mit zurückgebundenem Haar siehst du immer noch total weiblich aus.«

Mariette grinste. »Mit dem hier aber nicht mehr.« Sie zog eine schwarze Strickmütze aus der Tasche. »Durch Sidmouth laufe ich mit dem Ding jedoch nicht. Die setze ich erst auf, wenn es dunkel wird.«

Sie fragte sich, was Sybil sagen würde, wenn sie wüsste, wohin Mariette in Frankreich wollte. Mari hatte den Ausschnitt des schwarzen Kleides, das sie so oft hinter der Theke trug, tiefer gemacht und Dutzende Pailletten auf das Oberteil genäht. Wenn Sybil die Änderungen an dem Kleid gesehen hätte, hätte sie gleich erraten, welche Rolle Mariette spielen sollte.

Und dann hätte sie sich bloß noch mehr gesorgt.

Während der Zug an der Küste entlangzockelte, dachte Mariette an Sybils innige Verabschiedung. Auch sie hatte ihre Arbeitgeber lieb gewonnen, und es erschien ihr jetzt sehr merkwürdig, dass sie damals in Neuseeland, als sie jünger gewesen war, zu niemandem außerhalb ihrer Familie eine engere Bindung gehabt hatte. Und nicht einmal ihren Familienmitgliedern hatte sie sich besonders verbunden gefühlt!

Wäre sie im Lauf der Zeit auch gütiger und liebevoller geworden, wenn sie in Neuseeland geblieben wäre? Oder beruhte die

Veränderung in ihrem Charakter nur darauf, dass sich in England ihr Horizont erweitert und sie selbst Tragödien erlebt hatte?

Ihr Magen flatterte vor Aufregung. Als sie das scharfe Messer, das PJ ihr gegeben hatte, zu ihren anderen Sachen in die Tasche steckte, war ihr körperlich übel, und sie war davon überzeugt, es nie benutzen zu können. Aber PJ hatte ihr versichert, dass sie nach ihrer Ausbildung automatisch zur Waffe greifen würde, wenn sie in Gefahr war. Hoffentlich behielt er recht. Sie fragte sich auch, wie ihre Eltern reagieren würden, wenn sie wüssten, worauf sie sich gerade einließ. Sie würden sich natürlich um sie ängstigen, aber sie spürte, dass sie auch stolz auf eine Tochter wären, die mutig genug war, für andere Menschen ihr Leben aufs Spiel zu setzen.

Doch sie fühlte sich kein bisschen mutig; es fehlte nicht viel, und sie wäre bei der nächsten Station aus dem Zug gesprungen und zurück in den sicheren Pub geflüchtet. Aber wer es auch war, den sie aus Frankreich holen sollte, er hatte bestimmt in diesem Moment genauso viel Angst wie sie. Sie konnte ihn nicht im Stich lassen, indem sie nicht wie vereinbart auftauchte – das käme einem Todesurteil gleich.

Mariette traf zu früh in Lyme Regis ein, um schnurstracks zum Hafen zu gehen. Also setzte sie sich in eine gut besuchte Teestube. Von ihrem winzigen Tisch in der Ecke aus konnte sie jeden beobachten und fand das trotz ihrer Nervosität sehr unterhaltsam.

Im Pub hielten sich hauptsächlich Männer auf, und bei den weiblichen Gästen handelte es sich meistens um Ehefrauen oder feste Freundinnen oder junge Frauen, die bei den Truppen oder in einer der Fabriken in Sidmouth arbeiteten. Nur selten traf man auf jene Frauen, die Sybil als »affektierte Gänse« bezeichnete: Damen der gehobenen Mittelschicht mit Fuchspelzkragen und lauten, penetranten Stimmen. Dieser Typ Frau saß lieber bei einem Gin Tonic an der Cocktailbar eines der besseren Hotels als in einer gewöhnlichen Kneipe.

Aber diese Teestube in Lyme Regis war offensichtlich ebenfalls ein Treffpunkt für diese Frauen, und obwohl einige von ihnen hier anscheinend nur Urlaub machten und Fossilien suchten – eine der Hauptattraktionen von Lyme Regis, wie Mariette festgestellt hatte –, lebten die meisten in der Nähe.

»Sie wollte meinen Ausweis sehen!«, rief eine Frau mit Hakennase und einem Hut, an dem eine lange gescheckte Feder steckte. »Als wüsste sie nicht, wer ich bin! Eine Unverschämtheit, so etwas! Das Mädchen war vor dem Krieg bei meiner Schwester in Stellung, aber jetzt arbeitete sie an der Rezeption des *Bellevue* und hält sich für etwas Besseres.«

Die Freundinnen der Frau mit dem Federhut steuerten eine nach der anderen Anekdoten über undankbare Dienstboten bei. Mariette lächelte in sich hinein. Für diese Art Frauen hatte sich das Blatt gewendet. Sie bekamen kein Personal mehr, weil niemand als Dienstbote arbeiten ging, wenn er in einer Fabrik viel mehr verdienen konnte und noch dazu nicht in seinem Privatleben eingeschränkt wurde. Ohne ihre Haushälterinnen und Dienstmädchen saßen diese Frauen im selben Boot wie die Frauen der Arbeiterklasse: Auch sie konnten ausgebombt werden, auch sie mussten mit denselben Lebensmittelrationen auskommen.

Mariette hatte wenig Mitleid mit ihnen. Sie hatte das Gefühl, dass ihre Dienstmädchen wahrscheinlich bei ihnen geblieben wären, wenn diese Damen ihre Arbeit geschätzt und ihre Angestellten gut behandelt hätten. Außerdem verabscheute sie die Art, wie herablassend diese Frauen Leute behandelten, die sie als nicht ebenbürtig ansahen. Sie hoffte, der Krieg würde ein Ende der Klassengesellschaft bringen, aber irgendwie bezweifelte sie es.

Kurz nach fünf machte sich Mariette auf den Weg zum Hafen. Mittlerweile war es fast dunkel und sehr kalt, doch zum Glück ging kaum Wind. Sie richtete den Strahl ihrer Taschenlampe auf den Boden, um nicht auf den unebenen Pflastersteinen auszurutschen oder zu stolpern. Ihre Anweisung lautete, mit einem weißen

Taschentuch in der Hand beim Rettungsboot zu warten. Der Skipper würde sie ansprechen.

Sie hatte ihre Wollmütze aufgesetzt und bis über die Ohren gezogen. Es ging nicht nur darum, sich warm zu halten; wenn ihre Haare bedeckt waren, konnte sie als Mann durchgehen und würde keinen Verdacht erregen.

»Elise?«

Sie zuckte zusammen, als hinter ihr eine barsche Stimme ertönte. Den Bruchteil einer Sekunde hatte sie vergessen, dass sie sich Elise Baudin nannte.

Mariette fuhr herum und sah einen untersetzten Mann mit buschigem Bart vor sich. Um mehr zu erkennen, war es zu dunkel. »*Bonjour, je suis Elise. Armand?*«

Er nickte. »Schon gut, du kannst ruhig Englisch sprechen. Komm mit!«

Ohne ein weiteres Wort ging er über den Kiesstrand voran, bis sie bei einem Ruderboot waren, das halb an Land gezogen war. Er nahm ihr die Tasche ab, warf sie ins Boot und forderte Mariette auf hineinzuspringen. Dann stieß er das Ruderboot ab, sprang selbst hinein und griff nach den Rudern.

Armand ruderte schnell und so geschmeidig, dass kaum ein Geräusch zu hören war; er schien eins mit den Rudern zu sein, als wären sie seine verlängerten Arme. Es erinnerte Mariette an die Art, wie ihr Vater ruderte, und allein diese Ähnlichkeit mit Etienne beschwichtigte ihre Ängste.

Bei einem Fischerboot, das ein Stück weiter draußen ankerte, stoppte Armand, hielt sich an der Leiter an der Schiffswand fest und forderte Mariette auf, als Erste zu gehen. Während sie hinaufkletterte, tauchte an Deck ein Mann auf, der ihr an Bord half.

Innerhalb weniger Minuten tuckerte das Fischerboot aus dem Hafen. Der zweite Mann, dessen Name Henri war, wies Mariette an, eine Regenhaut anzuziehen. Im Licht der Öllampe unter Deck erkannte Mariette, dass die zwei Männer mindestens fünfzig, wenn nicht älter waren. Beide waren Engländer und hatten wie sie selbst für ihre Mission französische Namen erhalten. Sie waren eher wortkarg, doch Henri erzählte ihr, dass das Boot schnell war und es auch sein musste, da sie vor Tagesanbruch ein französisches Fischerboot vor der bretonischen Küste treffen sollten.

Als ihm auffiel, dass sie verwirrt wirkte, fügte er hinzu: »Wir können nicht direkt hin, weil uns die Deutschen wegpusten würden, deshalb treffen wir uns auf See mit einem französischen Boot, auf das du umsteigst. Die Nacht ist sehr dunkel, und es wird uns hoffentlich niemand sehen.«

Das Boot war ein bisschen größer als das ihres Vaters in Neuseeland, und der Motor war wesentlich stärker. Es flitzte über die Wellen, und für Mariette war es herrlich, endlich wieder einmal auf See zu sein.

Da sie schnell merkte, dass keiner der beiden sie im Steuerhaus haben wollte – vielleicht lag es an dem Aberglauben, dass eine Frau an Bord Unglück brachte –, verzog Mariette sich in die kleine Kajüte und setzte sich hin. Hier sah es wie in jedem anderen Fischerboot aus, das sie kannte, und es roch schlecht, nicht nur nach Fisch, sondern auch nach abgestandenem Küchendunst, Zigaretten und Schweißfüßen. In die Nische am Bug war eine schmale Koje eingebaut; Sitzgelegenheiten boten zwei Kisten, in denen die Ausrüstung verstaut wurde, seitlich des festgeschraubten Tischs. Die winzige Kochstelle war zwischen Koje und Sitzplatz gequetscht.

Trotz der Geschwindigkeit fuhr das Boot erstaunlich ruhig dahin, und Mariette schaffte es, das Geschirr abzuspülen und Kaffee für Armand und Henri aufzubrühen, ohne umgeworfen zu werden.

Als sie den Kaffee ins Steuerhaus brachte, sahen beide Männer angenehm überrascht aus.

»Wir legen ein gutes Tempo vor«, bemerkte Armand, der ihr einen Becher abnahm. »An deiner Stelle würde ich versuchen, ein bisschen zu schlafen. Wenn wir näher an Frankreich rankommen, brauchen wir dich, um nach Schiffen Ausschau zu halten.«

»Ich werd's versuchen«, sagte sie, obwohl sie wusste, dass sie viel zu angespannt war, um zu schlafen.

»Morgen wird ein langer Tag für dich.« Henri lächelte sie mitfühlend an. »Mit etwas Glück treffen wir das französische Boot morgen Abend gegen zehn wieder, und zwar mit dir an Bord. Dann geht's beim ersten Tageslicht zurück nach England.«

»Haben Sie schon viele Fahrten wie diese unternommen?«, wollte sie wissen.

»Frag nicht, Elise! Besser, du weißt nichts darüber.«

Als Mariette ein wenig später in der Koje lag und zu schlafen versuchte, fragte sie sich, was Henri gemeint hatte. War die Person, die vor ihr ihre Rolle gespielt hatte, gefangen genommen oder erschossen worden? Oder hatte Henri bloß sagen wollen, dass es auf jeden Fall besser war, keine Fragen zu stellen?

Armand weckte sie um vier Uhr morgens und gab ihr ein Fernglas, um den Horizont nach Schiffen abzusuchen, während er selbst schlafen ging und Henri das Steuer übernahm. Mariette sah gelegentlich die Lichter eines Schiffes, aber sie waren immer zu weit entfernt, um eine Bedrohung darzustellen.

Der Himmel wurde gerade heller, als sie ein Fischerboot näher kommen sah. »Ist das das Boot, das wir treffen sollen?«, fragte sie Henri.

Er nickte. »Geh Armand wecken und hol deine Tasche, das Umsteigen muss schnell gehen!«

Das andere Boot schob sich dicht neben ihres, und Mariette sprang hinüber. Die Tasche wurde ihr nachgeworfen.

»Viel Glück!«, rief Armand ihr zu, bevor das Boot in Richtung England zurückfuhr, ohne auch nur eine Sekunde zu verschwenden.

Die beiden Franzosen auf dem anderen Boot hatten einen beträchtlichen Fang Fische an Bord. Sie waren jünger als Armand und Henri und waren ziemlich raue Burschen mit wettergegerbten Gesichtern und dichten Bärten. Sie stellten sich nicht vor, sondern befahlen Mariette nur, sich in die Kajüte zu setzen und sich dort versteckt zu halten, bis sie nach ihr riefen.

Mariette legte sich in die Koje und dachte voller Bangen an das, was vor ihr lag. Sie wusste, dass ihr Ziel Portivy war, ein kleines Fischerdorf an der dem Atlantik zugewandten Seite einer langen, schmalen Landzunge. Der Küstenstreifen zum Atlantischen Ozean trug den Namen Côte Sauvage, was vermutlich darauf hinwies, dass es dort starke Winde und eine stürmische See gab. Die geschützte Innenseite, an der sich die Bucht von Quiberon befand, würde weniger unfreundlich sein, aber jeder Versuch, von dort eine unbemerkte Flucht zu organisieren, würde bedeuten, rund um die Landzunge zu fahren, an deren Ende, ungefähr eine Meile von Portivy entfernt, sich das Fort de Penthièvre befand, eine Festung aus dem achtzehnten Jahrhundert. Jetzt war es eine deutsche Garnison, und Miss Salmon hatte keinerlei Informationen darüber bekommen können, wie viele Soldaten dort stationiert waren.

Wenn sie Portivy erreichten, sollte Mariette ins Café *Plume Rouge* zu Céleste Gaillard, der Besitzerin, gehen. Céleste führte neben ihrem Café auch ein Bordell, und da ständig neue Mädchen kamen und gingen, würde Mariettes plötzliches Erscheinen nicht weiter auffallen. Falls jemand fragen sollte, wäre ihre Tarnung, dass ihre Mutter, die in Marseille lebte, eine alte Freundin von Céleste war. Aber wenn alles nach Plan lief, würde sie das kleine Fischerdorf noch an diesem Abend verlassen, ohne Aufmerksamkeit erregt zu haben.

Miss Salmon hatte ihr gesagt, dass Céleste Mitglied einer extrem aktiven Gruppe der Résistance in der Bretagne war, die viele Leute versteckt hielt, bis sie außer Landes gebracht werden konnten. Einige von ihnen waren selbst bei der Résistance, doch es waren auch Piloten der Alliierten dabei, deren Flugzeuge abgeschossen worden waren, und Juden, denen es gelungen war zu fliehen, bevor sie in deutsche Arbeitslager geschickt werden konnten.

Miss Salmon hatte außerdem darauf hingewiesen, dass sehr viele Leute, die bei den Rettungsaktionen halfen, ihr Leben riskiert hatten, Céleste jedoch besonders viel Mut bewies, weil sie die Verachtung und den Abscheu ihrer Landsleute hinnehmen musste, die keine Ahnung von ihrer geheimen Tätigkeit hatten, sondern glaubten, sie kollaborierte mit den Deutschen, die ihr Café und ihr Bordell frequentierten.

Mariette hoffte, dass etwas von Célestes Mut und eiserner Entschlossenheit, den Deutschen ins Handwerk zu pfuschen, auf sie abfärben würde. Ihr war nur allzu bewusst, dass sie illegal nach Frankreich einreiste, mit gefälschten Papieren, die einer genauen Überprüfung möglicherweise nicht standhalten würden, und noch dazu ausgerechnet in ein Bordell ging. Sie konnte nur hoffen, dass die Leute, die sie angeworben hatten, wussten, was sie taten.

Kurz nachdem Mariette einen ersten Blick auf Fort de Penthièvre erhascht hatte, ein Furcht einflößendes Gemäuer aus massivem grauen Stein, über dem die deutsche Fahne im Wind wehte, kam einer der beiden Seeleute zu ihr in die Kajüte und stellte sich als Luc vor. Er war groß und kräftig, ungefähr Mitte dreißig, hatte eine wirre Mähne strohblonder Haare und einen gleichfalls blonden Schnauzbart.

»Du musst hier rein«, sagte er und hob den Deckel einer Kiste, die als Sitzbank benutzt wurde. »Sie hat Luftlöcher. Ich lasse dich raus, sobald die Luft rein ist, doch es könnte ein Weilchen dauern. Oft kommen deutsche Soldaten direkt zum Boot, um Fisch zu kaufen. Sobald sie weg sind, kannst du zu Céleste gehen.«

Mariette kletterte etwas beklommen in die Kiste, weil sie sehen konnte, dass sie nicht lang genug war, um sich auszustrecken, und weil es darin fürchterlich roch. Luc schob ihr ihre Tasche wie ein Kissen unter den Kopf, und sie lächelte ihn schwach an.

»Es gibt Schlimmeres«, sagte er und lächelte zurück, wodurch er auf einmal viel weniger grimmig aussah.

Sie hörte die Geräusche im Hafen, noch bevor sie an einem leichten Rumpeln spürte, dass das Boot an der Mole anlegte. Es neigte sich nach einer Seite, als einer der Männer an Land sprang, um es zu vertäuen, dann war an dem Scharren und Poltern an Deck zu erkennen, dass sie die Kisten mit Fisch von Bord brachten.

Mariette hörte, wie die zwei Fischer mit anderen Leuten sprachen, aber sie konnte nicht verstehen, worum es ging. Sie hatte den Eindruck, dass manchmal um den Preis gefeilscht wurde, doch hin und wieder ertönte schallendes Gelächter. Mariette, die durchgefroren und hungrig war und sich in ihrer Kiste sehr unbehaglich fühlte, ertappte sich bei der Vorstellung, dass die beiden deutschen Soldaten erzählten, wo sie zu finden war, und rechnete jeden Moment damit, dass der Deckel der Kiste aufgeklappt und sie selbst herausgezerrt würde.

Die Stimmen entfernten sich vom Boot, bis nur noch das Kreischen der Möwen zu hören war. Es war eine große Versuchung, den Deckel einen Spaltbreit zu öffnen, um zu sehen, was da draußen vor sich ging. Aber sie traute sich nicht, weil sie Angst hatte, ein deutscher Soldat wäre an Deck oder auf der Mole geblieben.

Nach einer Zeit, die ihr wie eine kleine Ewigkeit vorkam, kehrte Luc zurück. »Schnell«, sagte er. »Zieh dich um und lass die Sachen, die du trägst, hier in der Kiste. Und dann müssen wir dich vom Boot schaffen.«

Er ging wieder, und Mariette streifte hastig Hose, Pullover und ihre schweren Schuhe ab und schlüpfte in ein braunes Wollkleid, Strümpfe, hochhackige Schuhe und einen Kamelhaarmantel mit Rotfuchskragen, den Sybil ihr gegeben hatte. Mog hatte das Kleid genäht und ihr geschickt, und Edwin hatte immer gefunden, dass sie darin sehr sexy aussah, weil es schmal geschnitten war, eng anlag und ein gerafftes Oberteil hatte, das ihren Busen betonte. Knallroter Lippenstift, das Haar gebürstet und unter eine smaragdgrüne Baskenmütze geschoben – fertig! Mariette steckte ihr Messer in die Manteltasche und griff nach der Tasche, in der sich das schwarze Cocktailkleid und ihr Waschzeug befanden.

Luc schien über ihr verändertes Aussehen überrascht zu sein. »Gleich kommt ein Freund mit seinem Lieferwagen, um Fisch abzuholen«, sagte er. »Er wird ganz dicht an die Bootsplanke heranfahren. Ich trage den Fisch nach hinten zu seiner Heckklappe. Du schaust aus dem Bullauge, und wenn ich meine Pfeife in den Mund stecke, heißt das, dass du rauskommen kannst. Du steigst vorn ein, kauerst dich auf den Boden und deckst dich mit einer Decke zu. In ein paar Minuten fährt mein Freund ab und setzt dich vor der Hintertür des *Plume Rouge* ab. Alles Weitere wird dir Céleste erklären.«

Mariettes Mund war so trocken, dass sie kein Wort herausbrachte, also nickte sie nur.

»Die meisten Soldaten, die vorhin hier waren, sind jetzt weg, aber wir wollen nicht, dass jemand sieht, wie du vom Boot kommst. Hier in Portivy gibt es ein paar Leute, die ihre Seelen an die Deutschen verkaufen würden.«

Von alldem hatte Miss Salmon nichts erwähnt. Mariette hatte geglaubt, Célestes Café wäre so nahe bei der Mole, dass sie vom Boot einfach zu Fuß hinlaufen könnte. Alles, was Miss Salmon gesagt hatte, betraf die Rolle, die Mariette spielen sollte: Sie durfte keinem von Célestes Mädchen etwas verraten und musste sich an die Geschichte halten, dass sie in Marseille mit ihrer Mutter Streit gehabt hatte und mit dem Zug nach Paris und von dort weiter nach Portivy gefahren war. Mariette sollte so tun, als wäre ihr ein Bordell nicht fremd, vielleicht sogar den Eindruck erwecken, dass sie in Marseille selbst in einem gearbeitet hatte.

Ein alter blauer Lieferwagen blieb mit qualmendem und spuckendem Motor vor der Planke stehen. Mariette postierte sich vor dem Bullauge und spähte hinaus. Portivy war winzig, ungefähr ein

Dutzend Häuser, die sich um den Hafen scharten, dahinter noch einige wenige Straßen. An einer Ecke konnte sie *La Plume Rouge* sehen, ein unansehnliches Haus mit beschlagenen Fensterscheiben und abgeblättertem roten Anstrich. Unter dem bleigrauen Himmel wirkte der kleine Hafen trübselig, aber sie konnte sich vorstellen, dass er im Sommer, wenn Blumen an den Mauern wuchsen und das Meer blau und nicht kalt und dunkel wie jetzt war, recht hübsch aussah.

Es waren nicht viele Leute unterwegs, nur ein, zwei Fischer, die auf der Mole ihre Netze flickten, drei Frauen, die miteinander tratschten, und ein Pärchen, das mit Körben am Arm zur Bäckerei schlenderte. Was Mariette am meisten Sorgen bereitete, waren die deutschen Soldaten. Sie konnte sechs von ihnen ausmachen, jeweils zu zweit, und obwohl sie eher ins Gespräch vertieft zu sein schienen, als auf das Geschehen zu achten, überlief sie beim Anblick ihrer schweren Stiefel und Gewehre eine Gänsehaut. Natürlich hatte sie deutsche Soldaten schon auf Fotos und in der Wochenschau gesehen, aber in Fleisch und Blut wirkten sie größer und brutaler und ziemlich beängstigend.

»Bereit?«, fragte Luc und zog seine Pfeife aus der Tasche seiner gestreiften Schürze, um Mariette an das vereinbarte Signal zu erinnern. Dann ging er hinaus an Deck, hob zwei Kisten mit Fischen hoch und ging über die Planke an Land.

Der Fahrer des Lieferwagens war ein alter Mann mit dichtem weißen Haar, einer Goldrandbrille und einem leuchtend roten Schal um den Hals. Er rief Luc fröhlich etwas zu, als er ausstieg, ging dann um den Wagen herum zur Beifahrertür und machte sie weit auf, bevor er zur Heckklappe weiterging.

Luc und der alte Mann begrüßten sich überschwänglich, lachten und klopften einander auf den Rücken, bevor sie scheinbar ein ernstes Gespräch über Lucs Fischfang führten. Aber Mariette erkannte, dass die beiden in Wirklichkeit jeden im Hafen genau beobachteten, insbesondere die deutschen Soldaten.

Luc redete auf den alten Mann ein und gestikulierte dabei lebhaft mit seiner Pfeife. Mariettes Herz klopfte so laut, dass sie meinte, die Soldaten müssten es hören, doch sie klemmte sich ihre Tasche unter den Arm, starrte unverwandt Luc an und wartete auf das Signal.

Er hob mehrmals die Hand mit der Pfeife, um sie gleich darauf wieder sinken zu lassen. Mariette wagte es nicht, den Blick von ihm zu wenden, um selbst zu sehen, was im Hafen vorging.

Dann schob er die Pfeife in den Mund.

Mariette schoss wie eine Rakete über die Planke, quetschte sich in den Wagen und rollte sich auf dem Boden zusammen. Auf dem Beifahrersitz lag eine Decke, die sie hastig packte und über sich warf.

Sie konnte hören, wie sich der alte Mann fröhlich von Luc verabschiedete, dann schlug er die Hecktüren des Wagens zu, stieg ein und schloss die Beifahrertür. Nachdem er den Motor angelassen hatte, brüllte er noch irgendetwas aus dem Fenster; sie hörte Luc lachen, dann fuhren sie los.

»Bleib, wo du bist, meine Liebe!«, sagte der Mann leise zu ihr, als der Wagen über das Straßenpflaster rumpelte. »Es ist nicht weit.«

Ungefähr fünf Minuten später blieb er stehen. »Du kannst dich jetzt auf den Sitz setzen. Wenn jemand fragt, sagst du einfach, dass ich dich vom Bahnhof in Quiberon mitgenommen habe.«

Mariette schüttelte die Decke ab und hievte sich auf den Sitz. Sie befanden sich in einer schmalen Gasse, die auf beiden Seiten von hohen Mauern gesäumt war, vermutlich die Rückseiten der Häuser, die zum Hafen gingen, wie Mariette annahm. Sie rückte ihre Mütze zurecht und lächelte den alten Mann an. »Sehe ich so aus, als käme ich gerade aus Marseille?«

»Du siehst aus wie ein Filmstar«, erwiderte er galant. »Bestimmt nicht wie jemand, der die Nacht auf einem Fischkutter verbracht hat.«

Er fuhr noch ein Stück weiter, ehe er vor einem hohen schmiedeeisernen Tor stehen blieb. »Da rein«, sagte er und zeigte mit dem Finger auf das Tor. »Falls jemand fragt, Gilpin hat dich hergebracht.«

»Gilpin?«, wiederholte sie.

»So nennt mich hier jeder«, sagte er und tätschelte ihren Arm. »Nimm dich vor den Mädchen da drinnen in Acht, ja? Und viel Glück!«

KAPITEL 26

»Kann ich bitte zu Céleste?«, fragte Mariette das Mädchen, das ihr öffnete, auf Französisch. Sie war nicht älter als vierzehn, klein und dünn, und Kleid und Schürze waren ihr zu groß. »Sag ihr, Elise ist hier!«

»Warten Sie bitte, ich schaue nach«, erwiderte das Mädchen und schlug Mariette die Tür vor der Nase zu. Mari blieb in dem kleinen ummauerten Hof zurück. Dutzende Blumentöpfe standen herum, aber die Pflanzen darin waren entweder verdorrt oder bereits in der Winterruhe.

Die Tür wurde wieder geöffnet, diesmal von einer dicken Rothaarigen um die fünfzig. »Elise!«, rief sie laut, als sollte es jeder hören. »Gerade habe ich an dich und deine Maman gedacht, und jetzt bist du da!«

Sie nahm Mariette in die Arme. »Überlege dir was, warum du dich mit deiner Mutter verkracht hast, wenn wir reingehen«, wisperte sie. »Die Mädchen lauschen ständig an allen Türen, weißt du.«

Céleste zog Mariette in ein großes Wohnzimmer mit einer kleinen Küche, deren Fenster auf den Hinterhof gingen. Außer Tisch und Stühlen und zwei abgewetzten Sofas gab es an Möbeln nur noch eine Fächerkommode, die beinahe unter der ungeheuren Fülle von Porzellan, Nippesfiguren und allen möglichen anderen Dingen, mit denen sie beladen war, zusammenbrach.

Es war chaotisch, aber der Herd machte den Raum warm und gemütlich. Und es war ein Glück, dass er so viel Wärme spendete, denn im Zimmer saßen drei Mädchen, die nicht mehr als ihre Unterröcke trugen.

»Na, was führt dich zu deiner alten Tante?«, fragte Céleste, ohne sich die Mühe zu machen, ihre »Nichte« den anderen Mädchen vorzustellen.

Mariette erzählte eine Geschichte, wie sie in ihrer Jugend in Neuseeland durchaus hätte passieren können: Dass sie von daheim weggelaufen war, weil ihre Mutter ihren Freund nicht mochte und darüber schimpfte, dass sie sich zu gut war, um als Kellnerin oder Dienstmädchen zu arbeiten.

Mariette kam richtig in Fahrt. »Ständig meckert sie, dass ich Geld nach Hause bringen soll. Und das würde ich auch, wenn ich eine Stelle in einem Modesalon oder einem Büro bekäme. Aber ich habe keine Lust, in einer Fabrik zu arbeiten oder andere zu bedienen, und deshalb bin ich hergekommen.«

Sie merkte sofort, dass die anderen Mädchen sie erstaunt anstarrten. Ob sie staunten, weil sie lieber alles andere machen würden, als sich an Männer zu verkaufen, oder weil sie zum ersten Mal ihre eigene Überzeugung laut ausgesprochen hörten, wusste sie allerdings nicht.

»Ach, Elise.« Céleste schüttelte bekümmert den Kopf. »Das soll doch wohl nicht heißen, dass du hier arbeiten willst?«

Mariette verzog angewidert das Gesicht. »Nicht die Schmutzarbeit, Tante Céleste, doch ich könnte vielleicht ein bisschen Schwung in den Laden bringen, ein bisschen Glamour, so wie du es früher gemacht hast.«

Ihr fiel auf, dass Céleste nur mit Mühe ein Lachen unterdrückte, und wusste, dass sie gut miteinander auskommen würden.

Eine ältere Frau in geblümter Kittelschürze kam durch eine Seitentür herein, und Mariette konnte einen Blick in das angrenzende Café werfen, eine triste Bude mit Wachstuchdecken auf den Tischen und wackeligen Stühlen. Die Frau murmelte irgendetwas über Gemüse, und Céleste stand auf.

»Wir reden später weiter«, sagte sie zu Mariette. »Iss erst mal etwas zum Frühstück, und nachher kannst du beim Saubermachen helfen. Hier kriegt niemand was geschenkt, nicht mal meine Nichte.«

Schon am Nachmittag wusste Mariette einiges darüber, wie es war, unter deutscher Besatzung und in Angst und Schrecken vor deutschen Soldaten zu leben. Den Mädchen in Célestes Bordell blieb nichts anderes übrig, als die Soldaten als Kunden zu akzeptieren. Wenn sie sich weigerten, würden sie sich wahrscheinlich ganz schnell auf dem nächsten Transport in ein Arbeitslager wiederfinden. Eine von ihnen, ein mürrisches Mädchen mit dunklen Locken, behauptete, dass sie von ihren Landsleuten als Kollaborateure beschimpft würden und die meisten Einheimischen genauso grausam und schlecht wie die Deutschen wären. Eine der anderen verdrehte die Augen, als stimmte das nur bedingt, und Mariette fragte sich insgeheim, was wahr war.

Außerdem erfuhr sie, wie ein Bordell geführt wurde, und machte die Feststellung, dass einige ihrer Ansichten über derartige Etablissements falsch waren. So hatte sie zum Beispiel geglaubt, dass die jungen Frauen – wie ihre Mutter – zur Prostitution gezwungen wurden, kam aber bald dahinter, dass bei Céleste alle Mädchen freiwillig arbeiteten, und das nicht einmal ungern. Mariette war überzeugt gewesen, dass nur grässliche, abartige alte Männer zu Prostituierten gingen, doch Céleste belehrte sie eines Besseren.

»Wir haben unter unseren Kunden viele Junggesellen oder Männer, die mit einer kränklichen Frau verheiratet sind oder einfach Ehefrauen haben, die nicht gerade wild auf Sex sind«, erklärte sie unbefangen, als diskutierten sie die Vorzüge eines Pensionats. »Dann noch junge Männer, die vor der Ehe Erfahrungen sammeln wollen, und natürlich solche, die fern von daheim sind, zum Beispiel Soldaten, und eine Frau brauchen. Ich stelle mir gern vor, dass sie bei meinen Mädchen nicht nur Befriedigung finden, sondern auch ein bisschen Zuwendung und Spaß.«

Céleste war 1920 in diesen Teil Frankreichs gekommen. Damals war sie sechsundzwanzig Jahre alt gewesen und hatte vorher im Krieg als Krankenschwester in Feldlazaretten gearbeitet.

»Frankreich war nach dem letzten Krieg am Ende«, sagte sie einfach. »Ein Viertel unserer Männer wurde getötet, und noch viel mehr waren Invaliden und arbeitsunfähig. Es gab so viele ausgebrannte und verbitterte Menschen, die alles verloren hatten – ihre Angehörigen, ihr Zuhause, ihren Lebensunterhalt –, und die meisten wussten nicht, wie sie sich ein neues Leben aufbauen sollten. Ich bin zufällig hier gelandet.«

Sie hielt einen Moment inne und lächelte, als hinge sie angenehmen Erinnerungen nach. »Mir gefielen die Ruhe und der Frieden und die raue Landschaft, also blieb ich hier und eröffnete ein Café. Es war kaum besser als ein Schuppen, aber es war ein Ort, an dem sich die Leute treffen und reden konnten, und sie fanden mich sympathisch, vielleicht wegen meiner Erfahrungen als Krankenschwester. Wie auch immer, es wurde ein Erfolg, und bald war ich in der Lage, ein größeres Haus dazuzumieten. Eigentlich wollte ich ein Hotel daraus machen, und am Anfang habe ich auch Zimmer vermietet, doch unter meinen ersten Gästen war eine Prostituierte, und so fing alles an.«

Mariette stellte fest, dass sich ihre ursprünglichen Ansichten über Prostitution verwischten. Sie mochte Céleste, und sie hatte den Eindruck, dass keines der Mädchen im *Plume Rouge* unglücklich war. Céleste zufolge behandelten die meisten deutschen Soldaten die jungen Frauen gut und bezahlten mehr als die einheimischen Männer. Die Mädchen wurden gut versorgt, bekamen genug zu essen und wurden regelmäßig von einem Arzt untersucht.

Aber so faszinierend es auch sein mochte, in die Geheimnisse eines Bordells eingeweiht zu werden – etwas, das zu Hause gänzlich undenkbar gewesen wäre! –, Mariette vergaß darüber nicht, dass sie aus einem ganz bestimmten Grund hier war. Sie wollte wissen, wem sie zur Flucht verhelfen sollte und wo sich die betreffende Person zurzeit versteckte.

Céleste spielte die Rolle der Tante großartig. Sie scherzte nicht nur mit Mariette, als hätten sie wirklich eine gemeinsame Vergangenheit, sondern tadelte sie auch, weil sie ihre Mutter ärgerte und sich viel zu viel auf sich selbst einbildete. Beim Mittagessen, als alle Mädchen versammelt waren, verkündete sie, dass Elise nach Hause zurückfahren müsse. »Ich werde jemanden bitten, dich am Abend zum Bahnhof zu bringen«, sagte sie.

Mariette gelang es, ein paar Tränen zu verdrücken. »Du hast ja keine Ahnung, wie gemein Maman sein kann«, rief sie.

Aber Céleste blieb hart und sagte, der Platz einer Tochter sei bei ihrer Mutter, ganz besonders in Kriegszeiten. »Wir gehen nachher ein bisschen spazieren und reden weiter«, schloss sie und ließ Mariette damit endlich wissen, dass sie bereit war, zur Sache zu kommen.

Es wurde Spätnachmittag, bis sie endlich aus dem Haus kamen und die kleine Gasse hinunterschlenderten, die Gilpin am Morgen hinaufgefahren war.

Vor einem Tor, das dem vom *Plume Rouge* sehr ähnlich war, blieb Céleste stehen. »Der Pilot ist unten im Keller«, flüsterte sie. »Wir wollen es lieber nicht riskieren, jetzt zu ihm zu gehen. Ich erkläre dir den Plan beim Weitergehen.«

Die Gasse endete hinter dem letzten Haus an der Hafenfront, und von hier führte ein Pfad durch Gras und Sand zu einigen verstreuten Häusern. Der Strand lag ungefähr anderthalb bis zwei Meter unterhalb des Pfades und bestand hauptsächlich aus Felsen, hin und wieder durchzogen von Kies und sandigen Stellen.

»Dort wird heute Abend ein Ruderboot liegen«, sagte Céleste leise und zeigte auf einen auffallend großen Felsen. »Wenn die Flut zurückgeht, wird das Boot auf einem Streifen Sand liegen. Du schiebst es auf dem Pfad zwischen den Felsen hinunter bis zum Meer. Kannst du die Boje sehen?« Sie zeigte auf eine große rotweiße Boje, die ungefähr fünfhundert Meter weit draußen auf dem

Wasser trieb. »In die Richtung wirst du rudern. Du kannst die Boje im Dunkeln natürlich nicht sehen, aber du wirst sie bimmeln hören. Wenn du sie erreicht hast, machst du das Boot daran fest und wartest darauf, von dem Fischkutter aufgenommen zu werden.«

»Und der Pilot?«, fragte Mariette. »Bringe ich ihn her?«

»Nein, das übernimmt jemand anders. Die meisten Piloten nehmen die reguläre Route über Spanien, aber der hier hat Verletzungen an Armen und Beinen und kann eine so lange Strecke nicht zurücklegen.«

»Ist der Strand vermint?«, fragte Mariette.

»Nein. Die Deutschen scheinen zum Glück zu glauben, dass die Felsen genug Schutz vor einer Landung bieten. Auch der Hafen ist nicht vermint, weil sie ständig mit ihren eigenen Booten ein und aus fahren, doch sie haben im Fort Wachtposten und kontrollieren das Wasser mit Suchscheinwerfer. Aber hier bist du außer Reichweite und noch dazu durch die Hafenmauer abgedeckt. Es gibt überall an der Küste Fußpatrouillen, doch in kalten Nächten verkriechen sich die Männer lieber in einem Unterstand. Sie kennen alle Fischerboote, und solange ihr Argwohn nicht geweckt wird, werden sie keins davon aufhalten. Unsere größte Sorge ist, dass sie irgendwie Wind von der Sache bekommen und ein Schnellboot losschicken, um den Fischkutter abzufangen. Aber das ist noch nie passiert. Na, glaubst du, du schaffst es, das Boot bei schwerer See bis zur Boje zu rudern?«

»Ja«, antwortete Mariette überzeugt. »Doch ich werde etwas Wärmeres zum Anziehen brauchen.« Sie fror schon jetzt, und ihre Schuhe wären in der Dunkelheit auf dem felsigen Untergrund ein Hindernis.

»Ich habe deine Sachen im Café.« Céleste lächelte und strich Mariette liebevoll über die Wange. »Ich wäre stolz, wenn du wirklich meine Nichte wärst. Du bist ein sehr mutiges Mädchen.«

»Noch habe ich nichts geleistet …«

»Das kommt noch, und es kann sehr gefährlich werden. Der

Grund, warum ich dich gebeten habe, ein Abendkleid mitzubringen, war, dass ich dachte, es wäre vielleicht erforderlich, dich am Abend als eins ›meiner‹ Mädchen auszugeben. Eine vermeintlich beschwipste Frau kann mit allerhand durchkommen. Aber wegen der Verletzungen dieses Mannes mussten wir uns etwas anderes einfallen lassen, und ich muss zugeben, ich bin froh, dass du dich nicht im Café zur Schau stellen musst.«

»Dann treffe ich ihn also hier?«

»Ja, wenn alles klappt, wird er beim Boot auf dich warten. Wir müssen nur beten, dass der Wachtposten für diesen Abschnitt genauso faul ist wie sonst auch. Wenn er ins *Plume* kommt, spendiere ich ihm einen großen Brandy, damit er nicht auf die Idee verfällt, so schnell wieder in die Kälte hinauszugehen.«

»Was mache ich, wenn doch jemand auftaucht?«

»Ich denke, auf diese Möglichkeit bist du vorbereitet«, entgegnete Céleste.

Mariette schluckte. Es war eine Sache, zu lernen, wie man theoretisch einen Menschen mit einem Messer niederstach, aber eine ganz andere, es tatsächlich zu machen, noch dazu hier unten am Strand, in der Dunkelheit, wo jeder Schritt auf dem Kies so laut wie ein Pistolenschuss wäre. »Hoffen wir einfach, dass es nicht dazu kommt!«

Céleste nahm sie am Arm. »Komm, wir gehen zurück! Du musst dir den Weg genau einprägen. Im Dunkeln kann alles ganz anders aussehen, und du bist völlig auf dich allein gestellt.«

Wie recht Céleste hatte, konnte Mariette später feststellen. Im dünnen Strahl ihrer Taschenlampe wirkte nichts mehr vertraut.

Sie hatte sich vor über einer Stunde von Céleste und den Mädchen verabschiedet und dabei bis zum Schluss so getan, als sträubte sie sich gegen ihre Heimkehr. Gilpin hatte sie abgeholt, vorgeblich, um sie zum Bahnhof zu bringen. Er hatte sie aber nur zwanzig Meter weiter die Gasse hinunter zu einem Schuppen gefahren, wo sie sich umziehen und in die warmen Sachen schlüpfen konnte, die dort für sie bereitlagen. Gilpin fuhr weiter; sie musste in ihrem Versteck bleiben, bis die Kirchturmuhr sieben schlagen würde.

Beim Warten blieb Mariette genug Zeit, um darüber nachzudenken, was alles schiefgehen könnte, und als es endlich sieben Uhr schlug, war sie mehr als nervös. Mehrere Leute waren vorbeigegangen, und jedes Mal, wenn sie schwere Männerschritte gehört hatte, war sie überzeugt gewesen, dass es ein deutscher Soldat war, der über den Fluchtplan informiert worden war.

Als sie schließlich aufbrach, fiel es ihr schwer, sich nicht ständig umzudrehen und nachzuschauen, ob sie auch nicht verfolgt wurde. An einer Stelle, wo sich die Gasse gabelte, war sie einen Moment lang verunsichert – sie konnte sich nicht an die Stelle erinnern und befürchtete, zu weit gegangen zu sein –, aber sie hörte hier das Rauschen der See, folgte dem Geräusch und fand sich plötzlich am Strand wieder.

Der Wind blies jetzt wesentlich kräftiger, die Wellen schlugen krachend an den Kiesstrand, und sogar in der Dunkelheit konnte sie die weiß schäumende Gischt erkennen. Ihr Mund war trocken und ihr Magen wie zugeschnürt, als sie sich flach an die Gartenmauer des letzten Hauses presste, um sich zu vergewissern, ob jemand in der Nähe war. Aber niemand hielt sich hier auf, nichts war zu hören außer dem Wind und der See. Mariette flitzte zu dem großen Felsen, den Céleste ihr am Nachmittag gezeigt hatte.

»Ich bin's, Elise«, wisperte sie auf Englisch. Wenn der Pilot dort in der Dunkelheit wartete, würde er beim Geräusch von Schritten sicher nervös werden. »Ich kann Sie nicht sehen. Wo sind Sie?«

»Neben dem Boot«, flüsterte er zurück. Es klang, als wäre er nur wenige Meter entfernt. »Ich hatte schon Angst, Sie würden nicht kommen.«

Auf einmal entdeckte sie ihn neben dem Boot. Sein Gesicht sah in dem wenigen Licht, das vorhanden war, sehr blass und schmal aus. »Bleiben Sie, wo Sie sind, während ich das Boot näher ans

Wasser schiebe! Ich weiß, dass Sie verletzt sind. Schaffen Sie es, ins Boot zu steigen?«

»Das muss ich wohl«, sagte er und erhob sich mühsam.

Mariette spähte zu ihm und stellte fest, dass er sich kaum auf den Beinen halten konnte. Sie fasste ihn am Arm und half ihm über den Strand zum Wasser.

Das Boot über den Sand zu schieben erwies sich als unglaublich schwer. Der Pilot machte ein paar unsichere Schritte in ihre Richtung, doch Mariette hielt ihn zurück. »Nein, bleiben Sie dort, Sie könnten Ihre Verletzungen verschlimmern! Ich schaffe das schon.«

Sie stemmte sich mit aller Kraft gegen das Boot, bis es endlich in Bewegung kam. Sowie der Bug im Wasser war, wurde es leichter. Mariette hielt das Tau fest in der Hand und bedeutete dem Piloten einzusteigen.

Es war so dunkel, dass sie sein Gesicht kaum sehen konnte, aber sie spürte, dass er große Schmerzen litt und es kaum schaffte, ein Bein über die Seitenwand des Bootes zu schwingen und sich hineinzuhieven. Der Mann tat ihr schrecklich leid, doch sie konnte ihm beim besten Willen nicht helfen. Sowie er drinnen saß, stieß sie das Boot weiter ins Wasser und hüpfte hinein. Als sie nach den Rudern griff, glaubte sie, etwas zu hören, und ihr Magen schlug vor Schreck einen Salto. Aber da niemand zu sehen war, tauchte sie die Ruder ins Wasser und ruderte auf die Boje zu.

Seit sie nicht mehr in Neuseeland lebte, hatte sie einmal auf dem Serpentine im Hyde Park und ein paar Mal auf dem Fluss bei Arundel gerudert, und seit Kriegsausbruch gar nicht mehr. Es war ein seltsames Gefühl, wieder in einem Boot draußen auf dem Meer zu sein und gegen Strömung und Wind anzukämpfen.

Der Weg zur Boje war weiter, als sie erwartet hatte, und Mariette lauschte die ganze Zeit angestrengt in die Nacht, ob irgendwo ein Aufschrei verriet, dass sie entdeckt worden waren. Aber schließlich waren sie am Ziel, und Mariette konnte das Ruderboot an der Boje vertäuen.

»Ich weiß nicht einmal, wie Sie heißen«, flüsterte sie dem Piloten zu. Sie konnte die Küste nicht mehr erkennen, was wohl hieß, dass sie selbst auch nicht mehr zu sehen waren, doch Geräusche trugen weit.

»Alan White«, gab er leise zurück. »Sie haben keine Ahnung, wie gut es tut, jemanden Englisch sprechen zu hören.«

»Mir tut es auch gut«, gestand sie. »Aber jetzt sollten wir lieber still sein. Wir können uns später auf dem Fischkutter unterhalten.«

Eine Ewigkeit schien zu vergehen, ehe Mariette einen grünen Lichtpunkt entdeckte – das Signal, dass Luc in der Nähe war. Sie hatten in der Ferne auch die Lichter anderer Boote gesehen. Manche schienen Kurs auf die Bucht von Quiberon zu nehmen, während andere anscheinend vom Golf von Biscaya kamen oder dorthin fuhren. Es war unmöglich zu sagen, ob es französische oder deutsche Boote waren.

Schließlich kam der Kutter in Sicht. Er hielt direkt auf sie zu und schwenkte erst ab, als er sie fast schon rammte.

»Schaffen Sie es die Leiter hinauf?«, fragte Mariette.

»Muss ich wohl«, antwortete Alan. »Es würde mir gar nicht gefallen, die ganze Nacht in diesem Ruderboot zu verbringen.«

Mariette hielt die Leiter für ihn fest, und Luc beugte sich vor, um dem Verletzten hinaufzuhelfen, aber sie merkten beide, wie anstrengend es für ihn war. Als er an Bord war, brach er vor Erschöpfung zusammen.

Luc und Mariette packten ihn unter den Armen, schleppten ihn in die Kajüte und betteten ihn in die Koje.

»Da drüben steht eine Flasche Brandy.« Luc zeigte auf einen Karton neben der Kochstelle. »Gib ihm einen Schluck, der Mann ist ja kalt wie ein Eiszapfen!«

Die Erleichterung, als der Kutter lostuckerte, um das englische Fischerboot zu treffen, war enorm, aber Mariette war sich bewusst, dass sie noch längst nicht in Sicherheit waren. Sie mussten das Fort passieren, wo sie jederzeit abgefangen werden konnten, falls sie in irgendeiner Weise Verdacht erregten. Sowie sie diese Gefahrenstelle hinter sich hatten, konnten sie von einem Flugzeug bombardiert werden, auf eine Mine treffen, torpediert oder beschossen werden. Aber daran wollte sie nicht denken.

Auch Alan war sichtlich erleichtert. Er lag in der Koje und grinste von einem Ohr zum anderen. »Ich habe nicht mehr daran geglaubt, dass ich jemals aus Frankreich rauskommen würde«, vertraute er Mariette an. »Ich dachte, ich würde in diesem Keller an Wundbrand sterben. Oder dass unten am Strand deutsche Sturmtruppen auftauchen und mich abknallen würden.«

»Ich hatte Visionen, wie ich gefangen genommen werde und vor einem Erschießungskommando stehe«, gestand Mariette. »Aber reden wir nicht davon! Erzählen Sie mir, wo Sie herkommen?«

»Aus Saffron Walden in Essex. Meine Mutter wird überglücklich sein, wenn sie hört, dass ich noch am Leben bin. Ich nehme an, sie hat die Nachricht ›Vermisst, wahrscheinlich gefallen‹ bekommen, als ich abgeschossen wurde.«

Er erinnerte Mariette ein wenig an Gerald. Nicht äußerlich – Alan war größer, hatte breitere Schultern und im Gegensatz zu Gerald gute Zähne –, sondern eher in der Aussprache und dem selbstbewussten Auftreten. Beides verdankten die zwei Männer einem gediegenen Elternhaus der gehobenen Mittelschicht und einer erstklassigen Schulbildung.

»Sie sind wahnsinnig jung und hübsch für so einen Job«, stellte er fest, während er sie beifällig musterte. »Und woher kommen Sie? Ich höre einen leichten Akzent.«

»Neuseeland«, sagte sie kurz. »Aber wie ich aussehe, ist belanglos, für diesen Job genauso wie für jeden anderen.«

»Autsch!« Er hielt sich eine Hand vor den Mund. »Tut mir leid, wenn ich Sie gekränkt habe.«

»Haben Sie nicht. Es ist bloß ziemlich lästig, immer nach seinem Alter und Aussehen beurteilt zu werden. Bei Männern macht das niemand. Doch ist ja egal. Wie sieht es mit Ihren Verletzungen aus? Kann ich Ihnen irgendwie helfen? Geht es Ihnen so weit gut?«

»Klar, jetzt, da wir aus Frankreich raus sind«, sagte er mit einem jungenhaften, schiefen Grinsen. »Jetzt kann ich mir sogar vorstellen, dass ich in ein, zwei Tagen ein Bier in meiner Stammkneipe trinke, mit Valerie, meiner Freundin, ausgehe und mir das Gezeter meiner Mutter über die Warteschlangen beim Fleischer anhöre.«

Mariette hoffte inständig, dass sein Wunsch in Erfüllung gehen würde. Nach allem, was er durchgemacht hatte, wäre es schreckliches Pech, doch noch geschnappt zu werden.

Aber sie hatten Glück. Es war eine sehr bewegte Überfahrt, und Alan wurde seekrank, aber keine deutschen Boote kreuzten ihren Weg, die Bomber, die auftauchten, flogen über sie hinweg, und sie schafften sogar das Treffen mit dem englischen Boot zum vereinbarten Zeitpunkt. Um elf Uhr morgens liefen sie in den Hafen von Lyme Regis ein, wo Alan sofort in ein Lazarett gebracht wurde.

Er versuchte, Mariette zu danken, doch seine Augen füllten sich mit Tränen, und seine Stimme brach.

»Schon gut, Alan«, sagte sie. »Ich war nur ein Glied in einer Kette von Leuten, die Ihnen geholfen haben, und Sie nach England zurückzubringen war das Werk vieler. Jetzt sehen Sie zu, dass Sie schnell wieder auf die Beine kommen!«

KAPITEL 27

SIDMOUTH, FEBRUAR 1944

Mariette schaute durch das Fenster des Pubs auf die dicke Schneeschicht, die auf Dächern, Mauern und Gärten lag. Ein Schauer der Furcht lief ihr über den Rücken. Schnee würde die geplante Rettungsaktion noch gefährlicher machen.

Es war nicht die Kälte, denn so sehr sie einem auch zu schaffen machte, erwies sie sich manchmal als Vorteil. Deutsche Soldaten neigten dazu, sich in einen Unterstand zurückzuziehen, wenn es sehr kalt war, statt auf Patrouille zu gehen. Schnee hingegen bedeutete, dass man im Dunkeln leichter zu sehen war und deutlich sichtbare Fußspuren hinterließ.

Heute Nacht würde sie zum neunten Mal nach Frankreich fahren, und bisher waren alle Aktionen erfolgreich gewesen. Nicht alle Flüchtlinge waren verwundete Piloten gewesen; zwei Männer gehörten der Résistance an und wurden von der Gestapo gejagt, und auch einige junge Jüdinnen waren dabei gewesen.

Mittlerweile zweifelte kaum noch jemand daran, dass der Krieg doch noch gewonnen werden konnte. Die Amerikaner schickten große Truppenverbände, und die Jagdflieger der Royal Air Force fügten deutschen Städten schwere Schäden zu. Den Russen war es endlich gelungen, die Belagerung von Leningrad siegreich zu beenden, und selbst Rommel in Nordafrika schien nicht mehr unbesiegbar zu sein. Es gab natürlich noch die Japaner – manche sagten, sie seien nahezu am Ende, während andere behaupteten, dass sie bis zum letzten Mann kämpfen würden.

Die Menschen mochten zu etlichen Aspekten des Krieges unterschiedlicher Meinung sein, doch in einem waren sich alle einig: Schluss mit Rationierung, Verdunkelung und dem Mangel an allen Dingen des täglichen Lebens! Seltsamerweise wurde darüber mehr gejammert als über die furchtbaren Tragödien, die sich Tag für Tag ereigneten: Ehemänner, Söhne und Brüder, die im Kampf fielen, und Zivilisten, die bei Luftangriffen ums Leben kamen. Zigtausende waren obdachlos, noch mehr lebten in schwer beschädigten Häusern, und viele Kinder wuchsen ohne ihren Vater auf. Und doch wurde über diese Dinge weniger geredet als über die schamlosen Ehefrauen und Verlobten, die von unternehmungslustigen GIs auf Abwege geführt wurden.

Erst vor wenigen Tagen hatte es im Pub eine hitzige Diskussion über untreue Frauen, Schwarzmarkthändler, Plünderer und andere Beispiele für Fehlverhalten im Krieg gegeben. Sybil vertrat die Ansicht, dass die Menschen ihren moralischen Kompass verloren und all die Werte, die ihnen einst wichtig erschienen waren – Ehrlichkeit, Treue, Stolz, gute Manieren –, über Bord warfen.

Mariette war anderer Meinung. Sie glaubte, dass die Leute immer noch dieselben Wertvorstellungen hatten, die Herausforderungen und Härten des Krieges aber ihre Sichtweise verändert hatten. Sie wusste, dass sie vor ihrer Ausbildung für geheime Missionen Edwin ohne Zögern geheiratet hätte und überglücklich gewesen wäre, sich irgendwo häuslich niederzulassen und für sie beide ein Zuhause zu schaffen.

Sein Zögern, sie seinen Eltern vorzustellen, hatte sie verletzt, doch ihre Ausbildung und die Gefahr ihrer Missionen hatten ihr eine neue Perspektive verschafft. Sie hatte sehr viel über sich und das, was sie sich von ihrem zukünftigen Leben erhoffte, gelernt und war sich jetzt nicht mehr sicher, ob Edwin der Richtige für sie war.

Mariette fühlte sich immer noch sehr stark zu ihm hingezogen und sehnte sich danach, eine ganze Nacht in seinen Armen zu liegen. Aber Edwin war und blieb der vollendete Gentleman. Nie schlug er vor, mit ihr in ein Hotel zu gehen, wie es fast jeder andere verliebte Mann vorgeschlagen hätte, und während sie seine Selbstbeherrschung früher bewundert hatte, ertappte sie sich jetzt bei der Überlegung, ob es nicht ein Anzeichen innerer Kälte war, wenn ein Mann sich nur von seinem Kopf und nie von seinem Herzen leiten ließ.

Andererseits war es natürlich möglich, dass er befürchtete, er könnte fallen und sie unverheiratet und schwanger zurücklassen. Wie auch immer, sie wusste, dass sie einander allmählich entglitten. Einmal hatten sie einander so viel zu sagen gehabt, dass nie genug Zeit für alles geblieben war. Jetzt war es nicht mehr so.

Er erzählte von seinen Freunden bei der Luftwaffe, und sie plauderte über die Stammgäste im Pub. Doch solche Gespräche waren langweilig, und Spontaneität und Spannung kamen überhaupt nicht mehr auf.

Sybil meinte, dass es Edwin möglicherweise widerstrebte, über seine Erfahrungen bei Luftangriffen zu sprechen und Mariette dafür Verständnis haben sollte – schließlich durfte sie auch nicht über ihre Missionen reden. Aber das war es nicht. Mari hatte das Gefühl, dass Edwin sich ein wenig von ihr zurückzog, weil er leise Zweifel an ihr hatte. Nach allem, was er ihr erzählt hatte, schien seine Familie sehr vornehm und erzkonservativ zu sein. Wenn sie dann noch an die leicht kritischen Bemerkungen dachte, die er über die Art machte, wie sie sprach, sich anzog oder auf Menschen zuging, wurde sie den Verdacht nicht los, dass man in seinem Elternhaus weder ihre Arbeit noch die Tatsache, dass sie aus Neuseeland stammte, schätzen würde und Edwin sich dessen durchaus bewusst war.

Sehr viele Engländer schienen zu glauben, dass Neuseeländer und Australier unkultivierte Banausen waren, und vielleicht teilten Edwins Eltern diese Meinung.

Auch wenn es wehtat, von Leuten, die sie nicht einmal kannten, abgelehnt zu werden, hatte Edwin vielleicht recht, wenn er dachte, dass sie nicht die Art Ehefrau wäre, wie es seine Mutter war. Mariette kannte genug derartige »feine Damen«, die auf dem Land lebten; es gab jede Menge von ihnen in Devon und Dorset, und sie konnte sich beim besten Willen nicht vorstellen, diesem Kreis säuerlicher Frauen anzugehören, die Bridge spielten, auf die Jagd gingen und ihre Söhne auf Internate schickten. Ihre Träume von Ehe und Familienleben waren geprägt von Russell. Sie wollte als Ehefrau und Mutter genauso sein wie Belle – liebevoll, fröhlich und stets für eine Überraschung gut. Belle brauchte nicht eine Woche Zeit im Voraus, um eine Party oder ein Picknick zu organisieren; ihr reichte eine Stunde. Womit sie sich auch beschäftigte, sie hatte gute Laune, ob sie Obst einkochte, morgens Hühnereier einsammelte oder sich einen neuen Hut fertigte, der am Sonntag in der Kirche alle Blicke auf sich ziehen würde.

Während einer ihrer Abstecher nach Frankreich hatte Mariette bei Quiberon einen langen Spaziergang an der Küste unternommen und mit eigenen Augen gesehen, warum die Atlantikseite der Landzunge Côte Sauvage hieß. Stürmische Winde fegten über das karge, flache Land, und die wenigen kümmerlichen Bäumchen beugten sich im Wind. Es erinnerte sie an gewisse Orte in Neuseeland, und obwohl die Landschaft jetzt, mitten im Winter, unwirtlich erschien, wusste Mariette, dass es hier im Sommer mit duftendem, gelbem Ginster, hohen, wogenden Gräsern und dicken Büscheln Grasnelken und anderen wilden Blumen, die aus dem steinigen Boden sprossen, wunderschön sein musste.

Sie ertappte sich sogar dabei, die Häuser zu betrachten, die seit der deutschen Besatzung versperrt und verriegelt waren, und malte sich aus, eines von ihnen zu besitzen und wieder aufzusperren, die Außenwände weiß zu kalken und Töpfe mit Geranien neben die Tür zu stellen. Wenn sie Edwin erzählte, dass sie gern an einem Ort wie diesem leben würde, mit einem Boot, das am Strand lag, von der Sonne gebräunten Kindern, die sich richtig austoben konnten, dann würde er sie für verrückt halten, das wusste sie.

Es war natürlich nur die vage Ähnlichkeit mit Neuseeland, die sie wehmütig stimmte; sie wollte nicht in Frankreich leben, sondern in der Bay of Islands. Mariette konnte die Schindelhäuser von Russell vor sich sehen, die Sonne auf ihrer Haut spüren, die Stimmen all der Menschen hören, unter denen sie aufgewachsen war. Sie dachte an die Feste in Russell, wo sich alle, vom betagten Großvater bis zum Säugling, einfanden, um miteinander zu feiern. Bei solchen Partys hatte sie beobachtet, wie ihre Eltern miteinander tanzten und lachten und noch genauso verliebt wirkten, als wären sie frisch verheiratet. Dennoch hatte jeder von ihnen seine ganz individuelle Persönlichkeit behalten, ihr Vater mit seinem Talent beim Bauen, Fischen und Segeln, ihre Mutter im Zeichnen und Malen und dem Kreieren schicker Hüte.

Es war eine Ironie des Schicksals, dass sie ans andere Ende der Welt hatte fahren müssen, um zu erkennen, dass ihre Eltern genau das Leben führten, das sie sich selbst wünschte. Aber Edwin würde sich in Russell nie einleben.

Er war zu geschliffen und weltmännisch, zu festgelegt in seinen Ansichten, und er war ein Stadtmensch, auch wenn er es leugnete. Es mochte ihm Spaß machen zu segeln, zu schwimmen und zu fischen, aber nur in den Ferien, nicht das ganze Jahr über. Sie konnte sich nicht vorstellen, dass er das Fehlen von elektrischem Strom oder die schlechten Straßen lange aushalten würde. Und welcher Arbeit könnte er in Neuseeland nachgehen? Vielleicht konnte er Jurist werden oder Pilot bei einer der neuen Fluglinien, die seiner Meinung nach schon bald nach dem Krieg überall gegründet werden würden. Doch das würde bedeuten, dass sie in Christchurch, Wellington oder Auckland leben müssten.

Aber schwerer als all die nagenden Ängste und Zweifel wog die Gewissheit, dass Edwin entsetzt wäre, wenn er feststellte, dass sie keine Jungfrau mehr war. Am Beginn ihrer Beziehung hatte sie gedacht, eine Nacht voller Leidenschaft mit ihm wäre genug, um die Vergangenheit auszulöschen, doch Edwin würde erwarten, dass es ihr erstes Mal war. Das entsprach einfach seinem Wesen.

Dann waren da noch ihre Eltern und Mog. Jedem halbwegs intelligenten Menschen würde bald dämmern, dass die beiden ein bewegtes Leben hinter sich hatten. Manchen Männern mochte das gefallen, Edwin hingegen sicher nicht. Dafür war er viel zu konventionell. Und sie konnte den Gedanken nicht ertragen, ihr Leben mit jemandem zu verbringen, vor dem sie aus Angst vor seiner Missbilligung gewisse Wahrheiten verheimlichen musste.

Da sie Céleste inzwischen recht gut kannte, hatte Mariette ihr anvertraut, was Jean-Philippe über ihre Mutter gesagt hatte. Céleste hatte wissend gelächelt und Mariette geraten, Belle selbst danach zu fragen, wenn sie wieder daheim war.

»Mach nicht den Fehler, zu glauben, dass alle Frauen, die Huren sind oder waren, schlecht sind«, sagte sie. »Meiner Erfahrung nach ist das Gegenteil der Fall. Ich habe sehr viel Güte erlebt, Selbstaufopferung, Großzügigkeit und auch Mut. Jede Frau, die eine Tochter wie dich bekommen kann, muss ein wirklich guter Mensch sein. Hör dir ihre Geschichte an, wenn die Zeit reif ist, und sei stolz auf Belle!«

Mariette wusste, dass sie seit Kriegsausbruch genug von den Schattenseiten des Lebens gesehen hatte, um alles zu akzeptieren, was ihre Eltern früher einmal getan haben mochten. Aber Edwin wäre dazu bestimmt nicht imstande. Er würde es natürlich versuchen – schließlich war er ein guter, toleranter Mann –, doch wie Mog zu sagen pflegte: »Du kannst einen Blinden nicht sehend machen, so sehr du es auch willst.«

Mariette wandte sich vom Fenster ab, schlüpfte in eine Pyjamahose aus Flanell, stopfte die Hosenbeine in die Socken und zog noch eine dicke Wollhose darüber. Oben trug sie ein Flanellhemd, eine Strickweste und zwei Pullover. Sie musste es auf dem Meer warm haben, andernfalls wäre es unerträglich.

Wie jedes Mal, wenn sie sich auf eine Mission begab, hoffte sie, es würde die letzte sein. Die Angst blieb ihr ständiger Gefährte. Einmal war sie nur knapp davongekommen, als deutsche Soldaten genau in dem Moment den Strand hinuntergekommen waren, als sie gerade weggerudert war. Damals hatte sie die Jüdinnen bei sich gehabt, und die Deutschen hatten das Feuer eröffnet. Zum Glück war das Boot außer Reichweite, und die Kugeln schlugen wirkungslos im Wasser ein. Aber das Entsetzen blieb. Sie hatten fest damit gerechnet, dass die Soldaten Verstärkung rufen und ein Schnellboot losschicken würden, um sie abzufangen. Aus irgendeinem Grund geschah das nicht – Luc war der Meinung, dass die Soldaten woanders hätten sein sollen und sich keinen unangenehmen Befragungen aussetzen wollten –, aber obwohl sie gerade noch mal Glück gehabt hatten, wusste Mariette, dass so etwas vermutlich kein zweites Mal passieren würde.

Edwin schien zu glauben, dass die Alliierten im Frühsommer in Frankreich einmarschieren würden, und Mariette hoffte inständig, dass er recht behielt. Von Céleste und den französischen Fischern hatte sie gehört, wie sehr die Menschen unter der Besatzung litten. Den Bauern waren ihre Feldfrüchte ebenso genommen worden wie ihr Vieh, und manchmal wurden Bauernhöfe geplündert und danach in Brand gesteckt. Kinder hungerten, und alte Leute starben, weil sie zu wenig zu essen und zu wenig Holz hatten, um ihre Öfen zu befeuern.

Es war Luc, der ihr erzählte, dass Céleste die Gewinne, die sie mit ihrem Café und dem Bordell machte, dazu verwendete, Einheimischen unter die Arme zu greifen. »Manche Leute nennen sie eine Kollaborateurin, weil Deutsche in ihrem Haus verkehren, aber jeder Sou, den sie von ihnen bekommt, landet bei unseren Leuten, und indem sie die Résistance unterstützt, geht sie ein großes Risiko ein. Im Ort gibt es Leute, die jemanden für einen Laib Brot oder ein paar Eier verraten würden. Es ist also nur eine Frage der Zeit, bis einer von denen mit dem Finger auf sie zeigt.«

Mariette wusste jetzt, dass all die schrecklichen Gerüchte über Lager, in denen Juden vergast wurden, stimmten und keine Gräuelpropaganda gegen die Nazis waren. Sie wusste auch, dass alle Mitglieder der Résistance, die erwischt wurden, erschossen oder in Arbeitslager gesteckt wurden. »Arbeitslager« klang vielleicht besser als »Erschießung«, aber nach allem, was man sich erzählte, war es fast noch schlimmer, weil es einen langsamen und qualvollen Tod durch Krankheiten und Verhungern bedeutete. All das machte Célestes eiserne Entschlossenheit, die Gestapo an der Nase herumzuführen, noch bewundernswerter.

»Wenn du den Zug nicht verpassen willst, solltest du dich lieber auf die Socken machen!«, rief Sybil nach oben und riss Mariette unsanft aus ihren Überlegungen.

Mari packte die letzten Sachen ein. Sie wollte nicht gehen, doch es blieb ihr nichts anderes übrig. Da draußen waren Menschen, die auf ihre Hilfe angewiesen waren. Sybil versuchte nicht mehr, Mariette etwas über ihre Missionen zu entlocken. Aber ihr war bestimmt klar, wie gefährlich es war, weil ihre Umarmungen zum Abschied immer inniger und ihre Erleichterung bei Mariettes Heimkehr stets größer wurde.

Auf dem Boden ihres Schrankes hatte Mariette für den Fall, dass sie nicht wiederkam, eine Blechdose mit Briefen an ihre Eltern, Mog, ihre Brüder, an Edwin, Sybil und Ted sowie Ian und Sandra zurückgelassen. In den Briefen erzählte sie von den heimlichen Aufträgen der letzten Monate. In einem ihrer Briefe hieß es:

Bitte verzeih mir, dass ich mich so großer Gefahr ausgesetzt habe! Ich bin froh, dass ich durch meine Fähigkeit, fließend Französisch zu sprechen und ein Boot zu handhaben, einigen Menschen helfen konnte. Meine Eltern haben immer behauptet, dass ich schon als Kind eine kleine Rebellin war, und jetzt bin ich stolz darauf, den Deutschen zu trotzen und direkt vor ihrer Nase Leute aus Frankreich zu schmuggeln.

Jeder Brief war individuell auf den Empfänger zugeschnitten, um jedem zu sagen, wie viel er ihr bedeutete und warum. Als sie die Umschläge in die Dose steckte, fiel ihr ein, dass sie das Einzige waren, was sie zu hinterlassen hatte. Ihre Kleider und anderen Habseligkeiten passten in einen kleinen Koffer. Und falls sie in Frankreich starb, würde niemand je wissen, wo sie begraben lag.

Am nächsten Morgen um sieben Uhr trafen sich das englische und das französische Boot wieder einmal auf offener See. Der Himmel war bleiern, und es sah so aus, als würde es bald wieder schneien. Luc und Guy, inzwischen alte Bekannte, begrüßten Mariette. Guy war düster und wortkarg wie immer und nickte ihr nur zu, aber auch Luc, mit dem sie sich in den letzten Monaten angefreundet hatte, wirkte besorgt.

Sowie sie ihre Sachen in die Kajüte gebracht hatte, kochte sie Kaffee und brachte ihn den Männern zusammen mit etwas Käse und Zwiebelkuchen, den sie aus dem Pub mitgebracht hatte, ins Steuerhaus.

»Selbst gemacht?«, fragte Luc, nachdem er gekostet hatte. »Schmeckt gut.«

»Danke«, sagte sie. »Und jetzt raus mit der Sprache, was ist los?«

Er stieß einen tiefen Seufzer aus. »Heute Nacht sollst du vier jüdische Kinder aus Frankreich holen, und ich glaube, es ist viel zu riskant.«

Mariette hatte Verständnis für seine Ängste. Bei Kindern bestand immer die Gefahr, dass sie zu weinen anfingen und damit alles verrieten. Man konnte sie nicht sich selbst überlassen, wenn etwas schiefging, sie konnten nicht so schnell laufen wie Erwachsene oder dabei helfen, das Boot ins Wasser zu schieben. Sie waren in jeder Hinsicht ein Hindernis. Aber für Mariette waren Kinder die Zukunft und unschuldige Wesen, die unbedingt gerettet werden mussten. Sie hatte von den Transporten gehört, bei denen Juden in Viehwaggons gepfercht wurden, in denen es kaum Luft zum Atmen oder auch nur Wasser gab, und konnte den Gedanken nicht ertragen, dass irgendein Mensch so furchtbar behandelt wurde, schon gar nicht Kinder.

»Arme kleine Dinger!«, sagte sie und stellte sich vor, wie verängstigt sie sein mussten und welches Schicksal sie erwartete, wenn sie erwischt wurden. »Aber ich bin sicher, wir kriegen das hin.«

»Ich habe mich nie einverstanden erklärt, Kinder mitzunehmen«, erwiderte Luc eigensinnig. »Das Risiko ist viel zu groß. Ich habe eigene Kinder, für die ich sorgen muss. Wenn ich erwischt werde, komme ich vor ein Erschießungskommando, und was wird dann aus ihnen?«

Mariette verstand sein Dilemma, doch sie wusste, dass die Leute, die die Rettungsaktionen organisierten, sehr gute Gründe dafür haben mussten, diese vier Kinder außer Landes zu bringen. »Dann müssen wir eben dafür sorgen, dass wir nicht erwischt werden«, entgegnete sie mit mehr Zuversicht, als sie empfand.

Mari hatte bei den letzten drei Einsätzen nicht zu Céleste gehen können, weil eine Nichte, die mit schöner Regelmäßigkeit auftauchte, um nur wenige Stunden zu bleiben, irgendwann Verdacht erregen würde. Immerhin hatte es den Vorteil, dass sie sich nicht umziehen musste, sondern ihre warmen Sachen anbehalten konnte.

Der Hafen war nur mit einer dünnen Schneeschicht überzogen. Mariette wurde wie üblich von Gilpin abgeholt und bei einem Schuppen in einer Nebenstraße abgesetzt, wo sie sich verstecken musste, bis Céleste erschien und sie über alles Weitere informierte. Auch Gilpin wirkte nervös und sprach kaum ein Wort.

Mariette musste drei Stunden in dem eiskalten Versteck warten, bis Céleste endlich kam.

»Tut mir schrecklich leid«, sagte sie, als sie sah, dass Mari vor Kälte zitterte. »Aber ich bin einfach nicht früher weggekommen. Es wird von Tag zu Tag schwieriger, und ich weiß kaum noch, wem ich trauen kann. Ich habe dir etwas warme Suppe mitgebracht.«

Dankbar trank Mariette die heiße Brühe, auch wenn sie praktisch nach nichts schmeckte.

»Früher einmal war ich stolz auf meine Kochkünste«, bemerkte Céleste. »Jetzt, da es so schwer ist, auch nur Grundnahrungsmittel zu bekommen, muss ich mich mit dem behelfen, was da ist.«

»In England ist es das Gleiche«, erwiderte Mariette. »Die Leute kochen Rübenkraut, das Trockenei ist widerlich, und unlängst haben wir getrocknetes Kartoffelpulver bekommen, das sich *Pomme* nennt. Man soll es mit heißem Wasser verrühren, um Püree daraus zuzubereiten, aber es schmeckt grauenhaft.«

»Ich wünschte, ich könnte länger bei dir bleiben oder dich wenigstens irgendwo hinbringen, wo es wärmer ist, doch das geht leider nicht«, sagte Céleste bedauernd. »Ich glaube, jemand im Café bespitzelt mich; ich habe gesehen, dass ein Mann das Lokal beobachtet. Nach diesem Einsatz müssen wir eine Weile pausieren, es wird zu riskant.«

»Luc sagt, dass es diesmal Kinder sind.«

»Ja. Ich kann dir dazu nur sagen, dass sie Kinder von unseren Leuten sind. Das jüngste ist vier, das älteste vierzehn, und wir müssen sie in Sicherheit bringen.«

Mariette erkannte an der sorgenvollen Miene der anderen, dass sie befürchtete, die vier könnten, wenn sie gefasst wurden, als Geiseln genommen und dazu benutzt werden, an ihre Eltern oder andere Widerstandskämpfer heranzukommen.

»Alles wie gehabt?«, fragte sie.

»Ja. Die Kinder sind schon in einem Versteck beim Strand. Das Ruderboot liegt am üblichen Platz, und du musst wegen der Flut um halb sechs aufbrechen. Der Wachtposten auf diesem Abschnitt ist normalerweise gegen Viertel vor sechs dort, aber er kommt immer auf einen Cognac ins Café, wenn es kalt ist, und ich werde ihn dazu bringen, ein bisschen länger im Warmen zu bleiben.«

Mariette fragte Céleste nicht, ob ihr das auch gelingen würde. Sie vertraute ihr.

»Du gehst hier los, wenn die Kirchturmuhr fünf schlägt«, fuhr Céleste fort. »Bernard, der Älteste, weiß auch, wann sie bereit sein müssen. Wenn du am Strand ankommst, gibst du das übliche Zeichen, damit er weiß, dass du es bist.«

Mariette nickte. Sie hatte sich ihr Signal selbst ausgedacht – sie klapperte mit ein paar Kieselsteinen in einer Blechdose, weil Pfeifen oder Rufen zu riskant wäre.

»Das ist vielleicht das letzte Mal, dass wir uns sehen.« Céleste umarmte Mariette. »Ich habe das Gefühl, dass bald bessere Zeiten anbrechen. Hoffentlich irre ich mich nicht. Aber falls wir uns nicht mehr begegnen, möchte ich dir für alles danken, was du für uns getan hast. Dein Mut ist bewundernswert. Alles Gute für die Zukunft!«

Céleste ging, und Mariette war ein bisschen traurig. Sie hatte die ältere Frau schätzen und lieben gelernt, und der Gedanke, dass sie einander nie wiedersehen würden, bekümmerte sie.

In ihrem Versteck im Schuppen hörte sie die Kirchturmuhr erst ein Uhr schlagen, dann zwei, drei und vier. Weil ihr so kalt war, schien es von einem Schlag bis zum nächsten viel länger als eine Stunde zu dauern. Nach vier Uhr wurde es dunkel. Mariette stand auf und lief eine Weile auf der Stelle, um ihre Durchblutung anzuregen.

Endlich war es fünf! Mari öffnete vorsichtig die Schuppentür und lauschte. Als sie sich davon überzeugt hatte, dass niemand in der Nähe war, lief sie zum Strand hinunter.

Wie üblich war eine dunkle Neumondnacht gewählt worden, aber sie konnte den Umriss des großen Felsens, hinter dem sich das Boot verbarg, gerade noch ausmachen. Selbst über das Schlagen der Wellen hinweg konnte sie das Bimmeln der Boje hören, das ihr die Richtung angab, in die sie rudern musste.

Sie hob eine Handvoll Kieselsteine auf, warf sie in ihre Dose und klapperte damit. Ein schwaches Geräusch war zu hören. Mariette drehte sich um und sah die vier Kinder wie Schatten durch das Gartentor des Hauses huschen, das dem Strand am nächsten war. Céleste hatte ihr erzählt, dass es wohlhabenden Leuten aus Paris gehörte, die vor dem Krieg immer den ganzen Sommer hier verbracht hatten. Jetzt war es abgesperrt, die Fensterläden waren geschlossen, die Türen verriegelt, aber Mariette nahm an, dass Céleste Zugang zum Keller oder einem der Nebengebäude hatte.

Sie ging zu den Kindern und strich jedem zur Begrüßung sanft über die Wange. Der älteste Junge, der, wie sie jetzt wusste, Bernard hieß, war größer als sie. Er und der andere Junge, der sechs, sieben Jahre alt sein mochte, trugen dunkle Sturmhauben, die zwei kleinen Mädchen schwarze Mäntel und Mützen.

»Kommt!«, wisperte Mariette auf Französisch und streckte ihre Hände nach den Mädchen aus. »Ich bringe zuerst euch zum Boot und gehe dann die Jungs holen.«

Mariette wies die zwei Jungen an, in den Garten zurückzugehen und sich hinter der Mauer zu verstecken, bevor sie mit den Mädchen über den Strand hastete. An diesem Punkt einer Rettungsaktion bekam sie regelmäßig Angst, dass das Boot nicht mehr da war oder plötzlich ein Soldat auftauchen würde. Doch das Ruderboot lag wie immer an seinem Platz. Schnell hob sie die Kinder hinein und bat sie, sich auf den Boden zu legen.

Sie war fast schon bei den Jungen, als sie zu ihrem Entsetzen Schritte auf dem Fußweg hörte. Die Tatsache, dass sie laut und deutlich zu vernehmen waren, sagte ihr, dass es ein Soldat in schweren Stiefeln war. Ihr gefror das Blut in den Adern. Wenn die Mädchen im Boot nach ihr riefen oder die Jungen versuchten, zu ihnen zu kommen, war alles verloren.

Als sie beim Gartentor anlangte, verriet ihr Bernards verängstigtes Gesicht, dass er sich der Gefahr durchaus bewusst war. Sie bedeutete den beiden Jungen schweigend, sich hinter die Mauer zu ducken, und legte einen Finger an ihren Mund, um sie daran zu erinnern, keinen Laut von sich zu geben.

Mariette selbst blieb beim Tor. Sie hoffte, der Wachtposten wäre nur ein bisschen zu früh gekommen und würde seinen Kontrollgang so schnell wie möglich hinter sich bringen, um bald wieder im Warmen Zuflucht zu suchen. Doch zu ihrem Entsetzen hielt er wenige Schritte von ihrem Versteck entfernt im Gehen inne und musterte scharf den Strand, als suchte er etwas Bestimmtes.

Es lag zwar Schnee, aber es waren kaum zwei Zentimeter, und Mariette war sicher, dass es zu dunkel war, um all die Fußspuren zu erkennen. Könnte eines der Mädchen gerufen haben, und der Soldat hatte es gehört? Das erschien eher unwahrscheinlich, da das Rauschen der Brandung laut genug war, um alles außer einem energischen Schrei zu übertönen.

Mariette wartete und wartete, aber der Wachtposten rührte sich nicht vom Fleck.

Auf einmal kam ihr der Gedanke, dass er hierher geschickt worden war, um genau diese Stelle zu bewachen, und nicht weggehen würde. Ihr wurde übel, denn das würde bedeuten, dass die Deutschen Verdacht geschöpft hatten und vermuteten, dass von diesem Strand aus Leute außer Landes geschmuggelt wurden.

Mariette befand sich in einer ausweglosen Situation. Sie konnte nicht zu den zwei kleinen Mädchen zurückkehren, aber nicht mehr lange und sie würden so sehr frieren und sich ängstigen, dass sie aus dem Boot klettern würden. Die Jungen zum Boot zu bringen war genauso ausgeschlossen.

Der Soldat würde auf die Kinder schießen, wenn er sie entdeckte, das wusste sie mit absoluter Gewissheit. Und das durfte sie nicht zulassen!

Ihr ging durch den Kopf, was PJ gesagt hatte: »Du wirst feststellen, dass du dein Messer gebrauchen wirst, falls dein Leben oder das anderer davon abhängt.«

Sie schob ihre Hand in die Jackentasche und schloss sie um das Messer. Es gab keine Alternative, sie musste den Wachtposten töten. Die vier Kinder durften nicht sterben, nur weil sie Angst hatte.

Aber sie hatte Angst. Wenn sie Frauenkleidung getragen hätte, wäre sie unbekümmert hinausgeschlendert, hätte beim Anblick des Wachtpostens sehr überrascht getan und dann ein bisschen mit ihm geflirtet, um näher an ihn heranzukommen. Doch ihr Aufzug würde sofort sein Misstrauen wecken. Sie musste den Mann überrumpeln.

Mariette bedeutete Bernard zu bleiben, wo er war, bevor sie all ihren Mut zusammennahm und an der Gartenmauer entlangkroch, weg von dem Posten. An einer Stelle, wo die Mauer von einem dichten Busch überwuchert wurde, blieb sie stehen.

Sie hob ein paar Steine auf und kletterte auf die Mauer. Im Schutz des Geästes warf sie einen der Steine, der mit einem kurzen »Pling« aufschlug. Mariette spähte durch den Busch und sah, dass der Soldat den Kopf in Richtung des Geräuschs wandte, sich jedoch nicht bewegte.

Mariette warf noch einen Stein, diesmal etwas weiter in Richtung Strand, wo er mit einem Klacken an die Felsen prallte. Jetzt setzte sich der Soldat in Bewegung. Er ging auf die Stelle zu, wo sie sich versteckte, und spähte auf den dunklen Strand, als glaubte er, dass jemand dort lauerte.

Mariette kletterte lautlos von der Mauer auf den schmalen Pfad, auf dem auch der Soldat stand. Sie war jetzt nur noch einen guten Meter von ihm entfernt, so nahe, dass sie den Zigarettenrauch in seinem Mantel riechen konnte.

Prüfend musterte sie den Mann. Er war nicht viel größer als sie, aber er war kräftig gebaut und bewegte sich schwerfällig. Sein Gewehr hing über seiner Schulter, und er hatte beide Hände in die Taschen gesteckt. Wenn sie ihn so schnell ansprang, wie sie es in ihrer Ausbildung gelernt hatte, könnte sie ihm die Kehle aufschlitzen, noch bevor er die Hände hervorgezogen hatte.

Um sich zu dieser Tat zu überwinden, beschwor sie vor ihrem geistigen Auge das Bild der verängstigten kleinen Mädchen im Boot und der beiden Jungen auf der anderen Seite der Gartenmauer herauf. Für diese Kinder musste sie es wagen. Ein Versagen ihrerseits bedeutete für sie alle den Tod, und Luc, Guy und Céleste würden so gut wie sicher vor einem Erschießungskommando landen.

Auf Zehenspitzen huschte sie näher an den Soldaten heran, in der Hoffnung, dass die Brandung auf den Felsen jedes Geräusch, das sie verursachte, überdecken würde.

Sie holte tief Luft, reckte sich auf die Zehenspitzen und sprang den Soldaten von hinten an. Mit der linken Hand packte sie sein Kinn und riss seinen Kopf zurück. Er brüllte auf, und sein Helm krachte an ihre Schulter. Mariette umklammerte das Messer fest mit ihrer rechten Hand und zog es quer über seine Kehle.

Der Mann taumelte und gab ein Röcheln von sich, und sie spürte, wie Blut aus seiner Wunde spritzte und warm über ihre kalte Hand lief. Ein metallischer Geruch hing in der Luft. Der Posten sackte an ihren Oberkörper, und sie versetzte ihm einen Stoß, sodass er vornüber auf die Knie fiel, und rannte zu den Jungen.

»*Vite, vite!*«, rief sie, um sie zu höchster Eile anzutreiben.

Wie der Blitz schossen sie über den Strand, ohne dem Soldaten mehr als einen flüchtigen Blick zu gönnen.

Früher hatte Mariette sich am Strand immer langsam und vorsichtig bewegt, um möglichst wenig Lärm zu machen, aber das war ihr jetzt gleichgültig. Sie wurde nur von dem Gedanken beherrscht, die Kinder ins Boot zu schaffen und aufs Meer hinaus zu rudern.

Als Bernard den anderen Jungen ins Ruderboot hob, sprangen die beiden kleinen Mädchen erschrocken auf.

»Unten bleiben!«, befahl Mariette, die schon nach dem Tau griff, das an einem Metallpfosten im Sand befestigt war.

Bernard half ihr, so gut er konnte, das Boot ins Wasser zu befördern. Die Zeitverzögerung bedeutete, dass die Flut schon ein wenig zurückgegangen war, und es war harte Arbeit, bis sie es endlich geschafft hatten und der Bug im Wasser lag.

»Spring rein!«, sagte Mariette zu Bernard. »Ich schiebe es noch ein Stück weiter raus.«

Der Junge gehorchte. Als Mariette spürte, dass das Boot auf den Wellen dümpelte, hievte sie sich an einer Seitenwand hoch. Auf einmal hörte sie einen Knall, aber noch bevor ihr Verstand erfasst hatte, dass es ein Schuss war, jagte ein brennend heißer Schmerz durch ihr rechtes Knie.

»Er war nicht tot!«, rief Bernard. Er packte Mariette an den Schultern und zerrte sie ins Boot.

Ein zweiter Schuss ertönte. Der kleinere Junge stieß einen Schrei aus, und Mariette sah zu ihrem Entsetzen, dass er in der Schulter getroffen worden war.

Sie griff nach den Rudern und stieß das Boot vom Felsen ab. Die Flut zog sie sofort aufs offene Meer hinaus.

Wieder ein Schuss. Sie sah das Blitzen der Gewehrmündung, die dicht über dem Boden hin und her schwankte, als feuerte der Schütze mit letzter Kraft.

»Bernard, nimm das und drück es fest auf die Wunde des Kleinen!«, befahl sie ihm und gab ihm ihren Schal. »Wie heißt er?«

»Isaac«, sagte Bernard. »Er ist der Bruder von Sabine, dem kleinen Mädchen. Celine ist sechs, und sie ist meine Schwester.«

»In Ordnung, Isaac«, sagte Mariette, während sie forsch weiterruderte und sich dabei größte Mühe gab, nicht vor Schmerz zu schreien. »Du bist angeschossen worden, genau wie ich, aber man wird uns schon zusammenflicken, wenn das Boot kommt. Doch bis dahin müssen wir uns mucksmäuschenstill verhalten. Kannst du richtig tapfer sein und nicht weinen, bis wir in Sicherheit sind?«

»Ich versuch's«, schniefte er. »Aber die Wunde tut wirklich weh.«

»Meine auch«, gab sie zu. »Wir werden trotzdem durchhalten.«

Mariette konnte das Bimmeln der Glocke hören, aber die Boje nicht sehen, weil die Wellen so hoch waren. Mittlerweile waren sie alle bis auf die Haut durchnässt, und die kleine Sabine klammerte sich mit ängstlichen Augen an Bernard. Celine drückte den Schal auf Isaacs Wunde und versuchte, den Jüngeren zu trösten. Mariette streifte der Gedanke, dass diese vier Kinder schon einige Male die Hölle durchlebt haben mussten, um in dieser schrecklichen Situation so gefasst zu bleiben. Es war dunkel, bitterkalt, sie waren klatschnass, das Boot drohte zu kentern, und bei ihnen war eine Frau, die sie nicht kannten.

Mariette wünschte, sie wäre selbst so gefasst. Aber sie litt starke Schmerzen, und sie hatte Angst, dass aufgrund der Schüsse andere Soldaten kommen und ihren Kameraden entdecken würden. Es war zu dunkel, um erkennen zu können, was am Strand vor sich ging. Hielten sich dort bereits weitere Soldaten auf? Hatte Luc nicht mit seinem Boot rausfahren können, weil die Deutschen ihn verdächtigten? Wie lange konnte sie mit vier Kindern auf dem offenen Meer bleiben und sich an die Hoffnung klammern, dass jemand kommen würde, um sie zu retten?

Die Schmerzen und die Angst um die Kinder ließen das alles wie den schlimmsten aller Albträume erscheinen. Im Geist sah sie vor sich, wie Céleste versuchte, deutsche Offiziere, die das *Plume Rouge* durchsuchen wollten, zu becircen. Würde man ihre Freundin verhaften und abtransportieren?

Was sollte sie bloß unternehmen? Sie konnte nicht die ganze Nacht hier draußen bleiben, bis morgen früh wären sie alle erfroren. Wenn sie nicht einmal die Boje finden konnte, wie sollte sie es dann schaffen, weiter an der Küste entlangzurudern und ihre Schützlinge an irgendeiner Stelle an Land zu bringen? Und selbst wenn es ihr gelang, wohin sollten sie fliehen?

Schlimmer als alles andere war, dass Isaac und sie verwundet waren. Mariette verstand nicht viel von Medizin, aber sie wusste, dass ihre Kniescheibe zerschmettert war. Und so schnell wie das Blut aus der Wunde floss, würde sie bald das Bewusstsein verlieren. Isaac war ein Kind, und wenn er nicht schleunigst behandelt wurde, würde er sich eine Infektion zuziehen und daran sterben.

Verzweifelt suchte sie nach einem Ausweg.

Sie fühlte, dass ihre Kräfte rapide nachließen, aber sie biss die Zähne zusammen und zwang sich, daran zu denken, was ihr Vater im letzten Krieg durchgemacht hatte. Er hatte weitergekämpft, obwohl er schwer verletzt gewesen war, und das musste sie auch.

Auf einmal sah sie sein Gesicht vor sich. Er sagte etwas zu ihr, und sie musste sich anstrengen, um ihn zu verstehen. »Wahrer Mut ist, an dem festzuhalten, was richtig ist«, hörte sie ihn sagen, »egal, was es dich kostet, und auch wenn schon längst jede Hoffnung verloren scheint.«

Sie wusste, dass er ihr diesen Rat gegeben hatte, bevor sie Neuseeland verlassen hatte, doch es schien, als wäre er jetzt hier bei ihr und flüsterte ihr die Worte ins Ohr.

»*Elise!*«

Sie riss sich zusammen, als sie den Namen hörte, der ihr kaum noch etwas sagte.

Bernard stupste sie an. »Ich glaube, die Boje ist gleich hier, ich habe sie gerade eben gesehen!«

Das kleine Boot wurde von einer hohen Welle mitgerissen, und als sie wieder nach unten sanken, sah Mariette den Schwimmkörper. Mit all dem Geschick, das sie sich in ihrer Jugend in Russell angeeignet hatte, warf sie eine Schlinge über die Boje und zog das Boot näher heran.

»Du machst das wirklich gut«, sagte Bernard bewundernd.

»Ich habe viel Übung«, erwiderte sie und brachte ein schwaches Lächeln zustande, obwohl ihr Knie sich anfühlte, als würde es explodieren.

»Isaac geht es sehr schlecht«, rief Celine aufgeregt. »Und Sabine und mir ist furchtbar kalt.«

»Jetzt dauert es nicht mehr lange«, versprach Mariette. »Spielen wir, wer von uns den Fischkutter zuerst sieht?«

Sie schienen eine Ewigkeit in dem schwankenden kleinen Boot zu warten, von bitterkaltem Wasser übersprüht und dem eisigen Wind preisgegeben. Fünf Augenpaare starrten in die Dunkelheit.

Und dann, gerade als Sabine zu weinen anfing, entdeckte Bernard das winzige grüne Licht des Fischerbootes. »Das muss es sein!«, verkündete er begeistert. »Wenn es ein deutsches Schiff wäre, hätte es große Suchscheinwerfer.«

Später, als Mariettes Knie von Luc gereinigt und verbunden worden war und sie, in eine Decke gewickelt, in der Koje lag, erfuhr sie, dass es erst sieben Uhr gewesen war, als er sie und die Kinder aufgelesen hatte. Sie konnte nicht fassen, dass nur zwei Stunden vergangen waren, seit sie ihr Versteck verlassen, die Kinder gefunden, den Soldaten getötet und dann mit zerschmettertem Knie bei schwerer See zur Boje gerudert war, um auf Luc zu warten.

Vor allem die Zeit, in der sie auf dem offenen Meer auf Luc gewartet hatten, schien Stunden und Stunden gedauert zu haben.

»Wenn wir jetzt nicht von einem U-Boot torpediert oder einem Flugzeug bombardiert werden, haben wir's überstanden«, sagte sie und lachte. Sie konnte ihm unmöglich erklären, wie herrlich es gewesen war, ihn mit seinem Boot kommen zu sehen.

»Nicht ganz«, erinnerte Luc sie streng. »Ihr müsst noch auf das englische Boot kommen, und dein Knie muss dringend versorgt werden.«

»Hauptsache, wir sind am Leben«, sagte sie. Ihr Knie tat höllisch weh, doch es war eine Erlösung gewesen, aus den durchnässten, nach Blut riechenden Sachen zu kommen. »Wie geht es Isaacs Schulter?«

Guy stand am Steuer, und Bernard und Luc hatten für die Kinder auf dem Boden der Kajüte aus Decken und Kissen ein behelfsmäßiges Lager errichtet, auf dem die Kleinen sich zusammengerollt hatten und schliefen.

»Ist nur eine Fleischwunde.« Luc betrachtete die Kinder lächelnd. »Sieh nur, wie tief und fest der Junge schläft, die Schmerzen können nicht allzu schlimm sein.«

Auch Mariette lächelte die Kinder an, bevor sie zu Bernard schaute, der, in eine Decke gehüllt, am Tisch saß. »Und wie geht es dir?«, fragte sie ihn.

Er wandte den Kopf und versuchte zu lächeln. »Ganz gut, danke.« Er war ein großer, sehr dünner Junge mit dunklen Augen, die viel zu groß für sein Gesicht zu sein schienen; seine schwarzen Locken hätten einen Haarschnitt vertragen können. Mariette vermutete, dass er daran dachte, wie sie den deutschen Soldaten getötet hatte. Die Entdeckung, dazu imstande zu sein, war schon für sie schlimm genug, aber so etwas als Kind mit anzusehen, musste noch erschütternder sein.

»Du solltest jetzt ein bisschen schlafen«, sagte sie.

Luc verkündete, zu Guy ins Steuerhaus zurückzumüssen.

Sowie er draußen war, sah Bernard wieder Mariette an. »Hast du schon viele Menschen getötet?«, fragte er.

»Nein, heute war es das erste Mal. Und ich habe es nicht sehr gut gemacht, sonst hätte er nicht auf uns geschossen.«

»Ich konnte es gar nicht fassen«, gestand er leise. »Ich meine, du hast ihn angesprungen wie eine Wildkatze, und als du dann seinen Kopf nach hinten gerissen hast, konnte ich sehen, wie du ihn umgebracht hast.«

»Es gab nur eine Möglichkeit – er oder wir«, sagte sie. »Ich hoffe, das macht es dir ein bisschen leichter.«

»Ich weiß, dass Menschen im Krieg sterben. Und nach allem, was die Nazis meinen Leuten antun, sollte ich froh sein, einen von ihnen weniger auf der Welt zu wissen. Doch ein Messer ist irgendwie … persönlicher als ein Gewehr.« Seine Stimme schwankte.

Mariette wünschte, sie könnte aufstehen und ihn in die Arme nehmen. Er war zu jung, um solche Sachen mit anzusehen, aber sie nahm an, dass er schon mehr Gräuel erlebt hatte als die meisten Menschen in ihrem ganzen Leben.

»Versuch, nicht allzu viel darüber nachzudenken, Bernard!«, bat sie. »Ich war selbst entsetzt herauszufinden, dass ich dazu fähig bin. Doch ich bin auch froh darüber, sonst wären wir alle jetzt nicht hier. Und deine Eltern wären sehr stolz auf dich, wenn sie gesehen hätten, wie gut du dich heute Nacht gehalten hast. Aber jetzt komm her! Du bist völlig erschöpft, und hier ist Platz genug für uns beide!«

Er kroch in die Koje und schlief fast im selben Moment ein, als sein Kopf das Kissen berührte. Mariette wünschte sich, sie könnte auch so friedlich schlummern, die Schmerzen in ihrem Knie und den Geruch von Blut, der an ihr zu haften schien, ebenso wegwaschen wie die Trauer darüber, dass sie nur vier jüdische Kinder hatte retten können, wenn es noch Zigtausende gab, die elend umkommen würden, ehe der Krieg zu Ende war.

KAPITEL 28

Russell, Neuseeland

»Ich kann nicht fassen, dass ihr etwas so Furchtbares zugestoßen ist!«, schluchzte Belle an Etiennes Brust. »Wir hätten sie nie nach England schicken dürfen!«

»Im Krankenhaus geht es ihr jetzt bestimmt gut«, beschwichtigte Etienne sie, wobei er inständig hoffte, dass er recht hatte. Er musste sich immer noch von dem Schrecken erholen, der ihn gepackt hatte, als er im Morgengrauen zu Peggys Bäckerei gerufen worden war, um dort einen Anruf von Sybil entgegenzunehmen. Zu erfahren, dass ihre Tochter, statt sicher in einem verschlafenen, englischen Fischerdörfchen hinter der Theke eines Pubs zu arbeiten, bei einer geheimen Mission in Frankreich angeschossen worden war, war ein furchtbarer Schock gewesen. Etienne war immer der Überzeugung gewesen, er würde alles, was im Leben auf ihn zukam, mit Fassung tragen, doch er hatte sich getäuscht. Es war unmöglich, gelassen zu bleiben, wenn eines seiner Kinder verletzt oder in Gefahr war.

»Warum hat sie sich nur auf etwas so Gefährliches eingelassen?«, weinte Belle. »Weiß sie denn nicht, dass wir mit unseren Jungs dort drüben ohnehin schon genug Sorgen haben?«

»Ich finde, wir sollten stolz sein, dass sie sich entschlossen hat, auch in diesem Krieg mitzukämpfen«, sagte er. »Hast du dir damals im letzten Krieg, als du Rettungsfahrerin warst, etwa überlegt, wie Mog zumute sein würde, wenn dir etwas zustößt?«

»Das war etwas anderes«, schniefte Belle.

Etienne grinste. Belle war in jüngeren Jahren selbst sehr impulsiv und wagemutig gewesen, und dennoch hatte sie Maris Kampfgeist immer verurteilt. Jungen durften ruhig Schneid haben, aber Mädchen hatten ihrer Meinung nach still und brav zu sein.

»War es nicht«, widersprach er. »Du bist Krankenwagen gefahren, weil du dich nützlich machen wolltest. Wir wissen zwar nicht, was Mari nach Frankreich geführt hat, doch ich bin mir sicher, es war etwas ganz Ähnliches. Also trockne deine Tränen und sei froh, dass sie überlebt hat!«

Belle schnitt eine Grimasse. »Du hast sie schon immer in Schutz genommen, wenn sie unüberlegt gehandelt hat!«

»Genau wie du stets Alexis und Noel verteidigt hast, wenn ich sie mir wegen ihrer Zaghaftigkeit zur Brust nehmen wollte! Das ist das Gute an Eltern – sie stellen in der Erziehung ein Gleichgewicht der Kräfte her.«

Er lächelte seine Frau an, die einen Schmollmund zog. Wenn sie sich durchgesetzt hätte, hätte sie ihre Jungen völlig verzärtelt.

»Wirklich schön, dass Sybil Mari anscheinend sehr gern hat«, sinnierte Belle. »Ich wünschte nur, wir könnten sie besuchen. Briefe und Telefonate sind nicht genug – nicht wenn sie im Krankenhaus liegt.«

In dem Moment kam Peggy in den Laden der Bäckerei gewuselt. Ihr rundes Gesicht war von der Hitze der Backöfen und vor Aufregung gerötet. Als sie den Anruf aus England entgegengenommen hatte, hatte sie Angst gehabt, eines der Carrera-Kinder könnte umgekommen sein, und jetzt Belles und Etiennes blasse Gesichter zu sehen, bestätigte ihre Befürchtungen.

»Ist eines von euren Kindern …« Sie brach ab, unfähig, das schreckliche Wort auszusprechen.

»Nein, alle sind am Leben, und es geht ihnen gut, Peggy. Nur Mari hat eine Knieverletzung«, sagte Etienne, dem klar war, was ihre Freundin befürchtet hatte. »Die Dame, die angerufen hat, war Sybil, die Besitzerin des Pubs, in dem Mari kellnert. Wir sind nur so verstört, weil es scheint, dass Mariette heimlich in Frankreich gearbeitet hat, und das hätte schlimmer enden können als mit einer Kugel im Knie.«

»Als Spionin, meinst du?«, fragte Peggy mit großen Augen.

Etienne lachte. »Nein, wohl kaum. Wir glauben, dass sie für die Résistance gearbeitet hat. Aber ihre Verletzung hat dem ein Ende gemacht. Sieht so aus, als würde es lange dauern, bis sie wieder richtig gehen kann. Doch das Krankenhaus in Southampton ist ausgezeichnet, also wird sie gut versorgt.«

»Gott sei Dank! Aber ihr solltet sie lieber nach Hause bringen und sie selbst pflegen«, meinte Peggy, die sah, wie Belle zitterte. »Wenn ihr das Telefon noch mal braucht, könnt ihr natürlich immer vorbeikommen. Ach, das wisst ihr ja!«

Etienne legte seinen Arm um Belle, um sie auf dem kurzen Weg nach Hause zu stützen. Er machte sich Sorgen, weil sie so bleich und mitgenommen aussah. Mog wartete schon auf der Veranda auf sie, und selbst aus der Entfernung spürte er ihre Aufregung.

Der Krieg und die Sorge um die Kinder hatten bei ihnen allen Spuren hinterlassen. Etienne war zwar mit vierundsechzig immer noch drahtig und gesund, aber wenn er sich im Spiegel anschaute, war es immer noch ein Schock für ihn, dass sein Gesicht von Falten durchzogen und sein einst blondes Haar weiß geworden war.

Mog war gerade zweiundsiebzig geworden, und auch ihr Haar war schneeweiß. Sie klagte über Arthritis in den Knien und stützte sich beim Gehen auf einen Stock. Obwohl sie witzelte, langsam senil zu werden, weil sie Dinge vergaß und Geschichten wieder und wieder erzählte, wusste Etienne, dass davon noch keine Rede sein konnte.

Belle war mit ihren neunundvierzig trotz grauer Haare und Brille immer noch eine schöne Frau. Sie hatte ihre blendende Figur, die strahlend blauen Augen und ihr bezauberndes Lächeln behalten – es gab kaum einen Morgen, an dem Etienne nicht neben ihr aufwachte und dachte, was für ein Glückspilz er doch war, sie zur Frau zu haben.

Sie hatten viel durchgemacht, vor und nach ihrer Heirat, aber ihre Liebe war mit der Geburt der Kinder trotz der Wirtschaftskrise und der gegenwärtigen Sorgen wegen des Krieges noch gewachsen. Doch ohne Mari und die Jungen fühlten sich Mog, Belle und Etienne leer und verunsichert; das Haus war auf einmal zu still, zu ordentlich und zu groß. Etienne vermisste es, mit den dreien mit dem Boot hinauszufahren und sie beim Essen plappern zu hören; sogar ihre Streitereien fehlten ihm.

Mog nähte immer noch Kleider und arbeitete als Änderungsschneiderin, Belle hingegen fertigte nur noch selten Hüte an. Stattdessen baute sie Gemüse im Garten und auf einem angekauften Stück Land an, und verkaufte, was sie selbst nicht brauchten.

Da alle jüngeren Männer aus Russell im Krieg waren, gab es für Etienne mehr als genug Bau- und Reparaturarbeiten, die ihn beschäftigt hielten – finanziell ging es ihnen besser als je zuvor. Aber das entschädigte sie nicht dafür, ihre Kinder schmerzlich entbehren zu müssen oder in der ständigen Angst vor einem Telegramm zu leben, in dem ihnen mitgeteilt wurde, einer ihrer Jungen – oder beide – werde vermisst oder sei in Nordafrika gefallen.

Seltsamerweise hatten sie sich um Mari nie ernsthaft Sorgen gemacht; vielleicht weil sie dem Tod bei Bombenangriffen schon zweimal entkommen war, während ihre Gefährten gestorben waren. Um die Jungen hatten sie sich geängstigt, da ihre Regimenter mitten im Schlachtengetümmel Nordafrikas stationiert waren, aber bis jetzt hatte keiner von beiden auch nur einen Kratzer abbekommen. Etienne hoffte nur, ihr Glück würde anhalten.

Drei junge Männer aus Russell waren umgekommen; Jungen, die mit seinen Kindern zur Schule gegangen waren, mit ihnen am Strand gespielt und in ihrem Haus gefeiert hatten. Bei jedem Gedenkgottesdienst hatten er und Belle mit den Eltern der Gefallenen gelitten. Diese Ereignisse hatten ihnen auch klargemacht, dass eine solche Gedenkfeier schon beim nächsten Mal für Alexis oder Noel abgehalten werden könnte.

»Was ist los? Ist sie krank? Steckt sie in Schwierigkeiten?«, rief Mog, als sie näher kamen.

Erst als sie alle auf der Veranda saßen, erzählte Belle ihr, was sie wussten. Viel war es nicht.

»Sie hat eine schlimme Knieverletzung«, sagte Belle. »Sybil weiß nicht, wie, warum oder wo es passiert ist, aber sie wird Mari morgen besuchen und uns danach noch einmal anrufen. Die Ärzte können heutzutage wahre Wunder vollbringen, Mog, es ist nicht so wie im letzten Krieg.«

Der verstörte Ausdruck in Belles Augen ließ Etienne vermuten, dass sie sich an den Moment erinnerte, als sie erfahren hatte, dass Jimmy, ihr erster Ehemann, in Ypern ein Bein und einen Arm verloren hatte.

»War ja klar, dass Mari sich in gefährliche Angelegenheiten stürzen musste!«, rief Mog.

Etienne musste lächeln. Er konnte sehen, wie stolz die Gute auf Mariettes Mut war.

»In ihren Briefen hat sie etwas Derartiges nicht einmal angedeutet!«, sagte Belle erzürnt. »Wie konnte sie über ihre Arbeit im Pub und von Edwin schreiben, aber so etwas verschweigen?«

»Du hast es nötig! Wenn ich mich recht erinnere, hast du in deinen Briefen auch nur sehr wenig von den Zuständen in Frankreich erwähnt!«, entgegnete Mog.

»Das war zu schlimm, um darüber zu schreiben«, sagte Etienne. »Doch wenn Mari für den Geheimdienst arbeitet, dann durfte und darf sie uns gar nichts erzählen.«

»Was, wenn sie nie mehr gehen kann?«, fragte Belle ängstlich.

»Würdest du bitte damit aufhören!«, erwiderte Etienne. »Es hat keinen Sinn, sich mit solchen Fragen zu quälen. Wir müssen einfach auf Neuigkeiten von Sybil warten. Vielleicht ruft uns ja auch Edwin an – falls er es schon weiß. Der arme Kerl ist wahrscheinlich genauso fassungslos wie wir, wenn er herausfindet, was Mari heimlich getrieben hat.«

Belle entschuldigte sich und zog sich in ihr Schlafzimmer zurück, um sich auszuweinen. Sie wollte Mari einfach nur zurückhaben, und zwar genau so, wie sie vor fünf Jahren gewesen war: ungehorsam, unaufrichtig und selbstsüchtig – aber zumindest in Sicherheit.

Belle wusste, dass Mari sich in den letzten Jahren sehr verändert hatte. An ihren ersten Briefen aus England hatte sie instinktiv erkannt, dass Mari die Rolle des braven Mädchens nur spielte. Doch seit Noahs, Lisettes und Rose' Tod zeigte sich in Mariettes Schilderungen eine gewisse Reife. Da war keine Spur von Selbstmitleid, nur Trauer um eine Familie, die sie ins Herz geschlossen hatte. Sie hatte nie auch nur angedeutet, dass Jean-Philippe sie aus dem Haus geworfen hatte, aber Belle und Etienne spürten, dass sie von ihm keine freundliche Behandlung erfahren hatte. Außerdem stellte das East End nach St. John's Wood einen deutlichen Abstieg dar, das wusste Belle genau. Doch Mari selbst beklagte sich nicht über die ärmlichen Verhältnisse, in denen sie sich unvermutet wiederfand. Sie war dankbar, ein Dach über dem Kopf zu haben, und schrieb voller Bewunderung über ihre Freundin Joan.

Aber erst als Joan bei einem Luftangriff umkam und Mari buchstäblich nichts mehr besaß – kein Zuhause, nicht einmal ein zweites Paar Kleider –, vollzog sich in ihr eine wirkliche Wandlung. Der Schmerz, den der Verlust ihrer Freundin hervorrief, war nur allzu deutlich spürbar. In einem leidenschaftlichen Brief schrieb sie, wie falsch und ungerecht es doch war, wenn die Mutter von zwei Kindern sterben musste. Dann zog sie nach Sidmouth, weil Joans Kinder in der Nähe lebten. Vor fünf Jahren hätte Mari sich um nichts anderes als ihre eigenen Probleme gesorgt. Vielleicht hätte sie versucht, sich einen reichen Mann zu angeln, der ihr alles abnahm, doch ganz sicher hätte sie nicht zwei mutterlosen Kindern geholfen, die sie kaum kannte.

Belle vergrub ihr Gesicht in ihrem Kissen und weinte. Sie fühlte sich schuldig, denn immer wenn sie sich um Mari geängstigt hatte,

hatte sie nur an die eigenen mehr als fragwürdigen Handlungsweisen in ihrer Jugend gedacht. Was für eine Mutter war sie, dass sie nicht zuerst der Gedanke an Bomben oder verirrte Kugeln belastete, sondern die Furcht vor einer ungewollten Schwangerschaft, vor Unehrlichkeit und Schwindeleien?

Warum hatte sie Mari nicht vertraut und sich darauf verlassen, dass ihre Tochter richtig handeln würde?

Sie hörte, wie Etienne ins Zimmer kam. Er setzte sich schweigend neben sie aufs Bett, nahm sie in die Arme und ließ sie lange an seiner Schulter weinen. »Wir beide hatten schon viel Glück, weißt du«, sagte er nach einer Weile. »Wir haben einander wiedergefunden, wir haben drei kluge, schöne und gesunde Kinder bekommen, und wir leben in einem Paradies. Wenn unser einziger Grund zur Klage ist, dass eine unserer Rangen mit einer Kugel im Knie im Krankenhaus liegt, sind wir meiner Meinung nach gut davongekommen.«

»Du schaffst es immer, das Gute zu sehen«, schniefte Belle. »Aber ich fühle mich verantwortlich. Es war doch meine Idee, sie nach England zu schicken! Ich dachte, es würde ihr guttun.«

»Es hat ihr gutgetan. Wäre Mari in Neuseeland geblieben, hätte sie nur Dummheiten angestellt. Es scheint, als hätte die Zeit in England all ihre guten Eigenschaften zum Vorschein gebracht. Ich hoffe nur, dass Edwin sie nicht für immer dabehalten will.«

»Genau das ist es ja«, seufzte Belle. »Sie erzählt uns nichts von ihren Absichten, nicht einmal, worüber sie nachdenkt. Sie hat noch nicht einmal wirklich gesagt, dass sie Edwin liebt oder dass sie eine gemeinsame Zukunft planen. Ich wäre so viel glücklicher, wenn ich mich nur eine Stunde mit ihr hinsetzen könnte, um das alles herauszufinden.«

»Erzählen Kinder ihren Eltern denn je alles?«, fragte Etienne lachend. »Ich zumindest habe meinem Vater nie ins Vertrauen gezogen, weil er immer betrunken war. Ich glaube auch nicht, dass du dich Annie rückhaltlos anvertraut hast.«

»Nein. Aber ich hatte Mog, und mit ihr habe ich mich schon ausgesprochen.«

Etienne legte sich so hin, dass er sich mit dem Ellbogen aufstützen konnte, und sah Belle an. »Ich wette, du hast ihr nichts davon erzählt, dass du mich in Frankreich wiedergetroffen hast und Jimmy untreu geworden bist.« Er zog eine Augenbraue hoch.

»Nein! Wie hätte ich das tun können? Sie hat Jimmy vergöttert.«

»Ich wollte dich nur daran erinnern, dass es viele Gründe geben kann, nicht die ganze Wahrheit zu erzählen«, sagte er mit Nachdruck. »Vielleicht ist Mari sich nicht sicher, ob Edwin der Richtige für sie ist. Oder sie denkt, er liebt sie nicht so wie sie ihn. Vielleicht ist er auch furchtbar entstellt ...«

Belle lächelte schwach. »Jetzt wirst du albern!«

Etienne strich ihr das Haar zurück. »Komm doch heute mit mir mit dem Boot hinaus. Wir nehmen einen Picknickkorb mit und suchen uns einen verschwiegenen Strand für ein paar leidenschaftliche Stunden.«

»Warum glaubst du, dass Sex die Lösung für alles ist, von Kopfschmerzen bis zu Plattfüßen?«

»Weil du, *ma chérie*, auffallend gesund bist, seit wir beide zueinandergefunden haben. Mehr Beweise brauche ich nicht.«

Belle kicherte. Auch nach all den Jahren schaffte Etienne es immer noch, dass sie sich wie achtzehn fühlte.

Nur zwei Tage nach dem Anruf aus England kam Mog mit einem Brief in der Hand nach Hause. Belle und Etienne saßen noch beim Frühstück in der Küche.

Am vorherigen Tag waren sie zusammen mit dem Boot hinausgefahren und hatten einen herrlichen Nachmittag verbracht. Sie waren erst nach Einbruch der Dunkelheit zurückgekehrt. Wie lange ist es her, dass wir ganz spontan etwas unternommen haben, nur so zum Spaß, hatte Belle bei ihrer Heimkehr gedacht.

»Für dich ist ein Brief aus England gekommen«, sagte Mog und reichte ihn Etienne. »Sieht ziemlich offiziell aus. Ob es um Mari geht?«

Etienne schlitzte den Umschlag mit einem Messer auf, überflog ihn und runzelte die Stirn.

»Schlechte Nachrichten?«, fragte Belle ängstlich.

»Nein, nur überraschende Nachrichten«, antwortete er. »Der Brief ist von einem Anwalt. Es scheint, als hätte Noah uns mein altes Haus in Marseille hinterlassen.«

Belle war einen Moment so überrascht, dass es ihr die Sprache verschlug. »Wirklich?«, rief sie schließlich. »Das ist ja unglaublich! Es sieht Noah ähnlich, etwas so Liebes für uns zu tun!«

Etienne hatte das Stück Land in Südfrankreich lange vor Belles Zeit gekauft, das baufällige Häuschen instand gesetzt, Zitronenbäume gepflanzt und Hühner gehalten. Als Belle und er einander im letzten Krieg in Frankreich zufällig über den Weg gelaufen waren, hatte er ihr davon erzählt. Er hatte ihr sogar vorgeschlagen, ihren Mann zu verlassen und mit ihm, Etienne, dorthin zu gehen. Aber dann hatte Jimmy ein Bein und einen Arm verloren, und Belle konnte und wollte ihn in diesem Zustand nicht im Stich lassen.

Jahre später glaubte sie, Etienne wäre gefallen, und als Jimmy an der Spanischen Grippe starb, gingen sie und Mog nach Neuseeland. Es war Noah, der Etienne auf seinem kleinen Gut aufspürte und ihn überredete, Belle zu folgen. Noah kaufte ihm das Anwesen ab, weil Lisette und er gern ein Stück Land in Südfrankreich besitzen wollten.

»Warum hat der Anwalt so lange gebraucht, um uns zu informieren?«, fragte Belle.

»Anscheinend hatten sie Probleme, unseren Aufenthaltsort zu ermitteln.«

»Wieso? Jean-Philippe muss doch genau wissen, wo wir leben?«

Etienne grinste sie an. »Ich nehme mal an, Jean-Philippe wollte nicht mit der Sprache herausrücken. Der Anwalt schreibt: *Mr. Foss hat das Testament seines Stiefvaters mit der Begründung, das französische Grundstück sei ihm versprochen worden, angefochten.* Weiter schreibt er, dass das Gericht verfügt hat, Mr. Baylis' Letzter Wille müsse berücksichtigt werden.«

»Allerdings«, sagte Belle nicht wenig verärgert. »Ich bin mir sicher, dass Jean-Philippe sowieso sehr gut versorgt ist. Aber Lisette hat mir schon vor Jahren geschrieben, dass er mit Noah Probleme hat. Sie ist nicht näher darauf eingegangen, doch es muss sie sehr belastet haben, wenn man bedenkt, dass es Noah war, der sie und ihren Sohn vor diesen französischen Gaunern gerettet und ihnen ein neues Leben ermöglicht hat.«

Etienne nickte zustimmend. »Ich habe Jean-Philippe nur einmal getroffen. Ein sehr mürrischer kleiner Junge, soweit ich mich erinnere. Noah war es peinlich, dass er meine Fragen nicht beantworten wollte. Ich habe angenommen, Jean-Philippe würde sich mit dem Alter bessern, aber das scheint nicht der Fall zu sein.«

»Schlecht für ihn, in diesem Fall aber gut für uns«, lächelte Belle.

»Grund in Südfrankreich ist heutzutage nichts wert, es kann sogar eine Belastung sein«, meinte Etienne voller Zweifel. »Wahrscheinlich wurde das Haus beschädigt, beschlagnahmt oder sogar in Brand gesetzt. Ich kann mich noch an das Foto erinnern, das Noah uns vor Jahren geschickt hat. Es hat toll ausgesehen, weil er Geld hineingesteckt hat, doch das muss sicher schon fünfzehn Jahre oder länger her sein.«

»Mal sehen, ob sich das Foto noch irgendwo findet«, sagte Belle. »Sie waren jeden Sommer dort. Lisette hat es genauso geliebt wie Noah. Sie hat mir einmal geschrieben, dass die Leute dort immer noch von dir reden.«

Etienne lächelte. »Na ja, wenn der Krieg vorbei ist und wir genug Geld haben, um es uns selbst anzusehen, werden von diesen Leuten wohl nicht mehr viele übrig sein. Wahrscheinlich müssen wir das Haus sowieso verkaufen. Es ist zu weit weg.«

»Noah muss doch gewusst haben, dass wir nicht nach Europa

zurückwollen«, sagte Belle. »Warum hat er es uns wohl hinterlassen?«

»Noah war sentimental. Anscheinend wusste er, wie viel mir dieses Stück Land einmal bedeutet hat, und fand es richtig, es mir wieder zukommen zu lassen. Aber ich hoffe, er hat es auch getan, um Jean-Philippe eins auszuwischen«, fügte Etienne mit einem boshaften Grinsen hinzu. »Ich hab dir das nie erzählt, weil Noah mich darum gebeten hat, doch als ich damals wegen Maris Englandreise mit ihm telefoniert habe, hat er zugegeben, dass dieser Jean-Philippe ein ziemlich mieser Typ ist. Er meinte, der Junge sei gemein, nachtragend und furchtbar eifersüchtig auf Rose. Lisette hat das sehr zu schaffen gemacht, und beide waren erleichtert, als er geheiratet hat und zu Hause ausgezogen ist.«

»Warum hast du mir das nicht schon viel früher erzählt?«, fragte Belle ärgerlich. »Du hättest es zumindest erwähnen können, als Mari Noahs Haus nach dieser Tragödie so schnell verlassen hat. Hast du da nicht gedacht, dass Jean-Philippe ihr das Leben schwer gemacht hat?«

»Doch, habe ich. Aber ich konnte ja wohl kaum schnell nach England fahren und ihm eine kleben. Und wir waren doch beide ohnehin tief erschüttert, weil wir Noah, Lisette und Rose verloren haben. Es hätte dir nicht geholfen zu wissen, was Noah mir erzählt hatte.«

»Was schreibt der Anwalt noch?«

»Ich muss bestätigen, dass ich Etienne Carrera bin, und ich brauche jemanden, der das bezeugt, dann schicken sie mir die Dokumente. Vielleicht werde ich den Notar auch um eine Kopie des Testaments bitten, nur um sicherzugehen, dass Jean-Philippe nicht versucht hat, auch andere um ihr Erbe zu bringen.«

»Was mag das Haus wert sein, Liebling?«

Etienne zuckte mit den Schultern. »Keine Ahnung. Es liegt in Vichy-Frankreich, aber ich weiß nicht, ob das die Wahrscheinlichkeit erhöht, dass es noch intakt ist, oder ob eher das Gegenteil der

Fall ist. Ich kann nicht einmal sagen, ob Noah Leute beauftragt hatte, sich um das Anwesen zu kümmern. Das Grundstück wird erst dann einen Wert haben, wenn der Krieg vorbei ist und die Leute wieder nach Südfrankreich wollen.«

»Vielleicht kann Mari ja an deiner Stelle hinfahren und es sich ansehen, wenn es ihrem Bein besser geht.«

»Ja, vielleicht«, antwortete Etienne, aber er konnte Belle dabei nicht in die Augen sehen. Etwas sagte ihm, dass es noch eine ganze Weile dauern würde, bevor Mari irgendwohin reisen konnte.

KAPITEL 29

SOUTHAMPTON

Etiennes Instinkt hatte ihn nicht getäuscht. Mariettes Knie war von der Kugel schwer getroffen worden, und sie wurde gleich am selben Nachmittag, als sie im Krankenhaus eintraf, operiert.

An die Reise von Frankreich erinnerte sie sich nur verschwommen. Das einzige Bild, das ihr noch vor Augen stand, war, wie sie mit den vier Kindern an Deck stand, bereit, von dem französischen auf das englische Boot zu wechseln. Die Schmerzen in ihrem Knie waren so stark gewesen, dass sie ihr rechtes Bein nicht hatte belasten können, und letztendlich sprang Luc mit ihr in den Armen hinüber, weil sie ohnmächtig geworden war. Zumindest behauptete Armand das auf dem Rückweg nach England, sie selbst hatte keine Erinnerung daran.

Den Rest der Fahrt, die Ankunft in Lyme Regis und den Transport im Krankenwagen nahm Mariette nur am Rande wahr; sie erinnerte sich später an wenige fremde Gesichter, die sich über sie beugten, und an brennende Schmerzen, die ihren Körper lähmten.

Sie wurde sich ihrer Umgebung erst am Tag nach ihrer ersten Operation richtig bewusst. Ein Mann namens Whitlock erschien an ihrem Bett; er kam in Miss Salmons Auftrag, und Mariette bat ihn, Sybil über ihren Krankenhausaufenthalt zu informieren. Aber Whitlock war in erster Linie daran interessiert zu hören, wie die Rettungsaktion verlaufen war, und ermahnte sie, niemandem etwas davon zu erzählen. Nur halbherzig versprach er ihr, Sybil Bescheid zu geben.

So konnte Mariette sich nicht sicher sein, ob ihre mütterliche

Freundin kontaktiert werden würde. Sie fragte sich auch, wie sie ihre Schussverletzung erklären sollte, besonders hier im Krankenhaus. Sollte sie etwa antworten: »Das darf ich nicht sagen«, wenn man wissen wollte, wer auf sie geschossen hatte?

Doch diese Sorge erwies sich als unbegründet. Als Mari aus der Narkose erwachte, teilte ihr der behandelnde Arzt nur mit, dass er die Kugel entfernt hatte. In wenigen Tagen wollte er eine weitere Operation durchführen, da die Kugel die umliegenden Knochen zersplittert hatte. Aller Voraussicht nach musste Mariette noch eine Zeit lang im Krankenhaus bleiben.

Abgesehen von den ständigen Schmerzen in ihrem Knie war Mari recht zufrieden damit, in diesem warmen, bequemen Zimmer zu liegen, ohne irgendeine Verantwortung tragen zu müssen. Sie war in einem kleinen Seitentrakt untergebracht, aber wenn sie den Hals reckte, konnte sie durch eine Glaswand hindurch den großen Krankensaal sehen. Sie war froh, nicht dort liegen zu müssen. Die anderen weiblichen Patienten hätten sicher versucht, ihre Leidensgeschichte zu erfahren, und Mariette wollte ein wenig Ruhe und Zeit für sich, allein schon um sich eine überzeugende Geschichte auszudenken, bevor sie mit anderen Patienten in Kontakt kam.

Doch immer wenn sie die Augen schloss, sah sie vor sich, wie sie den Soldaten getötet hatte. Wieder und wieder hörte sie sein Röcheln und fühlte den Schwall warmen Blutes auf ihrer Hand. Würde sie das jemals vergessen können? Oder würden diese Bilder sie ihr ganzes Leben lang verfolgen?

Sie versuchte, sich einzureden, dass das Leben von vier unschuldigen Kindern wichtiger war als das eines Soldaten. Hoffentlich mussten die Menschen in Portivy nicht für ihre Tat büßen, insbesondere Céleste, Luc und Gilpin! Würde sie je erfahren, was aus ihnen geworden war?

Schwester Fairclough, eine dünne Frau mit einem breiten, wenig ansprechenden Gesicht, kam um neun Uhr abends zu ihr, um ihr mitzuteilen, dass Sybil angerufen und sich nach Mariettes Befinden erkundigt hatte.

»Sie wird Sie morgen besuchen kommen und sagte, ein Mr. Whitlock hätte sie kontaktiert«, meinte die Schwester. »Das war der Herr von heute Morgen, nicht wahr? Ist das ein Verwandter von Ihnen?«

»Nein, ich habe sozusagen mal für ihn gearbeitet«, erwiderte Mariette in der Hoffnung, damit weitere Fragen im Keim zu ersticken. »Ich habe ihn gebeten, Sybil anzurufen. Ich bin ihre Untermieterin, und ich weiß, dass sie sich sonst Sorgen machen würde.«

»Ich würde mir auch Sorgen machen, wenn meine Untermieterin eine Kugel ins Bein kriegt«, bemerkte die Schwester spitz.

»Ich darf darüber nichts sagen«, antwortete Mari. »Tut mir leid.«

Die Schwester schnüffelte, steckte ein Thermometer in Mariettes Mund und krempelte ihr die Ärmel hoch, um ihren Blutdruck zu messen. Anscheinend hatte sie den Wink mit dem Zaunpfahl verstanden.

Nach einer Nacht, in der ihre Schmerzen sie meist wach gehalten hatten, kam morgens eine junge Schwester mit einer Bettpfanne und einer Schüssel mit heißem Wasser zu Mariette. Sie war ein unscheinbares Mädchen mit dunklem Haar und Brille, aber sie verstand sofort, dass es Mari unangenehm war, die Bettpfanne zu benutzen. Irgendwie schaffte sie es, sie richtig zu platzieren, zog sich ein paar Minuten zurück und entfernte die Schale dann sofort diskret.

»Ich lasse Sie beim Waschen mal allein und besorge derweil eine Zahnbürste und Zahnpasta für Sie«, sagte sie munter. »Und ein frisches Kleid.«

Mariette schaffte es, sich halbwegs gründlich zu waschen – so gut, wie es mit einem Knie, das bei jeder Bewegung höllisch schmerzte, eben ging –, aber sie war froh, als das Mädchen zurückkam, um ihr in das Kleid zu helfen und ihre Haare auszukämmen.

»Sie haben so schönes Haar«, meinte sie. »Doch es sieht so aus, als wäre Blut hineingeraten. Wie ist denn das passiert?«

Das Wissen, dass es sich um das Blut des Soldaten handelte, bereitete Mariette akutes Unbehagen. Sie ließ sich in die Kissen zurücksinken, ohne zu antworten.

»Ich bringe Ihnen das Frühstück«, sagte die Schwester, der klar war, dass sie die Patientin irgendwie verstört hatte.

Mariette lag im Bett und stand kurz davor einzudösen, als sie vor der Tür plötzlich die Stimme eines Mannes hörte.

»Ich soll noch jemanden zum Röntgen bringen?«, fragte er.

Sofort war Mariette hellwach. Die Stimme war ihr so vertraut. Mari schüttelte den Kopf. Ach was, viele Männer aus London klangen so, erinnerte sie sich.

Es konnte nicht Morgan sein.

Aber als die Schwester mit der Brille mit dem Frühstück zurückkam, musste sie der Sache einfach nachgehen. »Hier war gerade ein Mann, um einen Patienten zum Röntgen abzuholen«, sagte sie. »Seine Stimme kam mir bekannt vor. Wie heißt er?«

»Das weiß ich nicht«, antwortete die Schwester. »Ich bin noch nicht sehr lange hier. Die meisten nennen ihn einfach Hilfspfleger, manche auch Narbenmann«, fügte sie hinzu und hielt sich dann die Hand vors Gesicht, als schämte sie sich für ihre letzten Worte. »Tut mir leid, wie gemein von mir! Er ist so ein netter Mann, sehr lieb zu den Patienten und immer so geduldig. Und falls er tatsächlich ein Freund von Ihnen ist, war es noch dazu sehr unhöflich von mir.«

»Ist er nicht«, sagte Mariette, die sich noch gut an Morgans hübsches Gesicht erinnern konnte. »Wenn er es wäre, hätten Sie ganz anders von ihm gesprochen.«

Um elf Uhr am selben Morgen hörte sie wieder die Stimme des Pflegers. Diesmal war er gekommen, um Mariette zum Röntgen zu bringen.

Als er das Transportbett in ihr Zimmer rollte, blieb er wie versteinert stehen und starrte sie mit offenem Mund an. Hätte er nicht so reagiert, hätte sie Morgan vielleicht nie erkannt, so drastisch hatte er sich verändert.

Das schwarze Haar war mit grauen Strähnen durchzogen, möglicherweise ein Resultat des Schocks, den die Brandverletzung, die jetzt seine rechte Wange und seinen Hals entstellte, ausgelöst hatte. Die Narbe warf dünne Falten um sein rechtes Auge und eine Mundhälfte, doch anscheinend waren umfangreiche chirurgische Eingriffe vorgenommen worden, denn das vernarbte Gewebe war bleich und glänzend, fast wie Schlangenleder. Nur an der linken Gesichtshälfte erkannte Mariette das Gesicht des Mannes, in den sie sich auf ihrer Reise nach England verliebt hatte. Diese Wange war so glatt und goldbraun, wie sie sie in Erinnerung hatte.

»Morgan!«, japste sie. »Ich glaubte schon heute früh, deine Stimme zu hören, aber ich dachte mir, es muss jemand sein, der so ähnlich klingt wie du!«

»Mariette! Ausgerechnet dich hier zu treffen, dich …«

»… die Frau, die du nie wiedersehen wolltest?«, ergänzte sie scharf.

Er ließ den Kopf hängen. »Jetzt verstehst du sicher, warum ich nicht wollte, dass du mich in Folkestone besuchst. Ich habe ausgesehen wie ein Monster.«

»Hast du mich für so oberflächlich gehalten?«, gab sie zurück, doch noch während sie die Worte aussprach, erkannte sie, dass er damit absolut recht gehabt hatte.

»Ich habe dich für ein junges Mädchen gehalten, das leicht zu beeindrucken ist. Außerdem hatte ich dich bei unserem letzten Treffen ausgesprochen schäbig behandelt. Ich war überrascht, dass du mir danach überhaupt noch geschrieben hast.«

Als er ihr seine unverletzte Seite zuwandte, fühlte sie zu ihrer Überraschung das altbekannte Ziehen in der Magengegend, an das sie sich so gut erinnerte. Nach allem, was sie beide durchgemacht hatten, seit sie sich zuletzt gesehen hatten, erschien es ihr völlig absurd.

»Ich habe gehört, dass du eine schwere Knieverletzung davongetragen hast. Der Chirurg braucht ein Röntgenbild, um zu sehen, wie er das wieder hinkriegen kann«, erklärte er.

Er schob den Wagen an ihre Bettseite und schlug die Decke zurück, damit sie hinüberrutschen konnte.

»Können wir vielleicht irgendwann einmal miteinander reden?«, fragte sie.

Er ließ die Bettdecke los und berührte wie damals auf der Überfahrt nach England ihre Wange leicht mit einem Finger.

»Was gibt es schon zu reden?«, erwiderte er. »Vielleicht war das damals auf dem Schiff wirklich etwas Besonderes. Doch du hast in der einen Welt gelebt, ich in einer anderen. Du hattest nicht verdient, wie ich dich behandelt habe, und meine einzige Entschuldigung ist, dass ich von Anfang an wusste, dass du in einer anderen Liga spielst. Ich weiß nicht, warum ich dir damals aus Folkestone geschrieben habe«, fuhr er fort. »In dem Moment, als ich den Brief in den Postkasten warf, habe ich es auch schon bereut. Aber was soll's? Das ist alles schon so lange her. Belassen wir es dabei und erinnern uns nur an die guten Zeiten!«

KAPITEL 30

Als Mariette von Morgan in dem Transportbett zur Röntgenabteilung geschoben wurde, hielt sie den Blick zur Decke gerichtet und überlegte sich, wie sie ein Gespräch mit ihm anfangen könnte. Allerdings empfand sie sein Schweigen als Hinweis, dass er keine Unterhaltung wünschte, egal, was sie zu sagen hatte.

Als sie angekommen waren und darauf warteten, aufgerufen zu werden, rückte er ein Stück von ihr ab. Erst jetzt fiel ihr auf, dass er mit leicht gesenktem Kopf dastand, um seine Narben zu verbergen, und ihr Herz schmolz. Es war für jeden Mann schlimm, so entstellt zu sein, aber für einen so schönen Mann wie Morgan musste es ein besonders schlimmer Schicksalsschlag gewesen sein.

Nach dem Röntgen brachte er sie, nach wie vor beharrlich schweigend, auf ihre Station zurück. Doch als er Mariette ins Bett half, musste sie ihn einfach ansprechen: »Ich wünschte, du hättest mir etwas von deiner Verletzung erzählt. Dann hätte ich dir vielleicht helfen können, damit zurechtzukommen.«

Einen Moment lang sah er sie unverwandt an. »Du wärst davongelaufen. Oder noch schlimmer, du hättest so getan, als machte es dir nichts aus, wenn du mich in Wahrheit nicht hättest ansehen können.«

»Ja, vielleicht. Zugegeben, ich war zu der Zeit nicht besonders mitfühlend«, gab sie zu. »Aber du warst damals auch nicht sehr nett, oder? Dein Benehmen an diesem Abend im Green Park hat mich wirklich verletzt.«

»Ich weiß, und ich habe mich deswegen auch sehr geschämt.«

»Na ja, seitdem ist viel Zeit vergangen. Inzwischen ist es belanglos. Doch wenn ich daran denke, dass du mir einmal geschrieben hast, ich würde dir viel bedeuten, finde ich schon, dass du wegen deiner Verletzung ehrlich hättest sein sollen. Dann hätte ich zumindest die Möglichkeit gehabt, mich richtig zu entscheiden. So habe ich geglaubt, du hättest eine andere gefunden.«

Er wandte sich von ihr ab. »Ich war nie der Richtige für dich, Mari, das haben wir doch beide immer gewusst. Ich konnte nicht gut lesen und schreiben, ich konnte dir überhaupt nichts bieten. Du hast einen Mann gebraucht, der dich ins *Ritz* mitnimmt und die ganze Nacht mit dir durchtanzt. Ich bin zum Haus deines Onkels gegangen, bevor ich zur Grundausbildung musste. Ich konnte nicht gut genug schreiben, um richtig zu erklären, warum ich mich damals so verhalten hatte. Aber als ich dann gesehen habe, wie du lebst, wusste ich, dass es keinen Sinn hat, auch nur zu versuchen, es dir verständlich zu machen. Mit einem Schiffssteward oder einem Soldaten wärst du nie glücklich gewesen. Du hast einen feinen Pinkel gebraucht, der dir alles bieten kann.«

Mariette war bestürzt. Sie hätte gern gesagt, dass er sie falsch eingeschätzt hatte, aber sie wusste, dass er recht hatte. Damals war sie so gewesen, wie er sie gerade beschrieben hatte.

»Vielleicht war ich wirklich oberflächlich«, gab sie zu. »Aber der Krieg hat mir das gründlich ausgetrieben. Mein Onkel Noah, seine Frau und seine Tochter sind alle bei dem Bombenangriff auf das *Café de Paris* umgekommen. Ich habe nur überlebt, weil ich gerade im Waschraum war, als die Bombe einschlug.«

Sein Blick entspannte sich. »Das tut mir leid«, sagte er.

»Ich möchte kein Mitleid von dir. Ich will nur erklären, wieso ich mich verändert habe. Gleich nach der Beerdigung hat mich Tante Lisettes Sohn aus dem Haus geworfen. Also bin ich ins East End gegangen, um bei einer Freundin zu leben. Nicht gerade der ideale Wohnort während des Blitzkrieges, aber ich war dort glücklich. Erinnerst du dich, wie du mir geraten hast, das East End zu besuchen?«

Morgan nickte.

»Dann kannst du dich freuen, weil ich jetzt weiß, was du damals gemeint hast. Ich habe nie einen Mann gefunden, der mich zum Tanzen ins *Ritz* ausführt, und mit diesem Knie bezweifle ich stark, dass ich je wieder tanzen werde.«

Morgans Körpersprache hatte sich deutlich verändert. Seine Schultern waren entspannt, und als er sich zu ihr umdrehte, lag tief empfundenes Verständnis in seinem Blick.

»Ich habe gehört, dass du von einer Kugel im Knie getroffen wurdest. Wie ist das passiert?«

»Das ist eine lange Geschichte, und eigentlich darf ich sie nicht erzählen«, seufzte Mariette. »Aber wenn du über mich genauso viel wissen willst wie ich über dich, dann komm mich doch mal hier besuchen, wenn du nicht zu beschäftigt bist! Sieht so aus, als würde ich noch eine Weile bleiben.«

Er zögerte. Sie hatte das Gefühl, dass er das Gleiche wollte, sich aber nicht sicher war, ob es eine gute Idee war.

»Komm schon, Morgan!«, rief sie. »Wenn wir uns bloß unterhalten, kann ja wohl nichts schiefgehen!«

Da lächelte er. »Nein, natürlich nicht. Bekommst du heute Abend Besuch?«

»Nein, der einzige Mensch, der weiß, dass ich hier bin, ist meine Chefin, und sie kommt schon am Nachmittag.«

»Dann schaue ich vorbei, wenn meine Schicht zu Ende ist. Ich muss jetzt los, es gibt noch viele Patienten, die herumgeschoben werden wollen«, sagte er und rollte das Transportbett aus dem Zimmer.

Ein bisschen später kam Schwester Jones herein, um Maris Knieverband zu überprüfen. Mariette hatte mit dieser rundlichen Krankenschwester am Vortag nur wenige Worte gewechselt, aber schon bald stellte sie sich als überaus freundlich und geschwätzig heraus. Sie schien die geeignete Person zu sein, um sie über Morgan auszufragen.

»Ich habe heute Morgan Griffiths getroffen. Ich kenne ihn von meiner Überfahrt von Neuseeland, als er noch Schiffssteward war«, begann Mariette umgänglich. »Er hat sich an mich erinnert, doch ich glaube, seine Narbe war ihm sehr peinlich. Können Sie mir etwas über ihn erzählen?«

»Nur, dass er ein sehr lieber, aufopfernder junger Mann ist«, sagte Schwester Jones. »Er ist zwar hier offiziell nur als Hilfskraft eingestellt, aber er wäre auch als Pfleger qualifiziert. Über die Betreuung von Patienten weiß er so viel wie die Erfahrensten von uns, und ich kann gar nicht aufzählen, wie oft er uns schon in Notfällen ausgeholfen hat. Er liest alles Mögliche nach; manche sagen, er sollte selbst Arzt werden.«

Mariette fühlte Stolz in sich aufwallen, als sie solches Lob für Morgan hörte. Außerdem freute sie sich, dass er so gut lesen gelernt hatte. »Früher sah er aus wie Errol Flynn«, sagte sie. »Sie würden nicht glauben, wie attraktiv er war!«

»Wenn Sie ein bisschen länger mit ihm zusammen sind, werden Sie das immer noch finden«, meinte die Krankenschwester. »Er hat eine Art, mit Leuten umzugehen, da bemerkt man die Narbe einfach nicht mehr. Natürlich ist es jetzt auch viel besser als am Anfang. Er hat ja schon einige Operationen hinter sich. Wie ein Filmstar wird er wohl nie mehr aussehen, doch ich finde, die Frau, die sein Herz gewinnt, kann sich sehr glücklich schätzen.«

»Hat er denn keine Freundin?«

»Nein, der arme Dummkopf geht gar nicht unter Leute. Ich glaube, er verbringt all seine Freizeit mit seiner Nase in einem Buch.«

»Ich nehme an, wenn man einmal so hübsch war und plötzlich sein gutes Aussehen verliert, möchte man sich nur noch verstecken«, sagte Mariette.

»Ja, genau wie Sie wahrscheinlich dieses Bein verstecken werden.« Die Schwester betrachtete die vielen anderen Narben auf Maris Schenkel. »Sieht so aus, als wären Sie nicht das erste Mal zwischen die Fronten geraten.«

»Ich war in einem Bunker, als er direkt getroffen wurde, und ein Balken ist über meine Beine gefallen«, sagte Mariette und betrachtete die hässlichen Narben an ihrem Bein so objektiv wie möglich. Sie hatte sich daran gewöhnt, dachte nur selten daran, aber die neue bläuliche Kniewunde mit der entzündeten Haut drumherum ließ die alten Narben viel schlimmer erscheinen. Sie musste zugeben, dass ihr Bein nicht nur arg schmerzte, sondern auch abstoßend aussah.

»Sie armes Ding!« Die Krankenschwester seufzte.

»Oh, ich hatte Glück! Ich konnte mich aus dem Schutt befreien. Sonst konnten nur zwei weitere Menschen geborgen werden. Nicht mehr kurze Hosen tragen oder nackte Beine zeigen zu können, ist ein geringer Preis für das Leben, denke ich.«

»Also, wie haben Sie denn nun eine deutsche Kugel in Ihr Knie bekommen? Alle möchten es so gern wissen.« Schwester Jones schenkte ihr ein verschwörerisches Lächeln.

»Indem ich in Frankreich vor einem deutschen Soldaten weggelaufen bin«, grinste Mariette. »Na ja, eigentlich indem ich in ein Ruderboot geklettert bin, um wegzukommen.«

»Die Résistance?«, fragte die Schwester mit erhobenen Brauen.

»Ich darf keine Einzelheiten weitergeben, tut mir leid«, antwortete Mariette. »Was ist mit Ihnen? Kommen Sie aus Southampton? Wie lange arbeiten Sie schon als Krankenschwester?«

»Mehr muss ich gar nicht wissen«, lachte die Schwester. »Eine verschwiegene Kriegsheldin!«

KAPITEL 31

Sybil kam im Laufe des Nachmittags vorbei und brachte Mariette ein riesiges Bouquet Treibhausrosen mit, das ein Vermögen gekostet haben musste. Sie legte die Blumen auf das Bett und umarmte Mariette mit Tränen in den Augen. Als sie sie nach einiger Zeit wieder losließ, waren ihre Augen ganz verschwollen.

»Ich habe mit deiner Mum telefoniert«, berichtete sie. »Ich rufe sie heute Abend noch mal in Neuseeland an, um Bescheid zu sagen, wie es dir geht. Deine Mutter wollte am liebsten ins nächste Schiff springen, und dein Dad war auch da und hat Fragen über Fragen gestellt. Natürlich konnte ich nicht viel erzählen, nur dass du eine Knieverletzung hast.« Sie war kurz still und betrachtete das Metallgestänge, das die Decke von Mariettes Knie fernhielt. »Wie schlimm ist es?«

Mariette versuchte zu lächeln, aber es fiel ihr schwer, weil sie große Schmerzen hatte. »Sie werden noch einmal operieren müssen. Mein Knie ist ziemlich übel zugerichtet. Sagen wir einfach, ich werde nie einen Wettbewerb für die schönsten Beine Englands gewinnen. Aber ich habe es mit den Kindern aus Frankreich hinaus geschafft.«

»Du hast Kinder gerettet?«

Mariette legte sich die Hand auf den Mund. »Das hätte ich nicht sagen sollen, also vergiss es einfach! Dieser ganze Geheimkram ist nichts für mich, und ich bin wirklich froh, da raus zu sein. Meine Nerven hätten noch so eine Mission nicht überstanden.«

»Niemand könnte sich darüber mehr freuen als ich!«, erwiderte Sybil. »Außer deine Mutter vielleicht. Sie konnte gar nicht verstehen, warum du überhaupt in Frankreich warst und nicht im

Pub gekellnert hast. Edwin versucht, so bald wie möglich zu dir zu kommen. Er hat mich am Telefon mit Fragen gelöchert und klang ziemlich sauer. ›Du solltest stolz auf sie sein‹, hab ich gesagt, doch er meinte nur, du hättest ihm das ruhig erzählen können.«

Mariette stieß einen tiefen Seufzer aus. »Gerade er sollte verstehen, warum ich nichts sagen konnte.«

»Ich weiß, aber es muss ein schlimmer Schock sein, wenn man erfährt, dass jemand, den man liebt und den man zu Hause und in Sicherheit gewähnt hat, in Frankreich angeschossen wurde.«

»Weißt du, Sybil, ich glaube wirklich nicht, dass aus mir und Edwin etwas wird«, gab Mariette bekümmert zu. »Er braucht jemanden, den seine Familie billigt, eine liebe, wohlerzogene junge Dame, die ihm nicht ständig Sorgen macht.«

»Sei nicht albern! Er liebt dich genau so, wie du bist.«

»Das hat er vielleicht am Anfang, doch das hat sich abgenutzt, er ist nur viel zu sehr Gentleman, um das zuzugeben. Aber ich weiß nicht einmal, ob ich so einen Gentleman haben will. Ich möchte einen Mann, der so ist wie mein Vater. Stark, anständig und tüchtig. Jemand, der sich keinen Pfifferling darum schert, was andere über ihn denken.«

»Jetzt bist du aber ungerecht«, erwiderte Sybil vorwurfsvoll. »Edwin ist ein Jagdflieger, das sind die Tapfersten der Tapferen. Ein Gentleman ist er, weil er so erzogen wurde. Wenn du meine Tochter wärst, würde ich mir wünschen, dass du ihn heiratest.«

Mariette nahm Sybils Hand in ihre. »Du bist eine großartige Ersatzmutter. Aber meine echte Mutter würde sagen, damit eine Ehe funktioniert, muss Leidenschaft im Spiel sein. Außerdem würde es ihr gar nicht gefallen, dass seine Eltern finden, ich wäre nicht gut genug für ihn.«

»Das weißt du doch gar nicht«, gab Sybil empört zurück.

»Doch, darum hat er mich nie zu sich nach Hause mitgenommen. Und meine kleine Eskapade in Frankreich wird es nicht besser machen. Sie werden denken, ich bin eigensinnig, zu leichtfertig und ein bisschen gefährlich, und das bin ich vielleicht auch. Ich brauche aber jemanden, der genau das an mir mag.«

Mariettes Bein pochte vor Schmerz, und ihr war ziemlich flau. Doch sie sagte nichts, sondern redete einfach weiter mit Sybil, auch darüber, dass sie Morgan wiedergetroffen hatte. Sie gab zu, dass sie auf der Überfahrt nach England eine stürmische Romanze gehabt hatten. Als sie erzählte, welch schlimme Narben er im Krieg davongetragen hatte, machte Sybil ein besorgtes Gesicht.

»Klingt ganz so, als wolltest du wieder was mit ihm anfangen.«

»Ich bin mir nicht sicher«, gab Mariette zu. »Als ich ihn kennengelernt habe, war ich ein albernes, hohlköpfiges junges Ding und er ein flotter Schiffssteward ohne jede Bildung. Der Krieg hat uns beide verändert. Aber ihn wiederzusehen war, als schlüge man ein Buch auf, das man noch nicht zu Ende gelesen hat, und stellte fest, dass es ganz toll ist. Also vielleicht hast du recht!«

»Ach, Mariette«, bemerkte Sybil spöttisch. »So funktioniert das im Leben einfach nicht. Der arme Junge ist wegen seiner Narbe zum Einzelgänger geworden und leidet sicher unter Depressionen. Und du, du klammerst dich an jeden Strohhalm. Okay, vielleicht ist Edwin nicht der Richtige für dich, aber ich kann nicht glauben, dass ein Kerl, der sich seit Jahren in Krankenhäusern herumdrückt und sich nicht ein einziges Mal bei dir meldet, es ist.«

Nachdem Sybil gegangen war, ging es Mariette bedeutend schlechter. Sie fühlte sich fiebrig und weinerlich, dachte aber, es käme von ihrer Verunsicherung, weil Sybils Meinung über Edwin nicht mit ihrer übereinstimmte und weil sie ihr Wiedersehen mit Morgan miesgemacht hatte. Außerdem war sie verletzt, weil von Edwin keine liebevoll besorgte Nachricht gekommen war. Sie wusste, dass sie inkonsequent war. Hatte sie sich nicht eben erst bei Sybil über ihn beschwert? Aber wenn er selbst angeschossen worden wäre, hätte er sie am nächsten Tag an seiner Seite erwartet, da war sie sich sicher.

Mariette war verärgert, weil der Arzt sie nicht besucht hatte, um ihr das Ergebnis der Röntgenuntersuchung mitzuteilen. Sie hatte erwartet, dass ihr Knie noch eine ganze Weile wehtun würde, doch auf solche Schmerzen wie jetzt hatte sie niemand vorbereitet, und es hatte auch keine der Schwestern nachgefragt, ob sie stärkere Schmerzmittel brauchte.

Der Geruch nach Minze und Karotte, der über ihrem Tee hing, bekam ihrem Magen überhaupt nicht, und sie versuchte erst gar nicht, das Gebräu zu trinken. Die Pflegerin, die erschien, um ihr Tablett wegzuräumen, schimpfte mit ihr, weil sie ihr Essen nicht angerührt hatte, worauf Mariette sie gereizt anfuhr. Natürlich schämte sie sich später für diesen Ausbruch. Völlig erschöpft sank sie in ihr Kissen zurück und begann zu weinen.

So fand Morgan sie vor, als er ihr Zimmer betrat. »He, was ist denn los?«

»Ich weiß es wirklich nicht«, antwortete sie. »Ich fühle mich furchtbar, und mein Knie bringt mich einfach um!«

Er legte eine Hand auf ihre Stirn, und ihr fiel auf, dass er ein besorgtes Gesicht machte. »Seit wann bist du schon so erhitzt?«

»Schon eine Weile.«

»Wann hat zuletzt jemand deine Temperatur und deinen Blutdruck gemessen?«

»Das war heute Morgen die Krankenschwester, die mir beim Umziehen geholfen hat.«

»Seither niemand?«

Sie schüttelte den Kopf. Morgan stand auf und ging. Nur wenige Sekunden später kam er mit Schwester Jones zurück. Sie griff nach der Tabelle, die unten an Mariettes Bett hing, und schürzte die Lippen.

»Sieht so aus, als hätte man Sie vergessen. Wir hatten heute Nachmittag viel zu tun, aber das ist keine Entschuldigung. Egal, ich erledige das jetzt gleich.«

Sie fühlte Mariettes Puls, maß ihren Blutdruck und steckte ihr das Thermometer in den Mund. Nachdem sie die Temperatur abgelesen hatte, wurde sie unruhig. »Ich werde einen Arzt holen«, erklärte sie und bat Morgan, bei Mariette zu bleiben.

»War meine Temperatur hoch? Was bedeutet das alles?«, fragte sie ihn, sobald die Schwester das Zimmer verlassen hatte.

»Ich denke, du hast Fieber, und das kann bedeuten, dass du eine Infektion hast oder dir hier sonst etwas eingefangen hast. Was es auch ist, sie werden es wieder hinkriegen.«

Sie fragte sich, ob er all seinen Patienten die Hand hielt oder nur ihr. War sie etwas Besonderes für ihn? Es ging ihr wirklich schlecht.

»Warst du lange draußen in der Kälte auf See, bevor sie dich abgeholt haben?«

»Ich glaube, nicht länger als eine Stunde«, meinte sie, »aber es hat sich wie eine Ewigkeit angefühlt. Die Kinder waren sehr tapfer und ganz still. Ich hoffe, sie wurden an einen guten Ort gebracht.«

Irgendwo in ihrem Kopf ermahnte eine kleine Stimme sie, nicht über die Rettungsaktion zu sprechen. Doch sie fühlte sich so benebelt, dass es sie nicht mehr kümmerte. Erschöpft schloss sie die Augen.

»Ich musste einen Deutschen töten, um wegzukommen«, hörte sie sich sagen. Ihre Stimme schien von sehr weit weg zu kommen. »Ich habe ihm die Kehle aufgeschlitzt, und sein Blut war überall auf mir. Aber ich habe es wohl nicht richtig gemacht, weil er noch auf mich gefeuert hat, als ich ins Boot gestiegen bin.«

Sie öffnete die Augen und sah, wie Morgan sie anstarrte. »Ich hätte dir das nicht erzählen sollen«, murmelte sie müde.

»Vielleicht musstest du es jemandem anvertrauen«, antwortete er, während er beruhigend über ihre Stirn strich. »Ich werde nicht darüber reden.«

»War es Schicksal, dass wir uns wieder getroffen haben?«

Er lachte leise in sich hinein. »Muss wohl so sein. Seltsam, ich hatte solche Angst, dass du mein Gesicht siehst. Jetzt gerade schaust du mich genauso an wie früher.«

»Ich sehe denselben Mann«, sagte sie. »Aber nun wird das Bild ein bisschen verschwommen. Du lässt mich doch nicht allein, nicht wahr, Morgan?«

Ein wenig später schaute eine Schwester vorbei, um ihnen mitzuteilen, dass der Arzt erst später kommen würde, weil es irgendwo im Krankenhaus einen Notfall gab. Morgan wurde immer unruhiger, da Mariette inzwischen kaum noch bei Bewusstsein war.

»Ich glaube, dies hier ist auch ein Notfall«, flüsterte er. »Sie verbrennt mir hier.«

Er hatte bereits ein Tuch in kaltes Wasser getaucht, es ausgewrungen und damit ihre Stirn gebadet. Obwohl er hoffte, dass es sich nur um eine Grippe oder starke Verkühlung handelte, sagte ihm sein Gefühl, dass eine Infektion in Mariettes verletztem Knie vorlag.

Morgan hatte das schon oft erlebt, besonders bei Patienten, bei denen viel Zeit zwischen ihrer Verwundung und der Einlieferung ins Krankenhaus lag. Ihnen ging es meist gut, bis sie auf einmal zu fiebern begannen. In Mariettes Fall wollte er lieber gar nicht darüber nachdenken, was das bedeuten konnte.

Seine eigene Brandverletzung erschien ihm dagegen weit weniger schlimm. Er war mit seinem Regiment auf dem Rückzug nach Dünkirchen gewesen, als ein deutscher Flieger auf den Wagen, den Morgan fuhr, das Feuer eröffnet hatte. Noch bevor er hinausspringen konnte, umzüngelten die Flammen schon sein Gesicht, und der sengende Schmerz lähmte ihn fast. In diesem Moment dachte er, er würde sterben. Doch ein anderer Soldat riss ihn aus dem brennenden Wagen und bedeckte sein Gesicht mit einem nassen Lappen. Glücklicherweise hatte die Uniform seinen Körper geschützt, und die Verbrennungen auf seinen Händen waren nur oberflächlich.

Am Anfang war Morgan fast in Selbstmitleid ertrunken. Die Schmerzen, der Schock, für immer entstellt zu sein, und die

Angst, dass er sein Leben lang ein Außenseiter sein würde, ließen ihn verzweifeln und sogar an Selbstmord denken. Aber noch als er in Folkestone lag, hieß es, er würde in das Militärkrankenhaus in Netley kommen, um dort von Doktor Franz Dudek behandelt zu werden, einem brillanten polnischen Chirurgen, der sich auf plastische Chirurgie spezialisiert hatte.

Es war zwar Doktor Dudek, der Morgans Aussehen verbesserte, aber seinen Lebenswillen hatte er von Mr. Mercer, einem Arzt in Netley, zurückbekommen, und zwar einfach dadurch, dass er ihm die Möglichkeit gab, richtig lesen und schreiben zu lernen.

»Das müssen Sie jetzt können«, hatte er einfach gesagt. »Ihr hübsches Gesicht hat Ihnen vielleicht früher alle Türen geöffnet; von nun an aber müssen Sie mit Bildung punkten, damit genau diese Türen nicht vor einem vernarbten Gesicht verschlossen bleiben.«

Mr. Mercer bat Mrs. Lovage, eine ehemalige Volksschullehrerin und die Frau eines seiner Freunde, Morgan zu unterrichten. Also besuchte Morgan die Dame dreimal wöchentlich und lernte mit ihr. Drei Monate später, nachdem er drei verschiedenen Operationen unterzogen worden war, konnte er genauso gut lesen wie Mrs. Lovage. Sie hatte ihm auch beigebracht, Briefe zu schreiben.

Morgan hatte Angst, das Krankenhaus zu verlassen, in dem er sich sicher und akzeptiert fühlte, und begann, sich nützlich zu machen, indem er Patienten fütterte und dabei half, die Stationen sauber zu halten. Manchmal, wenn er die Schwestern dabei unterstützte, Soldaten zu versorgen, die beide Beine verloren hatten, von schweren Maschinen zerquetscht worden waren oder einen Kopfschuss gerade eben überlebt hatten, wurde ihm bewusst, was für ein Glück er selbst gehabt hatte.

Er blieb fast ein Jahr als freiwilliger Mitarbeiter in Netley und war völlig zufrieden damit, für Kost und Logis zu arbeiten. Abends las er alle Bücher über das Pflegen von Kranken, die er in die Finger bekam. Es war Mr. Mercer, der Morgan schließlich überredete, die Stelle im Krankenhaus in Southampton anzunehmen. Er war selbst dort tätig und konnte Morgan nach Kräften unterstützen. Mr. Mercer machte ihm klar, dass er sich nicht für immer in einem Militärkrankenhaus verstecken konnte, sondern lernen musste, wieder mit Zivilisten in Kontakt zu kommen.

Tatsächlich erwies sich das Borough-Krankenhaus in Southampton als ein viel angenehmerer Arbeitsplatz für Morgan, als es Netley je gewesen war. Hier ging es nicht so militärisch zu, die Anlage war nicht so riesig und unpersönlich. Es gab zwar Leute, die ihn anstarrten, manchmal hörte er auch Kommentare zu seinem Aussehen, aber er bemerkte, dass ihn das immer weniger traf. Außerdem war der Großteil der Belegschaft sehr herzlich und nett zu ihm.

Die Verwaltung behandelte ihn als Sonderfall, und so konnte er bei seiner Arbeit die Ausbildung zum Krankenpfleger machen und sich freinehmen, um Vorlesungen und Seminare zu besuchen. Ihm fiel auf, dass die Arbeit im Krankenhaus der auf einem Schiff nicht unähnlich war – jeder hatte seinen Zuständigkeitsbereich, aber alle zogen am selben Strang. Er fand eine Unterkunft in der Nähe des Krankenhauses und freundete sich sogar mit einigen Kollegen an. In drei Monaten würde er sein letztes Examen ablegen. Morgan war sich nicht sicher, ob ein anderes Krankenhaus überhaupt einen männlichen Krankenpfleger einstellen würde, also würde er wahrscheinlich hierbleiben. Das war ihm sehr recht, denn im Borough war er schließlich glücklich.

Nach seiner Verletzung hatte Morgan am Anfang ständig nur an Mariette gedacht. Als er noch in Folkestone lag, bat er sie in seinem Brief, ihn nicht zu besuchen, halb in der Hoffnung, sie käme doch. Er quälte sich, indem er sie sich mit einem anderen Mann vorstellte; später, in Netley, war er versucht, sie doch zu bitten, ihn zu besuchen, nur damit er sich beweisen konnte, dass er recht hatte und sie entsetzt die Flucht ergreifen würde.

Doch langsam und unaufhaltsam verschwand Mariette in seiner Erinnerung an jenen Ort, an den er alles verbannte, was »vor dem

Unfall« passiert war. Er wollte niemanden aus dieser Zeit wiedersehen, ja, nicht einmal an diese Menschen denken, weil ihm das schmerzlich bewusst machen würde, was er alles verloren hatte.

Nun nahmen in seinem Leben Bücher den Platz von Frauen ein. Sie entführten ihn an Orte, die er nie zuvor gesehen hatte, lehrten ihn neue Dinge, belustigten oder trösteten ihn. Er sagte sich, dass keine Frau der Welt ihm das bedeuten könnte.

Aber dann war sie plötzlich da, mit ihrem rotblonden Haar, ihren großen, blauen Augen und diesem weichen Mund, von dem er so oft geträumt hatte. Er hatte Gerüchte über eine Kämpferin der französischen Résistance gehört, die hier mit einer Kugel im Knie lag. Morgan hatte das nicht weiter beachtet, denn solche Gerüchte schwirrten beinahe jeden Tag durch das Krankenhaus, und die Wahrheit erwies sich meist als enttäuschend banal. Aber als er dann sah, wer die angebliche Kriegsheldin war, glaubte er die Geschichte sofort, denn Mariette hatte das Zeug dazu. Sie war immer tollkühn gewesen, einzigartig sogar, und dieser überschäumende Lebenswille war nicht für ein alltägliches Dasein geschaffen.

Der Chirurg, der die Kugel aus Mariettes Knie entfernt hatte, hielt sich in London auf und war nicht zu erreichen. Als ihre Temperatur unaufhörlich weiter stieg und sie in eine Art Delirium fiel, bat Morgan die Schwester, Mr. Mercer zu holen.

Sie stimmte ihm zu, aber Mercer konnte nicht sofort kommen, da er gerade eine heikle Operation durchführte. Als er dann endlich erschien und Mariette untersuchte, erkannte Morgan an seinem Gesichtsausdruck und an dem üblen Geruch, der ihrer Wunde entströmte, dass Amputation die einzige Alternative war. Mercer erwähnte nichts davon, sondern erklärte nur, dass er die Wunde noch einmal öffnen müsste, um sich das Ganze genau anzusehen. Er bat Morgan, Mariette sofort in den Operationssaal zu bringen.

Sobald sie dort war, setzte er sich draußen vor den OP und wartete. Er war bereit, die ganze Zeit hierzubleiben, egal, wie lange es dauern würde. Aber nur eine halbe Stunde später erschien Mr. Mercer wieder und nahm seine Maske ab.

»Eine alte Freundin?«, fragte er ihn.

»Ja«, antwortete Morgan. »Es gibt schlechte Nachrichten, richtig?«

George Mercer empfand tiefen Respekt für Morgan. Er bewunderte, wie der junge Mann mit seiner Verletzung umgegangen war, sich nie beklagt oder anderen die Schuld an seinem Zustand gegeben hatte. Er hatte verbissen gearbeitet, um lesen und schreiben zu lernen, und benutzte seine Fähigkeiten jetzt, um sich weiterzubilden. Darum hatte Mercer sich dafür eingesetzt, dass er als Pfleger ausgebildet werden konnte, während er gleichzeitig als pflegerische Hilfskraft arbeitete. Mercer hatte mit dieser Idee Neuland betreten, aber er kannte niemanden im Borough, der Morgan nicht als Gewinn für das Krankenhaus ansah.

Mr. Mercer war klar, dass ihm dieses Mädchen sehr viel bedeutete, und die beiden taten ihm leid.

»Ich musste ihr das Bein direkt über dem Knie abnehmen. Die Infektion hat sich schon zu weit ausgebreitet, um es zu noch retten. Ein Trauerspiel bei einem so hübschen jungen Mädchen, zumal ich gehört habe, dass sie sich die Verletzung zugezogen hat, als sie Leuten in Frankreich bei der Flucht geholfen hat. Manchmal ist das Leben wirklich ungerecht.«

Morgan fühlte sich, als hätte er einen Tritt in die Magengrube bekommen. Er dachte an Mari in ihren kurzen Hosen auf dem Schiff, an ihre langen, schönen Beine, die die Blicke eines jeden Mannes an Bord auf sich gezogen hatten. Er wusste, dass all ihre Interessen – Schwimmen, Segeln, Radfahren – mit körperlicher Betätigung verbunden waren. Ein solches Schicksal war nicht bloß ungerecht, es war grausam!

»Ich habe in ihren Unterlagen gelesen, dass sie aus Neuseeland kommt. Leben ihre Eltern dort? Gibt es jemanden, den wir kontaktieren sollten?«

Morgan brauchte ein paar Sekunden, um sich zu fassen, dann sagte er: »Soweit ich weiß, ist ihre Chefin, die Mari schon hier besucht hat, die einzige Person, die benachrichtigt werden kann. Sie wird wissen, wie man die Eltern erreichen kann«, fügte er hinzu. »Wenn es Ihnen nichts ausmacht, Sir, würde ich gern hierbleiben, um Mari zurück zu ihrer Station zu bringen, wenn sie bereit ist. Ich bleibe bei ihr.«

Als Mariette wieder zu sich kam und Morgan neben sich sitzen sah, versuchte sie zu lächeln. Er half ihr, sich ein wenig aufzurichten und ein paar Schlucke Wasser zu trinken.

»Sie haben mir das Bein amputiert, nicht wahr?«, fragte sie, als er sie wieder in die Kissen bettete.

Morgan hatte nicht vorgehabt, es ihr sofort zu sagen, aber wenn sie so direkt fragte, konnte er sie unmöglich belügen.

»Ja. Sie hatten keine andere Wahl, Mari. Es tut mir so leid!«

»Kurz bevor ich wegdämmerte, habe ich gehört, wie die Schwester den Geruch erwähnte. Da wusste ich, dass sie es mir abnehmen müssen.«

Ihre Stimme klang matt und unbewegt. Ob es Resignation war oder eine Nachwirkung der Narkose, wusste Morgan nicht.

»Sie fertigen heutzutage unglaubliche Prothesen«, versicherte er ihr. »In Netley habe ich die ganze Zeit Leute damit gesehen. Sobald du dich daran gewöhnt hast, kannst du dich bewegen wie vorher auch.«

Mariette schloss ihre Augen wieder. Sie war zu erschöpft, um zu sprechen.

Und was gab es jetzt schon noch zu besprechen?

KAPITEL 32

Sybil musste sich setzen, als Morgan sie anrief und von Mariette erzählte. Zu schockierend waren die Neuigkeiten. Doch an der Art, wie Morgans Stimme brach, konnte sie erkennen, dass Mariette ihm wirklich am Herzen lag und er genauso mitgenommen war wie sie selbst.

Sobald Sybil aufgelegt hatte, brach sie in Tränen aus. Das alles war zu schlimm für Worte, aber sie wusste, dass sie sofort Belle und Etienne anrufen musste. Dann war da auch noch Edwin. Sie würde versuchen müssen, ihn auf seinem Stützpunkt zu erreichen. Es war ein wenig seltsam, dass er noch nicht gekommen war, um Mariette zu besuchen, doch vielleicht bekam er einfach keinen Urlaub.

Ihm jetzt mitteilen zu müssen, dass seine Freundin ein Bein verloren hatte, war schrecklich, aber noch mehr graute Sybil vor dem Anruf bei Belle. Wie konnte man einer Mutter sagen, dass ihre schöne, tapfere Tochter verkrüppelt war?

Morgan hatte gesagt, er sei überzeugt, dass Mariette es akzeptieren würde. Seiner Erfahrung nach waren es Menschen wie sie, die große Risiken eingingen, die ihr Schicksal am stoischsten ertrugen. Sybil hoffte, dass er recht hatte. Sie hatte bei Mariette trotz ihres guten Aussehens nie Zeichen von Eitelkeit bemerkt. Aber sie konnte sich noch erinnern, dass das Mädchen einmal lachend zugegeben hatte, sich früher in Russell für eine wahre Schönheitskönigin gehalten zu haben. Wie gut man jemanden auch zu kennen glaubte, in einer Krise konnten die Menschen manchmal ganz anders reagieren als erwartet.

Belle nahm die Nachricht alles andere als gelassen auf. Sie wurde von hysterischen Weinkrämpfen geschüttelt, und ihre Freundin Peggy aus der Bäckerei musste den Hörer nehmen, um Sybil zu sagen, dass Belle später, wenn sie sich ein wenig beruhigt hatte, anrufen würde.

Aber dann war es Etienne, der schließlich zurückrief. Belle sei am Ende, sagte er.

»Ihr erster Ehemann hat im letzten Krieg ein Bein und einen Arm verloren«, erklärte er Sybil. »Er hat sich daraufhin völlig verändert, und Belle hat Angst, dass mit Mari jetzt Ähnliches passieren wird.«

»Das kann ich verstehen«, meinte Sybil. »Ich kann es selbst kaum glauben. Ich war vor Kurzem noch bei ihr, und da schien es ihr so gut zu gehen! Bitte sagen Sie Belle, dass ich nicht glaube, dass Mari in Selbstmitleid versinkt oder zulässt, dass dieser Schicksalsschlag ihr Leben ruiniert. So ein Mädchen ist sie nicht! Ein alter Freund von ihr, ein gewisser Morgan, ist bei ihr, und ich glaube, er wird ihr helfen, damit zurechtzukommen. Er war es auch, der mich telefonisch verständigt hat.«

Sie erzählte Etienne, dass die beiden sich auf Maris Überfahrt nach England kennengelernt hatten, verschwieg jedoch, dass sie damals eine Affäre gehabt hatten. Sybil erklärte, dass Morgan wegen Gesichtsverbrennungen, die er sich in Dünkirchen zugezogen hatte, den Kontakt zu Mari verloren und sie nur wiedergetroffen hatte, weil er zufällig im Borough arbeitete.

»Ich habe mich im Krankenhaus nach ihm erkundigt«, fügte sie noch hinzu. »Sie konnten mir dort gar nicht genug Gutes über ihn erzählen. Er hat auch die Krankenschwester alarmiert, als es Mari schlechter ging.«

»Verstehe.« Etiennes Ton war scharf, und Sybil vermutete, dass ihm der Gedanke missfiel, dass sich ein Kriegsversehrter um seine Tochter kümmerte.

»Was ist mit Edwin? Hat er sie schon besucht?«

»Noch nicht, aber er bekommt sicher bald frei. Ich fürchte, ich werde es in den nächsten Tagen nicht ins Krankenhaus schaffen, doch bitte versichern Sie Ihrer Frau, dass ich Mariette besuchen werde, so bald ich kann. Es stört Sie hoffentlich nicht, aber ich habe Morgan Ihre Nummer gegeben und ihm vorgeschlagen, Sie anzurufen. Da er im Krankenhaus arbeitet, wird er Mariette öfter am Tag sehen und ist viel besser geeignet als ich, Ihnen alles zu erklären.«

Sie beendete den Anruf, indem sie Etienne versicherte, dass Mariette bei ihr und Ted immer willkommen war. »Sie ist für uns ein Familienmitglied, nicht nur eine Angestellte. Wir werden uns um sie kümmern, als wäre sie unsere Tochter, bis der Krieg vorbei ist und sie wieder zu Ihnen nach Hause kann.«

Nach dem Telefonat mit Sybil lehnte sich Etienne mit der Stirn an die Wand und schluchzte. Es war schlimm genug gewesen zu erfahren, dass seine Tochter angeschossen worden war, aber nie hätte er damit gerechnet, dass sie ihr Bein verlieren würde. Er hatte gedacht, dieses Grauen wäre mit dem letzten Krieg zu Ende gegangen. Schließlich rieb er sich das Gesicht ab und ging zurück in Peggys Wohnzimmer. Belle weinte sich immer noch in den Armen ihrer Freundin aus.

»Ich hätte sie nie nach England gehen lassen dürfen«, rief sie verzweifelt. »Nur weil ich mich nicht mehr ständig um sie sorgen wollte! Ich war so selbstsüchtig! Was für eine Mutter bin ich gewesen?«

»Unsinn! Das war nicht selbstsüchtig von dir. Wir wollten Mari mehr Chancen bieten, als sie hier je bekommen hätte«, sagte Etienne mit fester Stimme. Er zog Belle an sich. »Es hätte noch viel schlimmer kommen können. Sie könnte tot sein – da ist ein amputiertes Bein ein vergleichsweise geringer Preis. Außerdem ist das unsere Mari, Belle. Sie wurde verletzt, weil sie tapfer und stark war, weil sie Kindern geholfen hat. Mari wird sich nicht in ihrem

Bett vergraben und ihr Leben aufgeben. Sie wird ihre Behinderung akzeptieren und überwinden, da bin ich mir sicher.«

Er erzählte ihr, was Sybil über Morgan gesagt hatte. Die Beweggründe des jungen Mannes waren ihm zwar verdächtig, doch er wusste, dass es für Belle ein Trost sein würde, wenn Mari im Krankenhaus einen alten Freund um sich hatte.

»In einem der Briefe, die sie auf der Überfahrt geschrieben hat, hat sie einen Morgan erwähnt. Er hat auf der Krankenstation gearbeitet und sah aus wie Errol Flynn.« Belle trocknete ihre Tränen und versuchte zu lächeln. »Mog hat gehofft, er wäre nicht auch so ein Schürzenjäger wie der Schauspieler.«

»Ich bezweifle stark, dass er noch immer so aussieht; er wird Brandnarben im Gesicht haben«, meinte Etienne. »Das Schicksal kann grausam sein, aber auch gütig. Denk nur an den Zufall, dass Mari im selben Krankenhaus gelandet ist, in dem er auch arbeitet!«

»Meinst du, es wird Edwin gefallen, wenn ein Mann aus ihrer Vergangenheit auftaucht?«, fragte Belle.

»Es hört sich nicht danach an, als setzte Edwin Himmel und Hölle in Bewegung, um an Maris Seite zu sein«, sagte Etienne mit gerunzelter Stirn. »Vielleicht war das gar keine so ernste Geschichte. Ich frage mich, wie er reagieren wird, wenn er das von ihrem Bein hört?«

»Wahrscheinlich mit Schrecken«, seufzte Belle. »Ich war starr vor Angst, als ich von Jimmys Verletzungen erfuhr. Nicht sehr mitfühlend, ich weiß, doch das ist die Wahrheit. So fühle ich mich bei Mari aber überhaupt nicht. Ich bin nur verzweifelt und traurig.«

Eine einzelne Träne lief Etiennes Wange hinab. »Ich kann mir unsere schöne, perfekte Tochter nicht mit einem amputierten Bein vorstellen. In mir ist eine Hoffnungslosigkeit, die nichts mir jemals nehmen wird.«

Mariette wollte sich nicht ausmalen, wie ihr Leben mit nur einem Bein aussehen würde. Wenn sie Schmerztabletten nahm, ihre Augen schloss und geistig abschaltete, konnte sie die Tage und Nächte schlafend verbringen. Sie wurde natürlich immer wieder geweckt, um sich umzuziehen und etwas zu sich zu nehmen und damit Blutdruck und Temperatur gemessen werden konnten. Meistens jedoch glitten die Stunden einfach an ihr vorüber.

Sybil war sehr aufgebracht, als sie Mariette zwei Tage nach der Amputation besuchen kam. Mari bat sie, nicht mehr zu kommen, weil sie wusste, dass die Fahrt lang und anstrengend war. »Ich will nicht daran erinnert werden, wie es einmal war«, sagte sie. »Ich komme allein ganz gut klar. Ich muss meinem Körper nur Zeit geben, um zu heilen, bevor ich ausprobiere, an Krücken zu gehen. Ich weiß, du und Ted macht euch Sorgen um mich, und dafür liebe ich euch. Aber ihr müsst euer Lokal führen.«

Es war schlimm gewesen, Sybil so betroffen zu sehen, doch als Edwin am nächsten Tag mit einem riesigen Strauß Rosen kam, war es kaum erträglich. Er sah in seiner Uniform sehr schneidig aus, und Mariette war sich sicher, dass er das Herz vieler Krankenschwestern schneller schlagen ließ. Aber er wirkte sehr verkrampft. Er drückte sie fest an sich und küsste sie, als hätte sich nichts verändert, doch Mariette merkte, wie angespannt er war und wie oft sein Blick zu dem Gestell unter der Bettdecke wanderte. Sie spürte, dass er Angst davor hatte, ihren Stumpen zu sehen. Das war absurd, denn sie hatte nicht vor, ihn irgendjemandem, schon gar nicht Edwin, zu zeigen.

»Du kannst mir sagen, was du wirklich fühlst«, sagte sie. »Es ist besser, ehrlich darüber zu reden.«

»Ich liebe dich genauso wie bisher, auch mit einem amputierten Bein«, antwortete er viel zu prompt.

»Das ist nicht wahr«, sagte sie. »Du fürchtest dich vor dem Anblick und vor der Vorstellung, mit einem einbeinigen Mädchen gesehen zu werden. Das ist in Ordnung. Mir ginge es genauso, wenn du es wärst, der ein Bein verloren hätte.«

Aber das war nicht das einzige Problem, das Edwin mit ihr hatte.

Ihre Verstümmelung hatte seinen übrigen Ängsten nur die Krone aufgesetzt, das wurde Mariette nun klar.

»Warum musst du immer alles erzwingen?«, fragte er verärgert. »Ich glaube, das ist bei euch Australiern und Neuseeländern ein kulturelles Manko. Ich habe ein paar von euren Piloten kennengelernt, und die sind genauso. Müssen jedes Thema ansprechen, egal, wen sie damit vor den Kopf stoßen.«

Ja, ein Mann aus den Kolonien war im Großen und Ganzen unverblümter als ein Engländer, und normalerweise hätte Mariette das zugegeben. Aber es ärgerte sie, dass Edwin ihre Nationalität ins Spiel brachte, bloß weil sie seine Gefühle verstehen wollte.

»Tja, ich werde noch ein anderes verdammtes Thema ansprechen«, fuhr sie ihn an. »Dir ist seit einiger Zeit klar, dass deine Familie mich ablehnt. Doch wenn ihnen der Gedanke an ein Barmädchen aus den Kolonien nicht gefallen hat, was werden sie dann erst zu einer einbeinigen Freundin sagen? Dir ist klar, dass das Ärger geben wird, du weißt nur nicht, wie du mir das klarmachen sollst, ohne wie ein echter Mistkerl dazustehen.«

Er war entsetzt und versuchte, Einwände zu erheben.

»Ach, Edwin, ich bin doch nicht dumm! Zuerst fandest du mich ganz toll, aber als deine Familie anfing, unangenehme Fragen zu stellen, hast du dich zurückgezogen. Du hast mich nie zu dir nach Hause mitgenommen, weil dir klar war, wie es laufen würde.«

»Das ist nicht wahr! Meine Eltern sind altmodisch und eher rückständig. Ich habe dich ihnen nicht vorgestellt, weil ich wusste, dass du sie schwierig finden würdest.«

»Das ist doch das Gleiche. Aber was viel wichtiger ist, du zeigst überhaupt keine Gefühle mehr für mich.«

»Wie kannst du das sagen?«, rief er zornig. »Bloß weil ich nicht versucht habe, dich herumzukriegen und mich mit dir im Heu zu wälzen, heißt das nicht, dass ich es nicht gerne täte! Ich wurde in dem Glauben erzogen, dass ein Gentleman mit so etwas wartet, bis er verheiratet ist.«

»Ich kenne sehr wohl den Unterschied zwischen einem Mann, der seine Liebste mit Respekt behandelt, und einem, der überhaupt nichts von ihr will«, gab sie zurück. »Und falls du vorher irgendwelche Leidenschaften verspürt hast, ist das bestimmt vorbei, sobald du einmal deine Hand auf meinen Beinstumpen gelegt hast.«

»Du bist manchmal so derb«, sagte er mit Abscheu.

»Und du, Edwin, bist manchmal ein echter Schlappschwanz«, erwiderte sie scharf.

»Willst du etwa andeuten, ich wäre schwul?«, fragte er, tief schockiert.

»Nein. Mit einem Mädchen, das deinen Eltern gefällt, wirst du es schon irgendwie hinkriegen. Sei einfach ein Mann und sag mir, dass ich nicht die Richtige für dich bin, dann können wir getrennte Wege gehen.«

Seine Augen wurden schmal; Mariettes Anspielungen gefielen ihm nicht.

»Du warst auch nicht gerade aufrichtig!«, fuhr er sie an. »Du musst schon monatelang für den Geheimdienst gearbeitet haben und hast es nie auch nur mit einem Wort angedeutet. Dann gehst du nach Frankreich und bringst dich in Lebensgefahr. Wie kann ich ein Mädchen heiraten, das so etwas vor mir geheim hält?«

»Wir sind im Krieg! In ganz England gibt es Menschen, die solche Dinge vor ihren Familien verheimlichen!«, gab sie zurück. »Du würdest mir auch nicht sagen, welche Stadt du heute Abend bombardieren wirst, oder? Aber zu deiner Information, ich habe mich nicht für diese Arbeit gemeldet, ich wurde kontaktiert, weil ich fließend Französisch spreche. Und wie kommst du dazu, den armen Hintergangenen zu markieren? Ich habe Leben gerettet, du solltest stolz auf mich sein. Doch vielleicht glaubst du ja, in einer Beziehung gibt es nur Platz für *einen* Helden! Ist es das? Kannst du von einer Frau keine Konkurrenz ertragen?«

»Sei nicht albern! Natürlich bin ich stolz auf dich, aber all das ist ein großer Schock für mich gewesen.«

Edwin versuchte zu lächeln und legte seine Hand mit einer liebevollen Geste an ihre Wange. Sie wollte ihm so gern glauben, doch sie sah die Kälte in seinen Augen und spürte keine Zärtlichkeit in seiner Liebkosung.

»Geh, Edwin!«, bat sie mit unsicherer Stimme. Sie hatte so viel mehr von ihm erwartet. »Zurück zu deinem Geschwader und deiner Familie. Tragen wir einander nichts nach, wir sind einfach nicht füreinander geschaffen!«

»Das meinst du nicht so. Du bist nur völlig fertig von all den Strapazen.«

Mariette war völlig fertig – sie bezweifelte nicht, dass sie das meiste, was sie ihm heute an den Kopf geworfen hatte, schon bald bereuen würde –, aber tief in ihrem Inneren wusste sie, dass er sie verlassen wollte. Ihm gefiel nur nicht, wie ihn das aussehen lassen würde. Wahrscheinlich hoffte er, sie würde etwas besonders Gemeines zu ihm sagen, damit er mit gutem Gewissen gehen konnte, doch sie hatte nicht vor, es ihm so leicht zu machen.

»Ich lasse dich vom Haken, weil du mir genauso wenig bringst wie ich dir«, sagte sie und kämpfte mit den Tränen. »Geh und such dir ein Mädchen, dass deine Eltern billigen! Werde glücklich mit ihr!«

Edwin hatte einen Schritt zur Tür gemacht, blieb nun jedoch stehen. Er wirkte verdutzt. »Hast du mich je geliebt?«

Wäre sie den Tränen nicht so nah gewesen, hätte Mariette vielleicht gelacht.

»Ja, habe ich. Bis ich erkannt habe, dass du so viel Gefühl hast wie ein toter Fisch und dich von deinen Eltern herumkommandieren lässt«, antwortete sie. »Bitte geh jetzt, Edwin! Es nützt doch nichts, das hier in die Länge zu ziehen. Auf Wiedersehen.«

Als er das Krankenzimmer verließ, sah er aus wie ein geprügelter Hund.

Morgan besuchte sie wenig später und bemerkte gleich ihr rotes, verschwollenes Gesicht.

»Du hast geweint«, sagte er. »Tut dein Bein weh?«

»Ja, aber auch nicht mehr als sonst«, antwortete sie.

»Warum dann die Tränen?«

»Aus Enttäuschung, nehme ich an«, sagte sie kläglich. »Edwin war gerade bei mir. Ich habe gemerkt, dass er aus alldem rauswill, also hab ich ihm den Weg gezeigt. Aber es wäre echt nett gewesen, wenn er sich zumindest ein bisschen gewehrt hätte.«

Morgan legte in einer freundschaftlichen Geste die Hand auf ihre. »Es ist besser, dass du jetzt sein wahres Gesicht kennst.«

»Ja, das stimmt. Ich leide auch nicht an gebrochenem Herzen. Schließlich wusste ich schon länger, dass er nicht der Richtige für mich ist. Aber …« Sie brach ab, unfähig, ihre vagen Gedanken klar zu formulieren.

»Du hast Angst, dass dich niemand jemals wieder haben will?«

Sie sah Morgan an, und in ihren Augen schimmerten die Tränen. »Ja, ich glaube, so ist es.«

»So habe ich mich auch gefühlt. Kein schöner Gedanke, nicht wahr?«

»Wir sind ja ein hübsches Pärchen«, sagte sie und versuchte zu lachen.

Als ihr Körper sich langsam erholte, ließ auch ihr Schlafbedürfnis nach. Plötzlich verrannen die Stunden entsetzlich zäh. Sie merkte, dass sie sich oft überlegte, wie schwierig das Leben mit nur einem Bein sein würde, und ertappte sich bei der Frage, ob sie wohl je heiraten und Kinder bekommen würde. Mariette erinnerte sich an das Glücksgefühl, das sie immer erfüllt hatte, wenn sie in Sidmouth den Klippenpfad hinaufgelaufen war. Jetzt wünschte sie sich, sie hätte damals gewusst, dass die Tage des unbeschwerten Laufens begrenzt waren. Dann hätte sie das, was sie nun für alle Zeit verloren hatte, vielleicht mehr genossen.

Am achten Tag nach der Operation hatte sie das Gefühl, jeden Moment vor Langeweile durchzudrehen. Es half ihr auch nicht, in Gedanken auf Edwin herumzuhacken oder sich mit Selbstvorwürfen zu quälen. Hätte sie versuchen sollen, sich ihm anzupassen? Die Art Mädchen zu werden, die er gern heiraten würde? War es tollkühn gewesen, in geheimer Mission nach Frankreich zu fahren? Hätte sie schweigen sollen, bis es ihr besser ging?

Aber egal, wie oft sie ihre Beziehung mit Edwin analysierte, letzten Endes kam sie immer zu dem gleichen Schluss: Er hatte sie nicht genug geliebt, um sich mit den Problemen auseinanderzusetzen, die sie gehabt hatten. Und als sie ihre Beziehung wie unter dem Mikroskop betrachtete, konnte sie auch erkennen, dass sie sich vielleicht nur in das Bild eines schnittigen Piloten aus guter Familie verliebt hatte, nicht in Edwin selbst.

Ihren neuen Zustand zu akzeptieren war schmerzhaft. Sie hatte sich immer vorgestellt, am Arm eines reichen, gut aussehenden Mannes nach Neuseeland zurückzukehren – elegant, mondän, mit teuren Kleidern und einer Vielzahl interessanter Geschichten im Gepäck, sodass ihre alten Freunde von der schillernden Vision einer neuen Mariette Carrera förmlich geblendet waren. Stattdessen würde sie allein, arm und schlecht angezogen zurückkehren, mit Erfahrungen, von denen niemand etwas wissen wollte, und noch dazu verkrüppelt. Nie wieder würde sie im Badeanzug ins Boot ihres Vaters springen, während die Männer aus Russell Stielaugen bekamen.

»Ich darf nicht in Selbstmitleid versinken«, sagte sie sich immer, wenn ihr solche Gedanken kamen. »Herumspringen werde ich vielleicht nicht mehr, aber gehen werde ich sehr wohl wieder können.«

Mit diesem Ziel vor Augen bestand sie darauf, einen Rollstuhl auszuprobieren, und als sie das gemeistert hatte, versuchte sie sich auch an Krücken. Ihr Physiotherapeut bat sie, nichts zu überstürzen, doch davon wollte Mariette nichts wissen. Es war schwerer, mit Krücken umzugehen als mit dem Rollstuhl, und sie zog sich einige blaue Flecken zu.

»Wenn Sie nicht auf mich hören, werden Sie sich noch einmal ernsthaft verletzen, Miss Carrera«, seufzte ihr Physiotherapeut. »Bis sich Ihr Körper daran gewöhnt hat, dass Ihr Gewicht jetzt ungleichmäßig verteilt ist, braucht es viel Zeit. Sie müssen lernen, Balance zu halten, wie Sie als Kind lernen mussten, auf einem Bein zu hopsen. Zehn Minuten am Tag sind fürs Erste mehr als genug.«

Mariette wusste, dass ihr Stumpen komplett heilen musste, bevor überhaupt eine Prothese angepasst werden konnte, und dann würde es noch Wochen dauern, bevor sie wieder gehen konnte. Aber Geduld war noch nie ihre Stärke gewesen. Sie wollte wieder nach Sidmouth, weil ihr die Abwechslung hinter der Bar fehlte. Oder, falls das nicht ging, wollte sie hier eine Arbeit finden, um in der Nähe des Krankenhauses zu bleiben. In Wahrheit jedoch wusste sie, dass niemand ein einbeiniges Mädchen einstellen würde.

Selbst Sybil hatte das letzte Mal, als sie sie besucht hatte, gescherzt, dass ein Barmädchen auf Krücken so nützlich wie ein Feuerwehrmann aus Schokolade war. Sie wollte, dass Mariette nach Hause kam, aber sie machte Mari klar, dass sie nur noch hinter der Theke sitzen und mit den Gästen plaudern konnte.

Einmal kamen Mr. und Mrs. Harding mit Ian und Sandra zu Besuch. Mariette tat ihnen gegenüber zwar so, als wäre alles in Ordnung, doch sie hatte eine leise Ahnung, dass sie sie nicht ganz täuschen konnte.

Als sie wieder gingen, umarmte Sandra sie und flüsterte: »Wir mögen dich mit einem Bein genauso gern. Genau wie alle anderen.«

Seltsam, dass ein Kind ihre innerste Angst verstand – die Angst, nie wieder akzeptiert oder auf einmal ganz anders behandelt zu werden.

Dann erinnerte sie sich, dass sie zumindest in Morgan einen

Freund hatte, der sie jeden Tag besuchen kam, selbst wenn er nur wenige Minuten abkömmlich war.

»Du musst all die freie Zeit produktiver nutzen«, riet er ihr, als sie sich bei ihm über ihre Langeweile beklagte. »Du kannst nicht erwarten, dass die Leute dich unterhalten, genauso wenig wie du erwarten kannst, dass alle sich um dich kümmern werden, wenn du aus dem Krankenhaus entlassen wirst. Sie werden viel mehr Zeit für jemanden haben, der zumindest versucht, auch allein zurechtzukommen. Glaub mir, ich weiß, wovon ich spreche!«

Mariette nahm sich seine Worte zu Herzen und versuchte, sich auf sinnvolle Art und Weise zu beschäftigen. Sie schrieb Briefe nach Hause, las viel und arbeitete an einer Kreuzsticharbeit weiter, die eine Patientin vergessen hatte, wieder mit nach Hause zu nehmen. Sie fragte sogar die Krankenschwestern, ob sie nicht kleine Aufgaben für sie hätten.

Aber manchmal war es einfach zu schwer, guter Dinge und optimistisch zu sein und nicht mit dem Schicksal zu hadern. Böse dachte sie daran, wie ungerecht es doch war, dass Leute wie Miss Salmon, die sie überredet hatte, diese gefährliche Rettungsaktion durchzuführen, den ganzen Tag gemütlich und in Sicherheit in ihrem Büro saßen. Die Frau hatte sie nicht ein Mal im Krankenhaus besucht, um sich nach ihr zu erkundigen!

Nicht, dass Mariette sie besonders gern wiedersehen wollte, doch sie hätte sehr gern gewusst, was mit den vier jüdischen Kindern passiert war und ob sie ihnen schreiben konnte. Sie machte sich auch Sorgen um Céleste und die anderen in Frankreich; die Ermordung des deutschen Soldaten musste sie in Schwierigkeiten gebracht haben. Miss Salmon und ihre Kollegen hatten ihr oft gepredigt, wie wichtig es war, sein Mitgefühl im Krieg nicht verkümmern zu lassen. Jetzt aber, da Mariette für sie jeden Wert verloren hatte, bedeutete ihnen das anscheinend nichts mehr.

Zumindest der Briefwechsel mit Neuseeland ging nun schneller vonstatten als je zuvor. Benutzte man Spezialpapier und dünne

Kuverts, wurden die Briefe mit dem Flugzeug verschickt und oft schon zehn Tage nach Verfassen zugestellt. Der Tag, an dem sie den Brief erhielt, in dem ihre Mutter ihr von dem geerbten Haus in Marseille schrieb, war ein richtiger Freudentag für Mariette. Bei dem Gedanken an Jean-Philippes Wut vergaß sie all ihre Schmerzen.

Ihr Vater hatte jemandem in Marseille geschrieben, auf den er sich verlassen konnte, und hoffte, bald einen Bericht über den Zustand des Hauses zu erhalten. Er plante, jemanden einzustellen, der auf den Besitz aufpassen würde, bis der Krieg vorbei war und er das Haus verkaufen konnte.

Mariette wünschte Jean-Philippe alle möglichen Kümmernisse an den Hals. Vielleicht würde seine Frau ja mit einem anderen durchbrennen, das wäre schon fein, oder sein Haus würde ausgebombt. Natürlich war es nicht sehr nett von ihr, sich solche Katastrophen für ihn zu auszumalen. Aber er war ja auch nicht sonderlich freundlich zu ihr gewesen.

Endlich, nach fast vier Wochen im Krankenhaus, kam Mr. Mercer zu Mariette und teilte ihr mit, dass er empfohlen hatte, sie in ein Rehabilitationszentrum in Bournemouth zu verlegen. Er erzählte ihr, dass man sich dort auf das Anpassen von Prothesen spezialisiert hatte.

»Bournemouth!«, stieß sie hervor. Dort kannte sie ja niemanden! Warum konnte sie nicht hierbleiben oder zurück nach Sidmouth gehen? Aber dann wurde ihr klar, dass Mr. Mercer nur das Beste für sie wollte, und sie fügte hinzu: »Das ist ja toll!« Sie hoffte, halbwegs überzeugend zu klingen.

»Ich weiß, Sie möchten gern zurück nach Sidmouth zu Ihren Freunden. Doch meiner Erfahrung nach geben Freunde und Verwandte Invaliden meist zu viele Hilfestellungen. Sie müssen selbstständig werden. Außerdem ist es in Bournemouth sehr nett, und jetzt, da der Frühling vor der Tür steht, werden Sie Ihren Aufenthalt dort sicher genießen. Ich habe übrigens Gerüchte gehört, dass wir demnächst in Frankreich einmarschieren werden. Vielleicht ist in einem Jahr der Krieg schon vorbei.«

Mariette mochte Mr. Mercer sehr gern. Er war ein freundlicher Mann mit sanften grauen Augen, genau, wie man sich einen lieben Großvater vorstellte. Morgan hatte ihr auch erzählt, wie gut er zu ihm gewesen war; wie er ihn ermutigt hatte, lesen und schreiben zu lernen, und wie er ihn bei seiner Ausbildung zum Pfleger unterstützte.

»Ich hoffe es«, seufzte sie. »Wir haben alle schon genug durchgemacht.«

»Nutzen Sie das kommende Jahr, um zu lernen, mit Ihrem neuen Bein umzugehen, damit Sie für das Leben nach dem Krieg gewappnet sind! Ich wette, in Neuseeland haben schon alle große Sehnsucht nach Ihnen.«

»Ja, nach mir und meinen zwei Brüdern. Sie sind jetzt mit ihrem Regiment in Italien stationiert. Von allem, was ich in den Zeitungen gelesen habe, scheint es, als machten die Alliierten den Italienern die Hölle heiß.«

»Ich glaube schon«, meinte er mit einem breiten Lächeln. »Wir wünschen uns weiß Gott alle, dass es bald vorbei ist.«

Mariette wurde von einer ehrenamtlichen Mitarbeiterin in ihrem Privatauto nach Stanford House in Bournemouth gebracht. Morgan begleitete sie.

Die Mitarbeiterin war eine Dame mittleren Alters in Tweed, Typ wackere Landfrau, die einen Riley fuhr, was Morgan sofort begeisterte. »Nicht nur ein Tag Urlaub vom Krankenhaus, sondern auch noch eine Fahrt in meinem Lieblingswagen!«, freute er sich.

»Sie haben einen guten Geschmack, junger Mann!« Die Besitzerin strahlte. »Wenn Sie sich benehmen, lasse ich Sie auf dem Rückweg vielleicht ans Lenkrad.«

Sie hieß Mrs. Dykes-Colman und hatte vier Söhne, die alle an der Front waren. Einer, ein Flieger, war über Frankreich abgeschossen worden und befand sich jetzt in einem Gefangenenlager in Deutschland; der nächste war Leutnant bei der Marine und zurzeit irgendwo in der Nähe von Danzig unterwegs; der dritte war als Ingenieur bei der Luftwaffe, der jüngste gehörte den Royal Marines an und diente in Fernost.

»Ihr Vater ist 1922 gestorben. Seine Lungen haben einen Gasangriff im Schützengraben nicht überstanden«, erzählte sie. »Was für eine Verschwendung! Er war so ein wunderbarer Mensch! Die Jungs sind nach ihm geraten, und ich bete jeden Tag, dass sie alle in einem Stück zu mir zurückkommen.« Sie blickte nach hinten auf Mariette und Morgan, und ein Schatten huschte über ihr freundliches Gesicht. »Verzeihung, das war ein wenig taktlos.«

»Wir hatten Glück, wir haben überlebt«, antwortete Morgan. »Wir kannten uns schon, bevor wir uns im Borough wiedergetroffen haben. Das war ebenfalls eine glückliche Fügung. Können Sie uns etwas über Stanford House erzählen?«

»Ja, das kann ich, mein Junge«, sagte sie. »Ich gehe fast jeden Tag hin, um auszuhelfen. Alles Experten auf ihrem Gebiet und mit Leib und Seele dabei! Sie können sich glücklich schätzen, Miss Carrera, dass Sie hierher geschickt worden sind. Bevor Sie sich's versehen, werden die Sie wieder hinkriegen. Und wenn Sie, junger Mann, Miss Carrera besuchen möchten, bin ich gern bereit, Sie bei mir unterzubringen. Ich wohne gleich in der Nähe und bin immer froh, Gesellschaft zu haben.«

Morgan sah Mariette mit fragend erhobenen Brauen an. »Möchtest du, dass ich dich besuche?«, fragte er.

»Das weißt du doch«, sagte sie. In Wahrheit fürchtete sie, dass er sich nie mehr blicken lassen würde. »Aber nur, wenn du Zeit hast. Ich weiß ja, dass deine Prüfungen bald beginnen.«

Er nahm ihre Hand und drückte sie. »Für dich habe ich immer Zeit«, antwortete er. »Doch du wirst viele gute Leute in Stanford kennenlernen, da wirst du mich gar nicht mehr brauchen.«

Eine Woche später dachte Mariette über die »guten Leute« nach, von denen Morgan gesprochen hatte. Er hatte recht gehabt: Die anderen siebzehn Patienten und das Personal im Stanford waren alle gut. Gut auf eine dankbare, ehrliche, aufopfernde, optimistische Art und Weise. Alles wunderbar, aber ein bisschen wie Zuckerwatte – zu viel davon und dir wird schlecht, dachte Mariette manchmal ketzerisch.

Sie wollte jemanden wie sich selbst kennenlernen. Jemand, der nichts Gutes daran finden konnte, ein Bein zu verlieren, jemand, der die Welt verdammte, andererseits jedoch auch die lustigen Seiten sehen konnte. Hier war niemand so, nicht einmal diejenigen, die zwei Körperteile verloren hatten. Sie alle betonten von früh bis spät, dass die Hilfe, die sie ständig erfuhren, sie Demut gelehrt habe, wie unglaublich die Prothesen seien, die ihnen angepasst worden waren, und wie dankbar sie seien, in ein paar Wochen zu ihrem alten Leben zurückkehren zu können.

Nur acht der Männer waren Soldaten; alle hatten Gliedmaßen bei Explosionen verloren. Man hatte sie hierher statt nach Netley gebracht, weil man hoffte, sie würden von den Spezialisten in Stanford House mehr profitieren. Die anderen zehn – sechs Frauen, inklusive Mariette, und vier weitere Männer – waren allesamt Zivilisten. Zwei waren Polizisten, einer ein Bauer, dem von einer Dreschmaschine ein Arm abgerissen worden war. Ein anderer war beim Überqueren eines Bahndamms gestürzt und von einem Zug erfasst worden. Die Frauen waren alle außer Mariette bei Bombenangriffen schwer verletzt worden und hatten wegen einer Infektion ein Körperglied verloren.

Mariette fühlte sich nicht schuldig, weil sie nicht so dankbar war wie die anderen Patienten, und sie war keineswegs überzeugt, dass alle wirklich so froh und zufrieden waren, wie sie sich gaben. Wie konnten sie auch? Es war völlig ausgeschlossen, dass sie ihr altes Leben weiterführen konnten wie bisher. Die Polizisten würden nicht mehr ihrer Arbeit nachgehen können, und der Bauer würde es schwer finden, seinen Traktor mit einer Prothese zu steuern. Über den Mann, der unter den Zug geraten war, dachte Mariette sich ihren Teil: Sie war davon überzeugt, dass er versucht hatte, sich das Leben zu nehmen, sich nachher aber dafür geschämt hatte und jetzt eine geschönte Version der Ereignisse erzählte.

Die Frauen waren alle mit Männern verheiratet, die im Krieg dienten. Mariette wurde schnell klar, dass sie versuchten, gelassen und zuversichtlich zu wirken, weil sie kleine Kinder hatten. Diese waren zurzeit entweder bei Pflegeeltern oder Verwandten, und die Frauen wussten, wenn sie zu ihnen nach Hause zurückwollten, mussten sie möglichst schnell gehen lernen. Beschwerden oder Klagen von ihrer Seite würden sie vielleicht in ein allgemeines Krankenhaus bringen, wo es keine Experten gab, die ihnen bereitwillig ihre Hilfe anboten. Trotzdem verstand Mariette nicht, warum sie nicht ab und zu einmal mit ihrem Schicksal haderten. Vielleicht würde es ihnen ja guttun.

Sie machte sich nicht vor, wieder schwimmen und segeln zu können wie früher – aber sie wollte ihr Bestes geben. Fürs Erste war sie schon zufrieden, mit dem Rollstuhl umgehen und die Treppen mit Krücken hinaufhüpfen zu können, während sie auf ihre Prothesen wartete.

Außerdem führte sie Tagebuch, um die Fortschritte, die sie machte, schriftlich festzuhalten. Vielleicht war es nicht wirklich ein Tagebuch, denn eigentlich schrieb sie sich dort bloß ihren Ärger über ihre ach so zufriedenen Mitpatienten von der Seele. Es machte ihr Spaß, sich auf dem Papier über sie lustig zu machen. Mariette lachte, wenn sie sie in all ihren absurden Einzelheiten beschrieb. Ihr Tagebuch würde einschlagen wie eine Bombe, falls jemand es zufällig finden und lesen sollte, deshalb trug Mariette es meist bei sich.

Glücklicherweise war ihre Zimmerkollegin Freda weder eine große Leseratte noch besonders neugierig. Sie war eine stille, zerbrechlich aussehende junge Frau von achtundzwanzig Jahren mit wasserblauen Augen und mattbraunem Haar. Sie war fast immer mit Strickarbeiten für den einen oder anderen ihrer zwei Sprösslinge beschäftigt, und wenn sie nicht übte, mit ihrer Beinprothese zu gehen, betrachtete sie meist Fotografien der beiden.

»Glauben Sie, alle Kinder schämen sich für Angehörige mit Prothesen?«, fragte sie Mariette eines Nachmittages unvermittelt.

Mariette war gerade von ihrem ersten Abmessen für die Prothese gekommen. »Wenn sie das tun, verdienen sie einen ordentlichen Rüffel«, meinte sie. »Warum fragen Sie?«

Die Kinder Alice und Edward lebten bei Fredas älterer Schwester in Salisbury. Bisher waren sie nur einmal zu Besuch gekommen, angeblich, weil das Wetter immer so schlecht gewesen war.

»Meine Schwester hat mir in ihrem Brief geschrieben, dass sie es für falsch hält, die Kinder so zu blamieren«, sagte Freda. »Sie meint, es wäre besser für sie, wenn sie dauerhaft bei ihr bleiben.«

»Es ist immer das Beste für Kinder, bei ihrer Mutter zu sein«, widersprach Mariette energisch. Sie dachte an Sandra und Ian, die sich immer noch nach Joan sehnten. »Sie machen mit Ihrem Bein gewaltige Fortschritte, Sie können kochen, waschen, bügeln – alles, was eine Mutter bewerkstelligen muss. Ich kann mir nicht vorstellen, warum Ihre Schwester das geschrieben hat.«

»Sie liebt die Kinder und hat selbst keine«, antwortete Freda traurig. »Sie hat mir erklärt, dass die beiden jetzt daran gewöhnt sind, in einem großen Haus zu wohnen, in einem hübschen Ort mitten auf dem Land. Wir haben früher in Southampton bei den Docks in einer Zwei-Zimmer-Wohnung gelebt. Seitdem wir ausgebombt wurden, habe ich aber nicht mal mehr das.«

»Warum hat Ihre Schwester Sie nicht eingeladen, auch bei ihr zu leben?«, fragte Mariette. »Das wäre doch sicher das Beste für alle. Dann hätte sie immer noch die Kinder um sich und könnte auch auf Sie ein Auge haben.«

Freda war kurz still. Sie kaute gedankenverloren auf ihrer Unterlippe, als hielte sie es für unklug, solche Dinge mit Fremden zu besprechen.

»Nun?«, hakte Mariette nach.

»Das würde sie nicht wollen. Ich würde sie bloßstellen.«

Mariette war schockiert, dass Fredas Schwester so herzlos war. »Wenn Sie nicht gut genug für sie sind, sind es Ihre Kinder auch nicht«, sagte sie mit Nachdruck. »Ihre Schwester hat bewiesen, dass sie kein Herz hat, und so eine Person sollte im Leben Ihrer Kinder keinen Platz haben. Sie waren unglaublich tapfer mit Ihrer Behinderung, jetzt müssen Sie eben noch tapferer sein und sich gegen Ihre Schwester behaupten. Und ich werde Ihnen dabei helfen!«

KAPITEL 33

»Ich höre, Sie haben andere Patienten dazu gebracht, sich aufzuraffen, ihr Schicksal selbst in die Hand zu nehmen?« sagte Dr. Hambling, als er Mariettes Beinstumpen nach wunden Stellen und Blasen absuchte.

Vor drei Wochen hatte sie endlich ihre Prothese erhalten, aber anstatt es langsam anzugehen, wie es ihr empfohlen wurde, hatte sie sich natürlich sofort mit Feuereifer auf ihr Übungsprogramm gestürzt. Zu ihrer Überraschung erwies es sich als ausgesprochen schwierig, den richtigen Umgang mit der Prothese zu lernen. Sie hatte sich vorgestellt, sie müsste einfach nur üben und üben, bis sie den Dreh heraushatte, und dieser Einstellung hatte sie jetzt ein paar wunde Stellen zu verdanken. Zum Glück hatte Dr. Hambling es geschafft, sie zu bremsen, bevor sie sich ernsthafte Schäden hatte zufügen können.

Mariette ging sofort in die Defensive. »Wer hat getratscht?«

Dr. Hambling hatte erstmals bemerkt, dass sie eine Art Beraterin für die anderen Patienten geworden war, als Freda zu ihm gekommen war und ihm erzählt hatte, dass ihre Schwester versuchte, ihr die Kinder wegzunehmen. Freda hatte nicht mehr ausgesehen wie eine verschreckte Maus. Sie sagte, Mari hätte ihr klargemacht, dass sie für ihre Kinder kämpfen musste. Sie bat ihn um Hilfe, damit sie wieder eine Unterkunft bekam und ihren Kindern ein sicheres Zuhause bieten konnte.

Bald darauf fiel Dr. Hambling und dem restlichen Personal auf, dass Mariette oft ernste Gespräche mit ihren Mitpatienten führte und dass all diese sanften, demütigen Menschen allmählich anfingen, entschiedener aufzutreten, sich nach Organisationen zu erkunden, die ihnen bei ihren Problemen helfen konnten, und generell tatkräftiger in die Zukunft zu blicken.

»Hier entgeht mir nichts«, antwortete Dr. Hambling. »Ich finde es ausgezeichnet, dass Sie die anderen Patienten zum Reden animieren. Nach einer Amputation sind die psychologischen Probleme oft schwerwiegender als die physischen. Wahrscheinlich wissen Sie, dass Freda mich wegen ihrer Kinder angesprochen hat? Das hätte sie ohne Ihren Einfluss sicher nie getan. Ich glaube, ihre Schwester hatte sie tatsächlich überzeugt, dass sie ihren Kindern zur Last fallen würde und es besser für sie wäre, ohne ihre Mutter zu leben.«

Mariette, die fast erwartet hatte, scharf zurechtgewiesen zu werden, strahlte vor Freude über dieses Lob. Sie hatte herausgefunden, dass sie es recht gut verstand, Menschen dazu zu bringen, sich ihr gegenüber zu öffnen. Den anderen half es, sich über ihre Probleme und mögliche Lösungen auszusprechen; ihr selbst tat es gut, für eine Weile die eigenen Sorgen vergessen zu können.

»Werden Sie Freda helfen können? Sie will ihre Kinder unbedingt zurück.«

»Man kümmert sich schon darum. Aber reden wir über Sie, junge Frau! Werden Sie es mit Ihrem Bein jetzt langsamer angehen lassen, so, wie wir es besprochen hatten? Wir haben auf diesem Gebiet schon die eine oder andere Erfahrung gesammelt, wissen Sie.«

Mariette lachte. Sie mochte Dr. Hambling mit seiner wilden, weißen Haarmähne und dem buschigen Bart. Er war relativ alt, hatte schon im letzten Weltkrieg operiert, und ebendiese Erfahrungen hatten ihn dazu gebracht, sich mit Prothesen zu beschäftigen, um Amputierten ein normales Leben bieten zu können. Morgan hatte ihr erzählt, dass der Arzt auf seinem Gebiet als Koryphäe galt.

»Ja, ich habe meine Lektion gelernt«, sagte sie. »Kann ich die Prothese wieder anlegen und Ihnen zeigen wie ich jetzt gehen kann?«

Als sie ihr »Bein« zum ersten Mal sah, wäre Mariette fast in Tränen ausgebrochen. Obwohl sie Beinprothesen schon von anderen Patienten kannte, war sie auf diesen Anblick nicht vorbereitet gewesen. Das Material, fahl schimmerndes blassrosa Bakelit, die dicken Gurte und das Gewicht des abscheulichen Dings erschienen ihr so abstoßend, dass sie dachte, lieber würde sie ihr ganzes Leben lang an Krücken gehen.

Sie musste sich daran erinnern, wie Morgan auf dem Schiff seine Finger von ihren Zehen über ihre Füße bis hinauf zu ihren Schenkeln hatte gleiten lassen. Sie habe die schönsten Beine der Welt, hatte er damals gesagt. Mariette konnte sich nicht vorstellen, dass sie je wieder ein Mann in den Armen halten und küssen würde. Sie hatte zwar noch ein hübsches Gesicht, aber dieses künstliche Bein musste jeden abschrecken.

Dr. Hambling beobachtete, wie sie die Prothese anlegte. Er sah Mariette an, dass sie sie verabscheute, sich jedoch durchgerungen hatte, damit zu leben. Ob sie ihr künstliches Bein nun hasste oder liebte, sie brauchte es. Für ihn war Mariette eine faszinierende Ausnahmeerscheinung: trotzig, ungeduldig und eigensinnig, aber auch fröhlich und sehr tapfer. Noch dazu hatte sie eine sanfte Seite; sie kümmerte sich um andere, besonders um die, denen es schlechter ging als ihr selbst. Wäre sie ein Mann, hätte sie einen hervorragenden Offizier abgegeben.

Und sie war sehr schön. Wie Mr. Mercer gesagt hatte: »Wenn sie ein Zimmer betritt, geht die Sonne auf.« Wie recht er doch hatte!

Viele Leute dachten, es wäre leichter für eine hübsche Frau, sich an ein künstliches Bein zu gewöhnen, als für eine unscheinbare, weil andere ihr freimütiger ihre Hilfe anbieten würden. Aber Dr. Hambling hatte die Erfahrung gemacht, dass eher das Gegenteil der Fall war, denn Menschen schreckten vor entstellter Schönheit zurück. Trotzdem war er sicher, dass Mariette, solange sie lebte, niemals aufgeben würde, sich all das zu erkämpfen, was vor dem Verlust ihres Beins ihr Leben und ihre Persönlichkeit ausgemacht hatte. Ein echter Mann würde ihren wahren Wert erkennen und keinen Gedanken an ihre Behinderung verschwenden.

»Noch ein paar Wochen und Sie können nach Hause«, meinte er, als sie vor ihm auf und ab ging. Er wünschte, dass er ihr sagen könnte, ihr Gang sei bald genauso wie bei jedem anderen gesunden Menschen auf zwei Beinen, aber das wäre gelogen. Sie musste mit ihrer Prothese weit ausholen, um einen Schritt zu machen, und sie war noch in der Phase, in der das sehr auffällig war. Mit viel Übung würde es besser werden, doch sie würde nie wieder so gehen können wie früher.

»Ich wünschte, ich könnte wirklich nach Hause zurückkehren«, gestand Mariette mit einem Lächeln. »Aber ich nehme mal an, es gibt kein Schiff, das mich mal eben nach Neuseeland bringt?«

»Na, na, Sie wollen doch nicht die Feierlichkeiten zum Kriegsende verpassen?«, neckte er sie. »Oder die Begeisterung, wenn unsere Truppen Frankreich einnehmen?«

»Natürlich nicht.« Mariette seufzte tief und lachte dann. »Es wäre schon ein bisschen unhöflich, sich gerade dann aus dem Staub zu machen, wenn all diese Soldaten scharenweise unsere Küste überfluten. An jeder Straßenecke lungern Amerikaner herum. Schade, dass ich jetzt nicht mehr Jitterbug tanzen kann. Wie ich höre, geht es in den Tanzhallen heutzutage wild zu! Aber was meinen Sie zu meinem Gang? Besser als das letzte Mal?«

»Viel besser«, sagte er. »Sie holen noch etwas zu weit aus, aber ein bisschen Übung, und Sie haben den Dreh raus. Sie sind nicht zaghaft, das ist schon mal wichtig. Doch zurück zu den Tanzhallen – ich kann mir kaum vorstellen, dass Sie diesen Yankees, die alle noch grün hinter den Ohren sind, nachrennen würden, auch wenn es fünfzig Prozent der englischen Mädchen tun. Ich setze auf Sie und Morgan.«

Es überraschte Mariette, dass dem Doktor aufgefallen war, dass zwischen Morgan und ihr etwas in der Luft lag. Alle anderen dachten, sie wären nur befreundet. Morgan ließ ihr Herz höher schlagen, und sie war sich sicher, dass es ihm mit ihr genauso ging. Doch obwohl er sie fast jede Woche besuchen kam, hatte er nie erwähnt, ob er mehr als Freundschaft für sie empfand, oder auch nur versucht, sie zu küssen.

Dr. Hambling erriet, was in ihr vorging, und es tat ihm leid, dass sie bei Morgan offenbar nicht weiterkam.

»Leider hat Morgan die gleichen Probleme wie viele der Patienten, denen wir hier zu helfen versuchen. Ich habe alte Bilder von ihm gesehen und kann verstehen, warum ein Mann, der einmal so gut ausgesehen hat, jetzt glaubt, einer Frau nichts mehr bieten zu können. Da liegt er natürlich falsch, wie wir beide wissen. Sie, Mariette, sind wegen des Verlustes ihres Beins kein anderer Mensch geworden, und Morgan ist trotz seiner Verbrennungen nach wie vor er selbst. Aber es ist schwer, einem Patienten das klarzumachen.«

»Es geht auch darum, wie andere uns wahrnehmen«, meinte Mariette. »Wenn ich früher eine Straße entlanggegangen bin, haben sich die Männer nach mir umgedreht. Jetzt sehen sie mich humpeln und wenden sich ab. Morgan geht es genauso. Die Frauen sind früher stehen geblieben, um ihn anzustarren, jetzt wollen sie ihm nicht mehr ins Gesicht sehen.«

»Aber Sie sehen ihm ins Gesicht«, sagte Hambling mit Nachdruck. »Ich habe Sie beide beobachtet, und Sie haben ständig Blickkontakt. Wenn Sie weggehen, schaut er Ihnen nach, als hätte er Angst, Sie nie wiederzusehen. Ich denke, da haben Sie eine ganz gute Grundlage für eine Beziehung.«

»Was nützt uns eine gute Grundlage, wenn ich wieder in Sidmouth bin?«, fragte Mariette. »Und falls die Invasion tatsächlich stattfindet, wird das Borough mit Verwundeten überschwemmt werden, und Morgan wird gar keine Zeit haben, mich zu besuchen.«

»Dann sollten Sie vielleicht ins Krankenhaus zurückkehren, was?« Doktor Hambling schmunzelte. »Haben Sie nicht früher als

Sekretärin gearbeitet? Vielleicht brauchen sie dort ja jemanden in der Verwaltung.«

Mariettes Augen leuchteten auf. »Glauben Sie, sie würden mich nehmen?«, rief sie. »Kann ich so einen Beruf schon ausüben?«

»Ich bin sicher, wenn ich mich an die richtigen Leute wende, bekommen Sie eine Anstellung. Ob Sie dazu schon in der Lage sind, müssen Sie selbst beurteilen. Physisch sollte es kein Problem sein – Sie wissen, was Sie sich schon zumuten können und was Ihnen noch Schwierigkeiten bereitet, und Sekretärinnen üben ja größtenteils eine sitzende Tätigkeit aus. Ich denke, Sie werden klarkommen.«

»Wird Morgan nicht denken, ich laufe ihm nach?«

Dr. Hambling warf den Kopf zurück und lachte. »Oh, Mariette, glauben Sie mir, es würde keinen Mann auf der Welt stören, wenn Sie ihm nachlaufen! Morgan wird begeistert sein. Laufen Sie ihm ruhig nach und küssen Sie ihn, wenn Sie ihn erwischen, dann gehört er für den Rest Ihres Lebens Ihnen.«

Mariette erinnerte sich, wie schamlos sie Morgan auf dem Schiff nachgestellt hatte. »Früher war ich sehr selbstsicher«, sagte sie nachdenklich. »Ich habe nie auch nur eine Sekunde lang an mir gezweifelt. Jetzt bestehe ich nur noch aus Zweifeln.«

»Das gehört zum Erwachsenwerden«, versicherte ihr der Arzt, »und hat nichts mit dem Krieg, Ihrem Bein oder sonst was zu tun. Wenn wir älter werden, werden wir auch vorsichtiger. Doch das heißt nicht, dass Sie nie wieder Risiken eingehen dürfen, schon gar nicht, wenn alles dafürspricht. Jetzt aber ab mit Ihnen! Ach ja, wenn Morgan das nächste Mal vorbeikommt, erzählen Sie ihm ruhig, wie gern Sie auch in Zukunft in seiner Nähe wären.«

Mariette ging lächelnd zur Tür. »Ich werde Sie vermissen«, sagte sie. »Und ich werde Sie ganz bestimmt auf dem Laufenden halten.«

»Sie haben mich nicht zum letzten Mal gesehen, meine Liebe«, antwortete er. »Bevor Sie uns verlassen, schaue ich Sie mir noch mal an. Und danach alle zwei Monate zur Kontrolle.«

»Du wirst im Krankenhaus arbeiten?« Morgan betrachtete sie ungläubig. »Ich dachte, sobald du hier rauskommst, steigst du in den ersten Zug nach Sidmouth. Warum das Borough?«

Mariette holte tief Luft. »Weil du dort bist.«

Es war ein warmer Maitag, und als Morgan erschienen war, hatte Mariette vorgeschlagen, in den Garten hinauszugehen, um die Sonne zu genießen. Heute Morgen hatte sie ein Päckchen aus Neuseeland bekommen: eine lange Leinenhose und eine hübsche hellgrüne Bluse mit Rüschen. Mog hatte die Sachen genäht, und wie immer schien sie genau gewusst zu haben, was Mariette am meisten brauchte. Sie hatte Hose und Bluse sofort angezogen und fühlte sich jetzt mit bedeckten Beinen zu allem bereit.

»Du weißt, dass ich ohne dich nicht leben kann, oder?«, sprach sie weiter. »Wenn es bei dir nur Mitleid ist und sonst nichts, dann sag es mir, und ich bin schon unterwegs nach Sidmouth.«

Morgan senkte den Kopf. »Du weißt, dass es das nicht ist«, entgegnete er mit leiser Stimme. »Ich will auch mit dir zusammen sein, aber ich bin nicht der Mann, den du brauchst.«

»Ich weiß, was ich brauche, und das bist du«, erklärte sie bestimmt.

Er sah auf und schaute sie aus seinen dunklen Augen trostlos an. »Du verstehst nicht …« Er öffnete den Mund, um etwas hinzuzufügen, schloss ihn jedoch wieder. »Ich kann es dir nicht sagen.«

»Mir was sagen? Ich weiß, dass ich dir auch etwas bedeute. Du hast ein vernarbtes Gesicht und ich nur ein Bein. Na und? Dann sind wir eben ein seltsames Pärchen. So haben wir uns zumindest immer etwas zu erzählen, und wenn es nur darum geht, wer uns mal wieder neugierig angestarrt hat.« Sie ging zu ihm, legte die Hände an seine Wangen und küsste ihn.

Er erwiderte ihren Kuss sofort. Seine Arme schlossen sich um sie, und seine Zunge fand ihren Weg in Mariettes Mund. Sie schmiegte sich an ihn, und allein das Gefühl, seinen starken Körper an ihrem zu spüren, ließ ihre Brustwarzen hart werden.

Morgan riss sich zuerst los.

»Ich muss es dir sagen«, meinte er. Sein Gesicht war verzerrt, als hätte er Schmerzen. »Ich kann es nicht mehr machen. Seit ich die Brandwunden bekommen habe, läuft nichts mehr.«

Mariette spürte, wie schwer es ihm fiel, das zuzugeben. Sie zögerte mit ihrer Antwort, aus Angst das Falsche zu sagen.

Morgan wandte sich von ihr ab, um seine Verlegenheit zu verbergen. Sie nahm seine Hand und führte ihn zu einer Bank neben einem Tulpenbeet. »Hast du mit einem Arzt darüber gesprochen?«, fragte sie, nachdem sie ein paar Minuten schweigend seine Hand gehalten hatte.

»Einmal, ja. ›Das wird schon wieder‹, hat er gesagt, aber … na ja, es tut sich gar nichts.«

Es lag eine gewisse tragische Ironie in der Tatsache, dass der Mann, der ihr gezeigt hatte, wie viel Genuss die körperliche Liebe einem schenken kann, diese Gefühle selbst nicht mehr ausleben konnte.

»Als wir uns geküsst haben, wie war das für dich?«

»Wunderschön«, antwortete er. »Aber geregt hat sich da unten nichts.«

»Es war ja nur ein Kuss im Garten. Glaubst du nicht, es wäre ein besserer Test, wenn wir beide es allein in einem kuscheligen Schlafzimmer ausprobieren würden?«

»Vielleicht …«

Mariette blickte ihm direkt in die Augen. »Du drängst mich doch immer, bloß nicht aufzugeben. Was du bisher trotz deiner Verletzung erreicht hast, ist großartig, und ich finde es sehr schade, dass du bei diesem Problem resignierst.«

»Vergiss es einfach!«, sagte er ziemlich scharf. »Ich möchte nicht darüber reden.«

Mariette stand auf. »Ich kann dich nicht dazu zwingen, mit mir oder einem Arzt zu sprechen. Aber du weißt genauso gut wie ich, dass Verbrennungen nicht den Geschlechtstrieb auslöschen. Das

Problem sitzt ausschließlich in deinem Kopf, und wenn du dir eingeredet hast, dass keine Frau einen vernarbten Mann will, kannst du es dir auch wieder ausreden.«

»Kann ich nicht«, widersprach er. »Ich hab's weiß Gott versucht.«

»Dann versuchen wir es eben zusammen«, entgegnete Mariette bockig. »Wenn ich mich dazu überwinden kann, mein Bein zu entblößen, kannst du dein Problem auch in den Griff bekommen. Wir dürfen eben beide nicht aufgeben.«

Als sie sein verdutztes Gesicht sah, musste sie kichern. Auch Morgan konnte nicht länger ernst bleiben, und schon bald umarmten die beiden sich und lachten gemeinsam, nicht weil es so lustig war, sondern weil sie ein unangenehmes Thema angesprochen und aus dem Weg geräumt hatten.

»Bist du jetzt froh, dass ich ins Borough komme?«, fragte Mariette ein wenig später.

»Du hast mir noch nicht gesagt, was du dort machen wirst«, sagte er grinsend. »Wenn du nur kommst, um auf mich aufzupassen, bin ich vielleicht nicht so froh.«

»Ich arbeite in der Verwaltung«, antwortete Mariette. »Aufträge tippen, Briefe schreiben – so was halt. Aber weil Dr. Hambling im Krankenhaus erzählt hat, dass ich Leuten gut zuhören und ihnen oft weiterhelfen kann, werde ich auch mit der Krankenhausfürsorgerin zusammenarbeiten.«

»Viel Spaß!« Morgan zog eine Augenbraue hoch. »Miss Wainwright ist ein echter Drachen. Ich glaube, die hört nie jemandem zu, der mit Problemen zu ihr kommt, sondern schnauzt ihn einfach an.«

»Vielleicht kann ich sie ja zähmen«, meinte sie.

»Wenn es irgendjemand kann, dann du«, gab Morgan zu. »Haben sie dich schon irgendwo untergebracht?«

Sie nickte. »Ja, im Schwesternheim – angeblich auf Empfehlung von Mr. Mercer. Ich habe Glück, dass ich ihn und Dr. Hambling auf meiner Seite habe.«

»Was ist mit Sybil und Ted? Sind sie nicht enttäuscht, dass du nicht zu ihnen zurückziehst?«

Mariette schnitt eine Grimasse. »Sybil gefällt es gar nicht. Sie würde mich gern den ganzen Tag verwöhnen und als ihre persönliche Kriegstrophäe herumzeigen. Aber das möchte ich nicht, ich will bei dir sein.«

»Wir werden uns nicht oft sehen können, wenn die Invasion beginnt«, meinte Morgan. »Ich hoffe, es wird nicht so viele Verwundete geben wie in Dünkirchen, doch es könnte noch viel schlimmer werden.«

KAPITEL 34

Aufgrund der enormen Anzahl der Truppenverbände, die an der Südküste, besonders in Portsmouth und Southampton, eintrafen, nahm man allgemein an, dass die Alliierten im Frühling, spätestens im Frühsommer 1944 in Frankreich einmarschieren würden. Mariette ging nie ins Stadtzentrum von Southampton, aber sie hörte oft, wie die Krankenschwestern aufgeregt über die vielen amerikanischen Soldaten redeten und Verabredungen mit ihnen planten.

Als der Frühling langsam in den Sommer überging, lag eine fast greifbare angespannte Erwartung in der Luft, da alle mit einem baldigen Beginn der Invasion rechneten. Doch niemand wusste etwas Genaues – weder den Zeitpunkt noch das Gebiet, das anvisiert wurde. Anfang Juni wurden Gerüchte laut, dass das Pas-de-Calais das Ziel der Alliierten war, aber schon bald stellte sich heraus, dass es sich um bewusst gestreute Falschinformationen handelte, die in der Hoffnung verbreitet wurden, die deutschen Generäle würden den Großteil ihrer Truppen in jenen Teil Nordfrankreichs schicken. Als berichtet wurde, dass zweitausend Schiffe der Kriegsmarine im Ärmelkanal ankerten, Sperrballons den Himmel blockierten, um den Schiffsverkehr vor feindlichen Luftangriffen zu schützen, und zahllose Minenräumer feindliche Minen entschärften, schien festzustehen, dass die Invasion unmittelbar bevorstand. Am fünften Juni zogen Hunderte alliierter Bomber über den Nachthimmel, und das dumpfe Dröhnen der Bombeneinschläge an der französischen Küste war bis nach England zu hören.

Jeder hatte seine eigene Theorie, aber generell wurde angenommen, dass die Invasion am sechsten Juni stattfinden würde. Es war eine Vollmondnacht, und an den Küsten der Normandie würde die Flut so hoch stehen, dass die Schiffe die am Strand platzierten Sperren überwinden konnten.

In sämtlichen Krankenhäusern entlang der englischen Südküste stellten sich Ärzte, Schwestern und das restliche Personal auf den unvermeidlichen Strom an Verletzten ein, der bald auf sie zukommen würde. Im Borough waren so viele Stationen wie möglich geräumt worden, um Platz zu schaffen, obwohl der Großteil der verwundeten Soldaten nach Netley ins Lazarett gebracht werden würde.

Morgan hatte seine Prüfungen mit Auszeichnung bestanden, und die Ärzte in Netley hatten ihn ins Lazarett kommen lassen, um dort auszuhelfen. Sie fanden, er sei besonders qualifiziert: Er war selbst Soldat gewesen, war schwer verwundet worden und verfügte über ein hohes Maß an Erfahrung mit Kampfverletzungen. Obwohl Mariette glücklich war, dass seine Fähigkeiten anerkannt wurden, schien es eine Ironie des Schicksals zu sein, dass er ausgerechnet jetzt, da sie endlich jeden Tag miteinander hätten verbringen können, an ein anderes Krankenhaus abberufen wurde.

Sie selbst hatte allerdings auch genug zu tun – Diktate von Vorgesetzten aufnehmen und ihre Briefe und Notizen abtippen. Bis jetzt hatte Miss Wainwright ihr noch nicht erlaubt, mit den Patienten zu sprechen, die zu ihr ins Büro kamen, sondern ließ Mariette nur Befunde abtippen und ablegen. Morgan hatte recht behalten: Sie war ein Drache – unfreundlich zu den Patienten, unsensibel für ihre Sorgen und sehr despotisch.

Dennoch liebte Mariette ihre neue Beschäftigung. Die Arbeit war nicht schwer, und nachdem sie sich so lange gelangweilt hatte, war es ein Vergnügen, tätig zu sein und das Gefühl zu haben, gebraucht zu werden. Von ihrer Zeit als Patientin her kannte sie schon einige der Schwestern und fand auch neue Freunde. Hier fühlte sie sich nicht wie ein Außenseiter, und hier wurde sie auch nicht angestarrt, vielleicht weil die Leute in einem Krankenhaus an den Anblick der verschiedensten Verletzungen gewöhnt waren.

Oft fragte man sie über ihre Prothese aus, und diese unverhohlene Neugier gefiel Mariette weit besser als betretenes Schweigen.

Ihr Zimmer im Schwesternwohnheim, einem eigenständigen Gebäude auf dem Krankenhausgelände, war winzig. Aber da sie nur wenige Habseligkeiten hatte, störte es Mariette nicht. Außerdem brauchte sie den Raum tatsächlich nur zum Schlafen, da es einen Gemeinschaftsraum gab, in dem sich alle Krankenschwestern am Abend nach Dienstschluss trafen.

Am Abend des sechsten Juni versammelten sie sich alle vor dem Radioapparat, um die Nachrichten zu hören. Es wurde berichtet, dass noch vor Morgengrauen Fallschirmspringer über Frankreich abgesprungen waren, um Telefon- und Stromkabel zu kappen. Um sechs Uhr morgens waren Zigtausende alliierte Soldaten an vier verschiedenen Stränden in der Normandie an Land gegangen. Die Marine, die die Küste unter schwerem Beschuss hatte, feuerte nach der Landung noch eine Stunde weiter.

Der Bericht des Nachrichtensprechers löste Jubel und Begeisterung aus. Jubel, weil die Täuschungsmanöver anscheinend ihren Zweck erfüllt hatten und die deutschen Truppen an den Landeplätzen der Normandie relativ unvorbereitet gewesen waren, Begeisterung, weil das volle Ausmaß der Operation, diese Kombination aus brillanter Planung, Waffenstärke und Mut, enthüllt wurde.

Aber noch während die Schwestern jubelten und einander umarmten – denn sie waren sich sicher, dass diese Invasion dem Krieg ein Ende bereiten würde –, war ihnen klar, dass die nächsten vierundzwanzig Stunden die erste Welle von Hunderten, vielleicht Tausenden Verletzten bringen würde. Der Gedanke, dass viele der Männer, die so tapfer von den Booten gesprungen und an Land gewatet waren, um an den Stränden der Normandie zu kämpfen, dort ihr Leben gelassen hatten, war ernüchternd.

Soweit Mariette wusste, waren ihre Brüder immer noch in Italien, aber es gab viele Neuseeländer, Australier und Kanadier, die

Seite an Seite mit Amerikanern und Engländern in Frankreich kämpften. Sie konnte sich vorstellen, wie sehr ihre Eltern sich sorgen würden, wenn sie von der Invasion hörten. Beide würden sich an die Gräuel erinnern, die sie selbst im letzten Krieg in Frankreich erlebt hatten, und es war durchaus möglich, dass Noel und Alexis sich mitten im Kampfgeschehen befanden.

Manchmal wünschte sich Mariette so sehr, wieder zu Hause zu sein, dass sie hätte weinen können. Sie sehnte sich danach, die Arme ihrer Mutter um sich zu spüren und ihr perlendes Lachen wieder zu hören. Aber noch mehr sehnte sie sich danach, in aller Ruhe mit ihr zu reden, nicht über den Dorfklatsch oder die neueste Mode, sondern über die Erfahrungen, die Belle in England gesammelt hatte und darüber, wie ihr Leben in Mariettes Alter gewesen war. Sie wollte die echte Belle kennenlernen, nicht die Mutter, sondern die junge Frau von damals, und all die Einflüsse verstehen, die sie zu dem Menschen gemacht hatten, der sie heute war.

Auch über ihren Vater würde Mariette gern mehr erfahren. Selbst als kleines Kind hatte sie gespürt, dass ihn ein Geheimnis umgab, dass er mehr war als nur der Papa, der Seemann und Fischer, den sie alle kannten. Noah hatte gewisse Andeutungen gemacht, und jetzt wollte Mariette mehr wissen.

Und dann war da Mog. Niemand hatte Mariette je erzählt, warum sie für Belle zu einer zweiten Mutter geworden war. Mari wusste, dass sie ursprünglich aus Wales stammte, aber sie hatte nie über ihre Familie oder ihre Heimat gesprochen. Stets war sie nur die liebevolle Großmutter gewesen, eine begabte Schneiderin und der Mensch, dem sich Mariette immer anvertrauen konnte.

Sechs Jahre war sie schon von zu Hause fort – eine viel zu lange Zeit. Sie sehnte sich nach den gemütlichen Mahlzeiten rund um den Küchentisch, nach den Abenden, die sie mit Brettspielen verbrachten, nach dem Feuer im Kamin, vor dem sich im Winter alle versammelten. Traurig eigentlich, dass sie auf die andere Seite der Erdkugel hatte fahren müssen, um zu erkennen, was für einen Schatz sie an ihrem Elternhaus hatte. Wenn sie je nach Russell zurückkehrte, würde sie sicher niemals wieder von dort fortgehen.

Aber so sehr sie unter Heimweh litt, sie wollte bei Morgan sein. Wenn er in Netley arbeitete, konnte sie kaum Zeit mit ihm verbringen, und selbst wenn er hier bei ihr war, war es fast unmöglich, mit ihm allein zu sein. Mariette konnte nicht längere Zeit über Felder oder Küstenwege wandern, und Morgan wollte nicht in Pubs oder Cafés gehen, weil er Angst vor neugierigen Blicken hatte.

Würde es immer so schwer sein? Und wenn ständig derartige Schwierigkeiten auftauchten, wie sollte sie dann herausfinden, ob Morgan der Mann war, mit dem sie den Rest ihres Lebens verbringen wollte?

Am Abend des neunten Juni trafen die ersten Verwundeten vom D-Day – so nannten alle den Tag der Invasion – im Borough ein. Sie waren auf dem Schiff, das sie nach England gebracht hatte, erstversorgt worden, aber manche waren sehr schwer verletzt.

Mariette ging zufällig an der Notaufnahme vorbei, als sie einen Mann sah, dem das halbe Gesicht weggesprengt worden war. Später erzählte ihr Julia, eine Krankenschwester, mit der sie sich angefreundet hatte, dass viele der Männer Rückgratverletzungen hatten, einigen waren Arme und Beine abgerissen worden, und viele von ihnen würden nie wieder gehen können.

Am nächsten Morgen forderte Miss Wainwright Mariette auf, die Personalien der Soldaten zu eruieren und zu notieren; sie mussten in einer Liste erfasst werden. Wenn die Verwundeten nicht selbst in der Lage dazu waren, musste jemand ihre Angehörigen kontaktieren.

Die sechzigjährige Miss Wainwright war eine Despotin mit eisengrauem Haar und einem säuerlichen Gesichtsausdruck. Sie hatte ihre Stelle als Fürsorgerin so lange behalten, weil sie Patienten zwar sehr schroff abfertigte, aber sehr tüchtig war, wenn es darum ging, ein organisatorisches Problem für sie zu lösen. Mariette lachte sich insgeheim ins Fäustchen, als ihr klar wurde, was der Schwachpunkt in Miss Wainwrights Panzer war: Anscheinend war sie für den Anblick von Verwundeten zu zart besaitet und übertrug deshalb Mariette Aufgaben, die eigentlich in ihr Ressort fielen.

»Trödeln Sie nicht!«, blaffte Miss Wainwright. »Die Formulare finden Sie in dem Schrank mit dem Briefpapier. Und füllen Sie ja alles aus!«

»Was soll ich tun, wenn die Männer nicht bei Bewusstsein sind und mir nichts sagen können?«

»Dann schreiben Sie auf, was auf ihren Hundemarken steht«, sagte Miss Wainwright gereizt. »Wenn wir Namen und Regiment kennen, reicht's fürs Erste.«

Als Mariette auf die erste Krankenstation kam und die vierundzwanzig Männer dort liegen sah – manche mit dick einbandagierten Köpfen und Oberkörpern, andere mit amputierten Armen und Beinen –, dachte sie an ihre Mutter. Belle hatte einmal ihren ersten Arbeitstag im Militärkrankenhaus in London beschrieben, wo sie als Freiwillige gearbeitet hatte. Sie hatte gesagt, der grauenvolle Anblick der blutigen Bandagen und der fahlen, schmerzverzerrten Gesichter, der Gestank und das Stöhnen der Patienten sei fast zu viel für sie gewesen.

All das erlebte Mariette jetzt auch, und ihr wurde weh ums Herz, als sie sah, wie jung viele der Verwundeten noch waren, wie sie mit Blicken stumm um Hilfe flehten.

Sie hatte im East End schon viele verletzte Zivilisten gesehen; auch das war herzzerreißend gewesen, aber bei diesen Männern hier musste sie an ihre Brüder denken, die vielleicht auch irgendwo in einem Krankenhaus lagen – voller Angst, von Schmerzen gepeinigt und ganz allein.

Alle Patienten auf der Station waren Engländer. Mariette nahm an, dass die Amerikaner nach Netley gebracht worden waren. Sie füllte die Formulare gewissenhaft aus, wollte es jedoch nicht dabei belassen. Geduldig fragte sie jeden Einzelnen, wie er sich fühlte, und falls er nicht verheiratet war, ob es jemanden außer seinen Eltern gab, den sie informieren sollte. Immer wieder versicherte sie den Männern, wie stolz ihre Familien sein würden und wie stolz England auf seine tapferen Söhne war.

Manche weinten und berichteten unter Tränen, wie beängstigend und furchtbar es auf den Stränden der Normandie gewesen war. Einer erzählte ihr, dass er den Strand entlanggelaufen war, nachdem er verwundet worden war, um seinen Zug zu finden, und dabei ständig gefürchtet hatte, als Deserteur erschossen zu werden. Ein anderer berichtete, dass vor seinen Augen sein bester Freund in den Kopf geschossen worden war. Die Patienten mussten über die traumatischen Erlebnisse sprechen, und Mariette war es gleichgültig, ob Miss Wainwright später wütend sein würde, weil sie so lange gebraucht hatte – sie musste diesen Männern einfach zuhören.

Es war schon spät am Nachmittag, als sie mit den ausgefüllten Formularen in ihr Büro zurückkam. Miss Wainwright machte ein Gesicht, als hätte sie auf eine Zitrone gebissen.

»Wo waren Sie?«, wollte sie scharf wissen.

»Auf der Krankenstation, um die Daten zu sammeln«, antwortete Mariette.

»Und wieso hat das, bitte schön, so lange gedauert?«

»Weil manche der Soldaten reden wollten und ich ihnen zugehört habe«, erwiderte Mariette.

»Sie sind nicht hier, um den Platz eines Verwandten oder eines Psychiaters einzunehmen, sondern um die Büroarbeit zu erledigen. Jetzt müssen Sie länger bleiben, um diese Briefe hier abzutippen.«

»Das hatte ich sowieso vor«, sagte Mariette. »Bei allem Respekt, ich glaube, es ist jedermanns Pflicht, die Männer zu unterstützen, die für unser Land gekämpft haben. Wenn es ihnen hilft, dass ihnen jemand zuhört, tue ich ihnen gern den Gefallen.«

»Unverschämtheit!«, rief Miss Wainwright. »Das ist meine Abteilung, und hier gelten meine Regeln!«

Mariette war erschöpft, ihr Bein schmerzte, und sie hatte einen anstrengenden Tag hinter sich. Sie hatte getan, was sie für richtig hielt, und würde sich dafür nicht von dieser Frau schikanieren lassen.

»Sie, Miss Wainwright, sind eine Schande für Ihren Berufsstand. Statt Fürsorgerin hätten Sie lieber Gefängniswärterin werden sollen!«

Miss Wainwright sah so aus, als hätte sie Mariette am liebsten eine Ohrfeige gegeben. »Was fällt Ihnen ein, so mit mir zu reden?«, keifte sie. »Ich werde dafür sorgen, dass Sie Ihre Arbeit verlieren!«

»Viel Spaß.« Mariette zuckte mit den Schultern. »Wenn Sie mich jetzt entschuldigen, ich habe noch etwas zu erledigen.«

Miss Wainwright stürmte aus dem Büro. Mariette setzte sich an ihren Schreibtisch und begann, Adressen auf Umschläge zu tippen. Es gab vorgefertigte Briefe, um die Familien zu informieren, dass ein Verwandter ins Krankenhaus eingeliefert worden war. Zu diesem Zeitpunkt wurden keine Details bekannt gegeben; die Angehörigen mussten anrufen oder zu Besuch kommen, um nähere Informationen zu erhalten. Mariette hatte nicht vor, die Regeln zu brechen, doch in zwei Fällen hatte sie die Adressen der Freundinnen notiert, da die Männer fürchteten, sie würden sonst nicht kontaktiert werden.

Manche der Verwundeten kamen aus Nordengland, und als Mariette ihre Adressen tippte, fragte sie sich, ob irgendjemand sie besuchen kommen würde. Sie erinnerte sich, wie schlecht es ihr gegangen war, als sie im Krankenhaus gelegen hatte, und wie sehr sie sich nach ihrer Familie gesehnt hatte. Wenn sie Morgan nicht gehabt hätte, wäre sie völlig verzweifelt.

Es war schon nach neun Uhr, als sie ins Schwesternwohnheim ging. Sie war sehr hungrig, aber da sie das Abendessen verpasst hatte, musste sie sich mit einem Sandwich begnügen. Mariette dachte nicht weiter an ihren Streit mit Miss Wainwright und die möglichen Folgen. Darum würde sie sich morgen kümmern.

Aber als sie nach einigen Tagen immer noch keinen Verweis für ihr Verhalten bekommen hatte, nahm Mariette an, dass Miss Wainwright sich doch nicht über sie beschwert hatte. Sie war genauso unfreundlich zu ihr wie vorher, doch sie schickte sie oft auf die Krankenstationen, um sich nach den Soldaten zu erkundigen.

»Eigentlich ist das ja Aufgabe des Militärs«, bemerkte sie beiläufig. »Wenn die Männer in Netley lägen, hätte sie schon längst ein Offizier besucht. Bis jemand zu uns kommt, können Sie das erledigen.«

Mariette war sich nicht sicher, ob Miss Wainwright einfach eine Aufgabe an sie delegierte, die ihr selbst nicht zusagte, oder ob eine der Schwestern sie empfohlen hatte, aber sie war zufrieden. Es war sehr viel befriedigender, einen Brief für einen Soldaten zu schreiben, der selbst keinen Stift halten konnte, als Aufträge und Befunde abzutippen. Viele der Männer hatten Fragen zu ihrer Zukunft, und obwohl Mariette die Antworten meist nicht kannte, konnte sie Leute rufen, die darüber Bescheid wussten. Aber die meisten Patienten wollten einfach nur reden, und die, denen ein Bein amputiert wurde, half es ein wenig, wenn Mariette von ihren eigenen Erfahrungen berichtete.

Am zwölften Juni war plötzlich die Rede von neuen, führerlosen Bomben, die von Frankreich aus per Fernsteuerung gezündet wurden. Zuerst hielt man sie für Flugzeuge, weil sie Flügel hatten, doch bald kannte man ihren Anblick gut, denn viele von ihnen schlugen Tag und Nacht überall in Südengland und in London ein. Die Motoren dieser Flugkörper produzierten ein furchtbares, ohrenbetäubendes Knattern, das, kurz bevor die Bomben vom Himmel stürzten und detonierten, abrupt verstummte. Sie sollten eindeutig Angst und Schrecken verbreiten.

Zwei alte Damen, die zusammenlebten, wurden ins Krankenhaus gebracht, nachdem einer dieser Flugkörper, die die Leute inzwischen »Maikäfer« nannten, in ihren Garten gefallen war und ihr Häuschen zum Einsturz gebracht hatte. Abgesehen von etlichen Schnittwunden und Blutergüssen, waren die beiden nicht schwer verletzt, doch der Schreck hatte ihnen einen Herzanfall beschert.

»Während des Blitzkriegs wussten wir, was wir zu erwarten hatten«, erzählte die ältere mit zittriger Stimme. »Aber diese Dinger hört man, und dann ist es auf einmal ganz still, und wenn du zufällig drunterstehst, hast du keine Chance mehr. Was sollen wir jetzt bloß ohne unser Zuhause anfangen?«

Es war für jeden schlimm, ausgebombt zu werden, doch für ältere Leute, die die gesammelten Besitztümer eines ganzen Lebens verloren, war es besonders hart – besonders wenn wie bei diesen beiden Damen kein Geld vorhanden war, um ihre Habe zu ersetzen. Mariette versprach, sie mit den richtigen Leuten in Kontakt zu bringen, obwohl sie wusste, dass Familien bei der Vergabe von Wohnraum bevorzugt behandelt wurden. Sie bezweifelte, dass diese beiden lieben ältlichen Frauen mehr bekommen würden als ein Zimmer in einer Gemeinschaftswohnung.

Sie erzählte Morgan ihre Sorgen, als er sie eines Tages im Borough besuchen kam. Es war ein warmer Abend, und sie saßen gemeinsam draußen auf einer Bank.

»Ich bin ganz verzweifelt«, seufzte Mariette. »Man wird Tausende von Häusern brauchen, um die zerstörten zu ersetzen, und es wird Jahre dauern, bis allein die kaputten Fenster und Dächer von Häusern, die noch stehen, repariert sind. Ich mag mir das Leben in England nach dem Krieg gar nicht vorstellen. Wie früher wird es bestimmt nicht! Gott sei Dank bin ich dann schon zu Hause in Neuseeland!«

Morgan antwortete nicht. Sie spürte, dass ihre letzte Bemerkung ihn getroffen hatte.

»Kommst du mit?«, fragte sie und nahm seine Hand. »Ohne dich will ich nicht gehen.«

»Womit soll ich mir mein Geld verdienen?«, gab er zurück. »Russel scheint mir für ein Krankenhaus ein bisschen klein zu sein.«

»In Kawakawa gibt es ein Hospital«, antwortete sie. »Im letzten Krieg wurden dort verwundete Soldaten behandelt, und jetzt haben sie dort auch ziemlich viel zu tun. Es ist gleichzeitig ein Lungensanatorium.«

»Ich glaube kaum, dass sie eine männliche Krankenschwester einstellen würden.«

»Weißt du, Morgan, manchmal kannst du sehr negativ sein«, bemerkte Mariette leichthin. »Willst du ohne mich in England bleiben?«

Er machte eine ablehnende Handbewegung. Sie wusste genau, was er meinte: Er wollte bei ihr sein, sich aber in seinem Zustand auf nichts festlegen.

»Was würden deine Eltern sagen, wenn du jemanden wie mich mit nach Hause bringst?«

»Du hast mit ihnen gesprochen, als ich mein Bein verloren habe, du musst doch gespürt haben, wie dankbar sie dir sind. Sie wissen, dass du Verbrennungen hast, aber das macht für sie keinen Unterschied.«

»Ich bin ganz bestimmt nicht das, was sie sich für dich gewünscht haben.«

Mariette wurde langsam ärgerlich. »Ach, hör doch auf! So oberflächlich sind sie nicht. Ich werde dich nicht noch einmal fragen. Dann gehe ich eben allein!«

Sie stand auf, aber bevor sie weggehen konnte, hatte Morgan sie auf seinen Schoß gezogen.

»Ich habe Angst«, gestand er.

»Wovor?«

»Als wir uns zum ersten Mal getroffen haben, waren wir beide perfekt. Wir dachten, es wäre Liebe, aber wir hatten nicht wirklich genug Zeit, um ganz sicher zu sein. Dann treffen wir uns fünf Jahre später wieder, und wir haben beide unsere Narben. Wie können wir sicher sein, dass wir den anderen nicht als Notnagel behalten, weil wir fürchten, sonst keinen Partner abzukriegen?«

»Notnagel?!«, explodierte Mariette. »Bin ich das? Lieber ein einbeiniges Mädchen als gar keines? Denkst du so?«

Sie sprang so hastig auf, dass sie ihre Prothese vergaß und fast hinfiel. Morgan konnte sie im letzten Moment festhalten und zog sie zu sich zurück.

»Ich habe nicht von meinen Gefühlen für dich gesprochen, sondern von deinen für mich.«

Mariette sah ihn verwundert an. »Wieso glaubst du so etwas? Du warst es doch, der mich verlassen hat. Du hast gewusst, dass ich etwas für dich empfinde.«

Morgan senkte den Blick. »Damals vor dem *Ritz* habe ich mich dir gegenüber ganz mies verhalten. Du warst alles, was ich mir je von einem Mädchen erträumt hatte – klug, lustig, sexy –, aber ich hatte das Gefühl, dass ich dich verlieren würde, weil ich dir gestanden hatte, dass ich kaum lesen oder schreiben konnte. Also war ich grob zu dir, wie ich es bei Zigeunern oft erlebt habe, wenn sie sich minderwertig fühlten. Ich habe versucht, dich zu vergessen, doch ich konnte es nicht. Ich war ein ziemlicher Idiot, oder?

»Wenn es dich tröstet, ich war damals auch nicht gerade perfekt«, gab Mariette zu. »Mir hat gefallen, wie Onkel Noah gelebt hat, und so ein Leben wollte ich auch führen. Ich war an diesem Tag am Trafalgar Square verunsichert, weil du einerseits nicht in meine neuen Pläne gepasst hast, ich dich aber auch nicht aufgeben wollte.«

»Hast du noch an mich gedacht, nachdem ich aufgehört hatte, dir zu schreiben?«

Mariette nickte. »Sehr oft. Auch wenn ich mit anderen Männern ausgegangen bin. Keiner hat mir das gegeben, was du in mir geweckt hast, und ich habe seit dir mit keinem Mann mehr geschlafen.«

Sie war nicht ganz sicher, warum sie das zugab.

»Ich hatte seit dir auch niemanden«, sagte er. »In Frankreich gab es dafür keine Gelegenheit, und meine Verbrennungen haben dem sowieso ein Ende gemacht.«

Mariette nahm sein Gesicht zwischen ihre Hände und küsste ihn zärtlich.

»Ich sehe deine Verbrennung gar nicht mehr«, gab sie schließlich zu. »Du bist einfach Morgan, und ich liebe dich.«

Plötzlich hörten sie das gefürchtete, brummende Geräusch eines näher kommenden »Maikäfers«. Morgan hob Mariette in seine Arme und rannte zum nächsten Bunker. Während er noch lief, kamen einige Frauen aus dem Schwesternheim herbeigelaufen. Sie hatten den Luftschutzbunker gerade erreicht, als sie hörten, wie der Motor des Flugkörpers verstummte.

»Nichts wie rein!«, schrie Morgan und stieß Mariette und die Krankenschwestern vor sich hinein.

Der Aufprall der Bombe war so laut, dass die Erde unter ihnen bebte.

»Unser Wohnheim!«, rief eine der Schwestern. »Sind alle hier?«

Morgan zündete ein Streichholz an und fand eine Kerze. Im Bunker befanden sich sieben Krankenschwestern, die anderen waren anscheinend entweder zum Einkaufen in die Stadt gegangen oder arbeiteten im Krankenhaus.

»Ich denke, wir können die Tür jetzt öffnen«, sagte Morgan und öffnete die Eingangstür einen Spaltbreit, um hinauszuspähen. Alle erwarteten, Staubwolken und Zerstörung zu sehen, und waren überrascht, als er plötzlich anfing zu lachen.

»Es ist alles in Ordnung. Die Bombe ist auf einem Acker neben dem Garten gelandet. Schaut euch den riesigen Krater an!«

Alle begannen, vor Erleichterung zu kichern. Mariette merkte, dass sie seit dem ersten Anzeichen der Bombe die Luft angehalten hatte. Und da lag er nun, der Maikäfer, auf dem Grunde eines Kraters, umgeben von Staubwolken.

»Wenn das Ding nun auf das Krankenhaus gefallen wäre!«, rief eine der Schwestern, als sie alle draußen standen und die Bombe betrachteten.

»Nicht auszudenken!«, bemerkte eine andere.

»War wohl nicht unsere Nacht zum Sterben«, flüsterte Morgan in Mariettes Ohr. »Und darüber bin ich wirklich froh, weil ich hier noch etwas zu erledigen habe.«

»Was denn?«, fragte sie.

»Komm mit!«, sagte er und nahm ihre Hand.

Gemeinsam entfernten sie sich von der Gruppe, die immer noch um den tiefen Krater herumstand und die Zerstörungskraft der Bombe bestaunte. Morgan führte Mariette zur anderen Seite des Krankenhauses und durch ein Loch in einem Zaun über Wiesen in einen kleinen Wald. Allmählich wurde es dunkel, und sie war immer unsicher, wenn sie im Finstern über unebenen Boden stolpern musste. »Wohin bringst du mich?«, fragte sie.

»Hierher«, antwortete Morgan. »Wo es keine neugierigen Augen oder abstürzenden Maikäfer gibt!«

Mariette lachte, als sie merkte, was er vorhatte.

Er zog sie in seine Arme und küsste sie. Und sie küssten sich immer weiter, eng aneinandergeschmiegt, die Arme ineinander verschlungen. Mariette war sich nicht sicher, ob Morgan erregt war, sie war es auf jeden Fall. Falls er vorhatte, hier und jetzt mit ihr zu schlafen, würde sie ihn nicht daran hindern.

»Mein Liebling«, flüsterte er. »Ich liebe dich mehr, als ich es je für möglich gehalten hätte. Ich denke auch, mein Problem hat sich in Luft aufgelöst.«

»Schön zu hören«, wisperte sie. »Und was machen wir jetzt?«

»Wir nehmen uns ein Wochenende frei, fahren in ein Hotel«, sagte er. »Als Mr. und Mrs. Smith. Oder als die Griffiths, wenn dir das besser gefällt.«

»Oh, ja«, murmelte sie. »Heißt das, dass du mit mir nach Neuseeland zurückfährst?«

»Ich kann dich wohl kaum allein fahren lassen, oder?«, lachte er.

»Aber ich muss jetzt zurück nach Netley, also planen wir das alles bei unserem nächsten Wiedersehen.«

»Bei unserem nächsten Wiedersehen …« Mariette murmelte die Worte, die Morgan ihr im Wald zugeflüstert hatte, vor sich hin und fragte sich, wann das wohl sein würde.

Sie hatte ihn seit Wochen nicht gesehen. Er hatte ihr geschrieben, und zweimal hatten sie telefoniert. Aber Netley war mit Verwundeten aus Frankreich überfüllt, und er konnte sich beim besten Willen nicht freinehmen. In einem seiner Briefe hatte er geschrieben:

Denk einfach an die sechs Wochen Überfahrt nach Neuseeland! Da werden wir morgens, mittags und abends zusammenkleben. Nach zwei Wochen wirst du dich nach ein bisschen Abstand sehnen.

Auch Mariette war im Borough voll ausgelastet, nicht nur mit verwundeten Soldaten, auch mit gewöhnlichen Patienten. Menschen erlitten einen Herzinfarkt oder brachen sich ein Bein, Kinder wurden geboren. Das Leben ging trotz des Krieges seinen Gang.

Es war nun schon Anfang September, und es konnte kein Zweifel mehr daran bestehen, dass die Alliierten die Oberhand hatten. Eine Gruppe deutscher Generäle hatte ein Attentat auf Hitlers Leben geplant, war aber zur allgemeinen Enttäuschung gescheitert. Die Alliierten hatten Cherbourg eingenommen, Paris und Belgien befreit. In Italien war Florenz gefallen, und in Warschau gab es einen Aufstand der Polen.

Mariette hatte zu ihrer Erleichterung erfahren, dass ihre Brüder noch in Italien und unverletzt waren. Sie hatten ihr geschrieben, wie sehr sie sich darauf freuten, wenn die Familie nach dem Krieg wieder vereint sein würde.

Obwohl es so viel Grund zur Hoffnung gab, kam aus Deutschland eine weitere böse Überraschung, weit schlimmer als der »Maikäfer«: Die V2-Rakete. Sie konnte nicht aufgehalten werden und flog schneller als der Schall. Ihre Zerstörungskraft war ungeheuer, und die Kampfmoral sank ins Bodenlose.

Solange die Rationen immer dürftiger, die Obdachlosen zahlreicher und die Listen der Verwundeten länger und länger wurden, gab es wirklich nicht viel Grund, fröhlich zu sein. Manchmal, wenn Mariette hörte, dass eine der neuen Raketen fünfzig Menschen auf einen Schlag getötet hatte, fragte sie sich, wie viele Schläge England noch verkraften konnte.

Aber wenn sie an Morgan dachte, fühlte sie tief im Inneren eine beglückende Wärme. Es schien wirklich nicht unwahrscheinlich zu sein, dass sie alle nächstes Jahr in Russell Weihnachten feiern würden.

KAPITEL 35

»Ich finde es sehr hübsch«, log Mariette, als sie das kleine Häuschen betrachtete, das Morgan sich von einem seiner Kollegen in Netley für das Wochenende geborgt hatte. »Sehr stimmungsvoll.«

»Dein Glück, dass du nicht ›romantisch‹ gesagt hast«, antwortete Morgan. »Dann wäre ich stark versucht gewesen, dir für deine faustdicke Lüge die Ohren lang zu ziehen. Ich finde es unheimlich. Jim wollte mich wohl auf den Arm nehmen.«

Das Haus lag nur eine Meile von Southampton entfernt. Der Kollege hatte es Morgan als überaus malerisch angepriesen – in einem Wäldchen gelegen, ganz so, als wäre es einem Märchen entsprungen. Der Bus würde sie bei dem kleinen Pfad absetzen, der direkt dorthin führte.

Jim hatte nicht erwähnt, dass es aus einem Märchen über ein Hexenhaus stammte, um das sich seit Jahren kein Mensch mehr gekümmert hatte, oder dass der kleine Pfad über eine gute Meile lang und nach den Regenfällen der letzten Zeit völlig verschlammt war. Mariette hatte den langen Fußmarsch unter diesen Umständen als sehr schwierig empfunden und war nun recht erschöpft.

Es war die erste Novemberwoche, und das Wetter war stürmisch und kalt. Ein altes, marodes Tor schaukelte im Wind hin und her, und die Bäume rund um das Häuschen ächzten und knarrten geradezu gespenstisch.

»Es wird bestimmt ganz nett, wenn wir erst mal drinnen sind und ein hübsches Feuer angezündet haben«, meinte Mari. »Ich habe für alle Fälle ein paar Anzünder mitgenommen.«

»Ich glaube, wir werden uns schon bald über alle deine Anschaffungen ›für alle Fälle‹ freuen!«, sagte Morgan lächelnd und warf einen Blick auf Mariettes große Tasche, die er getragen hatte. Mari hatte ihm erzählt, dass sie saubere Betttücher, einen Eintopf, den sie sich von der Köchin im Schwesternheim erbettelt hatte, Kerzen, Milch, Brot und sogar eine halbe Flasche Brandy eingepackt hatte. Den Brandy hatte sie bei einer Tombola gewonnen.

»Gehen wir hinein!« Mariettes Stimme zitterte ein wenig. »Das ist schon fast ein kleines Abenteuer, nicht wahr?«

Morgan schloss die Tür auf. Er ärgerte sich schwarz, weil er nicht einfach ein Hotelzimmer gebucht hatte. Aber Jim hatte ihm versichert, dass das Haus sehr romantisch sei und es Mariette sicher gefallen werde.

Vielleicht hätte es ihnen beiden zugesagt, wenn sie im Sommer hier gewesen wären …

Als es Morgan endlich gelang, die Tür zu öffnen, schlug ihnen ein dumpf-feuchter Geruch entgegen.

»Wir müssen nur lüften«, sagte Mariette. »Aber kümmern wir uns zuerst um das Feuer!«

Das Innere des Hauses war nicht so schlimm, wie sie erwartet hatten. Es gab einen geräumigen Wohnraum mit einem großen Kamin, eine Spülküche und ein kleines Schlafzimmer. Die Möbel waren einfach, von der Art, wie sie ein Bauer um die Jahrhundertwende besessen hätte, und der Teppich alt und ausgefranst.

»Jims Großmutter hat hier gelebt«, erzählte Morgan. »Sie hat es ihm hinterlassen. Er hat hier als Kind all seine Ferien verbracht.«

»Wahrscheinlich hat er deshalb nicht gesehen, dass es ein bisschen renoviert werden müsste«, meinte Mariette, die ihre Tasche ausleerte und nach den Anzündern suchte. »Aber schau mal, wie viel Holz da ist!«, fügte sie hinzu und deutete auf einen Stapel Feuerholz neben dem Kamin, der fast bis zur Decke reichte. »Kalt wird uns hier bestimmt nicht.«

Morgan nahm seinen Mantel ab und begann damit, ein paar Holzscheite aufeinanderzustapeln. Als er sich umdrehte, sah er Mariette mit einer Öllampe hantieren.

»Wir haben Glück, sie ist voll«, sagte sie mit einem Lächeln. »Ich werde schnell den Docht kürzen und sie anzünden. Wir können uns ja vorstellen, zu Hause in Russell zu sein.«

Da das Holz sehr trocken war, brannte im Kamin schon bald ein behagliches Feuer. Morgan lächelte, als er beobachtete, wie sich Mariette im Haus zu schaffen machte. Sie hatte nicht nur die Öllampe angezündet, sondern auch herausgefunden, wie die Wasserpumpe in der Spülküche funktionierte und wie man den Gasherd in Gang setzte. Der Kessel war schon aufgesetzt.

Es beruhigte Morgan, ihr dabei zuzuschauen, wie sie das Essen in der Küche verstaute, die Küchengeräte inspizierte und versuchte, alles heimelig zu gestalten. Schon die ganze Woche hatte ihm die Sorge, wie ihr Wochenende wohl verlaufen würde, zu schaffen gemacht. Irgendwie hatte er sich immer vorgestellt, dass sie sich sofort auf das Schlafzimmerbett werfen würden. So war es viel besser, es wirkte nicht so sehr wie eine Herausforderung, die bewältigt werden musste.

»Das Bett ist ein bisschen feucht«, rief Mariette ihm aus dem Schlafzimmer zu. »Es ist eine Federmatratze, aber wenn wir sie kräftig ausschütteln und vor das Feuer stellen, sollte es gehen.«

»Als Kind habe ich immer auf einer Rosshaarmatratze geschlafen«, erzählte Morgan, als sie die Matratze vor den Kamin wuchteten. »Hart wie Holz und voller Bettwanzen. Die Matratzen in Netley sind auch aus Rosshaar, doch zum Glück ohne Wanzen! Ich bin immer so müde, wenn ich ins Bett falle, da merke ich gar nicht, wie hart es eigentlich ist.«

»Man gewöhnt sich an alles«, erwiderte sie. »Bei meinem Onkel Noah waren die Betten wirklich federweich. Als ich zum ersten Mal bei Joan im East End übernachtet habe, dachte ich, ich würde nie einschlafen können. Aber natürlich konnte ich. Ich habe sogar in den Schutzbunkern ganz gut geschlafen.«

»Denkst du, dass es dir auch mit mir gelingen wird?«, fragte Morgan.

Mariette fuhr ihm mit einer Hand durchs Haar. »Ja, solange du nicht schnarchst. Doch ich habe Angst«, platzte sie heraus.

»Weshalb?«

Sie zuckte mit den Schultern. »Wegen meines Beines natürlich. Ich habe Angst, dass du es abstoßend findest.«

Morgan lachte. »Wenn dich mein Gesicht nicht abstößt, wieso sollte mich dann dein Bein stören?«

Sie legte die Hände auf seine Wangen. »Ich weiß, dass dein Gesicht vernarbt ist, aber für mich sieht es noch genauso aus wie früher. Deine Stimme ist dieselbe, deine Augen, auch deine Berührung ist genau wie damals. Ich bin jetzt so stolz auf dich, Morgan, weil du nicht aufgegeben hast, sondern ein hervorragender Pfleger geworden bist. Als ich dich kennengelernt habe, habe ich dein hübsches Gesicht gesehen und deinen Charme, doch viel mehr war da nicht. Jetzt sehe ich eine Fülle von Mitgefühl, Stärke und Wissen. Du bist ein Mann, der es verdient, geliebt zu werden, Morgan.«

Tränen traten in seine Augen, und sie wischte sie mit dem Daumen weg. »Selbst wenn wir heute Nacht nicht die Welt in Flammen setzen, ist das egal«, sagte sie leise. »Ich bin hier bei dir, das ist alles, was mir wichtig ist.«

»Du hast dich auch verändert, und nur zum Besseren«, sagte er mit einem Lächeln in den tränenfeuchten Augen. »Früher bist du mir ziemlich berechnend und egoistisch vorgekommen, doch du warst so jung und so hübsch, das hat mich einfach umgeworfen. Heute bist du nicht mehr hübsch, sondern schön, Mari, innen wie außen. Ich finde es bewundernswert, wie du dich um die Soldaten kümmerst und dass du dich heutzutage mehr für andere interessierst als für dich selbst. Dein amputiertes Bein ist ein Ehrenabzeichen, weil du es verloren hast, als du Kindern geholfen hast. Ich liebe dich mehr, als ich jemals für möglich gehalten hätte, einen Menschen zu lieben.«

Sie umarmten einander und schmiegten sich eng aneinander.

Ihre Herzen schlugen im gleichen Takt; Worte waren überflüssig. Sie waren zusammen, nur darauf kam es an.

Später aßen sie den Eintopf, kuschelten sich aufs Sofa und dösten ein bisschen, weil es inzwischen mollig warm geworden war. Um vier Uhr wurde es dunkel, und der Wind heulte ums Haus. Mariette betrachtete voller Unbehagen das Plumpsklo im Garten, also ging Morgan zuerst hinaus, um sicherzustellen, dass dort keine Spinnen lauerten.

»Ich warte vor der Tür, falls du Angst hast, dass dich sonst ein Gespenst attackiert«, scherzte er, als sie sich ebenfalls hinauswagte.

»Nicht nötig. So ein Hasenfuß bin ich auch wieder nicht!«, rief sie zurück.

Doch als sie in die Küche zurückkam, sprang Morgan plötzlich hinter der Tür hervor.

Mariette erschrak fast zu Tode. »Idiot!«, rief sie, aber sie musste auch lachen, weil es sie daran erinnerte, wie ihre Brüder und sie einander früher erschreckt hatten. Später, als sie die gelüftete Matratze aufs Bettgestellt hievten und das Bettzeug frisch bezogen, mussten sie wieder lachen. Doch obwohl Morgan sie immer wieder küsste, versuchte er nie, weiterzugehen.

Sie tranken Brandy, spielten Karten und kicherten, weil sie beide ein wenig angeheitert waren. Dann stand Morgan plötzlich auf und nahm ihre Hand. »Zeit, ins Bett zu gehen. Vielleicht wäre es nett, vor dem Feuer zu liegen«, sagte er und zog sie an sich. »Aber ich denke, im Bett haben wir es gemütlicher.«

Es gefiel ihr, dass er von »gemütlich« sprach. Es hörte sich freundlich und kein bisschen beängstigend an. Doch ihr war klar, dass es Morgan eigentlich um die Dunkelheit im Schlafzimmer ging, die es ihnen beiden einfacher machen würde.

Morgan verschwand, vielleicht um zu überprüfen, ob die Türen verschlossen und die Öllampen gelöscht waren. Mariette nahm die Prothese ab, schlüpfte in ihr Nachthemd und legte sich schnell ins Bett. Im Licht der einzelnen Kerze, die noch brannte, sah das

Schlafzimmer richtig hübsch aus. Die verblassten rosafarbenen Rosen an der Tapete und ein besticktes Tuch an der Wand, vielleicht noch von Jims Großmutter angefertigt, vermittelten ein Gefühl von Behaglichkeit.

»Wie ist das Bett?«, fragte Morgan, als er zurückkam.

Er musste sich gewaschen haben, denn sein Oberkörper war nackt. Mariette stellte fest, dass er noch genauso braun gebrannt und muskulös war, wie sie ihn in Erinnerung hatte.

»Wie ein kuscheliges Nest«, sagte sie. »Warm und weich. Aber wie bist du so braun geworden? Ich dachte, du hättest in Netley nie Zeit für dich gehabt?«

»An sonnigen Herbsttagen habe ich mit ein paar anderen Leuten vom Personal und einigen Patienten, die sich schon erholt hatten, den Rasen gemäht und die Bäume geschnitten«, antwortete er. »Manchmal ist es für die Patienten besser, draußen in der Natur zu sein, als nur im Bett zu liegen und mit Medikamenten vollgepumpt zu werden.«

Sie hätte fast gesagt, dass er in diesem Halbdunkel genauso aussah wie damals, als sie ihn zum ersten Mal getroffen hatte. Aber sie schwieg und klopfte nur einladend auf das Bett.

»Da wären wir also«, flüsterte er ihr zu, als er die Kerze ausgeblasen hatte und sie sich im Dunkeln gegenüberlagen. »Träume werden also doch manchmal wahr.«

Der Wind heulte immer lauter, der Regen prasselte auf das Dach, aber Morgans Atem fühlte sich auf Mariettes Gesicht warm und süß an, und seine Hand auf ihrer Hüfte war wie ein Versprechen.

»Du hast davon geträumt?«, raunte sie.

»Die ganze Zeit, als ich im Krankenhaus wegen meiner Verbrennungen behandelt wurde. Nicht wirklich geträumt, ich habe es mir vorgestellt, um mich von den Schmerzen abzulenken. Hat auch gut funktioniert. Später nach den ersten chirurgischen Eingriffen hatte ich regelmäßig eine Art Halbtraum, in dem du erschienen bist und deine Hände an mein Gesicht gelegt hast. Danach waren jedes Mal die Narben verschwunden. Ich habe das dem Psychologen dort erzählt, und er hat gesagt, dass es ein gutes Zeichen ist, wenn ich den Gedanken zulasse, dass die Liebe alles ändern kann. Aber er hat sich gewundert, dass ich dich nicht kontaktiert habe.«

»Und wie hast du es ihm erklärt?«

»Ich habe gesagt, ich wäre zu feige. Ich hatte Angst, du würdest zurückschrecken.«

Da er so ehrlich war, fand Mariette, sie sollte es auch sein. »Ich würde dir gern versichern, dass ich nicht zurückgeschreckt wäre«, gab sie zu, »doch ich fürchte, das wäre eine Lüge. Ich war damals sehr egoistisch. Mein Egoismus war wie ein Panzer, dem mit jedem Schicksalsschlag ein Stück ausgeschlagen wurde. Ich glaube, das letzte bisschen habe ich in dieser Nacht mit den Kindern im Ruderboot verloren. Ich hatte solche Angst, es nicht zu schaffen, sie an Land zu bringen, ich habe gar nicht an mich gedacht.«

»Ich liebe dich«, flüsterte Morgan und legte einen Arm um sie. »Hier, in dieser kleinen Hütte, zählen die Vergangenheit und die Zukunft nicht – nichts zählt außer uns.«

Er hielt sie so zart und behutsam, als hätte er Angst, sie würde ihn noch aufhalten. Aber als seine Hände unter ihr Nachthemd glitten und sich um ihre Brüste schlossen, war Mariette plötzlich so erregt, dass es ihr gar nicht schnell und heftig genug gehen konnte. Doch Morgan bestimmte das Tempo, indem er jeden Zentimeter ihres Körpers zärtlich und dennoch mit sanfter Entschlossenheit streichelte. Ihr Nachthemd war im Handumdrehen abgestreift. Dann schob er sich nach unten, um an ihren Brüsten zu saugen, und tauchte seine Finger in sie ein, bis sie vor Erregung stöhnte.

Sie spürte sein Glied hart und aufrecht an ihrem Schenkel, aber als sie es in die Hand nehmen wollte, schob er ihre Finger weg, und Mariette konnte sich ganz und gar der köstlichen Lust hingeben, von ihm gestreichelt und liebkost zu werden, bis sie einen erschütternden Höhepunkt erreichte und laut Morgans Namen rief.

Jetzt zog er sie auf sich. Sein Glied war so hart und so groß, dass sie glaubte, es nicht in sich aufnehmen zu können. Noch während ihr Körper von ihrem eigenen Orgasmus bebte, erlebte sie das berauschende Gefühl, auch Morgan zu beglücken. Sie saß auf ihm, und er legte sich zurück, beide Hände um ihre Brüste geschlossen, und stöhnte vor Lust.

Dann setzte er sich auf, packte sie an den Hüften und presste sie an sich, während er sich immer schneller in ihr bewegte und sie mit einer Leidenschaft küsste, dass Mariette dachte, besser könnte es unmöglich werden. Aber sie irrte sich. Ein zweiter Orgasmus riss sie mit wie eine Flutwelle, und sie war so überwältigt, als auch Morgan zum Höhepunkt kam, dass sie nur noch vage wahrnahm, wie sie zu ihm sagte, dass sie ihn liebte.

Eine blasse Herbstsonne schien Mariette ins Gesicht und weckte sie, und als sie die Augen aufschlug, sah sie, dass Morgan sie betrachtete.

»Guten Morgen, Schönheit«, sagte er. »Ich dachte schon, du wachst gar nicht mehr auf.«

Sie lächelte matt. Sie hatten einander stundenlang geliebt und waren erst im Morgengrauen eingeschlafen.

»Am liebsten würde ich den ganzen Tag im Bett bleiben, hier ist es so warm und kuschelig.«

»Dagegen habe ich nichts einzuwenden«, lachte Morgan. »Aber eine Tasse Tee und Weißbrot mit Ei wären auch nicht schlecht. Habe ich nicht irgendwo ein paar Eier gesehen?«

»Hast du. Es steht dir also frei, unser Frühstück zuzubereiten«, sagte sie. »Und wenn du schon dabei bist, der Kamin muss ausgefegt und ein neues Feuer entfacht werden. Außerdem könntest du Wasser aufsetzen, damit ich mich waschen kann.«

»Jetzt darf ich also den Diener spielen, was?«, scherzte er, setzte sich auf die Bettkante und schlüpfte in die Hose. »Wenn ich mich recht entsinne, war ich letzte Nacht noch ein Gott.«

»Bist du immer noch«, versicherte sie und strich mit einer Hand über seinen nackten Arm. »Aber jede Frau, die eine so lange und leidenschaftliche Liebesnacht hinter sich hat, hat Anspruch darauf, noch ein Weilchen in einem verdunkelten Zimmer zu ruhen.«

Morgan lachte und verschwand ins Wohnzimmer, um die kalte Asche aus dem Kamin zu kehren. Mariette musste wieder eingeschlafen sein, denn plötzlich war er wieder da und brachte ein Tablett mit zwei Bechern Tee und einem Teller voller goldbraun ausgebackener Weißbrotscheiben, sogenannte Arme Ritter, mit.

»Du bist auch der Gott des Frühstücks«, stellte sie fest, während sie sich aufsetzte und die Bettdecke über ihre nackten Brüste zog.

Morgan schlug die Decke wieder zurück. »Lass das doch, ich schaue dich so gern an.«

»Ach ja? Mir ist ein bisschen kalt. Ganz was anderes: Du hast letzte Nacht keine Verhütungsmittel benutzt, oder?«

Morgan wirkte geknickt. »Ich wollte es, aber dann habe ich einfach nicht mehr dran gedacht.«

»Und wenn ich schwanger werde?«, fragte sie, biss in eine Brotscheibe und verdrehte vor Begeisterung die Augen.

»Dann heiraten wir eben«, erwiderte er. »Das heißt, falls du mich haben willst.«

Mariette wartete, bis ihr Mund leer war. »Jederzeit! Aber in Zukunft sollten wir lieber aufpassen. Meine Eltern sollen wissen, dass ich dich aus Liebe heirate, nicht weil ein Baby unterwegs ist.«

Morgan wurde ernst. »Vielleicht ist es besser, wenn wir hier in England heiraten«, sagte er. »Sonst lässt man mich vielleicht nicht nach Neuseeland einreisen. Und selbst wenn ich die Erlaubnis bekäme, würden wir auf jeden Fall getrennte Kabinen bekommen – und sie mit jemandem teilen müssen, so wie du auf deiner Reise nach England.«

»Meine Eltern und Mog wären bestimmt traurig, wenn sie bei der Hochzeit nicht dabei sein könnten«, wandte Mariette nachdenklich ein.

»Wir könnten uns standesamtlich trauen lassen und dann in Russell mit allem Drum und Dran in der Kirche heiraten. Ein Bekannter von mir hat das so gemacht. Er hat in Kapstadt geheiratet und die kirchliche Zeremonie zu Hause nachgeholt. Die Braut war ganz in Weiß, und es gab Brautjungfern und alles, was dazugehört. Ich schätze, die meisten Yankees werden es so machen, weil ihre Mädchen sie vielleicht nicht nach Hause begleiten dürfen, solange sie nicht verheiratet sind.«

»Was meinst du, wie lange dauert es noch, bis der Krieg zu Ende ist?«, fragte sie.

»Ich habe neulich in Netley mit einem Offizier gesprochen, und er war der Meinung, dass der Krieg in Europa nicht länger als sechs, sieben Monate dauern kann. Die Alliierten sind jetzt in Deutschland, und Rommel ist tot. Niemand glaubt, dass er an seinen alten Kriegsverletzungen gestorben ist. Angeblich hat Hitler ihn gezwungen, Selbstmord zu begehen, weil er annahm, dass Rommel an einem Anschlag auf ihn beteiligt war. Wenn Hitler paranoid genug ist, um einen seiner angesehensten Offiziere zu liquidieren, dann weiß er selbst, dass es aus und vorbei ist.«

»Aber solange die Japaner uns bekämpfen, fahren immer noch keine Schiffe nach Neuseeland, oder?«

»Nein, sicher nicht«, sagte Morgan. »Und falls wir nicht ganz großes Glück haben, werden wir warten müssen, bis sämtliche Truppen aus Neuseeland nach Hause verfrachtet worden sind.«

»Aber du willst doch mitkommen, nicht wahr?«

Er lächelte strahlend. »Es gibt nichts auf der Welt, was ich mir mehr wünsche.«

KAPITEL 36

Sidmouth, Mai 1945

»Mariette! Telefon!«, rief Sybil die Treppe hinauf. »Deine Eltern sind am Apparat!«

So schnell sie konnte, lief Mariette die Stufen hinunter. Ihre Haare waren noch feucht vom Waschen, und sie trug nur ein Unterkleid.

»Ich wollte dir nur alles Gute wünschen«, sagte ihre Mutter. »Bist du schon aufgeregt?«

»Ein bisschen«, gestand Mariette. »Aber ich mache mir eher Sorgen, ob auch genug zum Essen und Trinken da sein wird, nicht, ob ich das Richtige tue.«

»Dein Morgan scheint ein großartiger Bursche zu sein«, ließ ihr Vater sich vernehmen, der nun den Hörer übernommen hatte. »Es hat mir gut gefallen, dass er angerufen hat, um in aller Form um deine Hand anzuhalten. Ich hoffe nur, es dauert nicht mehr lange, bis ihr beide bei uns zu Hause seid.«

»Nach all den Siegesfeiern scheint diese kleine Hochzeit recht zahm zu werden«, meinte Mariette. »Da war vielleicht was los! Jubel, Trubel, Heiterkeit – und jede Menge Betrunkene auf den Straßen. Aber mittlerweile hat sich alles wieder normalisiert. Nur die Berichte über die Konzentrationslager sorgen nach wie vor für große Aufregung. Morgan und mir ist bei diesen Bildern richtig schlecht geworden.«

»Hier warten alle sehnsüchtig darauf, dass unsere Soldaten endlich nach Hause kommen«, sagte Belle, die ihr Ohr offenbar an die Hörmuschel gelegt hatte. »Wir zählen schon die Tage, bis ihr zwei und die Jungs wieder da seid. Mog möchte dich noch sprechen, und Peggy lässt ausrichten, dass sie eine Hochzeitstorte für euch backen wird.«

Die gute Mog kam ans Telefon, und der Klang ihrer Stimme trieb Mariette Tränen in die Augen. Mog hatte ein wunderschönes Brautkleid für sie genäht, aus weißem Seidensatin und mit zahllosen Zuchtperlen bestickt. Es war genauso wunderschön wie das Kleid, bei dem Mariette ihr geholfen hatte, als sie noch mit Sam ausgegangen war.

»Passt das Hochzeitskleid?«, fragte Mog. »Ich hatte Angst, es würde vielleicht nicht rechtzeitig ankommen.«

»Es ist vor drei Tagen eingetroffen, und es sitzt wie angegossen! Ich fühle mich wie eine echte Prinzessin, wenn ich es trage. Eine Krankenschwester hat mir ein Paar Satinschuhe geborgt, die sie auf ihrer Hochzeit angehabt hat. Wenn ich langsam gehe, wird hoffentlich niemand meine Prothese bemerken.«

»Liebe ihn, als gäbe es kein Morgen!«, sagte Mog, und Mariette hörte, wie ihre Stimme vor Rührung brach. »Und wenn er dich nicht genauso liebt, dann kann er von mir etwas erleben!«

Nun wurde es Zeit für Mariette, und sie musste sich verabschieden.

»Alles Glück der Welt, Mari!«, riefen die drei noch unisono, dann war das Gespräch beendet.

Es war ein schöner, warmer Tag; nicht eine einzige Wolke war am Himmel zu sehen. Die Hochzeit würde in der Kirche St. Giles und St. Nicholas stattfinden. Belle war gegen eine vorgezogene standesamtliche Heirat in England gewesen. »Ein so großer Schritt wie die Ehe sollte nicht ohne Gottes Segen getan werden«, hatte sie energisch gesagt.

So hatten Mari und Morgan sich für die Kirche entschieden, in die Mariette sich vor jeder geheimen Mission zurückgezogen hatte. Sie hielt das für ein gutes Omen.

Ted würde sie zum Altar führen, Sandra war die einzige Brautjungfer, und Ian wies den Gästen ihre Plätze zu. Mr. Mercer hatte die Rolle des Trauzeugen übernommen. Morgan hatte ihn darum gebeten, weil er ihm so viel verdankte.

Sybil spielte stellvertretend die Brautmutter. Sie hatte ein hübsches rosafarbenes Kleid mit passendem Hut aufgearbeitet; ein Ensemble, das sie vorher nur einmal bei der Hochzeit eines Neffen im Jahr 1936 getragen hatte. Da fast alles, was man für eine Hochzeit brauchte, wegen der allgemeinen Kürzungen und Rationierungen nicht für Geld und gute Worte zu bekommen war, war Sandras hellblaues Brautjungfernkleid aus einem alten Abendkleid von Mrs. Harding geschneidert worden. Die mehrstöckige Torte war aus Pappe, unter der sich ein bescheidener Biskuitkuchen verbarg, aber die meisten der Gäste hatten etwas zum Buffet beigesteuert. Es gab einen großen Schinken, viele Dosen Lachs, und ein Bauer aus der Umgebung hatte einen ganzen Sack Kartoffeln gespendet.

Sybil hatte zusammen mit Mariette ein paar Kleinigkeiten und einen Berg belegter Brötchen zubereitet.

Ted und sie hatten darauf bestanden, dass Mari vom Pub aus zu der Trauung aufbrechen sollte, obwohl sie, seit sie im Krankenhaus arbeitete, mit den beiden nur einmal in der Woche telefonierte. »Wir werden dich immer als unsere Adoptivtochter ansehen, Mari, und wir freuen uns unheimlich, dass du Morgan heiratest«, hatte Sybil ihr gesagt.

Mariette hatte ihre Arbeit im Krankenhaus nicht aufgegeben und würde nach den kurzen Flitterwochen in Lyme Regis dorthin zurückkehren. Miss Wainwright war letztendlich in Pension gegangen, obwohl manche Leute behaupteten, sie hätte ihre Stelle aufgegeben, um sich einen Rausschmiss zu ersparen. Seither war Mariette die Krankenhausfürsorgerin.

Morgan wollte auch weiter in Netley arbeiten, zumindest bis zum Ende des Jahres. Es kamen noch immer viele verwundete Soldaten nach England, und manche der Verletzten waren noch nicht in der Verfassung, in ihre Heimat verlegt zu werden. Trotzdem hatte Morgan jetzt nicht mehr ganz so viel zu tun wie früher, und er hatte sogar eine Zwei-Zimmer-Wohnung gefunden, die ziemlich genau zwischen den zwei Krankenhäusern lag. Dort würden sie in Zukunft leben, bis sie genug Geld gespart hatten, um nach Neuseeland zu fahren.

Sybil stand für einige Sekunden still in der Tür zu Mariettes Zimmer und betrachtete die Braut. Sie hatte Mari schon immer schön gefunden, aber sie jetzt zu sehen – in ihrem atemberaubenden Kleid, mit den vor Aufregung sanft geröteten Wangen und dem rotblonden Haar, das ihr in weichen Locken auf die Schultern fiel –, rührte sie so, dass sie einen Kloß im Hals spürte.

»Bist du fertig?«, brachte sie heraus. »Es ist schon halb zwei. Ich muss dir noch deinen Schleier feststecken, bevor wir in die Kirche fahren.«

»Ich wünschte, meine Eltern, Mog und meine Brüder könnten heute hier sein«, sagte Mariette, nahm Sybils Hand und drückte sie. »Aber du und Ted wart so lieb! Und das schon seit dem Tag, als ich bei euch angefangen habe. Vielen Dank für eure Freundschaft und Unterstützung, ich weiß nicht, was ich ohne euch gemacht hätte!«

»Du wärst auch so gut zurechtgekommen«, erwiderte Sybil und wischte sich eine einzelne Träne aus dem Augenwinkel. »Du, meine Liebe, hast mehr Schneid als irgendjemand sonst, den ich kenne. Ted und ich sind stolz, dich kennen zu dürfen. Jetzt aber schnell den Schleier! Der Pferdewagen wird bald da sein. Ich hoffe bloß, dass sie ihn so dekoriert haben, wie ich mir es gewünscht habe.«

Mariette hielt still, während Sybil den Schleier befestigte. Beim Gedanken an den Wagen musste sie lächeln. In Russell war es Sitte, zu Fuß zur Kirche zu gehen, doch sie wusste, dass man in England mit dem Auto hinfuhr. Das war bei dem Benzinmangel schwierig, also war Sybil auf die Idee mit dem Pferdewagen verfallen. Mariette hoffte nur, dass es die Leute nicht an die Karren erinnerte, mit denen früher Verbrecher zum Schafott gefahren wurden.

Sie gingen hinunter, um zu überprüfen, ob der Schankraum für die Hochzeitsgäste bereit war. Auf jedem Tisch standen auf der schneeweißen Decke rosa Blumen und auf Hochglanz polierte Gläser. Janice und Molly, zwei Freundinnen von Sybil, wollten im Pub bleiben, damit alles bereit war, wenn die Feier begann, und die Gäste empfangen.

»Wartet, bis ihr den Wagen seht!«, rief Janice aus der Küche. »Da kannst du stolz sein, Sybil.«

Mariette und Sybil traten nach draußen, und da stand er. Der Fahrer trug einen leicht lädierten Zylinder, an den er eine Rose gesteckt hatte, und grinste verlegen.

»Sieh dir das an!«, rief Sybil und klatschte vor Freude in die Hände.

Der Wagen war wirklich sehr hübsch: Das raue Holz war vollständig unter weißen Tüchern verborgen, genau wie die Bank auf der Ladefläche, die der Holzbank im Hinterhof des Pubs verdächtig ähnlich sah; Girlanden aus Efeu und Blumen – zum Teil ganz gewöhnliche Pflanzen wie Wiesenkerbel, den man an jedem Straßenrand finden konnte – hingen außen an den Seitenwänden, und rosa Bänder flatterten im Wind. Die Bank selbst erinnerte an einen Thron. Auf der Sitzfläche lag eine dunkelgrüne Samtdecke, und Rücken- und Armlehnen waren mit Blumen bestreut. Selbst der alte Droschkengaul hatte die Mähne geflochten bekommen und trug einen Blumenkranz um den Hals.

»Ich muss jetzt los, um vor dir in der Kirche zu sein«, sagte Sybil. Sie drehte sich zu Ted um, der sich gerade zu ihnen gesellt hatte, und richtete mahnend den Finger auf ihn. »Hilf Mari in den Wagen und führe sie bloß nicht im Eilschritt zum Altar! Schön langsam, immer im Takt zur Musik.«

»Ja, mein Liebling«, antwortete Ted mit einer Spur Sarkasmus. Dann hob er Mariette in den Wagen und setzte sie sanft auf die geschmückte Bank. Einen Moment später saß er auch schon neben ihr. Viele Leute kamen aus ihren Häusern um ihnen nachzuschauen, zu winken und viel Glück zu wünschen. Als der Wagen sich langsam in Bewegung setzte, winkte Mariette strahlend zurück.

»Du hast hier viele Freunde gefunden«, sagte Ted. »Mich und meine Frau eingeschlossen. Ich nehme mal an, deshalb ist heute auch die Sonne rausgekommen.«

Ted verhielt sich genau so, wie Sybil es ihm aufgetragen hatte: Langsam und würdevoll schritt er mit Mariette zum Altar, wo Morgan schon auf sie wartete.

Mari fiel auf, dass Morgan einen neuen, marineblauen Anzug trug, der saß, als wäre er ihm auf den Leib geschneidert. Er hatte im Vorfeld erwähnt, dass er versuchen würde, einen neuen Anzug zu bekommen, aber sie hatte nicht erwartet, dass er wirklich die nötigen Coupons zusammenbringen würde. Nun drehte er sich zu ihr um, und sie bemerkte, wie sein schöner Mund sich zu einem freudigen Lächeln verzog. Das Licht aus den hohen Kirchenfenstern fiel schräg auf ihn, und in diesem Moment sah er für Mariette genauso aus wie damals, als sie ihn kennengelernt hatte.

»Fast geschafft, meine Schöne«, murmelte er, als sie sich neben ihn stellte.

In diesem Augenblick, als sie gemeinsam in Gottes Haus standen, wusste Mariette, dass diese Ehe im Himmel geschlossen worden war.

Erst nachdem die Zeremonie vorüber war und sie Mann und Frau waren, erst, als sie mit dem Ring am Finger den Mittelgang hinunterschritt, entdeckte Mariette die vier bekannten Gesichter. Sie konnte es nicht fassen. Da standen die vier jüdischen Kinder, mit denen sie aus Frankreich geflohen war!

Sie hatten sich für das Ereignis fein gemacht. Die Mädchen trugen hübsche, rüschenverzierte Kleidchen, die Jungen schicke Jacketts, weiße Hemden und graue Hosen. Der Ausdruck in ihren dunklen Augen – nicht mehr voller Angst, sondern voller Freude – berührte Mariette zutiefst. An den strahlenden Gesichtern erkannte sie, dass sie sich über dieses Wiedersehen genauso freuten wie sie.

»Was für eine schöne Überraschung!«, jauchzte sie und erzählte Morgan schnell, um wen es sich handelte.

Bernard lachte, weil er sah, dass die anderen Gäste allmählich unruhig wurden. »Geh lieber weiter, du kannst nicht alle warten lassen!«, sagte er in stockendem Englisch. »Wir sehen uns ja auf der Feier.«

»Wie kommen die vier bloß hierher?«, fragte sie Morgan, als sie wieder auf dem Wagen saßen, der sie zurück zum Pub brachte. Fast alle Hochzeitsgäste schritten in einer langen Prozession hinter ihnen her, und viele Leute drehten sich nach dem schönen Hochzeitspaar um. »Ich freue mich, doch ich bin auch verwirrt.«

»Keine Ahnung.« Morgan zuckte mit den Schultern. »Aber es ist eine tolle Überraschung. Sicher hat Sybil das arrangiert.«

Im *Plume of Feathers* setzten sich alle auf ihre Plätze und stießen mit Sherry auf das Brautpaar an. Es waren etwa fünfunddreißig Gäste eingeladen, unter anderem Freunde von Mariette und Morgan aus Southampton, Mr. und Mrs. Harding sowie Henry und Doreen Fortesque und einige Stammgäste des Pubs, mit denen sich Mariette besonders gut verstand. Die vier französischen Kinder saßen zusammen mit Mr. Mercer, Sybil, Ted, Ian und Sandra bei Mariette und Morgan am »Ehrentisch«.

Mr. Mercer – der darauf bestanden hatte, dass Mariette ihn von nun an George nannte – hielt in seiner Rolle als Trauzeuge vor dem Essen eine Rede. Zuerst erzählte er, unter welchen Umständen er Morgan kennengelernt hatte und wie er später Mariette begegnet war.

»Natürlich war ich sehr neugierig zu erfahren, wie so eine hübsche junge Frau eine deutsche Kugel ins Knie hatte bekommen können.« Mercer machte eine dramatische Pause. »Als im Krankenhaus Gerüchte die Runde machten, dass sie in einem Ruderboot vier Kinder aus Frankreich gebracht hatte, musste ich einfach mehr erfahren. Doch das erwies sich als schwierig, da es Mariette verboten war, darüber zu sprechen. Zu diesem Zeitpunkt hatte sie Morgan, den sie von ihrer Überfahrt nach England kannte, bereits wiedergetroffen. Auch er konnte mir nicht mehr erzählen, als ich ohnehin schon wusste. Von ihm erfuhr ich allerdings, dass Mariette sich verzweifelt wünschte herauszufinden, was aus den Kindern geworden war. Ich habe auf mehreren Wegen versucht, an diese Information zu kommen, bin aber immer gescheitert. Dann, viele Monate später, erhielt ich ein behördliches Schreiben, in dem man sich nach Mariettes Zustand erkundigte. Es musste natürlich von dem Amt stammen, das sie ursprünglich für diese geheimen Missionen ausgewählt hatte. Ich antwortete, dass Mitleidsbekundungen ein wenig zu spät kämen, und fügte hinzu, dass Mariette gern über das weitere Schicksal ihrer Schützlinge Bescheid wüsste.«

Mercer blickte in eine Runde erwartungsvoller Gesichter und grinste. »Kurz und gut, Sybil und ich haben uns so lange unbeliebt gemacht, bis wir unser Ziel erreichten. Wir haben es sogar geschafft, dass die vier Kinder heute bei uns sein können. Ich dachte mir, es würde Mariette darüber hinwegtrösten, dass ihre eigene Familie nicht mit ihr und ihrem Mann feiern kann.«

Er erhob sein Glas. »Meine Damen und Herren, stoßen wir gemeinsam auf Bernard, Isaac, Sabine und Celine an!«

Als die Kinder von Ted und Sybil leicht angestupst wurden, standen sie auf. Bernard wirkte gelassen; mit fünfzehn war er alt genug, um voll und ganz zu verstehen, warum Mariette etwas ganz Besonderes war. Isaac und Celine sahen schüchtern aus; sie erinnerten sich noch gut an die Nacht in Frankreich, besonders Isaac, der von einer Kugel gestreift worden war. Nur die kleine Sabine wirkte ein wenig verwirrt. Aber auch sie erkannte Mariette und lächelte sie an.

»Dass diese Kinder heute hier stehen, dass sie Mariette umarmen und von ihrem neuen Leben in Brighton berichten können«, fuhr Mr. Mercer fort, »verdanken sie Mariettes Mut, ihrer Ausdauer und ihrer Willensstärke. Mariette hat ihnen ein neues Leben ermöglicht. Und ich bin besonders froh, Ihnen allen mitteilen zu können, dass die Eltern der Kinder am Leben sind und die Familien bald wieder vereint sein werden.«

Tosender Applaus brandete auf; einige der Gäste mussten ihre feuchten Augen trocknen.

»Nun zu der Liebesgeschichte«, erzählte Mercer weiter, als das Klatschen langsam abebbte, und schilderte dann, wie Mariette und Morgan sich auf dem Schiff ineinander verliebt und später in den Wirren des Krieges aus den Augen verloren hatten. Beide hatten Schlimmes erlebt, jeder für sich. »Aber so tragisch es ist, dass Mariette bei einer ihrer geheimen Missionen ins Knie geschossen wurde, so hat sie dieser Umstand doch auch in das Krankenhaus in Southampton gebracht, wo sie Morgan wiedertraf ...«

Wieder wurde laut geklatscht, und Mercer musste warten, bis der Lärm abflaute.

»Also, um es kurz zu machen – und damit wir endlich zum Festmahl kommen: Nach sechs Jahren loderte das Feuer der Liebe, das so lange Zeit ruhen musste, wieder auf. Das Ende der Geschichte ist diese Hochzeit. Ich kann mir keine zwei anderen Menschen vorstellen, die so gut zusammenpassen oder es so sehr verdient haben, glücklich zu werden. Auf Morgan und Mariette!«

Um sechs Uhr stahl sich Mariette in ihr Zimmer und zog sich die neue Hose und die karierte Jacke an, die Mog ihr geschickt hatte. Die Hardings hatten es irgendwie geschafft, Benzin für ihr Auto aufzutreiben, und hatten angeboten, die frisch Vermählten bis nach Lyme Regis mitzunehmen.

Als Mari in den Schankraum zurückkam, redete Morgan gerade mit Mr. Mercer. George drehte sich um.

»Ich muss noch etwas mit Ihnen besprechen, bevor Sie mit Morgan fahren«, sagte er. »Ich habe eine Nachricht für Sie – und zwar von Miss Salmon.«

Mariettes Augenbrauen fuhren in die Höhe. »War sie es, die mit Ihnen in Verbindung getreten ist?«

»Ja. Sie verströmt ungefähr so viel Wärme wie ein kalter Fisch. Zuerst meinte sie, es sei unmöglich, die Kinder herzubringen, aber plötzlich ließ sie sich dann doch überreden. Alle in der Dienststelle verhielten sich recht eigen und taten furchtbar geheimnisvoll. Miss Salmon hat mir auch erzählt, dass es Céleste gut geht. Sie hat immer noch ihre Bar und ist inzwischen vor Übergriffen sicher, da bekannt wurde, welch große Risiken sie auf sich genommen hat, um Menschen zur Flucht zu verhelfen.«

»Gott sei Dank!«, rief Mariette. »Ich hatte solche Angst, die Gestapo hätte sie verhaftet. Sie verdient einen Orden!«

»Das hat Miss Salmon auch gesagt. Sie interessiert sich anscheinend mehr für die Fluchthelfer als für die, die fliehen konnten. Ein Wunder, dass sie die Kinder heute hierhergebracht hat!«

»Ich bin ihr sehr dankbar. Es hat mich so glücklich gemacht!« Mariette strahlte. »Sie alle gesund und munter zu sehen, hat mir gezeigt, dass sich der Einsatz gelohnt hat. Unglaublich, dass ihre Eltern noch am Leben sind!«

George nickte. »In der Tat unglaublich, wenn man bedenkt, dass sie Juden waren, die mit der Résistance zusammengearbeitet haben. Ich hätte gedacht, die Gestapo hätte solche Leute auf der Stelle standrechtlich erschossen. Aber um auf das eigentliche Thema zurückzukommen: Miss Salmon ist sich ihrer Verpflichtung Ihnen gegenüber sehr wohl bewusst, Mari. Als ich ihr erzählt habe, dass Sie mit Ihrem Morgan nach der Hochzeit so schnell wie möglich nach Neuseeland zurückwollen, hat sie angeboten, Ihnen dabei zu helfen.«

»Du meine Güte!«, rief Mariette und sah Morgan hoffnungsvoll an. »Will sie uns mit Geld unterstützen oder uns zu einer Schiffspassage verhelfen?«

»Beides, denke ich. Ich soll Ihnen sagen, dass Sie mit ihr über ihre alte Adresse Kontakt aufnehmen können.«

»Das wäre toll«, meinte Morgan. »Ich kann mir gut vorstellen, welchen Andrang es auf Tickets geben wird. Ohne Hilfe müssen wir vielleicht monatelang warten.«

»Die Hardings sind im Begriff aufzubrechen, und ich muss mich noch von den Kindern verabschieden«, sagte Mariette. »Ich glaube, da kommt schon ihr Chauffeur.«

Die drei jüngeren Kinder umringten Mari und umarmten sie. Sie sprach kurz auf Französisch mit ihnen und ermahnte sie, brav zur Schule zu gehen und sich aus allem Ärger rauszuhalten.

Dann wandte sie sich an Bernard. »Es hat mich so glücklich gemacht, euch heute hier zu haben«, sagte sie. »Ich weiß, dass die Kleinen nicht alles verstehen, und ich bin froh darüber. Ich hoffe, dass auch du mit der Zeit alles, was passiert ist, vergessen kannst.« Sie gab ihm die Adresse des *Plume of Feathers*. »Schreib an diese Anschrift, wenn du wieder mit deinen Eltern zusammen bist! Ich würde mich freuen, wenn wir in Kontakt blieben.«

Zu ihrer Überraschung umarmte auch Bernard sie. »Sie waren so tapfer!«, flüsterte er ihr ins Ohr. »Wir schulden Ihnen so viel! Es tut mir schrecklich leid, dass Sie Ihr Bein verloren haben. Ich freue mich aber, dass Sie jetzt einen guten Ehemann haben, der auf Sie achtgibt.«

Mariette spürte, wie ihr Tränen in die Augen stiegen. »Ohne dich hätte ich es nicht geschafft, Bernard. Du warst auch sehr tapfer und stark.« Sie machte sich los und lächelte alle Kinder an. »Euer Chauffeur ist da, um euch nach Hause zu bringen. Ich bin so glücklich, dass ihr hier wart, und hoffe, es hat euch gefallen!«

»Vor einiger Zeit habe ich in der Zeitung gelesen«, begann Morgan, als sie im Auto auf dem Weg nach Lyme Regis saßen, »dass es für jeden Menschen eine Person gibt, die ihn dazu inspiriert, sein Leben völlig umzukrempeln. Glaubt ihr, das stimmt?«

»Na ja, diese zwei hier haben unser Leben ganz sicher verändert«, erwiderte Mrs. Harding und drehte sich um, um Ian und Sandra auf dem Rücksitz anzuschauen. »Wir hatten die Hoffnung, jemals Kinder zu bekommen, schon längst aufgegeben, als man uns zuredete, zwei Kinder aus London bei uns aufzunehmen. Wir waren die Einzigen, die bereit waren, ein Geschwisterpärchen, einen Jungen und ein Mädchen, zu nehmen.«

»Dr. Dudek und Mr. Mercer waren beide sehr wichtig für mich«, sagte Morgan. »Aber ich habe eigentlich an den französischen Jungen, an diesen Bernard, gedacht. Ob er sich wohl Mariette zum Vorbild nehmen wird?«

Mr. Harding lächelte ihm im Rückspiegel zu. »Ich glaube, jeder, der heute auf eurer Hochzeit war, wird sich euch zum Vorbild nehmen. Wir wären überglücklich, wenn unsere beiden Rangen auch etwas von euch lernen.«

»Glücklich?«, fragte Morgan, als sie sich im Bett eng aneinanderkuschelten. Ihr Ferienhaus lag gleich unten am Kai, und sie konnten die Wellen hören, die gegen die Mauer schlugen.

»Es war so ein schöner Tag!«, seufzte Mariette. »Ich wünschte, ich könnte Erlebnisse wie diese in eine Flasche abfüllen. Und wenn es mir einmal nicht so gut geht, würde ich sie öffnen und alles noch mal durchleben.«

»Ich hoffe wirklich, Miss Salmon verschafft uns eine Passage nach Neuseeland«, sagte Morgan nachdenklich. »Ich denke nicht, dass Netley sich noch lange als Krankenhaus halten wird. Es ist einfach zu groß und zu schlecht organisiert. Und wir können auch nicht ewig in einer winzigen Zwei-Zimmer-Wohnung hausen. Ich wünschte, ich könnte den Politikern glauben, wenn sie von einem staatlichen Gesundheitswesen oder Wohnungen und Arbeit für alle reden. Aber woher soll denn das Geld dafür kommen?«

»Ich weiß es nicht«, antwortete Mariette schläfrig. »Ich weiß nur, dass ich noch nie so glücklich war und so froh, dich bei mir zu haben. Eigentlich ist es mir egal, wann wir nach Neuseeland kommen oder woher die Politiker das Geld für ihre Pläne nehmen wollen.«

KAPITEL 37

August 1945

»Gab es denn keine andere Möglichkeit als eine Atombombe, um den Krieg zu beenden?« Mariette blickte von der Zeitung auf, die sie gelesen hatte, und Morgan sah, dass ihr Tränen die Wangen hinunterliefen. »Hier steht, dass siebzigtausend Menschen auf der Stelle tot waren und noch viele weitere an den Folgen der Strahlung sterben werden. Das waren keine Soldaten, sondern Zivilisten – Männer, Frauen, Kinder, sogar Babys.«

Die Nachricht, dass Japan am fünfzehnten Juli kapituliert hatte und der Krieg jetzt endlich überall vorbei war, war wunderbar gewesen. In ganz England war gefeiert und gejubelt worden. Doch jetzt, da Mariette wusste, wie der Sieg errungen worden war, schämte sie sich ihrer Freude, und sie war überzeugt, dass es vielen Tausend Menschen genauso ging.

»Es ist grauenhaft, ich weiß«, gab Morgan ihr recht. »Aber man muss fair bleiben. Ich glaube nicht, dass die Amerikaner gewusst haben, was die Bombe auslösen wird.«

»Was sind denn das für Menschen, die eine Waffe erschaffen, ohne zu wissen, was sie anrichten kann?«, fragte Mariette und wischte sich zornig die Tränen weg. »Als hätten sie davon keine Ahnung gehabt! Ich wette, sie haben sehr wohl Bescheid gewusst und sie trotzdem abgeworfen.«

Es war Sonntag, und Morgan hatte endlich einmal einen Tag frei. Sie hatten vorgehabt, sich in den Bus nach Brockenhurst zu setzen und irgendwo im Wald zu picknicken.

»Hör auf, dir diese Bilder anzusehen!«, sagte Morgan und nahm ihr die Zeitung weg. »In letzter Zeit bist du sehr nahe am Wasser gebaut und regst dich über alles Mögliche auf. Was ist los?«

»Ich weiß nicht«, antwortete sie. »Erst neulich musste ich bei der Arbeit heulen, weil mir eine Patientin erzählt hat, dass ihr Hund gestorben ist, während sie im Krankenhaus lag. Sie musste mich damit trösten, dass das Tier schon sehr alt war und ein gutes Leben hatte.«

»Bist du vielleicht schwanger?«, fragte er. »Du hast sehr rosige Wangen und bist im Gesicht ein bisschen fülliger geworden.«

Mariette starrte ihn an. »Ich weiß nicht! Daran habe ich gar nicht gedacht.«

Sie sprang auf und kramte in ihrer Handtasche nach ihrem Kalender. »Nach unseren Flitterwochen hatte ich meine Tage. Da ist ein Kreuz für den fünften Juni. Und hier ist eines für den dritten Juli …« Sie blätterte weiter und sah dann Morgan an. »Nichts für Anfang August. Aber vielleicht habe ich bloß vergessen, den Tag zu markieren.«

»Oder es gab nichts zu markieren. Oder hast du es in all der Aufregung einfach übersehen?«

»Großer Gott!«, rief Mariette. »Ich weiß nicht, ob ich lachen oder weinen soll. Ist das gut oder schlecht? Was rede ich denn da? Natürlich ist es gut! Doch jetzt, da wir gerade auf eine Überfahrt warten, ist vielleicht nicht der ideale Zeitpunkt.«

Auf Morgans Gesicht breitete sich langsam ein Lächeln aus. »Meiner Meinung nach ist für ein Baby immer die richtige Zeit. Aber vielleicht sollten wir bei Miss Salmon anfragen, ob sie uns so früh wie möglich nach Neuseeland bringen kann. Es wäre nämlich wirklich nicht ideal, wenn das Kind auf dem Schiff zur Welt kommt.«

Mariette legte ihre Arme um Morgan. »Also, Schwester, wie lange wird es dauern, bis wir sicher sein können?«

»Mach morgen einen Schwangerschaftstest im Krankenhaus und lass ihn gleich auswerten«, riet er ihr. »Es ist wahrscheinlich noch zu früh, aber du kannst es ja mal versuchen. Doch ich glaube, es gibt noch einen anderen Weg, es sicher festzustellen – die Brustwarzen verfärben sich bräunlich. Soll ich mal nachschauen?«

»Das hast du dir doch ausgedacht!«, kicherte sie. »Nein, die schaust du dir jetzt nicht an! Du weißt genau, wohin das führt.«

»Ganz genau, meine Süße.« Er grinste. »Aber als dein Ehemann habe ich das Recht, gegebenenfalls jeden Zentimeter deines Körpers zu untersuchen.«

Mariette floh ins Schlafzimmer, doch er holte sie ein und warf sie aufs Bett.

»Wirst du dich einer Untersuchung unterziehen?«, fragte Morgan, während er mit der linken Hand ihre Handgelenke über ihrem Kopf festhielt und mit der rechten ihre Bluse aufknöpfte und ihren BH nach oben schob.

»Ja«, kicherte sie.

»Wie ich vermutet habe, du hast bräunliche Brustwarzen. Und wenn ich mich nicht sehr irre, sind Mrs. Griffiths' Brüste heute ein wenig voller als sonst. Von nun an sollten sie jeden Tag ausgiebig geküsst werden.«

»Also bin ich schwanger?«, fragte sie, aber Morgan war zu sehr mit ihren Brüsten beschäftigt, um zu antworten.

Mariette lächelte in sich hinein. Sie hatte nicht geplant, so schnell ein Kind zu bekommen, doch jetzt sah es so aus, als wäre eines unterwegs. Sie spürte, wie sich eine wohlige Wärme in ihrem Inneren ausbreitete.

Mari war glücklich wie nie zuvor.

Ihre erste Handlung am Montagmorgen war, sich bei Miss Salmon zu melden. Mr. Mercer hatte ihr die Telefonnummer gleich nach der Hochzeit gegeben, aber bisher hatte Mariette noch nicht angerufen. Die Aufregung nach der Heirat und der Umzug in die gemeinsame Wohnung hatten ihr als Ausrede gedient, doch die Wahrheit war, dass diese frostige Person sie schon immer eingeschüchtert hatte. Jetzt, da sie glaubte, schwanger zu sein, hatte sie das Gefühl, es mit jedem aufnehmen zu können.

Zu ihrer Überraschung erreichte sie Miss Salmon sofort, und sie schien sich tatsächlich zu freuen, von Mariette zu hören. Sie erkundigte sich nach ihrer Hochzeit.

»Es war ein wunderschönes Fest«, sagte Mariette. »Und ich war überglücklich, die Kinder wiederzusehen und zu hören, dass sie bald wieder bei ihren Eltern sein werden. Aber deshalb rufe ich nicht an. Mr. Mercer hat mir erzählt, dass Sie uns wegen der Überfahrt nach Neuseeland behilflich sein wollen, und es würde uns freuen, wenn Sie dieses Versprechen einhalten könnten. Ich habe gerade festgestellt, dass ich schwanger bin, und wäre gern vor der Geburt des Kindes wieder zu Hause.« Sie war zwar noch nicht ganz sicher, ein Baby zu erwarten, doch das musste Miss Salmon ja nicht wissen.

»Na ja, ob sich so schnell etwas arrangieren lässt, weiß ich nicht.« Miss Salmons Stimme hatte wieder den üblichen kühlen Unterton angenommen. »Sie können sich sicher vorstellen, dass es viele wichtige Persönlichkeiten gibt, die unser Land jetzt verlassen wollen. Man muss Prioritäten setzen.«

»Und jemand, der sein Leben riskiert hat, um Soldaten und Kämpfern der Résistance zu helfen, hat keine Priorität? Noch dazu jemand, der dabei ein Bein eingebüßt hat?«, entgegnete Mariette forsch.

»Natürlich, meine Liebe«, erwiderte Miss Salmon aalglatt. »Ich werde sehen, was sich machen lässt, versprechen kann ich jedoch nichts.«

Mariette hatte das Gefühl, dass sie jetzt hart bleiben musste, sonst würde sie nie Hilfe bekommen.

»Vielen Dank, Miss Salmon. Der einzige andere Weg, um zu einem Platz an Bord zu kommen, wäre Bestechung, und dafür fehlt uns das nötige Kleingeld. Andererseits … wir könnten natürlich meine Geschichte an eine Zeitung verkaufen.«

»Das dürfen Sie nicht!«, rief Miss Salmon, in deren Stimme ein Anflug von Panik mitschwang.

»Ich würde so etwas natürlich nur sehr ungern tun«, antwortete Mariette. »Doch ich muss noch in diesem Monat fahren, wenn ich Weihnachten zu Hause sein will.«

Für etwa zwei Sekunden war es sehr still in der Leitung.

»Überlassen Sie die Sache mir!«, sagte Miss Salmon schließlich. »Ich werde etwas arrangieren.«

Als Mariette auflegte, fühlte sie, dass sie aus dieser Runde als Siegerin hervorgegangen war.

Mariette verbrachte die ganze nächste Woche in einem Zustand nervöser Anspannung. In Wirklichkeit würde sie sich nie an eine Zeitung wenden, und sie fragte sich, ob Miss Salmon ihre Ankündigung als leere Drohung durchschaut hatte.

Ende der Woche erhielt sie die Bestätigung, dass sie schwanger war. Ende April nächsten Jahres sollte es so weit sein. Angesichts dieser Nachricht schien nichts anderes mehr von Bedeutung zu sein. Am liebsten hätte sie sofort zu Hause angerufen und es ihrer Familie erzählt, aber Morgan hatte ihr davon abgeraten, um das Schicksal nicht herauszufordern.

Dann kam drei Tage später mit der Post ein dicker brauner Briefumschlag. Zu Mariettes Begeisterung enthielt er Tickets für die *Ruahine*, die am fünfundzwanzigsten September von Southampton nach Auckland in See stechen würde.

»Mein Gott!«, rief Morgan. »Die *Ruahine?* Das ist ja ein Urgestein der Schifffahrt! Sie hätte schon verschrottet werden sollen und wurde bloß vom Kriegsausbruch davor bewahrt. Seitdem hat sie wahrscheinlich nur Truppen und Fracht verschifft.«

»Mir ist es egal, wie alt und heruntergekommen sie ist – ich würde auch in einer Badewanne nach Neuseeland paddeln, wenn das unsere letzte Möglichkeit wäre. Oh, Morgan, wir fahren nach Hause!«

Strahlend vor Freude, warf sie die Arme um ihn. Er hob sie hoch und tanzte mit ihr durch das Zimmer. In ihrem letzten Brief hatten ihre Eltern erzählt, dass Alexis und Noel noch in Italien waren, aber hofften, Weihnachten zu Hause zu sein.

»Und wir sollten an den Weihnachtstagen auch da sein!«, jauchzte Mariette. »Besser hätte es gar nicht kommen können!«

Es war Anfang Dezember; Morgan saß an Deck der *Ruahine* und betrachtete Mariette. Sie hielt auf einem der Liegestühle ein Nachmittagsschläfchen, wie sie es fast jeden Tag tat, seitdem es warm genug war, um draußen an einem windgeschützten Platz zu sitzen. Morgan hatte noch nie eine Frau gesehen, die in ihrer Schwangerschaft so aufgeblüht war. Mariettes Haar glänzte, ihr Gesicht strahlte, und ihr leicht gerundeter Bauch erschien ihm wunderschön.

In einer Woche würden sie in Auckland anlegen, und von dort ging es dann mit einem Dampfer weiter nach Russell, wo sie rechtzeitig zu den Weihnachtsfeierlichkeiten eintreffen würden. So sehr er sich auch freute, endlich Mariettes Familie kennenzulernen, von der er schon so viel gehört hatte, war er auch traurig, dass die Reise bald zu Ende war.

In England waren sie beide immer so beschäftigt gewesen, dass es einfach wundervoll gewesen war, jeden Tag miteinander aufzuwachen und zu wissen, dass es nichts Dringlicheres zu erledigen gab, als zu den Mahlzeiten zu erscheinen, an Deck herumzuspazieren und einfach zusammen zu sein. Die *Ruahine* war 1933 umgebaut worden und hatte dann zweihundertzwanzig Passagiere in der Touristenklasse aufnehmen können. 1938 war sie zum Frachter degradiert worden. Nur ein Jahr später hatte sie wieder Passagiere transportiert, dieses Mal allerdings Soldaten.

Zum Glück hatten Morgan und Mariette eine Kabine, die anscheinend ursprünglich für Offiziere vorgesehen gewesen war. Sie war groß, gemütlich eingerichtet, lag am obersten Deck gleich neben einem Badezimmer und war sogar mit einem Doppelbett ausgestattet. Von den anderen Passagieren, fast nur Soldaten, die nach Hause fuhren, hörten sie, dass die meisten anderen Schiffskabinen kleine, stickige Löcher waren.

Die Kabine wurde für sie zu einem Rückzugsort vor ihren Mitreisenden, aber auch vor den Erinnerungen an den Krieg, die Arbeit im Krankenhaus und sogar an den Alltag in England. Sie spielten Karten und Brettspiele, lagen im Bett und lasen, und manchmal ging es auch ein bisschen wilder zu.

Beide gehörten zu der kleinen Gruppe von Passagieren, die nicht an Seekrankheit litt. Besonders diejenigen, die Kabinen tief im Inneren des Schiffes hatten, mussten bei rauen Passagen einiges mitmachen. Obwohl Morgan sich geschworen hatte, nicht zu erzählen, dass er ein Krankenpfleger war, hatten Mariette und er geholfen, die Kranken zu pflegen. Sie hätten einfach ein zu schlechtes Gewissen gehabt, wenn sie auf der faulen Haut gelegen hätten, während andere litten.

Abgesehen von der Zeit, die er mit Mariette verbringen konnte, gefiel Morgan an ihrer Reise am besten, dass er endlich Zeit und Muße hatte, über seine Vergangenheit und seine Zukunft nachzudenken. Aus dem ungebildeten Tunichtgut, der jedem Mädchen, das ihm über den Weg lief, schöne Augen gemacht hatte, war ein Soldat geworden. Dann hatte er sich die Verletzung zugezogen, die ihn am Leben hatte verzweifeln lassen. Diese ersten paar Monate voller Schmerzen und Hoffnungslosigkeit waren furchtbar gewesen, aber sie hatten ihm ermöglicht, mehr aus seinem Leben zu machen. Er hatte erkannt, dass gutes Aussehen nicht seine einzige Stärke war, sondern dass er auch Intelligenz, Mitgefühl für Kranke und die Fähigkeit, Neues zu erlernen, besaß.

Als er sich in Netley und im Borough von den Freunden verabschiedete, die er dort in den letzten Jahren gefunden hatte, empfand er echten Trennungsschmerz. Diese beiden Krankenhäuser waren fünf Jahre lang seine Welt gewesen, und bis Mariette auftauchte, hatte er gedacht, es würde immer so bleiben. Mari hatte ihn so weit gebracht, nicht ständig über seine Entstellung nachzugrübeln. Wenn er heute in den Spiegel schaute, sah er sich selbst, nicht nur seine Narben.

Und nun würde in seinem Leben ein völlig neues Kapitel beginnen. Wegen der Vaterschaft machte er sich keine Sorgen, aber wo er in Neuseeland Arbeit finden würde und wie er sich an ein Leben außerhalb eines Krankenhauses gewöhnen sollte, beschäftigte ihn sehr. Er würde gern in einem Zentrum für Brandverletzte arbeiten, doch er war sich nicht sicher, ob das möglich sein würde. Vermutlich gab es nur in Auckland eine derartige Abteilung, und vielleicht würde Mariette nicht in der Stadt leben wollen.

Aber darüber wollte er zurzeit nicht mit ihr reden. All das konnte warten, bis das Baby geboren war. Wer weiß, vielleicht war Russell Mariette bis dahin doch zu klein und zu eng und bot ihr nicht genug Möglichkeiten. Seiner Erfahrung nach betrachteten Menschen die Dinge aus einer ganz neuen Perspektive, wenn sie erst einmal ein Kind hatten.

»Wir sind fast da!« Mariette, die mit Morgan an der Reling stand, hängte sich bei ihm ein und drückte vor Aufregung seinen Arm. Dieser letzte Abschnitt ihrer Reise hatte sie oft zu Tränen gerührt. Die klare, blaue See, die grünen Bäume an der felsigen Küste und die Delfine, die – wie Mariette behauptete – nur ihnen zu Ehren neben dem Dampfer über die Wellen hüpften.

Es gab keinen regulären Schiffsverkehr mehr in die Region Northland, da die meisten Leute die Straße benutzten, aber dieser Dampfer fuhr außertourlich, um die vielen Feriengäste zur Weihnachtszeit in die Bay of Islands zu bringen.

»Da ist es!«, rief sie, als sie in die Bucht einfuhren und die ersten Häuser erspähen konnten. »Glaubst du, sie sind alle da, um uns zu begrüßen? Mein Herz spielt vor Aufregung verrückt! Ich war noch nie im Leben so froh, doch irgendwie bin ich auch nervös.«

»Warum?«, fragte er lachend und nahm sie in die Arme.

»Womöglich erschrecken sie sich, wenn sie sehen, wie ich jetzt gehe, oder vielleicht ist alles gar nicht mehr so, wie ich es in Erinnerung habe. Als ich fortgegangen bin, war Alexis fünfzehn, Noel vierzehn. Jetzt sind sie erwachsene Männer. Außerdem war ich früher immer so gemein zu ihnen, dass sie sich wahrscheinlich vor meiner Rückkehr fürchten.«

»Mein dummes Gänschen«, sagte Morgan liebevoll und drückte einen Kuss auf ihre Stirn. »Sieben Jahre und ein Weltkrieg haben jeden verändert. Du bist nicht mehr dasselbe Mädchen, das du warst, und sie sind nicht mehr dieselben Jungen.«

Belle, Etienne und Mog, die an der Anlegestelle warteten, waren genauso freudig erregt und nervös wie Mariette. Sie fragten sich, ob Mari wohl mit den Umbauten in ihrem Zimmer zufrieden war und ob Morgan sich als schwieriger Mensch entpuppen würde. Und dann war da noch die Angst, dass Mari nach ihrer langen Abwesenheit das Gefühl haben würde, nicht mehr hierher zu passen. Sie hatten Alexis und Noel gebeten, zu Hause zu bleiben, damit Mariette nicht schon bei der Ankunft von Familienmitgliedern überrannt wurde.

»Nicht mal mehr zehn Minuten«, sagte Etienne und legte die Arme um die beiden Frauen. Er konnte die Augen nicht von dem Schiff lassen, das so gemächlich auf sie zukam. Nicht mehr lange, und er würde einen ersten Blick auf das hübsche Köpfchen seiner Tochter erhaschen können.

Das Warten am Steg erinnerte ihn an den Tag, an dem er auf der alten *SS Clansman* in Russell angekommen war. Es hatte in Strömen gegossen, aber er war an Deck stehen geblieben. Das Herz hatte ihm bis zum Hals geklopft vor Angst, Belle könnte in dem Jahr seit ihrer Ankunft in Neuseeland eine neue Liebe gefunden haben.

Aber das hatte sie nicht, und das Schicksal hatte sie sogar an diesem Tag auf den Anlegeplatz geführt, weil sie auf ein Päckchen gewartet hatte. Er erinnerte sich noch an ihren fassungslosen Gesichtsausdruck, als sie ihn zum ersten Mal nach all den Jahren wiedersah. Und dann lief sie direkt in seine Arme. Das Mädchen, das er schon so lange liebte und in seinem Herzen trug, wollte ihn immer noch.

Er beugte sich zu ihr hinab und flüsterte: »Weißt du noch, wie ich hier angekommen bin?«

Sie lächelte ihn an, älter als damals, ein wenig rundlicher und mit angegrautem Haar, aber immer noch sein wunderschönes Mädchen.

»Ja. Nichts hat sich seither verändert«, gab sie leise zurück. »Du lässt mein Herz immer noch höherschlagen.«

»Was tuschelt ihr beiden denn da?«, wollte Mog wissen.

»Och, gar nichts.« Etienne sah wieder zum Dampfer. »Guckt mal, ist sie das? Das Mädchen in Grün am Bug?«

»Vielleicht«, meinte Belle. »Sie hat zumindest helles Haar.«

Nun kamen immer mehr Leute, um das Boot zu empfangen. Früher, als die *Clansman* jede Woche gekommen war, um Post, Haushaltswaren und einmal sogar ein Klavier nach Russell zu liefern, war es Sitte gewesen, sie am Hafen willkommen zu heißen. Mit dem Ende der *Clansman* war auch diese Tradition eingeschlafen. Heute waren die Leute nur hergekommen, weil sich herumgesprochen hatte, dass Mari ein Bein verloren hatte und Morgan von Narben entstellt war, also aus reiner Sensationslust. Das Verhalten ihrer Nachbarn ärgerte Belle zwar, aber vielleicht war es besser, wenn sie ihre Neugier jetzt befriedigten, statt später unter irgendeinem durchsichtigen Vorwand bei ihnen vorbeizuschauen.

»Huhu!«

Belle drehte sich um und sah, wie Peggy schnaufend auf sie zueilte. Sie hatte Probleme mit den Füßen, und jede noch so kurze Strecke bereitete ihr Schwierigkeiten.

»Ich konnte den Laden nicht früher schließen«, keuchte Peggy und wischte sich ihr verschwitztes Gesicht mit der Schürze ab. »Ständig sind Leute reingekommen. Jetzt, so kurz vor den Feiertagen, kommen so viele Gäste, Gott weiß, wo die alle wohnen.«

»Wir glauben, das Mädchen da am Bug ist Mari«, sagte Mog und deutete auf sie.

Belle lächelte. »Ich wette, sie hat heute die ganze Zeit da vorn gestanden. Sie hat immer so gern den Wind in ihren Haaren gespürt. Ich hoffe, Morgan liebt die See genauso wie sie.«

»Muss er wohl, wenn er auf einem Schiff gearbeitet hat«, meinte Etienne.

»Winken wir ihr alle zu, ob sie es nun ist oder nicht!«, sagte Mog. »Sie hat bessere Augen als wir alten Leutchen. Wenn sie zurückwinkt, können wir uns sicher sein.«

Sie schwenkten alle wie wild die Arme. Und tatsächlich, die Person am Bug winkte zurück, genau wie der Mann, der bei ihr stand.

Es dauerte keine zehn Minuten, bis der Dampfer anlegte, aber denen, die am Steg warteten, erschien es wie eine Ewigkeit. Als Mariette den ersten unsicheren Schritt auf der Landungsbrücke machte, riss sich Belle von Etienne los und stürmte auf sie zu. Sie erreichte sie genau in dem Moment, als Mariette wieder festen Boden unter den Füßen hatte.

»Oh, mein Liebling!«, rief sie und warf die Arme um ihre Tochter. »Willkommen daheim! Es gab Zeiten, da habe ich gedacht, ich würde dich nie wiedersehen!«

»Lasst doch die anderen Leute auch aussteigen«, sagte Etienne und zog Frau und Tochter zur Seite.

»Papa!«, rief Mariette und versuchte weinend, beide Elternteile auf einmal zu umarmen.

Mog wandte sich an Morgan. Lächelnd hielt sie ihm beide Hände hin. »Auch dir ein herzliches Willkommen, Morgan! Ich bin Mog. Wir sind alle schon sehr gespannt darauf, dich kennenzulernen. Die anderen werden dir gleich dasselbe sagen. Aber jetzt sollten wir erst mal nach Hause gehen!«

Wieder zu Hause zu sein war für Mariette ein ziemlich seltsames Gefühl. Die Gerüche, die Geräusche – alles war ihr so vertraut, als wäre sie erst gestern hier gewesen. Dennoch fühlte sie sich, als träumte sie das alles nur und wachte schon bald wieder in ihrem Bett in England auf.

Es gab so viel zu erzählen, so viele Fragen zu stellen! Mariette brachte es ein wenig aus der Fassung, ihre Brüder plötzlich als breitschultrige Männer mit tiefen Stimmen vor sich zu haben. Ihre dunkelblauen Augen schienen all die Gefahren und Entbehrungen der letzten Jahre widerzuspiegeln.

Während alle noch wild durcheinanderredeten, bat Belle Etienne und Mog, Morgan und die Jungen mit in die Küche zu nehmen, damit sie Mariette ihr Zimmer zeigen konnte.

»Schon besser«, sagte Belle, als sie die Tür hinter sich schloss. »Jetzt hab ich dich ein paar Minuten mal ganz für mich allein!«

Mariette setzte sich auf ihr neues Doppelbett und sah sich um. Die Fotos der Filmstars, die früher die Wände geziert hatten, waren einer hübschen blau-weißen Tapete gewichen. Die Möbel waren dieselben, hatten aber einen neuen weißen Anstrich bekommen. An der Stirnwand hing ein großes Foto von Mariette, auf dem sie, mit Ölzeug bekleidet, bei schwerer See am Bug einer Jacht stand.

»Wo kommt das denn her?«, fragte Mariette. Das Bild war viel zu professionell, um von einem ihrer Bekannten zu stammen.

»Ein Fotograf, der hier seinen Urlaub verbracht hat, hat es aufgenommen. Es muss in dem Jahr gewesen sein, bevor du nach England gegangen bist. Vor ein paar Jahren ist er wieder zurückgekommen und hat uns das Bild geschenkt. Du kannst dir vorstellen, wie begeistert dein Vater war. Er hat es gerahmt, und als das Zimmer fertig war, haben wir es hier hingehängt.«

»Es ist alles sehr schön«, sagte Mariette. »Es tut gut, wieder zu Hause zu sein.«

»Mog glaubt, Morgan und du werdet euch nach Weihnachten ein eigenes Zuhause wünschen«, meinte Belle und lachte fast ein bisschen unsicher.

»Ich denke nicht«, erwiderte Mariette. »Setz dich doch zu mir, dann können wir ein bisschen kuscheln!« Sie klopfte neben sich auf das Bett. »Oder findest du, ich bin jetzt zu alt für so etwas?«

Belle war sofort bei ihr und umarmte sie. »Ich dachte so oft, dass ich das nie, nie mehr wieder tun könnte«, gestand sie mit brechender Stimme. »Am liebsten würde ich dich niemals mehr loslassen.«

»Bald bist du Großmutter«, sagte Mariette. »Mit einem neuen Baby im Haus werde ich bald uninteressant sein.«

»Du wirst doch immer mein Baby sein.« Belle streichelte liebevoll die Wange ihrer Tochter. »Darum muss ich dich auch nach dem Bein fragen. Ich möchte es sehen. Findest du das komisch?«

Mariette lachte. »Nein, ich verstehe das. Ich habe gehört, Mütter schauen immer nach, ob ihre neugeborenen Kinder alle Finger und Zehen haben, also ist das wahrscheinlich derselbe Instinkt.«

»Ist es dir unangenehm?«

»Nein, aber nur das eine Mal, damit du dir keine Gedanken mehr machen musst.«

Mariette stand auf und streifte ihre Hose über die Hüften, sodass sie zu Boden glitt. Sie hörte, wie Belle scharf den Atem einzog, sagte jedoch nichts, sondern zeigte ihr nur, wie die Prothese aussah und wie sie angelegt wurde. Ihr war klar, wie schwer es für eine Mutter sein musste, ihr Kind so verstümmelt zu sehen.

»Es tut nicht weh, Mum«, sagte sie, setzte sich hin und nahm das künstliche Bein ab. »Ich habe mich daran gewöhnt und kann mich fast wieder genauso bewegen wie vorher, nur schnell laufen und springen kann ich nicht. Da!« Sie zeigte ihrer Mutter den Beinstumpf, nahm Belles Hand und legte sie auf ihren Oberschenkel. »Ich bin immer noch dieselbe, es fehlt nur ein kleiner Teil.«

Sie sah, wie Belles Finger vorsichtig die Nähte an ihrem Beinstumpen berührten und dabei Tränen über ihre Wangen liefen.

»Bitte nicht weinen!«, bat sie. »Mir geht es damit wirklich gut, Mum.«

»Als du noch ein Baby warst, habe ich immer deinen Bauch, deinen Po und diese drallen, kleinen Schenkel geküsst«, flüsterte Belle. »Ich habe mit deinen Zehen ›Das ist der Daumen‹ gespielt. Nie hätte ich gedacht, dass deinem perfekten Körper irgendetwas zustoßen könnte. Danke, dass du es mir gezeigt hast! Es ist nicht furchtbar, nicht so, wie ich es mir vorgestellt habe.«

»Wir müssen über so viel reden«, sagte Mariette, schnallte die Prothese wieder an und zog die Hose darüber. »Nicht über das hier, meine ich, sondern über dich, Papa und Mog. Wie ihr zusammengekommen seid und was für Abenteuer ihr erlebt habt. Ich will alles wissen!«

Belle gluckste. »Und ich möchte alles über deine Abenteuer erfahren.«

Mariette nahm die Hand ihrer Mutter. »Aber dafür haben wir ja noch ein ganzes Leben lang Zeit. Lass uns nach unten gehen! Ich wette, die Jungs haben auch viel zu berichten.«

Nach dem Abendessen – Lammbraten, eine Köstlichkeit, die Morgan und Mariette seit Jahren nicht mehr gegessen hatten – schlug Belle vor, sich nach draußen zu setzen, weil es so ein schöner Abend war.

Auf der Fahrt nach Neuseeland hatte sich Mariette oft überlegt, worüber sie mit ihrer Familie sprechen würde. Besonders mit ihren Brüdern wollte sie sich gern lange unterhalten, da sie vor ihrer Abreise nach England nie ernsthaft mit ihnen geredet hatte. Doch trotz all ihrer Pläne war die Konversation am Abendtisch so alltäglich, als wären sie alle nur eine Woche getrennt gewesen. Morgan und sie erzählten von ihrer Überfahrt, und Noel und Alexis amüsierten sie mit Geschichten aus Auckland, wo sie eine Woche lang aufgehalten worden waren, bevor sie nach Russell hatten fahren können.

Als alle aufstanden, um nach draußen zu gehen, legte Alexis Mariette eine Hand auf die Schulter und hielt sie ein paar Minuten schweigend im Arm. Als er sie wieder losließ, berührte er sanft ihre Wange und sagte: »Es ist schön, wieder mit dir vereint zu sein, Schwesterherz, und zu wissen, dass Noel und ich bald Onkel werden. Es ist jetzt nicht der richtige Zeitpunkt, über den Krieg und alles, was wir durchgemacht haben, zu sprechen. Freuen wir uns einfach, dass wir alle wieder heil zu Hause gelandet sind!«

Noel tätschelte ihre Schulter. »Ganz meine Meinung. Warte, bis du gesehen hast, was der alte Herr mit dem Garten angestellt hat, als wir weg waren, Mari«, sagte er mit einem breiten Grinsen.

»Was heißt hier ›alter Herr‹?«, wies Etienne ihn zurecht. »Irgendetwas musste ich ja mit meiner Zeit anfangen – ohne meine Kinder im Haus und mit einer Frau, die sich nur noch um ihr Gemüse gesorgt hat.«

Etienne nahm Mariette an der Hand und führte sie nach draußen. Als sie den Garten sah, verschlug es ihr die Sprache.

Das Grundstück, auf dem sie aufgewachsen war, war eine verwilderte Grasfläche gewesen, die sich von der Küchentür bis zum Hühnerhof zog. Im Winter war es kaum mehr als ein breiter Streifen Schlamm gewesen, übersät mit großen Kahlstellen von den vielen Ballspielen, die dort stattgefunden hatten. Doch jetzt gab es eine großzügige, mit unterschiedlich großen Fliesen belegte Terrasse, umrahmt von einer Mauer, um die sich eine wahre Fülle roter, gelber und orangefarbener Blumen rankte. Einige Stufen führten hinunter in einen Garten mit üppigem grünen Rasen und adretten Blumenbeeten. Hinter einem Spalier konnte Mariette einen Gemüsegarten erkennen.

»Es ist so schön«, rief sie und brach im nächsten Moment in Tränen aus. Irgendwie machte ihr der Garten bewusst, dass ihre Brüder und sie jetzt erwachsen waren und dass ihre Eltern und

Mog während ihrer Abwesenheit gezwungen gewesen waren, ein Leben ohne sie aufzubauen. Jetzt waren sie alle wieder zu Hause, aber Alexis, Noel und sie würden schon bald ihren eigenen Weg finden müssen, der sie vielleicht sogar wieder aus Russell wegführen würde.

Morgan setzte sich und zog Mariette auf seinen Schoß, damit sie sich an seiner Schulter ausweinen konnte.

»Es ist kein Wunder, dass sie so durcheinander ist«, sagte er und blickte in die verblüfften Gesichter der Familie. »Sie hat sich seit sieben Jahren ein Bild von Russell, von diesem Haus und von euch bewahrt, und jetzt sieht sie, wie sich alles verändert hat. Es gibt so viel zu erzählen und zu hören, doch sie vergisst, dass wir endlos viel Zeit haben, um all das nachzuholen.«

Etienne legte eine Hand auf Morgans Schulter. »Völlig richtig, mein Junge. Und darf ich kurz sagen, wie froh ich bin, dass Mariette den Mann geheiratet hat, den ich ihr auch ausgesucht hätte? Ich kann mir gut vorstellen, wie du dich auf dieser Überfahrt gefühlt haben musst. Auch ich habe einmal diese Reise ins Unbekannte unternommen. Ich weiß, dass Mari und du genauso glücklich sein werdet, wie Belle und ich es stets gewesen sind. Du bist in unserer Familie herzlich willkommen.«

Er setzte sich neben ihn und nahm Mariettes Hand. Sie hatte bei seinen Worten noch heftiger zu weinen begonnen.

»Morgen fahren wie beide mit dem Boot raus«, versprach er ihr. »Dann wirst du sehen, dass sich hier nichts wirklich verändert hat.«

Belle kam zu ihnen und küsste sowohl Morgans als auch Maris Wangen. »Was für eine Zukunft uns jetzt bevorsteht! Wir sind alle älter und weiser geworden, und bald haben wir auch noch ein Baby in der Familie.«

»Kurz bevor du geboren wurdest, Mari, hat Belle auf einmal furchtbare Angst bekommen«, erzählte Mog. »Sie hat geschluchzt, dass sie nichts über Babys weiß und dass du wahrscheinlich vor Verwahrlosung umkommen wirst. Da konnte ich nur lachen, weil ich ganz genau wusste, dass Belle fähig ist, mit allem fertig zu werden. Außerdem hatte sie ja mich und deinen Vater. Du, Mari, bist genauso hart im Nehmen wie Belle und hast uns alle an deiner Seite, um dich zu unterstützen.«

Mariette, die immer noch mit den Tränen kämpfte, setzte sich auf. »Ich denke, wieder nach Hause zu kommen hat mich daran erinnert, wie abscheulich ich war, bevor ich fortgegangen bin. Aber ihr müsst unbedingt wissen, dass die Trennung von euch mir gezeigt hat, wie wichtig ihr mir seid.« Sie blickte jeden in der Runde an. »Ich habe tausend Fragen an euch und möchte euch auch so viel erzählen. Aber ich weiß, dass mein Liebling recht hat und wir noch sehr viel Zeit dafür haben.«

»Wir haben eine ganze Ewigkeit Zeit«, sagte Belle und strich sanft über Mariettes Wange. »All die vielen Tage, die vor uns liegen und nur darauf warten, dass wir sie mit Freude, Glück und Liebe füllen. So viele Stunden, in denen wir über all das sprechen können, wofür uns früher Gelegenheit und Lust gefehlt haben. Heute Nacht aber wird gefeiert, dass wir alle hier sind – endlich wieder vereint.«

DANKSAGUNGEN

Ich bin Olive Bedford aus Neuseeland großen Dank schuldig. Sie ist nicht nur seit über zwanzig Jahren einer meiner treuesten Fans, sondern hat mit ihren umfangreichen Recherchen über Neuseeland einen unschätzbaren Beitrag zu diesem Buch geleistet.

Persönlich kennenlernen durfte ich sie zum ersten Mal 2011. Bis dahin hatten wir nur schriftlich miteinander verkehrt, aber an ihrem achtzigsten Geburtstag, kurz nachdem ihr Mann gestorben war, habe ich sie während eines Neuseelandaufenthaltes besucht. Seit damals ist sie umgezogen, hat gelernt, einen Computer zu benutzen, und ist allein nach England gefahren. Sie hält sich über das Tagesgeschehen auf dem Laufenden, strickt hübsche Sachen für meine Enkeltochter und ist mir eine liebe Freundin und Vertraute. Sie selbst bezeichnet sich als meine »Mutter ehrenhalber«, aber ich wäre sehr stolz, wenn sie meine echte Mutter wäre, da sie die tapferste, gescheiteste und gütigste Frau ist, die ich kenne. Ich liebe dich, Olive!

Ein großes Dankeschön auch an das kleine Museum in Russell, wo ich so viel Zeit mit dem Studium alter Zeitungsartikel und Fotos verbracht habe, um mir ein Bild davon zu machen, wie das Leben dort in den Dreißiger- und Vierzigerjahren des vergangenen Jahrhunderts aussah. Dank auch dem grandiosen *Imperial War Museum* in London, wo man mehr als irgendwo sonst über beide Weltkriege und ihre Auswirkungen auf die Menschen erfahren kann.

Das Schicksal zweier Frauen in einer entbehrungsreichen Zeit

Lesley Pearse
ALS WIR FREUNDINNEN WAREN
Roman
Aus dem Englischen
von Britta Evert,
Sabine Schilasky
752 Seiten
ISBN 978-3-404-16962-7

London in den 40er-Jahren: Wie so viele strandet auch die junge Ellie in der großen Metropole. Der Krieg hat ihr alles genommen, doch sie kämpft für ihren Traum von einem Leben auf der Bühne und verdingt sich als Sängerin und Tänzerin in Varietés. Als sie in der hübschen Bonny eine Gleichgesinnte trifft, scheint den Freundinnen die Welt offenzustehen. Doch schreckliche Geschehnisse drohen den Traum der beiden Frauen endgültig zu zerstören – und auch ihre Freundschaft wird auf eine harte Probe gestellt ...

Eine wunderschöne Liebesgeschichte, voller Humor und Herzenswärme

HUMMELN IM HERZEN
Roman
400 Seiten
ISBN 978-3-404-17041-8

Von der Liebe darfste dich nich feddich machen lassen – diesen weisen Rat hört Lena gleich mehrmals von Taxifahrer Knut. Aber leichter gesagt als getan, wenn der Verlobte eine Niete und der Job wegen eines äußerst peinlichen Fehlers plötzlich ein Ex-Job ist. Für Selbstmitleid bleibt Lena aber sowieso kaum Zeit. Ihr Leben muss dringend generalüberholt werden, und außerdem zieht ausgerechnet sie als Ordnungsfanatikerin in die chaotische WG ihrer besten Freundin. Vor allem Mitbewohner Ben nervt! Der ist nämlich nicht nur unglaublich arrogant, sondern auch ein elender Womanizer. Umso irritierter ist Lena, als ihr Herz beim Gedanken an ihn immer öfter auffällige Aussetzer hat …